KB142140

환락송 3

ODE TO JOY

Copyright © 2016 by A-Nai (阿耐)
All rights reserved.
Published in agreement with Sichuan Literature & Art Publishing House
c/o The Grayhawk Agency Ltd., through Danny Hong Agency
Korean translation copyright © 2020 by Sam & Parkers Co., Ltd.

이 책의 한국어판 저작권은 대니홍 에이전시를 통한
저작권사와의 독점 계약으로 (주)쌤앤파커스에 있습니다.
저작권법에 의해 한국 내에서 보호를 받는 저작물이므로 무단전재와 복제를 금합니다.

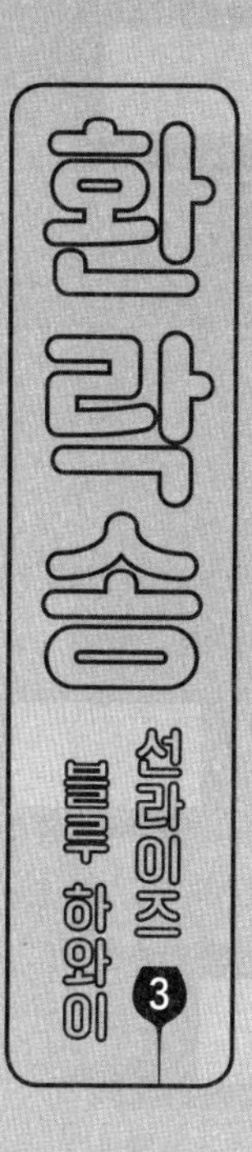

아나이 지음
주은주·박영란 옮김

팩토리나인

등장인물 소개

앤디(安迪): 뉴욕에서 중국으로 돌아온 인재. 투자회사에서 CFO(최고재무책임자)를 맡고 있다. 젊은 나이에 기업의 임원이 된 똑똑한 골드미스. 미모와 재능을 겸비한 그녀는 모든 것을 다 가진듯하지만 지금의 자리에 오르기까지 너무 많은 것을 잃었다. 외모가 늘씬하고 아름답지만 성격이 차갑고 경계심이 많아 종종 오해를 받곤 한다. 고학력의 우수한 인재로 일에서는 완벽하고 결단력이 있지만 사람과의 감정 교류에 있어서는 서툰 면을 보인다. 출생의 비밀 때문에 진실한 사랑을 하지 못한다고 생각하고 마음을 닫고 산다.

관쥐얼(關雎爾): 조용한 성격이다. 취업한 지 얼마 되지 않은 말단사원이지만 자기 자리에 만족하며 열심히 일한다. 올해 서른이 되면서 결혼에도 조급해한다. 결혼에 급한 것과는 별개로, 차와 집을 자가로 소유하고 있는 잘생긴 남자가 아니면 쳐다보지도 않는다. 하이시에서 글로벌투자기업의 인턴으로 들어가 정직원이 되기 위해 갖은 노력을 하고 있다.

추잉잉(邱瑩瑩): 성격이 단순하고, 결과를 생각하기에 앞서 행동이 먼저 나가는 행동파라 종종 스스로 곤경에 빠지기도 하고, 주변을 힘들게 만들기도 한다. 그녀의 부모님은 농촌에서 작은 도시로 넘어와 고생하며 힘들게 일했기 때문에 자신의 딸만큼은 큰 도시에서 굳건한 입지를 다져 성공하기를 기대하고 있다. 사랑에 흠뻑 빠지는 스타일이다.

판성메이(樊勝美): 하이시 글로벌투자기업 인사팀에서 오랜 경력을 쌓아왔다. 집안 사정이 빈곤하고, 남자를 중시하는 가정 분위기 탓에 인정받지 못했던 데 상처를 많이 받았다. 매번 오빠가 사고 치는 일들에 연루되고, 그 일들을 해결하느라 번 돈을 다 쓰는 바람에 모아둔 돈이 없다. 그러나 그런 것들을 숨기고, 자신의 자존심과 체면을 내세우며, 다른 사람에게 얕보일까 봐 전전긍긍한다. 의리가 있고, 남을 도와주기 좋아하는 선량한 면이 있는 반면 허영심도 크다. 부잣집에 시집가서 이 고통을 끝내는 것이 목표였지만 여러 일들을 겪으며 스스로 강해지고, 인생의 변화를 겪게 된다.

취샤오샤오(曲筱綃): 재벌가 상속녀. 제멋대로인 성격에 툭하면 남을 무시한다. 좋은 일을 자주 하지만 항상 선한 마음으로 하는 것은 아니다. 얼굴도 예쁘고 능력도 좋아서 늘 자신감에 차 있다. 공부에 소질은 없어 고등학교를 졸업하자마자 미국 유학길에 올랐다. 걱정 없이 돈을 펑펑 쓰고 미국에서 놀다가 배다른 두 오빠가 재산을 물려받는 것이 싫어 다시 중국으로 들어와 직접 회사 경영에 나선다. 매력이 출중하고, 흡사 여우같은 느낌이다. 놀기 좋아하고, 재미있으며, 상대에게 직설적으로 말한다. 사업뿐만 아니라 원하는 남자는 무조건 자기 편으로 만들 수 있다는 자신감 충만한 캐릭터다.

33

앤디는 바오이판이 있는 도시로 가기 위해 퇴근하자마자 업무 자료로 가득 채운 여행 가방을 들고 공항으로 향했다. 주말 동안 바오이판 및 다른 동종업계 사람들과 회의하는 일정이 잡혀 있었다. 공항에 도착하니 비행기 출발 시각이 30분 지연되어 있었다. 그사이에 식사를 할 생각은 없었다. 목적지에 도착하면 오늘 저녁에는 모든 일을 제쳐 두고 호텔의 맛있는 디저트나 맛보며 낯선 도시에서 홀로 자유로운 주말을 보낼 계획이었다. 미국에 있을 때처럼 말이다.

그녀는 요 며칠 일상이 어수선했던 탓에 절대적인 안정이 필요했다. 하지만 앤디의 바람은 비행기에서 내린 다음 게이트를 나가자마자 바오이판과 눈이 마주친 순간 산산이 조각나고 말았다. 그가 어떻게 알고 마중을 나온 걸까. 대충 상황을 따져 보니 짐작이 갔다.

앤디는 바오이판에게 일정표를 보낼 때 일부러 오늘 비행기 시간을 포함하지 않았다. 하지만 내일 업무 일정이 아침 8시부터 시작된다는 사실은 비행기 시간의 힌트가 되기에 충분했다. 똑똑한 사람이라면 이런 정황으로 미루어 그녀가 오늘 저녁에 도착할 것으로 짐작하고도 남을 만했다. 그러니 바오이판이라면 비행 스케줄 정보도 쉽게 알아냈을 것이다. 앤디는 체념한 채로 바오이판을 보다가 그의 옷차림 때문에 또 한 번 놀랐다. 바오이판도 앤디처럼 심플한 디자인의 검은색 가죽점퍼를 입고 있었던 것이다. 마치 두 사람이 서로 약속하고 커플룩으로 맞춰 입은 듯 보였다. 바오이판과 함께 마중 나온 남자의 반응만 봐도 남들 눈에는 두 사람이 그렇고 그런 사이로 보이는 것을 알 수 있었다.

바오이판이 사악하게 웃으며 말했다.

"내 영역에 왔으면서 나한테서 도망갈 생각을 했어요? 혹시나 해서 당신이 지난번에 묵었던 호텔에 알아봤더니 역시나 거기로 예약했더군요. 그래서 스위트룸으로 바꿨어요. 드나들면서 방해하기 편하게. 그렇게 쏘아보지 말아요. 요금의 반은 내가 낼 테니까. 됐죠?"

앤디는 호의적이면서도 놀란 표정으로 옆에 서 있는 바오이판의 친구만 쳐다봤다. 그녀는 도저히 바오이판처럼 뻔뻔스럽게 대꾸할 수가 없었다.

"미안하지만 요즘 한동안 꽤 심란해서 오늘 밤만큼은 편하게 쉬고 싶어요…."

"나와 같이 있는 것도 휴식이에요."

바오이판은 앤디의 캐리어를 받아 들고 친구에게 인사한 뒤 자신의 팔에 앤디의 팔을 걸고 걷기 시작했다. 앤디는 몸이 닿을까 봐 조금 거리를 두었다.

바오이판이 타고 온 차는 무광의 검은색 포르쉐였다. 바오이판이 가방을 싣는 사이 앤디는 차를 한 바퀴 빙 돌며 훑어봤다. 과연 예상대로 자랑삼아 몰고 나온 것이다. 그는 강철 괴물 같은 파워풀한 차의 성능을 과시하기보다는 포르쉐 터보S의 뛰어난 디자인 감각을 뽐내며 무심한 듯 사람들의 눈길을 받는 것을 즐겼다.

바오이판은 앤디가 차를 구경하고 그의 앞에 올 때까지 여유 있게 기다렸다가 말했다.

"특별히 준비한 거예요. 일단 바비큐 먹으러 갑시다. 먹고 나서 호텔에 데려다줄게요. 내일부터 이틀간은 내가 전담 기사예요. 일이 끝나면 하이시에 같이 가고요. 월요일에 하이시에서 회의가 2건이나 잡혀 있거든요."

"바오이판, 알다시피 요즘 힘든 일이 끊이지 않았어요. 부탁이에요. 정말 아무것도… 안 하고 싶어요. 미안해요."

"이해해요. 난 그렇게 솔직한 당신이 좋아요. 배짱도 있고. 우리 푸켓에 있을 때처럼 지내보는 건 어때요?"

"고맙지만 사양할게요, 미안해요."

"에이, 당신은 자신이 미녀라고 생각하지 않나 봐요? 미녀는 미안해할 필요 없어요. 전설적으로 우리 남자들은 모두 미녀한테 학대당하길 간절하게 원하거든요."

앤디는 소리 내어 웃음을 터뜨렸다. 식당으로 가는 내내 바오이판의 얼굴만 보면 조금 전 그의 말이 생각나서 웃음이 멈추지 않았다. 날은 이미 어두워졌고 자동차들로 꽉 막혔던 도로는 조금씩 흐름이 원활해지기 시작했다. 바오이판은 인테리어가 화려한 바비큐 식당으로 앤디를 안내했다. 식당에 들어서자 그를 알아보는 사람이 많았다. 자리를 안내하는 종업원부터 식당 안의 손님들까지 그를 알은체했다. 앤디는 이번에도 주문은 바오이판에게 일임하고 자신은 화장실에 매무새를 다듬으러 갔다.

테이블로 돌아온 앤디는 자기 자리에 웬 중년 여성이 앉아 있는 모습을 보았다. 중년 부인 옆에 놓인 에르메스 핸드백이 어딘가 모르게 낯이 익은 것 말고는 그녀가 누군지 알 수 없었다. 그리고 부인의 손가락에 끼워진 비둘기 알 만한 다이아몬드 반지가 시선을 확 끌었다. 바오이판은 성가셔하는 표정을 짓고 있다가 다가오는 앤디를 보더니 인상을 평소처럼 확 바꾸며 일어서서 소개했다.

"저희 어머니예요. 마침 여기에 식사하러 오셨다가…."

앤디는 상투적인 드라마 같은 상황에 절로 웃음이 났다. 그녀는 손을 내밀며 다가갔다.

"안녕하세요, 앤디라고 해요. 반갑습니다."

바오 부인에게도 뜻밖의 만남이었기에 앤디와 악수하면서 잠시 말문이 막히고 목이 메었다.

"앤디 씨였군요. 푸켓 사진에서 봤어요. 궁금했는데 쟤가 자꾸 말을 돌리지 뭐예요."

앤디는 순간 난처했다. 더욱이 바오 부인이 그녀의 손을 꽉 잡고 놓지 않아서 당혹스러운 나머지 바오이판을 쳐다봤다. 바오이판은 고개를 숙여 두 여자 사이로 가로지른 두 손을 난감하게 바라보다가 하는 수 없이 직접 두 손을 떼어 놓았다.

"어머니, 집에 가서 얘기해요. 우리 밥 좀 먹게요. 배고파 죽겠다고요."

"얘는, 또 날 속이려는 거니? 방에 온통 아가씨 사진으로 도배해 놓고는 방금 나더러 합작 파트너 만나러 왔다고 둘러대는데…."

바오 부인은 말하면서 자신이 실수했음을 금방 깨달았다. 아들을 몹시 난처하게 하고 만 것이다.

바오이판이 급히 해명했다.

"사진을 인화해서 찾아왔는데 습기가 있길래 방에 걸어 놨던 거예요. 다 마르면 보내 줄게요. 어머니가 내 방에 들어왔다가 보시는 바람에 그렇게 됐어요. 미안해요."

바오 부인은 바오이판의 말이 사실이 아님을 당연히 알고 있었다.

사진을 말리려고 걸어 둔 게 아니라 앤디의 모습이 담긴 사진 여러 장을 액자에 끼워서 침실에 잘 모셔 두었기 때문이다. 부인은 뒤이어 웃으며 말했다.

"어릴 때는 아들 일기장도 곧잘 훔쳐보곤 했는데 크더니 도둑놈처럼 뭐든 다 컴퓨터 안에 숨겨 버리잖아요. 이번에 간신히 뭐 하나 발견했다 싶었는데 또 시치미를 뚝 떼니까 도무지 알 수가 있어야죠. 엄마 노릇하기가 갈수록 힘들어져요."

바오 부인은 호탕하게 웃으며 아들을 끌어당겨서 자리에 앉히고 자신은 앤디와 나란히 앉았다. 모름지기 아들을 가장 잘 아는 사람은 단연 엄마다. 아들이 눈앞에 있는 미녀한테 설설 기는 처지임을 엄마는 한눈에 알아차렸다. 하지만 바오 부인도 앤디가 마음에 들었다. 예쁘장하지만 너무 요염하지 않아서 좋았다. 요즘 아가씨들은 화장을 짙게 하고 머리를 색색으로 물들여서 검은 머리색을 보기 드문데 반해 앤디는 그런 여자들과 달라보였다. 또 앤디가 자신처럼 능력 있는 여성이라는 점도 호감이 갔다. 부인은 의자에 몸을 바짝 붙이고 앉으며 자신의 두 손으로 앤디의 손을 받쳐 들듯이 꽉 잡고는 빙그레 웃으며 말했다.

"사진보다 훨씬 예쁘네요. 지성미가 넘쳐 보여요. 혹시 오늘 밤엔 어디서 묵어요?"

앤디는 남에게 이렇게 손을 잡히는 게 어색해서 일순간 소름이 끼쳤다. 그 불편한 느낌은 순식간에 온몸 구석구석으로 퍼지더니 급기야 목과 팔뚝에 닭살마저 돋았다.

"호텔 예약해 뒀어요. 아직 체크인은 못했지만 식사하고 들어갈 거예요."

바오 부인은 앤디의 몸에 닭살이 돋은 것을 보고는 미소가 더 깊어졌다. 좋은 아가씨라는 느낌이 들었다. 이 나이대의 아가씨는 좀 예쁘게 생기면 더러 뻔뻔해지기도 하는데 이렇게까지 스킨십을 어색해할 줄은 예상 밖이었다.

"그럼 체크인 안 했으니까 우리 집에서 지내요. 1주일 동안 일하느라 고생했을 텐데. 이것 봐, 피곤해서 얼굴이 상했네. 아무렴 집만큼 편한 곳이 있겠어요? 내일 아침에는 내가 맛있는 밥 해줄게요."

맞은편에서는 셰프가 갓 구운 스테이크를 3조각으로 잘라서 건네주었다. 바오 부인은 그중에서 가장 큰 조각을 골라서 앤디 앞에 놓은 뒤에야 잡았던 손을 놓았다.

"앤디 씨, 많이 먹어요. 평소에는 회사일로 힘들어서 주말이나 돼야 겨우 제대로 챙겨 먹을 시간이 나죠? 다이어트는 절대 하지 말아요. 여자는 너무 말라도 건강에 안 좋아요. 아휴, 내 팔자에는 딸이 없는데 이렇게 좋은 아가씨를 만나다니 정말 기뻐요."

바오이판이 어머니의 귓가에 대고 속삭였다.

"어머니는 며느리 말고 딸이 필요해요? 이러지 좀 마세요, 애도 아닌데. 팔자에 없는 딸이 생겨서 좋으시겠어요."

바오 부인은 고개를 돌리며 눈을 흘겼다.

"얘 좀 봐, 엄마는 눈치도 없는 줄 아니?"

앤디는 바오 부인이 '딸'이라는 단어를 말하자 심장이 요동쳤다. 정상적인 가정에서는 엄마가 자식들을 이처럼 살갑게 대하지 않는 걸까? 앤디는 바오 부인에게서 색다른 감정이 들었다. 그녀는 포크로 스테이크를 찍어서 입에 넣고 막 삼키려다가 바오 부인에게 말했다.

"맛있네요. 드셔 보세요."

바오 부인은 배가 불렀지만 작은 조각을 한 입 먹었다. 그리고 흡족하다는 의미로 테이블 밑에서 아들의 다리를 툭 찼다. 바오이판은 다소 차가운 성격인 앤디가 오늘은 어쩐 일로 자신의 어머니에게 고분고분한지 의아했다. 이런저런 생각을 해보던 그는 불현듯 깨달았다. 예전에 앤디가 자신은 고아 출신이라고 얘기했던 기억이 떠오른 것이다. 그 이유일지도 모른다고 생각했다. 그는 어머니의 말에 끼어들려고 시도했지만 녹록지 않아서 이러지도 저러지도 못하고 있었다. 하는 수 없이 또 귀엣말을 건넸다.

"여기 계속 계실 거예요, 아니면 제가 나갈까요?"

그 와중에 앤디는 또 바오 부인이 주는 푸아그라를 건네받다가 바오이판을 보고는 웃으며 말했다.

"어머니한테 그러지 마세요."

"봤어요?"

바오 부인이 기분 좋게 웃었다.

"앤디 씨, 내일 있을 프레젠테이션에 우리 측 담당자는 그쪽에서 요청한 대로 배정했는데 혹시라도 불편한 점이 있으면 바로 얘기해요. 나도 내일 참석할 거니까 어려워하지 말고 뭐든 원하는 게 있으면 말해요. 가족처럼 편하게 대해도 돼요."

"네, 그렇게 할게요. 구운 아스파라거스가 맛있네요."

바오이판은 어머니와 앤디의 다정한 모습을 보며 울상을 지었다. 그렇다고 해서 자리를 박차고 나갈 수도 없었다. 그는 어쩔 수 없이 조연 신세로 전락해서, 어머니의 꼬임에 넘어가 부모님 집에서 머물기로 약속하는 앤디의 대답을 옆에서 듣고 있었다.

하지만, 덕분에 그가 몰랐던 앤디의 과거 이야기도 꽤 많이 들었다. 이를테면 언제 유학생으로 추천되어 대학에 들어갔는지, 미국에는 어떻게 가게 되었는지, 미성년자로서 학교에서 위탁한 후견인 집에서 생활하게 된 과정 등을 처음으로 알게 되었다. 그는 어머니의 눈동자가 당신 손가락에 낀 비둘기 알 같은 반지처럼 반짝이는 모습을 보면서 어머니가 무슨 생각을 하고 있을지 짐작이 갔다. 아마 미래에 천재 손자를 보는 꿈을 꾸고 있었을 것이라는 확신이 들었다. 하지만 그의 어머니는 어린 아들을 천재로 키우려고 사력을 다했던 분은 아니었다.

앤디는 따뜻하게 챙겨 주는 바오 부인 앞에서 꿋꿋하게 식사를 계속했다. 그러나 자신의 과거를 밝히고 싶지 않은 문제는 절대로 입에 올리지 않았다. 말하자면 고향이나 중국에서 사용하던 이름 등은 철저히 숨겼다. 한마디로 그녀의 과거는 미국으로 건너간 이후의 기억만 존재했다. 중국에 있을 때의 기억은 당시 너무 어렸던 탓에 거의 남아 있지 않았다.

식사를 마치고 바오이판의 부모님 집에 가기 위해 각자 차를 타고 출발했다. 하지만 바오이판은 어머니의 뜻을 어길 마음을 먹고 있었다. 건널목에 거의 다다랐을 때 일부러 속도를 늦추고 신호등에 노란불이 들어오기를 기다렸다가 가속 페달을 힘껏 밟았다. 그는 포르쉐의 폭발적인 가속력을 이용해서 쏜살같이 건널목을 건넜다. 뒤따라오던 어머니의 차는 신호등이 빨간불로 바뀌는 바람에 꼼짝없이 건널목에 멈춰 섰다.

앤디는 이 상황을 전혀 눈치채지 못했다. 자동차가 호텔의 지하주차장에 도착한 뒤에야 이상해서 물었다.

"부모님 집으로 가는 거 아니었어요?"

"안 가요. 여동생한테 딴맘 품은 놈 같은 기분이 들어서요."

바오이판은 눈에 띄지 않는 구석 자리에 차를 대고 바로 휴대폰을 껐다.

"당신도 휴대폰 꺼요. 빨리. 어머니가 금방 눈치챌 거예요. 집에 가

봐야 재미없어요. 내가 장담하는데, 아마 내일 아침에 일어나면 거실에 온 동네 아줌마들이 우르르 몰려와서 앤디 씨 보려고 기다리고 있을걸요."

"설마요."

"못 믿겠으면 한번 가보든가."

앤디는 급히 휴대폰을 껐다. 바오이판 어머니의 일방적인 친절이 부담스러웠지만 내심 그런 따뜻한 정이 절절하게 그립기도 했다. 하지만 거실을 가득 채울 아주머니들은 감당할 수 있을까? 솔직히 그건 너무 가혹한 모험이 될 것 같았다.

바오이판은 앤디가 휴대폰을 끄자 안심하고 짐과 술 2병을 차에서 꺼냈다. 앤디는 술병을 받아서 자세히 들여다보았다. 1병은 페리에 주에(Perrier Jouet)였다. 어슴푸레한 주차장 불빛 아래에서도 술병의 독특한 외관이 선명하게 눈에 들어왔다. 다른 1병은 시바스 리갈(Chivas Regal) 25년산, 이 역시 병 외관의 특징으로 또렷하게 알아볼 수 있었다.

"푸켓에 다녀온 이후로 술 끊었는데. 미끼 던지는 거예요?"

"그래서 페리에 주에 가져왔잖아요. 이건 술도 아니에요. 맞은편에 괜찮은 바가 있던데 이따가 갈래요? 망설이지 말고 같이 가요. 어머니 때문에 그렇게 많이 먹었는데 지금 바로 잘 수나 있겠어요?"

"밥 먹을 때 너무 무식해 보이지 않았어요?"

앤디는 배가 불룩 튀어나올 만큼 많이 먹어서 차에서 똑바로 앉지도 못하는 자신의 모습에 어처구니가 없었다.

"어머니 조심해요. 양의 탈을 쓴 늑대니까. 그런데도 당신한테는 참 잘하시더군요. 어렸을 때는 절 제압하려고 아버지와 합심해서 몽둥이를 휘두르셨던 분이에요."

"아들이 어머니를 그렇게 말해도 돼요?"

"우리끼리니까."

앤디가 눈을 돌리니 바오이판이 사랑스러운 눈빛으로 그녀를 보고 있었다. 앤디는 그의 눈길을 피해 먼저 엘리베이터에 탔다. 바오이판이 미리 체크인을 해 두어서 곧장 객실로 올라갔다. 창밖으로 보이는 경치가 상당히 멋진 방이었다. 아래로 내려다보니 화려한 도심의 풍경이 한눈에 들어왔다. 바오이판은 집적거리지 않겠다고 약속했지만 앤디는 계속 그의 팔이 닿는 느낌을 받았다.

바에서 그녀는 난생처음 남자와 춤을 췄다. 알코올 덕분에 용기가 났고 다행히 주변도 어두웠다. 바오이판은 디제이를 따라서 뻣뻣한 몸을 가볍게 흔드는 그녀를 한 걸음 한 걸음 차분하게 리드했다. 그리고 마침내 그녀를 품에 안았다. 약속? 남녀 사이의 약속은 원래 지키지 못할 헛소리다. 앤디는 눈을 감았다. 눈만 감으면 과거의 어두운 기억이 모두 사라질 것만 같았다. 춤을 추는 동안 머릿속은 깨끗이 비워지고 기분은 구름 위를 걷는 것처럼 이상하지만 행복했다.

하지만 같이 방으로 올라가려는 바오이판을 끝내 거절했다. 그녀는 호텔 침실에 딸린 화장실의 밝은 거울 앞에 홀로 섰다. 부풀어 오른 앵두 빛깔 입술과 발그스름한 양 볼을 본 순간 몽둥이로 거울을 박살 내 버리고 싶었다. 기억 속 그녀의 엄마는 찢어진 붉은 색 대자보에 물을 묻혀서 입술과 뺨에 벌겋게 발랐다. 동네 아이들은 그런 엄마의 꽁무니를 쫓아다니며 욕을 했고 남자들은 끈적끈적한 눈길을 마구 던졌다. 지금 그녀의 얼굴은 화장이 필요 없는 미치광이 창녀 같았다. 끔찍해서 차마 볼 수 없는 몰골이었다. 그녀는 다급히 냉장고에서 음료수 캔을 꺼내어 얼굴에 댔다. 뺨이 얼얼할 정도로 차가워진 뒤에야 붉은빛이 가셨다. 이놈의 술, 다시는 마시지 않겠다고 또 다짐했다. 어느덧 앤디의 두 눈에는 여전히 눈물이 그렁그렁 맺혀 반짝이고 있었다. 결국 그녀는 목 놓아 울고 말았다. 아예 샤워 물줄기 속으로 들어갔다. 기억이 눈물과 함께 깨끗이 씻겨 내려가길 바랐다. 하지만 지우려고 할수록 기억은 더욱 또렷해졌다. 놀란 가슴을 미처 진정시키지도 못했는데 초인종이 울렸다. 구멍으로 밖을 내다보니 바오이판이었다. 앤디는 깜짝 놀라 안전장치를 걸고 문을 열어, 열린 문틈으로 눈만 빼꼼 내밀고 물었다.

"왜요?"

바오이판은 고개를 푹 숙인 채로 휴대폰의 화면을 앤디에게 보여주었다. 화면 상단에 그의 어머니가 저녁 10시경에 보낸 메시지가 보였다.

'내 며느리 어디다 감췄니? 어서 집으로 데려와라.'

앤디가 메시지를 읽자 그가 말했다.

"봐요. 집에 못 가요. 들여보내 줘요."

바오이판 손에는 여행 가방이 들려 있었다.

"내려가서 방 하나 달라고 해요."

바오이판이 피식 웃었다.

"문 열어봐요. 푸켓에서처럼 거실에서 잘게요. 지금 나 혼자 지내는 집에서 오는 길인데 어머니가 하도 전화를 하는 통에 도망 나왔어요. 밤새 잠도 못 자게 전화할 게 뻔하거든요. 이게 바로 어머니의 본 모습이에요."

앤디는 뭔가에 홀린 듯이 안전장치를 풀어 문을 열고 밤손님 같은 그를 방에 들였다. 흥분한 바오이판이 잽싸게 안으로 뛰어 들어오자 그녀는 또 후회가 밀려왔다.

"나한테서 1미터 이상 떨어져요. 멋대로 굴면 안 돼요."

그녀는 이렇게 말하면서 재빨리 침실로 들어가 문을 잠갔다. 바오이판은 침실 문을 쳐다보며 허허 웃었다. 마음이 움직이면 몸도 멋대로 움직일 것이다. 과연 누가 몸을 멋대로 움직이게 될까.

앤디는 겁이 나서 지체 없이 침대로 가서 잠을 청했다. 문밖에서는 인기척이 수시로 났고 거실의 불빛이 침실 문틈으로 새어 들어왔다. 한참 만에 불빛이 모두 꺼지자 그녀는 어렴풋이 잠이 들었다. 꿈속에서 한밤중에 누군가 문을 두드렸다. 문을 열고 나가니 뜻밖에도 웨이웨이가 와 있었다. 웨이웨이는 질시의 눈빛으로 앤디를 쳐다보며 곧장 침실로 들어가 바오이판을 끌어냈다. 바오이판은 대체 언제부터 침대 위에 있었던 걸까. 앤디는 놀라서 온몸에 식은땀을 흘리며 캄캄한 어둠 속에서 이불을 안고 꽤 오랫동안 멍한 채로 앉아 있었다.

이른 아침, 취샤오샤오는 류신화의 전화를 받았다. 그가 주말을 함께 보내자고 했다. 두 사람은 하얼빈에 놀러 갔을 때 이미 주말마다 만나기로 약속했었기 때문에 특별한 제안은 아니었다. 그녀는 당연히 그러자고 대답했다. 그러나 전화를 끊고 나니 미꾸라지 같은 그 남자의 얼굴이 아득히 그려졌다. 일을 팽개치고 좁은 사장실에서 혼자 틀어박혀서 눈동자를 굴리며 방법을 생각했다. 오래 생각할 것도 없이 금방 아이디어가 떠올랐다. 음흉한 미소를 지으며 자오치핑에게 메시지를 보냈다.

'퇴근 후에 병원 주차장에서 만날까?'

자오치핑은 정오에야 겨우 메시지를 확인하고 답장을 보냈다.

'미안, 오전에 진료가 있었어. 오케이, 이따 봐.'

취샤오샤오는 휴대폰을 마구 흔들며 소리 없이 웃었다. 그녀는 종일 마음이 들썩대고 안절부절못했다. 시간이 되면 잽싸게 출발하려고 해가 산 아래로 내려가기만을 기다렸다. 그러느라 하마터면 류신화를 새까맣게 잊을 뻔했다. 취샤오샤오는 퇴근 시간에 딱 맞춰서 도착하려고 미리 나서지는 않았다. 매무새를 단정하게 가다듬고 휴대폰의 사진첩을 연 다음 류신화의 사진을 바라보며 중얼거렸다.

"난 류신화의 애인이다, 난 류신화의 애인이다…."

주문을 몇 번이나 반복해서 외운 뒤에야 세련된 디자인의 털모자를 쓰고 사무실을 나섰다.

병원 퇴근 시간이 이미 지난 때라 주차장에 빈자리가 많았다. 취샤오샤오는 주차장으로 들어서면서 주변을 살피기 시작했다. 예상대로 멀지 않은 곳에서 전조등을 깜빡이고 있는 차가 눈에 띄었다. 그녀는 핸들을 그쪽으로 돌려 자오치핑의 자동차 바로 옆에 차를 세웠다. 하지만 내리지는 않고 창문만 열어 손을 내밀며 인사했다.

"보고 싶었어. 왜 이렇게 만나기가 힘들어? 어쨌든 반가워."

자오치핑은 취샤오샤오의 애정 어린 눈빛을 받으며 그녀의 차에 탔다. 그녀의 눈동자는 달을 쫓는 유성처럼 자오치핑의 그림자를 따라 빠르게 움직이며 차에 타는 자오치핑을 응시했다. 나무랄 데 없이 잘생긴 외모에 아쉬움의 탄식이 절로 났고 면 소재의 두툼한 패딩을 입은 모습조차도 멋이 흘러 넘쳤다.

그런가 하면 자오치핑의 눈에 비친 취샤오샤오는 심장이 두근거릴 만큼 요염한 자태로 어린아이 같은 발랄한 매력을 풍기고 있었다. 그는 이 모순된 두 감정이 혼재된 눈빛으로 작고 갸름한 얼굴에서 반짝반짝 빛을 내는 그녀의 눈동자를 뚫어지게 바라봤다. 그의 가슴에서는 예나 지금이나 모든 남자의 로망과도 같은 이 여우와의 하룻밤을 보내고 싶은 꿈이 절로 피어올랐다.

아찔한 분위기가 감돌았다. 이때 취샤오샤오가 퇴근 전에 외웠던 주문의 효과가 나타났다. 그녀는 장갑을 낀 작은 손을 재빨리 뻗어서 키스하러 다가오는 자오치핑의 입술을 정확하게 막았다. 이태리산 어린 양가죽으로 만든 장갑은 두 남녀의 접촉을 완벽히 차단했을 뿐만 아니라 자오치핑의 체온을 느끼게 해주었다. 취샤오샤오는 미친 듯이 웃고 싶은 마음을 단단히 억누르며 진지하게 말했다.

"안 돼. 부모님이 소개해 준 공인된 남자 친구가 있어. 그래도 오늘 만나서 정말 기뻐."

자오치핑은 황당했지만 자세히 물어보지 못했다.

"오늘 저녁엔…."

"미안, 진짜 미안한데, 내릴래? 지금 남자 친구 만나러 가야 해. 다음에 또 봐. 이제 마음이 놓여."

자오치핑은 어이가 없었다. 그래도 취샤오샤오의 볼을 가볍게 쓰다듬고 차에서 내렸다. 그는 취샤오샤오의 차가 주차장을 빠져나가 시야에서 사라지자 고개를 숙이고 메시지를 보냈다.

'오늘 밤 가장 빛나는 별은 바로 너의 눈동자'

취샤오샤오는 차에 시동을 걸자마자 깔깔 웃기 시작했다. 고소했다. 멍청한 여자는 싫다더니 오늘은 대체 누가 멍청한 건지. 그는 자신이 깜빡 속은 줄도 모르는 바보였다. 바보 중에서도 이런 바보는 처음이었다. 그녀는 오늘 일을 계기로 그간의 설움을 갚고 공평해진 셈이라고 생각했다.

곧이어 자오치핑의 메시지가 도착했지만 취샤오샤오는 류신화를 기다리게 할 수 없어서 나중에 열어 보기로 했다. 식당 앞에 차를 대고 나서야 휴대폰에 시선이 갔다. 뜻밖에도 자오치핑의 러브레터였다. 그녀는 어려서부터 지금까지 사랑을 전하는 편지, 메일, 메시지를 워낙 많이 받아서 별 감흥이 없는 편이었지만 이번엔 자기도 모르게 또 큰 웃음이 터져 나왔다.

"하하, 가장 빛나는 별이라고? 오늘 가장 반짝거리는 컬러 렌즈를 꼈는데. 똑똑한 척은 혼자 다 하더니 여자들이 컬러 렌즈를 비장의 무기로 사용하는 줄은 상상도 못 했겠지."

그녀는 휴대폰을 백에 넣기 전까지 자꾸 피식피식 웃다가 갑자기 마법에 걸린 사람처럼 영혼 없이 멍하게 계속 차에 앉아 있었다. 마치 자오치핑의 달콤한 목소리가 귓가에서 메시지를 읽어 주는 것 같았다. 그때 갑자기 울리는 전화벨 소리에 정신을 차리고 휴대폰을 보았다. 이번에는 류신화였다. 콧물도 나고 김도 새서 약속에 나가고 싶지 않았다. 그러나 한번 뱉은 말은 책임져야 하는 법, 이미 정한 약속이니 나가야만 했다.

자오치핑의 혼을 쏙 빼놓았던 취샤오샤오에게 류신화도 여지없이 빠져들었다. 류신화는 취샤오샤오가 자리에 앉도록 부축하고 외투를 벗게 도와주었다. 매너도 좋고 자상했지만 취샤오샤오의 기분은 들뜨지 않았다. 메뉴판이 테이블 위에 놓이자, 그녀는 손으로 얼굴을 받치고 류신화를 보며 말했다.

"주문해. 네가 먹고 싶은 걸로. 난 다 좋아."

취샤오샤오는 매사에 평범하지 않았지만 오히려 류신화는 그런 점을 대수롭지 않게 여겼다. 그는 고개를 숙이고 음식을 주문하면서 가끔씩 눈을 들어 물끄러미 자신을 바라보는 취샤오샤오를 쳐다봤다. 주문을 마친 그는 취샤오샤오의 얼굴 앞으로 손을 뻗어 휙휙 흔들었다.

"왜 그래? 오늘도 출하 작업했어?"

그녀는 류신화의 손을 탁 쳤다.

"머리가 복잡해서. 전 남친을 우연히 만났거든."

"옛말에 똑똑한 말은 자기가 밟고 지나온 풀은 먹지 않는다고 했어."

"난 여태까지 사고뭉치 말이었어. 그런데 이제 와서 남자 문제로 똑똑한 말이 되라고?"

"그럼 다시 만나게?"

"나 죽일 거야?"

류신화는 가만히 취샤오샤오를 보다가 갑자기 목소리를 높였다.

"너희 어머니한테 말씀드릴 거야."

그러나 아무도 웃지 않았다. 그는 젓가락을 들어 방금 나온 냉채 접시에 담긴 두부를 이등분해서 한 쪽을 자기 접시에 놓고 말없이 먹기만 했다. 취샤오샤오도 접시를 자기 앞으로 가져가서 들고 묵묵히 먹었다.

류신화가 다 먹고 나서 말했다.

"사랑해. 처음 봤을 때부터, 그때 네 방이 엉망진창이고 네가 잔뜩 풀이 죽어 있었지만 너에게 사랑에 빠졌어. 이제 네가 선택해. 어떤 선택이든지 받아들일 테니까. 강요하진 않을게. 만약 거절한다면 내가 아무리 널 사랑해도 단념할 수밖에 없겠지. 하지만 그 남자한테는 돌아가지 마. 사흘 동안 진지하게 생각해 봐."

취샤오샤오는 몹시 놀랐다. 류신화를 지금껏 온순한 성격이라고 생각했는데 오늘처럼 박력이 넘치는 면이 있는 줄은 몰랐다. 잠시 우두커니 그를 쳐다보던 그녀는 휴대폰을 꺼내서 자오치핑과 관련된 흔적을 모두 과감하게 삭제했다. 자오치핑의 목소리를 마음속으로 되새겨 보았다. 서운한 마음이 들었지만 지우고 또 지우며 정리했다.

류신화는 자신의 승리를 예감하고는 그녀에게 다가가서 많은 사람 앞에서 입을 맞추었다.

"오늘 밤은 너희 집으로 가자."

"강아지처럼 영역 표시라도 하려는 거야?"

"내 여자니까. 넌 이제부터 한정치산자야, 난 후견인이고."

취샤오샤오는 류신화의 말을 잠시 되새기다가 한정치산자라면 정신 장애가 있는 사람을 뜻하는 것이라는 생각이 들었다. 그녀는 화가 나서 눈썹을 추켜세우며 류신화의 가슴 쪽으로 다가가서 멱살을 잡고 자기 앞으로 끌고 왔다. 그리고 나머지 한 손으로 그의 목을 팍팍 치고 팔을 꼬집으며 의기양양하게 말했다.

"이렇게 좋은 몸은 못살게 괴롭혀야지 그냥 두기엔 아쉬워."

취샤오샤오는 자기가 말해 놓고도 웃겨서 먼저 웃음을 터뜨렸다. 류신화도 웃었다. 하지만 그녀는 좀 얼떨떨했다. 이렇게 류신화로 마음을 정한 것인지, 이게 사랑인지, 평생을 함께하는 것인지 아리송했다.

그녀는 식당에서 나오다가 바로 옆에 있는 레스토랑의 창가 자리에 앉아 있는 판성메이를 발견했다. 왜 자신은 하필이면 판성메이가 외간 남자와 만나는 현장을 공교롭게도 자주 목격하게 되는 것일까. 자세히 보니 맞은편에 앉은 사람은 왕바이촨이었다. 두 사람은 얼굴을 마주 보고 앉아서 손을 맞잡고 있었다. 류신화는 취샤오샤오를 따라서 그녀의 시선이 머문 곳을 보았다.

"굉장한 미인이네."

"이웃집 언니야. 원래 저러고 있는 거 좋아해. 뭘 하든 죽을 때까지 폼생폼사야."

"평생 저렇게 살 수만 있다면 그것도 행복이지. 그런데 힘들지 않을까?"

취샤오샤오는 히죽거리며 물었다.

"나 업었을 때 힘들었어? 저 언니 진짜 대단해. 우리가 얘기한지 한참 됐는데 두 사람 아직도 저 자세로 있어. 너는 성메이 언니 같은 사람을 세컨드로 삼을 수 있을 만큼 노련해져 봐. 내가 응원할게."

"그게 내 맘대로 돼? 일단 너부터 날 덮쳐 봐."

취샤오샤오는 크게 소리 내어 웃으며 류신화의 등에 올라타려고 깡충깡충 뛰었지만 그러기엔 안타깝게도 그녀는 키가 작았다. 류신화는 취샤오샤오가 등에 엎드릴 수 있게 살짝 쪼그리고 앉았다가 그녀를 업고 걸음을 뗐다. 취샤오샤오는 류신화의 얼굴에 자기 뺨을 붙이고 가볍게 비비며 그와 오래오래 서로 의지하며 함께하기로 마음먹었다.

두 사람은 주말 내내 2203호에서 한 발짝도 나오지 않았다. 찬 겨울이었지만 은근히 따뜻했다. 그들은 당분간 양쪽 부모님께 두 사람의 관계를 말씀드리지 않기로 했다. 가족의 관심을 벗어나 자유로운 연애를 즐기고 싶었다. 하지만 두 집안의 부모님은 이미 분위기를 파악하고 있었다. '샤오샤오가 집에 안 갔다고요? 네, 우리 신화도 주말에 안 왔어요. 두 아이 다 휴대폰이 꺼져 있네요.' 하는 대화를 서로 주고받으며 좋은 일이 생겼음을 직감했다. 부모님들은 두 사람의 연애 소식에 흥분되고 설렜지만 짐짓 모른 척 눈감아 주었다. 젊은 커플을 방해하지 않고 조용히 지켜보기로 한 것이다.

앤디는 목이 말라서 일어났다. 몽롱한 상태로 더듬더듬 거실로 가서 물을 마셨다. 거실 한가운데에 서니 그제야 어딘가 이상하다는 생각이 들어서 고개를 돌려 보았다. 과연 바오이판이 소파에 누워서 코를 드르렁 골며 깊이 잠들어 있었다. 갑자기 잠이 반쯤 깬 것 같았다. 잠시 우물쭈물하던 앤디는 회색 민소매 상의와 실크 파자마를 입은 자신의 모습을 살피고는 안도했다. 그녀는 발소리를 죽이고 살금살금 걸어가서 물을 따르는데 이내 등 뒤로 웅얼웅얼하는 소리가 나지막이 들려왔다.

"나도 물 좀 줘요."

앤디가 뒤돌아보니, 바오이판이 소파에서 시원하게 기지개를 켜고 있었다. 앤디는 살짝 당황했다. 그녀 앞에 있는 그 남자는 자기가 알던 바오이판 같지 않아 보였다. 앤디가 멀찍이 서서 물 잔을 건넸다. 그런데 바오이판은 그녀의 손목을 움켜잡더니 그대로 자기 입 쪽으로 가져가서 앤디 손에 든 물을 마셨다. 두 사람은 서로 밀고 당기며 실랑이했다. 그런 와중에 앤디는 자신의 민소매 상의를 음흉하게 훑어보는 바오이판의 눈빛을 발견하고는 곧장 몸을 돌렸다. 그러나 바오이판은 그와 동시에 자리에서 일어나 걸치고 있던 담요를 펼쳐서 두 사람의 몸을 한데 덮어 감쌌다. 앤디는 또다시 펄펄 끓는 듯한 바오이판의 체온을 느꼈고 코끝에서는 바오이판의 체취가 진동을 했다. 그의 뜨거운 두 손은 헤엄치듯 그녀의 온몸을 쓰다듬으며 불을 지폈다. 앤디의 머릿속에서는 '어서 도망쳐, 위험해.' 하는 외침이 들렸다. 그러나 두 팔은 이미 꼼짝없이 제압당한 뒤였기에 아무리 발버둥쳐도 담요 밖으로 벗어날 재간이 없었다. 설상가상으로 바오이판의 입술이 그녀의 입을 막아 버렸다. 앤디는 옴짝달싹도 할 수 없었다. 바오이판이 그녀를 끌어안았다. 그녀는 당황하고 놀라서 무심코 그를 안는 바람에 결국 못 이기는 척 어색하게 바오이판의 품으로 쏙 들어갔다. 다시 눈을 뜨니 흐뭇하게 웃고 있는 바오이판의 얼굴이 보였다. 앤디는 자기도 모르게 얼굴이 발그레해졌다. 도망가려고 몸을 살짝 움직여 봤지만 바오이판이 꽉 껴안고 있어서 움직일 수 없었다.

"가지 마요."

앤디는 감정이 끓어오르는 가운데서도 이성을 놓지 않고 간신히 머릿속에서 할 말을 찾았다.

"8시예요. 회의 있잖아요."

"응, 내가 알아서 할게요."

바오이판은 티 테이블 위에 놓아두었던 휴대폰을 들어 메시지를 입력한 뒤에 앤디에게 보여주었다.

'어머니, 앤디하고 같이 있는데 차가 막혀서 1시간쯤 늦어요. 회의는 늦춰 주세요.'

앤디에게 확인시킨 뒤에 전송 버튼을 눌러 보냈다. 앤디는 잠이 덜 깬 상태에서도 이러면 안 된다고 생각했지만 바오이판이 다시 품으로 끌어당기는 바람에 더 이상 아무 생각도 하지 못했다.

바오이판의 품은 황홀했다.

30년 동안 금기했던 일을 하룻밤 만에 빗장을 푼 그녀는 잠시 마음이 불편했지만, 이상하게도 바오이판의 따뜻한 품에 안겨 있으니 행복했다. 심지어 온몸을 겹겹이 둘러쌌던 두려움도 사르르 녹아서 사라지는 것 같았다.

감정을 추스르고 다시 이성을 되찾은 앤디는 불안해하며 물었다.

"너무 형편없지는 않았나요…? 완전히… 미친 사람처럼?"

"응? 그게 무슨 말이에요. 천사처럼 아름다웠어요. 허니, 당신은 내 천사예요."

"솔직히 말해봐요."

"수줍어했어요, 아이처럼. 미친 사람이라니, 전혀 어울리지 않아요."

바오이판은 또 입을 맞췄다.

"사랑해요, 너무 너무 너무. 이제 매일 이렇게 있으면 좋겠어요, 진심으로."

"아니 당신은…, 왜 늘 이런 생각을… 이렇게…."

"사랑하는 사람끼리 뭐가 어때서요. 당신 일정표는 다 찢어 버립시다. 오늘, 내일 전부 다 취소해요. 사과는 내가 모레 가서 일일이 할 테니까."

"안 돼요. 미쳤나 봐."

"그렇게 해요, 하자고요."

바오이판은 생떼를 부렸지만 그도 일을 취소할 수 없는 것을 잘 알고 있었다.

앤디가 씻고 나오니 바오이판은 이미 양복과 구두를 갖춰 입고 있었다. 머리부터 발끝까지 단정하고 점잖은 사람으로 변신한 그는 젊은 엘리트의 분위기를 풍겼다. 다만 앤디를 보며 활짝 웃을 때는 온몸을 타고 흐르던 그의 섹시함이 다시금 되살아났다. 두 사람은 식당을 나와서 차에 탔다. 앤디가 주뼛거리며 말했다.

"가다가 근처에 약국이 보이면 좀 세워 줘요."

바오이판은 놀란 듯이 앤디를 보다가 급히 그녀의 팔을 잡았다.

"안 돼요. 저녁에 얘기해요."

앤디는 마음이 실타래처럼 엉켜 복잡했지만 바오이판에게 설명할 길이 없어서 그냥 입을 닫았다. 바오이판은 앤디를 슬쩍 한번 보고 나서야 마음을 놓고 시동을 걸어 출발했다. 회사에 도착하니 정말로 딱 1시간 늦은 시간이었다. 회의실에서 사람들이 북적거리는 모습이 멀리서도 보였다. 앤디는 한 번도 약속에 늦은 적이 없었다. 앤디는 너무 무안해서 쥐구멍에라도 들어가고 싶고 미칠 것만 같았다. 바오이판의 눈에도 그렇게 보였는지 앤디에게 괜찮냐고 물었다.

앤디는 목소리를 낮춰 부탁했다.

"날 쳐다보지 말아요. 웃지도 말고요. 안 그러면 진짜 큰일 날 거예요."

바오이판은 말없이 몇 초간 웃다가 대답했다.

"참아 볼게요. 걱정 말고 들어갑시다."

바오이판은 약속대로 웃지 않았지만 바오 부인이 도리어 의미심장한 웃음을 지었다. 앤디는 오해를 사기 딱 좋을 그 메시지를 생각하니 난감하기 이를 데 없었다. 머리도 복잡하고 지력도 떨어진 것 같았지만 실력을 발휘해서 바오 회사 측 담당자를 당황하게 했다. 그뿐만 아니라 현장에 있던 바오 집안의 3명의 담당자와 주요 재무 인사의 감탄을 자아내게 했다.

앤디는 그사이 혼자서 생수를 5병이나 마셨다. 질의와 응답 시간이 끝나고 앤디는 다른 회의실로 이동해서 휴식을 취했다. 바오 회사의 담당자들은 모두 의견을 나누느라 바빴다.

그러나 바오성(包生)은 서슴거리며 아내 곁에 있다가 아들에게 슬쩍 물었다.

"요즘은 좀 예쁘다 싶으면 다들 미인계로 일을 해결하려고 하던데…."

바오이판은 아버지의 말이 떨어지기가 무섭게 받아쳤다.

"그만 가세요. 저 장님 아닙니다. 사람 볼 줄 알아요."

바오이판이 덧붙여 말했다.

"따지고 보면 얼굴만 믿고 여자 고생시키는 남자도 많아요. 왜 일을 복잡하게 만드세요? 앤디가 그럴 사람으로 보여요? 참나."

바오성은 반신반의했다.

앤디는 검은색 캐시미어 코트를 단단히 여민 채로 편안히 쉬고 있었다. 이 건물의 스탠딩 냉난방 기기는 중앙 냉난방 장치보다 성능이 떨어지는지 두 발이 시릴 정도로 추웠다. 그럼에도 앤디는 편안하게 안정을 취하다가 긴장이 풀렸는지 스르르 잠이 들었다. 바오이판이 앤디를 흔들어 깨우자 그녀는 1분 정도 정신을 차리지 못하고 멍하니 끔벅거리고 있었다. 바오이판이 참지 못하고 키스를 하자 앤디는 그제야 정신이 들어서 몸을 움츠렸다.

"아, 회의 끝났어요?"

"부모님이 당신하고 같이 점심 드시고 싶은가 봐요. 회의 결과는 언급할 필요도 없어요. 완벽했으니까."

앤디는 갑자기 마음이 복잡했다.

"저… 우리… 안 가면…."

"걱정 말아요, 내가 있잖아요."

"싫어요. 난 아직 그럴 생각이…, 아무튼 싫어요."

바오이판의 눈에는 앤디의 이런 태도가 의아해 보였다. 자기와 결혼할 생각이 없는 여자는 처음이었기 때문이다. 하지만 다시 생각하니 의문이 풀렸다. 온몸으로 섹시함을 어필하며 갖은 궁리를 다 짜내어 앤디를 품에 안긴 했지만 결국 두 사람이 함께 지낸 시간은 지금까지 100시간도 채 되지 않았던 것이다. 그는 회의실을 나가서 어렵사리 부모님을 먼저 보냈다. 특히 어머니가 매우 아쉬워했다. 마치 애지중지하는 딸을 두고 가는 어미처럼 몇 번이나 뒤를 돌아보며 아버지에게 억지로 끌려 나갔다.

호텔로 돌아가는 길에 앤디는 약국을 발견했다. 고개를 돌려서 약국 간판을 한참 쳐다봤다. 피임약을 사야 할까? 하지만 마음에서는 두려움보다 강렬한 기대감이 더 크게 자리 잡았다. 그녀는 지금의 상황을 받아들이기로 했다.

판성메이는 토요일에 왕바이촨과 교외로 농가 음식을 먹으러 가기로 했다. 왕바이촨과의 약속 외에 다른 일은 없는 토요일이어서 그녀는 축 늘어진 채로 누워서 한참을 꾸물거리다가 일어났다. 2202호에는 사람의 그림자 하나 보이지 않았다. 관쥐얼이 주말에 출근하는지 몰랐다. 추잉잉은 쫓아다니는 남자가 생겨서 주말에도 이벤트가 있다고 했다. 판성메이는 최근 22층의 분위기가 전과 달리 이상하다고 느꼈다. 모두가 자기한테 안 좋은 감정을 품어서 주말인데도 2202호에 혼자 남겨진 거라고 생각했다.

왕바이촨의 전화가 왔을 때 판성메이는 정성 들여 화장을 하고 있었다. 그녀는 왕바이촨에게 기다리라고 한 뒤에 평소처럼 꼼꼼히 화장을 마치고 매력을 뽐내며 내려갔다. 그래서인지 왕바이촨은 마치 잘 익은 복숭아처럼 탐스러운 판성메이의 입술을 보고는 조심스럽게 속을 내비쳤다.

"키스하고 싶어."

왕바이촨은 긍정의 대답을 기대했지만 판성메이는 단호하게 거절했다.

"안 돼. 얼마나 오랫동안 공들여 한 화장인데. 예뻐? 오늘은 종일 봐야 하니까 번지면 안 돼."

그는 판성메이가 뾰족하게 내민 보드라운 입술을 보며 괴로운 듯이 말했다.

"이렇게 예쁜데 보고만 있으라고? 고문이 따로 없네."

판성메이는 애교스럽게 웃으며 운전하는 왕바이촨 앞으로 일부러 바싹 다가가서 머리칼을 살랑살랑 흔들었다.

"오늘 향수는 어때? 맘에 들어?"

"네가 오늘 날 죽일 작정이구나. 차례차례 맛만 보여주는 거야?

제발 이러지 마. 살려 달라고."

판성메이는 흡족해하며 웃었다. 왕바이촨 앞에서 그녀는 뭘 하든지 다 사랑스럽기만 했다. 하필이면 이런 달콤한 순간에 판성메이의 직속 상사에게서 전화가 왔다.

"성메이 씨, 좋은 소식과 나쁜 소식이 하나씩 있어요. 뭐부터 들을래요?"

판성메이는 이렇게 진부한 방식으로 뜸 들이는 게 무척 짜증 났지만 상사에게는 방긋 웃으며 궁금해서 안달이 난 것처럼 말했다.

"당연히 좋은 소식부터 들어야죠. 뭐예요? 빨리 말해주세요."

말을 마치고는 왕바이촨을 보며 얼굴을 찌푸렸다.

"좋은 소식은, 월요일에 연말 상여금을 지급한대요. 하하."

판성메이는 순간 이 우울한 겨울이 하나도 춥지 않은 듯했다.

"와, 정말 잘됐네요."

당연히 기뻤다. 마침내 시내 중심가로 진출할 때가 온 것이다.

"그럼 나쁜 소식은요?"

"나쁜 소식은, 주말에 출근해서 나하고 같이 일해야 한다는 거예요. 일단 관리자들이 지급 목록 작성하는 걸 도와야 하고, 또 월요일에 상여금을 지급하고 나면 대규모 사직 러시가 예상되니까 미리 대비해야 해요. 올 수 있죠? 하하, 점심은 구내식당에 부탁해 놨어요."

판성메이는 두말없이 가겠다고 하고 통화를 끝낸 뒤에 한숨을 길게 내쉬었다.

"드디어 연말 상여금이 나온대. 이제 회사 옮길 수 있겠다. 그런데 오늘 출근해야 해."

"뭐? 농가에 안 가고? 벌써 예약 다 해 놨잖아. 간신히 구한 자리인데. 네가 그렇게 먹고 싶다던 딸기도 먹을 수 있는데…."

"어쩔 수가 없어. 상여금을 받기 전 이틀이 아주 중요하단 말이야. 조금이라도 불성실해 보이면 상여금에서 0하나가 날아가 버릴 수도 있거든. 일단 상여금을 받고 나면 회사에서 뭐라고 해도 당장 사직서 낼 거야. 회사로 가자. 휴, 일하러 가야 해."

판성메이는 화장품 파우치를 꺼내서 입술 화장을 다시 정돈했다. 부드럽고 섹시한 입술은 출근용으로는 어울리지 않았기 때문이다.

왕바이촨은 하는 수 없이 방향을 돌려서 판성메이의 회사로 향했다. 그는 판성메이가 자신이 아닌 다른 사람에게 잘 보이기 위해서 입술을 매만지는 모습을 보고 더욱 우울해졌다. 이 때문에 그는 토라져서 판성메이의 회사 앞에서 헤어질 때 입맞춤 없이 인사했다. 하지만 그는 딱 이 시기에 나오는 딸기를 무척 좋아하는 판성메이를 위해서 다른 친구와 같이 농가에 가기로 다시 약속했다. 딸기를 넉넉히 사 와서 판성메이에게 실컷 먹이고 싶었다.

판성메이는 회사에서 직속 상사와 함께 업무를 처리했다. 겉으로는 전과 다름없이 화사하게 웃고 있었지만 근무 태도는 아무래도 전처럼 성의를 다하지 않았다. 퇴사를 앞두고 열정을 바쳐 일하는 건 좀 모자란 짓이라고 생각했기 때문이다.

앤디는 오후 내내 동종업자들과 커피를 마시며 이야기를 나눴다. 바오이판은 혼자 다른 자리에 앉아서 업무를 봤다. 사실 바오이판도 그 동종업자들과 아는 사이였지만 앤디가 합석하는 것을 원치 않았기 때문에 앤디의 뜻을 따랐다. 또 앤디가 장소를 이동해서 다른 한 무리의 사람들을 만날 때도 앤디를 그곳까지 데려다주고 멀찌감치 떨어져서 기다리거나 볼일을 보고 돌아오곤 했다. 그가 앤디를 귀찮게 한 일은 메시지 1통을 보낸 것뿐이었다.

'저 사람들하고 저녁 약속하면 안 돼요.'

앤디도 바오이판이 방해하지 않은 덕분에 대화에 집중하고 시간도 절약할 수 있었다. 두 번째 미팅을 마치고 나오니 바오이판이 차에서 한참 늘어지게 자고 있었다. 앤디와 미팅한 사람은 마침 공교롭게도 바오이판과 같은 자동차 동호회 멤버였다. 그는 밖으로 나오자마자 카페 앞 VIP 주차장에 세워진 바오이판의 고급 승용차를 발견하고는 다가가서 차창을 두드렸다. 바오이판은 놀라서 금방 밖으로 튀어나왔다. 바오이판의 지인은 그 모습을 보고 웃으며 곧바로 앤디와의 거리를 조정하더니 다시 50미터쯤 떨어져서 섰다. 바오 도련님이 임시 기사 노릇을 한 적은 자주 있었지만 이처럼 장시간 차에서 끈기 있게 기다리는 모습은 본 적이 없던 터라 앤디와 특별한 사이임을 짐작한 것이다. 바오이판은 친구의 짓궂은 농담을 다 받아 주었다.

두 사람의 짧은 만남을 뒤로하고 바오이판은 차에 타서 서서히 출발했다.

"부모님이 당신하고 같이 저녁 식사하고 싶다고 또 말씀하시던데."

앤디는 웃으면서 물었다.

"당신 부모님은 이런 제안을 1년에 몇 번이나 하세요?"

"날 이런 이미지로 만든 사람이 대체 누구예요? 이제 당신밖에 없어요. 보면 알잖아요."

앤디는 취샤오샤오라고 솔직하게 말하지 않았다. 사실 그녀도 취샤오샤오를 확실히 신뢰하는 편은 아니었기 때문이다. 그녀는 고개를 숙이며 웃었다.

"못 가요. 아니, 안 간다고 말씀드려요."

"벌써 말씀드렸어요. 그래도 부모님 뜻은 알아야 할 것 같아서 전하는 거예요. 나도 갈등이 심했어요. 당장이라도 부모님께 당신을 데리고 가고 싶고 외가와 친가의 할아버지와 할머니께도 보여 드리고 싶어요. 친구와 동창들한테도 소개하고 싶고. 내 절친들한테 당신이 내 여자라고 자랑하고 싶어 죽겠다고요. 하지만 아직은 아닌 것 같아요. 당신하고 함께한 시간이 많지 않아서 1분 1초도 다른 사람한테 내주기 아까워요. 내가 독차지할 거예요."

"누가 당신 여자예요? 누구 맘대로 독차지를…."

앤디는 차를 멈추게 하고는 바오이판을 뚫어지게 쳐다봤다.

"나보다 더 제정신이 아닌가 봐."

"당신이 제정신이 아니라고?"

바오이판은 박장대소하며 아침에 두 사람이 나눴던 대화를 상기했다. 앤디가 자신이 미친 것 같지 않았냐고 걱정스럽게 묻던 모습을 떠올렸다. 그녀는 정말 헛똑똑이 이과생이었다. 그는 차의 시동을 걸고 길모퉁이를 돌며 말했다.

"그 정도를 미친 거라고 하면, 그럼 난 뭐예요?"

신호등이 이내 빨간불로 바뀌었다. 바오이판이 속삭이며 말했다.

"갑시다. 미친 게 어떤 건지 보여줄 테니까."

앤디는 무슨 말을 해야 좋을지도 몰랐고 아무 말도 나오지 않았다. 아침에 저질렀던 미친 짓을 생각하니 또 얼굴이 시뻘겋게 달아올랐다. 호텔로 돌아와서 엘리베이터를 탔다. 앤디는 거울 같은 엘리베이터 문에 비친 두 사람의 모습을 가리키며 말했다.

"우리 꼭 짐승 같아요."

바오이판은 기가 막혔지만 마침 1층에서 한 사람이 타는 바람에 입을 꾹 다물었다. 그는 방으로 들어와서 외투를 벗으며 모른 척하고 물었다.

"이제 옷만 벗으면 짐승이 되는 건가?"

"아뇨. 방해하지 마요. 자료 만들어야 해요."

앤디는 바삐 전원을 연결하고 노트북을 켰다. 부팅이 완료되기를 앉아서 기다리며 바오이판이 자기 짐을 들고 침실로 들어가는 것을 지켜봤다. 바오이판이 그녀의 침실을 차지해 버렸다. 앤디는 아무 말도 하지 않고 바오이판이 시야에서 사라진 틈을 타서 서둘러 코트와 정장을 벗었다. 바오이판이 편한 옷으로 갈아입고 나왔을 때 그녀는 이미 소파에 앉아서 문서를 작성하고 있었다. 바오이판은 먼저 자기 휴대폰을 끄더니 티 테이블에 놓인 앤디의 휴대폰도 제멋대로 꺼 버렸다. 그러고는 앤디가 앉은 소파 위로 몸을 훌쩍 날렸다. 문서 작성이라니, 앤디는 방금 전 미팅에 관한 내용을 한 글자도 입력하지 못했다. 아무것도 기록할 수 없었다. 그녀의 온몸의 감각은 이미 바오이판의 몸짓에 따라 반응하고 있었다. 그나마 기록해 두었던 것도 순식간에 바오이판에 의해 삭제되고 말았다.

뜨거운 키스가 폭풍처럼 지나간 뒤에 바오이판이 물었다.

"저녁은 뭘로 할래요? 먹고 싶은 거 있으면 내가 식당 알아볼게요."

아직 몽롱한 앤디는 눈동자만 굴릴 뿐 말이 없었다. 가까스로 이성의 끈을 붙잡고 보니 자신이 누군가의 품에 꼭 안겨 있었다. 그녀는 영혼의 깊은 곳에서 이성의 끈을 놓지 않으려고 필사적으로 버텼지만 끝내 이기지 못하고 다시 눈을 감으며 타조처럼 누군가의 품속으로 얼굴을 묻었다.

"안 갈래요. 아무 데도 안 가요."

바오이판은 기뻐서 소리를 지르며 방에 설치된 인터폰으로 레스토랑에 연락해서 룸서비스를 주문했다. 앤디는 바오이판이 통화를 하는 동안 고개를 들어 처음으로 가까이에서 거리낌 없이 자세하게 그를 뜯어봤다. 피부의 모공 하나하나까지 또렷하게 보일 만큼 가까운 거리에서 말할 때마다 움직이는 그의 얼굴 근육도 차근차근 살펴보았다. 그녀는 바오이판의 얼굴을 쓰다듬고 싶었지만 용기가 나지 않아서 그저 보고 또 보기만 했다. 앤디의 이글거리는 눈빛을 느낀 바오이판도 앤디 쪽으로 얼굴을 돌려 그녀를 응시했다. 바오이판은 통화를 끝내고 앤디를 품에 바싹 끌어당겨서 꽉 껴안으면서도 여전히 앤디에게서 눈을 떼지 않고 그녀와 시선을 교환했다.

"이제야 당신 마음을 알았어요."

그는 앤디의 손을 잡고 자기 얼굴로 가져가서 뺨에 댔다. 그러나 앤디는 주먹을 꽉 쥔 채로 주저하다가 한참 만에 손을 살며시 펼쳤다. 생전 처음 느껴보는 새로운 감각이 손끝으로 전해졌다. 손가락의 미세한 떨림은 두 사람에게 고스란히 전달되어 퍼지며 강렬한 아르페지오 연주처럼 분위기를 고조시켰다. 앤디는 벗어나고 싶기도 했지만 바오이판이 힘껏 안아 놓아주지 않았다. 바오이판은 자신의 입술을 스치고 지나가는 앤디의 손을 잡으며 말했다.

"내가 당신 남자라는 걸 잊지 말아요."

"욕망이 아닐까요?"

"우리처럼 잘난 사람들이 사랑 없이 어떻게 욕망에 빠지겠어요."

앤디는 자기도 모르게 바오이판의 눈부셨던 과거에 관한 소문이 또다시 생각나서 무심중에 이렇게 말했다.

"Where Beauty cannot keep her lustrous eyes, Or new Love pine at them beyond tomorrow. (내일이 지나면 아름다운 여인의 맑은 눈동자는 빛을 잃고 새로운 사랑은 끝이 나네.)"

"상반된 내용 중에서 가장 담백한 구절로는 이런 게 있죠. But on the viewless wings of Poesy, Though the dull brain perplexes and retards (시의 상상의 날개를 타고서 머리는 둔하고 혼란하지만) 내 마

음은 이미 당신에게 흠뻑 빠지고 말았소. 내 여인이여, 키스해 주오."

"싫어요."

앤디는 조건반사적으로 입술을 깨물었지만 이미 그와 키스를 몇 번이나 했는지 또렷이 기억하고 있을 만큼 키스가 싫지 않았다. 그녀의 대답은 마치 어린아이의 투정 같은 것이었다. 하지만 그녀에겐 키스를 리드할 용기가 없었다. 바오이판은 재촉하지 않고 차분히 기다리며 눈빛으로 그녀를 다정히 보듬고 달랬다. 앤디가 마침내 눈을 감았다. 마음을 굳게 먹은 듯 보였다. 그녀는 스스로 바오이판에게 키스했다. 처음 시작하기는 어려웠지만 그다음부터는 순조로웠다. 두 번, 세 번… 연거푸 입을 맞췄다. 이 순간 이성이란 게 있었던가? 앤디는 자신과 바오이판의 모습이 분명 사람이지만 짐승처럼 느껴졌다.

다음 날, 그녀는 빽빽하게 짜인 일정을 소화해야 하는 자신이 태어나서 처음으로 무척이나 미웠다. 그럼에도 젖 먹던 힘까지 다 짜내서 늘 그랬듯이 완벽하게 일을 마쳤다.

34

취샤오샤오는 류신화와 이틀 밤낮을 정신이 아찔하도록 침대에서 뒹굴었다. 류신화가 저녁 식사로 피자헛에서 주문한 음식을 받으러 나간 사이 혼자 침대에 우두커니 앉아 있던 취샤오샤오는 문득 지루해졌다. 마치 이틀 동안 자신을 복제한 남자와 사랑을 나눈 것 같은 생각이 들었다. 류신화가 뭘 할 줄 알고 뭘 못 하는지 이제는 손바닥을 보듯 훤히 알게 된 것이다. 그녀는 류신화에게 바라는 점을 지적했을 때 그가 그것을 자신의 약점으로 받아들이고는 도전하지 않는 모습이 매력 없어 보였다.

"샤오샤오, 깨끗한 나이프와 포크가 없으니까 어서 손 씻고 와, 피자 먹게."

취샤오샤오는 속으로 나이프와 포크가 없으면 당연히 손으로 먹겠지 하고 중얼거리며 손을 씻고 나왔다. 류신화는 이미 양손으로 피자를 번갈아 쥐며 먹고 있었다. 취샤오샤오는 곧장 류신화에게 달려들어 그의 손에 든 피자를 낚아채고는 가장자리의 치즈 크러스트를 뜯어서 자기 입에 넣었다. 그녀는 피자에서 이 부분을 가장 좋아한다. 호랑이 입에 든 것이라도 빼앗아 먹을 만큼 좋아했기 때문에 사실 피자의 치즈 크러스트 부분은 그녀 혼자 다 먹은 셈이었다. 그러나 류신화는 전혀 개의치 않았다. 취샤오샤오는 류신화의 이런 태도도 썩 마음에 들지 않았다.

"주말 이틀이 벌써 다 지나갔어. 너무 빨라."

류신화는 취샤오샤오의 표정이 시무룩해진 이유가 주말이 다 갔기 때문이라고 여겼다.

"〈마루코는 아홉 살〉 틀어 줄까?"

취샤오샤오가 고개를 끄덕이자 류신화가 일어나서 텔레비전을 켰다. 그는 좋아하지 않는 프로그램이었지만 옆에서 같이 봤다. 취샤오샤오는 이런 류신화의 태도에 더 짜증이 났다.

"저녁 먹었으니까 이제 집에 가. 내일 출근하려면 준비도 해야지."

"하하, 벌써 마누라 노릇하는 거야? 음, 짐 챙겨서 우리 집에 같이 갈래? 내일 회사에 데려다 줄게."

"안 가."

"그럼 나도 안 가. 샤오샤오, 있잖아, 너 전생에 구미호였지?"

"맞아, 사람의 양기를 빨아먹는 귀신이었어. 이제 가 봐. 빨리 안 가면 신경질 낼 거야. 네 몸의 기를 쪽 빨아먹고 껍데기만 남길 거라고."

류신화는 농담이라고 여겼는데 취샤오샤오의 표정이 상당히 진지해서 놀랐다.

"내가 귀찮아? 왜?"

"몰라. 잘 모르겠어."

취샤오샤오는 정말로 자신의 기분이 왜 이렇게 가라앉는지 말로 형용할 수 없었다. 설령 류신화가 아닌 다른 소개팅 남을 만났다고 해도 그녀의 기분은 똑같았을 것 같았다. 또 그 남자가 취샤오샤오에게 특별히 잘할 것 같지도 않았다. 어차피 집안에서 소개해서 수준이 엇비슷한 사람끼리 만나고 어울리기 때문이다. 그녀는 소파로 풀썩 올라가서 웅크리고 앉더니 얼굴을 무릎을 사이에 파묻고 머리를 쥐어뜯었다. 정말 이상했다. 왜 별안간 류신화가 마음에 차지 않는지 혼란스러웠다.

"잘 모르는 거야, 아니면 말을 못 하는 거야?"

취샤오샤오가 머리를 냅다 쳐들었다.

"말 못 할 게 뭐가 있어? 네가 걱정이 많은 건 아니고? 내 속에 들어와 봤니? 네 생각이 구린 거 같은데? 네가 뭘 안다고 그래? 어서 가. 안 가면 싸울지도 몰라. 난 너하고 싸우고 싶지 않아."

"알았어, 미안해. 내가 실언했어."

류신화는 취샤오샤오가 불같이 화를 내자 어쩔 수 없이 꼬리를 내리고 소파로 가서 그녀를 안아 달랬다. 그러나 취샤오샤오는 그가 마냥 귀찮기만 해서 매정하게 벌떡 일어나서 소파를 벗어났다. 류신화는 기분이 상했지만 꾹꾹 누르고 참았다.

"하나만 약속해줘. 갑자기 우울해진 이유를 알게 되면 나한테도 알려 주겠다고. 안 그러면 나 너무 불안할 거 같아, 안 좋은 생각만 들 거야."

취샤오샤오는 고개를 끄덕였다.

"한 가지 분명한 이유는 있어. 내가 돈 버는 일 말고 다른 일에는 금세 싫증을 내는 성격이라는 거. 가자. 주차장까지 바래다줄게."

"쫓아내면 가야지 뭐."

류신화는 마음이 불편하다 못해 실망스러웠다. 취샤오샤오가 느닷없이 안면을 바꾼 이유가 전 남자 친구와 무관하지 않다는 생각이 들었기 때문이다. 하지만 다시 물어보면 정말로 싸우게 될 것 같아서 그냥 집에 가려고 옷을 갈아입었다. 취샤오샤오는 약속대로 주차장까지 류신화를 따라 나섰다. 류신화는 계속 입맞춤으로 헤어짐의 아쉬움을 달래려고 했지만 취샤오샤오는 철벽을 쳤다. 날카롭게 소리를 지르지 않았지만 무시하는 투로 쏘아보며 거절의 신호를 보냈다.

엘리베이터를 타고 지하 주차장으로 내려오니 앤디의 구역에 주차된 그녀의 차가 눈에 들어왔다. 눈이 밝은 취샤오샤오는 주차장의 희미한 전등불에 의지해서 차안에 사람이 있는지 자세히 살폈다. 마침 격렬한 키스를 하고 있는 두 사람이 눈에 띄었다. 취샤오샤오는 경악했다.

"와우, 저 야수가 대체 누구야?"

류신화도 같이 보다가 놀라서 짐 가방을 손에서 놓쳐 버렸다. 그러고는 핑계 김에 은근슬쩍 취샤오샤오를 끌어당겨 안았다. 하지만 취샤오샤오는 5초도 채 지나지 않아서 그의 품을 힘껏 밀어내고 차에 바짝 엎드려서 고개를 쭉 빼고 안을 들여다봤다. 잘 보이지 않자 그녀는 힘을 주어 차를 쾅쾅 두드렸다. 차안에서 누군가 놀라서 움직이는 모습이 보였다. 취샤오샤오는 그 야수가 바오이판이라는 것을 한눈에 알아보고는 웃음이 터져서 큰소리로 깔깔대며 웃었다. 짓누르던 근심이 일순간에 사라지는 듯했다. 일찌감치 바오이판을 앤디의 상대로 인정하고 있었던 그녀는 양손을 허리에 짚고 차 밖에서 기다렸다. 두 사람이 얼마나 난처한 표정으로 차에서 나올지 잔뜩 기대하고 있었다.

바오이판이 먼저 운전석에서 밖으로 나오더니 태연하게 물었다.

"이제 와요? 같이 올라갑시다."

앤디도 뒤따라 차에서 내리면서 취샤오샤오를 향해 웃음을 지었다.

"어쩜 여기서 만났네."

취샤오샤오는 응원하는 치어리더처럼 몸을 흔들며 노래를 하듯이 시끄럽게 말했다.

"헤헤, 인사해, 인사해, 나한테 고맙다고 인사해. 이렇게까지 진전됐으면 나한테 가장 먼저 보고했어야지. 이제 비밀로 해도 소용없어. 키스하는 거 다 봤으니까. 울라라, 울라라… 어머나! 둘이 잤어?"

취샤오샤오는 놀라서 눈이 휘둥그레졌다. 바오이판이 차 트렁크에서 여행 가방 2개를 꺼내서 같이 들고 올라가려고 정리하는 모습을 본 것이다. 그중 하나는 바오이판의 가방이 분명했다.

"네, 이틀 동안 쭉 같이 있었어요. 아주 좋았어요."

앤디는 다른 사람 앞에서는 평소처럼 행동했지만 유독 바오이판 앞에서는 긴장을 풀지 못했다. 취샤오샤오는 입술을 동그랗게 모으고 "오." 하는 소리를 내며 놀란 시늉을 했다. 옆에 있던 류신화가 끼어들었다.

"우리도 이틀 내내 같이 있었는데 샤오샤오가 이제 귀찮다고 쫓아내서 집에 가려던 참이에요. 두 분은 지겹지 않으셨어요?"

"너무 좋았죠, 지겨울 리가 있나요?"

바오이판이 앞질러 대답했다.

"힘내요, 아우님! 먼저 올라갈게요, 저흰 너무 추워서, 이만."

앤디의 허리에 팔을 두르고 그녀를 살갑게 챙기며 자리를 떠나는 바오이판을 지켜보던 취샤오샤오는 갑자기 소리를 빽 질렀다. 이렇게 빨리 진도가 나가리라고는 상상도 못했기 때문이다. 류신화는 말없이 취샤오샤오의 가녀린 허리를 손으로 끌어당겼다.

"거 봐, 귀찮을 이유가 없다고 하잖아. 우리도 올라가자."

취샤오샤오는 류신화에게 등을 떠밀려서 엘리베이터 문 앞까지 왔다. 하지만 그녀는 그 순간에 답답했던 마음이 확 풀렸다.

"이제 알았어. 신화, 우리 사이는 여기까지야."

"그런 말 하지 마. 이틀 더 생각해 보고 수요일에 연락해."

취샤오샤오는 이미 확실히 알았기 때문에 오래 생각할 필요가 없다고 말하려다가 하지 않았다. 그 대신 침울한 표정을 짓고 있는 류신화에게 다가가서 포옹하고 얼굴을 가볍게 톡톡 쳤다.

"네가 너무 잘나서 같이 있으면 내가 영 형편없게 느껴져."

류신화는 사색이 되었다. 줄곧 품었던 의심이 결국은 사실이었음을 확인한 것이다. 그는 자신을 안고 있는 취샤오샤오를 힘없이 밀어내면서 몸을 돌려 차가 있는 쪽으로 걸음을 옮겼다. 취샤오샤오는 류신화의 뒤를 따라 갔지만 차에 타는 그를 멀뚱히 서서 바라보기만 할 뿐 아무 말도 하지 않았다. 류신화는 차에 타더니 창문을 열고 물었다.

"할 말 있어?"

"응. 첫째, 수요일에 연락 안 할 거야. 둘째, 미안해. 셋째, 고의는 아니었어. 끝."

"키스."

취샤오샤오는 머뭇거리지 않고 다가가 창문 너머로 류신화와 입을 맞췄다. 류신화의 입맞춤에는 아쉬움이 짙게 서려 있었다. 하지만 그는 입술을 뗀 뒤로는 한마디도 하지 않고 차를 후진해서 그대로 출발했다. 취샤오샤오는 뒤도 돌아보지 않고 떠나는 류신화를 입을 꾹 다문 채로 멍하니 바라봤다. 류신화의 차가 주차장 출구를 빠져나갈 때까지 그렇게 바라보며 서 있었다.

취샤오샤오는 자오치핑을 사랑하고 있었던 것이다. 자오치핑이 그녀를 어떻게 대하는지는 상관없었다. 그가 취샤오샤오를 아끼든지 무시하든지, 어쨌거나 밤낮으로 그녀의 마음을 흔든 사람은 오직 자오치핑뿐이었다. 취샤오샤오는 뒤늦게 이런 자신의 마음을 깨닫고는 화가 나서 자기 차의 뒤꽁무니를 세게 발로 찼다. 왜 자기한테

핀잔만 주는 남자에게 마음이 더 끌리는지 묘하면서도 화가 났다.

22층으로 올라온 앤디는 2202호의 문을 노크했다. 문을 열고 나오는 관쥐얼에게 그녀가 말했다.

"새로 소개할게. 내 남자 친구 바오이판 씨야."

관쥐얼은 취샤오샤오보다 훨씬 놀라며 어리둥절한 표정을 짓다가 더듬거리며 말했다.

"응, 고마워."

앤디는 관쥐얼의 엉뚱한 대답에 웃음이 터졌다.

"내일부터 전처럼 같이 출근하자. 이 사람 먼저 데려다줘야 하니까 10분만 일찍 나와. 괜찮지?"

관쥐얼은 너무 갑작스러워서 또 얼떨결에 대답했다.

"응, 고마워."

관쥐얼은 앤디와 바오이판이 자신을 등지고 돌아서 간 뒤에야 겨우 웅얼거리듯이 한마디 했다.

"정말 잘 됐다."

관쥐얼은 앤디가 새로운 사랑을 찾은 것이 정말로 기뻤다. 앤디가 설날에 정신과 치료를 받으러 뉴욕에 가지 않아도 된다고 생각하니 더욱 좋았다. 터덜터덜 걸어서 집으로 가던 취샤오샤오는 2202호의 열린 문을 통해 관쥐얼을 보고는 손가락으로 2201호를 가리키며 말했다.

"봤어?"

관쥐얼은 앤디의 뒤에서 이러쿵저러쿵 얘기하고 싶지 않아서 말을 돌렸다.

"응. 근데 넌 왜 그래?"

"괴로워 미치겠어. 내가 자오치핑 그 망할 자식을 이렇게 깊이 사랑하는지 정말 몰랐어. 나 완전 바보 됐나 봐. 그 남자 말고는 아무한테도 흥미가 안 생겨."

"자오치핑… 의사 선생?"

"응, 왜? 뭐야? 말해 봐."

"그런 남자라면 쫓아다니는 여자들이 엄청 많을 텐데. 너한테 눈길 한 번 준 것만도 고마워할 일이지."

"눈길 한 번이라고? 그 남자가 뭔데? 뭐 얼마나 대단하길래? 쥐얼, 너도 그 사람 봤지? 네 마음에도 들었어?"

"전혀."

관쥐얼은 마음에도 없는 말을 했다. 제 잘난 맛에 멋대로 행동하는 취샤오샤오한테 마음을 들키고 싶지 않았다.

"그러게, 첫눈에 반할 타입은 아니라니까. 오늘은 귀찮아서 나중에 만나러 가야겠다. 그때까진 살아 있겠지. 아, 피곤해 죽겠어."

관쥐얼은 할 말이 없어서 2203호로 들어가는 취샤오샤오를 그냥 보기만 했다. 한편으로는 취샤오샤오가 부러웠다. 취샤오샤오는 저렇게 용기를 내는데 자신은 왜 아무것도 하지 못하는지, 앤디도 마침내 사랑을 시작했는데 자신만 왜 이러고 있는지 답답했다. 하지만 리자오성은 정말로 이상형이 아니었다. 관쥐얼은 우울했지만 마음을 다잡았다. 그녀는 아직 젊고 특히 22층에서는 막내니까 걱정할 필요 없다고, 또 서른 살에 연애해도 늦지 않다고 스스로 다독였다.

22층에는 지금 연애의 기운이 한창 퍼져 있는 듯했다. 추잉잉은 쇼핑백에서 나는 바스락 소리와 함께 문을 열고 들어왔다. 관쥐얼은 책을 읽고 있다가 소리가 나는 쪽으로 고개를 내밀어 보았다. 추잉잉이 과일을 한아름 사 들고 온 것이었다.

"우와, 이렇게나 많이 사 왔어? 다 어떻게 들고 왔어?"

추잉잉은 "쉿." 하고 소리를 내며 조용히 하라는 손짓을 하더니 재빨리 문밖에 있던 쇼핑백들을 모두 안으로 들였다. 그러고는 누가 볼새라 후다닥 문을 닫았다. 관쥐얼이 웃으며 말했다.

"누구한테 감추려고 이렇게 비밀스럽게 굴어?"

관쥐얼은 추잉잉의 새빨간 볼과 눈가에 비치는 감출 수 없는 웃음이 어디선가 많이 본 듯이 익숙하다고 느낀 찰나, 번뜩 생각이 떠올랐다.

"아, 샤오샤오한테 들킬까 봐? 그나저나 요 며칠 그림자도 안 보인다 했더니 데이트하러 다닌 거였네. 누구야? 나도 아는 사람이야? 이 과일도 그 사람이 사준 거고?"

추잉잉은 여전히 가슴이 조마조마한지 과일 더미를 깡충 뛰어넘으며 관쥐얼을 밀어서 자기 방으로 데려간 뒤에야 입을 열었다.

"같은 고향 사람인데… 저번에 앤디 언니랑 같이 밤에 라러우 덮밥 갖다 줬던 그 사람이야. 기억나? 그냥 같이 수다 떨고 밥 먹고 설날에 고향에 어떻게 갈 건지 상의하고 뭐 그랬어. 아직 연애라고 할 단계는 아냐. 월요일에 월급 받으면 그 사람한테 밥 한 끼 사려고. 맨날 얻어먹기만 해서 미안하잖아. 샤오샤오한테는 비밀이야. 절대로, 절대로 말하면 안 돼. 성메이 언니한테는 내가 말할게. 앤디 언니한테는 네가 대신 얘기해. 앤디 언니한테 말할 때도 샤오샤오한테는 알리지 말라고 꼭 당부하고."

"알았어. 헤헤…."

관쥐얼은 손가락 2개를 내밀며 말했다.

"이틀 동안 같이 있었으면 연애하는 거 아니야? 네 자신을 속이지 마. 지금 네 볼 좀 보라고."

관쥐얼은 추잉잉의 책상에 놓인 거울을 들어서 추잉잉 얼굴 앞에 갖다 댔다.

"이미 들켰어. 가서 과일이나 챙겨."

추잉잉은 과일을 정리하지 않은채 발갛게 열이 나는 얼굴을 두 손으로 매만지며 관쥐얼에게 물었다.

"월급 받으면 머리 염색이나 할까? 길거리에 나가면 전부 다 염색한 머리야. 나 같은 흑발은 아주 드물어. 샤오샤오 머리 색깔 예쁘던데 무슨 색인지 내일 물어봐야겠다. 너도 할래? 다음 달부터 돈 많이 생기잖아."

"다른 계획이 많아. 댄스 학원에 등록하고 헬스장에도 등록하려고. 염색은 나중에 잘 생각해 보고 해야지. 앤디 언니랑 샤오샤오가 어디서 했는지도 물어보고."

"와, 그거 다 하려면 돈 많이 들겠다. 나한테는 턱도 없는 일이네. 일단 염색부터 해야지. 넌 무슨 춤 배우게?"

관쥐얼은 발개진 얼굴로 한참을 우물거리다가 말했다.

"벨리댄스나 폴 댄스. 워낙 보수적인 성격이라 자극을 좀 줄까 해서."

추잉잉은 상대방이 무안할 정도로 크게 웃으며 2201호를 향해 손가락질을 했다.

"앤디 언니랑 같이 가. 언니도 자극적인 게 필요해."

"아참, 방금 앤디 언니가 일부러 와서 선포하고 갔어. 지난번 성메이 언니네 고향에서 본 바오 사장님하고 사귄대. 너보다 진도가 훨씬 빨라. 지금 언니 집에 같이 있어."

"뭐? 설마 그럴 리가. 네가 직접 봤어?"

"언니랑 바오 사장님이 바로 여기 문 앞에 서서 나한테 직접 말하고 갔어. 못 믿겠으면 샤오샤오한테 가서 물어봐."

"아니, 오늘은 걔 건드리기 싫어. 그런데 앤디 언니··· 웨이 사장님이랑 헤어진 지 얼마 안 되지 않았어? 며칠 전만 해도 수심이 가득 찬 얼굴이었는데. 이건··· 너무 빠르잖아. 나는 실연당했을 때 몇 날 며칠을 앓아누웠었는데. 한 달이 지나도 마음을 추스르기가 힘들었거든."

집으로 막 들어오던 판성메이가 대화를 듣고 끼어들었다.

"왜 그래? 뭐 하러 다 지난 일을 갑자기 들추고 있어. 그냥 덮어둬. 얘기하지 말자고."

추잉잉은 벌떡 일어나서 문 뒤에 두었던 과일을 얼른 챙기며 판성메이에게 앤디의 근황을 알렸다. 판성메이는 며칠 전 앤디 때문에 괴로워하던 웨이웨이를 만났던 일을 자연스레 떠올렸다. 하지만 그 일로 앤디의 마음을 불편하게 했기 때문에 여러 말하지 않고 한마디만 했다.

"웨이 사장님이 상심이 커."

"그러게 말이야. 앤디 언니가 이렇게 빨리 다른 사람을 만난 걸 보면 웨이 사장님을 사랑하지 않았던 게 확실해. 웨이 사장님 불쌍해서 어떡해."

관쥐얼은 말없이 자기 방으로 들어가서 읽던 책을 다시 펼쳤다. 추잉잉은 쇼핑백을 들고 관쥐얼 방으로 따라 들어가서 그녀의 책상 위에 과일 몇 가지를 놓으며 나눠 먹자고 했다. 그러고는 못다한 말을 다시 시작했다.

"이번 일은 앤디 언니가 좀 성급했어. 진도가 너무 빨라도 언니한테 안 좋아. 상대방이 어떤 사람인지 정확히 모를 거 아냐. 내가 얼마 전에 피눈물 나는 교훈을 얻어서 누구보다 잘 알아. 쥐얼, 내일 네가 언니한테 잘 얘기해 봐."

"난 잘 모르겠어. 하지만 언니가 바오 사장님하고 같이 있으면 행복해 보여."

"나도 처음엔 그랬지. 그런데 그런 일이 생길 줄 누가 상상이나 했겠어. 아무래도 조심하는 편이 나아. 돌다리도 두드려 보고 건너라잖아."

관쥐얼이 차분하게 얘기했다.

"있잖아, 네 앞에서 망나니 짓 하는 사람도 의외로 샤오샤오 앞에 가면 꼼짝없이 당할 수 있어. 상대방이 어떤 태도를 보일지는 다 자기가 하기 나름이야. 그래서 난 앤디 언니 걱정은 전혀 안 해. 친구로서 언니가 행복한 모습을 보는 게 좋아."

"그렇긴 해. 그런데… 웨이 사장님은 어떡하지."

"언니는 샤오샤오와 달라. 일부러 상처를 주진 않았을 거야. 그러니까 새로운 사랑이 찾아온 이상 억지로 거부할 필요도 없었겠지. 남녀 간의 일은 당사자만 알아. 우리는 제3자니까 관심 끄자고."

관쥐얼은 이 말을 시작하기 전에 일부러 마른기침을 하며 판성메이에게 들리도록 목소리를 높였다.

"히히, 쥐얼, 꽤 그럴 듯한 논리인데? 구구절절 맞는 말이야. 쥐얼, 근데 무슨 책 보고 있었어? 설마《사랑학개론》같은 건 아니지?"

추잉잉은 킥킥거리며 관쥐얼의 책을 낚아채 제목을 보았다. 과연 짐작대로 표지에는《애정론(情愛論)》이라고 쓰여 있었다. 어쩐지 앤디 일을 설득력 있게 분석하더라니 책에서 배운 것이었다며 큰 소리로 웃었다.

"나도 좀 보여줘. 지금 보충 수업이 절실히 필요하거든. 오예!"

관쥐얼은 책을 뺏어 들고 도망가는 추잉잉을 향해 돌려 달라고 마구 소리를 질렀다.

판성메이는 관쥐얼의 말을 귀담아 듣지 않고 화장을 지우는 데에만 집중했다. 추잉잉은 책을 들고 판성메이의 방으로 갔다. 잠시 쭈뼛거리던 추잉잉은 자신의 연애 문제를 솔직히 고백했다. 판성메이는 듣자마자 기뻐하며 말했다.

"잘됐네. 고향 친구면 말도 잘 통할 거 아냐. IT 기술자니까 잔머리를 쓸 것 같지도 않고 성실할 테고. 축하해, 잉잉."

"축하한다는 말은 아직 일러. 앞으로 어떻게 될지 모르잖아. 그 친구가 나한테 너무 잘 해주는데 난 어떡하지? 나도 뭐든 보답하고 싶은데 잘 모르겠어. 코치 좀 해주라. 축하한다는 말보다는 연애 노하우가 필요해.

판성메이가 말했다.

"잉잉, 너 같이 착실한 애가 연애하는 목적은 결국 결혼 아니야? 그러니까 앞으로도 쭉 그 친구가 널 존중하도록 하려면 너도 신중해야 해. 서두르지 말고 천천히 꾸준하게 관계를 지속하는 게 좋아. 평소에 그 친구한테 신경도 많이 써 주고. 어쨌든 여자는 세심해야 해. 게다가 너희는 객지 생활하는 고향 친구니까 살뜰하게 챙겨 주기가 더 수월하지. 그런데 말이야, 혹시 상처 받을까 봐 이런 말을 해도 될지 잘 모르겠지만, 경제적인 조건은 절대 무시하면 안 돼."

추잉잉은 또 큰 소리로 하하 웃었다.

"그게 있잖아, 나도 뜻밖이었다니까. 처음에는 걔한테 별로 관심이 없었거든. 진짜야. 딱 봐도 평범한 대학생 같은 외모거든. 돈이 있어 보이는 것도 아니고. 그런데 웬일이니, 차가 있다는 거야. 대출로 사긴 했지만 방 2칸짜리 집도 있대. 얘기를 듣고 보니 좀 겸연쩍어서 내가 난 너한테 뭘 바라고 만나는 게 아니라고 그랬더니 괜찮대,

다 이해한대. 다행이지 뭐야. 하지만 나한테 맛있는 걸 너무 많이 사주는데 그걸 다 받아먹어도 되는지 모르겠어. 쥐얼, 자꾸 웃지 마. 난 조언이 필요해. 이번엔 꼭 잘됐으면 좋겠거든."

관쥐얼이 웃으며 말했다.

"내가 보기엔 둘이 잘 어울리는 것 같아. 언제 시간되면 우리한테도 소개해 줘. 더치페이로 같이 밥 한번 먹어. 벗겨 먹진 않을게. 샤오샤오는 빼자."

판성메이는 속이 뒤집혔다. 하이시에서 집을 산 것도 모자라 차도 있다고? 테이블 위에는 마침 왕바이촨이 전날 보내온 크고 토실토실한 딸기가 놓여 있었다. 제아무리 고급 딸기라고 해도 집 한 채에 비할까. 그렇잖아도 그녀는 요즘 날마다 집, 집, 집 노래를 부르고 다녔었다. 대출을 70프로 이상 받아야 하는 형편인데도 말이다.

판성메이는 놀란 표정을 거두고 웃으며 말했다.

"밥은 나중에 먹어도 되니까 부담 갖지 마. 관계를 자연스럽게 진전시키는 게 먼저지. 그리고 솔직히 말하면 그 친구가 네 남편이 되더라도 네 친구들과 같이 어울리지 않게 하는 게 좋아. 이건 남녀 관계에서 일종의 금기 사항 같은 거야."

관쥐얼은 얼굴이 화끈거렸고 추잉잉은 연신 고개를 끄덕였다. 판성메이는 두 사람의 반응을 보고 더 이상 왈가왈부하지 않았다. 더군다나 그녀는 지금 속이 타들어 가고 있었다. 왕바이촨은 서른살이 되도록 집 한 채 없는데 이러다가 가족을 먹여 살릴 수나 있을는지, 얼굴 반반한 게 무슨 소용인가 싶어 답답하기만 했다.

판성메이는 다음 날 출근할 때까지도 왕바이촨이 원망스러웠지만, 막상 어떤 상황에서도 한결같이 아침마다 자신을 데리러 오는 그의 얼굴을 마주하고 보니 아무 말도 할 수 없었다. 그가 얼마나 노력하고 있는지 이미 잘 알고 있었기 때문이다.

"오늘 상여금 받으면 바로 사직서 낼 거야. 근데 오래 다닌 직장을 막상 그만둔다고 생각하니 좀 서운하긴 해."

"서운할 거 없어. 성메이, 너는 힘들지 않다고 했지만 난 매일 그 먼 길을 출퇴근하는 네가 안쓰러웠거든."

"그랬지. 이제 나 데리러 안 와도 되니까 1시간은 더 잘 수 있겠다. 푹 쉬어야 일도 잘하지. 어제 22층에 겹경사가 있었어. 잉잉이 연애를 시작했거든. 남자는 같은 고향 사람이고 IT 기술자래. 둘이 잘 어울리는 것 같아서 내가 다 기쁘더라. 앤디도 새 남자 친구가 생겼어. 바오 사장님 기억나? 우리 집안 일 도와주셨던 그 분이야. 오늘 아침에도 만났는데 고맙다고 인사했어."

"아, 바오 사장님 언제 돌아가신대? 감사의 뜻으로 식사 대접하고 싶은데."

"다른 목적도 있겠지. 이번 기회에 친분을 쌓아 보게? 아쉽지만 오늘 저녁에 가신대. 굉장히 바쁜 분이거든. 그럼 잉잉 남자 친구라도 초대할까?"

왕바이촨은 허허 웃으며 말했다.

"그래, 약속 잡아 봐. 내가 대접할게."

"더치페이하면 돼. 사람들이 IT 노동자라고 부르길래 돈도 얼마 못 버는 줄 알았는데 그게 아닌가 봐. 잉잉 남자 친구는 실력이 있어서 하이시에서 집도 샀대. 겉보기엔 꼭 대학생 같다는데 잉잉 말로는 재밌는 친구래."

판성메이는 이렇게 얘기하고는 무심코 머리를 끄덕였다. 왕바이촨은 얼굴부터 목까지 시뻘겋게 달아올랐다. 판성메이가 말한 의도를 금방 알아차려 버린 것이다. 판성메이는 자신의 뜻이 전달되었다고 느꼈는지 다정한 말투로 왕바이촨을 달랬다.

“걱정 마. 넌 잘하고 있어. 하이시에 좀 더 일찍 진출했다면 지금쯤 아마 성공했을 거고 못해도 부동산 재벌은 됐을 거야.”

왕바이촨은 고개를 끄덕였다.

“난 뒷심이 좋아. 하하.”

앤디가 욕실에서 나오니 바오이판이 냉장고를 뒤지고 있었다. 앤디는 난처해하며 말했다.

“냉동식품하고 사흘 전에 사다 둔 빵밖에 없는데. 냉동 국수가 먹을 만할 거예요.”

“당신은 커피 내리고 우유만 데워줘요. 요리는 내가 할게요. 뭘 그렇게 놀라요? 말했잖아요, 나 고생 많이 해봤다고. 모진 우리 부모님이 나 미국 갈 때 주머니에 1,000달러 밖에 안 넣어 줬다니까요. 그나마 학비는 전액 대주셨지만 생활비는 내가 벌어서 썼어요. 그렇게 살다 보니 요리 실력이 절로 늘더군요.”

“그래도 미국에서는 빵이랑 우유로 세 끼를 때우는 게 직접 만들어 먹는 거보다 쌌을 텐데요.”

“난 앤디랑 식성이 달라요. 어려서부터 편식도 했지만 음식을 푸짐하게 먹는 습관이 있거든요. 게다가 토종 중국인 입맛이라 빵으로 때우는 건 도저히 못 하겠더라고요. 귀국하고 나서는 요리할 기회가 거의 없어서 실력이 녹슬었을 텐데 이해하고 먹어요.”

“나 같은 초짜보다 못한 실력이면 하지 마요. 내가 할게요.”

바오이판은 앤디의 이마에 키스를 하고 말했다.

“내가 할게요. 사랑하는 여인이 먹을 아침인데 당연히 내가 해야죠. 긴장되니까 쳐다보진 말고."

앤디는 동작이 굼뜬 바오이판을 보니 통 마음이 놓이지 않았다. 그녀는 기다리는 동안 옆에 텔레비전이 있는데도 켜지 않았다. 두 사람 사이에 다른 소리가 끼어드는 게 불편했다. 할 일이 없어서 빈둥거리던 그녀는 조리대 옆에 엎드려서 바오이판을 바라봤다. 요리하는 남자가 의외로 꽤 섹시해 보였다. 그런데 문득 테이블 위에 놓인 물건도 거의 없는 휑한 집안에서 열정적으로 요리하는 바오이판의 모습이 어쩐지 조금은 쓸쓸해 보였다.

잠시 뒤, 환풍기 속으로 채 빨려 들어가지 않은 맛있는 냄새가 사방에 퍼졌다. 앤디가 궁금해서 다가가 보니, 그가 마늘 소스와 다진 베이컨을 넣어 섞은 달걀물을 빵에 입혀서 식용유로 굽고 있었다. 먹음직스러운 냄새가 날 수밖에 없었다. 바오이판은 새로운 스타일의 프렌치토스트라고 했다. 앤디의 냉장고에 있는 재료들로 만들 수 있는 최선의 음식임을 그녀도 알고 있었다. 바오이판이 우쭐거리며 말했다.

"괜찮네. 솜씨가 아직 쓸 만해요. 내 정성을 생각해서 일단 맛 좀 봐요."

앤디가 크게 웃으며 한쪽에 서서 맛을 봤다. 정말로 맛있었다. 그녀가 매일 아침 나름 맛있다고 자부하며 먹는 아침 식사보다 훨씬 훌륭했다. 바이오판은 전날 비행기를 타고 오는 동안 앤디에게 자신의 옛 이야기를 들려줬었다. 그는 미국에 있을 때 다나 홀딩 코퍼레이션(Dana Holding Corporation)에서 아르바이트를 하면서 관리 업무를 어깨 너머로 배웠다고 했다. 앤디는 곧이곧대로 믿지 않았다. 대충 구경이나 한 정도이겠거니 생각했다. 그런데 지금, 그가 정말로 그곳에서 일했다는 게 믿겼다. 일을 해야만 돈을 벌어서 생활비를 충당했을 테니 말이다.

바오이판은 또 그의 포부에 관해서도 얘기했다. 그의 목표는 회사를 독일식으로 업계 최첨단 시스템을 갖춘 중간 규모의 비상장회사로 자리 잡는 것이라고 했다. 1차 목표는 2~3,000명의 직원이 하나의 시장에서 한 분야의 제품에만 집중하게 해서 기업을 육성하고 발전시키는 것이고, 2차 목표는 발전을 이룬 회사를 독립시켜서 독자적으로 운영하게 하고 기술을 공유하는 것이다. 현재 육성해서 발전기에 들어간 회사가 하나 있고 한창 육성 중인 회사가 하나 있는데 평생 이 두 회사를 첨단 기업으로 성장시킬 수 있다면 그는 자신의 목표를 달성하는 셈이라고 했다. 그러나 요즘은 인재를 구하기가 쉽지 않고 실력이 우수한 전문 경영인도 드물어서 거액을 제시해도 영입하기 어려운 실정이라며 고민했다. 게다가 대부분 비상장 회사를 인정하지 않아서 몇 배나 더 힘든 상황이었다.

앤디는 바오이판의 말을 듣고 감동을 느꼈다. 그녀는 일을 하는 목표가 단 한 가지뿐이었다. 돈을 벌어서 한평생 먹고 사는 걱정만 하지 않으면 되는 거였다. 거창한 의미도 포부도 없었다. 바오이판은 심리적 부담이 크다고 고백했다. 부모님이 평생 일군 사업을 물려받은 것은 물론 행운이지만 그에게는 최선을 다해 운영해야만 하는 책임이 있기 때문이다. 적당히 해서는 망하는 지름길이므로 그는 결코 자만하지 않았다. 사실 바오 일가는 자수성가 집안이었다. 앤디와 바오이판은 비행기에서 여러 대화를 나누면서 서로에 대한 존중과 애정을 담아 손을 꼭 잡았었다.

요리를 끝낸 바오이판이 으스대며 말했다.

"끝내주죠?"

"완벽해요. 바오이판, 회사에 직원 안 필요해요? 안내데스크 직원

뽑으면 나도 지원할래요. 매일 당신을 볼 수 있을 테니까."

"그렇게 되면 탄 사장이 쫓아와서 날 죽일 거예요…. 전화 오네요. 받아요."

앤디는 뛰어가서 휴대폰을 집어 들고는 번호를 보자마자 수신 거부를 눌렀다. 진절머리 나는 웨이궈창의 전화였다. 바오이판은 누구의 전화인지 묻지 않았다.

두 사람은 서둘러 아침 식사를 마치고 함께 출근하러 나섰다. 그때 웨이궈창의 메시지가 또 도착했다. 오늘 하이시로 왔는데 앤디를 만나고 싶다는 내용이었다. 앤디는 짜증이 나서 이를 꽉 깨물며 메시지를 삭제했다. 바오이판은 그녀의 표정을 주시했다. 앤디의 전 남자친구일 것이라고 추측한 그는 앤디의 안색이 변하는 것을 보고 참지 못해 물었다.

"내가 그 사람이랑 만나서 얘기를 좀 해 볼까요?"

앤디가 놀란 눈으로 쳐다보며 물었다.

"당신이 왜요? 아, 오해했군요. 예전 남자 친구 아니에요."

도대체 무슨 일이기에 앤디가 머뭇거렸을까. 한참을 망설이던 앤디가 입을 열었다.

"어느 날 난데없이 내 아버지라는 사람이 나타났는데, 그 사람 전화예요. 난 인정하고 싶지 않지만."

"협박이라도 해요?"

"아뇨. 부유하게 잘 살아요. 업보인지 다른 자식이 없어서 이제와서 나한테 아버지 노릇을 하려나 본데 어림없어요."

"하긴 우리 나이쯤 되면 굳이 도의니 윤리니 따지지 않고 스스로 즐겁고 편안하고 만족하게 살면 그만이니까."

그런 와중에 웨이궈창의 메시지가 또 1통 왔다. 앤디는 짜증이 폭발해서 발작이 나올 것만 같았지만 바오이판이 옆에 있기에 억지로 흥분을 누르고 또 누르며 모든 감정을 가라앉혔다. 관쥐얼과 만나서도 앤디는 아무 말도 하지 않았다. 관쥐얼은 뒷자리에 앉았다. 바오이판이 앞자리에 타고 있어서 가는 내내 정신을 바짝 차렸다. 차가 정지 신호에 걸려서 멈춰 설 때마다 앞자리의 두 사람은 서로 마주보며 눈빛을 교환했다. 두 사람이 주고받는 눈빛은 번개 같은 불꽃이 튀고 있었다. 관쥐얼은 그들을 보고 있기가 무척 괴로운 한편 몹시 부러웠다.

오늘 출근길의 앤디는 얼굴 세포 하나하나에 웃음기가 어린 것처럼 표정이 유난히 밝았다. 엘리베이터에서 내려 동료들과 인사를 나누며 사무실로 들어가는데 별안간 대각선 방향에서 웬 중년 여성이 다가와 손을 휘둘렀다. 눈치가 빠른 앤디는 재빨리 몸을 피했지만 그 여성이 사납게 다시 달려들었다. 이번에도 앤디는 또 용케 피했다. 다행스럽게도 그곳은 앤디의 직장이었기에 남자 동료들이 일찌감치 그 여성을 붙잡아 꼼짝 못 하게 했고 보안 요원도 즉시 달려왔다. 앤디는 의아했다. 중국인은 왜 모두 따귀로 감정을 해소하려고 할까, 따귀를 때리면 분이 시원하게 풀리기 때문일까. 중년 여성은 명품 브랜드의 옷을 걸쳐서 외모와 차림새가 제법 봐줄 만했다. 보안 요원에게 붙들려 서 있던 그 여성은 당황하거나 쩔쩔매지 않고 오히려 성난 목소리로 말했다.

"난 웨이궈창 사장의 아내예요. 이 손 놔요. 내 오늘 저 불여우를 꼭 잡고 말 테니까."

"오해하신 것 같습니다."

앤디는 보안 요원에게 당부했다.

“웨이 부인을 밖으로 내 보내세요. 무조건 내 보내요. 만약 신체에 해를 끼치는 행동을 하면 곧장 경찰에 신고하시고요.”

앤디는 말을 마치자마자 뒤도 돌아보지 않고 곧장 사무실로 들어갔다. 그녀는 이상한 느낌을 지울 수 없었다.

“내가 왜 불여우지?”

그동안 웨이궈창이 회사로 찾아온 것을 많은 직원이 봤지만 앤디는 늘 그를 거절하고 모질게 대했었다. 그러니 그녀가 불여우일 이유는 전혀 없었다. 하지만 사람들은 아니 땐 굴뚝에 연기가 날 리 없다며 각자 머릿속에서 별의별 상상을 다하고 있었다. 그럼에도 앤디는 웨이궈창과의 관계를 절대 남한테 털어놓고 싶지 않을뿐더러 털어놓을 수도 없었다. 웨이궈창의 존재는 앤디의 과거로 통하는 실마리니까 말이다. 누구든 마음만 먹으면 이 단서로 앤디의 과거를 캐낼 수 있다. 앤디는 이 점이 가장 두려웠다.

사무실로 들어온 앤디는 책상에 앉자마자 웨이궈창에게 전화를 걸었다. 그는 즉시 전화를 받았다.

“전화할 줄 알았다. 나는….”

“당신 아내가 회사에 와서 따귀를 갈기면서 나더러 불여우라고 하더군요. 상황 정리해 주세요. 또 한 가지, 당신하고 내 관계는 아무에게도 발설하지 마세요. 당신 때문에 지금까지 내 인생이 망가졌으면 됐잖아요. 양심이 있으면 출생 문제로 내가 받게 될 상처를 생각해서 자중해 주세요. 마지막으로, 다시는 절 찾지 마세요.”

“그랬구나, 알았다. 아까는 아내 문제로 언질을 주려고 전화했던 거다. 집사람이 내 가방과 휴대폰을 뒤져서 너의 존재를 알게 된 거 같은데 무슨 수로 거기까지 찾아갔는지 모르겠다. 우리 관계를 솔직하게 밝힐 수도 없고 너와 부도덕한 사이가 아니라고 해도 믿질 않으니 면목이 없구나."

"하나만 물어보죠. 내가 당신한테 받아야 할 상처가 더 남았나요? 당신 아내는 당신 믿고 저렇게 날뛰는데 전 그냥 얻어맞고만 있으란 건가요? 언제까지 상처를 받아야 하냐고요!"

"상처주려는 게 아니다. 네 뒤에 누가 있는지도 잘 알고. 너에게 보상하고 싶은 마음뿐이다. 요즘 집안이 좀 뒤숭숭한데… 그 문제가 너한테 불똥이 튈 줄은 몰랐다. 정말 미안하다. 사과하마. 반백년을 살고 보니 인생이 다 허무하기만 한데, 자식만은…."

"당신 문제를 나한테 떠넘기지 마세요. 아시겠어요?"

앤디는 곧장 전화를 끊었다. 그의 아내가 이렇게까지 의심하는 걸 보면 아무래도 웨이궈창 집안에 무슨 일이 생긴 듯했다. 어쨌든 사회적 지위가 있는 사람인데 체면도 버리고 공공연히 난동을 부리는 건 분명 양쪽 다 끝장을 볼 작정으로 덤벼들었다고 봐야 한다. 앤디는 고개를 들어 하늘을 보며 한숨을 쉬었다. 자신과는 상관없는 일 때문에 또 골치를 썩어야 하는 상황이 버거웠다. 그녀는 웨이궈창의 전화를 끊기 전에 귓전에 들렸던 그의 한숨섞인 하소연을 떠올렸다.

"나를 이렇게 대하는 사람은 너밖에 없구나."

앤디는 자신의 태도가 무례했다는 점은 인정하지만 그와 단절하려면 다른 마땅한 방법이 없었다.

그녀는 오늘 일부러 여유를 좀 가지려고 했는데 하필이면 또 전화가 울렸다. 왕바이촨이 연락을 한 것이다. 그는 판성메이를 회사에 데려다 주고 가는 길에 마음이 급해졌다. 그래서 회사에 도착해서 한나절 동안 업무 수첩을 뒤적이다가 급기야 앤디에게 부탁하는 모험을 시도하기로 마음먹었다.

"안녕하세요, 앤디 씨. 바오 사장님이 하이시에 계시다고 들었어요. 실례가 안 된다면 제가 찾아봬도 될까요? 30분이나 1시간이면 충분할 것 같은데요."

앤디가 대답했다.

"직접 연락해 보세요. 누군지 얘기하면 될 거예요. 오늘은 회의가 2건이나 있어서 꽤 바쁠 텐데. 혹시 오늘 시간이 없다고 하면 다음에 고향 가는 길에 찾아가세요. 만날 수 있을 거예요."

"이런 말씀드리기 염치없지만, 바오 사장님 명함에 있는 전화번호로 연락하니 계속 비서가 받더군요. 내가 누구라고 말하기도 애매하고요. 그래서 정말 죄송하지만 앤디 씨가 대신 제 얘기 좀 전해주시면 안 될까요? 요즘 경쟁이 너무 치열해서 사업이 순탄치 않네요."

"바오 회사에 일거리가 있나요?"

"그럼요. 바오 회사에서 일정량의 주문을 꾸준히 해주기만 하면 안정적이고 지속적인 거래가 가능하거든요. 여름에 성메이한테 집을 사주고 싶어서 지금 죽기 살기로 달려드는 중입니다. 성메이의 바람이 워낙 간절해서요. 오늘 또 집 얘기를 하는데 제 입장에선 솔직히 부담이 커요. 그래서 염치불구하고 친구들한테 도움을 청하고 있습니다."

앤디는 바오이판에게 물어보겠다고 대답하고 전화를 끊었다. 저녁이 되어 정시에 퇴근하는 관쥐얼을 픽업해서 집으로 돌아가는 길에 추잉잉의 남자 친구에게 집과 차가 있다는 얘기를 전해 들었다. 그녀는 왕바이촨이 조급해하며 자신에게 부탁하게 된 경위를 그제야 이해했다.

바오이판은 왕바이촨을 만날 시간이 나지 않는다고 했다. 그러나 왕바이촨은 기회를 놓칠 수 없어서 공항으로 만나러 가겠다고 제안했다. 결국 왕바이촨은 바오이판과 함께 비행기를 타고 고향으로 향했다. 바오이판은 당연히 왕바이촨을 특별하게 대했다. 가는 동안 진지하게 그의 얘기를 듣고 우선 샘플부터 빨리 보내라고 친절하게 조언했다. 설날 휴가가 시작되기 전에 샘플을 받아 볼 수 있게 적어도 열흘 전에는 보내야 한다고 당부했다. 보통 설날 전에 샘플 테스트를 통과하면 1년 공급 계획에 추가할 수 있기 때문이다. 왕바이촨은 시간을 계산하니 일정이 촉박해서 한시도 고향 집에 머무를 수 없었다. 곧바로 하이시로 돌아가서 업무를 처리하고 다음 날 공장에 가서 바오이판이 요청한 샘플을 서둘러 제작해야 했다. 그래서 비행기에서 내리자마자 바오이판에게 인사하고 다시 비행기 표를 사서 하이시로 돌아왔다. 집에 돌아오니 이미 깊은 밤이 되었고 왕바이촨은 거의 녹초가 되다시피 했다.

판성메이는 아침에 월급과 연말 상여금을 수령하고 인터넷 뱅킹으로 계좌를 확인했다. 거의 한 달 가까이 텅텅 비었던 통장에 돈이 들어와 있었다. 더욱이 연말 상여금 액수가 적지 않아서 기분이 무척 좋았다. 그녀는 당장 사직서를 들고 상사를 찾아갔다. 인사 담당자는 보통 사직서에 적힌 내용이 당사자의 진심이 아님을 잘 안다. 그래서 상사도 판성메이의 사직서를 열어보지 않고 놀라며 말했다.

"성메이 씨, 회사에서 근무한 기간이 얼마인데 이렇게 사직하면 너무 아깝잖아요. 아무렴 익숙한 일이 더 나을 텐데. 대우 면에서 별 차이 없으면 옮기지 말아요. 사직서는 안 받은 걸로 할게요. 혹시 원하는 게 있으면 따로 얘기를 나누자고요."

판성메이는 웃으며 말했다.

"그런 게 있을 리가요, 전혀 없어요. 위에서 모두 관심 있게 지켜봐 주신 덕분에 그동안 얼마나 즐겁게 잘 지냈는데요. 다만 집안에 문제가 좀 생기는 바람에…, 아버지가 뇌졸중으로 병상에 계시거든요. 집안일을 돌볼 사람이 저밖에 없어서 어쩔 수 없이 고향으로 돌아가야 해요. 어머니 혼자 고생하시는 걸 보고만 있을 수도 없고 계속 휴가를 내면서 오가기도 쉽지 않은 상황이에요. 해를 거듭할수록 집안에 신경 쓸 일이 점점 많아지네요."

"그러게요. 부모님이 자식들을 키우느라 애쓰셨으니 이제는 자식들이 부모님을 책임져야죠."

판성메이는 고개를 끄덕였다.

"오빠는 벌써 중년이고 조카는 아직 어려요. 제가 아니면 나이 들어 편찮으신 부모님을 누가 돌보겠어요."

"성메이 씨, 알다시피 회사 규정상 사직서는 한 달 전에 제출해야 해요. 또 퇴사하고 나면 재입사는 불가능하고요. 다 고려하고 결정한 거예요?"

"예외 규정을 적용해 주시면 안 될까요? 제발 부탁드려요. 식물인간이나 다름없는 아버지를 어머니 혼자 돌보고 계셔서 되도록 빨리 고향에 가야 해요. 새해에 집에 갔을 때 어머니하고 같이 돌보는 데도 얼마나 바쁘고 힘들었는지 몰라요. 그런데 지금은 어머니 혼자서…."

상사는 판성메이의 집안에 우환이 있는 것을 이미 알고 있었고 그녀의 진심이 느껴져 관례를 깨고 사정을 봐주기로 했다. 그 대신 다른 직원들한테 말이 퍼지지 않도록 입단속을 시켰다. 판성메이는 상사의 도움으로 당일 오후에 곧장 퇴직 처리를 마치고 이번 달 열흘치 급여를 수령해서 조퇴했다. 상사한테 호텔에서 근무하게 되어 퇴사를 서두르는 것이라고는 말할 수 없었다. 말했다가는 아마 한 달 뒤에나 겨우 회사에서 벗어날 수 있기 때문이다. 사실대로 말하지 못한 건 호텔에서 그때까지 기다려 줄 수 있을지 확신이 없는 상황에서 어쩔 수 없는 선택이었다.

판성메이는 벼르던 일을 마침내 다 이루었다. 퇴사도 했고 시내 중심가에서 새로운 생활을 시작할 수 있게 되었다. 회사 정문을 걸어 나오며 올려다 본 하늘과 나무는 한없이 푸르고 싱그럽게 느껴졌다. 스산한 겨울 풍경은 마치 필터를 끼운 렌즈로 보는 세상처럼 찬란하기만 했다. 다만 바오이판을 만나러 가느라 바쁜 왕바이촨 때문에 수년 동안 쌓인 자질구레한 물건들을 챙겨 넣은 짐 가방을 혼자 들고 가는 건 유감이었다. 무거운 가방을 힘겹게 들고 버스 정류장까지 가는 동안 손목은 시큰거렸지만 기분은 상쾌했다. 그녀는 짐을 내려놓고 잠시 쉬었다가 다시 걸음을 옮겼다.

판성메이는 집에 도착해서 늘 그랬듯이 화장부터 지웠다. 화장을 지우고 씻고 나니 할 일이 없었다. 그녀는 통장에 두둑이 입금된 돈을 생각하며 다운재킷을 챙겨 입고 거리로 나갔다. 정말로 오랜만에 다시 찾은 취미 생활이었다. 새해 직전에 있었던 폭풍 할인 행사를 놓친 게 무척 아쉬웠지만 쇼핑에 대한 안목이 생긴 덕분에 길거리의 작은 상점에서도 쓸 만한 물건을 척척 찾아냈다.

추잉잉은 생전 처음으로 생긴 큰돈을 어떻게 쓸지 즐거운 고민을 하며 잉친과 늘 만나던 곳으로 나갔다. 그녀는 오늘 자기가 한 턱 내겠다고 했다. 의아해하던 잉친은 추잉잉의 설명을 듣고서야 씩 웃으며 말했다.

"그럼 그렇게 해. 나도 오늘 프로젝트 인센티브 받았는데 5만 위안(860만 원) 쯤 되거든. 그래서 맛있는 거 먹으면서 축하하자고 말하려던 참이었어."

추잉잉은 깜짝 놀라서 눈을 동그랗게 떴다. 5만 위안이면 그녀의 과거 연봉과 맞먹는 금액이었다. 그녀는 생각 없이 입에서 나오는 대로 말했다.

"저축해. 함부로 쓰지 말고."

"당연하지. 그래도 얼마쯤 떼서 기분 좋게 쓸 수 있어. 이번에는 인센티브가 좀 넉넉하게 나왔으니까 오늘은 거하게 한번 즐겨 보자."

"지금까지 늘 네가 샀잖아. 오늘은 내가 살 거야. 나도 인센티브 받았어. 레이디 퍼스트, 이제 내 차례야. 대신 으리으리한 식당엔 못 가니까 불평하진 말고. 커피 영업하러 다니다가 발견한 고향 요리 전문 식당인데 내가 계속 생각해 두고 있었거든. 우리 거기 가자. 거절하기 없기! 네가 산다고 우기기 없기! 안 그러면 나 삐쳐서 가 버린다. 삐칠 거라고."

"일부러 그렇게 애쓰지 않아도 돼. 내가 너보다 더 버니까 내가 사야 공평한 거야. 정말 사주고 싶어서 그래."

"하지만 이건 처음 받은 인센티브라서 의미가 달라."

"알았어. 이번엔 네 말 들을게."

추잉잉은 그제야 환하게 웃었다. 그러다가 갑자기 무슨 생각이 났는지 카페 안으로 뛰어 들어가서 샘플 몇 가지를 챙기더니 가방에 넣고 다시 나왔다. 고향 요리 식당 옆에 장사가 꽤 잘되는 대형 카페 2곳이 있는데 추잉잉은 그곳에 저가 제품을 공급하고 있었다. 지난달에 제법 많은 양을 납품했기 때문에 지나가는 김에 일부러 들러서 작은 선심이라도 베풀고 싶었던 것이다. 그 카페들 덕분에 매출을 올리고 있으니 감사한 마음이 드는 건 당연지사였다.

감사한 마음을 갚으려고 하니 떠오르는 얼굴이 한 사람 더 있었다. 늘 자신을 챙겨 주는 성메이 언니가 생각났다. 지금쯤이면 당연히 왕바이촨과 같이 있을 것 같아 방해되지 않도록 조심스럽게 전화를 걸어 보았다. 뜻밖에도 성메이 언니는 마침 혼자서 거리를 쏘다니고 있었다. 추잉잉은 바로 그녀를 식사에 초대했고, 초대의 목적은 잉친을 '소개'하는 자리라고 덧붙였다. 판성메이는 추잉잉이 다른 사람은 초대하지 않는다고 해서 잉친이 어떤 사람인지 봐 달라고 자신을 부른 것이라고 여겨, 흔쾌히 초대에 응했다. 한참을 기다리니 잉친이 운전하는 폴로(POLO)가 눈앞에 나타났다. 차가 멈추자 차 양쪽의 창문이 각각 열리면서 솜털이 보송보송한 두 젊은이의 머리가 차례로 쏙 나왔다. 누구 하나 차에서 내려, 매너 있게 문을 열어 주지 않았다. 판성메이는 직접 차문을 열고 올라탔다. 자동차는 추잉잉이 안내하는 길을 따라 식당으로 내달렸다.

판성메이는 앞에서 쉴 새 없이 재잘거리는 두 사람을 뒷좌석에서 바라보며 흐뭇하게 웃었다. 검은 테 안경을 쓴 IT맨은 추잉잉에게 순종적인 편이었다. 반면 추잉잉은 IT맨 앞에서 평소 모습과 달리 어른스럽게 행동했다. 판성메이는 두 사람의 이런 모습이 퍽 흥미로웠다. 자동차는 시끌벅적하고 허름한 식당 앞에서 멈췄다. 판성메이는 예상치 못한 광경을 접하고 당혹스러웠다. 집도 있고 차도 있는 IT맨이 짠돌이라니…!

잉친은 추잉잉과 판성메이를 식당 앞에 내려 주고 주차할 공간을 찾아서 핸들을 돌렸다. 추잉잉은 판성메이를 데리고 식당 안으로 들어가서 빈자리에 막 앉으려고 하는데 판성메이가 불쑥 추잉잉을 끌어당겼다. 판성메이는 백에서 티슈를 꺼내 플라스틱 의자를 한번 닦은 뒤에 추잉잉에게 앉으라고 했다. 추잉잉은 방금 판성메이가 한 행동을 그대로 흉내 내어 테이블 위에 있던 냅킨으로 잉친이 앉을 빈 의자를 닦았다. 판성메이는 어리숙한 추잉잉이 안타까웠다. 잉친이 오면 그가 보는 앞에서 의자를 닦아야 하는데 추잉잉은 그런 것도 모르고 있었다. 남자는 여자의 그런 마음 씀씀이를 직접 보면 더욱 매력을 느끼기 때문이다.

추잉잉은 주변을 살피며 1분 정도 기다리다가 말했다.

"왜 아직 안 오지? 언니, 잠깐만 있어 봐. 바로 옆에 카페 2곳이 있는데 샘플 좀 갖다 주고 올게. 금방 올 거야. 잉친이 오면 주문해서 먼저 먹고 있어."

잉친이 식당으로 들어오는데 마침 판성메이가 물티슈로 의자 등받이를 닦고 있었다. 의자를 다 닦은 뒤에는 테이블 가장자리도 닦았다. 잉친은 이 식당이 원래 더러운 곳이었는지 그 순간에 처음으로 깨달았다. 판성메이는 잉친이 다가오는 것을 보고 웃으며 말했다.

"저기 오렌지색 의자에 앉아요. 방금 잉잉이 깨끗하게 닦아 둔 거예요."

잉친은 바로 눈앞에 있는 누나의 럭셔리한 분위기에 압도당해서 하마터면 "네, 알겠습니다." 하고 사무적으로 대답할 뻔했다. 그는 비닐로 코팅된 얄팍한 메뉴판을 판성메이 앞으로 밀어 놓고 예의바르게 웃으며 말했다.

"누님, 먼저 고르세요. 대부분 매운 음식인데 입에 맞으실지 모르겠네요."

판성메이는 우아한 미소를 지으며 메뉴판을 덮어서 다시 잉친 쪽으로 밀었다.

"고향 요리인데 당연히 그쪽이 주문해야죠. 난 뭐든 괜찮아요."

잉친은 고상한 분위기를 풍기는 누나와 대화하는 대신 메뉴판에 집중하며 신중히 요리를 골랐다. 그러다가 고개를 들어 주변 테이블 위에 놓인 요리들을 죽 훑어봤다. 추잉잉에게 돈을 많이 쓰게 하지 않으면서 음식을 남기지 않고 적당히 먹을 수 있는 양이 얼마나 될지 가늠해 본 것이다. 마침내 3명이 딱 알맞게 먹을 수 있는 양을 정했다. 생선, 라러우, 곱창, 채소 등 네 종류의 요리를 주문한 뒤에야 고개를 들고 판성메이에게 물었다.

"음료는 뭐 드실래요? 요리 더 시킬까요?"

"충분해요. 그냥 차 마셔요. 날씨도 추운데 따뜻한 게 좋겠어요. IT 업계는 시도 때도 없이 야근한다던데 잉친도 그래요?"

"상황에 따라서요. 요 며칠은 계속 회사에서 잤어요. 어지간해서는 일찍 퇴근하기가 쉽지 않아요."

"아, 생각났다. 언젠가 잉잉이 밤중에 라러우 덮밥을 가져다 줬을 때도 야근 중이었나 봐요. 참 힘들겠네요."

"힘들긴 한데 할 줄 아는 게 이 일밖에 없어요. 복잡한 생각은 안 해도 되니까 저한테는 잘 맞아요. 누님은 무슨 일 하세요?"

"회사 그만뒀지?"

추잉잉이 들어오면서 끼어들어 물었다. 잉친은 안도의 한숨을 깊게 쉬었다.

"응. 내일부터 새 직장에 출근해. 그런데 아쉽게도 유니폼을 입어야 한다더라고. 오늘 쇼핑몰을 돌면서 출근할 때 입으면 좋을 예쁜 옷들을 봤는데 외면하기 괴롭더라. 이제 그런 옷들과는 바이바이야."

"오히려 잘 된 거 아냐? 아침마다 뭘 입을지 고민도 안 해도 되고 돈도 아끼고 1석 2조잖아. 전에 다니던 직장은 유니폼이 없었는데 오피스 룩으로 차려입으라고 해서 매달 월급 받으면 옷 사느라 출혈이 꽤 컸거든. 또 싼 옷은 입고 나가면 후줄근해 보여서 사지도 못하고…. 근데 지금은 유니폼이 있어서 얼마나 편한지 몰라. 회사 눈치 안 보고 내가 입고 싶은 옷을 살 수도 있고. 언니, 이 라러우 먹어봐.

집에서는 만들어 먹기 힘든데 잉친이 잘 시켰네. 마늘, 고추, 돼지기름을 넣고 센 불에서 볶은 거라서 진짜 맛있어."

판성메이는 다이어트를 하느라 보통 저녁을 거르지만 추잉잉의 성의를 봐서 한 입 먹었다. 하지만 다음 날 첫 출근하자마자 입 냄새를 풍기게 될까 봐 마늘에는 손도 대지 않았다. 추잉잉은 판성메이가 저녁에는 음식을 잘 안 먹는 걸 알기에 잉친에게만 실컷 먹으라고 권했다. 잉친은 다이어트하는 여자들 얘기를 인터넷으로 접해서 알고는 있었지만 실제로 만나 보니 판성메이처럼 아예 저녁을 안 먹는 사람도 있어서 뜻밖이었다. 더불어 이처럼 품위 있는 누님에게 전혀 어울리지 않는 맵고 자극적인 음식을 권한 것에 내심 미안한 마음도 들었다.

두 번째 요리인 곱창이 나왔을 때 판성메이는 낯선 번호로 걸려온 전화를 1통 받았다. 한 남자가 격식을 갖춘 딱딱한 말투로 그녀의 오빠와 새언니가 불법 음란물 단속에 걸렸으니 와서 서류를 작성하라고 했다. 불법 음란물 단속이라니? 판성메이는 놀라서 눈이 밖으로 튀어나올 뻔했다. 새언니가 성매매라도 했단 말인가? 추잉잉과 잉친을 쳐다봤다. 두 사람 앞에서 차마 되물어볼 수 없어서 얼른 자리에서 일어나 식당 밖으로 나갔다.

"경감님, 저희 가족이 무슨 잘못을 저질렀나요?"

"길에서 성매매 전단지와 명함을 돌렸어요. 터미널하고 호텔 입구에서 삐끼 노릇도 했고요. 가족 분들이 오셔서 수습을 하셔야 합니다."

판성메이는 속에서 불이 날 것 같았지만 부드럽고 상냥한 목소리로 경감에게 말했다.

"죄송합니다, 경감님. 저희 아버지가 지난달에 뇌졸중으로 쓰러지시는 바람에 말씀도 못 하시고 몸도 못 가누셔서 어머니가 밤낮으로 돌보고 계세요. 그리고 저는 내일 외국으로 출장가야 해서 갈 수가 없네요. 두 사람은 성인이니까 잘못한 일을 스스로 책임지게 했으면 좋겠어요."

경감이 말했다.

"아마 고생 좀 할 거예요."

"죄를 지었으면 대가를 치러야죠. 혹시 실형을 받게 되나요?"

"그럴 겁니다. 출장 다녀와서 시간 되면 들리세요. 자세한 건 그때 처리하죠."

경감도 가족이 방관하는 경우를 이미 많이 봐온 터라 회피하는 판성메이에게 더는 뭐라고 하지 않았다. 판성메이는 경감과의 통화를 마치고 바로 엄마에게 전화를 걸어 불같이 화를 내며 오빠의 연락을 받았냐고 물었다. 예상대로 경찰서에서 먼저 집에 연락을 했는데 엄마가 딸에게 모든 책임을 떠넘긴 것이었다. 엄마는 그녀더러 직접 나서서 문제를 해결하라고 했다.

답답한 마음에 그녀는 눈을 들어 머지않은 곳에서 화려한 빛을 뿌리는 빌딩의 그림자를 보았다. 당장 내일부터 출근할 새 직장도 떠올렸다. 마지못해 결심한 듯이 강경한 어조로 말했다.

"난 몰라, 갈 수도 없어. 경감 말로는 실형을 살 수도 있다니까 벌 받게 내버려 둬."

"안 된다. 갈아입을 옷도 없을 텐데 이 추운 날 얼어 죽기라도 하면 어쩌니. 휴가라도 내서 무조건 가봐라."

"휴가 못 내. 또 휴가 냈다가는 회사에서 잘려. 그럼 우리 식구는 몽땅 굶어 죽는다고."

"그래도 어떻게든 방법을 찾아 봐야지. 네가 오빠를 내쫓은 셈 아니냐. 걔가 집에 있었으면 밥도 굶지 않았을 거고 나쁜 짓도 안 했겠지. 이게 다 너 때문이야."

오빠를 내쫓은 사람이 판성메이라니? 판성메이는 기가 막혀서 대꾸하지 않고 전화를 끊어 버렸다. 계속 통화를 하다가는 엄마한테 마구 고함을 지를 것 같았기 때문이다. 그녀는 화가 나서 참을 수가 없었다. 게다가 하필이면 왕바이촨은 멀리 있어서 넋두리할 곳도 없었다. 밖에서 울분을 삭이고 있자니 추워서 온몸이 얼어붙는 듯했다. 하는 수 없이 다시 식당 안으로 들어갔다. 참다못한 판성메이는 결국 담배를 꺼내 입에 물고 불을 붙였다. 음식이 넘어갈 리 만무했다.

잉친은 담배를 피우는 여자를 본 적이 없어서 신기한 눈으로 판성메이를 쳐다보다가 다시 추잉잉을 한번 봤다. 추잉잉은 잉친을 향해 고개를 흔들며 눈치를 주었다.

"언니, 무슨 일이야?"

"집에 일이 생겼어. 오빠가 또 사고를 쳤나 봐. 휴."

얘기가 아직 끝나지 않았는데 휴대폰이 또 울렸다. 집에서 온 전화는 아니었지만 고향 지역의 전화번호여서 왕바이촨일 거라고 생각하고 곧바로 받았다. 그러나 전화를 건 사람은 뜻밖에도 새언니의 가족이었다. 새언니의 친정은 훨씬 가난했다. 사돈은 전화를 받자마자 딸이 시집가서 고생만 하고 있다고 화를 내더니 판씨 집안에서 책임지고 딸을 살려내라고 욕을 퍼부었다. 판성메이는 듣다 보니 그쪽 집안도 경우가 없긴 마찬가지였고 돈을 뜯어내기 위한 수작으로밖에 들리지 않았다. 그래서 말없이 듣기만 하다가 일방적으로 전화를 끊고 전원마저 꺼버렸다. 그러고는 추잉잉의 휴대폰을 빌려서 왕바이촨에게 메시지를 보냈다. 전원을 꺼둔 이유를 설명하고 급한 일이 있으면 추잉잉에게 연락하라는 메시지를 남겼다.

판성메이는 담배 1개비를 피우고 흥분을 가라앉힌 다음 잉친에게 사과했다.

“미안해요. 내가 분위기를 망쳤네요. 오빠가 1명 있는데 망나니거든요. 사고를 칠 때마다 뒷수습은 늘 내 차지죠. 형제자매끼리 서로 돕는 게 인지상정이지만 우리 집은 그렇지 않아요. 잉친은 형제가 어떻게 돼요?”

잉친이 대답했다.

“저하고 잉잉은 산아 제한하던 시대에 태어나서 외동이에요.”

판성메이는 기분이 나빠졌다. 그와 잉잉이 태어난 시대… 라는 말이 어쩐지 자신과는 세대차가 꽤 난다는 말처럼 들렸다. 추잉잉은 판성메이의 감정을 알아차리지 못하고 웃으며 말했다.

“22층에서 성메이 언니 빼고는 다 외동이야. 난 어렸을 때 오빠나 언니가 있었으면 했는데. 언니, 생선 먹어. 생선은 살 안 쪄. 여긴 우리 고향 요리를 정통으로 하는 집이야. 방금 잉친한테 다음에 또 오자고 했어.”

“그래, 냄새가 아주 근사하네.”

판성메이는 억지로 몇 입 먹고는 푸짐하게 먹고 있는 잉잉과 잉친을 보기만 했다. 다 먹고 계산할 때가 되니 추잉잉이 화려한 무늬가 있는 지갑에서 지폐 몇 장을 꺼냈다. 그중에서 100위안짜리 1장을 집어서 테이블에 놓는 동안 잉친은 가만히 보고만 있었다. 판성메이는 의아스러웠다.

잉친은 추잉잉이 젓가락을 내려놓자 눈을 반짝이며 밝은 표정으로 물었다.

“이제 그만 먹게?”

추잉잉이 단호하게 고개를 끄덕이자 잉친이 큰 소리로 웃었다.

“그럼 내가 다 먹는다. 아까부터 계속 생선 아가미살만 보고 있었어. 생선 대가리도. 네가 좋아하면 너한테 양보하려고 했는데."

추잉잉은 생선 아가미에서 살을 한 겹씩 발라내는 잉친을 뚫어지게 바라보고는 신기해하며 물었다.

"맛있어?"

"당연하지. 생선의 백미야. 너도 먹어봐."

잉친이 살을 발라서 추잉잉의 입가로 가져갔다. 추잉잉은 얼떨결에 입을 벌려 받아먹고 나니 문득 실수했다는 생각이 들었다. 갑자기 얼굴이 화끈거리고 판성메이의 눈치가 보였다. 잉친도 자신의 갑작스러운 행동에 흠칫 놀라서 얼굴이 귀밑까지 빨개졌다. 그러고는 마치 판성메이의 훈계를 기다리는 듯 무안한 기색으로 판성메이를 쳐다봤다. 판성메이는 기분이 썩 좋지 않았지만 분위기를 깨지 않으려고 애써 웃으며 말했다.

"하하, 난 못 봤어요. 아무것도 안 봤다고요. 잉잉, 맛있니? 원래 이렇게 남이 먹여 주는 게 더 맛있대."

추잉잉은 기어가는 목소리로 말했다.

"난 무슨 맛인지 모르겠어."

잉친은 냉큼 생선을 뒤집더니 반대쪽 아가미에서 또 살을 발라냈다.

"여기, 이것도 먹어 봐."

추잉잉은 판성메이의 눈치를 슬쩍 본 뒤에 자기 젓가락으로 살코기를 받아 들고 잠시 생각하다가 잉친의 접시에 놓았다.

"한 조각씩 나눠 먹자. 네가 좋아하는 거라며. 대가리도 먹어."

판성메이는 조그만 생선 대가리 하나로 사랑의 대화를 나누는 달달한 커플을 푸근한 미소로 바라보았다. 만약 왕바이촨이 잉친처럼 행동했다면 판성메이는 외식하러 나와서 짜게 굴지 말고 1마리 더 시키라고 했을 것이다. 보아하니 잉친은 통이 큰 남자는 아니었다.

연애할 때 여자한테 돈을 아끼는 남자는 결혼하고 나서도 크게 기대할 것이 없다. 이런 남자와 같이 다니면 고생만 할 것이 뻔하다.

차에서 내린 두 아가씨는 환락송 아파트 단지 안으로 걸어 들어갔다. 판성메이는 최대한 무심하게 추잉잉에게 물었다.

"잉잉, 너희는 더치페이 하는 게 좋아?"

"난 그러고 싶은데 잉친이 자기가 더 많이 번다고 맨날 자기가 사. 오늘은 억지로 우겨서 내가 돈을 낸 거야. 인센티브 받았거든. 기분 좋다."

판성메이는 그제야 마음이 놓였다. 추잉잉이 단순하고 사람을 보는 눈이 없어서 전처럼 또 비열한 놈을 만나고 상처를 입을까 봐 걱정했던 것이다. 판성메이는 다행이다 싶어서 진심으로 추잉잉을 응원했다.

"둘이 참 잘 어울려. 잉친이 너한테 자상하게 대하는 걸 보니 괜찮은 남자 같아. 잘 골랐어."

추잉잉은 판성메이에게 긍정적인 얘기를 듣고 나니 기분이 날아갈 듯해서 그녀의 팔을 붙잡고 깡충깡충 뛰며 물었다.

"정말? 이번엔 합격이야? 하하, 언니가 그렇다면 믿어야지. 그럼 이제 안심하고 대담하게…."

"대담하게 뭘?"

"에이, 언니 짓궂게."

추잉잉은 판성메이의 팔에 반쯤 매달린 채로 폴짝폴짝 뛰면서 집으로 향했다. 추잉잉은 당장이라도 잉친에게 전화를 걸어서 이쪽 분위기를 전하고 성메이 언니의 긍정적인 반응도 알리고 싶었다. 흥이 난 추잉잉이 판성메이의 귓가에서 끝도 없이 재잘거리는 통에 판성메이는 그렇잖아도 심란한데 짜증스럽기까지 했다. 판성메이는 2202호에 들어서자마자 휴대폰 전원을 켜고 집으로 전화를 걸었다. 신호가 가는 동안 가슴이 콩닥콩닥 뛰었다. 역시나 예상했던 대로 새언니 가족들이 집으로 들이닥친 모양이었다. 판성메이의 엄마가 놀라서 부들부들 떨며 물었다.

"어쩌면 좋으니? 문 열어주면, 들어와서 너희 아빠를 때려죽일까 봐 문도 못 열겠어."

"열지 말고 내 말 잘 들어. 지금부터 내가 하는 말 그대로 따라 해. 밖에서 들리게 큰 소리로. 자, '이번 일은 나도 몰라요.' 따라 해. … '자꾸 소란피우면 당신 딸이 성매매 하다가 잡혀갔다고 소문낼 거예요.'라고 어서 말해."

판성메이는 엄마가 덜덜 떨면서 문밖을 향해 크게 외치는 소리를 듣고 있었다. 수화기 너머에서는 문을 발로 쾅쾅 차는 소리도 들렸다. 그러나 엄마가 마지막 말을 외치고 난 뒤로는 잠잠했다. 판성메이는 한마디 덧붙였다.

"'창피한 줄 알면 집으로 돌아가요.' 말해. '나중에 우리 딸이 와서 해결할 거예요.' 또 얘기해."

말을 끝내고 나니 문을 차는 소리가 들리지 않았다. 그 대신 엄마의 통곡 소리가 쩌렁쩌렁 울리기 시작했다. 판성메이는 마음이 아팠지만 휴대폰을 꺼버렸다. 그녀가 당장 할 수 있는 일은 그것뿐이었다. 그녀는 지금 일이 어떻게 돌아가고 있는지 몹시 궁금했다. 오빠가 구체적으로 뭘 잘못했기에 잡혀갔는지, 실형을 받게 되는지, 집안에 처리해야 할 일이 얼마나 있는지, 돈은 얼마나 드는지 등을 알아봐 줄 사람이 절실히 필요했다. 적어도… 현재 상황부터 파악해야 어떻게든 나설 수 있을 것 같았다.

계속 한숨만 쉬던 판성메이는 결국 고향에 있는 친구에게 전화를 걸어 상황을 알아보기로 했다.

앤디는 집에 돌아와서도 여전히 바쁘게 일을 처리하고 있었다. 때마침 탄쭝밍에게서 전화가 왔다. 그는 웨이궈창이 설 이후에 바로 이혼 소송을 시작했다는 소식을 전해 주었다. 웨이 부인이 찾아와서 따귀를 때린 이유가 바로 그 때문이었던 것이다. 앤디는 책임감이라고는 전혀 없는 웨이궈창이 더욱 증오스러웠다. 과거에 그녀의 엄마도 그렇게 버려 놓고 또 지금의 부인을 내치려 하는 것이다. 앤디는 오히려 웨이 부인에게 동정심이 생겼다. 몇 십 년간 부부로 지내 오다가 별안간 이혼을 하자고 하면 누구라도 자기 엄마처럼 미칠 수 있을 것 같았다.

35

마침내 뜻을 이룬 판성메이는 시내 중심가에서 첫 근무를 시작했다. 그녀는 문득 대학 졸업 당시에 했던 첫 선택이 후회스러웠다. 그때 고급 호텔에서 근무하는 꿈도 꾸었지만 호텔에서 근무하면 거주지 이전 등록을 할 수 없었다. 게다가 어른들이 호텔은 젊을 때나 다니는 직장이니 결국 다른 길로 가게 되어 있다고 만류했었다. 그러나 수년 동안 인사 업무를 한 뒤에야 그녀는 분명히 알게 되었다. 타고난 재능을 청춘 시절에 충분히 발휘하지 않는 것이야말로 어리석은 짓임을 말이다. 하지만 늦었다고 생각할 때가 가장 빠르다는 말처럼 늦게라도 도전하면 언젠가는 꿈은 이룰 수 있다. 그녀는 호텔에 출근해서 주변의 동료들을 둘러보았다. 그들의 얼굴은 모두 세파를 겪지 않은 듯 곱고 부드러웠다. 감개무량한 판성메이는 스스로에게 맹세했다. 이제부터 자신의 인생을 위해 주변을 가꾸고 자신을 사랑하고 아끼고 성장시키겠다고 말이다. 오로지 자기 자신만 생각하며 부드럽고 고운 이미지를 평생 유지할 것이라고 굳게 다짐했다.

호텔의 쾌적한 환경을 계속 누리고 싶다면 먼저 직원으로서 해야 할 일이 있다. 그녀도 이 점을 분명히 알고 있었다. 호텔은 궁극적으로 그곳에 돈을 쓰러 오는 사람들을 위해 서비스를 제공하는 곳이므로 직원은 고객을 위해 최선을 다해 품격 있는 환경을 마련해야 한다. 그러면 직원도 덩달아 그 품격 있는 환경을 누릴 수 있는 것이다.

판성메이는 각 업무의 기초 교육을 받기 시작했다. 출근한 첫날이라 거의 8시간이나 서서 근무했다. 퇴근 시간이 되자 동료들은 활기차게 각자의 행선지로 뿔뿔이 흩어졌지만 판성메이는 탈의실에 주저앉아 몸을 일으키기도 힘들었다. 게다가 복사뼈 부근이 퉁퉁 부어오른 것처럼 아프고 묵직해서 집에 가고 싶어도 몸이 움직이지 않았다. 그녀의 인생에서 이처럼 중요한 시기에 애석하게도 왕바이촨은 사업 때문에 정신없이 다니느라 그녀를 데리러 올 시간이 없었다. 그녀가 새 직장에서 하루 종일 근무한 소감을 들어줄 시간은 더더욱 없었다. 판성메이는 대화할 사람이 필요했다. 호텔에서 완전히 새로운 시각으로 부잣집 사람들의 민낯을 본 색다른 느낌을 누군가와 공유하고 싶었다. 그녀는 프런트에서 고객 응대 서비스 업무를 배우면서 새로운 사실을 깨달았다. 돈을 펑펑 쓰면서 스스로 왕이라고 여기는 고객은 그저 호텔 영업에 이용당하는 봉일 뿐이었다. 단 하루 사이에 프런트에서 별별 사람들을 다 보았다. 두 다리가 퉁퉁 붓도록 서 있어도 호텔에 와서 허세를 부리는 사람들을 응대하는 일은 퍽 흥미로웠다. 이런 이유로 판성메이는 호텔 업무가 마음에 들었다.

판성메이는 벗었던 유니폼을 다시 챙겨 입었다. 생각해 보니 자신을 채용해 준 인사팀장에게 고맙다는 인사를 하고 싶었다. 그녀는 팀장을 찾아가서 감사의 인사를 전하며 자신에게 꼭 맞는 일을 추천한 팀장의 안목에 감탄했다. 팀장은 판성메이가 추켜세우자 뿌듯한 미소를 지어 보였다. 이에 판성메이도 환한 웃음으로 보답했다. 그렇게 감사 인사를 마친 그녀는 지친 몸을 겨우 추스르며 퇴근했다.

그녀는 기진맥진해서 집으로 가는 도중에도 자신을 뚫어져라 쳐다보는 세련된 뭇 남성들의 시선을 의식했다. 집에 도착해서 거울을 자세히 비추어 보니 종일 일하느라 매만지지 못한 얼굴은 얼룩덜룩했고 코 주변은 피지가 올라와서 번들번들했다. 립스틱으로 꾸민 입술선도 흐릿해졌고 언제 화장을 했었나 싶게 민낯이 드러나 있었다. 이런 몰골인데도 오늘 그녀는 한창 인기를 끌었을 때처럼 지나가는 남자들의 시선을 사로잡았다. 무엇 때문이었을까?

판성메이가 손에 들었던 거울을 화장대에 내려놓은 지 얼마 지나지 않아서 왕바이촨에게서 전화가 왔다. 다행스럽게도 그의 목소리는 자상했다. 그녀는 슬리퍼로 갈아 신고 22층 복도로 나갔다. 종일 일하느라 뻣뻣하게 굳었던 몸을 쫙 펴고 스트레칭을 하며 왕바이촨과 통화를 했다. 왕바이촨은 당연히 판성메이가 새 직장에서 첫날을 보낸 소감부터 물었다. 그녀의 이야기를 다 듣고 난 뒤에는 자기 얘기를 시작했다. 그러나 바오이판에게 사업상 도움을 청했고 그쪽의 결정에 회사의 희망을 걸고 있다고는 차마 말하지 못했다. 최근에 판성메이가 22층 여자들과 사이가 불편해져서 감정이 좋지 않기 때문에 사실대로 말하면 당장 바오이판의 도움을 거절하라고 할 게 뻔했다. 또 판성메이가 앤디한테 면목이 서지 않을까 봐 염려되기도 했다. 그래서 큰 거래처와 접촉이 있었고 어떻게 해서든 적어도 1년치 계약을 따내려고 발이 부르트도록 돌아다니고 있다고 거짓말했다. 만약 첫해 계약이 원만하게 성사되면 향후에 고정 거래처가 될 가능성이 있다며 들떠서 말했다. 판성메이는 왕바이촨의 희망찬 미래 설계를 들으며 시계를 들여다보았다. 왕바이촨이 일 얘기를 끝내고 시시덕거리며 농담을 시작하자 판성메이가 말을 끊고 물었다.

"저녁 먹을 시간인데 아직도 공장에 있어? 기계 돌아가는 소리가 들려."

"하하, 크레인 소리야. 지금 하청 공장에서 고품질 샘플을 급하게 제작하는 중이라서 지켜봐야 해."

"아직 밥도 안 먹었을 거 아냐. 전화 끊고 어서 패스트푸드점에라도 갔다 와. 직원들 나눠 줄 것도 좀 사고."

"그럴 필요 없어. 공장 사장님이 야근 수당 지급하시니까 난 담배 정도만 챙기면 돼. 원래 다 그렇게 해. 7시쯤에 발색 공정만 끝나면 다들 퇴근할 거야."

"그렇게 안일하게 생각하면 안 돼. 이번 일이 너한테 중요한 계기가 될 텐데 직원들도 잘 구슬리고 각별히 신경을 써야지. 내 걱정은 말고 네 일에 집중해. 난 종일 서 있느라 좀 피곤한 거 말고는 다 괜찮으니까."

왕바이촨이 웃으며 말했다.

"속담에 '일일여삼추(一日如三秋)'라더니 오늘에야 그 말을 실감했어. 출장은 정말 힘들어. 일이 고된 건 괜찮은데 널 못 본다고 생각하니까 힘들어 죽겠더라고. 그러니까 얘기 좀 더 하자. 일하라고 하지 말고. 너 퇴근할 시간만 기다렸어."

판성메이의 얼굴에는 달콤한 미소가 번졌지만 그녀의 말투는 단호했다.

"날 걱정한답시고 농땡이 부리는 거 같은데 어림없어. 안 속으니까 어서 일해. 본업에 충실하라고."

왕바이촨은 꿍꿍이속을 들키는 바람에 내키지 않았지만 통화를 끝냈다.

웨이 부인이 또 앤디의 회사에 나타났다. 이번에는 소란을 피우지 않고 앤디를 만나게 해달라고 점잖게 요청한 뒤에 창백한 얼굴로 회사 입구에 마련된 의자에 앉아서 기다렸다. 앤디는 웨이 부인이 지긋지긋했다. 전처럼 폭력을 행사하지 않으니 쫓아낼 마땅한 이유도 없었다. 앤디는 퇴근하지 않고 계속 시간을 끌었다. 웨이 부인이 기다리다가 제풀에 지쳐서 스스로 돌아가기를 기다린 것이다. 그러나 저녁 7시가 되어도 웨이 부인은 꼼짝 않고 기다리고 있었다. 앤디는 그때까지 오늘 할 일은 물론이고 내일 할 일까지 다 끝내서 사무실에 더 있을 필요도 없었다. 게다가 허기가 져서 배 속에서는 천둥소리가 났다. 앤디는 어쩔 수 없이 웨이 부인을 만나러 나갔다.

웨이 부인의 모습을 발견한 찰나에 공교롭게도 바오이판에게서 전화가 왔다. 앤디는 웨이 부인과 말을 섞기가 싫었고 온종일 기다린 바오이판의 전화를 금방 끊고 싶지도 않았다. 그래서 웨이 부인과 멀찍이 떨어져서 선 채로 전화를 받았다. 바오이판은 싱글벙글 웃으면서 오늘 겪었던 난감한 일을 앤디에게 들려주었다. 바오이판의 대학 시절 룸메이트 친구와 그 아내에 얽힌 이야기였다. 친구는 아내와 함께 창업을 했는데 깐깐한 아내가 재정 관리를 도맡는 바람에 비상금을 한 푼도 손에 쥘 수 없었다. 그는 어쩔 수 없이 신용이 좋은 바오이판의 명의로 회사 돈 50만 위안을 빌려서 감춰 놓고 조금씩 꺼내썼다. 그런데 오늘 바오이판이 고객과 점심 식사를 하던 중에 때마침 출장차 방문한 친구의 아내와 마주친 것이다. 그 아내는 하필이면 고객 앞에서 바오이판에게 2년 전에 빌린 50만 위안을 언제 갚을 거냐고 따져 물었다. 바오이판은 친구의 허물을 대신 뒤집어쓰느라 변명조차 하지 못했다. 그리고 친구의 아내가 돌아간 뒤에야 간신히 고객에게 자세한 전후 사정을 해명했다. 자칫하다가 현금 50만 위안도 융통하지 못하는 부실한 회사로 낙인찍히고 고객에게 최악의 인상을 남길 뻔한 사건이었다. 하지만 친구가 비밀로 해달라고 애걸복걸

하는 통에 하는 수 없이 계속 누명을 뒤집어쓰기로 했다.

앤디가 의아해하며 물었다.

"남편한테 왜 돈을 안 주죠?"

"안 주는 게 아니라 함부로 쓸까 봐 감시하는 거예요. 또 지출할 때마다 영수증을 꼭 챙겨 오라고 한대요. 영수증을 보면 남편이 어디서 뭘 하고 다니는지 훤히 알 수 있으니까."

"왜 그런…."

앤디는 남자한테 비상금이 왜 필요한지 물어 보려고 말을 반쯤 꺼내다가 문득 이해가 갔다.

"아, 알겠어요. 서로 존중하지도 않고 믿음도 없는 사람들이네요. 그런 결혼생활은 무의미해요."

앤디는 말을 하다가 무심코 웨이 부인을 보았다. 이혼이 그렇게 어려운 일인지 갑자기 궁금해서 바오이판에게 물었더니 그가 대답했다.

"두 사람은 부부이자 동업자라서 이혼하기도 쉽지 않지만 재산 분할은 더 골치 아픈 일이죠. 그냥 저대로 사는 수밖에요. 그나저나 아직 퇴근 안 했어요?"

"음, 만날 사람이 있어서요. 떼어 내고 싶은데 떨어지질 않네요."

"찰거머리가 붙었어요?"

"내가 아는 찰거머리는 당신밖에 없어요."

앤디는 자신에게서 시선을 떼지 않는 웨이 부인을 보니 가슴이 답답했다.

"이제 만나러 가야겠어요. 휴, 골치야."

바오이판은 수화기를 통해 키스를 날리고 전화를 끊었다. 앤디는 슬며시 미소를 짓다가 웨이 부인과 눈이 마주치자 표정을 가다듬고 감정을 차분히 가라앉히며 그녀에게 다가갔다. 낯빛이 초췌한 웨이 부인을 보니 어렸을 때 본 버림받은 엄마의 모습이 자연스레 떠올랐다. 앤디는 웨이 부인과 거리를 두고 서서 말을 건넸다.

"손대지 않겠다고 약속하면 회의실로 모실 테니 조용히 얘기해요."

웨이 부인은 앤디를 보며 말했다.

"어제 저녁에 베이징에서 돌아와서 오늘 아침에 일처리하고 오후 비행기로 여기 왔더니 피곤하고 기운도 없어요."

"이쪽으로 오세요. 저기 검은색 의자가 있는 회의실로 들어가서 유화가 걸린 쪽에 앉으세요."

웨이 부인은 순순히 앤디의 말을 들었다. 그녀는 무심하게 회의실로 들어가서 앤디가 정해 준 자리에 앉았다. 앤디는 그제야 안심하고 회의실로 들어가서 문을 닫았다. 그리고 웨이 부인과 가장 먼 자리이면서 동시에 출입문과 가장 가까운 곳에 앉았다. 앤디는 웨이 부인이 먼저 말을 꺼낼 때까지 기다렸다. 까딱하다가 잔이 무기로 둔갑할까 봐 물이나 커피는 아예 내오지도 않았다. 웨이 부인은 기다란 테이블의 한쪽 끝에 멀찌감치 앉아서 덤덤하게 말을 시작했다.

"아침에 법원에 가서 이혼 조정 신청하고 왔어요. 합의 이혼과 소송 이혼의 차이가 뭔 줄 알아요?"

"중국 혼인법은 몰라요."

"그럼 한번 알아봐요. 웨이궈창은 줄곧 합의는 거절하고 소송 이혼만 고집했어요. 그래서 아침에 법원에 다녀온 거예요."

"저하곤 상관없는 일이예요. 왜 제 말을 못 믿죠? 전 남부럽지 않을 만큼 재산도 있고 남의 남자한테 관심도 없어요."

"영감님의 거액의 유산을 통째로 당신한테 넘긴다는데 내가 어떻게 믿어요? 둘이 작당해서 날 맨몸으로 내쫓고 그 많은 돈으로 둘이 호의호식하려는 거 다 알아요."

웨이궈창이 허윈리(何雲禮)의 재산을 몽땅 앤디한테 준다니? 앤디는 갑자기 멍해졌다. 설마 웨이궈창이 돈으로 자신의 과거 잘못을 용서받으려고 벌인 일일까? 앤디가 중얼거리며 말했다.

"난 모르는 일이예요."

"내가 바보로 보여요? 두 사람이 불륜 관계가 아니면 웨이궈창이 뭣 때문에 허윈리의 유산이 그쪽한테 넘어가도록 그렇게 빈틈없이 처리했겠어요? 어차피 말로는 못 믿으니까 유전자 검사합시다. 내가 이미 신청해 놨어요. 허윈리 유전자와 대조해서 유서에 적힌 대로 영감이랑 그쪽이랑 혈연관계가 맞는지 확인해 보자고요. 내일 당장 나하고 베이징으로 가요. 공증한 유서 1장 따위로 내 재산을 갈취할 생각은 꿈에도 말아요. 내가 사람 몇 명을 데리고 왔는데 아마 밖에서 기다리고 있을 거예요. 잘 생각해 보고 알아서 따라 와요. 나한테 덤벼들 생각도 말고요."

앤디는 머리가 깨질 듯이 아팠다. 그녀가 가장 외면하고 싶은 것이 혈연이고 가장 입에 올리기 싫은 말도 혈연이었다. 웨이 부인이 앞에서도 혈연과 관련된 것만은 피하고 싶었다.

"저 돈 많다니까요. 연봉도 상당해요. 당신네들 돈에는 전혀 관심이 없어요. 내 말 못 믿겠으면 직접 알아봐요. 수완이 좋으니까 내 수입이 얼마나 되는지 정도는 금방 알아낼 거예요. 국내든 국외든 실컷 찾아봐요. 나를 앞세워서 이혼을 추진하고 재산을 가로채려는 사람이 실제로 있다고 해도 내가 협조할 마음이 없어요. 그럼 됐죠?"

"영감님은 유명한 화가였고 재산도 어마어마해요. 상속자로 지명된 당신이 그걸 모를 리가 없잖아요. 내 앞에서 순진한 척 하지 말아요. 결혼하고 수십 년 동안 홀몸인 영감님을 돌보면서 기껏 기대했더니,

어디서 혈육이라는 젊은 여자가 느닷없이 나타나서 영감님의 재산을 깡그리 가져가겠다는데 그걸 곧이곧대로 믿으라고요? 그 돈으로 내 남편이랑 살림이라도 차리려는 모양인데 뜻대로는 안 될 거예요."

보안 요원이 노크를 하고 들어와서 밖에 법원에서 온 사람이 기다리고 있다고 낮은 목소리로 앤디에게 전했다. 앤디는 웨이 부인도 수완이 좋고 부부 둘 다 만만한 사람이 아님을 새삼 깨달았다. 웨이 부인은 앤디를 베이징으로 '연행'할 수 있는 법적 권리를 지닌 사람을 부른 것이었다. 앤디는 웨이 부인을 쳐다보았다. 마음 같아서는 당장에라도 거부권을 행사하고 싶었지만 달리 벗어날 방법이 없었다. 웨이 부인은 마치 자신을 '독 안에 든 쥐'라고 엄포를 놓는 듯이 날카로운 눈빛으로 바라봤다.

앤디는 생각에 잠겼다. 웨이 부인은 그런 앤디를 향해 쌀쌀맞게 한마디 했다.

"피한다고 해결될 문제가 아니에요. 지금 나하고 같이 가는 게 이로울 거예요."

앤디는 바로 대답하지 않고 침착하게 사태의 전말을 곰곰이 따져보았다. 그리고 생각이 정리되자 반박을 시작했다.

"지금까지 거론된 부인의 이혼과 영감님의 유산 상속 문제는 모두 부인한테서 처음 듣는 얘기예요. 상황을 정리해 보니 이 두 가지 문제 때문에 절 괴롭히는 거군요. 그럼 이혼 문제와 전 재산을 제게 상속한다는 영감님의 유언에 대한 제 입장을 말씀드릴게요. 웨이궈창씨는 업무적으로 알게 된 분이고 허원리라는 영감님은 얼굴도 본 적이 없어요. 거액의 유산을 일면식도 없는 저에게 상속한다고 하는데, 이 점은 저도 이상하게 생각해요. 세상에 공짜는 없잖아요. 그런데 어느 날 난데없이 호박이 넝쿨째 굴러들어 온다면 그건 보나 마나 사기일 가능성이 커요. 전 여기에 어떤 음모가 있다는 의심이 강하게 들어요. 그리고 제가 이혼의 원인이라는 증거도 없이 공공장소에서 절 불여우라며 몰아세웠는데 이건 명백한 명예훼손이에요. 전 제 권리를 지킬 거예요. 한마디로, 저는 부인이 문제 삼는 일과 아무런 관련이 없어요. 그런데도 자꾸 저를 엮으려 드는 걸 보니 아무래도 부인에게 특별한 동기가 있는 것 같네요. 저도 제 안전을 위해서 경찰에 신고하고 변호사도 부르겠어요. 부인의 태도가 굉장히 불쾌해서 그만 나가보겠습니다."

앤디는 말을 마치자마자 곧장 일어나서 회의실을 빠져 나갔다. 회의실 밖으로 나가면서 110번으로 전화를 걸어 경찰에 신고했다. 웨이 부인은 앤디의 반격에 정신이 멍해졌다. 자신이 벌인 일을 수습하기가 어려워진 것이다. 앤디는 웨이 부인의 협박에 눈 하나 깜짝하지 않았다. 웨이 부인이 오랜 궁리 끝에 쳐놓은 덫에 순순히 걸려들지 않고 오히려 그녀를 사기꾼으로 의심하며 경찰에 신고했다. 당황한 웨이 부인은 고래고함을 질렀다.

"거기 서! 앉으라고!"

앤디는 회의실 입구에 서서 수화기에 대고 큰 목소리로 빠르게 말했다.

"전 모르는 여자예요. 자기가 어느 회사 사장의 마누라라는데 증거가 있어야죠. 계속 헛소리만 하고 게다가 수상한 말까지 하는 걸로 봐서 사기꾼 같아요. 법원에서 왔다는 사람들이 밖에 몇 명 있는데 가짜 신분일 수도 있어요. 민사소송법에 따르면 오전에 법원에서 이혼 조정을 신청하고 오후에 법관이 직접 와서 증인을 연행하는 건 불법이에요. 그러니까 저 사람들도 다 한통속일 거라고요. 빨리 좀 와주세요. 지금 보안 요원이 이 사람들을 통제하고 있어요."

웨이 부인이 정신을 차리고 앤디를 덮치려고 하자 앤디는 보안 요원의 뒤쪽으로 몸을 피했다. 그녀는 보안 요원에게 웨이 부인을 잘 감시하라고 당부한 뒤에 탄쭝밍에게 전화를 걸어 변호사를 보내 달라고 부탁했다. 탄쭝밍은 상황을 듣더니 자기도 오겠다고 했다. 웨이 부인은 함께 온 남자 3명과 긴장한 듯 조용하게 의논했다. 그중 한 남자가 앤디에게 다가와서 예의 바르게 말했다.

"룽(戎) 법관이라고 합니다."

"안녕하세요, 룽 선생님. 웨이 부인과 함께 온 거 알아요. 절 강제로 데리고 가려고 왔다던데 대화를 다 녹음해 뒀으니까 딴 소리는 못 하겠죠. 이런 행위는 위법으로 알고 있고 이미 경찰에 신고했어요. 그리고 제3자가 와서 객관적인 입장에서 의심스러운 점을 밝히기 전에는 선생님과 할 말이 없어요. 실례했다면 죄송해요."

앤디는 다시 보안 요원 등 뒤로 몸을 숨어서 눈과 귀를 닫고 일절 반응하지 않았다. 다만 웨이 부인이 데리고 온 사람들이 끊임없이 누군가에게 전화를 걸어 문제를 해결하려는 소리에는 귀를 기울였다. 그녀는 원래 웨이궈창을 몸서리치게 증오하고 그의 부인을 동정했었다. 그런데 대화를 나누다 보니 부인도 인품이 좋은 사람 같지는 않았다. 그래서 부인에 대한 동정심을 거두고 원칙대로 일을 처리하기로 했다.

그런데 허윈리의 유산을 물려받는다니? 웨이궈창은 왜 이런 일을 벌였을까? 두 사람의 관계를 대외적으로 누설하지 않겠다고 몇 번이고 약속하지 않았던가. 그는 역시 비열하기 짝이 없는 인간이었다.

연락한 사람들이 생각보다 빨리 속속 도착했다. 경찰이 가장 먼저 왔고 뒤이어 탄쭝밍이 소개한 변호사가 왔다. 탄쭝밍은 그다음 도착했고 잠시 뒤에 의외의 인물인 웨이궈창도 나타났다. 그 이후에 웨이 부인 쪽에서 연락한 영향력 있는 인사가 왔는데 뜻밖에도 탄쭝밍과 잘 아는 사람이었고 웨이궈창과도 아는 사이였다. 그리고 법원에서 왔다는 자들은 웨이 부인이 도움을 부탁한 그녀의 친척으로 이혼 소송과는 무관한 사람들이었다. 도움을 주러 온 사람들끼리 서로 악수하며 인사를 나누는 동안 당사자인 앤디는 오히려 구경꾼 신세가 되었다. 마침내 모두 회의실로 들어가서 자리를 잡고 앉았다. 헛걸음한 경찰은 그대로 돌아갔다. 앤디는 상황을 보아하니 웨이 부인이 겁 없이 일을 크게 벌인 이유를 알 것 같았다. 그녀는 원래 면책 특권을 지닌 계층이었다. 그러면 동일한 특권을 지닌 웨이궈창은 왜 소송을 걸었을까. 부부끼리 누구 특권이 더 강한지 겨루려는 심산일까. 앤디는 옆 테이블에 있던 노트북을 열어서 상속법에 관해 재빨리 검색했다. 그리고 알아낸 정보로 묘안을 생각해냈다.

사람들은 한동안 침묵했다. 모두 웨이 부부의 이혼 사안을 먼저 나서서 언급하기를 꺼렸다. 결국 웨이궈창이 말문을 열었다.

"앤디 씨, 나는 허원리 선생님의 부탁으로 그분의 외손녀인 앤디 씨를 찾느라 백방으로 수소문했습니다. 마침내 앤디 씨를 찾았다는 소식을 허 선생님께 전했지만 그 분은 충격으로 쓰러져 중풍에 걸렸고 치료 끝에 숨을 거두셨습니다. 허 선생님은 눈을 감기 전에 유언을 남기셨습니다. 본인 명의로 된 동산과 부동산 등 모든 재산을 남김없이 앤디 씨에게 상속하겠다고 하셨고 제가 유언 집행인으로 지정되었습니다. 그래서 오늘 이 자리에서 허원리 선생님의 유언을 앤디 씨에게 전합니다. 오늘부터 두 달 내에 상속을 받아들일지 포기할지 결정하길 바랍니다."

웨이 부인은 앤디가 대답할 틈을 주지 않고 먼저 끼어들었다.

"허 선생님을 부양한 사람으로서 유언의 진위에 이의를 제기합니다. 반드시 진위를 가려야 해요. 내 변호사와 이 일을 추가 논의….”

“이의를 받아들일게요. 방금 전에 웨이 부인께서 저한테 따로 제안한 방법대로 하면 문제는 간단히 해결돼요. 유전자 검사를 하자고 하셨는데 권위 있는 기관에서 당사자가 모두 참석한다면 동의해요. 1985년 4월 10일에 공포된 중국 상속법에 따르면, 공증된 유언장인 경우에 유전자 검사를 거쳐서 혈연관계 여부가 판단되면 유언장의 내용이 진짜인지 유언자가 제3자의 농간에 넘어가서 거짓으로 작성한 것인지 증명할 수 있다고 하더군요. 검사 결과 유언장의 효력이 없으면 모두 저와는 무관한 일이니까 불여우니 외손녀니 하는 말도 안 되는 소리로 저를 끌어들이지 마세요. 만약 유언장의 효력이 인정되면 여러분과는 상관없는 일이 되겠죠.”

웨이 부인을 비롯해서 웨이궈창과 탄쭝밍까지 모두 의아한 표정으로 앤디를 보았다. 앤디가 이렇게 쉽게 유전자 검사에 동의할 줄은 아무도 예상치 못했다. 웨이 부인이 물었다.

“아까는 왜 거부했어요? 왜 갑자기 마음이 변한 거죠?”

사기꾼 같은 부부가 짜고서 일부러 꾸민 일이라면 유전자 검사를 가장 겁낼 텐데 그들은 오히려 더 적극적이었다. 웨이 부인은 의심의 눈초리로 보았지만 앤디는 의외로 후련했다.

“부인이 조만간 저한테 소송을 걸 거잖아요. 이혼 원인 제공자라는 명목으로요. 거기에 유언 소송까지 겹치면 부인은 소송이 끝날 때까지 절 따라다니며 불여우라고 부르고 괴롭히겠죠. 그러면 부인도 저도 힘들어져요. 지금 이 사람들을 보세요. 이렇게 모두에게 피해를 준다고요. 그리고 전 명예가 중요해요. 이렇게 어처구니없는 일에 연루될 바에야 차라리 죽었다가 다시 태어나고 싶은 심정이에요. 그러니까 절 자극하지 마세요. 아까는 부인한테 위협당하기도 싫고 영문도 모른 채 납치당할까 봐 거부한 거예요. 그쪽에서 합법적인 감정 기관에 의뢰해서 날짜를 정하세요. 관련된 사람들 모두 와서 한 번에 마무리 짓자고요. 그 이후로는 제발 절 찾지 마세요."

웨이귀창이 무표정으로 말했다.

"하늘에 계신 허 선생님도 본인의 유산이 마땅한 사람에게 전달되기를 바라고 계실 겁니다. 그럼 이 일은 앤디 씨의 말대로 처리하기로 하고 오늘 저녁은 제가 대접하겠습니다. 모두 여기까지 와 주셔서 감사합니다."

웨이 부인이 이번에는 웨이귀창을 빤히 쳐다봤다. 마땅한 사람이라니? 대체 누구를 말하는 것인지 웨이 부인의 눈에는 의심이 가득했다. 그녀는 같이 온 친척과 귓속말을 하더니 웨이귀창에게 따지기 시작했다.

"오늘 내가 여기 안 왔으면 앤디 씨한테 유언을 전하지도 않고 전한 척 일을 꾸미려고 했어? 앤디 씨야 유산이 있는지 모르니까 당연히 두 달이 넘도록 가만히 있을 테고. 그러면 자연히 상속을 포기한 게 되니까 그때 가서 당신이 유산을 독차지하려던 거네?"

"여기서 할 말이 아니야. 나중에 법정에 가서 해. 오늘 일은 원만하게 해결됐으니까 이제 그만 갑시다. 남의 회사에 폐 끼치지 말고."

사연 모를 부부 싸움을 앉아서 구경하고 있을 사람은 당연히 없었다. 사람들은 수군거리며 하나둘씩 일어났다. 웨이 부인은 조금 놀란 듯이 앤디를 뚫어지게 쳐다봤다. 앤디는 웨이 부인에게 또 붙잡힐까 봐 일찌감치 자리를 빠져나갔다. 탄쭝밍은 저녁 초대를 거절했다.

웨이 부인이 부른 인사들도 웨이귀창에게 사양의 뜻을 밝혔다. 그렇게 모두 회의실을 나와서 각자 제 갈 길을 갔다.

탄쭝밍은 앤디에게 유전자 검사에 응한 이유를 물었다. 왜 스스로 과거를 들추어내려는지 궁금했다.

"유전자 검사 결과는 틀림없을 테니까 네가 거액의 유산을 혼자 상속받게 될 거야. 그러면 유산의 절반이 자기 몫이라고 생각하는 웨이 부인이 순순히 받아들이지 않을 텐데 감당할 수 있겠어? 열 받아서 네 과거를 다 까발릴 수도 있는데?"

"좀 전에 상속법을 급하게 검색해 봤더니 웨이 부인은 허 선생을 부양했기 때문에 유언에 이의를 제기할 권리가 있어. 나하고 웨이궈창이 허 선생을 속인 거라고 사기 혐의로 소송을 걸 수도 있고. 그러면 난 허 선생의 혈육인 척한 죄로 피고인이 되겠지. 예전에 민사소송법을 공부한 적이 있는데 고발한 사람이 증거를 제시해야 한다고 명시되어 있거든. 나와 허 선생이 아무 관계가 아니라는 걸 밝힐 증거와 증인을 웨이 부인이 모두 찾아서 제출하면 난 꼼짝없이 법정에 서야 해. 일이 그렇게 진행되면 내 과거가 드러나는 건 일도 아니야. 아까 웨이궈창의 얘기를 들어 보면 허 선생과 내 관계만 언급하고 본인 얘기는 아예 안 했거든. 사실 허 선생의 속사정도 웨이궈창과 우리만 알고 있고 웨이궈창의 과거도 썩 투명하진 않은 거 같은데 유전자 검사하는 걸로 정리됐으니 오히려 다행이야. 물론 다 내 머리에서 나온 묘안이지만 궁하면 통한다고 이런 방법이 있었어."

탄쭝밍은 잠자코 생각하다가 고개를 끄덕끄덕했다.

"그래. 이제 퇴근하자."

앤디는 불쌍한 표정을 지으며 말했다.

"집에 데려다줘. 다리가 떨려서 운전을 못 하겠어."

탄쭝밍은 웃음이 났다.

"방금 전만 해도 아주 매섭게 말하더니. 사실, 감정 조절을 못 할까 봐 걱정했는데 아주 잘했어."

"맞다. 그러고 보니 웬일로 물도 안 마셨네. 어쩐지 목이 타더라."

탄쭝밍은 미소 띤 얼굴로 앤디를 보며 사무실로 들어갔다가 가방과 함께 생수 2병을 들고 나왔다.

"유산 문제로 소송하면 바오 집안에 안 좋은 소문이 흘러들어 갈 수 있는데 걱정되지 않아?"

"아니. 내가 어떤 사람인지는 바오이판이 가장 잘 알아. 난 오히려 웨이 부인이 걱정 돼. 빈털터리가 된 이혼녀가 이성을 잃으면 무슨 짓을 할지 모르거든. 오늘도 봐. 맘만 먹으면 못 할 짓이 없는 사람이야. 휴, 웨이궈창 때문에 내가 이게 무슨 꼴이람."

두 사람은 어느덧 주차장에 도착했다. 탄쭝밍이 미간을 찌푸리며 잠시 생각하다가 말했다.

"좀 이상해. 웨이궈창이 대체 무슨 생각을 하고 있는지 모르겠어. 그 많은 유산을 고스란히 너한테 넘기면 아깝지 않을까?"

"원래 그 사람 돈이 아니잖아. 단순히 유언 집행만 하는 건데?"

탄쭝밍은 차에 타서 문을 모두 꼭 닫고 다시 말을 시작했다.

"꽤 높은 자리에 있다고는 할 수 없지만 실력도 있고 권력도 있는 사람이야. 들리는 말로는 웨이궈창 밑에서 일하려고 허 선생의 그림을 고가에 사서 비위를 맞추는 사람들도 있나 봐. 그렇게 따지면 허 선생 재산의 반은 웨이궈창의 소유라고 볼 수 있지. 아직 왕성하게 일할 나이인데 단지 혈육이라는 이유만으로 애틋한 정도 없는 딸한테 거액의 재산을 주는 게 상식적이지는 않지. 게다가 그런 위치에 있는 인사가 떠들썩하게 이혼 소송을 진행하는 것도 이상해."

"진짜 웨이 부인 말처럼 웨이궈창 혼자 유산을 꿀꺽하려고 했나? 날 이용해서?"

"그럴 가능성도 있지. 하여튼 의심쩍은 데가 많으니까 조심하는 게 좋겠어."

앤디는 화가 나서 솜털이 바짝 서고 근육이 긴장되는 것 같았다.

"그럼 유산을 무조건 챙겨야겠네. 한 푼도 양보 안 할 거야."

"일단 지켜봐야지. 내가 계속 주시할 테니까 넌 일만 열심히 해."

"예측할 수 없는 블랙홀로 빨려 들어가는 기분이 들어. 웨이궈창은 나한테 유언장 얘기를 왜 안 했을까? 그가 교묘하게 파 놓은 함정에 걸려든 것 같아. 왜 날 함정에 빠트리려는 거지?"

탄쭝밍도 알 수 없었다. 앤디 생각처럼 예사롭지 않은 상황인 것만은 분명했다.

취샤오샤오는 10시가 넘어서야 식사 자리가 파했다. 돌아오는 차 안에서 흥분한 그녀는 늘 그랬듯이 발을 탕탕 구르며 소리를 질렀다. 아무나 붙잡고 식사 자리에서 들은 감동적인 이야기를 들려주고 싶었다. 운이 좋았는지 차가 아파트 입구에 다다랐을 때 마침 어느 차에서 내리는 추잉잉을 만났다. 추잉잉이 타고 온 차는 취샤오샤오의 차와 같은 폴로였다. 들뜬 취샤오샤오는 가까이 다가가서 창문을 열고 "추잉잉!" 하고 큰 소리로 불렀다. 잉친과 다정스럽게 헤어지는 인사를 나누던 추잉잉은 별안간 들려온 취샤오샤오의 목소리에 화색이 걷히더니 잉친에게 재촉하듯 말했다.

"어서 가, 잘 가, 안녕!"

추잉잉이 안절부절못하는 이유를 알 리 없는 잉친은 추잉잉이 위험해진 줄 알고 부리나케 차에서 내려 잉잉 앞에 섰다. 그 바람에 취샤오샤오가 잉친을 보고 말았다. 취샤오샤오는 추잉잉과 비슷한 키에 대학생 차림을 한 잉친을 보자 순간 웃음이 터져 버렸다. 추잉잉은 취샤오샤오를 경계하며 그녀 앞에 다가섰지만 너무 긴장해서 말이 나오지 않았다. 잉친은 예쁘고 귀엽게 생긴 취샤오샤오가 해를 끼칠 것 같지는 않아서 추잉잉에게 뭘 보고 놀랐는지 끈질기게 물었다.

취샤오샤오가 긴장한 추잉잉 대신 대답했다.

"내가 그쪽을 꼬실까 봐 그래요. 하하하, 근데 잉잉 어쩌니, 네 남친 자동차 번호를 이미 봐 버렸네. 내가 겁났으면 진작 가렸어야지."

잉잉은 놀라서 떨며 다급히 말했다.

"남자 친구 아냐. 고객인데 집까지 데려다 준 거야."

"네, 아직은 아니에요."

잉친은 추잉잉이 긴장한 것을 알아차리고는 그녀를 거들며 해명했다. 취샤오샤오는 자기도 모르게 또 크게 웃음을 터뜨리더니 이번에는 아주 진지하게 잉친에게 말했다.

"아직은 아니지만 노력하면 가능할 거예요. 아마 곧 잘 될 거 같네요. 진짜로요."

잉친이 바로 고개를 끄덕이며 무슨 말을 하려는데 초조해진 추잉잉이 황급히 손으로 그의 입을 틀어막았다. 순간 두 사람은 동시에 놀라고 당황해 표정 관리가 안 되고 있었다. 취샤오샤오는 이 장면을 단 1초라도 놓칠까 봐 창밖으로 머리를 쑥 내밀고 눈동자를 바쁘게 움직이며 말했다.

"키스해요. 손에다가 하라고요. 잉잉이 좋은 기회를 줬잖아요. 놓치지 말고 어서 해요, 파이팅!"

추잉잉은 "야!" 하고 소리를 지르며 뜨거운 다리미에 손을 덴 것처럼 펄쩍 뛰었다. 민망해진 그녀는 취샤오샤오의 차 안으로 뛰어들려고 몸을 움찔했다. 잉친은 뒤늦게 취샤오샤오의 말을 알아차렸다. 그러나 취샤오샤오는 추잉잉의 의도를 눈치 채고 냅다 차문을 잠갔다. 추잉잉에게 숨을 곳을 내주지 않겠다는 뜻이었다.

"하하, 잉잉, 나 먼저 갈게. 하고 싶은 거 다 하고 와. 이따 올라오면 2203호로 와서 바로 보고하는 거 알지? 안 하면… 흐흐흐."

취샤오샤오가 다시 차를 몰고 사라지자 추잉잉은 한숨을 돌렸다. 잉친이 어리둥절하며 물었다.

"왜 그래? 나쁜 사람 같지 않은데?"

"말썽쟁이라서…."

추잉잉은 무심코 말했지만 취샤오샤오의 험담을 하고 싶지는 않았다.

"행동이 과해서 상처도 잘 주지만 항상 날 많이 도와줘. 나쁜 애는 아닌데 당분간 너한테 소개하고 싶진 않았거든. 쟤도 이웃이야."

"잉잉…."

잉친은 취샤오샤오의 말에 용기를 냈다. 코트 주머니 속에 있던 추잉잉의 손을 끌어당겨 두 손으로 꼭 감싸고 합장하듯 위로 받쳐 들었다. 설렌 표정으로 말없이 있던 그는 가까스로 입을 열었다.

"설날에 고향에 같이 가자."

추잉잉은 수줍어하며 고개를 숙이고 웃더니 한참 뒤에야 대답했다.

"그러기로 약속했잖아."

추잉잉은 그 짧은 순간에 이리저리 생각하다가 불쑥 물었다.

"방금 걔 나보다 예쁘지? 그지?"

"예쁘네. 화장도 잘 했고. 하지만 귀여운 건 네가 최고야."

"내가 가장 예뻐 보여야 하는 거 아니야? 제 눈에 안경이라는데 이건 아니지."

추잉잉은 취샤오샤오한테 또 남자 친구를 뺏길까 봐 가슴이 조마조마했다.

"아니야. 그런 뜻이 아니라 실제로 예쁘니까 예쁘다고 한 거뿐이야."

그는 잡고 있던 추잉잉의 손을 마구 주무르며 흔들었다. 잉친의 다급함이 손짓에서 느껴졌다. 그러다가 자신의 실수를 깨달았는지 얼른 말을 바꾸었다.

"내 눈엔 네가 가장 예뻐."

"정말?"

추잉잉은 기분이 좋아졌다.

잉친은 본의 아니게 또 말하고 나니 좀 쑥스러웠지만 기대에 찬 추잉잉의 표정에 응답하려고 다시 용기를 냈다.

"나한텐 너밖에 없어."

추잉잉의 얼굴에는 웃음꽃이 환하게 피었다. 그녀는 잉친에게 다가가 그의 뺨에 입을 맞추고는 쏜살같이 도망갔다. 추잉잉의 마음을 읽은 잉친은 재빨리 뒤를 쫓아가서 단숨에 그녀를 따라잡았다. 그렇게 해서 두 사람은 컴컴한 아파트 단지를 빙 돌며 걷고 또 걸었다. 걷는 동안 번갈아 서로의 뺨에 뽀뽀도 했다. 그들은 말이 필요 없을 만큼 행복했다. 추잉잉은 잉친이 안아주기를 내심 기다렸다. 세 바퀴쯤 돌고 나니 시간이 꽤 지나 늦은 밤이 되었다. 그런데도 잉친은 추잉잉을 안을 기미조차 보이지 않았다. 아쉬운 이별의 시간이 되었는데도 두 사람은 여전히 손만 잡고 있었다. 추잉잉은 마음이 급해졌다. 하지만 다시는 충동적으로 행동하지 않겠다고 마음먹은 터라 꾹꾹 참았다. 실연의 교훈이 그녀를 진정시킨 것이다. 그녀는 충동은 악마라고 되뇌며 몸을 아꼈다.

추잉잉은 22층으로 올라가면서 취샤오샤오에게 전화를 걸었다.

"자고 있었어? 뭘 보고하란 거야?"

"아까 멍석까지 깔아줬는데 왜 이렇게 시간을 끌었어? 차에서 뭐 했니? 사실대로 상세하게 보고해 봐."

"잘못 짚었어. 넌 무슨 일인데?"

"오늘 온라인 마케팅 담당자를 만났는데 일을 정말 열심히 하더라고. 내가 너무 감동해서 밥을 사겠다고 했지. 밥 먹으면서 저녁 내내 같이 얘기했는데 학교 졸업한 지 3년 밖에 안 됐대, 겨우 3년. 영업하는 사람을 만나니까 단박에 네 생각이 나서 자세히 물어봤거든. 그 사람은 대학교 4학년 때부터 영업을 시작했대. 너처럼 걷거나 스쿠터를 타고 회사를 방문하러 다녔고 쫓겨난 적도 부지기수였지만 그렇게 차츰차츰 실적을 쌓아서 사업을 키웠다더라. 그래서 또 네 생각이 났지. 지금은 얼마나 바쁜지 잠잘 시간도 없어서 시간을 아끼려고 차를 1대 사고 기사도 고용했대. 운전을 기사한테 맡기니까 이동 중에 전화로 상담하고 만나서도 상담에 훨씬 집중할 수 있어서 시간을 알차게 쓸 수 있게 됐다는 거야. 정말 대단하지 않아? 더 듣고 싶니?"

"응. 엘리베이터 탔어."

"어서 와. 문 열어 놨으니까."

추잉잉은 2203호 앞에 도착했지만 안으로 들어가지 못했다. 취샤오샤오가 열린 문 앞에서 요염한 자태로 서서 문을 지키고 있었기 때문이다.

"잉잉, 조건이 있어. 내 얘기 듣고 싶으면, 네 새 남친 얘기부터 해 봐."

추잉잉은 취샤오샤오의 말이 떨어지자마자 고개를 돌렸다.

"싫어. 네가 일부러 지어낸 얘길 수도 있잖아."

"얘, 아무렴 전화할 시간을 벌려고 기사를 고용했다는 말을 지어내겠니? 이어폰으로 통화하는 내가? 참 뭘 모르네. 마지막 기회야, 잘 생각해. 사업 요령은 배워 두면 평생 써 먹을 수 있지만 남자 친구는 말이야, 남자는 바뀔 수도 있으니까 너무 경계할 필요 없어."

"난 너랑 달라. 좋아하는 사람이 생기면 평생 같이 할 생각이야. 너처럼 막 바꾸지 않는다고."

"순진한 척 하시네. 실연당한 거 다 봤는데. 됐어. 듣기 싫음 가 봐. 나만 알아야지."

"순진한 척이라니? 그 말은 나한테 상처야. 난 방금 잉친한테 널 좋은 친구라고 소개했는데…."

이때 2202호의 문이 열렸다. 판성메이가 고개를 내밀며 말했다.

"잉잉, 너 열쇠 안 가져갔지? 문 열어 놓는다."

"언니, 좀 있다가 들어갈게. 그때는 내가 딴 맘을 품은 게 아니라 그 사람이 나빴던 거잖아. 알면서 왜 그래? 어쨌든 난 저번 일로 너한테 피해를 입을 만큼 입었고 지금 그걸 따지고 싶지는 않아. 그런데 네가 또 이런 식으로 나오면 이제는 안 참아. 잉친은 착실한 사람이야. 네가 난리를 피우면 감당을 못 한다고."

취샤오샤오는 추잉잉의 말이 끝나기도 전에 개미허리를 살랑거리며 집안으로 들어가 2203호의 문을 쾅 닫아 버렸다. 추잉잉은 남자 보는 눈이 없어서 그렇게 후진 남자를 만난 자신을 반성하지 않고 남의 탓만 하고 있었다. 만약 취샤오샤오가 중간에서 장난치지 않았다면 그 형편없는 남자가 추잉잉을 얼마나 더 힘들게 했을는지 모른다. 어쩌면 추잉잉은 지금까지도 그 남자한테 휘둘리느라 일찌감치 시들은 꽃이 되었을 것이다. 더불어 방금 전 추잉잉을 데려다 준 그 순진한 청년이 그녀에게 반할 리도 없었을 것이다. 칠칠하지 못한 사람은 원래 사태의 본질을 파악하지 못한다. 자신은 잘못한 게 없는데 남들이 악의를 품고 자신에게 해를 가한다고 여긴다. 취샤오샤오는 일일이 설명하기가 귀찮아서 아예 상대하지 않고 들어가 버린 거였다.

취샤오샤오는 저녁 때 들은 감동 스토리를 혼자만 알기로 했다. 당장 얘기를 못 해서 답답해 죽을 정도는 아니었기 때문이다. 전화 1통만 하면 그녀 얘기에 열렬히 호응해 줄 친구들은 널렸다. 모두 젊은 친구의 고생담에 감동하고, 날마다 놀고먹으며 허송세월을 보낸 자신을 반성하고, 시간을 아끼며 열심히 돈을 벌겠다고 맹세할 친구들이었다.

어쨌든 반성은 반성이고, 취샤오샤오는 언제나처럼 친구와 새벽까지 통화하다가 지쳐서 잠이 들었다. 면전에서 문전박대를 당한 추잉잉은 화가 나서 씩씩거리며 집으로 들어갔다.

"언니, 봤지? 재가 저런 애라고."

판성메이는 담담하게 말했다.

"그래서 아까 들어오라고 눈치 줬잖아."

추잉잉은 자기 머리를 한 대 쳤다.

"난 왜 이리 눈치가 없을까. 아까 잉친이 아파트 입구까지 데려다 주는데 하필 취샤오샤오랑 딱 마주친 거야. 근데 걔가 잉친 자동차 번호를 외웠다면서 뒷조사를 할 거라고 막 겁을 주잖아."

"갠 충분히 알아낼 거야. 다른 지역 차도 알아내던걸. 전에 왕바이촨도 뒷조사했었잖아."

"아, 어떡하지? 진짜 알아내면 어쩌지? 휴, 잉친이 샤오샤오 예쁘다고 했는데."

"미모의 70퍼센트는 화장발이야. 너도 화장법 좀 배워 둬."

관쥐얼은 침대에 누워서 바깥의 대화 소리를 똑똑히 듣고 있었다. 예전 같았으면 관쥐얼도 추잉잉처럼 취샤오샤오가 함부로 나댈까 봐 걱정했을 것이다. 그러나 관쥐얼은 오랫동안 취샤오샤오를 겪어 보고 나서야 그녀에게 남다른 마음 씀씀이가 있음을 알았다. 특히 왕바이촨이 바쁜 취샤오샤오를 만나러 창고에 찾아갔을 때 취샤오샤오가 판성메이의 비밀을 폭로하지 않기로 한 약속을 지킨 이후로 관쥐얼은 취샤오샤오를 신뢰하게 되었다. 관쥐얼은 판성메이가 무안할까 봐 방문 밖에서 들리는 두 사람의 대화에 끼어들지 않았다. 그 대신 내일 아침에 취샤오샤오에게 전화를 걸어서 쓸데없는 짓을 하지 않는다는 다짐을 받아 내야겠다고 생각했다.

다음 날, 출근하기도 전인 이른 아침에 앤디는 웨이궈창의 전화를 받았다. 그는 유전자 검사를 받을 날짜를 정하기 위해 먼저 앤디에게 가능한 일정을 물었다. 앤디는 그와 통화가 연결된 김에 단도직입적으로 물었다.

"의도가 뭐죠?"

"날 그렇게 형편없는 사람으로 보지 마라. 네 엄마한테 몹쓸 짓을 한 건 인정하마. 하지만 너한테는 그러지 않는다. 내 과오를 만회할 기회를 다오. 유산은 모두 당연히 네 거다. 네가 가져야 한다. 허 선생님의 유언이니까. 허 선생님은 임종 전에 네게 너무 미안해서 만날 엄두가 나지 않는다고 하셨단다."

"유산이 몇 백만 위안 정도라면 의심하지 않아요. 하지만 웨이 부인이 눈이 뒤집힐 정도로 탐을 내는 거액인데 당신은 오히려 군자처럼 한 푼도 취하지 않겠다고 하니 못 미더운 거예요. 합당하고 논리적이고 실증적이고 수긍이 가는 이유를 설명해 주세요. 면담 시간 30분 낼 수 있어요. 그렇게 안 하시면 제가 하루 만에 유산을 모조리 날리는 내공을 보시게 될 거예요. 저를 포함해서 그 누구도 단 한 푼도 갖지 않고요."

"네가 이 문제를 냉철하게 이성적으로 대하는 건 기쁘게 생각한다.

일하는 방식이 원래 그런 가보구나. 미안하지만 난 너하고 30분씩 면담할 시간이 없다. 더구나 이혼 때문에 민감한 시기라서 여러모로 여의치 않아. 내게 말할 수 없는 우여곡절이 있다고 해도 유산을 건드릴 마음은 추호도 없으니 제발 믿어 다오. 세월이 흐르고 상황이 바뀌어도 네게 그 돈을 돌려 달라고 하지 않을 테니 염려 말아라. 넌 그저 기탄없이 받고 편하게 쓰면 된다. 네가 받아 마땅한 보상이니까."

"전 눈먼 돈에 관심 없어요."

"감정적으로 처리할 일이 아니다."

웨이궈창이 말을 마치고 전화를 끊어 버리자 앤디는 황당했다. 그녀는 이 상황을 어떻게 이해해야 할지 몰라서 꽤 오랫동안 멍하니 있었다.

호텔 직원은 반드시 화장을 해야 한다. 단 옅게 꾸며야 한다. 툭 까놓고 말해서 직원의 외모가 손님보다 돋보이면 안 된다. 손님보다 돋보여도 안 되고 자신의 아름다움도 포기할 수 없다면 방법은 한 가지뿐이다. 타고난 미인처럼 보이도록 투명 메이크업을 하는 것이다. 판성메이는 출근 첫날에 집에 돌아와서 저녁 내내 거울을 들여다보며 다양한 스타일로 화장을 연습했다. 그리고 매번 새로운 화장을 완성할 때마다 사진을 찍어서 웨이보에 올렸다. 판성메이가 사진을 올리면 왕바이촨은 바로바로 댓글을 달았다. 당연히 모두 예쁘다는 칭찬이었지만 판성메이는 어떤 화장이 더 나은지 다시 물어 왕바이촨의 말문을 막히게 했다. 솔직히 그는 각 사진의 차이를 느끼지 못했다. 판성메이가 콕 집어서 얘기하지 않으면 볼터치의 색이 주황색에 가까운지 벚꽃 빛깔에 가까운지 전혀 알지 못했다. 설령 색의 차이가 있다 해도 촬영 기술이 달라서일 거라고 생각했지 볼터치 색의 종류가 그렇게 다양한 줄은 금시초문이었다. 사실 추잉잉도 이 사진과 저 사진의 섬세한 차이를 구별하지 못했다. 판성메이는 한밤이 될 때까지도 다음 날 어떤 화장을 할지 결정하지 못했다.

그러나 새벽에 일어나서 취샤오샤오가 남긴 댓글을 보고 단번에 고민을 해결했다. 왜냐하면 취샤오샤오가 추천한 화장이 판성메이의 취향과 가장 비슷했기 때문이다. 하필이면 앙숙 관계인 취샤오샤오와 미적 취향이 같아서 망설여지기도 했지만 결국 자신과 취샤오샤오가 선택한 스타일로 마음을 정했다. 머리는 가장 심플한 스타일로 꾸몄다. 정수리 높이까지 올려서 묶은 머리를 돌돌 만 다음에 머리칼 색과 같은 중간 사이즈의 핀으로 모양을 고정시켰다. 화장은 정성껏 그리고 매만져서 옅은 화장을 완성했다. 다 꾸민 뒤에 보니 얼굴은 손바닥만 하고 턱은 송곳처럼 뾰족하며 목선은 고고한 백조 같았다. 판성메이는 화장한 얼굴이 실제 나이보다 몇 살이나 어려 보이고 청순함이 물씬 풍겨서 만족스러웠다.

출근 준비를 마치고 현관문을 나서던 판성메이는 때마침 출근하는 취샤오샤오와 또 맞닥뜨렸다. 취샤오샤오는 곁눈으로 판성메이를 힐끗 보더니 사정을 다 안다는 듯이 의미심장하게 씩 웃었다. 하지만 잠이 부족해서 피곤한 탓에 말을 시키지는 않았다. 판성메이도 머쓱해서 그냥 웃기만 했다. 두 사람은 각자 다른 의미가 담긴 웃음을 지으며 엘리베이터 앞에 나란히 섰다. 이어서 앤디도 급하게 뛰어나와 2202호의 문을 두드렸다. 관쥐얼까지 모두 네 사람이 엘리베이터 앞에서 기다리는데 마침 문이 열렸다. 엘리베이터 안에 있던 남자는 열린 문으로 줄줄이 들어오는 네 명의 미녀를 보고 깜짝 놀랐다. 그녀들에게 둘러싸인 꾀죄죄한 남자는 4명의 미녀에게서 풍기는 각기 다른 종류의 향수 냄새에 취해서 정신이 혼미했다.

앤디는 허리를 살짝 숙여 3명의 이웃을 보다가 모두 머리가 길다는 공통점을 발견했다. 특히 허리춤까지 길게 내려온 취샤오샤오의 머리는 실크처럼 반짝였다. 그래서인지 작은 요정 같은 그녀는 놀랍게도 나긋나긋하고 우아한 여성처럼 보였다. 관쥐얼의 머리는 어깨까지 내려와 있었다. 새까만 머리칼이 무척 부드러워 보였고 층이 도드라지게 커트한 스타일이 누가 봐도 딱 금융가에서 일하는 여성다웠다. 앤디는 판성메이가 머리를 올려 묶은 것을 처음 봤다. 심플한 스타일이어서 그녀의 매력은 덜했지만 발레에 등장하는 우아한 백조 같은 인상을 받았다.

"오늘 다들 왜 이렇게 일찍 나가?"

앤디가 물었다.

아직 잠이 덜 깬 네 개의 눈동자가 동시에 그녀를 향했다. 관쥐얼은 동료와 만나서 함께 출장을 가야 한다고 했다. 취샤오샤오는 기운이 쭉 빠진 목소리로 "손님 접대."라고 말하며 호텔로 가서 고개 몇 명과 함께 식사를 해야 한다고 덧붙였다. 그중에서 중요한 여성 기업가가 있는데 들리는 소문에 굉장히 꼬장꼬장한 성격이라고 해서 신경이 쓰이는 모양이었다.

판성메이만 맑은 정신으로 상쾌하게 대답했다.

"나 이직했잖아. 당분간은 8시까지 출근이라서 좀 일찍 나가야 해."

취샤오샤오는 순간 정신이 번쩍 들었다.

"정말 시내 중심가로 진출한 거야? 진작 그랬어야지. 다음에 돈 쓰러 한번 갈 테니까 할인 부탁해. 오늘 스타일은 꽤 잘 어울리는데?"

판성메이가 빙긋이 웃으며 말했다.

"고마워. 나중에 와, 할인해줄게. 자, 여기 명함."

엘리베이터 문이 열렸다가 닫히는 사이에 취샤오샤오는 남몰래

야릇한 웃음을 짓더니 판성메이에게 물었다.

"어떤 할인이 가능해? 내 VIP 카드보다 할인율이 더 높아?"

비몽사몽 중이던 관쥐얼이 갑자기 눈을 번쩍 뜨고는 고개를 살짝 기울여 판성메이를 쳐다봤다. 판성메이가 취샤오샤오의 장난에 또 걸려들었다고 여긴 것이다. 취샤오샤오는 허영심이 많고 으스대기를 좋아하는 판성메이를 약 올리는 데 도가 튼 사람이었다. 판성메이가 대답했다.

"우리는 VIP 카드를 봉 카드라고 불러."

말하는 사이에 엘리베이터가 1층에 도착했다. 판성메이는 가볍게 웃으며 엘리베이터에서 내렸다.

앤디가 취샤오샤오에게 물었다.

"어느 호텔이야? 넌 아는데 우린 왜 모르니?"

관쥐얼도 취샤오샤오에게 물었다.

"넌 그 호텔 봉 카드 갖고 있어?"

취샤오샤오는 엘리베이터에서 내려서 곧장 자기 차로 가지 않고 웃으며 말했다.

"오늘 손님 모시고 그 호텔에 가서 아침 먹으려고. 여기야."

취샤오샤오는 판성메이가 근무하는 호텔의 VIP 카드를 꺼내 모두에게 보여 주었다. 새로 오픈한 지 얼마 안 된 글로벌 체인 호텔이고 위치도 훌륭한 곳이었다.

"남의 직장에까지 가서 사람 괴롭히지 마."

앤디가 취샤오샤오한테 한마디 했다. 그때 관쥐얼도 취샤오샤오에게 할 말이 생각났다.

"샤오샤오, 잠깐만. 네가 잉잉 새 남자 친구도 꼬실까 봐 잉잉이 걱정하고 있어."

앤디는 웃음이 터졌다. 그녀는 이마를 찌푸리며 눈동자를 빠르게 굴리는 취샤오샤오를 보며 한마디 더 했다.

"넌 22층의 메기야."

"나 바빠. 그런 어중이떠중이 같은 애들한테 관심 없다고. 치핑 오빠 만날 시간도 없는데. 근데 언니, 메기라니? 무슨 뜻이야?"

"'메기 효과'라는 게 있어. 구글 검색해 봐."

관쥐얼을 이 말만 남기고 냉큼 앤디의 뒤를 쫓아갔다.

'친절하게 설명해 주면 될 것을 꼭 저런 식으로 배운 티를 내야 해? 치핑 오빠랑 같은 과네. 치사하긴.'

취샤오샤오는 눈을 흘기며 입을 쌜쭉거렸다.

관쥐얼은 차에 타서 앤디에게 말했다.

"성메이 언니랑 잉잉이 샤오샤오 때문에 골이 아파 죽을 지경이야."

"샤오샤오가 잘못하는 거야. 약자를 도와야지. 제 딴에는 장난이라지만 계속 당하는 상대방은 언젠가 상처가 곪아서 터져."

"가끔은 미움 받을 짓하지 말라고 타이르고 싶기도 한데 나한테는 잘해 주잖아. 날 해코지하지도 않는데 괜히 참견했다가 벌집을 쑤신 꼴이 될까 봐 못 하겠어. 나같이 말주변 없는 애는 샤오샤오한테 상대도 안 되잖아. 메기가 있으면 생선 장수한테나 좋은 일이지 평온한 일상을 원하는 미꾸라지들은 얼마나 고역이겠어."

"하릴없이 빈둥거리는 사람한테는 도움이 될 수도 있어. 물론 과정이야 고통스럽겠지만. 내버려 둬. 다들 성인이잖아."

"난 아직 수양이 부족한가 봐. 어떤 때는 진짜 못 참겠더라고."

앤디가 웃었다. 때마침 예열을 마친 취샤오샤오의 자동차가 앞으로 지나갔다. 앤디는 취샤오샤오의 차를 뒤따라 가다가 모퉁이를 돌면서 가속 페달을 밟아 그녀의 차를 빠르게 앞질렀다. 앤디의 차는 성능이 월등히 우수하고 핸들링이 정확했다. 앤디는 취샤오샤오의 속도를 줄이게 하려고 일부러 앞을 가로막다가 또 길을 내주기도 하며 계속 방해했다. 승부욕이 많은 취샤오샤오는 앤디 차 때문에 속도를 줄이느라 브레이크 소리를 끽끽 내며 운전했다. 그러다가 앞지르기 좋은 틈이 생기면 치고 나가려고 속도를 올렸다. 그러나 앤디는 호락호락하게 비켜 주지 않고 오히려 가속 페달을 밟아서 주차장 경사로를 시원하게 올라갔다. 취샤오샤오는 짜증이 났다. 그녀의 차는 원래 출력이 약한데다가 앤디의 장난에 맞대응하려고 급가속을 하는 바람에 일시적으로 차가 제어되지 않아서 경사로를 올라갈 힘이 달렸다. 더구나 주차장의 경사도가 가파르고 비까지 내려서 노면에 살얼음도 약간 끼어 있었다. 취샤오샤오는 전의를 완전히 상실하고 말았다. 그녀의 얼굴이 벌겋게 달아올랐다. 막막해진 그녀는 경사로 중턱에서 한참을 허둥지둥하다가 마침내 성공적으로 경사로를 통과했다. 그 사이에 그녀를 뒤따르던 차들이 줄줄이 멈춰 서서 경적을 시끄럽게 울려 댔다. 취샤오샤오는 당황해서 창문을 열고 중지 손가락을 세워 보일 여유도 없었다. 주차장을 빠져 나온 뒤에야 생각이 떠올랐지만 이미 때는 늦었고 후회해도 소용없었다.

앤디는 취샤오샤오를 골려 주는 상황을 관쥐얼에게 중계했다. 관쥐얼은 웃겨서 계속 뒤를 돌아봤다. 앤디의 작전대로 취샤오샤오의 차는 금세 종적을 감췄다. 관쥐얼은 절로 폭소가 터졌다.

"어쩐지 샤오샤오가 언니한테는 깐족거리질 못하더라. 하하."

"걔는 이런 장난쯤은 웃어넘길걸. 성메이였다면 아마 속상해하겠지. 샤오샤오는 단순해."

과연 얼마 지나지 않아서 취샤오샤오가 관쥐얼에게 전화를 걸었다. 취샤오샤오는 전화기에 대고 앤디와 관쥐얼에게 화풀이하며 욕하다가 막 웃었다. 두고 보자며 엄포도 놓았다. 앤디와 관쥐얼은 예상대로 쿨한 샤오샤오의 반응에 서로 쳐다보며 웃었다.

앤디는 관쥐얼을 데려다 주려고 평소보다 일찍 나섰더니 회사에 가장 먼저 도착했다. 직원들은 아직 출근 전이었지만 그녀는 천천히 일을 시작했다. 일을 하는 동안에도 허원리의 유산과 관련된 이런저런 생각이 끊임없이 머릿속을 맴돌았다. 그녀는 생각 끝에 유산을 거절하기로 마음먹었다. 전날에는 단순히 웨이 부인의 난동이 지긋지긋하고 화가 나서 웨이 부인에게 유산을 빼앗기지 않을 요량으로 무작정 상속받으려고 했었다. 그러나 다시 생각해 보니 어떤 식으로든 유산을 일단 받기로 하면 그 자체만으로 뜨거운 감자가 될 것 같았다. 말하자면 유산 상속 과정에서 그녀의 출신이 밝혀질 가능성이 있었다. 웨이 부인이 거액의 유산을 앤디에게 빼앗기고 앙심을 품으면 가만히 있을 리 없기 때문이다. 아마 허원리와의 관계를 다시 파헤치면서 앤디의 뒷조사를 철저하게 할 것이다. 그러면 연줄이 많은 웨이 부인이 어떤 정보를 캐낼지는 아무도 모른다. 또 웨이궈창도 어느 날 마음이 변해서 유산이 탐나면 앤디 정도는 쉽게 주무를 수 있는 사람이다. 앤디의 출신을 폭로한다고 으름장을 놓으면 그녀로서는 순순히 유산을 내놓을 수밖에 없는 입장이었다. 더욱이 그는 아내를 버린 전력이 있어서 그런 성격으로는 얼마든지 나쁜 짓을 또 할 수 있다고 생각했다.

9시 30분쯤 되었을 때 휴대폰에 낯선 번호가 뜨면서 벨이 울렸다. 앤디는 전화를 받자마자 웨이 부인의 목소리임을 알아차렸다. 웨이 부인의 음성은 그녀를 처음 봤던 날처럼 기가 살아서 힘이 잔뜩 들어가 있었다.

"직접 확인하려고 전화했어요. 내일 아침 9시에 유전자 검사 센터에서 만나요. 절 오해하지 않았으면 좋겠네요."

"네, 그렇게 하죠."

"직접 오는지 안 오는지 묻고 있는 거예요. 지금 확답을 해요."

앤디는 인상을 찌푸렸다. 좀 전까지 상속을 망설이던 그녀는 또 웨이 부인 때문에 화나서 그냥 상속받기로 결심했다.

"태도를 바꿔서 다시 연락하면 그때 말하죠."

앤디는 말을 마치고 바로 전화를 끊었다.

웨이 부인은 다시 전화하지 않았다. 앤디는 또 생각했다. 그녀가 상속을 포기하면 상속법에 따라 허원리의 유산은 깡그리 그 천박한 부부의 손에 들어가게 되는데 그건 영 내키지 않았다. 그런 사람들이 유산을 거저먹는 게 싫었다. 앤디는 유산을 포기하려던 생각을 접었다. 현재로서는 그들이 어떤 수를 꺼내는지를 봐서 적절하게 대처하는 게 좋을 듯했다. 유산을 받아서 그녀의 출신을 아는 사람이 없는 미국으로 돌아가면 그만이라는 생각도 했다.

36

취샤오샤오는 호텔에 도착해서 먼저 고객에게 전화를 걸었다. 그러나 뜻밖에도 고객은 그녀를 기다리지 않고 이미 조식 뷔페 레스토랑에 가고 없었다. 그녀는 속으로 큰일 났다 하고 중얼거렸다. 고객의 비위를 잘 맞춰 일을 성사시키려던 계획이 틀어져 버린 것이다. 서둘러 조식 레스토랑으로 발걸음을 옮겼다. 고객은 식사를 시작한 지 시간이 좀 지난 것 같았다.

주요 고객인 쉬(徐) 수석 엔지니어는 여성으로 마흔 몇 살쯤 되어 보였고 안경을 쓰고 있었다. 머리부터 발끝까지 흠잡을 데 하나 없는 차림새였다. 시력이 최하 1.5인 취샤오샤오의 밝은 눈으로 보아도 쉬 엔지니어의 옷에는 흔한 주름 하나도 보이지 않았다. 그녀는 쉬 엔지니어를 처음 만난 자리여서 재빨리 옷매무새를 단정하게 가다듬고 명함을 건네며 자신을 소개했다. 쉬 엔지니어는 상냥하고 다정한 미소를 지으며 말했다.

"아, 취샤오샤오 씨? 젊은 사람이었네요. 그래서 편하게 이름을 부르라고 했군요. 앉으세요. 뭐 드실래요? 드시고 싶은 거 가져 오세요. 계산은 우리 테이블 앞으로 하면 돼요."

취샤오샤오는 쉬 엔지니어와 함께 온 다른 사람들과 명함을 주고 받은 뒤에야 먹을거리를 가지러 갔다. 테이블로 돌아온 그녀는 자리에 앉으면서 죄송하다고 사과했다.

"집에서 나오다가 이웃 때문에 좀 늦었어요. 이웃이 성능이 훌륭한 차를 갖고 있거든요. 그 차를 제 앞에서 뽐내느라 주차장에서 장난을 치는 바람에 제 차가 경사로에 멈춰 섰는데 갑자기 차가 꼼짝을 안 하는 거예요. 신통치 않은 운전 실력으로 진땀을 뻘뻘 흘리며 용을 쓰다가 간신히 뒤로 미끄러지지 않고 경사로를 올라왔죠. 그러느라 시간이 지체돼서 조금 늦었네요. 정말 죄송합니다."

쉬 엔지니어가 부드럽게 웃으며 말했다.

"급한 일도 아닌 걸요. 원래 젊은 사람들은 늦게 자고 늦게 일어나는데 이렇게 일찍 나와서 저희와 식사를 하는 것만도 대단하죠. 아직 젊은데 회사를 직접 차렸어요? 부모님이 도와주셨나?"

취샤오샤오가 바로 대답했다.

"도움을 좀 받았죠. 금전적인 지원은 받았지만 GI 브랜드 국내 독점권은 제 힘으로 따냈어요. 작년에 유학을 마치고 돌아오자마자 처음으로 추진했던 일이 해외 바이어와의 협상이었거든요. 그렇게 해서 GI 브랜드 국내 독점권도 저희 회사가 소유하게 됐어요. 그래도 아직은 좀 서툴러요. 좋게 봐주세요."

"그래요? 몰랐네. 어려 보이는데 유학도 다녀오고 스스로 창업도 하고 이렇게 예쁘기까지 하다니. 우리 같은 중년은 상상도 못 할 일이예요. 샤오샤오 씨는 어디서 유학했어요?"

"미국에서요. 고등학교 졸업하고 바로 갔어요."

취샤오샤오의 대답이 끝나자 쉬 엔지니어가 갑자기 영어로 질문하기 시작했다. 질문은 대략 전공, 유학 기간, 출신 대학, 선수 과목 등이었다. 취샤오샤오는 알아듣느라 애를 먹었지만 어쨌든 여러 해 미국에서 지냈으므로 이런 질문은 유창하게 영어로 대답할 수 있었다.

그런데 쉬 엔지니어는 점점 대답하기 어려운 질문을 던졌다. 한때 미국에서 겸임 교수로 지낸 그녀는 취샤오샤오가 다녔다는 대학의 이름이 생소해서 학교가 어느 지역에 있는지 등 대학에 대해 꼬치꼬치 캐물었다. 또 취샤오샤오가 전공과목으로 경영 관리학을 이수했다고 하자 그 과목을 공부하려면 고등 수학을 얼마나 잘 해야 하는지도 물었다. 취샤오샤오는 쏟아지는 질문에 두서없이 말을 더듬거렸다. 그 자리에 있는 사람들 모두 취샤오샤오의 실체를 파악하고 있었다. 사실 취샤오샤오가 말하는 유학은 대개 부잣집에서 국내 대학에 진학하지 못한 못난 자식을 외국으로 보내서 몇 년 그럭저럭 살다 오게 하는 것을 그럴듯하게 포장한 말이다. 한마디로 그런 부류에게는 외국에서 몇 년 잘 놀다가 돌아오는 게 유학인 셈이고 유학을 다녀와도 영어를 유창하고 적절하게 구사하지도 못한다. 그러므로 GI 브랜드 국내 독점권을 스스로 따냈다는 말은 당연히 거짓이라고 생각할 수밖에 없었다. 입장이 곤란해진 취샤오샤오는 능수능란한 말솜씨를 부려서 화제를 사업으로 돌렸다. 자신의 요령이 통했으려니 하고 사업 얘기를 계속 하려는데 쉬 엔지니어가 정중하게 말했다.

"우리 일 얘기는 하지 말죠."

"아, 죄송합니다. 제가 마음이 급했나 봐요. 식사 자리에서 일 얘기를 꺼내다니. 회의실을 예약해 뒀으니까 10시 30분쯤 업무 시작하시기 전에 몇 분만 시간 내주세요. 저희 회사에 대해 간단하게 브리핑할게요."

"GI 건은 아주 잘 진행됐더군요. 저희도 알아봐서 웬만큼 파악하고 있어요. 나중에 필요하면 다시 연락할게요. 그만 가 봐도 될 것 같네요. 아침부터 고생 많았어요."

취샤오샤오는 얼굴이 화끈거렸지만 상품 소개서를 꺼내 보였다.

"저한테 기회를 주시면…."

쉬 엔지니어는 예의를 차리면서도 똑 부러지게 말했다.

"전 프로젝트 책임자예요. 매사에 철저하고 실수가 없어야 하죠. 저희는 제품의 품질도 중요하게 보지만 특히 공급업체의 수준을 상당히 까다롭게 봐요. 미안하지만 샤오샤오 씨 회사는 고려 대상이 아니에요. 그럼 먼저 갈게요. 천천히 먹고 가요."

취샤오샤오는 눈물을 왈칵 쏟았지만 쉬 엔지니어를 붙잡지는 못했다. 여자인 쉬 엔지니어가 취샤오샤오의 눈물 작전에 넘어갈 리 없었다. 취샤오샤오는 쉬 엔지니어 일행이 코너를 돌아가서 보이지 않자 바로 눈물을 훔치며 거울을 꺼내 들고 꼼꼼히 닦았다. 그녀는 거울을 내려놓다가 무심코 한 사람을 보았다. 서른 몇 살쯤 되는 남자가 방금 쉬 엔지니어가 일어났던 자리에 앉아서 자상한 눈빛으로 그녀를 보고 있었다.

"아가씨, 도와드릴까요?"

취샤오샤오는 깜짝 놀라서 남자를 훑어봤다. 명품으로 쫙 빼입고 안경을 쓴 남자는 명문 대학을 졸업한 대기업 고위층인지 품위 있고 세련돼 보였다. 그녀는 쉬 엔지니어 때문에 갑갑하고 힘들어서 성의 없이 대답했다.

"고객이 싫대요. 도움은 됐어요."

목소리는 또랑또랑했지만 속에서는 불이 나고 있었다. 이 남자, 자신에게 작업을 거는 걸까? 취샤오샤오를 위로하는 척하면서 그녀의 마음을 사로잡으려고?

"직장 생활 백서에 이런 말이 있죠. 여자 상사가 화근이다. 유감이지만 여자 고객도 다르지 않나 보군요. 커피 한 잔 하실래요?"

"그래요. 화근이죠, 화근이 맞아요. 실력도 안 보고 학벌만 보는 경우가 어디 있냐고요. 공부 많이 해 봤자 겨우 수석 엔지니어밖에 못 하면서. 난 자기보다 무식해도 사장이잖아요. 재벌한테는 겁나서 퇴짜도 못 놓을 걸요? 그런 주제에 사람을 깔보기나 하고."

"여자의 적은 여자라고 하잖아요. 중년 여성이 자기보다 젊고 예쁜 여자를 보고 배가 아팠을 지도 모르죠. 어쨌든 여성들의 건투를 빕니다."

"하하, 그럴 수도 있겠네요."

그제서야 취샤오샤오의 얼굴이 활짝 폈다. 그녀는 방금 나온 커피에 캡슐 크림과 스틱 설탕을 각각 2개씩 넣었다. 그녀는 옆에 앉은 그 남자를 샅샅이 뜯어보며 살며시 미소를 지었다.

"남자 상사만 있다면 얼마나 좋을까요. 매일 천국으로 출근하는 것처럼 행복할 텐데."

"거 참, 업무적인 관계일 뿐인데 왜들 그렇게 팍팍하게 구는지. 혹시 명함 1장 줄 수 있어요?"

"아차, 바쁘게 나오느라 명함을 안 가져 왔네요. 이것도 방금 딱지 맞은 이유 중 하나예요. 그쪽 명함 2장을 주시면 뒷면에 제 연락처를 적어서 하나는 돌려 드릴게요."

취샤오샤오는 수줍은 듯이 웃으며 말했다.

"제가 악필이거든요. 감안하고 봐 주세요."

남자는 취샤오샤오의 첫 마디를 듣고 명함을 받긴 글렀구나 싶었는데 그녀가 악필이라고 쿨하게 인정하며 적어 주겠다고 하자 바로 자신의 명함을 꺼내어 건넸다. 취샤오샤오는 명함을 보자마자 "와!" 하고 탄성을 냈다.

"사장님이시네요, 천자캉(陳家康) 씨? 공부 좀 하셨나 봐요. 정밀화

학이 뭐죠?"

"하하, 활성제를 생산해요. 하이시에 살아요?"

"어려서부터 죽 하이시에서 살았어요."

취샤오샤오는 천자캉의 펜을 받아 들고 명함 뒷면에 이름을 적었다. 전화번호는 차마 적을 수 없어서 호텔 VIP 카드를 꺼내 보여주기만 했다.

"판성메이? 성메이 씨는 상하이 토박이라서 이렇게 아름다우신가 봐요. 오, 호텔 매니저군요. 다음에 호텔에 한번 들를게요."

"네, 언제든지요. 나중에 저희 호텔에 오시면 체크인 하실 때 제 이름을 꼭 말씀해 주세요. 그러면 인센티브가 쌓이거든요. 미리 감사 인사드릴게요. 죄송한데 명함을 가지러 얼른 호텔로 돌아가야겠어요. 다른 고객을 또 만나러 가야 하거든요. 다음에 시간 되면 또 봬요, 천 사장님."

"모셔다 드릴게요."

취샤오샤오는 고개를 비스듬히 한 채로 입을 오므리고 웃으며 천자캉이 계산을 마칠 때까지 기다렸다가 같이 레스토랑을 나왔다. 엘리베이터가 지하주차장에 도착하자 천자캉이 말했다.

"제 차는 저쪽에 있어요. 가시죠."

"어머, 그렇게 먼 길을 운전해서 오신 거예요? 아니면 원래 하이시에 자주 오시나요?"

"센스가 좋군요. 자주 오는데 택시 타기가 불편해서 아예 여기에 1대 두고 이용해요."

"저도 낡은 차가 1대 있어요. 천 사장님 차보다 훨씬 작은데 주차료는 똑같아서 속상해요. 오늘 천 사장님 차는 못 타겠네요. 주차료가 1시간에 15위안이 넘어서 얼른 차를 빼야 하거든요. 나중에 또 봬요."

취샤오샤오는 마루코짱처럼 귀여운 표정을 지으며 가느다란 허리를 획 돌리더니 자기 차가 있는 쪽으로 살랑거리며 걸어갔다. 천자캉은 저만치서 빙그레 웃으며 그녀를 바라봤다. 그는 취샤오샤오가 차에 시동을 걸고 그의 앞을 유유히 지나갈 때까지 계속 싱글벙글하며 보다가 자리를 떴다. 취샤오샤오는 과연 하이시의 아가씨답게 애교가 흘러넘쳤다.

쉬 엔지니어가 친 철벽에 상처를 입고 우울했던 취샤오샤오는 천자캉과 얘기를 하고 나니 기분이 조금 나아졌다. 다시 마음을 추스르고 상담에 실패한 이유를 곰곰이 따져 보았다. 하지만 생각할수록 억울했다. 쉬 엔지니어의 태도는 분명 학벌이 안 좋은 그녀를 무시하는 것이었다. 그녀도 자신의 부족한 점을 잘 알고 있었다. 초등학교 때부터 공부라고는 제대로 해본 적이 없었기 때문이다. 어릴 때는 부모님이 사업하느라 그녀를 돌볼 시간이 없었고 커서는 그녀가 부모님의 말을 안 들어서 부모님이 포기했다.

취샤오샤오는 얼마 전에 자오치핑한테 차인 이유도 생각했다. 자오치핑도 무식한 그녀를 싫어했다. 취향이 맞느니 안 맞느니 하면서 핑계를 댔지만 한마디로 무식해서 싫다는 거였다. 그녀는 오늘 아침 출근길에도 그와 비슷한 상황을 겪었다. 앤디가 메기 어쩌고 했을 때 관쥐얼은 금방 메기 효과를 떠올렸지만 취샤오샤오는 무슨 말인지 몰랐다. 그때 아마 앤디와 관쥐얼이 속으로 그녀를 비웃었을 거라고 생각했다. 앤디가 경사로에서 그녀를 골탕 먹인 것도 무식해서 놀린 거라는 생각이 들었다.

취샤오샤오는 좁다란 사장실에서 겉으로는 위풍당당하게 앉아 있었지만 속으로는 기가 팍 죽어 있었다. 그녀는 자기가 원래 놀던 물에서 빠져 나와 새로운 세상을 경험한 뒤에야 비로소 학벌이 중요한 것임을 뼈저리게 느꼈다. 그녀에게는 이 모든 상황이 큰 충격이었다. 관쥐얼에게 전화를 걸었다.

"메기 효과가 뭔지 알아냈어. 다음부턴 사고뭉치라고 대놓고 말해. 같이 밥 먹자. 내가 살게."

"출장 가는 길이야. 무슨 고민 있어? 내가 고민 해결사 노릇을 할 수 있을까?"

"그건 성메이 언니의 주특기잖아. 너 올해 뭐 배우려고 준비 중이랬지? 거기 신청했어? 뭐 배우는데? 나도 같이할래."

관쥐얼은 놀라서 어리둥절했다.

"댄스 학원 두 군데 알아봤는데 너도 배우게? 배워서 뭐하려고?"

"아니, 전에 MBA 한다고 했잖아. 거기 신청했냐고. 나도 하고 싶어서."

관쥐얼은 잠시 주저하다가 말했다.

"시험 봐야 해. 면접도 보고 영어 실력도 좀 있어야 하고. 넌 사업을 하니까 기본 자격은 갖췄어. 지금 신청 기간이라서 나도 서류를 준비하고 있어. 신청하면 서류 심사해서 시험 볼 사람을 추릴 거야. 내 동료가 지금 다니고 있는데 학업 부담이 심하대. 근데 정말 할 거야? 여태껏 끝까지 다 본 책이 1권도 없다며."

"진짜 돌아 버리겠어. 사업 때문에 사람들을 만나면 전부 학벌을 묻는 거야. 그래서 후진 학벌도 다 들통이 났고 또 전공도 사람들이 잘 모르는 학과라서 질문이 쏟아져. 쥐얼, 나는 일단 거금을 들이면 무조건 끝까지 다니거든. 이건 칭찬할 만하지. 공부를 잘하고 못하고는 나중 문제지만. 결정했어! 나도 너랑 같이 MBA 과정 밟을 거야. 저녁에 집에 오면 신청하는 방법 알려줘."

"좋아, 우선 면접 준비할 책부터 몇 권 보도록 해. 나한테 초판본이 있으니까 빌려줄게."

"오케이!"

관쥐얼은 반신반의했다. 취샤오샤오가 자오치핑과 헤어졌을 때 소설책을 읽겠다며 세상 사람 다 알도록 소문 내놓고 몇 편 읽지도 않고 포기했었다. 관쥐얼은 이번에도 그때처럼 되리라는 확신이 들었다. 그래서 MBA 과정을 밟겠다는 취샤오샤오의 말을 진지하게 받아들이지 않았다. 어쨌든 관쥐얼은 취샤오샤오가 원하면 도와주기야 하겠지만 그 외에는 따로 해줄 게 없었다.

판성메이는 첫날에 출근해서 하루 업무를 죽 지켜봤기 때문에 이튿날부터는 구경만 하지 않았다. 일을 적극적으로 도우면서 빨리 익혔다. 한 동료가 와서 천 선생이라는 사람이 판성메이의 소개로 이그제큐티브 룸(Executive Room)을 예약했다고 알려주었다. 그녀는 아직 아무에게도 이직 사실을 알리지 않았는데 어떻게 자신의 소개로 방을 예약한 사람이 있는지 의아했다. 한편으로는 왕바이촨의 친구일 것도 같았다.

점심식사를 마친 판성메이는 동료와 탈의실에서 수다를 떨며 화장을 고친 뒤에 다시 업무로 복귀했다. 잠시 후에 한 동료가 그녀를 불렀다.

"판 매니저, 손님 오셨어요."

판성메이는 프런트에서 신분증을 꺼내 체크인 서류를 작성하는 고상하고 젊은 손님을 의심의 눈초리로 쳐다봤다. 그 손님도 놀란 표정으로 판성메이를 쳐다봤다.

"안녕하세요, 천 선생님. 판성메이라고 합니다."

손님은 바로 천자캉이었다. 천자캉은 이른 아침에 만났던 여우 같은 아가씨를 머릿속으로 그리고 있었는데 정작 눈앞에 나타난 사람은 백조 같은 판성메이였다. 그는 그제야 여우한테 감쪽같이 속았음을 깨달았다. 그 여우도 이 호텔에 왔다가 호텔 여직원의 이름을 기억하고 장난친 것이라고 짐작되었다. 어쩐지 전화번호 대신 VIP 카드를 내민다 했더니 이렇게 여우짓을 한 것이다. 하지만 그는 이내 놀란 표정을 감추고 웃으며 말했다.

"판성메이 씨군요."

그는 판성메이의 명찰을 보았다. 임시 명찰이어서 영문 이름은 적혀 있지 않았다.

"실례지만 누가 선생님께 절 소개하던가요?"

천자캉은 여우한테 농락당했다고 말할 수 없어서 미소 띤 얼굴로 거짓말했다.

"유학 시절에 만난 친구가 소개했어요. 만나서 반가워요, 성메이 씨. 다음에는 할인도 부탁해요."

판성메이는 앤디를 떠올렸다. 천 선생에게서 받은 느낌으로는 꼭 앤디와 아는 사이 같았다. 그녀도 웃으며 대답했다.

"친구의 친구니까 당연히 할인해 드려야죠."

판성메이의 웃음은 매력적이었다. 마치 아름다운 백조가 웃는 듯했다. 천자캉은 여전히 웃음 띤 얼굴로 명함을 내밀었다.

"잊지 마세요. 다음에 또 올 게요."

판성메이는 천자캉이 간 뒤에 그의 명함을 살펴보았다. 예상대로 젊은 창업자였다. 스마트한 이미지가 앤디의 친구다웠다. 그가 일부러 앤디의 이름을 언급하지 않았기에 판성메이도 그의 마음을 헤아려 앤디 얘기를 꺼내지 않았다.

추잉잉은 단순한 줄 알았던 잉친이 끈질기게 연달아 질문하니 그의 머릿속에 대체 질문이 얼마나 많이 들었는지 궁금할 정도였다. 그가 '왜?' 하고 계속 질문한 이유는 지난밤에 추잉잉이 쉬샤오샤오를 보고 이상하리만치 긴장했기 때문이다. 잉친은 추잉잉과 저녁을 먹으면서 거의 밥 한 술을 뜰 때마다 질문을 하나씩 던졌다. 추잉잉은 잉친의 질문 때문에 머리가 터질 것 같았다. 그러나 아기처럼 궁금한 게 많은 잉친은 질문을 멈추지 않았다.

"왜 남의 남자를 빼앗아? 예뻐서 직접 찾으면 될 텐데?"

"내가 어떻게 알아. 이유를 알면 내가 골키퍼처럼 골문 지키고 있겠어? 뭘 자꾸 물어. 너 걔한테 흑심 있니?"

"아니야, 난 너밖에 없어."

"그럼 자꾸 묻지 마. 네가 꼭 걔한테 첫눈에 반한 거 같잖아."

"무슨 소리야. 철근 콘크리트처럼 융통성이 없는 나 같은 사람은 첫눈에 반할 수가 없어. 우리 프로그래머들은 사람을 보면 일단 디지털화하고 프로그램을 짠 다음에 다시 2진법 기계어로 전환해서 테스트를 통과해야 머리에 남아. 아주 번거롭지. 잉잉, 넌 내 상상속의 연인과 똑 닮았어. 샤오샤오한테 날 뺏길까 봐 걱정하는 이유는 뭐야?"

추잉잉은 눈을 흘기며 힘없이 훌쩍 거렸다.

"이미 한 번 당했단 말이야."

"그 남자가 틈을 보였겠지. 척 봐도 난 빈틈이 없는 사람 같잖아. 그런 일은 또 없을 거야."

"네가 그런 사람인 건 인정해. 하지만 문제는 샤오샤오가 빈틈을 기가 막히게 찾아낸다는 거지. 그 다음엔 그 틈으로 비집고 들어가려고 계속 들이대고. 걘 남의 남자 뺏는 게 취미야.

"그렇구나. 그럼 샤오샤오를 멀리할게. 오늘은 좀 먼 카페로 가서 영업하자. 내가 벌 받는 셈치고 같이 가 줄 테니까."

추잉잉이 반문했다.

"거봐. 네가 질문을 많이 해도 결론은 내가 처음에 했던 말이랑 같잖아?"

잉친은 머리를 긁적이며 말했다.

"앞으로 네 말 잘 들을게. 난 원래 인과관계가 확실하지 않으면 자신 있게 결론을 못 내려. 막판에는 막 헷갈리기도 하고. 그래서 전후 사정을 캐물었던 건데, 지금처럼 네가 자세하게 알려줘서 맥락을 이해하면 여러모로 따져서 짐작할 수 있고 유연하게 대처할 수도 있어."

추잉잉이 바로 말을 받았다.

"그래, 이해해. 그럼 계속 물어봐. 뭐가 더 궁금해?"

"취샤오샤오가 왜 커플 브레이커인지 이제 알았으니까 더 궁금한 거 없어. 고맙습니다, 선생님."

"하하하."

추잉잉은 잉친의 농담에 웃음이 터졌다.

"네가 자꾸만 물어보니까 불안해서 그 입을 틀어막고 싶었다니까."

입을 틀어막는다는 말이 나오자 두 사람은 마치 약속이나 한 듯이 전날 밤에 있었던 일을 떠올렸다. 일순간 테이블 위에는 달콤한 향기와 야릇한 분위기가 모락모락 피어올랐다.

판성메이는 퇴근 후에 집에 가면 앤디에게 고맙다고 인사하려고 했는데 앤디를 만나지 못했다. 앤디는 퇴근하자마자 베이징으로 날아가고 없었다. 전에 앤디의 동생을 찾아 준 옌뤄밍과 함께 떠났다. 탄쭝밍은 앤디를 혼자 보내기가 불안하고 신경이 쓰여서 사정을 잘 아는 옌뤄밍이 같이 가도록 손썼다. 앤디는 비행기에서 옌뤄밍에게 고민을 털어놓으며 웨이궈창이 계속 성가시게 할까 봐 걱정했다. 또 웨이 부인이 자신의 뒷조사를 해서 출신을 파헤칠까 봐 겁이 난다고도 했다. 그녀가 옌뤄밍에게 물었다.

"웨이 부인이 지금 파악한 자료로 제 출신을 알아낼 수 있을까요?"

옌뤄밍이 대답했다.

"제 생각에 웨이 선생은 걱정 안 하셔도 될 것 같습니다. 웨이 선생은 앤디 씨 과거를 아는 사람이고, 앤디 씨는 자산이 많아서 유산을 받지 않아도 이미 부자라는 걸 그분도 알고 있으니까요. 나중에 웨이 선생이 변심해서 유산을 뜯어내려고 할 수도 있겠지만 앤디 씨가 상속을 받든지 안 받든지 겪게 될 상황은 똑같을 겁니다. 웨이 부인 문제는 제가 돌아가서 자세히 알아봐야 할 것 같군요. 앤디 씨의 신분에 영향을 끼칠 만한 단서가 또 있는지 아직 파악이 안 돼서 지금은 대답을 못 드리겠습니다."

앤디는 한숨을 쉬었다. 옌뤄밍의 말이 다 옳았다. 웨이궈창에게 유산을 갈취할 마음이 있다면 그는 자신의 출신이 밝혀지는 것을 두려워하는 앤디를 손아귀에 넣고 마음대로 할 것이다. 앤디가 유산을 상속하면 웨이궈창은 복잡한 상황이 진정된 뒤에 앤디의 약점을 이용해서 유산을 다시 내놓으라고 협박하고 웃돈까지 요구할 수도 있다. 앤디가 유산을 포기하면 유산의 절반이 웨이 부인에게 돌아가기 때문에 앤디는 웨이궈창의 원망을 들어야 한다. 어쨌든 웨이궈창은 유산을 자기가 다 가져야 만족할 것이므로 앤디는 상속 여부와 관계없이 무조건 웨이궈창 때문에 고통을 겪게 된다. 어떤 상황이 벌어져도 피할 방법이 없긴 매한가지다.

그뿐만이 아니다. 웨이 부인이 장차 앤디를 상대로 어떤 짓을 벌여도 앤디는 그저 당할 수밖에 없는 현실이다. 현재 앤디가 할 수 있는 일이라고는 복잡한 심경을 잘 다스리는 것밖에 없었다.

그런가 하면 예상치 못한 다른 일도 또 있었다. 허베이(河北)에서 고객을 만나야 할 바오이판이 고객에게 양해를 구한 뒤에 차를 빌려 타고 앤디가 묵을 호텔에 먼저 와서 기다리고 있었던 것이다. 앤디는 원래 비행기에서 내리면 바오이판에게 전화를 걸어 안부만 전할 생각이었는데 뜻밖에도 바오이판에게 먼저 연락이 왔다. 그가 뿌듯해 하며 말했다.

"고객한테 사정을 설명했더니 흔쾌히 가보라고 하더군요. 애인이 더 중요하다며 내 입장을 이해해줬어요. 하하. 난 요즘 하루가 3년 같다는 말이 무슨 뜻인지, 눈이 빠지게 기다리는 게 어떤 느낌인지 절실히 느꼈어요. 정말 보고 싶어요. 허니, 우리 빨리 만나요."

앤디는 당황스러웠다. 그가 왜 왔을까. 앤디는 바오이판을 만날 마음의 준비가 되어 있지 않았다. 호텔까지 가는 내내 고민했지만 호텔 로비에서 기다리는 그를 만날 때까지도 앤디는 마음을 정하지 못했다. 바오이판에게 베이징에 온 이유를 솔직히 말할지 비밀로 할지 판단이 서지 않았다. 하지만 그를 만나고 문득 깨달았다. 사실 그녀도 요 이틀간 그를 몹시 그리워하고 있었음을 말이다. 앤디는 그를 만나서 기쁘기만 했다. 너무 반가운 나머지 모든 마음의 짐을 벗어 던지고픈 충동이 일었다. 그녀는 많은 사람이 오가는 호텔 로비에서, 더구나 옌뤄밍 앞에서 여행 가방을 내팽개치고 그에게 달려가서 품에 꼭 안겼다.

바오이판은 더없이 행복했다.

"걱정했어요. 내가 온 게 반갑지 않은 줄 알고."

"그런 건 아니에요. 이틀 사이에 개인적으로 골치 아픈 일이 많았거든요. 간단한 얘기가 아니라서 어디서부터 어떻게 말해야 할지 모르겠네요."

두 사람은 누가 시킨 듯이 동시에 프런트에서 체크인하는 옌뤼밍을 쳐다봤다. 바오이판은 옌뤼밍의 포스를 보고 그가 예사롭지 않은 사람임을 한눈에 알아차렸다. 앤디의 동료가 아니라는 것도 금세 눈치를 챘다.

"말하기 곤란하면 안 해도 돼요. 그 대신 당신 옆에 찰싹 붙어 있을 거예요."

앤디는 갑자기 고개를 돌려서 바오이판을 빤히 쳐다봤다. 잠시 무거운 침묵이 흘렀다. 앤디가 결심한 듯이 말을 꺼냈다.

"뜬금없이 거액의 유산을 상속받게 돼서 내일 DNA 검사를 받으러 가요. 옌 선생님은 탄쭝밍이 부탁해서 절 보호하려고 같이 왔어요. 더 자세한 건 나도 몰라요. 내가 고아라는 사실 외에는."

바오이판은 월요일 아침에 앤디가 심상치 않은 표정으로 전화를 받았던 것이 기억났다. 그는 옌뤼밍을 다시 쳐다보았다.

"나도 같이 가요. 불안해서 안 되겠어요."

"혼자 갈래요. 내일 해괴망측한 일이 벌어질지도 몰라요. 그러면 혼자 감당하기도 벅찬데 당신한테 해명까지 해야 하면 너무 힘들어요."

"내 눈치 보지 말아요. 내가 사랑하는 건 당신이지 그 외에는 아무 관심 없어요. 아무것도 내 사랑에 방해되지 않아요."

바오이판 앞에서 솔직해지고 싶은 앤디는 그저 속으로 깊은 한숨만 쉬었다.

"난 내가 누군지 궁금하지 않아요. 부모가 누군지, 몸 안에 어떤 DNA가 있는지도 알고 싶지 않아요. 지금 벌어지고 있는 일들은 제게 도움이 안 돼요. 오늘도 억지로 왔고요. 차라리 아무것도 모르는 게 나으니까 날 찾아오지도 말고 유산도 그 사람들이 알아서 처리했으면 좋겠어요."

옌뤄밍이 다가와서 앤디의 여권을 돌려주고 웃으며 말했다.

"전 친구 좀 만나러 가 볼게요. 두 분은 편하게 시간 보내세요."

바오이판은 알겠다는 듯이 미소를 지으며 대답했다.

"고맙습니다, 옌 선생님."

앤디도 겸연쩍게 웃었다.

"미안해요. 옌 선생님."

옌뤄밍은 빙그레 웃으며 돌아서 나갔다. 앤디는 옌뤄밍이 호텔 밖으로 나갈 때까지 바라보고 서 있었다.

"옌 선생님한테 너무 미안해요. 당신이 오니까 필요 없어진 거 같아서. 올라가요."

바오이판은 웃으며 앤디의 가방을 끌었다. 잠시 머뭇거리던 그가 앤디에게 말했다.

"저기 소파에 앉은 사람이 계속 우릴 주시하고 있어요. 아까 당신이 호텔로 들어올 때부터요. 내가 소파에 멍하니 앉아서 당신 기다릴 때 옆에 같이 있던 사람이에요."

앤디는 힐끗 돌아보았지만 모르는 사람이었다. 웨이궈창 부부 양측에 각각 베이징 도착 일정을 알렸는데 그중 한쪽에서 앤디를 감시하기 위해 보낸 사람일 것이라고 짐작했다. 호텔로 들어설 때는 바오이판밖에 눈에 들어오지 않아서 옆에 누가 있었는지 전혀 의식하지 못했다. 어쨌든 그녀는 자신의 일정을 숨기지도 꾸미지도 않을 것이므로 감시하거나 말거나 개의치 않았다. 하지만 바오이판은 그녀의 손을 꽉 잡고 놓지 않았다. 거액의 유산 앞에서는 누구라도 이성을 잃을 수 있기 때문에 수시로 주변을 경계했다. 그날 밤, 두 사람은 안전을 위해서 호텔 밖으로 나가지 않았다.

관쥐얼이 단거리 출장을 다녀오니 상사가 그녀에게 당일 저녁에 공연되는 연극 티켓 2장을 선물했다. 관쥐얼은 그동안 사이가 틀어졌던 판성메이와 화해하려고 가장 먼저 그녀에게 전화를 걸었다. 관쥐얼이 연극을 보러 가자고 제안하자 판성메이는 처음에는 놀라다가 한참 생각한 뒤에 거절했다.

"쥐얼, 정말 미안해. 동료랑 쇼핑하기로 했는데 약속을 깨기가 좀 그래. 전화해줘서 고마워. 필요한 거 있으면 간 김에 사다 줄까?"

"필요한 거 없어. 고마워, 언니. 그럼 잉잉한테 물어봐야겠다. 갈 수 있을지 모르겠네."

판성메이는 대화를 하다 보니 관쥐얼이 자신에게 가장 먼저 알린 것 같아서 기분이 좋았다. 관쥐얼은 통화를 계기로 화해한 셈이 되었다고 여기며 한시름 놓았다. 관쥐얼이 추잉잉에게 전화하니 예상대로 추잉잉은 남자 친구와 같이 있었다. 요즘 추잉잉은 남자 친구에게 한창 푹 빠져 있다. 마지막으로 취샤오샤오에게 연락했다. 같이 갈 수 있기를 바랐지만 큰 기대는 하지 않았다. 그런데 뜻밖에도 취샤오샤오는 두말 않고 "가자." 라고 대답했다.

관쥐얼은 어쩐 일인지 가슴이 콩닥거렸다.

"너 연극 같은 거 안 좋아한다며."

"당연히 싫어하지. 근데 이제 유식한 척 한번 해보려고. 사실은 내가 오늘 좀 알아봤더니 클래식이 뭐니 하면서 말로 떠들고 다니는 사람들 수준도 나하고 별 차이 없더라. 이제 보니 그 사람들도 잘 모르면서 아는 척 하는 거였더라고. 나도 그런 태도를 배워야겠어. 내가 너희 회사로 갈 테니까 기다려."

관쥐얼은 취샤오샤오의 말을 들으니 낮에 그녀가 전화로 MBA 과정을 신청하고 싶다고 했던 게 생각났다. 설마 MBA도 유식한 척 하려고 신청하는 걸까?

"여기까지 왔다가 다시 극장으로 가면 시간이 빠듯하겠는데. 너 밥 안 먹었지? 근처에 맥도날드랑 서브웨이 있으니까 내가 먹을 거 좀 사 갈게. 뭐 좋아해? 어떤 걸로 살까?"

취샤오샤오는 차 안에서 눈을 슬쩍 흘기더니 대답했다.

"아무거나. 네가 먹고 싶은 걸로."

취샤오샤오는 관쥐얼을 만나서 그녀에게 핸들을 넘겼다. 관쥐얼은 운전하고 취샤오샤오는 끼니를 때웠다. 관쥐얼은 취샤오샤오가 맛있게 먹는 모습을 보며 말했다.

"입에 안 맞을까 봐 걱정했는데 잘 먹네."

"너처럼 진지한 애들은 전부 속도 좁고 냉정하더라. 내가 재벌 2세인 게 잘못이야? 재벌 2세는 다 편식하고 게으르고 무식하고 잔인한 줄 아니?"

"어디서 뺨 맞고 여기서 화풀이야? 내가 재벌 2세가 아니라고 무시하는 거야?"

"넌 고위 공직자 2세니까 재벌 2세인 나보다 못하잖아. 자기가 날 무시했으면서. 휴, 그만하자. 미안해. 오늘 열 받는 일이 있었어. 어떤 먹물이 나한테 잘난 척을 하더라고. 그래 봤자 나보다 책 몇 권 더 읽은 거 아니겠어? 그게 뭐 대수야? 안 그래?"

"취미로 책을 즐겨 읽는 사람들도 있어. 그런 사람들은 책을 읽으면서 마음을 안정시키기도 하고 감정을 배설하기도 하거든. 그래서 책을 많이 읽을 뿐이지 대단할 건 없어. '책에서 얻을 수 있는 지식은 많지 않다.' 라는 말도 있잖아."

"하하, 역시 쥐얼 네가 최고야. 넌 독서를 많이 하니까 그런 말도 자신 있게 할 수 있지. 나 같으면, 헤헤, 찔려서 그런 말 못해. 아무튼 독서는 갑갑해. MBA 과정이 낫겠어."

"오늘 하루 종일 궁금했는데, MBA는 대체 왜 하려는 거야? 인맥을 넓히려고 MBA 과정에 들어오는 사람도 많은데 너도 그래?"

"나 같이 무식한 재벌 2세가 MBA 공부를 열심히 할 리가 없잖아…."

"에이, 또 화풀이한다. 그만 좀 해."

"더 할래. 답답해서 풀어야겠어. 솔직히 내가 공부할 수 있을지는 모르겠다. 공부가 진짜 싫거든. 하지만 네 말처럼 인맥을 넓힐 수 있다니까 그것도 도움이 되겠네. 전에 누가 인맥을 넓혀야 한다고 그러더라고. 그런데 진짜로 배우고 싶은 건 상대방 기를 죽일 때 필요한 말이야. 요즘 세상에는 정말로 실력을 갖췄는지 인내심 있게 지켜보는 사람이 없어. 실력을 알아 볼 수 있는 사람도 드물고. 그러니까 어려운 말 몇 마디만 능수능란하게 하면 금방 상대방을 제압할 수 있고 일도 술술 풀리는 거 같아."

"사람은 오래 겪어 봐야 안다고 하잖아. 앤디 언니가 그러는데 직장에서도 그렇대. 단순히 상대방 기를 죽이는 언행은 일시적인 방편일 뿐이라더라."

"샌님 같은 소리 하시네. 마음이 아무리 고와도 얼굴에 여드름이 그득하면 사람들은 눈길도 안 줘. 화장을 왜 하겠니. 일단 외모로 관심을 끌어야 마음을 보여줄 수 있거든. 마찬가지로 어려운 말로 떠들면 사람들은 유식한 줄 알고 모여들어. 그러면 그때 가서 진짜 실력을 보여주면 된다고. 알겠어? 나도 오늘 아침에 깨달은 사실이야. 예를 들면 이런 거야. 네가 날 무식한 재벌 2세라고 생각해서 아예 상대도 안 한다고 쳐. 그런데 넌 수많은 경쟁자를 물리치고 당당하게 입사한 우수한 인재야. 그럼 물어볼게. 너 세관 신고할 때 어떻게 해야 비용을 아끼는지 알아? 가장 빠르고 경제적인 운송 루트를 짜는 방법은? 화물 파손율을 최저로 유지하는 비결은 뭐야? 납품 품질을 보장받으려면 공급업체를 어떻게 단속해야 하게? 하나도 모르지? 난 다 알아. 모두 직접 경험해 봤으니까. 심지어 흙먼지 마시고 돌아다니면서 통행료도 일일이 대조했어. 내가 이렇게 일하는 거 몰랐지? 넌 날 곱게 자라서 편식이나 하는 재벌 2세로만 보니까 당연히 몰랐을 거야. 젠장, 이런 게 다 선입견이라고. 어, 취얼, 네 여드름 어디 갔어?"

"너 오늘 많이 속상했나 보다. 어? 여드름이… 정말 좋아졌네?"

취샤오샤오가 슬그머니 얼굴에 손을 대자 관쥐얼은 갑자기 온몸에 닭살이 돋았다.

"야, 손대지 마."

"여자끼리 왜 못 만지게 해? 이상한 애야. 잘 안 보여서 만져본 건데. 진짜 없어졌어. 잘됐다. 피부 관리가 정말 중요하거든. 난 여드름이 나면 밤에 잠도 못 잘 거야."

"네가 흥분하는 바람에 길을 잘못 들 뻔했잖아. 아, 다행이다. 길 안 놓쳤어."

"하하, 쥐얼, 너도 심통 부릴 줄 아는구나. 우리 아빠가 평생 입만 열면 하시는 말씀이 있는데 너한테 꼭 필요할 거 같아서 말해 줄게. 사람이 너무 올곧으면 자신이 피곤하대, 너처럼. 올곧은 척하면 주변 사람이 피곤하고, 성메이 언니처럼. 올곧지 않으면 능력이라도 있어야 성격이 쿨하다는 소릴 듣는대, 앤디 언니처럼…."

"앤디 언니가 올곧지 않다고?"

"그럼 올곧다고? 과속하는 거 봐. 너 그렇게 할 수 있어? 술주정도 하잖아. 넌 못 할걸? 난 사귄지 며칠 안 된 남자랑 같이 잠도 자. 넌 가능해? 어떻게 보면 앤디 언니는 나랑 같은 부류야. 까졌어. 너랑은 완전히 다르지. 너는 나이도 어린 애가 너무 고지식해서 피곤해. 앤디 언니는 나처럼 올곧은 거랑은 거리가 멀어, 생각도 개방적이고. 남한테 피해를 주는 일만 아니면 뭐든 맘대로 하지."

"앤디 언니가 남한테 피해를 안 주는 건 맞는데 넌 살인 말고는 다 한다고 봐야지. 그래서 두 사람은 달라. 안 그래?"

"하하, 내가 정말 그런 사람이면 네가 나하고 이렇게 얘기할 수 있겠냐? 애가 영 답답해. 기껏 오냐오냐 예뻐해 줬더니."

"으악, 닭살이야. 너 망나니 맞잖아."

"하하, 난 올곧지 않을 뿐이야. 내말이 틀려? 왜 또 말싸움하게? 앤 앞뒤가 콱콱 막혔다니까. 하나 더 알려줄까? 잉잉의 전 남친 같은 놈을 망나니라고 하는 거야. 그런 놈한테는 올곧지 않다는 말이 안 어울리거든. 이제 이해됐어? 올곧지 않다고 해서 망나니는 아니란 말이야. 둘은 다른 의미라고, 이 헛똑똑이야. 우리 아빠는 역시 지혜로우셔. 하하."

관쥐얼은 불쾌했지만 곱씹어 생각할수록 취샤오샤오의 말은 일리가 있었다. 취샤오샤오는 자신의 말을 진지하게 듣는 관쥐얼의 뺨을 스윽 만지며 만족스럽게 말했다.

"아유, 착해라. 내 얘기 잘 듣고 있네. 이래서 사람들이 널 좋아하나 봐. 너의 이런 점도 배워야겠어. 너처럼 똑똑하고 잘난 사람이 남의 얘기를 이렇게 진지하게 들으면 누구라도 너한테 속마음을 탈탈 털어놓고 싶겠다."

대화에 집중하던 관쥐얼이 취샤오샤오의 마지막 말에 코웃음을 치는 바람에 진지하던 분위기가 순식간에 깨져 버렸다. 취샤오샤오는 눈곱만큼도 진지함이 없었다.

판성메이는 요즘 연수 기간이어서 평소보다 일찍 출근한다. 그녀가 출근 준비를 거의 마쳤을 즈음 관쥐얼과 추잉잉이 동시에 일어나서 욕실 쟁탈전을 벌였다. 결국 추잉잉이 일보 후퇴했다. 추잉잉은 우아한 자태를 뽐내며 방에서 나오는 판성메이를 보며 가볍게 물었다.

"바이촨 오빠는 왜 요즘 안 보여?"

"출장 갔어."

"아, 사업하면 출장이 잦구나. 너무 힘들겠다."

"출장자들이 있어야 호텔도 돈을 벌지. 동전의 양면 같아."

"언니한테는 안 좋은 거네. 그럼 프로그래머를 만나. 사무실에만 일하니까 매일 퇴근길에 만날 수 있어."

판성메이는 추잉잉의 말뜻을 이해하고는 웃으며 말했다.

"그래, 넌 안성맞춤으로 잘 골랐어. 이번에 고향가면 부모님한테 잉친 소개할 거야?"

"아직 모르겠어. 언니, 잉친 마음을 테스트해 볼까? 진심인지 아닌지 알아볼 좋은 방법 없어?"

욕실에서 양치질을 하던 관쥐얼은 문밖에서 들리는 소리에 웃음이 나서 입안의 치약 거품을 뿜고 말았다. 판성메이는 차분히 생각하다가 말했다.

"하지 마. 테스트 따위로 괜히 사람 힘들게 하지 말라고. 먼저 갈게. 저녁에 다시 얘기하자. 쥐얼, 먼저 간다."

관쥐얼은 판성메이가 못 듣고 나가 버릴까 봐 곧장 그녀의 인사를 받았다. 추잉잉은 아직 할 말이 더 남았는지 욕실 문 앞에 가서 문틈으로 관쥐얼에게 물었다.

"이렇게 금방 집에 데려가도 될까? 안 좋은 일이 또 생기면 어떡해? 다들 전 남친 일도 아직 생생하게 기억할 텐데. 집에 소개했다가 또 헤어지게 되면 동네 사람들한테 망신당할까 봐 부담스러워."

관쥐얼은 입안에 남은 거품을 급히 다 토해 내며 결백을 주장했다.

"난 절대 안 비웃었어. 절대로."

"너 말고 고향집 이웃들 말이야. 별일이 없어도 전부 모여 앉아서 남의 뒷담화를 하거든. 심지어 좋은 일도 잘근잘근 씹는다니까. 잉친이랑 잘 되면 다행이지만 깨지면 끝장이야. 창피해서 다시는 고향에 발도 못 붙여. 동네가 좁아서 무슨 일이든 사흘이면 소문이 쫙 퍼져. 밖에 나가면 뒤에서 막 수군거린다니까. 아빠가 날 하이시에서 눌러 살게 하려는 것도 다 그런 이유 때문이야."

"잉친이랑 잘 지내면 좋은 결실이 있을 거야. 하이시에서도 계속 살 수 있고. 솔직히 난 네가 부러워. 너희 둘은 천생연분이니까 걱정 안 해도 돼. 사람 사이에는 인연이란 게 있잖아. 인연은 걱정하고 노력한다고 맺어지진 않거든."

"맞아, 맞아."

추잉잉은 기분이 좋아져서 찌푸렸던 눈썹을 활짝 폈다.

"쥐얼, 사람은 단순한 게 좋아. 정말로. 나처럼 단순하면 복잡하게 생각할 것도 없고 하고 싶은 대로 하면서 있는 그대로의 모습을 보여줄 수 있어. 그러면 상대방도 나한테 진실한 모습 보여줄 거 아냐. 얼마나 좋아."

관쥐얼은 입으로는 맞장구쳤지만 속으로는 동의하지 않았다. 사람의 마음은 아무도 모른다. 철저하게 단련하고 중무장하지 않으면 추잉잉처럼 단순한 사람은 맨몸으로 전장에서 싸우다가 쥐도 새도 모르게 죽고 사라진다. 추잉잉이 바이 팀장과 사귀다가 막심한 피해를 봤을 때처럼 말이다. 이번에 뜻하지 않게 건실한 청년 잉친을 만나긴 했지만 예외도 있을 수 있으므로 앞일을 예단하기는 어렵다.

추잉잉은 자신의 경험을 떠벌리며 관쥐얼에게 생각을 많이 하지 말라고 쉴 새 없이 진지하게 훈수했다. 관쥐얼은 들을수록 진이 빠져서 한마디 하려고 욕실 문을 열었지만 진심으로 행복하게 웃으며 얘기하는 추잉잉을 보니 면박을 줄 수 없어서 꾹 참았다.

판성메이는 유니폼을 갈아입고 로비로 나오다가 천자캉과 마주쳤다. 그녀는 잠시 기억을 더듬은 뒤에야 눈앞에서 웃으며 "좋은 아침입니다. 판성메이 씨." 하고 인사하는 남자의 이름이 '천자캉' 이라는 사실을 생각해 냈다. 옷차림이 단정하고 세련된 그는 하룻밤이 지났는데도 판성메이의 이름을 기억하고 있었다. 이는 그녀에게 퍽이나 기분 좋은 일이었다.

때는 마침 프런트 근무 교대 시간이었다. 천자캉은 하루 더 묵으려고 곧장 프런트로 와서 판성메이를 찾았다. 판성메이가 미소를 지으며 말했다.

"천 선생님, 죄송합니다만 제가 지금 수습 기간이어서 다소 서툴더라도 양해 부탁드립니다."

"그래도 마침 아는 사람이라 다행이죠? 서두르지 말고 천천히 해요. 기다리는 거 어렵지 않으니까."

아는 사람이라고? 판성메이는 천자캉에 대한 의혹이 풀리지 않았다. 간밤에 앤디에게 이 남자를 아느냐고 물었지만 앤디는 모르는 사람이라고 했기 때문이다. 그렇다면 대체 누구기에 이렇게 붙임성 좋게 처음 보는 여자의 이름을 대면서 방을 예약하는 것일까? 판성메이는 누가 이 남자에게 못된 장난을 친 건 아닌지 의심이 들었지만 호텔 직원으로서 최선을 다해 정성껏 고객을 응대했다. 그녀는 일처리가 미숙할 때마다 자신을 뚫어지게 관찰하는 천자캉의 시선이 느껴져서 더 허둥지둥했다. 가까스로 추가 숙박 체크인 절차가 모두 끝났다. 긴장한 그녀의 얼굴은 이미 발갛게 달아 올라 있었다. 두 뺨을 물들인 붉은빛은 손바닥만 한 그녀의 하얀 얼굴을 더욱 돋보이게 했고 그 자태는 무척이나 농염했다.

천자캉은 판성메이가 두 손으로 정중하게 돌려주는 룸 카드를 건네받고는 웃으며 말했다.

"잘 하시는데요. 실수 안 했어요. 처음치곤 능숙해요. 나중에 또 봅시다. 고마워요."

판성메이는 미소로 대답을 대신했다. 천자캉이 프런트를 지나 모퉁이를 돌아가자 그녀는 곧바로 입을 씰룩거렸다. 다시 쌀쌀맞은 판성메이로 돌아온 것이다.

막 근무를 교대한 동료가 이 상황을 지켜보고는 대수롭지 않게 말했다.

"저런 사람들은 투숙할 때 할인 받으려고 되게 친한 척해요 한가할 때는 와서 우리랑 농담도 하는데 업무상 방문하면 안면을 싹 바꿔요. 언제 친했냐는 듯이요."

"그러면 우리는 차분히 그 사람들 연기나 구경하면 되죠. 어차피 고객한테 주인공 대접을 해주는 게 우리 일이니까 그 사람들 비위 맞춰 주면서 이 무대에 매달리게 하면 결국 우리가 이득이에요."

"와, 판 매니저님 통찰력이 대단해요."

판성메이는 빙긋이 웃었다. 동료의 칭찬은 장차 그녀의 상사가 될 판성메이에게 잘 보이기 위해 아부하는 발언임을 판성메이도 알고 있었다.

37

바오이판은 앤디와 옌뤄밍을 차에 태우고 유전자 검사 센터로 출발했다. 옌뤄밍은 바오이판의 옆 자리에 앉아서 길을 안내했다. 앤디는 내키지 않는 발걸음으로 차에 타고 뒷자리에 얌전히 앉았다. 머릿속은 온통 걱정뿐이었다. 바오이판의 휴대폰이 8시부터 수시로 시끄럽게 울어댔다. 그는 평소 8시에 출근하기 때문에 업무와 관련된 사람들은 그때부터 그를 찾기 시작한다고 설명했다. 바오이판의 전화가 끊이지 않고 울리는 통에 하는 수 없이 앤디가 운전대를 잡았다. 앤디가 바오이판에게 전화가 너무 많이 온다며 트집을 잡고 있는데 느닷없이 앤디의 휴대폰이 울렸다. 발신자의 이름에 '바오 부인' 이라고 떴다.

"당신 어머니가 왜 날 찾죠?"

"달가운 일은 아닐 거예요. 조심해요."

통화를 하던 바오이판은 휴대폰을 손으로 막고 앤디에게 주의를 줬다. 앤디는 잠시 생각하다가 다시 물었다.

"어머니를 뭐라고 불러야 하죠? 모르겠어요."

"그냥 사모님이라고 불러요. 어머니라고 불러서 설레게 하지 말고."

옆에서 듣고 있던 옌뤄밍이 웃었다. 앤디가 드디어 전화를 받았다.

"안녕하세요, 사모님. 지금 운전 중이라서 좀 늦게 받았어요. 죄송해요."

"오, 앤디 씨. 좋은 아침이에요. 오랜만이군요. 보고 싶어서 연락했어요, 하하. 계속 사모님이라고 부를 거예요? 다르게 불러 봐요."

"죄송해요, 제가 호칭을 잘 몰라서요. 방금 바오이판에게 물었더니 부르던 대로 부르면 된다고 했거든요. 지금 같이 있어요."

"뭐라고요? 허베이에 간다고 했는데? 하이시에 있다니… 하긴 다 큰 아들이 엄마한테 일일이 보고하진 않겠죠. 우리 농장에서 키운 딸기하고 채소를 인편에 보내려고 하는데. 유기농 채소라서 모양은 좀 없지만 안심하고 먹어도 돼요. 회사로 보낼까요? 아니면 집으로? 벌써 공항에 도착했다고 주소를 알려달라는군요. 회사에 두면 난방 때문에 금방 시드니까 아무래도 집으로 보내는 게 낫겠죠? 주소를 알려주면 경비실에 맡겨 두라고 할게요. 날씨가 추워서 괜찮을 거예요. 퇴근길에 가지고 들어가요."

"사모님, 챙겨 주셔서 감사한데 제가 지금 하이시에 없어요. 베이징에 있거든요. 호의는 감사한데 못 받아서 정말 죄송해요."

앤디는 그런 따뜻한 정이나 호의를 받는 데 익숙하지 않아서 어색하게 대답하고 말았다. 그렇지만 또 대답을 어떻게 정정해야 하는지도 몰랐다.

바오이판이 대화를 듣다가 물었다.

"호의라뇨?"

"인편으로 과일과 채소를 보내셨다는데 아쉽게도 내가 하이시에 없으니까."

바오이판이 눈을 찡그렸다.

"내가 통화해 볼까요?"

앤디는 난처한 상황을 냉큼 바오이판에게 떠넘겼다. 바오이판은 뒷자리에서 짜증스러운 말투로 전화를 받았다.

"어머니, 앤디 집 주소가 궁금하면 저한테 묻지 그러셨어요. 네…, 당분간은 못 알려드려요. 다른 일은 없죠? 그럼요, 앤디하고 같이 있죠. 알았어요, 끊어요…."

그는 앤디의 휴대폰을 돌려주고는 웃으며 말했다.

"당신이 굉장히 맘에 드나 봐요. 친해지고 싶은지 직접 연락을 다 하시고."

앤디는 바오 부인을 처음 만났던 날이 자연스레 떠올랐다. 그날도 앤디와 바오이판 사이에 불쑥 끼어들어서 앤디의 손을 잡고 끝도 없이 얘기를 늘어놓았었다. 옌뤼밍이 없었다면 앤디는 바오이판에게 꼭 묻고 싶은 말이 있었다. 그의 어머니가 아들의 새 여자 친구를 만날 때마다 이렇게 살갑게 대하면서 이미 며느리라도 얻은 양 행동하는지 궁금했다. 회사의 창업자이자 고위 관리직인 어머니가 아들의 여자 친구를 소소하게 챙길 만큼 한가하지는 않을 테니 말이다. 아니면 정말로 앤디가 마음에 쏙 들어서 관심을 보이는 걸까?

"어머니가… 저한테 참 잘해주시네요."

"당신을 싫어할 사람은 없을 걸요. 어머니 관심이 지나치긴 하지만 당신 애인은 나예요."

앤디는 주차장에 차를 대고 돌아보며 빙그레 웃었다. 하지만 이 웃음은 오래 가지 못했다. 전날 저녁에 호텔 로비에서 앤디를 주시하던 남자가 웨이궈창과 함께 걸어오는 모습을 포착했기 때문이다. 그녀는 손으로 두 사람을 가리키며 옌뤼밍에게 말했다.

"옌 선생님, 저기 웨이궈창 옆에 있는 남자가 어제 호텔에서 우릴 감시했어요."

엔뤄밍이 뒤를 돌아보자 바오이판도 따라서 뒤를 돌아보았다. 당당한 풍채에서 점잖은 기품이 배어나는 중년 남성이 바오이판의 눈에 들어왔는데 어딘가 낯이 익었다. 바오이판은 무의식적으로 앤디를 다시 돌아봤다. 앤디는 선글라스를 쓰고 있었지만 바오이판은 다시 볼 필요도 없이 앤디의 인상을 정확하게 알고 있었다. 그는 고개를 돌려서 앤디의 얼굴을 보기 전에 이미 어떤 느낌을 받은 것이다. 앤디와 그 남자는 서로 닮은 데가 있었다. 바오이판은 언젠가 앤디와 같이 있을 때 자칭 그녀의 아버지라고 하는 사람이 앤디에게 전화를 걸어 그녀를 힘들게 한 일도 생각났다. 그는 앤디의 비밀스러운 과거가 곧 자기 눈앞에서 펼쳐질 것임을 직감했다. 또다시 앤디를 쳐다봤다. 앤디는 전쟁을 앞둔 용사처럼 긴장해서 굳은 표정으로 온몸에 힘을 바짝 주고 있었다.

바오이판이 먼저 차에서 내려 운전석 문을 열었다. 순간 화들짝 놀라던 앤디는 바오이판임을 확인하고는 겸연쩍게 웃으며 차에서 내렸다. 바오이판은 앤디에게 아무것도 묻지 않았다. 전날 앤디가 설명하기 어렵다고 이미 밝혔기 때문에 그녀의 뜻을 존중했다. 그가 할 수 있는 일은 앤디가 흥분하지 않도록 그저 묵묵히 지켜보는 것뿐이었다.

얼굴을 찡그리고 있는 앤디에게 웨이궈창이 다가와서 말했다.

"어제 호텔에 잘 도착했다고 들어서 방해될까 봐 안 갔다."

웨이궈창은 말하면서 엔뤄밍과 바오이판을 번갈아 보더니 바오이판의 얼굴에 시선을 고정시키고 뚫어지게 주시했다. 바오이판은 웨이궈창의 강렬한 눈빛에 자신의 오장육부가 투시되는 듯한 느낌을 받았다. 웨이궈창은 즉시 명함을 꺼내 바오이판에게 건네고 엔뤄밍에게도 1장 건넸다. 앤디는 방금 전 그녀의 집 주소를 알아내려고 꾀를 부렸던 바오 부인과 명함을 건네는 웨이궈창의 수작이 닮은꼴 같아서 그를 저지하고 싶었다. 하지만 앤디는 그를 막지 못했고 당장 다른 선택의 여지도 없었다. 아무리 애써도 그의 수작을 피할 길은 없었다. 바오이판도 앤디와 같은 생각을 했지만 웨이궈창이 유난히 힘을 주며 악수하는 통에 그를 피하지 못하고 명함을 꺼내 서로 교환했다. 옌뤼밍은 몸을 살짝 기울이면서 자신을 앤디의 경호원이라고 소개하는 것 외에 다른 말은 하지 않았다.

일행은 모두 센터 안으로 향하는 동안 조용히 걷기만 했다. 특히 앤디는 얼굴의 반을 가리는 커다란 선글라스를 쓰고 있어서 아무도 그녀의 감정을 알아차릴 수 없었다. 바오이판은 웨이궈창의 명함을 보고 깜짝 놀랐다. 웨이궈창은 걸으면서 안경을 벗고 맨눈으로 바오이판의 명함을 자세히 보았다. 그의 행동은 거리낌이 없었다. 바오이판의 눈에는 웨이궈창의 행동이 자신의 어머니가 앤디를 대할 때와 거의 판박이처럼 보였다.

앤디는 웨이궈창과 바오이판이 마주치는 게 무척 싫었지만 상황이 이미 그녀의 뜻대로 할 수 없는 지경에 이르렀음을 지난밤에 깨달았다. 그녀는 바오이판의 옆에 바짝 붙어서 걸었다. 센터의 로비에 도착하니 웨이 부인이 와 있었다. 앤디는 바오이판과 옌뤼밍에게 웨이 부인을 소개했다.

"웨이 부인이세요. 웨이궈창 씨의 부인이고 현재 이혼 소송 중이에요."

소개를 듣던 웨이궈창은 난처한 표정으로 앤디를 보았다. 바오이판이 무심하게 말했다.

"그쪽 일은 알아서 하시고 저희는 신경 쓰지 마십시오."

웨이 부인의 옆에도 2명의 남자가 있었는데 앤디를 보는 눈길이

곱지 않았다.

앤디는 속으로 혼자 왔으면 겁나서 주눅이 들 뻔했는데 두 남자와 함께 와서 다행이라고 생각했다. 여자는 경우에 따라 위기를 모면하기 위해 남자의 도움이 필요할 때가 있다. 앤디는 냉랭하게 곧장 할 말을 했다.

"검사를 서두르죠. 전 끝나고 바로 공항으로 가야 해요. 그쪽은 기다렸다가 검사 결과 보세요."

웨이 부인이 침착하게 대답했다.

"시간 끌지 않을게요. 여기까지 와줘서 고마워요. 유전자 샘플만 채취하면 앤디 씨는 신경 쓸 일이 없어요. 들어가죠."

웨이 부인도 앤디의 뒤를 따르는 바오이판과 옌쥐밍을 위아래로 한번 훑어보았다. 그러나 그녀는 두 사람을 앤디의 비서나 수행원쯤으로 여겼다. 거액의 유산이 걸린 일이니 당연히 혼자 올 리 없다고 판단한 것이다.

각각 자기편끼리 무리를 지어 안으로 들어갔다. 검사 센터 직원이 앤디에게로 와서 유전자 샘플을 채취했다. 여덟 개의 눈동자가 동시에 이 장면을 뚫어져라 쳐다봤다. 직원이 채취한 샘플을 들고 자리를 뜨자 여섯 개의 눈동자가 직원의 동선을 따라 일제히 움직였다. 바오이판은 그들과 달리 앤디를 쳐다보며 그녀와 눈을 맞췄다. 앤디가 일어서며 말했다.

"이제 됐죠?"

웨이궈창이 돌아보며 말했다.

"됐다. 결과가 나오면 알려주마."

웨이 부인과 함께 온 남자가 다가와서 말했다.

"모셔다 드리겠습니다."

옌뤄밍은 반사적으로 그 남자를 가로 막으며 말했다.

"괜찮습니다. 앤디 씨, 두 분 먼저 가세요. 제가 남아서 결과를 볼게요."

앤디는 전날 탄쭝밍이 그녀에게 했던 말이 생각났다.

'체면 차릴 필요 없어. 어차피 유산은 네 거야. 당당하게 받아. 일은 내가 다 처리할 테니까.'

옌뤄밍은 지금 탄쭝밍이 당부한 일을 매우 충실하게 수행하는 중인 듯했다. 앤디는 웨이 부인의 반응을 살폈다. 웨이 부인이 약간 당황한 듯 보였다. 앤디는 은근히 기분이 좋았지만 내색하지 않고 옌뤄밍에게 인사를 전하며 센터를 나왔다.

차에 타고 나서야 앤디가 바오이판에게 말했다.

"물어봐요. 응?"

"아니. 당신 얼굴만 볼래요. 아까 나한테 눈길을 안 줘서 너무 보고 싶었거든요."

바오이판은 아무것도 묻지 않고 그녀를 안으며 키스했다. 얽히고설킨 그들의 관계가 무척 복잡하게 느껴졌다. 그 관계 안에는 인간의 도리가 다소 결여된 느낌도 받았다. 그래서 굳이 앤디에게 설명을 요구하지 않았다. 억지로 해명을 들어 봐야 득이 될 것도 없었다. 궁금하긴 했지만 캐묻지 않기로 했다. 앤디는 바오이판이 의외의 반응을 보여 놀랐다. 그의 말을 곰곰이 되새기고 나서야 그의 마음을 이해했다.

"고마워요."

"말했잖아요. 우리 사이는, 나하고 당신 두 사람의 관계만 중요하다고. 다른 사람, 다른 일은 우리에게 아무 의미도 없고 어떤 영향도 주지 않아요. 우리도 그 사람들 일에 끼어들 필요 없고요. 앤디, 허베이에 데려가고 싶은데. 같이 갈래요?"

"미안해요. 갈 기분이 아니에요. 혼자 조용히 쉬고 싶어요. 미안해요, 정말로."

"앤디, 난 당신이 너무 걱정되고 자나 깨나 당신 생각뿐인데 당신은 내가 그립지 않나 봐요. 가끔은 나 혼자만 몸이 달아오르는 것 같은 생각도 들어요. 나한테는 당신밖에 없으니까 곁에 두고 싶은 마음만 한없이 커져서 감당이 안 돼요. 날 보고 있어도 내가 그립다고 말해주면 안 돼요?"

앤디가 미처 대답하기 전에 누군가 창문을 두드리는 소리가 들렸다. 바오이판이 금세 고개를 돌려 차창을 내리니 웨이 부인이 떨떠름한 표정으로 그들을 보고 있었다. 웨이 부인은 차창이 살짝 열리자 차갑게 웃으며 말했다.

"지금 나 보라고 쇼하는 건가? 이봐요, 당신 여자 친구가 다른 남자를 만나고 다닌다고요. 그 유산을 어떻게 가로챘는지 알아요?"

"무슨 짓을 하든지 그쪽이 상관할 바는 아니죠. 나잇값도 못 하면서."

바오이판은 웨이 부인의 낯짝이 보기 싫어서 다시 차창을 올렸다. 웨이 부인은 또 냉소를 지으며 폭탄 발언을 던지고 임무를 마친 사람처럼 당당하게 돌아서 갔다.

"두고 봐. 내가 절대로 가만 안 둘 테니까."

"저런 여자는 상대할 필요 없어요. 여자는 이혼하게 되면 지능이 떨어지나 봐요. 다른 일은 다 팽개치고 남편의 내연녀만 쫓아다니면서 싸움을 걸다가 결국 가진 거 다 잃고 빈털터리가 되거든요. 내연녀가 없으면 아무한테나 내연녀라고 누명을 씌우기나 하고. 저런 여자는 잘못 상대했다가는 큰 코 다쳐요. 더구나 당신하고 저 여자는 돈 문제로 얽혀서 당신을 내연녀라고 뒤집어씌우기에 구실이 딱 좋아요. 무조건 그렇게 해야만 직성이 풀릴 걸요. 오늘은 나하고 옌 선생이 동행해서 참 다행이에요. 저쪽도 준비를 단단히 했더군요. 충돌이 생길까 봐 사람을 데리고 왔잖아요."

"봤죠? 이게 내 현실이에요."

"거 참, 내 치부를 또 꺼내게 만드네. 앤디, 어느 집이나 사연 한 가지씩은 다 있어요. 내가 유학하던 시절에 우리 아버지한테 애인이 있었거든요. 어머니는 나를 방패삼아 아버지 마음을 돌리려고 했는데 난 그때 사정도 모르고 도망가려고만 했어요. 결국 양쪽 집안에서 난리가 나는 바람에 이혼까지 가게 됐어요. 지금 어머니 보면 능력 있는 여장부 같죠? 옛날에는 하는 일마다 실수가 많았어요. 난 원래 졸업하고 미국에서 자리를 잡으려고 했는데 부모님 때문에 어쩔 수 없이 귀국해서 집안을 수습했어요. 그런데 사람 앞날은 모른다더니 아버지가 덜컥 직장암에 걸린 거예요. 아버지는 살날이 얼마 안 남았다고 생각하셨는지 별안간 주변 정리를 싹 다 하시고는 바로 집으로 돌아오셨어요. 덕분에 어머니도 정상적인 생활을 다시 할 수 있게 됐죠. 우리 집 세 식구, 지금은 굉장히 단란해 보일 걸요, 그죠?"

앤디는 깜짝 놀라서 할 말을 잃었다가 한참 뒤에야 겨우 다시 입을 떼고 중얼거리듯이 말했다.

"난 불륜 같은 거 저지른 적 없어요."

"그걸 누가 몰라요. 척 봐도 웨이 선생은 당신 아버지뻘인데. 저능아가 아닌 이상 보면 다 알죠."

앤디는 또 말문이 막혔다. 무슨 말을 해야 좋을지 몰라서 가볍게 대답만 했다. 그런데 뜻밖에도 '충격적인' 일이 곧이어 발생했다. 차 뒤쪽에서 갑자기 굉음이 들리더니 순식간에 차가 앞으로 밀리면서 두 사람의 몸도 앞으로 휘청했다. 이때 바오이판은 갈비뼈가 핸들에 부딪쳐서 '악' 하고 소리를 지르며 고통스러워했다. 앤디가 정신을 차리고 뒤를 돌아보니 다른 차가 두 사람이 탄 차를 뒤에서 박은 것이었다. 그녀는 놀라서 후다닥 차에서 내려 뒤로 가보니 웨이 부인의 차가 서 있었다. 웨이 부인은 황급히 차를 후진해서 몇 미터 뒤로 가더니 다시 속도를 내며 앤디를 향해 돌진했다. 앤디는 생각할 틈도 없이 본능적으로 뛰어서 다른 차 사이의 빈 공간으로 몸을 피했다. 목표물을 놓친 웨이 부인의 차는 지그재그로 다른 차를 비껴가며 유유히 사라졌다.

경찰에 사고를 신고하고 병원으로 가서 엑스레이를 찍었다. 다행히도 바오이판은 가벼운 타박상만 입고 늑골은 부러지지 않았다. 바오이판은 아픈 김에 앤디에게 찰싹 달라붙어서 갖은 어리광을 피웠다. 경찰이 조사를 마치고 떠나자 그는 앤디에게 위로가 필요하다며 안아 달라, 뽀뽀해 달라 조르며 아이같이 굴었다. 앤디는 웨이궈창을 만나고 나서 마음이 퍽 심란했다. 게다가 웨이 부인이 한술 더 떠서 설치는 바람에 기분이 더 뒤숭숭했는데 치근덕거리며 애교를 부리는 바오이판의 모습에 절로 웃음이 났다. 앤디가 그에게 환자 대접을 해주기도 애매하고 모른 척 외면할 수도 없어서 갈팡질팡하는 사이에 최종 검진 결과가 나왔다. 사고로 크게 놀라긴 했지만 신체에 특별한 이상은 없다고 했다. 앤디는 그제야 마음이 놓여서 바오이판을 쳐다보며 물었다.

"안 창피해요? 갈비뼈 부러졌다고 그렇게 엄살을 피우더니. 진짜 놀랐단 말이에요."

"모질게 계속 웃기만 해놓고선. 갈비뼈는 안 부러졌지만 마음은 부서졌어요. 앞으로 어떻게 사나."

바오이판은 한쪽에서 눈물을 훔치는 시늉을 했고 앤디는 여전히 무심하게 웃기만 했다. 두 사람이 다정하게 싱글벙글 웃으며 대화하는 동안 동행한 경찰은 여러 통의 전화를 받았다. 통화를 끝낸 경찰이 두 사람에게 다가가서 사건을 어떻게 처리하고 싶은지 물었다.

앤디는 곧바로 웃음기를 거두고 정색하여 말했다.

"주차장 CCTV를 보니 그 여자가 고의로 차를 박았고 작정하고 저한테 달려든 게 확실해요. 그 여자는 제 정신이 아니었어요. 꼭 법대로 공정하게 처리해 주세요. 안 그러면 개인 변호사한테 의뢰해서 감옥살이 시킬 거예요. 돈이 얼마가 들더라도 무조건 소송해서 끝장을 볼 생각이에요. 합의는 절대 안 해요."

이어서 몇 마디 덧붙였다.

"또 위협을 받을 수도 있는 상황이라 안전을 고려해서 내린 결정이에요. 제 변호사가 병원으로 출발했다고 하니 곧 도착해서 일을 처리할 거예요. 아무튼 합의는 절대 없어요."

바오이판이 의아해서 물었다.

"변호사는 언제 불렀어요?"

"아까 엑스레이 찍으러 들어갔을 때 탄쭝밍이 베이징에 있는 개인 변호사를 보내겠다고 했어요. 당신이 자꾸 떼를 쓰는 바람에 깜빡 잊고 못 전했어요."

"나보다 더 독한 사람이네. 대단하군. 맘에 들어요."

경찰은 난감해하며 상사에게 보고했다. 잠시 뒤에 변호사가 도착했다. 앤디는 변호사에게 사건 처리를 위임하는 서명을 하고 바오이판과 함께 병원을 나섰다.

앤디는 바오이판에게 솔직한 심정을 말했다.

"장담하는데 유전자 검사 결과는 일치할 거고 허원리의 유산도 전부 내가 갖게 될 거예요. 웨이 부인은 나하고 웨이궈창이 유산을 차지하려고 한통속으로 자기를 속이고 있다고 생각해요. 또 유전자 검사 결과가 불일치할 거라고 확신하고 있고요. 그래서 누군가 검사 센터 직원과 내통해서 검사 결과를 뒤바꿔 놓기라도 할까 봐 걱정돼서 이렇게 차로 들이받고 날뛰는 거예요. 검사 결과가 나와서 돈도 사람도 다 잃으면 아마 날 더 괴롭힐걸요. 그러면 난 더 위험해질 테니까 미리 강력하게 손을 쓸 수밖에 없어요. 교도소에 보내서 정신이 번쩍 들게 해야죠. 당장 교도소에 보내지 못하면 다른 방법으로라도 발을 묶어 놓고 정신을 차리게 해야 해요. 제 멋대로 헤집고 다니게 둘 순 없어요. 웨이궈창이 골칫덩이를 나한테 떠넘겼으니 그 여자한테서 날 지키려면 강하게 대처해야 해요."

앤디가 운전대를 잡았다. 바오이판의 늑골은 멀쩡했지만 자기 때문에 시퍼렇게 멍까지 든 사람을 두고 하이시로 떠날 수는 없었다. 바오이판에게는 전화위복의 찬스였다. 그는 잠시 생각하다가 조심스럽게 말했다.

"어제 호텔에서 우릴 미행한 사람은 웨이 선생이 이 일 때문에 당신을 보호하려고 보낸 사람이거든요. 그래서 나는 이 모든 일을 웨이 선생이 배후에서 직접 조종하고 있다는 의심이 드는데…."

"그 사람한테 이제 연락 안 해요. 일이 잘 해결돼도 연락할 생각 없어요. 만에 하나 내가 그 사람과 손을 잡았다가 그 사람이 목적을 이루게 된다면 난 평생 고통에 시달릴지도 몰라요."

"웨이 선생이 분명 당신 심정을 알고 있을 거예요. 의심스러운 점이 한 가지 더 있는데, 사회적 지위도 높은 사람이 이혼을 왜 이렇게 시끄럽게 하죠? 상식적이지 않잖아요. 아무리 생각해도 웨이 선생과는 거리를 최대한 두는 게 좋겠어요. 가능하면 당분간 웨이 선생과 관련된 일에는 절대 엮이지 말아요. 물론 당신은 전혀 그럴 마음이 없어 보이지만. 웨이 선생과의 관계도 한사코 부정하려는 사람이잖아요. 그런데 지켜보고 있자니 웨이 선생이 일을 너무 그럴듯하게 잘 꾸미고 있다는 생각이 들어요."

상황을 가만히 되짚으며 곰곰이 생각하던 앤디는 갑자기 온몸에 소름이 쫙 끼쳤다.

"뭘 원하는 걸까요?"

"모르죠. 하지만 내가 관찰한 바로는 당신한테 악의가 있는 거 같지는 않아요."

"흠, 당신은 이 일에 관심 갖지 말아요. 아예 신경 꺼요. 난 그 사람 두 번 다시 보고 싶지 않아요. 그 사람만 만나면 눈앞이 캄캄해지고 세상이 싫어져요. 그 사람을 끔찍하게 증오해요."

"알았어요. 다시는 언급 안 해요."

앤디도 더 이상 얘기하지 않았다. 앤디는 유산 문제가 불거진 이후에 한 자신의 행동이 결과적으로 웨이궈창의 계획에 반응한 것이라고 생각하니 무섭고 떨렸다. 그나마 다행인 점은 그녀에게는 든든한 바오이판이 있고 지금 그가 바로 곁에 있다는 것이다. 바오이판은 늘 그녀를 '타락'의 길로 끌어들이려고 했다. 그는 앤디가 마치 자유낙하하는 물체처럼 타락하여 몸을 둘러싸고 있는 딱딱한 껍질을 깨고 자유로워지기를 바랐다. 앤디도 언젠가는 자신이 바오이판처럼 능청스러운 사람이 될 수 있으리라고 막연히 믿고 있었다.

바오이판이 앤디에게 물었다.

"내가 당신을 왜 사랑하는지 안 물어봐요?"

"아, 물어봐야 해요?"

"오 마이 갓, 또 쓸데없는 소릴 했군."

"전 애인들은 다 물어보던가요? 미안하지만 궁금해서요."

"당신 빼고는 다요."

바오이판은 이렇게 말하며 속으로는 그녀의 당당한 자신감에 감탄했다. 더구나 서른을 넘긴 여자가 그녀처럼 자신감이 넘치는 경우는 흔치 않았다. 탄쭝밍은 앤디에게 전화를 걸어 웨이 부인의 소식을 전했다. 웨이 부인은 이미 경찰에 인계되었고 경찰에서 사건을 처리하는 중이라고 했다. 아마 풀려나지 못하고 처벌을 받게 될 거라고 일러주었다.

앤디는 이상한 느낌이 들어서 탄쭝밍에게 물었다.

"일이 너무 순조롭게 처리되는 거 같지 않아?"

"그러게 말이야. 넌 신경 쓰지 말고 있어. 언제 돌아와?"

"바오이판이 좀 다쳐서 이 사람 동료한테 데려다줘야 해."

"변명하긴. 가벼운 타박상이라던데."

앤디는 태연하게 말하다가 탄쭝밍의 한마디에 웃음이 터져 버렸다. 아니나 다를까 옆에 있는 바오이판은 당장이라도 산에 올라가서 호랑이를 때려잡을 수 있을 만큼 팔팔했다.

"내일 아침 정시에 출근할게."

탄쭝밍은 "치." 하며 피식 웃고는 가타부타 말하지 않았다. 앤디는 뜨끔해서 얼굴이 목까지 빨개졌다. 앤디가 지금껏 지켜온 마지막 자존심 같은 절제력이 흔들렸기 때문이다. 그녀는 바오이판의 바람대로 완벽하게 타락하고 있었다. 바오이판은 탄쭝밍이 무슨 말을 했는지는 알 수 없었지만 앤디의 입에서 '내일 아침' 이라는 네 글자가 나오자 씩 웃음을 지었다. 그는 앤디에게 미처 말을 꺼내지는 못하고 밤새도록 그녀를 어떻게 붙잡아 둘지 혼자 머리를 굴리고 있던 참이었다. 앤디의 얼굴은 더욱 새빨개졌다. 무안해진 앤디는 고속도로를 달리고 있었음에도 이를 악물며 손을 뻗어 바오이판을 꼬집었다. 그는 비명을 지르며 버둥거렸지만 스스로 자초한 일이라 당해도 쌌다.

외출했던 천자캉은 판성메이가 퇴근하기 전에 호텔로 돌아왔다. 판성메이는 온종일 서 있었던 탓에 허리는 쑤시고 등은 아프고 다리에는 쥐가 나서 금방이라도 땅바닥에 엎어질 것 같았다. 판성메이는 자신을 향해 다가오는 천자캉을 보며 바닥에서 돌멩이가 툭 튀어나와서 그의 발을 걸어 넘어뜨리기를 간절히 바랐다. 억지웃음을 지으며 그를 반갑게 맞이하기에는 너무 피곤했기 때문이다. 하지만 호텔 로비 바닥에서 돌멩이가 불쑥 솟아날 리는 없었다. 판성메이는 하는 수 없이 밝은 웃음을 쥐어짜며 천자캉을 맞이했다.

"하루 종일 근무하느라 힘들었을 텐데 미모는 여전하군요."

판성메이는 미소를 지으며 고맙다고 인사했다. 천자캉은 잠시 숨을 고르더니 천천히 말을 걸었다.

"아침저녁으로 봤지만 전혀 흐트러짐이 없네요."

판성메이는 대답하는 대신 입을 약간 오므리며 미소를 유지했다. 천자캉은 또 그녀를 잠시 주시하더니 웃으며 프런트를 떠났다. 천자캉이 귀찮았던 판성메이는 그가 모퉁이를 돌아가기도 전에 흰자위를 희번덕거렸다. 동료들이 낄낄거리며 웃었다. 한 동료가 말했다.

"우리 팀의 꽃이라고 부르던 직원이 재작년에 최고급 명품 플래그십 스토어 채용에 지원하러 갔었는데 정말 별의별 꼴을 다 당했대요. 그 숍에 굉장히 예쁜 여직원이 있었는데 쇼핑하러 온 재벌 눈에 들어서 그렇고 그런 사이가 됐다는 소문도 있어요."

또 다른 동료도 한 마디 거들었다.

"우리는 저런 부류가 여자 바꿔 가면서 여기 드나드는 거 매일 보는 사람들인데 자기네가 꼬시면 다 넘어갈 줄 아나 봐요."

판성메이는 웃기만 할 뿐 대꾸하지 않았다. 저런 부류의 사람을 선택할 때는 상대가 마음에 드는지 안 드는지는 중요하지 않다. 상대에게 재산이 얼마나 있느냐가 상대를 선택하는 조건이다. 플래그십 스토어의 그 여직원도 재벌 남자가 몇 명의 여자를 갈아치웠는지는 전혀 관심이 없었을 것이다.

어느덧 퇴근 시간이 되었다. 판성메이는 탈의실에서 옷을 갈아입고 걸어 나오면서 휴대폰을 확인했다. 당연히 왕바이촨의 연락도 와 있었다. 그러나 연락보다는 당장 그녀 앞에 나타나서 집까지 데려다 주었으면 하고 바랐다. 하루 종일 서서 일했는데 또 붐비는 지하철에 몸을 실을 생각을 하니 끔찍했다. 그녀는 일단 왕바이촨은 제쳐두고 엄마에게 먼저 전화를 걸었다. 들으나 마나 오빠 때문에 전화를 했겠지만 별일 없이 전화하는 엄마는 아니기에 반드시 다시 전화를 걸어야만 했다.

"성메이야, 다음 주 생활비를 좀 당겨서 보내다오. 돈이 필요해."

"아직 날짜가 안 됐잖아. 특별히 쓸 데라도 있어?"

"돈 좀 달라는데 뭘 그리 물어. 네 엄마잖니. 오늘 중으로 꼭 보내라. 내일 장 볼 돈도 없어."

"대체 어디에 쓸 건데?"

"아빠 약 사야지. 두통약."

두통약이라니? 판성메이는 대번에 엄마가 거짓말하고 있다는 걸 알아챘다.

"병원에서 처방한 약은? 약 이름이 뭐지? 오늘 의사가 왔어? 아니면 아빠가 병원에 갔었어? 아빠가 의사한테 머리 아프다고 말했어?"

판성메이의 엄마는 당연히 대답하지 못했다. 딸이 추궁하자 무안하고 분해서 화부터 벌컥 냈다.

"도대체 누가 엄마냐? 네가 엄마냐? 내가 돈을 어디다 쓰는지 일일이 너한테 보고해야 돼? 내일 당장 보내."

"이유를 말 안 하면 나도 못 보내. 또 밑 빠진 독에 물 붓게? 내가 재벌이야? 돈 없어."

"오늘 사돈댁에서 찾아왔다. 네 오빠랑 새언니 일을 처리하러 가는데 돈이 필요하다고 하잖니. 내가 가진 건 이번 주 생활비뿐이라 그거라도 줘서 보냈다. 감방에서 설을 쇠게 할 순 없어서. 어쨌든 사돈댁에서 가겠다고 하니 아무도 안 가는 거보다 낫지. 간 김에 소식도 전해 듣고."

"가도 소용없어. 그 돈으로는 사람도 못 쓰고 두 사람을 빼낼 수도 없어. 변호사 비용은 당연히 턱도 없지. 사돈이 그걸 모를 거 같아? 아마 경찰서 찾아가도 안 들여보낼 걸? 얼굴도 못 본다고. 사돈댁에서 돈이 필요해서 오빠 핑계를 댄 거 같은데 엄마가 덜컥 믿고 내준 거야."

"어쨌든 나하고 레이레이는 내일 먹을 게 없는데 어떡하면 좋겠냐?"

"돈 주기 전에는 그런 생각 못 했어?"

판성메이는 어쩐지 이상한 느낌이 들어서 고개를 돌려 보니 하얗게 반짝거리는 승용차가 그녀의 곁을 천천히 지나가고 있었다. 열린 차창으로 운전석에 앉은 천자캉이 보였다. 그는 판성메이를 향해 차에 타라는 손짓을 했다.

판성메이의 엄마는 여전히 휴대폰에 대고 큰소리를 냈다.

"나하고 레이레이는 굶게 생겼다고. 어쩔 거냐!"

엄마한테 불같이 화를 내려던 판성메이는 엄마와 천자캉 사이에서 갈등하다가 화를 속으로 삼키며 엄마의 전화를 뚝 끊어 버렸다. 이미 퇴근한 몸이었지만 천자캉은 호텔의 고객이므로 평소처럼 밝은 미소로 손을 흔들며 걸음을 옮겼다. 천자캉은 그녀가 통화를 끝내는 걸 보고는 바로 큰소리로 말했다.

"딴 뜻은 없어요. 가는 길에 바래다줄게요. 종일 근무해서 피곤한데 고생스럽게 걷지 말고 타요."

"고맙지만 지하철이 훨씬 빨라요."

판성메이는 근처에 있는 지하철역 표지를 손으로 가리키며 방향을 틀었다. 천자캉이 어떤 사람인지 모르기도 하거니와 그가 판성메이의 이름을 어떻게 알았는지도 모호해서 그를 피했다. 더욱이 그녀에게는 직장 동료나 업무와 관계된 사람과는 연애를 하지 않는다는 자기만의 원칙이 있었고 지금껏 이를 잘 지켜 왔다.

천자캉은 거절하는 판성메이에게 낙담하면서도 한마디 더 건넸다.

"다음 기회를 기약할게요."

판성메이는 미소를 머금고 손을 흔들며 인사했다. 천자캉이 저만치 가서 보이지 않자 그녀의 표정은 다시 굳어졌다. 그녀는 돈을 달라는 엄마 때문에 고민이 깊어졌다. 때마침 왕바이촨에게 전화가 와서 엄마와 나눈 대화를 속속들이 늘어놓았다. 왕바이촨은 판성메이의 얘기를 듣자마자 여지를 주면 안 된다고 판단했다. 여지를 주기 시작하면 그다음에도 계속 돈을 요구할 것이고 그렇게 되면 판성메이 집안은 또다시 밑 빠진 독이 되고 만다. 하지만 상대는 그녀의 어머니였다. 만약 판성메이가 정말로 독하게 마음을 먹더라도 괴로운 심정을 왕바이촨에게 완전히 털어놓을 수는 없을 것이다. 왕바이촨은 뭐라 대답해야 좋을지 몰라서 난처했다.

판성메이는 그러한 왕바이촨의 심정을 읽었는지 먼저 말을 꺼냈다.

"한 번 주면 계속 줘야 한다고 말하고 싶지? 나도 알아. 엄마한테 희망을 주면 안 된다는 거. 그런데 당장 내일 먹을 게 없다고 하잖아. 너도 알다시피 엄마가 오빠 때문에 주변 사람들한테 늘 빚지고 다녀서 이제는 친척들도 전부 슬슬 도망 다녀. 굶어서 퀭한 눈으로 친척

집에 또 돈을 꾸러 가도 아마 다들 빌려주지 않으려고 할 거야. 그러면 정말 쫄쫄 굶게 돼."

왕바이촨은 말하기가 무척 곤란했다.

"그러면 내가 고향 친구한테 부탁해서 아침에 먹을거리를 집으로 좀 보내라고 할까? 딱 먹을 거만 보내면 일단 기본적인 문제는 해결되잖아."

판성메이는 왕바이촨의 제안이 마음에 들었다. 하지만 다시 생각해 보니 좋은 방법이 아닌 것 같았다.

"만약 이번 일로 내가 엄마를 굶기지는 않는다는 걸 엄마도 알면 앞으로 내가 보내는 생활비는 싹 다 오빠한테 줘 버릴 거야. 그러고는 또 먹을 게 없다고 나한테 손 벌릴 거고. 엄마는 아들을 위해서라면 당신은 기본 먹을거리만으로 생활할 수 있다고 여기는 사람이야. 아빠하고는 생각이 좀 달라."

"그래도 굶길 수는 없잖아. 날씨도 추운데 배곯으면 안 되지. 어린 애도 있는데…."

왕바이촨은 이렇게밖에 말할 수 없었다.

"바이촨, 네 도움이 필요해. 그 아이디어도 나쁘지 않지만 해결 방법은 아닌 거 같아. 오늘 너무 피곤해서 서 있기도 힘들다. 다른 더 좋은 방법이 있는지 생각좀 해 봐."

"처음엔 이런 생각도 했어. 만약에 매주 500위안씩 보낸다면, 일단 100위안만 지금 먼저 보내고 다음 주에 원래 송금 날짜가 되면 나머지 400위안을 보내는 방법 말이야. 그런데 다시 생각해 보니까 그건 네가 세운 원칙을 깨는 일이기도 하고 엄마가 언제든 그런 식으로 돈을 타내면 된다고 생각할 수도 있어서 안 되겠더라. 정말 딜레마야."

"하나 마나 한 소리는 관둬. 난 그런 생각 안 해 봤을 거 같아? 다른 방법을 찾아봐."

왕바이촨은 계속 머리를 굴리다가 어물어물 말했다.

"만약에 말이야, 이건 진짜 만약인데, 엄마가 날마다 하루 치 쌀을 사진 않을 거 아냐. 당연히 1포대씩 사서 매일 조금씩 나눠 먹을 테니 쌀은 웬만큼 남아 있지 않을까? 이번 주는 충분히 먹을 수 있을 거 같은데."

"허튼소리 그만 해. 차라리 집에 돌아다니는 허리띠나 구두를 삶아 먹으라고 해. 책상 다리를 뜯어 먹으라고 하든가. 피곤해서 죽을 거 같은데 넌 왜 늘 옆에 없는 거니? 필요할 때 왜 만날 수가 없냐고."

판성메이는 짜증이 폭발해서 매정하게 전화를 끊어 버렸다. 맞은편 지하철역에는 사람들이 바글바글했다. 그녀는 끝이 보이지 않는 인파 속에서 남자들과 힘겨루기를 하며 겨우 지하철을 탔다.

두 번째로 진입하는 지하철에 가까스로 비집고 들어간 판성메이는 근심스러운 표정으로 줄곧 한 가지 생각만 했다. 엄마한테 당장 돈을 보내야 할지 다음 주에 보내도 될지, 그녀의 고민은 끝이 나지 않았다. 그녀는 엄마가 죽도록 미웠다. 집안에서 유일하게 돈을 버는 자신을 번번이 착취하는 엄마가 못 견디게 미웠다. 평생 사고만 치고 다니는 오빠도 증오했다. 필요할 때 곁에 없는 왕바이촨은 더더욱 미웠다. 아무런 도움도 되지 않는 남자 친구는 있으나 마나였다.

판성메이는 집으로 가는 내내 왕바이촨 생각에 화가 났다. 생각할수록 화는 더 끓었고 지하철을 내릴 즈음에는 이미 화가 머리끝까지 치밀어 올라 폭발하기 직전이었다. 그렇다면 엄마는? 굶어 죽어도 어쩔 수 없다고 생각했다.

오후 진료를 보던 자오치핑은 시계를 보지 않고도 퇴근 시간이 임박했음을 예상했다. 바글거리던 환자가 뜸해졌고 덩달아 왁자지껄하던 복도 분위기가 제법 차분해졌기 때문이다. 그는 다음 환자의 진료 차트 위에 적힌 이름을 보자 갑자기 얼음처럼 굳어졌다. 아니나 다를까 취샤오샤오가 웃을 듯 말 듯 오묘한 표정으로 옆에 앉아 있었다. 그가 물었다.

"또 발을 삐끗했어?"

자오치핑은 눈동자를 빠르게 움직이는 취샤오샤오를 보니 예감이 좋지 않았다.

취샤오샤오가 가까이 다가와서 말했다.

"지난번 일 이후로 날 안 만나려는 거 같아서 찾아왔어. 물어볼 게 있어. 같이 저녁 먹자."

자오치핑은 취샤오샤오를 잠시 응시하다가 말했다.

"주차장에서 기다려."

취샤오샤오는 진료 차트를 집어 들고 의기양양하게 익살맞은 표정을 짓더니 허리를 비틀며 나풀나풀 걸어서 진료실을 나갔다. 자오치핑은 취샤오샤오의 행동 하나하나를 차분하게 지켜봤다. 그는 취샤오샤오가 왜 이랬다저랬다 자꾸 변덕을 부리는지 갈피가 잡히지 않았다. 주차장에 도착한 취샤오샤오는 휴대폰을 꺼내 얼짱 각도로 셀카 1장을 찍었다. 그러고는 곧바로 '다시 태어나면 일은 안 하고 싶다. 어쩌지?' 라는 멘트와 함께 방금 찍은 사진을 웨이보에 올렸다.

잠시 뒤에 자오치핑이 퇴근해서 주차장으로 왔다. 그는 휴대폰을 손에 들고 차에 타며 취샤오샤오에게 방금 올린 사진과 글이 무슨 의미인지 물었다. 그녀는 차문을 딸깍 잠그고 나른한 몸짓으로 좌석에 기대며 말했다.

"뭐냐면, 오빠가 너무 그리워서 꼭 봐야겠다는 뜻이야. 오늘 하루만 내연남이 돼 줘."

자오치핑은 어둠 속에서 취샤오샤오의 얼굴을 봤다. 자신을 보는 그녀의 알 수 없는 눈빛에서 그녀의 말이 진심이 아님을 알 수 있었다.

"여자들은 그런 경우에 내연남이라고 부르는 모양인데 남자들은 보통 날강도라고 불러. 알아?"

취샤오샤오는 자오치핑에게 바싹 다가가서 그의 귓가에 대고 가볍게 입김을 불었다.

"그럼 왜 아직 안 훔쳐? 행동으로 보여줘 봐."

"난 너랑 친구로 지내고 싶어. 넌 사랑스럽고 알수록 독특한 매력도 있어. 하지만 구차해지긴 싫다. 내 말 이해했어?"

"오빠는 왜 맨날 내가 못 알아들을까 봐 걱정해? 공자 왈 맹자 왈 할 때나 어리벙벙했지, 그 외에는 오빠가 하는 말 다 알아들었어. 얄미워, 진짜."

취샤오샤오는 말을 마치자마자 자오치핑의 목을 깨물었다. 자오치핑은 당황하지 않고 태연하게 말했다.

"너 경동맥 물었어."

취샤오샤오의 수법이 먹히지 않았다. 그녀는 이러지도 저러지도 못하고 눈치를 보다가 화들짝 놀랐다. 자오치핑이 그녀의 휴대폰을 만지작거리고 있었던 것이다. 언제인지도 모르게 그의 손에 들려 있었다. 자오치핑은 무심코 찍은 것처럼 보이게 두 사람이 함께 있는 사진을 찍었다.

"잘 나왔네. 너 이거 웨이보에 올릴 수 있어?"

취샤오샤오는 곧장 "못 할 거 없지."라고 대답하고 싶었지만 금방 현실을 깨달았다. 류신화는 부모님의 사업상 친구의 아들이므로 충격을 줄 수 없었다. 또 그녀를 좋아하는 류신화를 자극하고 싶지도 않았다. 그녀는 휴대폰을 빼앗아 사진을 지워버렸다. 자오치핑은 체념한 듯이 말했다.

"이래서 구차하다는 거야."

취샤오샤오는 자오치핑의 말투에 기분이 상했다. 갑자기 자신을 깔봤던 쉬 엔지니어도 생각났다. 따져 보니 자오치핑과 그 여자는 같은 부류였다.

"나보다 책 몇 권 더 읽었다고 날 무식한 사람 취급하지 마. 구차하다는 게 무슨 뜻인지도 알고 오빠가 구차해지기 싫어하는 것도 벌써 알고 있어. 그래서 사귀던 애랑은 완전히 끝냈어. 1주일 동안 부모님을 설득해서 깔끔하게 정리된 다음에 오빠한테 찾아온 거라고. 내가 무책임한 사람이라고 생각해? 그래서 이런 식으로 대하는 거야? 꺼져. 꼴 보기 싫어. 이제 다시는 이렇게 찾아오는 구질구질한 짓 안 해."

자오치핑은 취샤오샤오를 가만히 바라보며 그녀가 마음을 진정시킬 때까지 차분히 기다렸다가 다시 말을 꺼냈다.

"너 방금 나더러 내연남이 돼달라고…."

"똑똑한 척하더니 상황 판단이 그렇게 안 돼? 농담도 몰라? 안 꺼져? 그럼 내가 갈게."

"넌 네가 얼마나 매력적인지 모르지. 널 만나면 난 바보가 돼버려서 네 말이 진심인지 거짓인지 판단이 안 서. 잠깐만. 병원 전화야."

취샤오샤오는 자오치핑이 진지한 표정으로 전화를 받자 곧바로 입을 다물었다. 그리고 자오치핑의 달콤한 말 한마디에 돌연 나긋나긋해져서 얌전하게 자오치핑의 대화를 듣고 있었다. 잠시 후에 자오치핑을 전화를 끊으며 다급하게 말했다.

"VIP 병실에 일이 생겼어. 먼저 집에 가. 일찍 끝나면 집으로 갈게."

"이대로 가라고?"

취샤오샤오는 문고리를 잡고 있는 자오치핑의 손을 보았다. 자오치핑은 잠시 멈칫하다가 의미심장한 미소를 지으며 차문을 열고 내렸다. 취샤오샤오는 또다시 깊은 혼란에 빠졌다. 자오치핑이 이미 자기한테 확실히 넘어왔다고 생각했는데 안타깝게도 그는 자신의 생각이 확고했다. 그녀는 자오치핑에 대한 자신감을 잃었다. 자오치핑의 의미심장한 웃음의 의미도 알 수 없었다.

풀이 죽어서 집으로 돌아온 취샤오샤오는 아파트 복도 불빛에 비친 2203호의 문이 쓸쓸해 보였다. 울적한 기분에 2202호의 문을 두드렸다. 뜻밖에도 문을 열어 준 사람은 판성메이였다. 2202호의 대장 격인 판성메이가 문을 연 건 곧 추잉잉과 관쥐얼이 집에 없다는 뜻이었다. 취샤오샤오는 언짢은 기분으로 판성메이와 말하기 싫어서 투덜거리며 그대로 자기 집으로 가버렸다.

판성메이도 입을 꾹 다물었다. 그녀의 기분도 엉망진창이어서 취샤오샤오가 몸을 홱 돌려서 가자 이내 문을 쾅 닫았다. 취샤오샤오는 등 뒤로 가차 없이 문을 닫는 소리가 울리자 순식간에 고개를 돌려서 2202호 문을 노려봤다. 당장 달려가서 문을 부수고 싶은 충동이 일었지만 꾹 참았다. 다툼을 일으키기 싫어서가 아니라 지금 2202층에 당사자 두 사람 외에 편들어 줄 사람이 없었기 때문이다.

판성메이는 문밖에서 일어나는 일에 관심이 없었다. 마음이 어수선해서 다른 일에 신경을 쓸 상황이 아니었다. 그녀는 부모님이 어떻게 살든지 모른 척하려고 독하게 마음먹었다. 그런데 눈썹을 다듬느라 온 신경을 집중하면서도 내일 굶을지도 모르는 가족 얼굴이 문득문득 떠올랐다. 판성메이는 모질게 참았다. 마음이 초조하고 불안하니 왕바이촨 생각이 가장 먼저 났다. 그녀는 왕바이촨에게 전화를 걸어서 무뚝뚝하게 "여보세요." 하고 말했다. 왕바이촨은 판성메이의 목소리에 놀라서 가슴이 두근거렸지만 이내 그녀의 폭격을 대비해서 심신을 가다듬었다. 왕바이촨이 기어드는 목소리로 물었다.

"엄마한테 소식 있어?"

판성메이는 휴대폰을 통해 들리는 사람 소리와 음악 소리를 예민하게 감지했다.

"또 밖이야?"

왕바이촨은 황급히 대답했다.

"접대 중이야. 성메이, 네가 어떤 결정을 하든지 난 무조건 네 편이야."

"듣기는 좋은데 도움은 전혀 안 돼. 내가 어떡하면 좋겠냐고!!"

"성메이, 지금 옆에 고객이 계셔서 좋은 방법이 안 떠오른다. 내가 이 분들 가시고 나면 바로 연락할게. 알았지? 생각할 시간을 좀 줘."

"확실한 방법을 알려 달라고!"

"알았어, 꼭 알려 줄게."

왕바이촨의 고객은 그와 오랜 친구 사이여서 쩔쩔매는 그의 안색을 보고 무슨 일인지 물었다. 왕바이촨은 친구에게 그간의 상황을 구구절절 설명했다. 이야기를 다 들은 친구는 웃음을 터뜨렸다.

"여자 친구는 이미 한 푼도 안 줄 결심을 했는데 네가 눈치를 못 채고 있는 거야. 이런 일은 이유가 아무리 정당해도 떳떳하게 행동하기가 쉽지 않잖아. 여자 친구도 맘이 안 편하겠지. 그래서 네가 돈을 보내지 말라고 말해주기를 기다리고 있는 거야. 네가 대신 총대를 메주기를 바라고 있다고… 하하, 난 암말도 안 한 걸로 쳐."

왕바이촨은 그제야 머리를 한 대 맞은 것처럼 깨우쳤다. 판성메이가 그에게 지나치게 화를 낸 이유는 결국 그가 부모님을 대신 책임져 주기를 바랐기 때문이었다. 왕바이촨은 자기도 모르게 몸서리가 났다.

"그랬다가 만약에 변고라도 생기면 날 얼마나 원망하겠어. 어머니와 조카는 밖에 나가서 어떻게든 끼니를 때울 수 있겠지만 뇌졸중으로 쓰러져 계신 아버지가 걱정이지. 아버지까지 고생시킬 순 없잖아."

친구는 안쓰럽게 왕바이촨을 보았지만 긴말하지는 않았다.

"두 사람, 많이 사랑하나 봐."

왕바이촨은 친구의 말이 무슨 의미인지 알았다. 왕바이촨의 눈에는 판성메이밖에 보이지 않는다는 뜻이었다. 왕바이촨이 판성메이 집안의 짐을 다 짊어질 수는 있지만, 문제는 그것만으로 판성메이를 만족시킬 수 없다는 거였다. 그는 당연히 판성메이를 사랑하지만 판성메이의 마음은 그도 확신할 수 없었다. 우울해진 왕바이촨은 혼자 술을 따르자 친구가 위로의 뜻으로 술잔을 부딪쳤다. 두 사람은 단숨에 술잔을 비웠다.

"예뻐?"

"예쁘지, 고등학교 때 짝사랑이야."

"순정남이구나."

왕바이촨은 길게 한숨을 쉬었다. 그리고 판성메이와 다시 만나게 된 날부터 죽 기억을 되돌려 보았다. 문득 혼자 일방적인 사랑을 하는 것 같은 쓸쓸한 기분이 들었다. 그는 내일 샘플이 나오면 고향으로 가서 바오이판에게 테스트용 샘플을 건넬 예정이다. 원래는 내일 갔다가 늦어도 당일에 다시 하이시로 돌아올 계획이었다. 판성메이를 생각하면 한시도 오래 떨어져 있기 싫었기 때문이다. 그런데 어쩐지 지금은 그런 마음이 약간 시들해졌다. 또 판성메이가 자신을 달가워하지 않을까 봐 두렵기도 했다. 당연히 그럴 것 같았다.

고객과의 식사가 끝났지만 왕바이촨은 판성메이에게 전화를 걸지 못했다. 취기가 살짝 돌아서 술김에 왕바이촨의 친구인 척하면서 판성메이에게 메시지를 보냈다.

'형수님, 바이촨 형님이 취해서 쓰러졌는데 저더러 대신 미안하다고 전해달라고 하십니다. 한번만 봐 주십시오. 남자들이 원래 그렇습니다. 하마터면 오늘 저희도 나가떨어질 뻔했습니다. 오늘은 기다리지 마시고 먼저 주무십시오.'

판성메이는 왕바이촨의 메시지를 받고 분통이 터져서 그에게 다시 전화를 걸었다. 그의 휴대폰은 이미 전원이 꺼져 있었다. 그녀는 분풀이를 할 데가 없어서 애꿎은 휴대폰을 내동댕이치다가 독기를 품고 전원을 꺼 버렸다. 하지만 그래 봤자 소용없는 일이었다. 어차피 현재로서는 그에게 기대할 게 없었기 때문이다.

22층에는 판성메이처럼 울화통을 터뜨리고 있는 사람이 1명 더 있었다. 바로 취샤오샤오였다. 자오치핑은 그녀에게 전화를 걸어 VIP 병실에 발이 묶였다며 꼼짝없이 밤새도록 환자의 곁을 지켜야 한다고 했다. 취샤오샤오는 뜻밖에도 그녀가 찜한 남자한테 바람을 맞고 말았다.

다음 날, 판성메이는 엄마 통장으로 송금하지 않았다. 이번에는 아예 귀머거리가 되기로 작정하고 출근할 때도 휴대폰을 켜지 않았다. 아무 소식도 듣지 않으니 마음은 편했다.

판성메이의 엄마는 딸에게 종일 몇 통이나 전화를 걸었지만 판성메이는 통화 기록만 확인할 뿐 전화를 받지도 다시 걸지도 않았다. 휴대폰을 꺼 둔 사이에 왕바이촨도 전화를 걸었다. 판성메이는 휴대폰 화면에 통화 기록으로 남은 왕바이촨을 이름을 보자 화가 솟구쳤다. 당연히 그에게도 연락하지 않았다. 왕바이촨은 전화를 받지 않는 판성메이에게 메시지를 남겼다. 샘플을 보냈으니 테스트 결과가 나오면 집에 갈 수 있다고 했다. 판성메이는 답장을 보내지 않았다. 그녀는 퇴근한 후에도 여전히 휴대폰을 켜지 않았다.

판성메이는 퇴근 직전에 또 천자캉을 만났다. 천자캉은 말쑥한 차림의 남자 몇 명과 함께 호텔로 들어왔다. 그는 일행을 두고 일부러 판성메이에게 와서 인사하지는 않았다. 그 대신 멀리서 그녀를 향해 손을 흔들며 알은척했다. 그 모습이 무척 자상해 보였다.

자오치핑도 천자캉 못지않게 자상했다. 자오치핑은 취샤오샤오의 퇴근 시간에 맞춰서 메시지를 보냈다. 이틀 밤을 꼬박 새고 퇴근한 탓에 몰골이 말이 아니라서 택시를 타고 바로 집으로 왔고 지금 잘 준비를 하고 있다고 했다. 취샤오샤오는 자오치핑한테 도대체 무슨 꿍꿍이속이 있는지 갈피가 잡히지 않아서 일단 조용히 지켜보며 참기로 했다.

판성메이는 하루가 지나고 그다음 날이 되어서야 퇴근 무렵에 휴대폰을 켰다. 뜻밖에도 고향집 맞은편에 사는 이웃의 부재중 전화 기록이 있었다. 판성메이는 전에 그 이웃에게 찾아가서 어려운 집안 사정을 눈물로 하소연하며 가족을 돌봐 달라고 부탁한 적이 있었다. 그리고 혹시라도 집에 갑작스러운 일이 생기면 자기한테 꼭 연락을 달라고 당부하기도 했었다. 그랬는데 이웃이 전화를 한 것이었다. 판성메이는 놀라서 다급히 이웃에게 전화를 걸었다. 이웃이 말하기를 그녀의 엄마가 이 추운 날씨에 어린 레이레이를 데리고 동네 어귀에서 구걸을 하고 있다고 했다. 돈을 빌리지 않고 먹을거리를 얻으러 다니고 있다는 말이었다. 밥은 금방 얻었고 반찬을 얻으러 다니는 중인데 노인과 어린애가 동냥밥으로 연명하는 모습이 불쌍해 죽겠다고 했다.

판성메이는 이웃의 말에 눈물이 주르르 흘렀다. 이웃이 판성메이를 나무라지는 않았지만 판성메이는 꾸지람을 듣고 있는 듯했다.

"아주머니, 죄송하지만 저희 집에 음식 좀 가져다주시면 안 될까요? 부탁드려요. 딱 한 끼만 도와주세요. 돈은 친구한테 부탁해서 바로 보내드릴게요."

이웃이 말했다.

"얘야, 내가 도와주기 싫어서 이러는 게 아니란다. 너희 집 일을 돌봐 주는 친척이 동냥밥은 못 먹겠다고 하면서 어제부터 오질 않아. 그런데 내가 가면 너희 엄마가 나더러 도와 달라고 부탁할 텐데 매정하게 뿌리칠 수도 없잖니. 너도 알다시피 너희 집에 일이 좀 많으냐. 내가 한번 나서면 너희 엄마가 날마다 우리 집 문을 두드릴 텐데 그러면 내가 공짜로 식모살이밖에 더 하겠니. 미안하지만 방금 들은 부탁은 거절하마. 너희 집에 큰일이 생겼다고 알려주려고 전화한 거뿐이야. 전에 약속했으니까."

판성메이도 현실을 알기에 한숨만 나왔다. 그녀는 이웃에게 고맙다고 인사를 전하며 방법을 찾아보겠다고 했다. 판성메이는 어쩔 수 없이 또 왕바이촨에게 전화를 걸었다.

때마침 왕바이촨은 바오이판을 만난 뒤에 하이시로 돌아가는 기차에 막 올라탔다. 저녁에 출발해서 아침에 도착하는 기차를 타고 잠을 자면서 가면 돈을 아낄 수 있었다. 왕바이촨은 천천히 역을 빠져나가는 기차 소음 속에서 판성메이의 전화를 받았다. 웬일인지 마치 큰 고비를 넘은 것처럼 마음이 가벼웠다. 그는 판성메이가 입을 열기 전에 앞질러 말했다.

"성메이, 오늘 계속 전화했는데 통화가 안 되더라. 어머니한테 소식 있었어? 네가 말을 안 해서 너희 집에 가보진 못했어. 혹시 네 계획을 망칠까 봐."

"어디야? 아직 고향이면 우리 집에 좀 가 봐. 엄마가 이틀째 레이레이를 데리고 구걸하고 있대."

왕바이촨은 기가 막혀서 입이 딱 벌어졌다.

"나… 지금 기차타고 가는 중이야."

그는 마음이 불편했다. 기차를 타지 않고 비행기를 탔더라면 아직 이륙하기 전이라서 돌아가는 일정을 미루고 판성메이 집의 밑 빠진 독부터 해결할 수 있었기 때문이다.

"너… 넌 왜 늘…."

"화내지 말고 진정해. 방법을 찾아볼게."

"친구한테 음식이랑 생필품 좀 갖다 주라고 해. 이렇게 추운 날… 흑흑…."

판성메이가 울음을 터트리자 왕바이촨은 마음이 약해졌다.

"울지 마. 당장 친구한테 연락할 테니까 울지 말고 기다려. 어머니 안 굶을 거야."

"그런데… 이러면, 또 원칙이 무너지니까…."

"괜찮아, 걱정 마. 방법이 있을 거야. 네가 시킨 일이란 걸 어머니가 절대로 모르게 할게."

왕바이촨은 판성메이와 통화를 마치고 한참을 안절부절못하다가 마침내 방법을 생각해 냈다. 그는 인상이 흉악한 한 친구한테 연락해서 쌀 5키로와 돼지고기 몇 근을 사서 판성메이 집에 갖다 주라고 부탁했다. 그 정도 양이면 예정된 송금일인 일요일까지 충분히 먹을 수 있을 것 같았다. 그는 친구한테 부탁하면서 몇 가지 상황을 꾸미고 말을 맞췄다. 일단 판성메이의 집에 찾아가서 거칠게 문을 두드린 뒤에 동네 어귀에서 구걸하던 노인과 어린애 집이 맞는지 물어보라고 했다. 그래서 집을 제대로 찾았으면 대문 앞에 먹을 것을 두고 오면 된다고 했다. 왕바이촨은 음식을 두고 올 때 덧붙일 말도 친구에게 가르쳐 주었다. '당신 자식들은 부모가 죽는지 사는지 관심도 없소?' 하고 한마디 하고 바로 자리를 뜨라고 시켰다. 단 절대로 집안에 들어가서 차를 마시거나 연락처를 남기면 안 된다고 단단히 일렀다. 어떤 흔적도 남기지 말고 무슨 일이 있어도 판성메이가 시킨 일인지 모르게 하라고 신신당부했다.

왕바이촨은 임무를 완수했다는 친구의 연락을 받을 때까지 넋이 나간 사람처럼 멍하니 있었다. 판성메이의 집에서는 그야말로 상상을 뛰어 넘는 기가 막힌 일들이 벌어지고 있었다. 판성메이의 엄마는 자기가 쓸 돈은 한 푼도 남기지 않고 모조리 아들에게 준 뒤에 자신은 엄동설한에 밥을 구걸하러 다녔다. 이게 상식적으로 있을 수나 있는 일인지. 왕바이촨은 앞으로 또 무슨 일이 더 벌어질지 아득하기만 했다. 더욱이 판성메이의 오빠가 사태를 수습한 뒤에 집으로 돌아와서 부모와 함께 지내면 얼마나 더 엄청난 사건들이 터질지 알 수 없었다. 왕바이촨은 생각만 해도 등골이 오싹했다.

취샤오샤오는 자오치핑을 기다리는 밤이 길고 지루하기만 해서 친구들과 술집에서 시간을 보냈다. 그런데 공교롭게도 그곳에서 이복 오빠를 만났다. 그는 친구들 한 무리와 스페셜 룸에서 술을 마시며 놀고 있었다. 취샤오샤오가 오빠를 계속 주시하자 속사정을 모르는 그녀의 친구가 마음에 드는 남자냐고 물었다. 취샤오샤오는 도리어 친구들에게 그의 정체를 아는 사람이 있는지 되물었다. 친구들은 인맥도 넓고 수완도 좋아서 친구의 친구를 통해 묻다 보니 결국 이복 오빠와 한 테이블에 있는 친구에게까지 수소문하게 되었다. 그러나 돌아온 대답은 전혀 뜻밖의 소식이어서 취샤오샤오를 까무러치게 했다. 취샤오샤오의 아빠가 얼마 전에 그녀에게는 비밀로 하고 수익도 내지 못하는 오빠에게 투자 자금 800만 위안을 내주었다는 뉴스였다. 두 사람의 관계를 모르는 친구들이 취샤오샤오와 그녀의 오빠를 연결해 주려고 호들갑을 떨자 취샤오샤오가 벌컥 화를 내며 말했다.

"우리 아빠 전처의 아들이야."

친구들은 하나같이 놀라워하다가 이내 상황을 파악한 듯이 고개를 끄덕였다. 한 친구가 말했다.

"아들? 아무튼 아들이 문제야. 우리 아빠는 어릴 때부터 날 가장 예뻐했거든. 그런데 회사를 자식한테 물려줄 때가 되니까 아들 쪽으로 마음이 확 기울어서 모든 권리를 아들한테만 주고 난 찬밥 신세가 된 거야. 그래 놓고는 말끝마다 날 가장 사랑한다고 하니까 오빠는 내가 자기 몰래 뭘 엄청 챙긴 줄 알고 여태 나한테 못되게 굴어. 완전 열 받지. 솔직히 내가 집에서 가져다 쓰는 돈은 얼마 되지도 않거든. 회사 지분이 있어야 실속을 차릴 수 있는데 오빠가 나보다 훨씬 많이 갖고 있어."

취샤오샤오도 답답해서 한마디 했다.

"우리 집만 그런 게 아니네?"

"집집마다 그래. 아버지가 오랜 세월 일궈 온 회사잖아. 긴 세월 동안 딸은 아예 안중에도 없었을 거야. 아들만 미덥고 딸은 못미덥다고 생각하셨을 테니까. 아들이 낳은 손자는 아버지랑 성씨가 같지만 딸은 외손자라서 성씨가 다르잖아. 그런 이유겠지."

또 다른 친구가 물었다.

"너 구멍가게는 아직도 하고 있어? 아빠가 자본금 더 안 주셔?"

취샤오샤오의 아픈 곳을 찌른 질문이었다. 그녀는 벌떡 일어서며 말했다.

"나 갈래. 아빠한테 따지러 갈 거야. 미쳤어, 정말."

취샤오샤오는 옷을 들고 밖으로 나와서 찬바람을 쐬니 정신이 맑아지는 것 같았다. 그녀는 택시를 잡아타고 가면서 집에 전화를 걸었다.

"엄마, 아빠 계셔? 아빠 만나러 가는 중인데."

"무슨 일이야? 아빠랑 또 싸우게? 접대가 있어서 나가셨어."

"아빠가 또 전처 아들한테 자본금을 800만 위안이나 줬대. 엄마도 알았어?"

"뭐라고? 넌 누구한테 들었니? 난 모르는 일인데."

"그 아들의 친구가 말해 줬어. 아빠가 돈을 줬다고 자기 입으로 떠들고 다녔대. 방금 들었어. 어떻게 된 일이야? 아빠는 어쩜 이렇게 자식을 차별해? 재산은 엄마 아빠 공동 소유인데 왜 아빠 마음대로 돈을 줘? 이건 엄마의 재산을 침해한 거 아냐?"

"사실 두 아들이 다 능력이 변변치 않잖아. 지금까지 죽 지켜봤는데 일을 제대로 배우질 못 하더라. 아빠는 걔네들을 인재로 키우고 싶은데 안 되니까 실망이 이만저만이 아니야. 돈을 아무리 투자해 봤자 또 다 날릴 텐데 아빠가 줄 리가 없어. 반면에 넌 일을 참 잘하잖니. 아빤 늘 널 칭찬한단다. 앞으로도 지금처럼 잘하면 더 큰 일도 맡기실 거야. 그러면 앞으로 수출은 네가 전담하게 돼. 그러니까 이번 일은… 당장 아빠한테 가서 시끄럽게 굴지 말고 그냥 네 집으로 가. 일단 엄마가 먼저 좀 알아보고 다시 연락하마."

"내 친구가 이미 다 알아봤다니까. 믿을 만한 정보야. 걘 확실한 정보통이거든."

"알아, 엄마도 믿고말고. 어쨌든 걱정 마. 걔네들 장부는 내가 전산

망으로 직접 확인할 수 있어. 일부러 그렇게 조치해 뒀거든. 지난번에 네가 귀띔해줘서 몰래 손써 놨어."

"뭐? 그럼 내 장부도 엄마 맘대로 다뤄?"

"버르장머리 없이 굴긴. 엄마한테 감추지 않고 회사의 인력 관리부터 경영 전반까지 다 공개하면 내가 손쓸 일이 없지. 그렇지만 두 아들 놈을 항상 경계해야 해. 그건 내가 잘 하고 있어. 어서 네 집으로 차를 돌려. 집으로 들어가."

취샤오샤오는 엄마 말대로 2203호로 돌아갔지만 마음은 여전히 불안했다. 아들과 딸, 이 둘 사이의 차별은 늘 취샤오샤오의 마음을 힘들게 했다. 그녀는 이상주의자가 아니다. 주변에서 아들과 딸을 차별하는 경우를 흔하게 봐서 현실을 잘 알고 있었다. 부모들은 대부분 가업인 회사를 자식에게 물려줄 때 으레 아들을 우선순위에 둔다. 아들만이 책임감 있게 회사를 꾸릴 수 있다고 믿는 탓이다. 딸도 자식이지만 연약한 여자라서 회사를 감당할 능력이 안 된다고 여기는 것이다.

취샤오샤오는 누가 뭐래도 두 오빠 보다는 자기가 훨씬 능력이 있다고 생각했다. 하지만 아빠가 어떤 생각을 하고 있는지는 그녀도 알 수 없었다. 사람이란 원래 편견에 빠지기 쉽고 일단 편견에 사로잡히면 이치를 따지지 않게 되는 법이니 아빠도 그럴 수 있을 것이다. 취샤오샤오는 이 순간만큼은 자오치핑이 전혀 생각나지 않았다. 그녀는 곧장 정보통 친구에게 연락해서 두 오빠와 관련된 자금 방면에 다른 소식이 더 있는지 알아봐 달라고 부탁했다. 제 밥그릇에 든 밥을 빼앗기지 않으려면 절대로 소홀히 넘길 수 없었다.

베이징에서 유전자 검사 결과가 나왔다. 3자가 모두 모여서 검사의 전 과정을 주시했고 검사 결과는 웨이 부인의 예상을 완전히 빗나갔다. 앤디와 허윈리가 혈연관계임이 명확하게 밝혀진 것이다. 반면 웨이궈창과 앤디에게는 당연히 예상했던 결과였다. 웨이궈창은 검사 결과에 따라 즉시 전문가에게 의뢰해서 유산 상속 절차에 신속히 착수했다. 지체했다가 또 번거로운 일이 생길까 봐 빨리 매듭지으려는 계획이었다.

앤디는 퇴근 후에 탄쭝밍이 소개한 변호사와 웨이궈창이 의뢰한 변호사를 같이 만나서 상속권 관련 서류에 서명을 하고 상속 절차를 빠르게 추진했다. 그녀는 베이징과 하이난(海南)에 있는 호화 주택 각 한 채와 하이시에 소재한 호화 주택을 물려받았다. 그리고 고액의 예금과 유가증권, 허윈리의 작품과 갖가지 진귀한 소장품도 함께 수령했다. 아무리 똑똑한 그녀라도 길게 죽 적힌 유산 명세 목록을 보니 머리가 어질어질했다. 목록에는 자질구레하고 잡다한 물품들도 꽤 많았다. 모두 웨이궈창이 마음만 먹으면 충분히 남들 모르게 자신이 취할 수 있는 것들이었다. 웨이 부인도 웨이궈창의 개인 소장품에는 관심을 두지 않을 테니 들킬 염려도 없었다. 그런데 웨이궈창은 일체 손을 대지 않았다. 그런 그의 속셈이 과연 무엇인지, 그녀의 관심사는 오직 그것뿐이었다. 앤디는 상속 서류에 서명을 하고 집으로 돌아가는 길에 웨이궈창의 전화를 받았다. 받고 싶지 않았지만 분명 상속과 관련된 용건일 것이므로 받아야 했다. 웨이궈창은 퉁명스럽게 "여보세요." 하는 앤디의 목소리에 전혀 개의치 않고 곧장 할 말을 꺼냈다.

"방금 변호사한테 미팅을 마쳤다고 전화 받았다. 집 세 채의 열쇠는 모두 받았지? 집문서는 명의 이전이 완료되면 줄 테니 그리 알고. 우선 집에 대해서 설명해 주마. 베이징에 있는 집은 나도 열쇠를 하나 보관하고 있다. 거기에는 허 선생의 소장품과 작품이 보관돼 있어서 내가 당분간 관리하고 있어. 물론 거기는 보안 시설이 잘 갖춰져 있어서 걱정할 건 없다만 집을 너무 오랫동안 비워 두면 위험한 일이 생길 수도 있어. 그래서 하는 말인데, 베이징에 있는 물건들을 하루라도 빨리 하이시에 있는 집으로 옮기는 게 좋겠다. 운송 관련해서는 내가 알아봐 줄 테니 옮긴 뒤에는 네가 가까이서 관리하도록 해라. 일단 하이시의 집에 한번 들러서 보안 장치가 필요한지 점검해야 할 거야. 이게 첫 번째 용건이다. 내가 도와야 하는 일이니 어떻게 할 건지 곧 확답을 다오."

"무슨 의도로 그러시는 거죠?"

"물건들을 가까이에 옮겨 두면 네가 나하고 연락할 일이 없으니 더 잘 된 일 아니냐. 네 말은 여기에 의도가 있는지 묻는 거냐?"

"네. 하이시의 열쇠도 갖고 있다가 베이징의 물건들을 다 옮기고 뒷마무리까지 끝낸 뒤에 저한테 열쇠를 주는 게 더 간편하잖아요. 저한테 일부러 연락할 필요도 없고요. 양쪽이 일을 같이 처리하다 보면 뜻이 안 맞거나 불편한 점도 생길 수도 있어요. 그러니까 말씀하신 이유는 말이 안돼요."

"하하, 일리 있는 얘기구나. 그러면 네 말대로 처리하마. 또 한 가지 용건은 교통사고 문제다. 일단은 아내는 보석으로 풀려났고 다음 심리를 기다리는 중인데, 듣자 하니 아내가 유전자 검사 결과를 인정하지 못하고 있다고 하는구나. 혹시 또 무슨 일을 벌일지도 모르니까 당분간은 몸조심하는 게 좋겠다. 그 많은 유산에서 한 푼도 못 건지게 됐으니 담담하기 쉽지 않겠지."

"물어볼 게 있어요. 웨이 부인이 허 선생님을 부양했나요? 그랬다면 얼마 동안 어떻게 모셨죠? 들어봐서 합당하면 유산의 일부를 떼

줄 수도 있어요."

"어르신은 애초에 교직원 숙소에서 생활하셨다. 찾아뵙고 돌보는 일은 나 혼자 했고, 아내한테는 먼 친척뻘이니까 부양 의무는 없었지. 어르신이 유명해지고 돈을 벌기 시작하면서부터 우리 집 근처에서 집을 얻어 사셨지만 우리 부부와 함께 살진 않으셨다. 그렇지만 작품 활동이나 경제 관리 등을 어르신 스스로 꾸리기가 여의치 않아서 내가 대신 처리하곤 했어. 나중에는 나를 따라서 베이징에 와서 정착하셨지. 아내가 어르신을 만나기 시작한 시점은 어르신이 제법 부를 이루셨을 때였고 두 사람의 사이가 좋은 편은 아니었어. 아내 일을 합리적이고 공정하게 처리하고 싶다고 하니 마음은 고맙지만 현재로서는 그럴 필요 없다. 나나 아내나 모두 먹고 살만해서 너한테 기대지 않아도 된다. 나도 분수는 아는 사람이니까. 만약에 훗날에 무슨 변고가 생기거나 편의를 봐 줄 일이 생기면 그때 오늘 네가 한 말을 기억했다가 그렇게 해다오. 사람 일은 모르는 법이지만 넌 아직 젊고 앞으로 많은 기회가 있을 거다."

앤디는 웨이궈창의 말이 핵심을 비켜 가서 겉도는 느낌이 들었다. 하지만 그녀가 꼭 묻고 싶었던 말은 이미 물어봤다. 계속 캐물으면 자신의 처지를 핑계 삼아 멋대로 행동하는 것처럼 보일까 봐 참고 마지막으로 한 가지만 더 물었다.

"웨이 부인이 절 괴롭히지 못하게 막아 줄 수 있나요? 유산 문제는 이미 정리됐고 이혼은 두 분이 알아서 할 일이잖아요. 저한테 함부로 하지 못하게 해주세요."

"나도 노력하고 있지만 아쉽게도 지금은 너무 흥분한 상태라서. 시간이 늦었는데 저녁은 먹었고?"

앤디는 웨이궈창의 관심 어린 말에 갑자기 밥맛이 뚝 떨어져서 서둘러 전화를 끊었다. 마침 신호등이 빨간불로 바뀐 틈에 물을 한 모금 마시고 나서야 마음이 진정되었다.

유산으로 받은 집 세 채의 열쇠는 모두 앤디의 수중에 있었다. 그러나 운이 없게도 하이시에 소재하는 주택이 하필이면 특이점의 집과 같은 단지였다. 거기까지 가는 길은 내비게이션을 보지 않아도 찾아갈 수 있을 정도로 훤히 안다. 앤디가 웨이궈창에게 직접 소장품을 옮기도록 한 것도 사실은 그녀가 그 동네에 가기가 두려웠던 이유가 컸다. 사랑에 서툴러서 특이점에게 상처를 줬던 그녀는 양심의 가책을 느꼈다. 그러면서도 갑작스럽게 알 수 없는 충동이 일어서 배가 고픈데도 곧장 그 호화 주택으로 향했다. 그녀는 자신이 물려받은 집이 어떻게 생겼는지 궁금해졌다. 그래서 몰래 가서 집만 보고 오기로 했다.

앤디는 그 동네에서 차를 대기 편한 곳이 어디인지도 꿰고 있었다. 이번에는 동네에서 좀 먼 곳에 대고 아파트까지 걸어갔다. 가는 길에 KFC에 들러 트위스터를 사서 먹으며 상속받은 집으로 걸음을 옮겼다. 동네 어귀에 도착했을 때 뜻밖에도 특이점에게서 전화가 왔다.

"내가 잘못 본 게 아니죠? 방금 KFC에서 나와서 단지로 들어가던데?"

"네. 거기 있었어요?"

"핫윙을 좋아해서 먹고 있었죠. 날 찾아온 거예요? 하하. 너무 꿈이 야무졌나. 바로 따라 나와서 지금 당신 뒤에 있어요."

앤디가 고개를 돌렸다. 어둠 속에서 낯익은 모습이 눈에 들어왔다. 그녀는 순간 말을 잃고 다가오는 특이점을 멍하니 보고만 있었다. 반면 특이점은 그녀를 꼼꼼히 살펴보았다. 못 본 사이에 머리가 좀 길어진 점 외에는 달라진 모습을 발견하지 못했다. 두 사람은 서로 마주보고 한참을 서 있었다. 마침내 특이점이 웃으며 말을 걸었다.

"집에 가서 커피 한 잔 할래요? 아니면 근처 카페라도?"

앤디는 그의 오해를 풀려고 아파트 출입문 카드를 급히 꺼냈다.

"방금 전에 내 명의가 된 집을 보러 왔어요."

특이점이 반색하며 말했다.

"여기로 이사와요? 축하해요. 사탕도 꼭 돌려요."

앤디는 카드를 긁고 먼저 단지 안으로 들어가서 허둥지둥 카드를 꺼내는 특이점을 기다렸다. 특이점은 주머니에서 카드를 꺼내면서 흘린 물건들을 쪼그리고 앉아서 황급히 주웠다. 그가 단지 안으로 들어오자 앤디가 물었다.

"새집으로 이사하면 이웃에 사탕을 돌려야 해요? 하이시의 풍습인가? 여기로 이사 오려는 거 아닌데. 느닷없이 내 명의로 집이 한 채 생기는 바람에 둘러보러 왔을 뿐이에요. 아…."

앤디는 말하는 순간에 퍼뜩 깨달았다. 사탕은 원래 결혼할 때 나눠주는 거였다. 꽤 오랫동안 듣지 못했던 말이어서 하마터면 까마득히 잊을 뻔했다. 생각해 보니 그가 오해할 만한 상황이었다. 잘 살고 있던 집을 두고 별안간 새 집을 구했다면 결혼 외에는 다른 이유가 없다고 여겼을 것이다.

"유산으로 받은 거예요."

순간 어리둥절하던 특이점은 이내 유산의 출처가 어디인지 알아차리고는 미소를 지었다. 앤디는 특이점에게 유산이라고 거리낌 없이 말했다. 이는 그를 신뢰하기에 할 수 있는 얘기였다. 하지만 이런 신뢰는 오히려 상대방을 쓸쓸하게 했다. 특이점은 다시 밝은 표정으로 앤디에게 말했다.

"같이 가 줄까요? 밤도 어두운데 초행이니까…."

"그래 주면 고맙지만 번거롭게 하는 거 같아서."

특이점이 웃었다.

"친구사이에 번거롭긴요. 몇 동이에요?"

허원리의 집은 단지 중앙에 위치해서 경관이 좋고 상대적으로 조용하며 면적이 꽤 큰 편이었다. 기억을 더듬어 전등 스위치를 찾았지만 끝내 못 찾았다. 어두워도 인테리어 흔적이 없는 휑한 실내가 또렷이 보였다. 집안의 분위기는 스산하고 음습했다. 앤디는 자기도 모르게 외투의 옷깃을 단단히 여미며 은근히 몸을 감싸는 한기를 차단했다. 그리고 어둠 속에서 더듬더듬 짚어 가며 실내를 둘러봤다. 앤디가 집을 살피는 동안 특이점은 꼼짝 않고 입구에서 기다리고 있었다. 앤디가 밖으로 나오자 군색하게 물었다.

"여기서 살 거예요?"

앤디가 웃으며 말했다.

"더 큰 집으로 이사해도 이 집은 팔고 다른 데로 갈 거예요."

"다행이네요. 여기로 오면 나한테 너무 잔인하잖아요. 하하. 농담이에요."

앤디도 웃었다. 두 사람은 엘리베이터가 있는 밝은 곳으로 자리를 옮겼다. 엘리베이터를 기다리며 누가 먼저랄 것도 없이 서로 묵묵히 마주 봤다. 두 사람의 표정에는 미묘한 감정이 드러났지만 둘은 미동도 하지 않았다. 엘리베이터가 도착하자 두 사람은 각자 좌우 양쪽으로 멀찍이 떨어져서 탔다. 두 사람은 멀리서도 서로 바라봤다. 그러다가 앤디가 먼저 고개를 숙이며 특이점에게서 시선을 거두었다.

두 사람은 여전히 말없이 단지를 빠져 나왔다. 거의 1미터 간격을 두고 길 양쪽으로 뚝 떨어져서 걸었다. 특이점은 앤디의 차가 있는 곳까지 바래다주었다.

"다른 사람을 당신으로 착각했던 적이 여러 번 있어요. 자세히 보고는 아닌 줄 알았지만…. 오늘도 처음에는 잘못 본 줄 알았는데 다시 만나서 반가워요."

앤디는 억지로 웃으며 얼른 차 트렁크로 가서 생수 1병을 꺼냈다. 그러고는 다시 어색한 웃음을 지으며 말없이 차에 탔다. 특이점은 앤디의 웃음을 이해했다. 앤디는 시동을 걸고 천천히 출발하며 차창에 손을 대고 작별 인사를 했다. 특이점은 떠나는 그녀를 가만히 지켜봤다.

앤디는 그 동네에서 한참을 멀리 온 뒤에야 비로소 깊은 한숨을 길게 내쉬었다. 이상하게도 몸도 가벼워진 듯했다. 마치 마음의 빚을 갚은 것처럼 홀가분했다. 사실 집을 보러 간 건 핑계에 불과했다. 핑계거리가 있었기에 마침내 두 사람의 관계를 매듭지을 수 있었다.

바오이판의 전화 1통에 그녀의 마음은 다시 동요했다. 웨이 부인이 교통사고 처리 담당자를 통해 바오이판에 관한 자료를 손에 넣었다는 소식을 전해들은 것이다. 웨이 부인은 어떻게든 꼬투리를 캐내려고 오후에 바오이판의 회사에까지 직접 전화를 걸었다고 했다. 앤디와 바오이판은 웨이 부인의 속셈이 뭔지는 모르겠지만 결코 좋은 일이 아닌 것만은 분명히 알 수 있었다.

집으로 돌아온 판성메이는 엄마 때문에 내내 마음이 쓰였다. 또 왕바이촨이 일을 잘 처리하지 못해서 행여 자기가 시킨 일인 게 탄로 날까 봐 조마조마했다. 그녀는 복도로 나가서 담배를 2개비 째 피우는데 관쥐얼이 출장에서 돌아왔다. 관쥐얼은 엘리베이터에서 짐을 들고 내리다가 판성메이가 담배를 피우는 모습을 보고 무슨 일이 생겼음을 직감했지만 묻지 않았다. 판성메이는 공교롭게도 담배를 다 피우자마자 엘리베이터에서 내리는 취샤오샤오와 부딪쳤다. 판성메이는 서둘러 담배꽁초를 버리고 방으로 들어가서 문을 꼭 닫아 버리고 싶었다. 그러나 이미 마주친 이상 취샤오샤오에게 지고 싶지 않아서 억지로 버티며 마주했다. 잔뜩 우울한 기분으로 돌아온 취샤오샤오는 판성메이를 보고도 못 본 체하며 2202호 문에다 대고 꽥 소리를 질렀다.

"귀염둥이 쥐얼, 잉잉, 나와봐!"

관쥐얼은 방에서 입을 다문 채로 웅얼거렸다.

"또 시작이네. 징그러 죽겠어."

"와, 우리 귀염둥이 집에 왔네. 보고 싶어 죽을 뻔했어."

취샤오샤오는 냉담한 판성메이를 무시하고 곧장 2202호로 들어가서 관쥐얼을 찾았다.

"쥐얼, 나 아빠한테 배신 당했어. 말 따로 행동 따로, 상상도 못한 일이야. 우리 아빠도 결국 아들이랑 딸을 편애하는 사람이었어. 신경질 나. 화딱지가 나서 죽겠다고."

"아빠가 어떻게 배신했는데? 아빠라고 부르지도 말래? 그럼 끝까지 싸워야지. 단식하고 인연도 끊어."

취샤오샤오는 말로 다 설명할 수 없어서 대충 얼버무렸다.

"그럼 그래야지. 근데 왜 모두 나만 괴로운 방법이야?"

"고육지책이란 말도 있잖아."

문밖에서 듣고 있던 판성메이는 엄마 생각에 눈이 반짝였다. 하지만 금방 아닐 거라고 부정했다. 그녀의 엄마는 고육지책 같은 방법을 생각해 냈을 리도 없고 주변에 염탐꾼 하나 둘 줄도 모르는 사람이었다.

취샤오샤오가 방 안으로 들어와서 말했다.

"그건 못 해. 내가 쓰는 고육지책은 기껏해야 아빠 귀에다 대고 목이 쉴 때까지 비명을 지르는 거뿐이거든. 출장은 어디로 갔었어? 어느 호텔에 묵었고? 접대는 받았어? 어젯밤에 너랑 놀려고 왔는데 네가 없어서 완전 슬펐어."

관쥐얼은 취샤오샤오 때문에 온몸에 닭살이 돋았다. 갑자기 밖에서 앤디의 목소리가 들렸다.

"다 있어? 샤오샤오는 왜 또 말썽부려? 성메이, 바오이판이 그러는데 돌아가자마자 왕바이촨이 가져온 샘플을 테스트할 거래. 그러니까 너무 걱정 말라고."

"와, 바이촨 오빠가 드디어 기회를 잡은 거야?"

취샤오샤오는 그제야 관쥐얼을 놓아주고 밖으로 나왔다. 그녀는 앤디에게 고맙다고 인사하는 판성메이를 깔보는 눈빛으로 말했다.

"성메이 언니는 앤디 언니가 바오 사장님이랑 사귀는 거 반대하지 않았어? 그런데 바이촨 오빠가 앤디 언니와 바오 사장님 관계를 이용해서 바오 사장님과 거래를 트려고 하는데 왜 안 말려? 사람이 어째 일관성이 없어?"

앤디가 낮게 헛기침을 했다.

"나하고 웨이웨이 관계는 이미 정리됐으니까 너희가 마음 쓰지 않아도 돼. 다들 고마워."

판성메이는 계속 취샤오샤오를 흘겨보다가 앤디의 말이 끝나자 입을 열었다.

"샤오샤오, 너 괜히 생트집 잡지 마. 안 그래도 이미 폭발하기 직전이야. 이제 인내심도 바닥났으니까 웬만하면 건드리지 마라."

앤디와 관쥐얼은 예상치 못한 판성메이의 반응에 놀랐다. 취샤오샤오도 뜨끔했다.

"건드리면 어쩔 건데? 잡아먹기라도 할 거야?"

관쥐얼이 후다닥 달려와서 취샤오샤오의 입을 틀어막았다. 앤디도 거들었다. 두 사람은 취샤오샤오를 끌고 2201호로 들어갔다.

판성메이는 차가운 눈초리로 2201호의 문이 닫히는 걸 지켜본 뒤에야 한참 전에 밟아서 껐던 담배꽁초를 집어 들고 방으로 들어갔다. 때마침 왕바이촨에게서 전화가 왔다.

왕바이촨은 친구에게 부탁해서 음식을 가져다 준 정황을 상세하게 설명했다. 교묘한 방법으로 가족을 속인 덕분에 판성메이가 몰래 시킨 일이라는 것도 들키지 않았다고 했다. 추위와 굶주림에 시달리는 엄마를 드디어 구제한 것이다. 판성메이는 왕바이촨의 정성에 감동해서 뜨거운 눈물을 펑펑 흘렸다.

"바이촨, 네가 최고야. 넌 정말 최고의 남자야. 넌 해낼 줄 알았어. 너한테 부탁하면 잘 해결될 줄 알았다고. 어쩜 그런 방법을 생각해냈어? 진작 말해주지 그랬어. 종일 얼마나 걱정했는데."

왕바이촨은 판성메이가 자신을 인정하고 칭찬하자 절로 가슴이 쫙 펴지고 답답했던 마음이 뻥 뚫리는 것 같았다.

"네 일이 곧 내 일인데 어떻게 대충 하겠어. 다행히 친구가 애쓴 덕분에 어머니도 의심하지 않으셨대. 공교롭게도 모든 게 딱 맞아떨어졌어. 네가 운이 좋아서 잘 된 거야. 하늘도 널 도왔어."

"아니야, 네 아이디어가 대박이었지. 아참, 앤디가 그러는데 바오 사장님이 최대한 빨리 샘플 테스트를 할 거래."

"다 네 덕이야. 바오 사장님이 순전히 널 봐서 기회를 주신 거니까. 이제 울지 마. 다 잘 해결됐잖아. 어머니도 이틀 굶으면서 고생하셨으니까 이제 아시겠지. 아마 다시는 무턱대고 오빠한테 돈 보내지는 않으실 거야. 네 결심도 이해하셨을 거고."

"방법을 조금만 일찍 찾았더라면…."

"어머니가 밥 얻으러 다니지 않았으면 음식 갖다 드릴 구실도 못 만들었을 거야."

"그건 그래. 이제 안심이야. 세상에, 바이촨, 넌… 아니야, 칭찬 그만해야겠다. 네가 너무 잘난체하면 곤란하니까."

왕바이촨은 차가운 눈이 온기에 사르르 녹는 듯이 온몸이 나른해지고 기운이 빠졌다. 그는 이 순간 기차를 탄 것이 후회되었다. 비행기를 탔더라면 지금쯤 판성메이 앞에서 공도 인정받고 후한 대접도 받지 않았을까? 쇠뿔도 단김에 빼야 하는데 아쉽기만 했다.

한쪽에서는 시름을 벗고 기쁨에 젖은 판성메이가 휴대폰을 꼭 쥔 채로 왕바이촨과 다정한 대화를 나누고 있었고, 또 다른 한쪽에서는 취샤오샤오가 무력으로 2201호에 납치되어 큰소리로 항의하고 있었다.

"짜증나 미치겠어. 왜 전부 나한테만 이래? 친구 맞아?"

"네가 짜증을 부리면 너 하나 때문에 22층 전체가 쑥대밭이 돼. 우린 그런 거 싫어. 우리도 고민이 있지만 너처럼 그러지 않잖아. 그러니까 널 힘으로 제압할 수밖에 없어."

앤디가 취샤오샤오를 힘껏 눌러 소파에 앉혔다.

"아빠가 아들이랑 딸을 차별했단 말이야. 돈을 물 쓰듯이 하는 이복 오빠한테 거금을 줬대. 난 코딱지만 한 회사를 꾸리면서 입에 풀칠하느라 생고생하고 있는데 너무 불공평하지 않아? 성메이 언니 부모님이랑 뭐가 달라?"

"지금 네 앞에 우리 두 사람을 봐. 취얼은 고향에 남았으면 부모님이 집이랑 차를 마련해 주셨을 거야. 월급도 많이 받고 여유롭게 생활했겠지. 하지만 부모님 도움 없이 제 힘으로 앞길을 개척하려고 노력하고 있어. 그리고 난 어떠니. 한 푼 도와줄 사람 없는 고아야. 이런데 우리가 널 동정하겠니?"

취샤오샤오는 할 말이 없었다. 반박할 말을 곰곰이 생각하는 사이에 앤디는 그녀를 무시하고 자리를 옮기면서 관쥐얼에게 말을 걸었다.

"이틀 동안 책을 몇 권 읽었는데 이 책이 괜찮더라."

관쥐얼은 앤디가 건넨 책을 가볍게 훑었다. 앤디는 취샤오샤오 쪽으로 고개를 돌리며 물었다.

"오늘 잉잉은 집에 없어?"

"한집에 사는 쥐얼한테 물어보지 않고 왜 나한테 물어? 좋은 책은 왜 쥐얼한테만 추천하는데?"

취샤오샤오가 묻자 앤디가 대답했다.

"널 따돌리려고. 이 책은 네가 싫어 할 거야. 너랑은 안 맞아."

"전부 다 나빠. 하나같이 못됐어."

취샤오샤오는 꿈쩍하지 않고 날카롭게 소리만 지르더니 금방 풀이 죽어서 소파에 웅크린 채로 혼자 우울해 했다. 관쥐얼은 취샤오샤오의 시끄러운 투정 소리가 잠잠해지자 앤디에게 말했다.

"잉잉한테 남자 친구 생겼어."

잉잉과 바이 팀장의 연애 과정을 옆에서 봐온 그녀들은 잉잉의 행동을 충분히 예상할 수 있었다. 모름지기 사람의 성격은 쉽게 바뀌지 않는 법이다.

38

취샤오샤오는 차별하는 아빠가 무척 원망스러웠지만 그런 와중에도 돈을 버는 일은 조금도 게을리 하지 않았다. 고객의 부름을 받고 당장 짐을 챙겨서 먼 길도 마다하지 않고 곧장 비행기를 타고 날아갔다. 그녀는 요즘 바빠서 자오치핑을 생각할 겨를이 없었다. 일하다가 잠시 한가한 틈이 생기면 자오치핑과 그녀가 과연 무슨 관계인지 곰곰이 생각해 보곤 했다. 그런데 이상하게도 그녀가 자오치핑에게 진심을 표현한 이후로 자오치핑이 먼저 그녀에게 전화를 한 적이 없었다. 그는 의뭉스러운 사람일까? 아니면 앤디와 관쥐얼처럼 그녀를 따돌리려는 것일까?

앤디는 주말에 바오이판이 있는 곳으로 갔다. 원래는 바오이판이 하이시로 오기로 했었지만 하필이면 그때 몇 가지 일이 겹치는 바람에 자리를 비울 수가 없어서 앤디가 짐을 챙겨 바오이판에게로 갔다. 하지만 주말 이틀간 바오이판의 스케줄이 무척 빡빡해서 밤에 잠잘 시간이나 되어야 겨우 쉴 틈이 났다. 바오이판은 앤디에게 사무실에 같이 출근하면 안 되겠냐고 물었다. 앤디는 황당했다. 물론 도리에 어긋나는 짓이지만 바오이판은 앤디에게 가족 기업의 경영 방식을 탈피하고 싶은 계획도 얘기하고, 일하면서 여자 친구 얼굴도 볼

겸 해서 제안한 것이었다. 앤디는 단호히 거절했다. 그러나 잠시 뒤에 바오 부인이 아들에게 전화를 걸어 왔다. 아들이 일하는 동안 앤디가 마땅히 할 일이 없으면 본인이 앤디와 함께 시간을 보내고 싶다고 했다. 앤디는 바오 부인의 제안에 깜짝 놀라서 바오이판의 말을 따르기로 급히 결정했다.

바오이판의 사무실은 무척 넓었다. 앤디는 한쪽에 앉아서 책도 보고 차도 마시고 인터넷으로 자료도 검색하며 일하는 바오이판을 가끔씩 훔쳐봤다. 평소에는 진지함이라곤 없는 사람인데 업무를 처리하는 포스는 영락없는 사업가였다. 막상 옆에서 지켜보니 바오이판은 정말 바빴다. 심지어 사무실에서 엉덩이를 붙일 시간도 별로 없었다. 그녀는 제조 회사에서 신기한 일들이 이렇게 많이 하루 종일 끊임없이 일어나는 줄은 상상조차 하지 못했다. 게다가 그 많은 일들을 사장이 직접 결정해야 한다는 사실에 또 한 번 놀랐다. 아마 바오이판이 며칠 전에 출장을 다녀오는 바람에 일이 많이 밀려서 그런 것일 수도 있다. 어쨌든 앤디에게는 신선하고 흥미로운 경험이었고 이 틀간의 시간은 바오이판을 더욱 깊이 알게 되는 좋은 기회였다. 결과적으로 주말을 이렇게 보낸 것은 그녀에게도 퍽 의미 있는 일이었다. 그런가 하면 바오이판 회사의 직원들은 사장의 여자 친구에게 이목을 집중했다. 과연 그들의 예상대로 부자는 미인을 차지한다는 옛말이 맞았다.

바오이판과의 만남을 끝내고 그녀는 작은 임무 한 가지를 맡아서 집으로 돌아왔다. 왕바이촨이 바오이판에게 준 샘플이 테스트를 통과하지 못했는데 그 상황을 왕바이촨에게 전달하는 임무였다. 품질 검사 엔지니어는 테스트에 탈락한 이유를 앤디에게 상세히 설명해주었다. 하지만 그 분야의 문외한인 앤디는 몇 가지 질문을 더 한 뒤에야 들은 내용을 기계적으로 암기하여 정확하게 다시 설명할 수 있었다. 앤디도 세세한 것 하나까지 절대 놓치지 않는 철저한 사람이므로 바오이판이 냉정하게 샘플을 거절한 입장을 충분히 이해했다.

바오이판은 앤디에게 부담을 떠넘기지 않고 자신이 직접 왕바이촨에게 알리고 사과하려고 했다. 그러나 앤디는 판성메이의 입장을 생각해서 자기가 해결하겠다고 자처했다. 말하는 김에 문제점을 개선할 수 있는 방안이 있는지도 물어봐서 다시 한 번 기회를 주고 싶었던 것이다.

판성메이는 주말 내내 왕바이촨과 함께 있었다. 그 주말은 두 사람이 사귀기 시작한 이래로 가장 행복한 이틀이었다. 그녀는 이틀간 더없이 부드럽고 상냥했다. 왕바이촨은 포근한 판성메이의 아름다움에 취해 한시도 그녀의 손을 놓지 않았다. 여신 같은 그녀를 온종일 품에 안을 수 있게 자율주행 자동차를 타고 싶을 정도로 판성메이에게 푹 빠져 지냈다.

관쥐얼은 댄스 학원에 등록하려고 동료에게 물어보고 인터넷에서 검색해서 후보지 몇 곳을 골랐다. 주말 동안 그 곳에 일일이 가서 직접 둘러보고 각종 댄스 수업도 참관했다. 또 집과 회사에서 다니기에 편리한 위치인지 꼼꼼하게 확인하고 교통편도 알아봤다. 당연히 환승 없이 지하철로 단번에 갈 수 있는 곳이 최적의 후보지였다.

관쥐얼은 토요일에 후보지를 조사하러 갔다가 현장에서 참관하면서 댄스 강사를 따라 흉내를 몇 번 냈더니 온몸의 근육이 쑤시고 아팠다. 집에 돌아와서는 후보지 3곳을 비교하는 표를 만들어서 칸을 채우고 종합 점수를 매겼다. 비교표를 완성하고 나니 이미 밤 12시가 다 되었다. 관쥐얼은 시계를 보다가 깜짝 놀랐다. 성메이 언니와 추잉잉이 아직 귀가하지 않은 것이다. 앤디가 바오이판을 만나러 가고 집에 없다는 사실도 생각났다. 그날 밤 22층 사람들 중에서 외로이 홀로 지낸 사람은 출장을 떠난 취샤오샤오와 관쥐얼뿐이었다.

관쥐얼은 평소에 말이 별로 없는 편인데도 그 밤엔 유난히 적막함을 견디기 힘들었다. 혼자서 2202호의 좁은 집안을 몇 바퀴나 빙빙 돌다가 결국 두 룸메이트를 배려해서 문을 잠그지 않았다. 전화를 걸어 문을 열어 둘지 말지 물어보지도 않았다. 두 친구의 달콤한 밤을 방해하고 싶지 않아서 살그머니 문만 열어 두었다. 외로운 관쥐얼은 고등학교 때부터 그녀를 쫓아다녔던 남자들을 떠올렸다.

월요일 정오에 관쥐얼은 앤디에게 꽤 괜찮은 헬스클럽을 찾았는데 가 볼 시간이 있는지 물었다. 자신은 벨리댄스 강습이 마음에 들어서 그곳에 등록하고 설날 이후부터 배우기 시작할 거라고 했다. 2명이 동시에 등록하면 할인해준다는 말도 전했다.

앤디는 흔쾌하게 동의했다.

"네 마음에 든다니 나도 등록할래. 대신 좀 부탁해. 같이 배우자."

관쥐얼이 말했다.

"언니 메일로 후보지 3곳을 표로 만들어서 보냈어. 내 눈에는 다 괜찮아 보였는데 언니도 직접 가서 분위기랑 커리큘럼을 살펴보고 같이 상의해서 결정하자."

"네가 골랐다면 분명 내 맘에도 들 거야."

관쥐얼은 순간 깜짝 놀랐지만 금방 기분이 좋아져서 웃음이 났다. 이틀 전에 그녀가 상사에게 보고서를 제출했을 때 상사가 대충 보더니 서명하고 통과시킨 일이 있었다. 그때 상사가 관쥐얼에게 한 말이 방금 앤디가 한 말과 다르지 않았다. 상사도 앤디도 관쥐얼의 업무 처리 능력을 믿기에 할 수 있는 말이었다. 성격이 다른 두 가지 일에서 동일한 피드백을 받은 관쥐얼은 가슴이 무척 뿌듯했다.

앤디가 헬스클럽에 미리 가보지 않으려는 이유는 관쥐얼의 꼼꼼한 성격과 센스를 믿기 때문이기도 하지만 시간도 없었다. 그녀는 저녁에 왕바이촨을 만나기로 약속했다. 점심에 그에게 전화를 걸어 식사 대접을 하겠다고 했더니 왕바이촨이 금세 눈치를 채고 샘플 테스트에 탈락했는지 물었다. 앤디는 일단 만나서 얘기하자고 하며 샘플 얘기는 한마디도 꺼내지 않았다.

앤디와 왕바이촨은 한 클럽 식당에서 만났다. 그 식당은 예약한 사람만 이용할 수 있는 곳이었다. 두 사람은 약속이나 한듯 한 가지 문제가 마음에 걸렸다. 혹시라도 판성메이가 보면 오해할 수도 있다고 여긴 것이다. 그래서 앤디는 일부러 클럽 식당을 예약했고 애초에 판성메이를 초대하지 않았다. 초대에 응한 왕바이촨도 판성메이의 이름은 아예 입에 올리지도 않았다. 이처럼 두 사람은 말을 하진 않았지만 서로의 입장을 이해하고 있었다. 앤디는 왕바이촨을 보며 무의식중에 바오이판을 떠올렸다. 지난 이틀 동안 바오이판이 일하는 전 과정을 옆에서 지켜보면서 회사를 운영하려면 얼마나 뜨거운 열정이 필요한지 알게 되었다.

준수하고 세련된 외모의 왕바이촨이 테이블에 앉자 앤디는 먼저 사과의 말을 전했다.

"미안해요. 오늘 성메이는 못 불렀어요."

"일은 일이고 사생활은 사생활이니까요. 세심하게 배려해 주셔서 감사합니다. 샘플이 테스트에 통과하지 못했나요?"

"맞아요. 그쪽 품질 관리 팀에서 설명한 내용 중에서 참고할 만한 점들과 평가 결과를 전달하려고 오늘 만나자고 한 거예요. 만약 바이촨 씨가 이런 점들을 모두 수용할 수 있으면 개선된 샘플을 다시 받아 보겠다고 했어요. 가능한 한 바이촨 씨한테 기회를 주고 싶대요."

"아, 잘됐군요. 바오 회사에 장기적으로 납품할 수 있게 되면 품질은 보증되는 셈이니까 괜찮습니다. 정말 고맙습니다."

왕바이촨은 실망한 기색을 이내 거두고 새로운 기대를 품었다. 그런데 겸연쩍게 웃더니 소소한 부탁 한 가지를 청했다.

"부탁 한 가지만 해도 될까요? 죄송하지만 생각난 김에 말씀드릴게요. 이따가 잊어버릴지도 몰라서요. 가능하면 성메이한테는 샘플 테스트 결과를 알리지 않았으면 좋겠어요."

"제가 성메이를 초대하지 않은 이유도 바로 그 때문이에요. 바이촨 씨가 염려할 거 같아서요. 우리끼리 천천히 얘기 나눠요."

앤디는 품질 검사 엔지니어에게 듣고 억지로 외운 내용을 그대로 왕바이촨에게 전달했다. 주의 깊게 듣던 왕바이촨의 안색이 점점 어두워졌다.

앤디가 말을 중단하고 물었다.

"왜 그래요? 제가 실수했나요? 미안해요. 모르는 분야라서 들은 대로 옮기다 보니 표현이 좀 두루뭉술했나 봐요."

왕바이촨은 고개를 흔들었다.

"바오 사장님의 요구가 까다로워서요. 제가 거래하는 공장은 2곳인데 거기 설비로는 바오 사장님이 원하는 가공 수준에 미치기가 어려워요."

"혹시… 바오이판이 공연한 트집을 잡은 건가요? 저한테는 솔직히 말해도 돼요. 제가 물어볼게요."

"아니에요, 그런 건 아닙니다. 바오 회사는 원래 납품업체를 굉장히 까다롭게 선정해요. 들리는 말로는 바오 사장님이 경영을 맡으신 후로 물량보다 고품질에 중점을 둔다고 하더군요. 다만 제가 그 점을 간과해서…. 바오 사장님의 요구 수준을 미처 파악하지 못한 거죠. 보통 다른 회사는 이 정도면 만족하는 편이거든요. 하지만 수준을 최대한 끌어 올려 봐야죠. 좀 뜻밖이라… 내가 보기엔 지금 거래하는 공장의 가공 수준이 현재로서는 그게 최선이거든요."

"그러면 기술이 뛰어난 다른 공장을 알아보면 되지 않을까요?"

"기술이 좋은 공장이 몇 군데 있지만 대개 규모가 어느 정도 갖춰져 있고 파트너로 삼기엔 문턱이 높아요. 자체 영업 실력도 뛰어나고요. 이 업계는 기본적으로 서로를 워낙 잘 알기 때문에 그런 회사들은 제가 다리를 놓지 않아도 이미 바오 회사와 거래하고 있을 거예요. 휴… 아무래도 어렵겠네요."

"그러면 일단 밥부터 맛있게 먹자고요. 여기 음식 맛이 괜찮은지 모르겠네요. 바이촨 씨, 바오이판이 미안하다고 꼭 전해 달랬어요."

"아, 제가 오히려 감사하죠. 기회를 주셨잖아요. 제가 무능해서 그런 거예요. 아참, 성메이한테는 꼭 비밀로 해주세요."

"비밀로 하는 건 두 가지 경우가 있을 수 있는데, 만약 성메이가 단순히 샘플 테스트를 통과했는지 물으면 통과했다고 말할게요. 그런데 나중에 일이 잘 진행되고 있냐고 또 물어보면 순조롭게 진행 중이라고 말할 수는 있지만 앞으로 어떻게 될지도 모르는데 그렇게 대답하면… 내가 걱정하는 건 딱 한 가지예요. 일이 잘 성사되었다고 거짓말하는 건 어려운 일이 아닌데 바오이판과 거래한 성과가 매출로 나타나지 않으면 거짓말이 금방 들통 나거든요."

앤디는 예전에 있었던 일을 상기해 보라고 말하고 싶었다. 왕바이촨은 렌트한 차를 자기 소유라고 하고 판성메이는 월세 살이 하면서 집을 샀다고 하며 서로를 속인 사실을 취샤오샤오가 폭로해서 난처했던 적이 있었다. 그러한 전철을 밟게 될까 봐 앤디는 진창에 발을 들이고 싶지 않았고 두 사람이 싸울 빌미를 주는 것도 원치 않았다. 무엇보다 판성메이의 일로 자신이 무거운 부담을 지는 게 싫었다.

앤디는 둘 사이의 사소한 일까지는 생각하지 못했다. 왕바이촨은 앤디의 말에 명확히 대답하지 않고 한참 동안 뜸을 들였다. 대개는 이런 조언을 하면 말로 끝날 뿐 깊이 새겨듣는 경우는 많지 않았다.

식사가 끝나고 후식이 나왔다. 왕바이촨이 머뭇거리며 말했다.

"두 달만 모른 척해주세요. 성메이가 저한테 기대가 무척 커서요. 자기 희망을 제게 걸고 있거든요. 전…."

앤디는 긴말하지 않았다. 왕바이촨이 앤디에게 도움을 청할 때 올해 안으로 판성메이에게 집을 사주기로 약속했다고 말했던 게 기억나서 간단히 대답했다.

"남자 노릇도 참 고달프네요."

앤디의 한마디에 뜻밖에도 왕바이촨은 수다 보따리를 풀기 시작했다.

"맞아요. 남자는 져야 할 짐이 너무 많아요."

왕바이촨은 이 말을 시작으로 최근에 판성메이 집안에서 벌어진 일을 자신이 수습한 이야기와 판성메이의 태도에 대해 청산유수로 말을 쏟아 냈다. 앤디는 눈을 동그랗게 뜨고 왕바이촨의 이야기를 듣고만 있었다. 판성메이 집안의 일은 아직 마무리가 되지 않았고 앞으로 기이한 일이 더 벌어질 수도 있는 상황이었다. 앤디는 왕바이촨이 판성메이의 집에 음식을 갖다 준 얘기를 하자 궁금해서 참지 못하고 말을 끊었다.

"어떻게 그런 생각을 다 했어요?"

"궁하면 통한다고 하잖아요. 그렇게 돕지 않으면 성메이가 저한테 화를 내거든요. 전 지금 정말 행복해요. 성메이의 일을 해결해주는 것조차도 행복하니까요. 그런데 한번 생각해 보세요. 성메이는 5성급 호텔에서 일하잖아요. 호텔에 드나드는 부류는 대부분 능력 있는 사람들이니까 성메이가 호텔에서 보고 듣는 게 무척 많겠죠. 그런 상황에서 제가 오늘 성메이한테 가서 빅 바이어를 놓쳤다고 하면 제 행복은 거기서 끝나요. 솔직하게 털어놓는 건 모험이에요."

앤디는 말을 하려다가 말고 애써 꾹 참았다. 왕바이촨은 앤디의 볼이 실룩거리는 것을 보고는 그녀가 할 말이 있음을 눈치 챘지만 모른 체하고 자기가 하고 싶은 말만 계속했다.

"앤디 씨가 무슨 생각을 하고 있는지 알아요. 난 고등학교 때부터 성메이를 남몰래 좋아했어요. 성메이는 내게 여신 같은 존재였는데 내 여자 친구가 될 줄은 정말 꿈에도 몰랐죠. 그래서 성메이를 위해 내 모든 걸 걸었어요. 사람들은 내가 성메이한테 어울리지 않는 짝이라고 여길 거예요. 나 같은 소상인이 성메이 같은 미녀한테 가당키나 한가요. 성메이가 나를 택한 건 내게 큰 행운이에요. 그래서 힘들고 괴로운 일이 있어도 십여 년간 마음에 품었던 성메이를 절대 놓치고 싶지 않아요. 주말 이틀 동안 얼마나 행복했는지 몰라요. 성메이를 웃을 수 있게 계속 노력할 거예요. 왜 그런 표정으로 절 보죠? 할 말 있으면 하세요. 전 강심장이니까 마음 놓고 말해도 돼요."

"바이촨 씨는 그렇게 못난 사람이 아니에요. 사업은 이제 시작 단계니까 그럴 수 있어요. 무기를 밀매하는 것도 아니고 성실하게 원칙대로 잘 꾸리고 있잖아요. 바이촨 씨가 벼락부자가 되기를 바라는 사람은 없으니까 자신감을 가져요. 우리 22층 사람들은 전부 바이촨 씨를 좋은 사람이라고 믿고 있어요. 정말이에요. 자학하지 말아요."

왕바이촨은 앤디의 말에 감동하여 다시 희망의 불씨를 지폈다. 그는 바오이판이 이렇게 쉽게 만날 수 있는 사람이 아님을 진작 알고 있었다. 그럼에도 수월하게 만남이 성사된 건 모두 앤디 덕분이었다. 바오이판에게 앤디는 그렇게 중요하고 의미 있는 사람이었다. 심기일전한 그에게 바오이판이 아량을 베푼다면, 나아가 바오 회사의 부품 대리 판매권을 그에게 준다면 다른 가공 회사는 왕바이촨을 통해야 거래를 할 수 있고 왕바이촨은 수수료를 벌 수 있다. 설령 이 사업이 끝내 성사되지 않더라도 왕바이촨은 바오이판과 인연을 맺은 것만으로도 다른 거래를 추진하는 데 도움이 될 것이다.

"나도 전에는 내가 괜찮은 놈이라고 생각했어요. 그런데… 뭐랄까, 사랑은 사람을 참 보잘 것 없게 만들어요. 성메이를 행복하고, 기쁘고, 얼굴에 늘 웃음만 짓게 해 주고 싶은데 어떻게 해야 할지 모르겠어요. 성메이가 가족 때문에 힘든 일이 많잖아요. 늘 우울하고요. 그런데 내 힘으로는 역부족이어서 너무 속상해요. 능력이 모자라서 한계를 느껴요."

앤디는 취샤오샤오처럼 눈동자를 굴리며 생각했지만 사랑이 어째서 사람을 보잘 것 없게 만드는지 이해하지 못했다. 그러나 왕바이촨이 정말로 판성메이를 여신처럼 떠받들고 살려면 죽자 살자 일해야만 판성메이를 정신적으로나 물질적으로 만족시킬 수 있을 것 같았다. 이런 불공평한 관계가 진정 사랑이란 말인가? 앤디는 사랑에 대해 진지하게 고민해 본 적은 없었지만 왕바이촨의 일방적인 소망은 상당히 감동적이었다. 왕바이촨은 앤디가 업무상으로 대단히 이성적이고 인정에 휘둘리지 않으며 품질이 기준에 못 미치면 가차 없이 퇴짜를 놓는 사람이라고 생각했다. 하지만 앤디는 왕바이촨의 예상과 달리 그를 동정하여 부탁을 들어주기로 했다.

"1분기 동안은 비밀로 할게요."

왕바이촨은 희망을 버리지 않았다. 앤디와 헤어질 때 그는 며칠 동안 출장을 다녀오느라 적자가 난 부분을 메꾸러 회사에 가서 일해야 한다고 했다. 또 밤에는 해외 바이어를 만나서 밤늦도록 상담하고 날이 밝으면 배웅할 예정이라고 했다. 앤디는 왕바이촨의 얘기를 듣다가 문득 크리스마스 날 판성메이의 아버지를 고향 집에 모셔다 드렸을 때의 기억이 떠올랐다. 그날 밤에 앤디와 취샤오샤오는 왕바이촨이 접대하느라 지친 모습을 멀리서 봤었다. 그는 축 처진 몸으로 가로수를 부둥켜안고 토하다가 이내 정신을 차리고 다시 기운을 내서 술자리로 돌아갔었다. 그때 왕바이촨은 취샤오샤오조차 불쌍하게 여길 정도로 고생하고 있었지만 판성메이한테 알리지 않기로 했었다. 왕바이촨은 정말로 고생스럽게 일하며 고달픈 하루하루를 보내고 있었다. 앤디는 왕바이촨이 무척 안쓰러웠다.

왕바이촨 외의 다른 사람에게는 판성메이의 미인계가 통하지 않았다. 판성메이는 늘 동창들에게 집안일을 도와 달라고 부탁했고 동창들은 그런 판성메이를 무척 성가셔 했다. 그러나 집안 이야기를 꺼내지 않고 전화로만 수다를 떨 때는 동창들이 그녀를 반갑게 대했다. 판성메이는 중학교 동창이자 이웃인 한 친구가 바오이판의 회사에서 근무한다는 사실을 기억해냈다. 판성메이 나이쯤 되면 회사에서 중간 보스 위치에 있는 친구들이 간혹 있다. 그녀는 왕바이촨의 사업이 어떻게 진행되고 있는지 조바심이 나서 그 동창에게 전화를 걸었지만 저녁 내내 이야기를 빙빙 돌리기만 했다. 동창은 대화중에 무심코 요즘 회사에서 가장 핫한 스캔들인 사장의 여자 친구가 회사에 방문한 이야기를 꺼냈다. 직원들 사이에서 사장의 여자 친구가 빼어난 미인인데다가 유능하고 연봉 수준도 상당하는 소문이 파다하다고 했다. 판성메이는 사장의 여자 친구로 지목된 사람이 앤디일 거라고 생각했다. 그래서 앤디가 이웃이라는 얘기는 쏙 빼고 그냥 아는 사람이라고 말했다. 동창은 앤디의 정체가 궁금해서 어떤 사람인지 캐물었다.

판성메이가 대답했다.

"똑똑하고 자연 미인이고 부자야. 바오 사장님의 돈 따위에는 전혀 관심이 없어. 구애하는 남자들이 한 트럭이나 돼. 언젠가 한번은 파티에 참석했는데 어떤 남자가 달랑 명함 1장 주려고 단숨에 집 앞까지 따라온 적도 있어."

판성메이가 말한 일화는 실제로 바오이판이 앤디에게 명함을 주려고 차로 부리나케 뒤쫓아 온 걸 옆에서 목격한 것이었다.

동창은 마치 보물을 발굴한 듯이 우와 하는 감탄사를 남발했다. 바오 사장이 전례 없이 여자 친구를 회사로 데려와서 주말 내내 찰싹 붙어 있을 수밖에 없는 이유가 있었다며 놀라워했다.

판성메이는 말이 나온 김에 기회를 놓칠세라 궁금한 걸 물어봤다.

"여자 친구가 바오 사장님한테 자기 친구를 소개했대. 부품을 만들어서 납품하는 사람인데 사장님이 샘플 테스트를 하겠다고 했나 봐. 여자 친구의 부탁이니까 당연히 오케이하지 않을까? 굳이 테스트할 필요가 있나?"

동창은 새로운 뉴스를 접한 반가움에 자세히 물었다.

"아, 누군데? 어떤 부품이래? 내가 금방 알아볼게. 알아볼 수 있어."

"너 혹시 바오 사장님 짝사랑하니? 하하."

판성메이는 농담을 던지면서 넌지시 왕바이촨의 제품을 말해 주었다.

동창은 의심 없이 곧장 판성메이와의 통화를 중단했다. 이런 중요한 스캔들은 당장에 확실히 밝혀내야만 했다. 더욱이 사장이 여자 친구를 얼마나 사랑하는지 판단할 수 있는 특종이었다.

판성메이는 동창이 사태를 파악하는 동안 얼른 방에서 나와 집안 일을 했다. 관쥐얼은 자기 방에서 이어폰을 꽂고 미국 드라마를 보고 있어서 방해하지 않고 내버려 두었다.

휴대폰 벨은 생각보다 빨리 울렸다. 판성메이는 동창이 이렇게 빨리 소식을 전해 주리라고 어느 정도 예상했다. 그녀는 후다닥 방으로 들어가서 휴대폰을 보니 뜻밖에도 왕바이촨의 전화였다.

"접대가 벌써 끝났어?"

왕바이촨이 말했다.

"응, 방금. 네가 너무 보고 싶어서 끝나자마자 바로 보고하는 거야. 좋은 소식 들려줄까?"

"뜸 들이지 마, 얄밉게."

"바오 회사에서 샘플 테스트 통과됐대. 앤디 씨가 많이 도와줬어."

"와, 이따가 만나면 고맙다고 인사해야겠다. 정말 잘 됐어. 앤디가 주말에 바오 사장님이랑 같이 있었대. 앤디 입장을 생각해서라도 통과시켰겠지."

"그러게 말이야. 하하. 바오 회사랑 거래를 트면 앞으로 일이 수월해져. 내가 이런 인맥을 만들게 될 줄이야. 하하. 성메이, 넌 진짜 복덩이야. 네 덕분에 앤디도 알게 되고 바오 사장님까지 인연이 닿았잖아. 앗, 앞에 음주 운전 단속 중이다. 이따가 다시 걸게."

판성메이는 전화를 끊고 좋아서 싱글벙글했다. 행복한 기운이 작은 방 안을 가득 채우고도 넘치는 듯했다. 그녀는 바깥의 상쾌한 공기가 집 안으로 들어오게 2202호의 현관문을 활짝 열었다. 왕바이촨은 이번 일이 매우 중요하다고 했다. 그녀는 이 말이 곧 올해 안에 집을 산다는 약속을 지킬 수 있다는 뜻이자 내 집 마련의 꿈이 점점 다가오고 있다는 뜻이라고 생각했다. 왕바이촨은 그녀에게 더없이 좋은 남자였다.

엘리베이터 소리가 들리자 판성메이는 자연스레 고개를 쭉 내밀고 밖을 내다봤다. 엘리베이터에서 내린 사람은 앤디였다. 판성메이는 취샤오샤오에게 야멸찬 비난을 들은 뒤라 다소 멋쩍게 앤디에게 다가가서 고맙다고 인사했다.

앤디는 거짓말하는 게 두려워서 가능하면 판성메이를 피하고 싶었는데 하필이면 집으로 들어오는 길에 바로 맞닥뜨리고 말았다. 앤디는 당연히 도울 일이었다고 대답했다. 다행히도 그녀는 인터넷으로 주문한 책을 경비실에서 찾아오느라 들고 있기 무겁다는 핑계로 얼른 자리를 피했다. 그러나 판성메이는 자신이 옹졸해 보일까 봐 걱정스럽기도 하고 이번 기회에 어색한 관계를 회복하려고 앤디를 붙잡고 연신 고맙다고 했다. 앤디는 조마조마해하며 왕바이촨의 노력한 결과라며 왕바이촨의 능력을 칭찬했다.

판성메이의 휴대폰이 그녀의 방안에서 울리는 소리가 들렸다. 앤디는 그제야 판성메이에게서 벗어나 2201호로 들어갔다. 앤디는 문을 닫고 자기도 모르게 길게 탄식했다. 판성메이와 왕바이촨 두 사람은 과거 거짓말 파동의 전철을 되밟는 길을 향해 한 걸음씩 다가가고 있었다.

판성메이는 침착하게 동창의 전화를 받았다. 그런데 동창은 의외로 그녀를 비웃었다.

"우리 사장님 여자 친구가 그렇게 대단한 사람 맞아? 품질 관리 담당자가 그러는데 샘플 테스트에서 탈락했대. 사장님이 체면 무시하고 여자 친구한테 직접 말했대."

"됐다 그래. 나도 방금 전해 들었어. 통과됐다고. 품질 관리 담당자가 사장보다 높은 자리야? 사장이 오케이하면 된 거지."

동창은 반신반의하면서 말했다.

"만약 그렇다면 사장님 여자 친구의 입김이 대단한 건데. 담당자도 말을 함부로 하는 사람이 아닌데, 권한도 막강하고."

판성메이는 큰소리로 웃었다.

"사장의 여자 친구가 누군지에 따라 다르겠지."

기분이 무척 좋아진 판성메이는 왕바이촨에게 다시 전화가 오면 자신과 앤디의 관계만 믿고 품질에 소홀하면 안 된다고 단단히 일러둘 준비를 하고 있었다.

취샤오샤오는 비행기에 내리자마자 자오치핑의 전화를 받고 기분이 날아갈 듯했다. 그녀는 말꼬리를 최대한 길게 빼서 "여보세요." 하며 교태를 부렸다. 그녀의 목소리를 들은 주변 사람들은 모두 소름 끼쳐 하면서도 그녀의 주위에 바짝 몰려들어 가까이에 선 채로 짐이 나오기를 기다렸다.

취샤오샤오는 주위 사람의 시선을 받으며 잔뜩 비꼬는 투로 말했다.

"이제야 시간이 나셨어요?"

자오치핑이 웃으며 말했다.

"같이 밥 먹자고 하면 너무 상투적인가?"

"밥 먹는 게 무슨 대수라고. 다른 속셈은 뭐야?"

자오치핑은 잠시 말이 없었다. 다른 속셈이 없었기 때문이다. 그는 한참 뜸을 들이다가 말을 돌렸다.

"어떡할 거야?"

"지금 공항이야. 방금 도착했는데 마침 전화가 왔네. 어디야? 머리는 산발이지만 짐 가방 끌고 찾아갈게."

"그렇게 힘들었어? 그럼 내일 만나자."

"겉은 최대한 정상적인 모습으로 갈게. 머리가 비정상인 건 이미 알고 있을 테고. 오늘 만나는 게 낫겠어. 오빠가 먼저 만나자고 했으니까."

취샤오샤오는 출장 중에 자오치핑에게 먼저 연락하고 싶은 충동을 계속 느꼈지만 자존심을 지키기 위해 끝까지 참으며 버텼다. 그런데 자오치핑의 뜨뜻미지근한 태도에 화가 났다. 참아 본 사람은 알겠지만 참는 건 자해와 다르지 않다. 출장지가 먼 곳이 아니었다면 아마 그녀는 안달이 나서 참지 못했을 것이다. 천만다행으로 공항에 도착하자마자 자오치핑의 전화를 받았으니 열 일 제쳐 놓고 그를 만나러 가는 건 당연한 선택이었다.

취샤오샤오는 택시를 타고 가면서 화장을 꼼꼼하게 다시 손봤다. 택시에서 내리던 취샤오샤오는 자오치핑에게서 의외의 모습을 보았다. 마중을 나온 그는 평범한 남자 친구처럼 자연스럽게 그녀를 맞이하며 택시 트렁크에서 짐 가방을 직접 꺼냈다. 취샤오샤오는 자오치핑에게 이런 자상한 대우를 처음 받아 보는 터라 감동스러워서 자존심이고 뭐고 다 팽개쳤다. 그녀는 자오치핑이 가방을 바닥에 놓기가 무섭게 달려가서 그를 품에 꼭 안았다. 동시에 자오치핑도 취샤오샤오가 으스러질 만큼 센 힘으로 그녀를 꽉 끌어안았고 두 사람은 그렇게 한 몸이 되었다. 취샤오샤오는 그제야 마음이 놓였다.

그러나 잠시 뒤에 다시 정신을 가다듬은 취샤오샤오가 자오치핑의 가슴을 틀어쥐며 말했다.

"왜 이제 전화했어?"

자오치핑은 팔로 그녀를 감싸 안으며 식당으로 들어갔다.

"들어가서 천천히 얘기하자."

"안 미워할 거지?"

"내가 잘못했어. 미안해. 됐지?"

취샤오샤오는 자오치핑의 대답을 듣고 이내 안심했다.

"헤헤, 나도 내가 무식한 거 알지만 오빠의 지나친 솔직함을 반성한다면 내가 용서해 주지."

취샤오샤오는 적극적으로 자오치핑에게 몸을 바싹 붙이며 깡충깡충 뛰어서 안으로 들어갔다. 그녀는 기뻐서 가슴이 콩닥콩닥했다. 원래 자오치핑의 잘생긴 외모에 홀딱 빠진 그녀였지만 그 순간만큼은 더더욱 눈에 콩깍지가 씐 것처럼 한 군데도 멋있지 않은 곳이 없었다. 결국 그녀는 흥분을 감추지 못하고 식당까지 걸어가는 짧은 순간에 자오치핑의 왼쪽 뺨, 오른 쪽 뺨, 얼굴 전체를 한 번씩 쓰다듬었다. 취샤오샤오가 왼쪽 뺨을 만지자 자오치핑은 오른쪽 뺨도 만져 달라며 고전적인 수법을 쓰는 바람에 그녀는 수월하게 욕구를 충족시켰다.

늘 그랬듯이 주문은 취샤오샤오가 했다. 그녀는 고양이처럼 자오치핑의 품 안에서 웅크린 채로 음식을 시켰다. 그녀에게 앉은 자세는 전혀 중요하지 않았다. 자오치핑도 개의치 않았다. 그는 자신의 마음을 확신한 이상 무엇이든 다 받아들일 준비가 되어 있었다.

종업원이 주문을 받고 가자 자오치핑은 고해성사를 시작했다.

"미안해. 며칠 동안 계속 우리 관계를 고민하느라 연락 못 했어."

"뭘 고민해? 내가 무식한 건 나도 알아. 난 오빠가 어떤 사람이든 무조건 사랑해. 죽도록. 사랑하는 오빠만 옆에 있으면 다른 건 아무래도 상관없어."

자오치핑은 하고 싶은 말이 많았지만 취샤오샤오가 선수를 치는 바람에 김이 샜다.

"고민한 결과를 한마디로 정리하면, 네 말이 다 맞아."

"거 봐. 여우를 사랑하면서 여우가 집안일, 육아, 취미생활, 효도까지 다 잘하는 슈퍼우먼이 되길 바라는 건 무리지. 자칭 선비한테는 너무 야무진 꿈이잖아."

자오치핑은 겸연쩍게 진짜 여우 같은 그녀를 바라봤다.

"난 여우를 사랑하는데, 넌?"

"삼장법사."

"외모 때문에?"

"응, 그럼 안 돼?"

취샤오샤오는 외모로 사랑을 선택하는 데 주저함이 없고 당당했지만 자오치핑은 부담스러웠다. 그럼에도 두 사람은 끝까지 함께 하기로 약속했다. 자오치핑은 여태껏 한 번도 겪어 보지 못한 자유로움을 느꼈다. 이런 자유로움은 일종의 해방감 같은 쾌감이었다. 공부하는 재미밖에 모르는 자오치핑은 무슨 일이든 마음 내키는 대로 하는 취샤오샤오에게 줄곧 매력을 느꼈다. 사실 그는 매력이란 게 뭔지 잘 몰랐지만 취샤오샤오의 모든 것, 심지어 그녀의 단점까지도 신선했고 점점 그녀에게 빠져들고 있었다.

사실 취샤오샤오는 자오치핑에게 묻고 싶은 게 있었다. 며칠 전에 관쥐얼과 같이 본 연극이 대체 관객에게 뭘 전달하려는 거였는지 그에게 묻고 싶었다. 그녀는 그 연극이 나름대로 수준이 있다고 생각했기에 자오치핑의 공감을 불러일으킬 수 있을 것 같았다. 또 자신의 안목이 다소 높아졌음을 보여주고 싶은 마음도 있었다. 그러나 연극을 볼 때 답답했던 심정이 그 순간에는 전혀 떠오르지 않았다. 그녀의 머릿속에는 그런 생각이 차지할 틈이 없었다. 뇌세포 하나하나가 오로지 단 하나에만 반응하고 있었기 때문이다. '자오치핑, 자오치핑, 자오치핑….' 그의 이름만 머릿속을 맴돌 뿐이었다. 하지만 그녀의 마음 깊은 곳에는 여전히 알 수 없는 불안감이 어렴풋이 남아 있었다. 자오치핑이 또 전처럼 어느 날 느닷없이 그녀를 무시하며 단호히 떠날까 봐 두려웠다. 그래서 관취얼을 따라서 교양 수준을 높이고 지성인으로서 갖춰야 할 지식을 배우기로 했다. 적어도 말발로 허세를 부릴 수 있는 정도의 지식은 갖추고 싶었다.

식사를 마친 뒤에 취샤오샤오는 사무실에 가야 했다. 업무 자료를 검토하고 고객에게 메일 답장을 보낼 일이 남았던 것이다. 자오치핑도 그녀를 따라 회사로 갔다. 자그마한 취샤오샤오가 도깨비처럼 걸어서 사장실로 들어가자 자오치핑은 자기도 모르게 웃음이 났다. 그는 취샤오샤오의 회사가 어떤 분위기며 어떤 직원들과 일하고 요물 같은 사장이 운영하는 회사가 어째서 잘 굴러가는지 궁금했다.

사무실에 다른 사람은 없었다. 사무실로 들어서면서부터 취샤오샤오의 머릿속에는 '$'만 둥둥 떠다녔다. 일단 컴퓨터의 전원을 켜고 곳곳을 뒤지며 필요한 자료를 찾았다. 마침내 높은 곳에 둔 서류철을 발견했다. 그녀가 앉은뱅이 의자를 놓고 위로 올라가려는데 등 뒤에서 불쑥 두 손이 나오더니 그녀의 허리를 부축했다. 취샤오샤오는 저도 모르게 비명을 질렀다.

"놔줘, 자기야. 10시 전에 고객한테 메일 답장 보내야 한단 말이야."

"나 신경 쓰지 말고 일해."

취샤오샤오가 돌아보니 그녀를 쳐다보는 자오치핑의 눈에 장난기가 그득했다. 그녀는 의자에서 뛰어 내리면서 들고 있던 서류철을 책상 위로 던져 버리고는 그대로 자오치핑에게 달려들었다. 취샤오샤오는 자오치핑의 몸에 매달려서 미친 듯이 키스를 퍼부었다. 두 사람은 어둠이 짙게 깔릴 때까지 정신을 잃도록 격렬하게 키스했고 서로 부둥켜안은 채로 비틀거리며 사무실 밖의 소파에 고꾸라졌다. 취샤오샤오는 차오치핑의 넥타이를 풀어서 바닥에 던지더니 다시 깔깔거리며 팔짝팔짝 뛰어서 사장실로 들어가 문을 잠갔다. 당황한 자오치핑이 그녀를 잡으러 사장실 쪽으로 다가오자 그녀는 유리창으로 그를 바라보며 가운데 손가락을 세워서 내밀었다. 그렇게 자오치핑을 실컷 놀려먹더니 블라인드를 바닥까지 내려서 가렸다. 그녀는 간신히 흥분을 가라앉히고 다시 일에 집중했다.

자오치핑은 소파에 털썩 앉아서 취샤오샤오 때문에 엉망이 된 옷매무새를 다듬으며 마지못해 웃기만 했다. 취샤오샤오를 놀리려다가 오히려 반격을 당하고 만 것이다. 이런 장난은 취샤오샤오만이 할 수 있는 행동이었다.

다음 날, 이른 아침에 자오치핑은 2203호에서 나왔다. 집으로 가서 출근 준비를 하려고 나서던 그는 활짝 열린 2202호의 문 앞을 지나며 아가씨들을 떼로 만났다. 산뜻한 화장과 깔끔한 옷차림으로 꾸민 판성메이가 여유롭게 웃으며 밖으로 나왔고 추잉잉은 문 앞에 서서 판성메이와 인사를 나누었다. 관쥐얼은 막 욕실에서 나와 문 쪽을 바라보고 있었다. 그리고 막 운동을 마치고 돌아오던 앤디가 손에 빵 봉지를 들고 엘리베이터에서 내렸다. 4명의 아가씨는 엘리베이터를 향해 다가오는 자오치핑을 일제히 주시했다. 자오치핑은 마치 바람을 피우다가 현장에서 잡힌 사람처럼 죄인이 된 기분이 들었다. 그는 앤디와 어색하게 인사를 나누고는 자신을 훑어보는 아가씨들의 시선을 피해 앤디가 내렸던 엘리베이터 안으로 쏜살같이 들어갔다. 가까스로 도망친 그는 아래층으로 내려가려고 했지만 이상하게도 엘리베이터는 22층에서 꿈쩍을 하지 않았다. 뒤이어 판성메이가 방글방글 웃으며 다가와서 그에게 반갑게 인사했다.

아가씨들은 자오치핑의 그림자가 사라지자 동시에 2203호 쪽으로 고개를 돌렸다. 2203호도 문이 활짝 열려 있었다. 취샤오샤오는 팔짱을 낀 채로 문에 기대고 서서 배시시 웃으며 친구들의 평가를 기다렸다. 판성메이는 취샤오샤오를 슬쩍 보더니 바로 고개를 돌리고 엘리베이터를 기다렸다. 오늘따라 기분이 무척 좋은 판성메이는 여전히 얼굴에 미소를 띠고 있었다. 관쥐얼은 밖으로 나올 생각이 없었는데 나왔다가 자오치핑이 엘리베이터를 타는 모습을 보고는 마음이 뒤숭숭해서 바로 자기 방으로 들어갔다. 앤디는 "대박!" 하며 감탄했다. 두 사람이 어쩌다가 같이 밤을 지냈는지 모르지만 분명 취샤오샤오가 용감하게 돌진해서 자오치핑을 항복시켰으리라고 짐작했다.

이 상황에 호기심을 보인 사람은 추잉잉뿐이었다. 그녀는 취샤오샤오에 대한 악감정을 잊고 곧장 그녀에게 물었다.

"헤어졌다고 하지 않았어? 며칠 전만 해도 실연당했다고 법석을 떨었잖아."

취샤오샤오는 우쭐대며 말했다.

"어제 화해했어. 내가 아주 지독하게 사랑하거든. 어쩜 이렇게 사랑할 수 있을까. 푹 빠져 버렸어."

집으로 들어가려고 문을 열던 앤디는 고개를 돌려 취샤오샤오를 보니 온몸에 닭살이 돋는 것 같았다. 그러나 한편으로는 취샤오샤오의 대담함과 솔직함이 부러웠다. 추잉잉은 입을 막고 킥킥거리며 웃었다.

"네가 사랑을 알아? 소란이나 피울 줄 알지?"

취샤오샤오는 행복한 기분을 추잉잉 때문에 망치고 싶지 않아서 기분 좋게 말했다.

"사랑은 말이 필요 없어, 그냥 느낄 뿐이지. 아…."

추잉잉은 자오치핑이 2203호에서 밤을 지내는 상상을 하다가 웃음이 나는 걸 참고 고분고분하게 말했다.

"취샤오샤오…."

"웬일로 성을 붙여서 불러?"

취샤오샤오는 눈웃음을 치며 요염하게 물었다. 집 안에 있던 관쥐얼은 밖에서 나는 취샤오샤오의 소리를 듣고 어떻게 저런 애가 다 있나 싶어서 속이 울렁거렸다.

"좋아, 샤오샤오. 내 말 잘 들어. 네가 그렇게 사랑하는 사람이랑 어렵게 재결합했잖아. 근데 사람 일은 모르니까 몸가짐을 잘 하라고. 진도를 천천히 나가는 게… 좋을 거야."

"왜? 왜 그래야 하는데? 우린 건전한 커플이라고."

"남자가 여자를 존중해야 결혼해서도 행복한 거야. 진짜야. 남자는 순결한 여자를 존중하거든. 지금이 현대 사회이긴 하지만 사람들의 잠재의식 속엔 아직 그런 관념이 남아 있어."

"연애하는 거야. 누가 결혼한대?"

취샤오샤오는 오늘따라 버터처럼 부드럽고 나긋하게 추잉잉을 대했다.

"죽도록 사랑한다면서 결혼은 안 한다고? 절대로 안 헤어질 거라면서 결혼도 안 하면 네 사랑을 어떻게 증명해?"

"이봐요, 추잉잉 씨. 거꾸로 됐네요. 결혼을 목적으로 한 사랑은 너무 실리적이지. 사랑을 할 만큼 한 뒤에 결혼하고 싶어지면 그때 결혼하는 게 순서야. 그런 게 바로 숭고한 사랑이라고. 사랑에 대한 최고의 존중이기도 하고. 하하, 내가 공짜로 가르쳐 준 거다. 오늘은 여기까지. 회사에 지각하면 안 되니까."

"말도 안 돼. 결혼을 목적으로 하지 않는 연애는 다 장난이야."

취샤오샤오는 더 얘기하기가 귀찮아서 문을 닫고는 샤워하고 커피를 내렸다. 2202호로 돌아온 추잉잉은 여전히 자신의 생각을 굽히지 않았다. 관쥐얼은 오히려 취샤오샤오의 사고방식이 무척 신선했다. 뜻밖에도 평범한 사람에 비해 훨씬 자유로운 취샤오샤오의 연애관에 공감이 갔다.

추잉잉은 아침 식사를 준비하면서 관쥐얼에게 물었다.

"쥐얼, 넌 샤오샤오의 연애에 대해 어떻게 생각해?"

"뭘 어떻게 생각해?"

관쥐얼은 뒤숭숭했던 마음이 진정되었지만 별로 말하고 싶지도 않았다. 어쨌든 자오치핑의 태도로 받은 충격이 적지는 않았다.

"내가 보기엔 진도가 빨라. 너무 빠른 거 같아. 정말이야. 내가 겪어 봤잖아. 남자는 말이야 밖에서는 간이라도 빼 줄 거처럼 온갖 달콤한 말로 여자를 유혹하지만 정작 자기 여자는 처녀이기를 바란다고. 처녀까지는 안 바란다고 해도 조신한 여자를 원해. 원래 어렵게 손에 넣은 게 더 귀한 법이잖아. 못 믿겠으면 앞으로 두고 봐. 내 말이 맞는지 틀렸는지 알게 될 거야."

"넌 혼전 성관계에 동의해?"

"솔직히 전에는 잘 몰랐는데 지금은 반대해. 내가 피 같은 교훈을 얻었잖니. 너희들 다 봤잖아. 여자가 자기 몸을 쉽게 내주면 남자는 여자를 아주 우습게 여겨. 심지어 남자 가족들도 무시한다니까. 연애야 남녀 두 사람의 일이니까 그렇다 쳐도 결혼은 전혀 다른 문제거든. 결혼은 남자의 가족과 한 식구가 되는 거라서 가족의 태도도 엄청 중요해. 난 진짜 샤오샤오를 생각해서 하는 말이야."

"꼭 그렇진 않아. 성메이 언니가 토요일 밤에 집에 안 들어왔거든. 그런데도 바이촨 오빠는 언니를 한결같이 떠받들면서 얼마나 귀하게 여기는지 몰라. 사람에 따라 다른 거야."

"하, 난 꼬박꼬박 집에 들어왔었는데. 이제 보니 너도 다 알고 있었구나."

관쥐얼은 난처해하며 서둘러 우유와 케이크를 먹고 익살스러운 표정을 지으며 지나갔다.

앤디는 낮에 바오이판의 전화를 받았다. 그는 웨이 부인이 우여곡절 끝에 자기 어머니를 만나서 앤디의 상황을 일러바쳤다고 했다. 바오이판과 앤디는 웨이 부인이 분명 속셈이 있어서 한 행동이라고 생각했다. 바오이판은 웨이 부인의 주장이 모함임을 알기에 대수롭지 않게 여겼다.

그러나 웨이궈창과 앤디가 혈연관계라는 사실은 앤디에게 철저하게 금지된 화제였다. 바오이판은 그의 어머니 앞에서 자신의 뜻을 굽히지 않았다. 바오 부인도 갈등이 무척 심했다. 자신의 아들을, 보물처럼 귀한 아들을 훌륭한 청년으로 키워 놨더니 하필이면 평판이 나쁜 여자한테 홀랑 넘어갔다고 여긴 것이다. 만에 하나 아들이 앤디와 결혼하면 앤디가 바오 집안의 재산을 자기 손에 넣으려고 수작을 부릴지도 모른다고 생각했다.

바오 부인은 자기가 직접 만났던 앤디의 모습을 떠올렸다. 앤디는 겉보기에 요염한 여성이 아니었고 능력도 출중했다. 심지어 자신이 손을 잡았을 때 놀란 앤디의 몸에 소름이 돋는 것도 보았다. 그러나 이를 다른 각도로 생각하면 그렇게 순진해 보이는 여자가 밤에는 요부가 될 수도 있다는 거였다. 아들과 앤디가 만난 시간이 짧은 데 비해 아들이 너무 푹 빠진 것도 마음에 걸렸다. 그래서 앤디가 청순한 여자는 결코 아니리라고 추측했다. 한마디로 앤디가 바오 집안의 재산을 노리고 전략적으로 연기를 기가 막히게 하고 있다고 판단했다.

바오 부인은 예쁘고 늘씬한 여자들이 몸으로 한몫을 크게 잡는 경우를 많이 봤다. 바오이판이 앤디는 재산이 많아서 돈 때문에 남자를 꼬드기는 여자는 아니라고 항변했지만 바오 부인은 믿지 않는 눈치였다. 왜냐하면 앤디가 거액의 유산을 차지하려고 웨이궈창과 친분을 쌓았다는 웨이 부인의 말을 곧이곧대로 믿었기 때문이다. 사실 바오 부인에게는 이와 비슷한 큰 아픔이 있었다. 하마터면 요물 같은 젊은 여자들 때문에 바오 부인의 결혼생활이 파탄에 이를뻔했었다. 그런 여자들은 보통 돈 앞에서 파렴치한 짓을 서슴지 않는다. 하물며 거액의 유산이 눈앞에 있는데 오죽할까 싶었다. 바오 부인은 자신의 과거 때문에 트라우마에 시달리고 있었다. 이른바 불여우 같은 여자 때문에 생긴 깊은 한이 다시금 올라오는 듯했다.

바오 부인은 하나뿐인 아들을 위해서, 그리고 집안의 재산을 지키기 위해서 앤디를 뒷조사하기로 했다. 그녀는 업계 인사를 통해 앤디의 사생활과 평판을 수소문하기 시작했다. 뒤를 캐다가 실수하는 일이 생기더라도 하지 않을 수 없다고 생각했다. 더욱이 아들을 위해서라면 꼭 필요한 일이라고 여겼다. 뒷조사는 당연히 비밀리에 진행시켰다. 만약 흠이 발견되지 않으면 며느리로 삼게 되겠지만 행여 앤디의 뒤를 캔 사실이 알려지면 서로 감정이 상하는 불미스러운 상황이 벌어지고 말 것이다.

과연 예상대로 앤디에 관한 소문은 정말로 있었다. 앤디의 사생활을 알아내는데 그리 많은 시간이 걸리지는 않았다. 오전에 의뢰했는데 오후에 이미 업계 인사가 소식을 가져온 것이다. 그는 최근에 웨이 부인이 남편의 내연녀를 찾아갔는데 그 여자가 바로 앤디라는 소문이 있다고 했다. 게다가 웨이궈창이 앤디의 사무실을 찾아갔다가

낭패를 당하고 나온 일도 있었고 두 사람은 오래전부터 왕래하던 사이라고 덧붙여 말했다. 바오 부인은 속으로 비웃었다. 돈 많고 능력 있는 골드 미스인 척하더니 알고 보니 돈만 밝히는 여자였다고 생각했다. 거액의 유산이 앤디 앞으로 떨어진 이유도 알 것 같았다. 자기 능력으로 높은 위치에 오르는 여성도 있지만 어떤 식으로든 남자를 디딤돌로 삼아 출세하려는 여자가 아직은 더 많다고 확신했다. 바오 부인은 귀한 아들이 그런 여자한테 목을 매고 있는 게 원통해서 아들에게 모두 폭로하기로 마음먹었다.

바오 부인은 당장 아들이 있는 곳으로 찾아갔다. 그녀는 아들을 데리고 내실로 들어가서 불여우를 조심하라고 다그치듯이 타일렀다. 바오이판이 아무리 해명해도 바오 부인은 막무가내였다.

"불여우는 원래 연기를 잘 해. 요즘은 수술로 처녀막도 재생한단다. 돈만 밝히는 여자는 뭐든 아낌없이 다 내준다니까. 돈이 많든 적든 수단 방법을 가리지 않고 뜯어먹는단 말이다. 더구나 고아 출신이라며. 어려서부터 보고 배운 게 없으니 교양도 없겠지."

바오이판은 어머니와 도무지 말이 통하지 않자 탁자를 쾅 내리쳤다. 바오 부인은 놀라서 한 발 물러섰지만 속으로는 집에 가서 남편과 상의해서 해결책을 찾을 궁리를 했다.

그러나 바오이판의 아버지는 아들의 선택을 믿었다. 그는 아들에게 여자 경험이 많아서 여자를 보는 눈이 밝으니 제 짝을 잘 골랐을 거라는 믿음이 있었다. 바오 부인은 남편의 설득에 반신반의하면서 일단 상황을 지켜보겠다고 대답했다.

정오에 천자캉은 짐을 들고 체크아웃 하러 프런트로 갔다. 판성메이는 수납 담당이 아니어서 옆에서 보고만 있었다. 천자캉은 통 크게 그 자리에 있던 직원 모두에게 팁을 나눠 주었다. 판성메이에게는 특별히 다른 직원의 2배를 주었다. 계산이 금방 끝나서 천자캉은 판성메이와 얘기할 시간이 거의 없었다. 그는 체크아웃을 마치고 일부러 판성메이 앞에 가서 인사를 하며 깊고 그윽한 눈빛으로 한참을 바라보다가 호텔을 떠났다. 동료가 천자캉의 인상을 평가했다.

"진지한 사람 같아. 속이 시커먼 남자는 보통 우리한테 인사할 때 꼭 두 손을 내밀어서 악수를 하거든. 한 1분 동안 열 손가락을 꽉 잡고 흔들면 온 손바닥에서 땀이 나. 완전 역겹지. 그래서 악수를 거절하면 나가면서 별의별 핑계를 다 끌어다가 클레임을 거는데 천 선생님은 안 그러네."

"나 남자 친구 있어."

판성메이는 동료에게 으스대며 남자 친구의 존재를 밝혔다.

그런데 천자캉이 호텔을 떠난 지 얼마 안 되어 심부름센터 직원이 들어오더니 판성메이에게 장미꽃 한 다발을 건네주었다. 겨울철에는 구경하기 힘든 백장미였다. 새하얗고 커다란 꽃송이로 만든 장미 다발은 놀랍도록 아름다웠다. 꽃다발 속에는 카드 1장이 꽂혀 있었다. '만나서 반가웠어요. 천자캉.' 이라는 문구가 펜글씨로 깔끔하게 적힌 카드였다. 동료가 너털웃음을 터뜨리며 남자 친구는 버리라고 놀렸다.

판성메이도 웃기만 할 뿐 대수롭지 않게 넘겼다. 그녀는 어릴 때부터 남자한테 꽃을 워낙 많이 받아 봤고 철없는 어린애도 아니었다. 그러나 아름다운 꽃다발을 받는 건 언제나 기분 좋은 일이었다.

그런데 퇴근 무렵에 휴대폰을 켰다가 판성메이의 중학교 동창이 보낸 메시지를 보고 기분이 상했다. 동창이 다시 알아보니 바오 사장의 여자 친구가 소개한 거래처의 샘플이 테스트에 탈락해서 거래가 성사되지 못했고 바오 사장도 결정을 번복하지 않았다는 얘기였다. 판성메이는 믿기지 않았다. 어제 왕바이촨이 직접 기쁜 소식을 알려 줬는데 어떻게 그럴 수가 있는지 의심스러웠다. 앤디도 분명 일이 잘 되고 있다고 말했었다. 판성메이는 급한 마음에 곧장 동창에게 전화를 걸었다. 동창도 마침 퇴근하는 길에 전화를 받고 판성메이에게 말했다.

"점심시간에 품질 관리 팀장한테 직접 들었어. 팀장 말로는 자기가 사장님 여자 친구한테 직접 설명했다는 거야. 원칙대로 분명하게 설명했더니 여자 친구도 알아듣고 사장님한테 불평하지도 않았대. 사장님이 여자 친구한테 꼼짝 못하는 건 맞는 거 같은데 샘플은 확실히 탈락했고 거래는 무산됐어. 네 소식통은 진짜 확실하구나. 정말로 사장님 여자 친구가 소개한 거래처였어. 혹시 더 아는 거 있어? 있으면 말해 봐. 얘기해 줘."

판성메이의 안색이 변했다. 그러나 동창에게 친절하게 몇 마디 더 하고 나서 통화를 마무리했다. 탈의실에서 옷을 갈아입은 뒤에 꽃다발을 들고 호텔을 나서는 판성메이는 마음이 무거웠다. 왕바이촨이 자신을 속인 건지 동창이 착각한 건지 알 수 없었다. 하지만 동창이 샘플 명칭까지 아는 걸로 봐서 착각은 아닌 듯했다. 더구나 품질 관리 팀장이 직접 앤디에게 설명했다고 하니 거짓말 같지도 않았다. 만약 앤디가 다른 친구를 바오이판에게 소개하지 않은 이상 이렇게 공교롭게 이야기의 앞뒤가 딱 맞아떨어질 수가 없었다.

호텔을 나와서 주변을 둘러보는데 가까이에서 왕바이촨이 부르는 소리가 들렸다. 고개를 들어 보니 바로 앞에 왕바이촨이 서 있었다. 그녀는 마음이 불안해서 자신을 데리러 온 왕바이촨이 앞에 있는 데도 보지 못했던 것이다. 왕바이촨은 판성메이의 품에 안긴 아름다운 꽃다발을 보더니 갑자기 표정이 굳어졌다. 판성메이는 적극적으로 해명했다.

"고객이 퇴실하면서 선물로 주셨어."

"아, 내 여자를 탐내다니. 나쁜 놈."

판성메이는 꽃다발을 왕바이촨 손에 휙 던지며 말했다.

"너 가져. 네가 받은 걸로 해. 그럼 됐지?"

왕바이촨이 꽃을 받아 들었다. 그는 꽃을 바닥에 내동댕이치고 발로 꾹꾹 밟고 싶었지만 거꾸로 들고 분풀이만 했다.

"늙은 놈이야?"

"치, 날 뭘로 보고. 우리보다 2~3살 많아. 외모도 그럭저럭 나쁘지 않고 젊은데 능력도 있어. 창업했대. 화학공업 공장을 운영하나 봐. 자기 질투하네. 샘나? 아, 바오 사장님 일은 어떻게 됐어?"

"이틀 내로 가서 계약서 쓸 거야. 연줄이 있으니까 아주 든든해."

"나한테는 잘 안됐다는 소문이 들리던데? 샘플 테스트를 통과 못 했다고."

판성메이는 차에 타면서 차문을 닫아 주는 왕바이촨에게 폭탄 발언을 했다. 그리고 차창을 통해 왕바이촨을 보니 웃고 있던 그의 얼굴이 일순간 경직되었다. 그는 표정을 감추려는 듯이 고개를 숙이고 빠른 걸음으로 차 앞을 돌아서 운전석에 탔다. 꽃다발은 뒷좌석으로 던져졌다. 판성메이는 동창의 말이 사실인 것 같아서 미간이 찌푸려졌다.

왕바이촨은 여전히 미소를 유지하고 있었다.

"어디서 들었어? 이렇게 든든한 연줄이 있는데 안 될 리가 있나. 아참, 며칠 있다가 고향에 갈 건데 혹시 집에 갖다 줄 거 있어?"

판성메이는 얼굴을 찡그리며 말했다.

"기회를 주는 거니까 솔직하게 말해 봐. 네가 안 하면 내가 말할게.

아니면 앤디한테 다시 물어볼까? 뭐라고 하는지 들어보자."

왕바이촨이 진지하게 대답했다.

"네가 누구한테 들었는지는 모르겠지만 사실 샘플 테스트가 순조롭진 않았어. 그런데 앤디 씨가 도와줘서 바오 사장님이 다시 기회를 주셨어. 기사회생한 거지. 못 믿겠으면 앤디 씨한테 물어봐. 나한테 품질 개선 방법도 알려주고 아이디어도 줬어. 나하고 바오 사장님 쪽은 전부 전문가라서 말이 잘 통하고 지적한 것도 금방 알아들으니까 개선하면 돼. 문제없어. 왜 이렇게 날 못 믿어? 못 믿겠으면 앤디 씨한테 물어보라니까. 앤디 씨가 증인이야."

판성메이는 왕바이촨의 표정에서 의심의 단서를 찾아내려고 눈에 힘을 주고 뚫어지게 그를 쳐다봤다. 역시나 왕바이촨의 표정은 몹시 부자연스러웠다. 왕바이촨은 서둘러 시동을 걸고 운전에 집중했다. 판성메이는 왕바이촨에게서 시선을 떼지 않았다. 그녀는 문득 취샤오샤오가 그녀를 비웃으며 했던 말이 생각났다. 판성메이는 애초에 앤디와 바오이판의 관계를 반대해서 일을 아주 복잡하게 만들었었다. 앤디가 친구 집에 머무르면서 판성메이를 피하기도 했고 친구 집에서 돌아와서는 의도적으로 판성메이와 대화하기를 꺼렸었다. 앤디는 당연히 이 일을 기억하고 있을 텐데 왕바이촨을 적극적으로 도와줄 수 있었을까? 당사자가 아닌 취샤오샤오도 아직까지 판성메이를 미워하고 관쥐얼마저도 판성메이를 편하게 대하지 못하는 걸로 보아 당사자인 앤디한테도 당연히 안 좋은 감정이 남아 있을 것 같았다.

판성메이는 그제야 생각이 정리되었다.

"앤디가 도와주기는커녕 우물에 빠진 사람한테 돌을 던졌어. 걔가 나한테 악감정이 있거든. 바이촨, 솔직히 말해봐. 앤디가 안 도와줘서 일이 틀어진 거 맞지? 그렇지? 둘이서 날 속였어. 내 중학교 동창이 바오 회사에 다니는데 너희 회사 샘플이 테스트에서 탈락했다고 그러더라. 너랑 다른 학교라서 넌 모르는 친구야. 샘플이 대체 왜 탈락한 거야? 공장에서 직접 감독하지 않았어? 샘플은 완벽하다고 나한테 자신 있게 말했었잖아. 테스트할 때 누가 농간을 부린 건 아니야?"

"지금 운전 중이잖아. 차 세우고 설명할게. 네 말은 다 사실무근이야. 앤디 씨가 애를 많이 썼어. 친구로서 충분히 도와줬다고."

"진짜야? 맹세할 수 있어?"

"성메이, 왜 내 말을 못 믿고 네 멋대로 추측해?"

"그럼 맹세해 봐."

왕바이촨은 초조하고 불안한 나머지 빨간색 신호등이 들어오기 전에 브레이크를 밟는 바람에 하마터면 추돌 사고가 날 뻔했다. 판성메이는 냉소를 지으며 바라봤다.

"왜, 켕겨? 이 차도 렌트한 거 아니야?"

왕바이촨은 화가 나서 핸들을 내려쳤다.

"맞아. 렌트했어. 내가 무슨 능력으로 차를 사겠어."

판성메이는 콧방귀를 끼더니 정지 신호에 걸려 차가 멈춘 사이에 뒷자리에 뒀던 꽃다발을 들고 차에서 내렸다. 왕바이촨은 당장 쫓아가고 싶었지만 차를 도로에 버리고 갈 수는 없었다. 또 쫓아간들 할 말도 없었다. 무슨 재주로 문제없이 거래가 성사될 거란 맹세를 한단 말인가. 아무튼 판성메이는 왕바이촨을 믿지 못했고 왕바이촨은 그런 판성메이에게 몹시 화가 났다.

왕바이촨은 울화가 치밀어서 앤디에게 전화를 걸었다. 앤디에게 사정을 말하며 샘플이 탈락한 사실을 판성메이가 알아 버렸으니 더 이상 비밀로 하지 않아도 된다고 말했다. 그는 욱해서 말했다.

"성메이는 왜 항상 고자세로 절 나무라는 거죠? 사업이 잘 안 돼서 속상한 건 나라고요. 사람의 힘으로 안 되는 일도 있잖아요. 나도 위로가 필요해요. 앤디 씨는 이웃인데도 절 도우려고 조언도 하고 방법을 같이 고민하잖아요. 그런데 성메이는 왜 모든 책임을, 심지어 사실도 아닌 일에 대한 책임도 모두 저한테 떠넘기는 거죠? 맨몸으로 성공해 보려고 죽도록 애쓰는데 이렇게 절 무시할 수가 있냐고요. 성메이 집에 안 좋은 일이 그렇게 많아도 난 불평한 적 없어요. 늘 도와주고 해결하려고 노력했죠. 설사 성메이가 잘못한 일이 있어도 싫은 소리 한 번 안 했어요. 그런데 성메이는 나한테 왜 이럴까요?"

앤디는 막힌 도로 한복판에서 운전 중이었지만 울분을 터뜨리는 왕바이촨의 얘기를 끈기 있게 들어주었다. 왕바이촨도 당장 차에서 뛰어내리고 싶을 만큼 화나지 않았다면, 또 하필이면 퇴근길 러시아워에 차가 도로에 갇히지 않았다면 앤디한테 하소연하지도 않았을 것이다. 왕바이촨의 호소가 한바탕 끝나자 앤디가 웃으며 말했다.

"프리드리히 하이에크(Friedrich Hayek)가 한 말이 있어요. '혼자 힘으로 미래를 개척할 자신이 없는 사람은 독립심과 강인함을 기를 수 없다.' 성메이한테는 바이촨 씨가 꼭 필요해요. 어쩌면 바이촨 씨는 성메이가 의지할 수 있는 유일한 사람이에요. 무슨 뜻인지 이해해요?"

왕바이촨은 가만히 생각하다가 다시 물었다.

"성메이가 내유외강하다는 말인가요? 절 다그치는 건 채찍질이고요?"

"하하, 제 말을 찬찬히 되짚어 보면 이해될 거예요. 기다리던 전화가 와서 끊어야겠네요. 죄송해요."

앤디는 왕바이촨이 하소연할 시간을 많이 내주지 않았다. 마침 다른 전화가 와서 통화를 마무리했다. 왕바이촨은 곰곰이 생각했다. 판성메이는 무턱대고 앤디부터 의심했지만 앤디는 오히려 판성메이의 입장을 대신 해명해 주었다. 사람의 속은 참 알다가도 모를 일이었다.

왕바이촨은 하이에크의 명언을 계속 곱씹었다. 잠시 차가 멈추면 명언을 외워서 손등에 적어 가며 의미를 깨우치려고 용을 썼다. 명언을 되새길수록 차츰 의미를 알 것 같았다. 마침내 그는 화를 삭이고 마음의 평정을 되찾았다. 다음 날 판성메이에게 사과할 마음도 먹었다. 세상에 자기 마음대로 다 하며 사는 사람은 없으니 말이다.

앤디에게 전화를 건 사람은 탄쭝밍이었다. 그는 활짝 웃으며 꽤 흥분한 목소리로 말했다.

"앤디, 누가 널 뒷조사했대. 하하, 미래의 네 시어머니가 말이야. 네 뒷조사한 걸 고객이 우리 신용도를 조사한 걸로 착각했는지 나한테 보고가 올라왔어."

"뭘 조사해? 바오 부인이?"

"응. 너하고 웨이궈창의 관계를 조사했대. 이런 일도 생기는 걸 보니 네가 국내 생활에 잘 적응하고 있나 보다. 축하해. 하하."

"바오 부인이 왜? 바오이판이 해명하지 않았을까? 왜 몰래 조사하지? 내가 알면 어쩌려고?"

"귀한 외아들이잖아. 네가 기분 나빠해도 신경 안 쓴다는 거겠지. 기업가 집안의 사모님들 성격이 대부분 그래. 아무튼 조심하고 너무 이성적으로 접근하지 마. 그런 건 부잣집 사모님들한테 안 통하니까."

"어쩐지 웨이 부인이 바오 부인을 만났다고 하더라고. 웨이 부인이 왜 바오이판한테 가지 않고 그 어머니를 찾았나 했더니 엄마들의 극성을 노린 거였구나."

"바로 그거야, 잘 아네."

젠장! 앤디는 상당히 불쾌했다. 당장 바오이판에게 전화해서 어머니의 행동을 말리라고 부탁하려는데 뜻밖에도 바오 부인에게서 전화가 왔다.

바오 부인은 아들 일에 관해서는 일단 남편의 말을 듣고 지켜보기로 했는데 마침 옛 친구들의 초대를 받아 하이시에서 거물 인사 몇 명을 만나기로 약속했다. 바오 부인은 모임을 위해 친구들과 함께 곧장 공항으로 향했다. 모임은 내일로 예정되어 있어서 오늘 저녁에는 시간이 비었다. 그녀는 남는 시간을 이용해서 앤디를 만나려고 전화를 걸었다. 만나서 얘기하면서 에둘러 진상을 캐내거나 간접적으로 경고를 주고 싶었던 것이다. 어쨌든 아들 여자 문제를 두 손 놓고 보고 있을 수만은 없었다. 또 상황을 봐서 앤디더러 공항에 마중을 나오라고 요구할 작정이었다.

하지만 유감스럽게도 앤디는 흰 눈을 부라리고 있을 바오 부인이 달갑지 않았다.

"앤디 씨, 퇴근했어요?"

"네, 사모님. 잘 지내셨어요? 퇴근길인데 차가 많이 막히네요."

"난 곧 비행기 타요. 하이시로 갈 건데, 앤디 씨를 만나려고요. 오늘 저녁에 시간 있어요? 차나 한 잔 해요. 며칠 못 봤더니 보고 싶어요."

앤디는 속으로 '흥! 쳇! 피!' 같은 감탄사들을 줄줄이 뱉어냈다. 바오이판이 자기 어머니와 가깝게 지내지 말라고 주의를 줬던 이유도 그제야 알 것 같았다. 알고 보니 바오 부인은 한마디로 앞에서 어르고 뒤에서 뺨치는 사람이었다.

"정말 죄송해요. 오늘 저녁에는 업계 사람들과 회식이 있어서 아마 늦게 끝날 거예요."

"아, 중요한 회식이에요?"

"그럼요. 자료를 많이 보는 것보다 회식에 한 번 참석하는 게 더 나을 때도 있거든요."

"나도 참석해도 될까요? 장소가 어디예요? 호텔을 그 근처에 잡게요. 혹시 내가 참석하는 게 불편하면 회식이 끝난 다음에 만날까요? 시간이 너무 늦지 않는다면."

앤디는 모임 장소의 주소를 바오 부인에게 보냈다. 바오 부인이 비행기에 탑승할 시간이 되는 바람에 겨우 반갑지 않은 통화를 끝냈다. 바오 부인이 이미 오겠다고 한 이상 굳이 바오이판에게 알려서 신경을 쓰게 하고 싶진 않았다. 또 바오 부인의 태도로 봐서 오늘의 만남을 포기할 것 같지도 않았다. 그래서 기꺼이 만나기로 했다. 앤디는 교양도 있고 예의도 바르지만 정상적인 가정에서 성장하지 않아서 모자간의 정이 어떤 것인지 피부로 느끼지 못했다. 다만 바오 부인의 성격이 무지막지하고 오지랖이 넓어서 거리를 두어야겠다고 생각했다.

바오 부인은 앤디와 친해지고 싶어 했지만 앤디는 그럴 필요성을 느끼지 못했다. 바오 부인은 열 달 동안 배 속에 품고 있다가 낳은 아들인데도 자기 뜻대로 되지 않아 걱정이 이만저만이 아니었다. 바오 부인의 친구들은 모두 호텔에 체크인을 하고 일찍 휴식을 취했다. 바오 부인은 힘들게 택시를 잡아타고 앤디가 알려준 호텔로 직행했다. 바오 부인은 기를 쓰고 찾아가서 앤디가 어떤 모임에 참석하는지 확인하고 싶었다. 그리고 간 김에 뒤를 캘 수 있으면 캐보고 싱글인 앤디가 밤 시간을 얼마나 건전하게 보내는지도 살펴볼 작정이었다. 또 사랑에 푹 빠진 귀한 아들에게 얼마나 떳떳한 여자인지도 궁금했다. 바오 부인은 무조건 모임 장소에 가서 두 눈으로 봐야 속이 후련할 것 같았다. 그녀가 자주 봐온 업계 사장들 모임처럼 중년 남자들 사이에 옷을 야하게 입은 불여우를 앉혀 놓고 업계 모임을 빙자한 파티가 아닌지 확인해 볼 참이었다. 아들이 바빠서 그런 데까지 관심을 갖지 못한다면 자기라도 나서서 아들의 여자를 감시해야 한다고 여겼던 것이다.

바오 부인은 에르메스 핸드백을 팔에 걸치고 버버리 캐시미어 코트를 입었다. 목에는 루이비통 로고가 새겨진 스카프를 둘렀다. 모두 상표가 분명하게 겉으로 보이는 차림새였다. 그래서인지 그녀가 호텔에 들어섰을 때 아무도 그녀를 제지하지 않았다. 호텔 직원은 오히려 그녀를 도와서 길을 안내해 주었다. 그런 덕분에 금방 어느 룸 입구에 다다랐다. 룸에 난 유리창을 통해 실내가 훤히 들여다보였다. 커다랗고 둥근 테이블에 사람들이 가득 앉아 있었다. 식사는 거의 다 끝난 듯했고 대부분 술을 마시면서 회의를 하듯이 대화를 나누었다. 어깨동무를 하고 흥겨워 하는 사람은 전혀 없었다. 바오 부인은 한눈에 앤디를 찾아냈다. 앤디는 짙은 남색의 바지 정장을 입고 있었는데 같은 테이블에 앉은 남자들처럼 칙칙했다. 헤어스타일마저 단발머리였다. 바오 부인처럼 눈이 예리한 사람이 아니었다면 한눈에 알아보기 힘든 평범한 차림새였다. 앤디는 의자 등받이에 기댄 채로 테이블 위에 있던 음료를 한 손에 들고 이야기를 듣기보다는 주도적으로 말을 했다. 사람들 무리 속에서 따로 놀지 않고 자연스럽게 어울리고 있었다. 바오 부인은 앤디가 자신을 속이지 않았다는 점과 건전한 모임에 참석했음을 확인하고 나니 그제야 다소 안심이 되었다.

그때 앤디가 약간 길었던 발언을 마치자 안경을 쓴 남자가 웃으며 일어나서 다정하게 앤디의 잔에 음료를 따르며 허리를 굽혀서 몇 마디 했다. 그 남자는 멋있고 세련되어 보였으며 이마에 '엘리트'라고 써 놓은 것 같은 스마트한 인상이었다. 바오 부인의 눈에 그 남자는 당연히 자기 아들보다는 못나 보였지만 긴장을 놓을 수는 없었다. 그래서 결국 참지 못하고 문을 벌컥 열고 룸 안으로 머리를 들이밀었다.

바오 부인의 방문은 너무 뜬금없었다. 안에 있던 사람들이 모두 황당해하며 바오 부인을 쳐다봤다. 앤디도 고개를 들다가 바오 부인을 보고는 하마터면 기절할 뻔했다. 바오 부인이 여길 어떻게 알고 찾아왔을까? 앤디는 부득이하게 일어나서 바오 부인을 데리고 복도로 나갔다. 바오 부인은 처음 만났을 때처럼 다정하게 앤디를 부르며 손을 꼭 잡았다. 앤디는 이번에도 전처럼 온몸에 소름이 끼쳤지만 마음이 따뜻해지지는 않았다. 오히려 바오 부인이 가식적으로 느껴졌다.

"사모님, 아직 회식이 안 끝났어요. 다른 곳에 편하게 계세요. 제 이름으로 음식도 드시고요."

"아, 괜찮아요. 난 그냥 앤디를 보러 온 건데 걱정을 끼쳤네요. 가족이나 마찬가지니까 같이 안에 들어가요."

"그건 제가 불편해요."

앤디는 종업원을 불렀다.

"부인을 별실로 안내해 주세요. 차하고 간식도 좀 내주시고요. 계산은 제가 할게요."

바오 부인은 웃으면서 단호하게 말했다.

"됐어요. 내가 들어가는 게 불편하면 입구에서 기다릴게요. 가서 일 봐요. 난 괜찮으니까."

앤디는 약간 놀랐지만 바로 "그러죠." 하고 대답했다. 그러고는 종업원에게 부인이 앉을 의자를 가져다 달라고 부탁했다. 앤디는 "죄송합니다." 하고는 이내 룸 안으로 들어가 계속 대화를 나눴다.

바오 부인은 예상과 달리 앤디가 자신을 문밖에 두고 들어가자 당황했다. 이렇게 푸대접을 받게 될 줄은 몰랐던 것이다. 너무 놀라서 한참을 멍하니 있었는데도 정신이 돌아오지 않았다. 종업원이 의자를 가져와서 가냘픈 목소리로 앉으라고 했다. 바오 부인은 입을 다문 채로 흥 하고 소리를 내더니 종업원의 친절을 뿌리치고 밖으로 나갔다. 화가 난 바오 부인은 당장 아들에게 전화를 걸어 그대로 일러바쳤다. 우선 자기가 앤디를 만나러 일부러 하이시까지 갔는데 앤디가 대수롭지 않게 여겨서 기분이 상했다고 했다. 그다음엔 앤디가 남자 동료가 다정하게 건네는 음료를 받았는데 그 모습이 보기 싫어서 자신이 룸 안으로 들이닥쳤다가 냉대를 받았다고 하소연했다. 결론은 앤디가 어른을 공경하는 기본 도리를 모르는 사람이라는 것이었다.

바오이판은 멋대로 앤디를 찾아간 어머니를 나무랐다. 무식한 노인네처럼 앤디의 공적인 모임에 함부로 쳐들어간 건 무시를 당할 만하다고 앤디의 역성을 들었다. 바오이판은 기분이 몹시 불쾌했다. 어쨌든 그의 어머니이니까 앤디 앞에서 체면 있게 행동했어야 했다. 그는 앤디에게 바쁜 일이 끝나면 연락을 달라고 메시지를 보냈다.

앤디는 바오이판의 메시지를 받고 그의 어머니가 아들에게 고자질했음을 금방 알아차렸다. 하지만 앤디는 전혀 개의치 않았다. 늘 그랬듯이 모임이 끝나고 자기 차에 타고 난 다음에야 바오이판에게 전화를 걸었다.

"당신 어머니가 날 찾아왔었어요. 내가 바빠서 어머니를 별실에 모시고 차를 드시게 했는데 일이 끝나고 나오니까 가셨는지 안 보이네요. 대신 어머니께 미안하다고 전해줘요."

"흠, 어머니가 화나셨어요."

같은 상황을 앤디와 어머니는 다르게 설명했다. 바오이판은 왠지 앤디의 말에 더 신뢰가 갔다. 앤디는 성품이 일관된 사람이기 때문이다.

"나도 어머니께 말씀드렸어요. 일에 방해되니까 찾아가지 말라고요. 어머니가 당신이 무척 보고 싶으셨나 봐요. 당신도 알다시피…."

"당신이 잘못 알고 있어요. 어머니는 나한테 결코 호의적이지 않아요. 지금 곳곳에서 내 사생활을 캐묻고 다니셔서 정말 힘들어요. 개인 신용 조사까지 하는데 이러면 곤란하죠. 더구나 어머니는 우리 회사 고객인데 그렇게 캐물으니까 남들이 오히려 걱정해요, 조심하라고. 또 회사에서 고객한테 실례한 일이 있어서 조사를 당하는 거라고 오해하는 사람들도 있어요. 날 헐뜯는 건 겁나지 않지만 그런 식의 태도는 너무 거북해요. 무슨 문제가 있으면 서로 툭 터놓고 얘기하면 되잖아요. 왜 뒤에서 몰래 비겁하게 그러냐고요. 오늘은 왜 날 찾아왔는지 알아요? 호텔에 왔으면서 저한테는 연락조차 없었어요. 제가 있는 룸 밖에서 유리창을 통해 숨죽이고 내 행동을 지켜보고 있었다고요. 그 의도가 뭐겠어요?"

바오이판은 어머니가 앤디의 뒷조사를 한 사실을 앤디가 이미 알고 있는 줄을 몰랐다. 그는 그제야 문제가 심각한 지경에 이르렀음을 깨달았다. 어머니와 앤디 사이에서 끼어서 딜레마에 빠지고 말았다.

"악의가 있는 건 아니에요. 내 어머니라서 우리 사이에 관심이 지나쳐서 그래요. 자라보고 놀란 가슴 솥뚜껑 보고 놀란다고, 간혹 상황을 오해해서 그러기도 하고요."

"나하고 웨이궈창의 관계는요? 당신이 어머니한테 해명 안 했어요? 난 단순한 사람이에요. 웨이궈창 같은 사람하고 내통할 이유가 전혀 없어요. 설사 내통한다고 해도 그건 탄쭝밍의 사업과 관련된 일일 테고요. 지나친 오해는 악의라고 생각해요. 내 인격을 모욕하는 건 절대 못 참아요. 그럼 오늘 저녁 모임도 오해로 벌어진 일이란 말인가요? 대체 어디까지 오해할 건가요? 어쩐지 아까 룸으로 무작정 쳐들어올 때 잔뜩 경계하는 표정이던데 왜 그랬는지 이제야 알겠네요."

바오이판은 굳이 말하고 싶지 않았지만 어쩔 수 없이 해명했다.

"무조건 오해의 눈으로 보진 않아요. 어떤 남자가 당신한테 다정하게 구니까 아들 대신 질투가 나서 그랬을 거예요."

바오이판은 최대한 온화하고 부드럽고 순하게 말했다. 그가 눈치를 보는 두 여성은 모두 영리한데다가 녹록지 않은 사람들이기 때문이다. 그는 자신이 굉장히 차분하게 해명했다고 생각했는데 갑자기 앤디가 한참이나 대답이 없자 다급해져서 물었다.

"앤디? 왜 그래요? 말해봐요. 화났어요? 미안해요. 내가 대신 사과할게요, 정말 미안해요. 진심으로 미안해요. 용서해줘요. 제발."

앤디가 불분명한 남녀 관계를 가장 금기시한다는 사실을 바오이판은 미처 몰랐다. 과거에 사람들은 앤디의 엄마를 남자만 밝히는 미치광이라고 손가락질했었고 아름다운 앤디에게는 접근하는 남자들이 많았다. 그래서 앤디는 스캔들이 두려웠고 병적으로 남자를 거부했었다. 그녀의 엄마와 같은 낙인이 찍힐까 봐 겁이 났던 것이다.

"공개적인 장소였고 공식적인 사교 모임이었는데 그런 오해를 받았어요. 더 이상 말하고 싶지 않아요. 거친 말이 나올지도 모르니까."

"당신은 생각이 너무 많아요."

"아니요, 난 누가 뭐래도 결백해요. 웨이 부인이 헛소문을 퍼뜨렸고 어머니가 믿으신 거죠. 그래서 오늘 행동으로 보여줬고요. 당신이 어머니께 확실히 해명해요. 어머니는 확신할 때까지 이런 행동을 멈추지 않을 거예요. 자기만의 독특한 논리로 또 모든 걸 오해하겠죠. 오늘 일도 그래요. 내가 업계 모임에 참석한다고 하니까 남자들과 파티할 거라고 오해했어요. 그리고 동료와 몇 마디 나눈 걸 보고는 다정한 사이라고 오해했고요. 결코 우연은 아니에요. 당신이 전화하지 않았다면 이렇게까지 비열한 분인 줄은 몰랐을 거예요."

바오이판은 반박할 수 없었다. 인과관계가 너무나 분명해서 부정해봐야 억지를 부리는 꼴밖에 되지 않을 것 같았다. 이성적인 앤디를 대충 구슬려 넘기기는 쉬운 일이 아니었다.

"순수한 모성에서 나온 독특한 논리니까 어머니를 이해해 줘요. 동물의 세계도 비슷해요. 어미 호랑이는 다른 동물이 새끼한테 가까이 다가오면 무조건 공격한대요. 혹시라도 새끼한테 해를 끼칠까 봐 미리 방어하는 거죠. 우리 어머니도… 아들을 보호하려고 호랑이처럼 극단적인 행동을 하나 봐요. 하하, 한 번만 용서해요."

"젊은 여자는 전부 불여우라고 생각하시던데, 그건 어떻게 설명할래요?"

"어머니가 그렇게 생각하는 건 맞아요. 이유는 내가 전에 말했듯이 어머니한테 아픈 과거가 있어서. 좀 지나친 면은 분명히 있어요. 그래서 나하고 아버지가 늘 상처를 심하게 입죠."

"알았어요. 이해할게요."

"허니, 내 고충을 가장 잘 아는 사람은 당신밖에 없어요. 지금 어디에요?"

"주차장이에요. 통화가 끝나면 출발하려고요. 여긴 길이 낯설어서 주의해야 해요."

"아직 많이 안 늦었으니까 천천히 가요. 어머니랑 차도 한 잔 하고. 어때요? 내가 어머니한테 전화해서 로비에서 기다리라고 할게요."

"싫어요. 어머니 마음은 이해하지만 만나기는 싫어요. 혹시라도 만나게 되면 예의 바르게 대하겠지만 일부러 만나서 호감을 사고 싶진 않아요. 그래 봤자 'Mother in law', 'in law' 일 뿐이니까요. 난 'law'를 지킬 거예요."

"나를 위해서, 안 되겠어요?"

"당신을 위하니까 어머니를 이해했죠. 당신 아니었으면 못 참았을 거예요."

바오이판은 드디어 앤디에게서 깊숙이 감춰져 있던 그녀의 자긍심을 발견했다. 그렇다. 똑똑하고, 예쁘고, 첫눈에 반하게 하고, 어딜 가나 주목을 받는 그녀가 자신에게 호의적이지 않은 사람 앞에서 굳이 화를 억누르면서까지 만나야 할 이유는 없었다. 바오이판은 앤디와 어머니가 그의 인생에서 가장 중요한 여성이기에 두 사람의 충돌을 우선 막아야만 했다. 언젠가는 서로 만나야 할 사람이고 가족이 될 사람들이기 때문이다. 바오이판은 앤디를 잘 달랜 뒤에 어머니에게 다시 전화를 걸었다. 따지고 보면 두 사람 사이의 갈등은 전적으로 어머니의 책임이었다.

바오 부인은 아들의 전화를 받고 첫 마디에 물었다.

"사과하디?"

"사과는 무슨 사과예요. 뒷조사 좀 하지 말라니까 기어코 해가지고 어설프게 꼬리만 밟혔잖아요. 어머니가 앤디 뒤를 캐고 다닌 거 동네방네 소문 다 났어요. 앤디도 업계에서는 명망이 있는 사람인데 어머니가 그런 식으로 나서서 앤디를 비방하면 다른 사람들이 어떻게 생각하겠어요. 그래 놓고 낯부끄럽게 사과 받을 생각을 해요? 하나부터 열까지 다 어머니가 잘못했어요."

"너는 앤디 말만 듣고 걔가 다 옳다고 하는 거냐? 어미는 안중에도 없고? 아니 땐 굴뚝에 연기 나겠어? 웨이 부인이 왜 하필이면 앤디를 지목했겠니? 걔가 행실이 바르고 정정당당하게 유전자 검사를 받아서 유산을 상속받았다면 웨이 부인이 그렇게 원망하겠냐고. 너도 생각해봐라. 거액의 유산 앞에서 눈이 시뻘게지지 않을 사람이 어디 있겠냐. 누군들 사심이 안 생기겠어? 망자의 유언이라는 이유로 아무 상관도 없는 여자한테 거액의 유산을 깡그리 내주고 심지어 아내하고 이혼 소송까지 벌였어. 세상에 그런 사람이 과연 몇 명이나 되겠니? 게다가 웨이 부인이 그러는데 유서를 웨이 선생이 주도해서 쓴 거란다. 안 그랬으면 병상에 누운 사람이 그렇게 상세하게 유언장을 쓸 리가 없다면서. 왜 그랬을 거 같아? 무슨 의도인지는 몰라도 웨이 선생이 무조건 앤디한테 유산을 주기 위해서 일부러 꾸민 짓이라는 얘기야. 분명히 배후에 뭔가가 있어. 이래도 무슨 말인지 모르겠어? 너도 참, 불여우한테 홀딱 빠져서 눈이 아예 멀었구나. 너도 다 아는 줄 알았더니. 넌 도대체 아는 게 뭐니?"

"내 일은 내가 알아서 해요. 어린애 아니잖아요. 난 속사정을 다 알아요. 알지만 밝혀지면 파급력이 너무 커서 말을 못하는 거뿐이에요. 그건 웨이 부인도 모르는 일이고요…."

"넌 걔 말을 다 믿니? 그 사람들은 부부야. 웨이 선생이 아내한테도 하지 않은 얘기를 앤디가 남편도 아닌 너한테 했다고? 누굴 속이려고. 넌 완전히 불여우한테 홀린 거야."

앤디는 앤디대로, 어머니는 어머니대로 일리가 있는 말이어서 바오이판은 도무지 반박할 수가 없었다. 두 사람 사이에서 이러지도 못하고 저러지도 못하는 난감한 처지가 되어 한숨만 푹푹 쉬었다.

"마음대로 하세요. 앤디하고 제 관계는 우리 가족의 일과는 별개니까 둘을 자꾸 엮으려고 하지도 말고요. 두 사람 다 자기 생각이 옳다고 고집하는 바람에 중간에 낀 나는 괴로워서 죽겠다고요."

"아들아, 화낼 일이 아니야. 엄마가 일부러 앤디를 곤란하게 하려는 게 아니잖아. 네가 걔한테 속고 있는데 엄마더러 구경만 하고 있으란 거니."

"속사정을 저는 다 안다니까요. 왜 어머니는 내 말은 안 믿고 헛소리로 분탕질하는 웨이 부인 말을 더 믿어요? 그 여자는 악의를 갖고 어머니한테 접근해서 일부러 문제를 일으키고 있는 거라고요. 앞으로 앤디하고 기 싸움 안 하겠다고 약속하세요. 아주 골치 아파 죽겠으니까."

"앤디는 나한테 해명할 마음이 없다던? 그래도 내가 어른이고 네 어미잖아. 생각이 있는 애라면 어떻게 처신할지 알고 널 난처하게 하지 않겠지."

"어머니, 제발 그러지 마세요. 내가 앤디를 쫓아다닌 거예요. 죽자고 쫓아다녀서 이제 겨우 어렵게 마음을 얻었다고요. 어머니가 한평생 힘들게 번 돈에도 전혀 관심이 없는 여자예요. 나하고 앤디는 순수하게 사랑하고 있어요. 어머니가 현실적인 사람인 건 알지만 돈 때문에 벌벌 떨진 마세요. 어머니가 뭘 걱정하고 있는지도 잘 아는데 전부 얼토당토않은 헛소문이에요. 제발 저하고 앤디 사이에 끼어들어서 방해하지 마세요. 난 앤디가 좋아요. 제 마음 좀 알아주세요."

"널 사랑한다면 날 존중해야지."

"됐어요. 앤디는 친엄마가 어디에 있는지도 모르고 사는데 괜히 엄마 노릇할 생각 마세요. 어려서부터 외국에서 자라서 사고방식이 우리랑 전혀 달라요. 어머니랑 마음이 맞으면 사이좋게 지내겠지만 안 맞으면 한마디도 안 할 거예요. 아마 나중에 손자도 안 보여줄걸요. 그러니까 잘 생각해서 행동하세요."

"지금 그 애 편드는 거니? 어미는 버리고?"

"말했잖아요. 지금 중간에 껴서 이리 치이고 저리 치이고 있다고. 두 사람이 자꾸 티격태격하면 절더러 어떡하란 말이에요. 더군다나 이번 일은 무조건 어머니 잘못이니까 어머니가 앤디한테 가서…."

바오이판이 말을 채 끝내기도 전에 화가 난 바오 부인은 먼저 전화를 끊어 버렸다. 바오 부인은 아들이 불여우한테 홀렸다고 길길이 날뛰었다.

39

왕바이촨은 간밤에 숙면을 취하고 나니 화가 누그러졌다. 휴대폰 알람이 울리지 않았는데도 저절로 눈이 떠져서 판성메이를 회사에 데려다 주기로 마음을 다잡았다. 그런데 따뜻하고 포근한 이불 속에서 성메이를 떠올리니 감정인 따뜻함과 차가움이 동시에 솟구쳤다. 그는 차분하고 냉정하게 생각했다. 자신에게 모든 기대를 걸고 있는 판성메이를 과연 감당할 수 있는지 자문해 보았다. 만약 판성메이에게 스스로 노력해서 더 높은 곳으로 올라갈 자신이 없다면 그녀는 왕바이촨을 더 의지하고 그에게 큰 기대를 걸 것이다. 판성메이가 왕바이촨에게 더 노력하지 않는다고 늘 불평하는 이유가 바로 이 때문은 아닐까?

판성메이는 전날 저녁에 왕바이촨의 차에서 뛰쳐나온 뒤로 곧장 집으로 갔다. 그녀는 거리를 지나 지하철을 타고 환락송 아파트까지 오는 짧지 않은 시간 동안 당연히 왕바이촨이 연락을 하리라고 기대했다. 그러나 아파트 안으로 들어와서 엘리베이터 앞에 설 때까지도 연락이 없자 기대는 와르르 무너졌다. 왕바이촨은 도로 한복판에 차를 버릴 수도 없었고 판성메이를 쫓아가서 사과하고 화해하려고 노력하지도 않았다. 그는 자신이 판성메이를 속인 행위는 정당하고 판성메이가 자신을 비난하는 것은 부당하다고 여긴 것일까?

왕바이촨의 태도에 실망한 판성메이는 천자캉에게 받은 백장미 다발을 애지중지하며 잘 다듬어서 꽃병에 꽂기 시작했다. 다발이 워낙 커서 꽃병 2개에 나누어 꽂았다. 판성메이는 문득 왕바이촨이 자신에게 구애를 시작할 때 선물했던 장미가 생각났다. 붉은색 장미였고 천자캉이 준 것만큼 큰 다발이었다. 남자들이란, 구애할 때는 여자를 공주처럼 모시다가도 막상 사랑을 쟁취하고 나면 태도가 돌변한다. 여자를 속이는 일쯤은 아무렇지도 않게 마음대로 해 버리니 말이다.

판성메이는 저녁 내내 왕바이촨의 연락을 기다렸지만 다음 날 해가 뜰 때까지도 메시지 1통조차 없었다.

이른 아침에 잠자리에서 일어나 눈을 비비며 나오던 추잉잉은 판성메이의 방안에 놓인 크고 풍성한 백장미를 보고는 탄성을 질렀다.

"와, 정말 예쁘다. 바이촨 오빠는 역시 멋쟁이야. 잉친은 나한테 초콜릿 선물하는 게 더 좋대. 초콜릿은 배 속에 들어가면 살이라도 찌지만 꽃은 며칠 지나면 시들어 버린다고. 그러면서 나뭇가지에 피어 있는 꽃이 더 예쁘대. 진짜 멋없어. 그치?"

판성메이는 말을 돌렸다.

"취얼은 어제 밤에 안 들어왔어?"

"아직 자. 나보다 늦게 들어왔거든. 언니랑 오빠는 연애를 정말 멋스럽게 해. 우리는 기껏해야 꼬치구이나 주전부리를 먹으러 다니는데 말이야. 참 답답하지."

추잉잉은 불만스러운 표정을 지었지만 실제로는 소소한 연애를 즐기고 있었다. 그녀는 괜스레 마음에도 없는 소리를 한 것이다.

판성메이는 화가 치밀어 올라서 결국 솔직하게 말했다.

"호텔 고객이 준 거야. 바이촨은 요즘 고민거리가 많아서 나한테는 관심도 없어."

"와, 그 고객도 멋지다. 하긴, 언니네 호텔에 묵을 정도면 돈도 꽤 많은 사람이겠지. 앤디 언니 운동하고 오네. 이렇게 추운 날도 나가다니, 참 대단해."

판성메이는 고개를 내밀어 문밖을 쳐다봤다. 추잉잉의 말대로 운동을 마친 앤디가 다가오고 있었다. 앤디는 집안을 들여다보며 판성메이를 향해 인사했다. 그러나 판성메이의 안색이 이내 바뀌자 앤디가 얼른 사과했다.

"성메이, 미안해."

"사과 안 해도 돼. 우리 이제 공평해졌어. 난 네 행적을 뒤에서 떠벌렸고 넌 바이촨과 짜고서 날 속였으니까 서로 빚은 없는 거야."

"맞아."

앤디는 긴말하기 싫어서 곧장 방향을 틀어 2201호로 가면서 한 번 더 말했다.

"그래, 네 말이 맞아."

어안이 벙벙해진 추잉잉이 물었다.

"앤디 언니랑 바이촨 오빠가 언니를 속였다니? 그게 무슨 말이야?"

판성메이가 벌컥 화를 냈다.

"속였으니까 속였다고 하지. 고맙다는 인사를 들으려고 뻔뻔하게 날 속였단 말이야. 무슨 뜻이냐고? 그래, 나 바이촨이랑 헤어졌어. 고소해 죽겠지?"

"뭐? 설마."

판성메이는 추잉잉의 말에 대답하지 않고 곧장 백을 들고 출근길에 나섰다. 끝장난 게 아니라면 간이 배 밖으로 나오지 않고서야 왕바이촨이 어제 밤부터 지금까지 소식이 없을 리가 없었다. 판성메이에게 거짓말한 사실이 들통나고 사업도 뜻대로 안 됐으니 이보다 더 망신스러운 일이 또 있을까. 왕바이촨은 판성메이를 볼 낯이 없었다. 그렇다. 애초에 바오 회사와의 거래가 성사되지 않았다고 솔직히 말했으면 체념으로 끝날 일이고 판성메이한테 잔소리 몇 마디 더 들으면 그만인 일이었다. 적어도 지금처럼 이런 지경에 이르지는 않았을 것이다.

방 밖에서 화난 목소리가 시끄럽게 들리자 관쥐얼은 잠이 덜 깨어 게슴츠레한 눈으로 나오며 추잉잉에게 영문을 물었다. 추잉잉도 자초지종을 몰랐지만 자신 있게 대답했다.

"성메이 언니는 매력적이고 바이촨 오빠는 언니를 무척 사랑해. 일단 이건 확실한데 자세한 건 이따가 앤디 언니한테 물어봐야겠어. 아니면… 바이촨 오빠한테 물어보든지."

관쥐얼은 눈을 끔뻑거리며 말했다.

"내가 물어볼게."

"어쨌든 앤디 언니가 바이촨 오빠랑 짜고서 성메이 언니를 속인 건 사실이 아닐 거야. 둘이 어떻게 작당을 해? 아, 바이촨 오빠 사업 때문인가?"

관쥐얼은 아직 정신이 들지 않아서 멍하니 고개를 흔들기만 하다가 욕실로 들어갔다. 출근길에 관쥐얼은 정신을 가다듬고 판성메이가 한 말이 무슨 의미인지 앤디에게 물었다. 앤디가 대답했다.

"바이촨 씨가 바오이판 회사에 샘플을 보냈는데 테스트에서 탈락했어. 바이촨 씨는 성메이가 그 사실을 알면 또 불평하고 두 사람 사이가 나빠질까 봐 걱정스러웠는지 나한테 비밀로 해달라고 하더라고. 난 그러겠다고 했지. 어쨌든 내 실수야. 남의 사생활에 간섭하지 않는다는 원칙을 지키지 못했거든. 전에 성메이가 내 사생활을 자기 맘대로 해석해서 일을 복잡하게 만들었던 사건하고 같은 경우라고 보면 돼."

관쥐얼은 듣기만 할 뿐 아무 말도 하지 않았다. 앤디가 이미 사실을 인정하고 받아들인 이상 더 할 말이 없었지만 그래도 한마디 건넸다.

"언니는 두 사람을 위해서 그런 거잖아."

"동기가 변명이 될 수는 없어. 내가 잘못한 건 맞아. 바이촨 씨의 말로는 오늘 기분이 진정되면 성메이한테 사과한댔어. 잘 해결될 거야."

관쥐얼은 아직 수면 상태에서 벗어나지 못하고 있던 뇌세포들이 자극을 받아서 하나씩 깨어나는 것 같았다.

"잘 안 될 수도 있어. 성메이 언니의 마음이 풀어지려면 바이촨 오빠가 수모를 꽤 받아야 할걸. 아, 언니가 거짓말한 이유도 그 때문이구나."

"감정이 앞서면 안 되는 거였는데 내 잘못이야. 하지만 사과는 한 번으로 족해. 더는 안 해."

관쥐얼은 말없이 한참을 있다가 입을 열었다.

"언니, 방금 한 말은 성메이 언니한테 안 하는 게 좋겠어. 오해 사기 쉬운 말 같아."

"오해해도 괜찮아. 어차피 성메이랑 잘 지낼 마음은 버렸으니까. 사과는 내 잘못을 인정한다는 의미로 했을 뿐이야. 화해하려는 뜻은 없어."

관쥐얼은 말문이 막혔다. 그녀는 말을 하진 않았지만 속으로 어느 편에 설지 재빨리 결정했다. 능력 있는 사람 편에 선다고 오해받을 수도 있겠지만 앤디의 편을 들기로 했다.

판성메이는 며칠째 꼿꼿이 서서 근무했더니 쑤시고 아프던 허리와 등의 통증은 여전했지만 조금 무뎌졌는지 그럭저럭 버틸 만했다. 업무는 간단치가 않았다. 문제가 발생했을 때 해결하지 못하면 고객의 원성을 들으므로 무조건 확실하게 처리해야 했다. 퇴근 시간이 되어 가장 먼저 휴대폰부터 켰다. 왕바이촨의 메시지는 없었다. 부재중 전화 목록에도 그의 이름은 없었다. 판성메이는 속이 답답해서 뒤집어질 것 같았다. 그녀의 얼굴은 이미 죽을상이 되었다.

취샤오샤오는 생각지도 못한 왕바이촨의 팩스를 받았다. 팩스 발신자를 막 확인한 찰나에 왕바이촨에게서 전화가 왔다.

"샤오샤오 씨, 팩스 받았어요? 내 고객 한 분이 이런 제품을 생산하는 곳을 찾는데 전에 그쪽 창고에서 본 기억이 나서요."

취샤오샤오는 정신이 번쩍 들었다.

"10초만요. 팩스부터 볼게요."

왕바이촨은 휴대폰을 든 채로 가만히 기다렸다. 취샤오샤오는 몇 초 만에 팩스를 죽 훑어보더니 바로 수화기에 대고 말했다.

"오빠, 안 끊었죠?"

"말해요. 그쪽 제품 맞죠?"

"맞아요. 소개해줘서 고마워요, 오빠. 커미션 좀 챙겨 드릴게요."

왕바이촨이 웃으며 말했다.

"어려운 일도 아닌 걸요. 친구끼리 돕고 살아야죠. 고객이 마침 하이시에 있어요. 저하고 상담하러 왔는데 내가 저녁 초대할 거니까 샤오샤오 씨도 와요. 나하고는 꽤 오래 전부터 아는 사이라서 내가 있으면 샤오샤오 씨가 더 편하겠죠."

"하하, 잘됐네요. 정말 고마워요. 그럼 시간하고 장소 알려줘요. 시간 맞춰서 갈게요. 커미션은 친형제끼리도 확실하게 계산하는 거예요. 오빠가 도와줬는데 감사의 뜻으로 당연히 사례해야죠. 그래야 다음에 또 도움을 받을 거 아네요. 성메이 언니가 오빠한테 저를 안 좋게 얘기해서 제가 마음에 안 들겠지만 오빠의 선심은 의심하지 않을게요. 식당 주소랑 시간은 팩스로 다시 보내 주세요. 성메이 언니 호텔은 아니죠?"

"성메이 호텔에는 못 가죠. 메일로 보낼게요. 저녁에 봐요. 고객 중 1명은 사장인데 마흔 살 정도 되는 남자고 기술 분야 전문가예요. 또 1명은 구매 담당인데 역시 남자고 서른 살쯤…."

왕바이촨이 고객의 신상을 간략히 말하자 취샤오샤오는 주의 깊게 들으면서 실수하지 않기 위해 얼른 펜을 쥐고 메모했다. 그녀는 2명의 고객과 만날 생각을 하니 가슴이 두근거렸다. 하지만 그 전에 왕바이촨에게 받은 팩스를 들고 엔지니어를 찾아가서 거래를 어떻게 성사시킬지 의견을 나눴다.

왕바이촨은 당연히 퇴근길에 성메이를 데리러 가지 않았다. 고객을 융숭하게 접대하는 것으로 그녀에 대한 미안한 마음을 대신했다. 왜냐하면 그는 열심히 일하고 부지런히 돈을 벌어야 판성메이에게 무시를 당하지 않는다고 생각했기 때문이다. 원래는 접대가 있어서 저녁에 데리러 가지 못한다고 메시지를 보낼까 하는 생각도 했었다. 그러나 싸운 뒤에 직접 만나서 얘기하지 않고 메시지만 보내면 판성메이가 불쾌해하고 오히려 그녀의 원망을 들을 것 같았다. 그래서 잠시 갈등하다가 차라리 연락하지 않고 무심한 척하기로 했다.

판성메이는 퇴근 시간에도 왕바이촨의 연락이 없자 고개를 숙이고 묵묵히 휴대폰만 들여다보며 호텔 밖으로 나왔다. 만약 왕바이촨이 연락도 없이 나타나서 깜짝 놀라게 하면 본체만체하며 곧장 앞으로만 직행할 마음의 준비도 했다. 그런데 지하철 입구에 도착할 때까지 그녀 앞에는 아무도 나타나지 않았다. 그녀는 걸으면서 휴대폰을 보느라 흐릿해진 눈을 들어 주변을 살폈다. 소리 없이 따라와서 그녀의 기분을 맞춰 줄 낯익은 얼굴은 보이지 않았다. 판성메이는 더 화가 났다. 지하철역 입구를 지나쳐 몇 걸음 더 앞으로 나아가며 거리를 거닐기 시작했다.

마음이 불편하니 아무것도 눈에 들어오지 않았고 사고 싶은 것도 먹고 싶은 것도 없었다. 그녀는 온몸에 기운이 다 빠져서 집으로 돌아왔다.

회의에 참석한 잉친 때문에 저녁 약속이 없어진 추잉잉은 시장에 가서 고기와 채소 등을 한 아름 사가지고 귀가했다. 그녀와 잉친이 며칠간 먹을 점심 도시락을 장만하기 위해 장을 봐 왔다. 추잉잉은 평소보다 일찍 귀가한 판성메이를 보며 뭔가 큰일이 났음을 예감했다. 아침에 관쥐얼이 알려주기를 오늘 왕바이촨이 사과를 할 거라고 했다. 그런데 상황을 보아하니 무슨 이유인지는 몰라도 왕바이촨이 사과를 하지 않은 것 같았다. 추잉잉은 몰래 관쥐얼에게 메시지를 보내서 착각한 건 아닌지 물었다. 관쥐얼은 아직 하루가 끝나지 않았고 늦은 밤에라도 전화가 올 수 있으니 유심히 지켜보라고 했다. 추잉잉은 관쥐얼의 말이 일리가 있다고 생각되어 그녀의 말대로 잠자코 있었다. 그러다가 먹음직스러운 돼지고기 채소탕을 완성한 뒤에는 판성메이를 불러서 한 그릇 먹게 했다. 음식으로나마 판성메이를 응원하고 싶었던 것이다.

추잉잉은 저녁 내내 방 밖에서 들리는 소리에 귀를 쫑긋 세웠다. 판성메이의 휴대폰이 울릴 때를 간절히 기다리고 있었다. 이왕이면 휴대폰이 울린 뒤에 판성메이가 경쾌한 하이힐 소리를 내며 한밤중에 외출하기를 바랐다. 그러나 관쥐얼이 귀가하기를 눈이 빠지도록 기다리는 동안 추잉잉의 바람은 이루어지지 않았다. 관쥐얼이 집에 오자 추잉잉은 관쥐얼을 따라 그녀의 방으로 들어가서 어떻게 된 일인지 물었다.

"앤디 언니한테 바이촨 오빠 불러오라고 해야 하는 거 아니야?"

"어제 앤디 언니가 어제 바이촨 오빠랑 얘기했다는데 언니 말도 소용없었나 보지. 지금 두 사람 다 뿔이 나서 아무도 먼저 화해하려고 하지 않아. 어쩜 좋지?"

추잉잉은 눈을 깜빡이며 생각에 잠겼다가 잠시 뒤에 좋은 생각이 떠올랐다.

"내가 성메이 언니를 위해서 희생하겠어. 이런 일은 너무 오래 끌면 안 좋아. 내일 식사를 초대할게. 잉친을 정식으로 소개하는 자리를 마련할 테니까 모두 참석하는 걸로 해. 남자 친구 동반으로. 바이촨 오빠한테는 내가 연락하면 돼. 둘 다 체면을 중요하게 여기니까 다 같이 모인 자리에서 자연스럽게 화해할 수 있을 거 같아."

"그거 좋은 생각인데? 내일 무조건 다 참석하라고 하자. 가장 중요한 사람은 바이촨 오빠니까 네가 책임지고 오게 해. 오빠가 안 오면 다 헛수고니까."

추잉잉은 왕바이촨에게 곧장 메시지를 보냈다. 식사에 초대하는 이유를 구구절절하게 설명하고 참석할 시간이 되는지 물었다.

마침 취샤오샤오와 식사 중이던 왕바이촨은 메시지를 받자마자 그녀에게 보여주며 웃었다.

"하하, 우리 내일도 같이 식사하겠는데요."

취샤오샤오도 웃으며 말했다.

"잉잉이 나는 초대 안 할 거예요. 내 예상이 틀리면 내일 위스키 1병

쏠게요."

왕바이촨은 웃으며 곧장 답장을 보냈다. 꼭 제 시간에 참석하겠다고 전하며 미리 식당 주소를 알려 달라고 부탁했다. 더불어 다음에 자기도 초대해서 보답하겠다고 했다. 그는 추잉잉이 자신과 성메이를 화해시키려고 마련한 식사 자리임을 눈치 챘다. 판성메이가 22층 사람이 모두 모인 자리에서 자신을 난처하게 하지는 않을 것이므로 그에게는 매우 중요한 기회였다. 당연히 취샤오샤오에게는 이런 속사정을 말하지 않았다. 자칫하다가 취샤오샤오가 또 소란을 피우면 곤란해질까 봐 입을 닫았다. 취샤오샤오는 자신이 말썽을 부릴까 봐 왕바이촨도 조심하고 추잉잉도 자신을 초대하지 않았음을 잘 알고 있었다. 뜻밖에도 취샤오샤오는 사업적으로 두뇌 회전이 빨라서 조금도 소홀함 없이 왕바이촨과 고객을 충분히 만족시켰다.

앤디는 퇴근길에 웨이궈창의 전화를 받았다. 허원리의 빈 저택에 와서 그의 유산을 인수하라고 했다. 앤디는 웨이궈창이 이렇게 실행력이 빠른 사람인지 예상치 못했다. 일처리가 너무 빨라 의심이 더욱 깊어졌다. 의심은 의심이고, 일단 퇴근 후에 가 보려고 마음먹고 있었다. 그런데 공교롭게도 바오 부인이 모임을 마친 뒤에 집으로 돌아가는 비행기 편을 취소하고 앤디를 만나러 회사까지 직접 찾아왔다.

앤디는 급하게 사무실을 나가다가 바오 부인과 맞닥뜨리자 머리끝이 쭈뼛 곤두섰다. 하는 수 없이 바오 부인에게 인사하고는 곧바로 할 말부터 했다.

"지금 어디에 묵고 계세요? 제가 모셔다 드릴게요."

"내 아들이 지금 자기가 샌드위치 신세라더군요. 그래서 직접 오해를 풀려고 이렇게 왔어요. 아들 심사가 복잡해서 사업에 영향을 주면 안 되니까요. 식사 대접할 테니까 같이 얘기 좀 나눠요."

"어쩌죠, 선약이 있어요. 우선 엘리베이터 타시죠."

"아, 또 식사 약속이 있어요? 그럼 그 근처에서 요기하면서 기다릴 테니까 자리 파하고 와요. 얘기하고 싶어요. 휴, 아들이 내 잘못이라고 하니까 오늘 꼭 사과해야 마음이 편할 거 같네요."

"음, 곤란해요. 죄송합니다."

바오 부인은 사람이 북적거리는 엘리베이터 안에서 잠시 입을 닫았다가 앤디의 차에 타고 나서 다시 말을 꺼냈다.

"앤디 씨, 우리는 사고방식이 달라요. 나는 중국 전통 사고방식에 젖어 있고 앤디 씨는 서양 젊은이의 사고방식을 갖고 있죠. 어젯밤에 생각해 보니 이런 차이 때문에 갈등이 생긴 거 같아요. 아마 앤디 씨는 모를 거예요. 중국에서 며느리를 얻을 때는 말이죠, 양가 어른들끼리 만나서 이러쿵저러쿵하지 않고 먼저 결혼 당사자의 궁합부터 봐요. 그래서 두 사람이 잘 맞으면 오래오래 잘 살 거라고 믿고 결혼을 추진해요. 결혼 과정에서는 서로 감추는 거 없이 투명하게 진행하고요. 우리 둘의 생각 차이로 자꾸 부딪치면 가장 힘든 사람은 바로 내 아들이에요. 난… 음, 세상에서 가장 사심이 없는 사랑이 바로 모성애라고 생각해요. 이건 누구도 부정 못 하죠. 그래서 아들을 위해서 생각을 바꾸려고 해요. 우리 앞으로 자주 만나요. 만나서 요즘 젊은이들이 어떤 생각을 하고 뭘 좋아하는지 얘기 나눠요."

앤디는 속으로 생각했다. 두 사람 사이의 문제는 사고방식의 차이와는 전혀 무관하며 오로지 바오 부인이 자신에게 악의를 품고 있는 게 핵심이라고 말이다. 하지만 앤디는 바오 부인에게 이 점을 직접 지적할 수 없어서 돌려 말했다.

"바오이판이 저하고 결혼하겠다고 해요? 저는 아직 그런 얘기 나

눈 적 없는데요."

바오 부인은 충격을 받은 듯이 눈을 부릅뜨며 물었다.

"연애는 하고 결혼은 안 한다고요? 왜요?"

"아, 이건… 역시 사고방식의 차이인데, 중요한 문제예요. 어떻게 설명해야 할지, 일반적인 문제가 아니라서 제가 충분히 설명할 수 있을지 모르겠어요. 중국어 실력이 썩 좋은 편이 아니거든요. 댁에 가셔서 바오즈에게 물어보시겠어요? 혹시 실례가 안 된다면 영어로 할까요?"

바오 부인은 기가 막혀서 혼잣말을 주절거리듯이 말했다.

"둘이… 결혼을 안 한다고?"

바오 부인은 전혀 예상치 못한 상황에 몹시 당황했다. 시집을 올 마음이 없다는 말이 진심인지 거짓말인지 도무지 갈피가 잡히지 않았다.

"결혼은 번거로워요. 재산 문제만 해도 그래요. 결혼 전에 각자 재산을 밝히고 부부재산계약서를 작성해야 하잖아요. 전 국외에도 재산이 있고 국내에도 얼마 전에 받은 유산이 있어요. 확실하게 하려면 전문회계사를 고용해야 하고, 그렇게 하면 깔끔하고 공정하게 처리되겠지만 어쨌든 한계는 있어요. 바오이판은 저하고 경우가 또 달라요. 바오 회사는 가족 기업이잖아요, 상장 회사도 아니고요. 따지고 보면 전 가족의 재산이니까 바오이판 개인의 혼전 재산이 얼마인지 정확히 계산하기 어렵죠. 그리고 결혼 후에는 두 사람이 수입을 공유할 텐데 여기에도 두 가지 문제가 발생해요. 첫째로, 저는 바오이판의 자산과 수입을 정확하게 알고 싶어요. 사장으로서 받는 월급과 자산 증가액 부분도 포함해서요. 둘째는, 만약 바오 집안에서 내가 바오이판의 수입을 나눠 갖는 걸 원하지 않는다면 계약서를 작성하기에 앞서 만반의 대비책을 마련할 텐데 전 그런 불공정한 혼전 계약은 원치 않아요. 할 이유가 없죠. 그래서 결혼을 안 하면 모두가 홀가분해져요."

바오 부인은 자신이 가장 걱정하던 일을 앤디의 입을 통해 솔직하게 들었다. 하지만 듣고 나니 앤디가 결혼하면 얻게 될 권리를 쉽게 포기하는 것이 더욱 마음에 걸렸다. 바오 부인은 바로 생각을 가다듬고 말했다.

"결혼하면 내 아들의 재산도 가질 수 있잖아요. 설사 집안에서 재산에 손을 못 대게 해도 많든 적든 얼마쯤은 챙길 수 있을 텐데 연애만 하고 결혼을 안 하면 한 푼도 손에 쥘 수 없죠. 아마 평판도 나빠질 거고요. 똑똑한 사람이라면 당연히 결혼을 선택하지 않겠어요? 앤디 씨, 내가 늙어서 아둔할 거라고 얕보면 안 돼요."

앤디가 웃으며 말했다.

"사모님 얕본 적 없어요. 아드님에게 물어보세요. 저에게 결혼은 사랑을 완성일 뿐이에요. 결혼에 조건이 붙으면 사랑은 순수함을 잃어요. 그럴 바에는 결혼을 안 하는 게 낫죠."

"결혼을 안 하면 남자는… 쉽게 마음이 변해요. 스무 살 남짓인 여자가 그렇게 말하면 믿겠지만 앤디 또래가 그런 생각을 갖고 있다면 믿기 어렵죠."

"못 믿으신다니 어쩔 수 없군요. 오늘은 그냥 서로 다른 생각을 소통한 기회로 여기기로 해요."

바오 부인은 기분이 영 언짢았다. 얘기를 하다 보니 자신은 가진 패를 이미 다 꺼내 버려서 남은 패가 없는 듯했다. 그녀는 차에서 내리기 전에 마지막으로 앤디에게 말했다.

"내 아들이랑 결혼할 때 어떻게 할지 두고 보죠."

앤디는 즉시 대답했다.

"변함없을 거예요."

앤디는 바오 부인을 데려다 주고 오면서 새로운 사실을 하나 알게 되었다. 결혼을 하면 그로 말미암아 떼 놓을 수도 없고 벗어날 수도 없는 새로운 가족이 생긴다는 점이다. 그렇게 되면 앤디는 결혼이라는 전통 제도 하에서 얻는 것보다 잃는 게 더 많아진다. 다시 말해 삶의 질이 떨어질 수 있다는 뜻이다. 앤디는 바오 부인의 주장에 명분을 제공하느니 결혼을 하지 않는 게 낫다고 생각했다.

앤디는 웨이궈창과 만나기로 한 저택에 예상보다 빨리 도착했다. 그녀는 저택으로 들어서자마자 뜻밖의 상황에 놀랐다. 이미 이중 철문과 경비 시설이 완비되어 있었다. 웨이궈창이 빨리 손을 써 둔 것이었다. 실내에는 웨이궈창 한 사람밖에 없었다. 그는 손에는 명세서 1장이 들려 있었다. 앤디는 노크를 하고 안으로 들어가서 차가운 시선으로 웨이궈창을 마주보다가 이내 고개를 돌려 집안을 가득 채운 유산들을 훑어봤다.

앤디는 유산 목록을 들고 구글 검색창을 열어서 낯선 명칭들을 영어로 번역한 뒤에야 어떤 물건인지 알 수 있었다. 무슨 돌이니 나무니 하는 것들은 모두 박물관에서 본 기억이 있었다. 그러나 막상 바로 눈앞에서 보고 있으니 뭐가 뭔지 구분하기 어려웠다. 장인이 만든 거무튀튀하고 오래된 목제 가구들은 그녀의 눈을 현혹시켰다. 하지만 심미안이 없는 그녀는 시커먼 가구에 어떤 미적 감각이 숨어 있는지는 알지 못했다.

앤디가 실내를 살피는 동안 그녀는 굳이 고개를 돌려서 확인하지 않아도 웨이궈창이 자신을 주시하고 있음을 느낄 수 있었다. 그녀는 웨이궈창의 시선이 불편했다. 지금 이렇게 관심을 쏟을 거면 30년 전에는 왜 떠났고 다시 돌아오지 않았을까. 어쩌면 당시 역사적인 이유 때문에 불가항력의 고충이 있었을지도 모른다. 하지만 그렇다고 해서 앤디가 그 역사의 짐을 등에 업고 웨이궈창을 이해하고 인정해야 하는 것은 아니다. 그녀에게는 그럴 이유도 마음도 없다.

웨이궈창은 앤디가 자신을 돌아볼 때까지 기다렸다가 유산 목록의 사본을 앤디에게 건넸다. 앤디가 사본을 받으며 말했다.

"확인 안 해도 돼요. 제게 감추고 싶은 게 있었다면 이것들을 제 앞에 갖다 놓지도 않으셨겠죠. 열쇠만 전부 넘겨주시면 돼요."

웨이궈창은 반론하지 않고 의미심장하게 웃었다. 동의와 안도의 의미가 담긴 웃음 같았다. 그는 열쇠를 모두 꺼내서 앤디에게 주며 말했다.

"작은 열쇠는 저 알루미늄 박스를 여는 거다. 이왕이면 알루미늄 박스는 은행 금고나 집에 있는 개인 금고에 보관했으면 한다. 명의 이전은 이미 처리가 완료됐고 관련된 각종 서류는 서류 봉투에 넣어 두었다. 나머지는 택배로 보내 주마."

앤디는 평소에 자신이 주로 사용하는 여행 가방과 비슷한 크기의 알루미늄 박스를 한번 쳐다보고는 다시 웨이궈창을 봤다. 어딘가 묘한 기분이 들었다. 그녀는 그 박스가 예사롭지 않아서 다가가서 뚜껑을 열었다. 안에는 비단으로 만든 옛날식의 크고 작은 함과 개성 넘치는 외관의 보석함이 빼곡하게 들어차 있었다. 앤디는 층층이 쌓인 함들 속에서 그녀의 눈길을 확 끄는 작고 파란 함을 꺼내어 뚜껑을 열었다. 안에는 티파니 다이아몬드 귀걸이가 들어 있었다.

"이건 목록에 없었는데요. 저한테 주려고 몰래 넣어 둔 건가요?"

"목록에 있어. 장신구 19건 중 한 가지에 포함된다."

앤디는 장신구 함을 하나하나 열어 보다가 의구심이 들었다.

"어르신이 이런 현대적인 물품을 가지고 계셨다고요?"

"반평생 결혼은 거부하셨지만 가까이 지낸 여성은 몇 분 계셨다. 이것들은 그 분들께 전하지 못한 거야. 옥석과 골동품을 비단 함에 넣어서 선물한 것까지 합하면 더 많지. 그것들도 전부 목록에 자세히 적혀 있어."

앤디는 믿기지 않아서 비단 함 몇 개를 열어 보았다. 과연 고색이 창연한 옥석이 담겨 있고 기이하게 생긴 동물 모양의 돌 조각도 있었다. 반투명한 조각에는 짙은 빛깔의 때가 끼어 있었다. 앤디는 무심결에 손톱으로 그것을 긁어내려 하자 웨이궈창이 다급하게 말리며 말했다.

"긁으면 안 돼. 골동품에 생긴 자국은 지우는 게 아니야."

골동품이라고? 앤디는 웨이궈창이 은행 금고에 보관하라고 말한 이유를 그제야 이해했다. 그녀는 목록을 다시 보았다. 목록에는 소량의 장신구, 옥석, 골동품 등이 뭉뚱그려 기록되어 있었다. 값을 알 수 없는 알루미늄 박스 속의 물건들도 다시 보았다. 그러고 나니 불현듯 경각심이 들었다. 앤디는 눈짐작으로는 작아 보이지만 사실은 꽤 묵직한 앉은뱅이 의자를 웨이궈창에게 건네고 자신도 하나 끌어당겨 앉으며 말했다.

"죄송해요. 생각이 바뀌었어요. 정식으로 유품 인도 절차를 밟아야겠어요. 모든 물품을 정확한 숫자로 기록하고 각 물품마다 상세 설명을 덧붙여서 오늘 제가 실제로 인수한 물품 목록을 새로 작성하죠."

웨이궈창은 인상을 약간 찡그리며 대답했다.

"알았다. 밑에도 목록이 또 있으니 모두 모아서 철저하게 하자꾸나."

기록하는 일은 중국어 실력이 달리는 앤디를 대신해서 웨이궈창이 도맡았다. 현대 장신구는 익숙하지만 골동품과 옥석은 이름부터 희한하고 낯설었다. 비휴 같은 생소한 동물 이름도 웨이궈창이 기록했다. 앤디는 인터넷으로 외관과 명칭을 신중하게 검색해서 확인이 되면 목록에 넣었다. 이처럼 주의 깊고 신중한 앤디와 달리 웨이궈창은 가볍게 일을 처리했다. 골동품과 옥석을 들고 여유롭게 매만지며 감상하기도 했다. 특히 옥으로 만든 향로에 낀 묵은 때는 벗겨 내지 않고 그대로 두고 보기만 했다. 앤디로서는 이 점이 도무지 이해되지 않았다. 물론 그녀는 손이 더러워질까 봐 만지고 싶지도 않았지만 말이다.

웨이궈창은 드문드문 앤디에게 과거 이야기를 해주었다. 그는 원래 이런 물건에 전혀 관심이 없었는데 부잣집에서 태어나고 자란 허 선생 덕분에 잘 알게 되었다고 했다. 허 선생은 골동품을 무척 좋아했다. 그림을 팔아서 번 돈의 대부분을 각종 골동품을 사들이는 데 썼고, 꾸준히 사 모은 골동품으로 휑한 집안을 차곡차곡 채웠다. 들리는 말로는 가구로 가득 채워진 이 집이 허 씨 집안의 옛 모습을 그대로 재현하지는 못했지만 허 선생은 이곳에서 잠깐이나마 옛 생각에 잠기곤 했다고 한다.

앤디는 웨이궈창의 말에 대꾸하지 않았다. 그가 어떤 얘기를 해도 앤디는 그의 말을 한마디도 이어받지 않았다. 그러던 중에 1통의 전화가 그의 흥을 깼다. 웨이궈창은 "응… 응." 하며 대답만 하더니 "알았네." 하고 말한 뒤에는 갑자기 말이 없어졌다. 앤디는 여전히 그를 없는 사람처럼 대했고 당연히 관심도 주지 않았다.

무거운 분위기 속에서 약 30분쯤 지났을 때 갑자기 앤디의 배 속에서 꼬르륵 소리가 났다. 배가 고팠던 모양인지 고요한 방안에서 또렷하게 들릴 정도로 소리가 크게 울렸다. 웨이궈창은 고개를 들어 앤디를 보며 이윽고 침묵을 깼다.

"아내가 입건되었단다. 이제 널 귀찮게 안 할 거다."

앤디는 귀를 기울이면서도 눈은 알루미늄 박스 안의 물건들을 향하고 있었다. 웨이 부부의 이혼 소동과 허원리가 상속한 뜬금없는 유산에 얽힌 일들이 머릿속을 빠르게 스치고 지나갔다. 하지만 앤디는 여전히 입을 닫고 있었다. 의문은 가득했지만 나중에 탄쭝밍에게 물어볼 생각이었다.

웨이궈창은 혼잣말을 중얼거렸다.

"참 어리석은 사람이야. 미련한 놈팽이 같은 상사를 따라다니면서 여기저기서 돈을 뜯어먹었나 봐. 그런 놈이랑 하는 짓이면 뻔하지. 그래서 큰일이 생기기 전에 조심하라고 경고했는데 듣지도 않고 멋대로 설치더니 저렇게 됐구나."

앤디는 웨이궈창을 바라보기만할 뿐 한마디도 하지 않았다. 그런데도 웨이궈창은 말을 멈추지 않았다. 마치 속에 꾹 눌러 담아 두었던 말을 봇물 터지듯 쏟아냈다. 앤디는 그의 속사정을 가만히 듣고만 있었다. 알고 보니 웨이궈창이 이혼을 원한 이유는 아내의 문제에 엮이지 않기 위해서였다. 허원리의 유산을 모두 앤디에게 넘긴 이유도 아내 때문이었다. 이혼하면서 집안의 재산을 전처에게 나눠 주느니 차라리 맨몸으로 헤어지는 게 낫다고 여긴 것이다. 유산에 욕심을 내다가 가진 재산을 다 잃게 되는 우를 범하지 않기 위한 결정이었다. 앤디도 그의 결정이 옳았다고 생각했다. 만약 허 선생의 유산을 웨이 부인에게도 분배했다면 이혼할 때 웨이 부인이 챙겨간 재산까지 모두 몰수될 뻔했다. 하지만 웨이궈창이 단순히 아내 문제에 얽히지 않고 재산을 지키려고 이혼을 선택했을까? 앤디는 그 이유만은 아닐 거라고 의심했다. 분명 다른 이유가 더 있기에 허원리의 전 재산이 앤디의 손에 그렇게 쉽게 들어왔다고 생각했다. 앤디는 뜻밖에도 웨이 부인의 입건으로 의심이 더욱 깊어졌다. 지금 그녀가 할 수 있는 일은 웨이궈창의 일로 자신이 무고하게 피해를 입지 않도록 스스로를 보호하는 것뿐이었다. 이런저런 의심을 하는 가운데 앤디와 웨이궈창의 유산 인수인계는 각자 서명하는 절차를 끝으로 마무리가 되었다. 앤디는 자기가 할 일은 다 끝냈다고 생각했다.

그때 웨이궈창이 밖으로 나가려다 말고 뜬금없는 말을 건넸다.

"바오 집안에 대해 좀 알아봤다. 자산 상황이 깔끔하더구나. 회사도 안정적으로 성장하고 있고. 다만 들리는 소문에 부부가 사업 수완은 제법인데 품위가 없다고 하니 네가 맘고생을 할까 봐 염려스럽다. 바오 집안의 아들이 널 좋아하는 건 그 집안으로서는 복이 넝쿨째 굴러 온 셈이니까 네가 기죽을 필요는 없어."

앤디는 아연실색했다. 바오 부인이 자신을 뒷조사했었는데 웨이궈창도 몰래 바오이판을 조사하고 있었던 거였다. 어쩌면 사람들이 하나같이 이렇게 점잖지 못한지. 앤디는 이중 철문을 열며 웨이궈창에게 똑 부러지는 말투로 "상관 마세요." 라고 말했다.

웨이궈창은 난처한 얼굴로 나갔다. 앤디는 온 집안을 가득 채운 가구들 사이를 한가롭게 걸었다. 그녀는 웨이궈창의 간단한 설명과 인터넷에서 검색한 정보 덕분에 골동품을 조금이나마 알게 되었지만 감상하기엔 다소 무리였다. 집안을 어슬렁거리며 시간을 흘려보내던 앤디는 웨이궈창이 꽤 멀리 갔으리라 짐작되는 즈음에 빈손으로 집을 나섰다. 웨이궈창이 귀하게 보관하라던 알루미늄 박스는 들고 나오지 않았다. 행여 그 박스를 탐내는 사람이 그녀에게 해코지라도 할까 봐 두려워서 맨몸으로 나왔다.

하필이면 추잉잉이 식사를 초대한 날에 잉친이 회사 일로 바빠서 모임은 다음 날로 연기되었다. 추잉잉은 모두에게 단체 문자를 보내고 참석 여부를 알려 달라고 했다. 취샤오샤오한테는 보내지 않았지만 취샤오샤오는 왕바이촨이 받은 메시지를 통해 모임을 확인하고 제 발로 참석하기로 했다. 취샤오샤오는 일부러 알람을 맞춰 놓고 이른 아침에 일어났다. 1시간을 덜 자더라도 추잉잉에게 가서 따져 물어야 했기 때문이다.

"너 남자 친구 소개하기로 했다며? 나는 왜 초대 안 했어? 따돌리는 거야?"

"네가 한 짓을 생각하면 당연히 안 불러야지. 그 대신 맛있는 거 포장해 올게."

추잉잉은 단호하게 거절하다가 문득 궁금해졌다.

"어떻게 알았어?"

"안 그래도 돼. 직접 가서 먹을 거니까. 시간하고 장소만 말해."

"누가 너한테 알려줬는지 말하면 나도 생각해 볼게."

"하하, 싫어. 네가 인정머리 없게 굴어서 나도 맘대로 할 거야. 시간하고 장소 알아내서 찾아갈 테니까 딱 기다려. 네 휴대폰 해킹 당할지도 몰라."

그때 마침 누군가 뒤에서 취샤오샤오의 땋은 머리를 잡아당겼다. 취샤오샤오가 비명을 지르며 돌아보니 운동하고 돌아온 앤디가 서 있었다.

"흥, 언니는 나한테 왜 이래? 잘잘못부터 가려야지. 22층 사람들 다 초대해서 저녁 먹고 잉잉 남자 친구도 소개한다는데 나만 안 부르잖아. 이유는 알아야지."

추잉잉이 당당하게 말했다.

"굳이 말해줘야 해? 다들 이유를 알고 있으니까 넌 반성이나 해. 자, 다시 기회를 준다, 자백하고 용서 받아. 누가 알려줬어?"

"네 남자 친구가. 하하. 전에 차 번호 외웠더니 금방 연락이 닿더라. 흥, 네가 말 안 하면 또 네 남자 친구한테 물어보지 뭐. 이름이 잉친이라던데? 흥."

취샤오샤오는 땋은 머리를 흔들며 몸을 돌려 뒤에 있던 앤디에게 짓궂은 표정을 짓더니 득의양양하게 자기 집으로 돌아갔다.

초조해진 추잉잉은 반사적으로 시간과 장소를 큰소리로 말해 버렸다. 취샤오샤오는 다시 현관문을 열고서 작전에 성공했다는 듯이 "예!" 하고 소리를 질렀다.

추잉잉은 취샤오샤오의 꾀에 또 걸려들고 말았다.

추잉잉이 불안해하며 말했다.

"어쩌지? 샤오샤오가 또 훼방을 놓으면 어떡해?"

추잉잉은 애초에 이런 자리를 마련하지 말 걸 그랬다는 생각이 들어 속상했다. 판성메이를 위해 희생한다고 나섰다가 말이 씨가 돼어 자기가 취샤오샤오에게 당하게 생긴 것이다.

"걱정 마. 우리가 있잖아. 샤오샤오는 우리가 해결할게."

판성메이가 먼저 나서서 추잉잉을 달래자 앤디와 관쥐얼도 다가와서 취샤오샤오를 단단히 감시하겠다고 약속했다. 취샤오샤오는 몰래 문틈으로 밖에서 나는 소리에 귀를 기울였다. 그녀들의 진지한 대화를 듣고 있다가 그만 웃음이 터져 배를 잡고 한바탕 웃었다. 취샤오샤오는 귀엽기도 하고 고지식하기도 한 22층 친구들이 그녀의 동창이나 옛 친구들보다 훨씬 재미있었다.

판성메이는 왕바이촨도 식사 모임에 참석하는 줄은 모르고 퇴근하자마자 추잉잉이 예약한 식당으로 갔다. 식당은 추잉잉이 일하는 곳과는 가까웠지만 판성메이의 호텔과는 멀었다. 판성메이가 휴대폰을 켜자 곧바로 집에서 전화가 왔다. 판성메이는 심호흡을 몇 번 하고 난 뒤에 전화를 받았다.

판성메이의 엄마가 말했다.

"사돈댁에서 오빠한테 갔다 왔는데 돈이 있으면 형량이 좀 가벼워진다더라."

"응, 알았어. 내가 알아서 할게."

"나도 네가 알아서 하길 바라지만 만약에 네가 또 돈을 안 주면 나중에 네 오빠가 나왔을 때 너 때문에 못 빼줬다고 말할 수밖에 없어. 그럼 네 입장이 뭐가 되겠냐."

판성메이는 만감이 교차했다. 지난주에 엄마가 이틀째 밥을 구걸하러 다니는 걸 알면서도 마음 독하게 먹고 돈을 주지 않았었다. 그게 최선의 방법이라고 생각했기 때문이다. 그런데 엄마가 오빠한테 자신을 비방할 거라는 얘기를 들으니 뒷일은 안 봐도 뻔했다. 오빠는 분명 자기가 옥살이한 책임을 그녀에게 떠넘기며 보상하라고 찾아오고도 남을 사람이었다. 판성메이는 잠자코 있다가 말없이 전화를 끊어 버렸다.

앤디는 차에서 바오이판의 전화를 받았다. 바오이판이 "어머니가 아침에 집에 오셨어요."라고 말하자 앤디는 심상치 않은 일이 있음을 예감했다.

"어제 어머니 만났어요. 집에 가서 당신한테 얘기하실 거 같아서 난 가만히 있었어요."

"그건 나중에 만나서 얘기해요. 전화로 하면 감정이 상할 수도 있으니까. 그나저나 나 감기 걸렸어요. 목소리 들어 봐요. 코도 막히고 목도 잠겼어요."

"괜찮은데요, 늘 콧소리 냈었잖아요. 차이를 모르겠는데, 심해요?"

"평소에는 애교였고 오늘은 감기라고요. 아프니까 당신이 더 보고 싶은데, 어쩌죠?"

앤디는 웃으며 말했다.

"오늘 저녁엔 접대 없어요? 없으면 일찍 푹 쉬어요."

수화기로 재채기 소리가 연거푸 들렸다. 바오이판은 가까스로 재채기를 멈추더니 겨우 다시 입을 열었다.

"지금 집이에요. 이불 속에 누워서 당신 생각하고 있었어요. 한 12시간쯤 자고 나면 괜찮겠죠. 물론 당신이 옆이 있으면 더 빨리 낫겠지만. 정신적인 위로가 더 필요하거든요."

"일단 끊어 봐요. 2~3시간 뒤 비행기 편이 있는지 알아볼게요."

"아니, 아니. 오지 말아요. 나 때문에 당신이 힘든 건 싫어요. 사랑이 약보다 낫네요. 당신이 오겠다고 말만 했는데도 다 나았는지 코가 뻥 뚫렸어요."

앤디는 퍼뜩 생각이 났다.

"내가 어머니한테 결혼할 생각 없다고 해서 아파요? 약은요?"

바오이판이 박장대소했다.

"진짜 감기예요. 어머니 얘기 듣고 더 우울해진 건 맞지만. 휴…, 어머니는 우리 일에 자꾸 끼어들려고 해요. 말려도 소용없고, 화를 낼 수도 없고, 서운하게 할 수도 없고, 그저 참는 수밖에 없네요. 어머니한테 잘 대해줘서 고마워요."

"우리 공평해졌어요. 웨이궈창도 당신 뒷조사를 했대요. 꽤 자세히 알아본 거 같아요. 듣기 싫어서 상관 말라고 했어요."

"난 어떻대요?"

"듣기 싫어서 상관 말라고 했다니까요. 말도 섞기 싫었어요. 나한테

DNA 물려줬다고 내 앞에서 이래라저래라 하는 건 정말 끔찍해요."

바오이판은 친아버지조차 냉대하는 앤디가 완전히 남인 자기 어머니를 무시하지 않고 인내하며 최대한 노력하고 있어서 고마웠다. 그럼에도 고부 관계를 중재시키는 방법만 생각하면 절망스러웠다. 두 사람 모두 주관이 지나치게 뚜렷하고 고집이 센 사람들이기 때문이다.

취샤오샤오는 퇴근길에 자오치핑에게 연락했다. 자오치핑은 야간 당직이라고 했다. 그 덕분에 한가해진 취샤오샤오는 부담 없이 식사 모임 장소로 출발했다. 때마침 왕바이촨에게서 전화가 왔다. 왕바이촨은 취샤오샤오에게 미리 예방 주사를 놓으려고 전화한 것이었다.

"샤오샤오 씨, 미안하지만 부탁이 있어요. 오늘 성메이랑… 우리 사이에 특별한 일이 있어도 눈 감아 줘요. 성메이를 자극하지 말았으면 해요. 정 못 참겠으면 차라리 나한테 쏟아 부어요. 내가 다 받아 줄 테니까."

취샤오샤오는 약간 어리둥절했다. 판성메이와 왕바이촨이 며칠째 갈등을 겪고 있다는 사실을 22층에서 그녀만 몰랐던 것이다.

"무슨 일인지는 모르겠지만 안심해요. 오빠 말대로 할게요."

"그래요. 고마워요. 지금 얘기하긴 좀 그렇고 이따가 식당에서 구경해요. 미리 알면 재미없으니까."

"와, 오늘 저녁에 구경거리가 많네요. 빨리 가야지. 또 빨간불이네. 아이 참… 급해 죽겠는데."

왕바이촨은 취샤오샤오에게 미리 언질을 주고 나니 마음이 차분해졌다. 취샤오샤오가 강호의 법칙을 운운한 적이 있던 터라 오늘 저녁만은 그와 판성메이에게 엉뚱한 짓을 하지 않으리라고 확신했다.

추잉잉은 계속 노심초사했다. 취샤오샤오가 잉친에게 집적대지 못하게 관쥐얼이 엄호하겠다고 약속했음에도 추잉잉은 불안했다. 취샤오샤오는 원래 남의 말을 새겨듣는 사람이 아니기 때문이다. 추잉잉은 안절부절못하며 먼저 도착한 판성메이를 맞이했다. 뒤이어 앤디가 왔다. 그리고 다행히도 취샤오샤오가 도착하기 전에 왕바이촨이 꽃다발을 안고 멋있고 당당하게 안으로 들어왔다. 판성메이는 마음이 심란해서 왕바이촨을 보자마자 바로 고개를 돌리다가 추잉잉이 자신과 왕바이촨을 화해시키려고 특별히 마련한 자리임을 퍼뜩 깨달았다. 그런데 왕바이촨은 꽃다발을 추잉잉에게 주며 축하한다고 인사하고는 눈웃음을 치며 판성메이 옆에 앉았다.

"성메이, 이틀 동안 정말 바빴어…."

그때 취샤오샤오가 간드러진 목소리로 둘 사이에 끼어들었다.

"성메이, 요 며칠 화장실도 못 갈 만큼 바빴지만 잠들기 전에는 꼭 네 생각했어. 행복하고 건강하라고 3번이나 기도한 다음에야 잠을 청했지. 달콤한 잠에 빠지면 늘 꿈속에서 너를 만났어. 꿈에서 너와 뭘 했는지는 비밀이야. 사랑하는 성메이, 네가 보고 싶어서 이틀 사이에 흰머리가 늘었어. 오직 너만을 위해서…."

취샤오샤오가 한 편의 서정시를 읊는 듯이 말하자 앤디는 손으로 얼굴을 감싸며 웃었다. 잉친은 어안이 벙벙해서 취샤오샤오를 쳐다보며 웃었다. 추잉잉도 웃음이 났지만 잉친의 웃는 얼굴을 보고는 일순간 긴장해서 잉친을 툭 치며 눈치를 줬다.

"성메이 언니 화났어. 웃지 마. 재는 나타났다 하면 말썽이야."

판성메이는 당연히 화가 나서 취샤오샤오를 노려봤다. 왕바이촨은 취샤오샤오가 약속을 어기고 판을 깰 줄은 생각지도 못했다. 그도 오자마자 분위기를 망쳐 놓은 취샤오샤오에게 화가 나서 눈을 부라렸다. 판성메이와 왕바이촨이 동시에 취샤오샤오에게 비난의 화살을 쏘았고 두 사람은 얼떨결에 같은 적을 둔 동지가 되었다. 취샤오샤오는 몸을 흐느적거리며 아무 일도 없었던 듯이 앤디 옆으로 가서 앉고 귓속말하는 척하면서 또렷이 들리는 큰 소리로 말했다.

"저 두 사람은 양심도 없어. 둘이서 한마음으로 나한테 화내는 거 좀 봐. 흥."

앤디는 웃음을 참을 수가 없어서 손바닥을 모아 얼굴을 가렸고 난감해진 판성메이는 더욱 화가 났다. 왕바이촨도 난감하긴 마찬가지였지만 그 틈에 판성메이를 끌어당기며 낮은 소리로 사과했다. 판성메이는 어리둥절해서 눈을 동그랗게 뜨고 왕바이촨을 보면서도 그를 뿌리치지는 않았다. 이렇게 된 이상 상황을 자연스럽게 받아들이는 수밖에 없었다. 관쥐얼이 숨을 헐떡거리며 식당으로 뛰어 들어왔을 때는 이미 모든 상황이 종료되고 평화를 되찾은 뒤였다. 음식도 이미 테이블에 차려져 있었다. 관쥐얼은 추잉잉의 소개로 잉친과 인사를 나누고 취샤오샤오의 옆에 앉았다. 취샤오샤오가 관쥐얼에게 물었다.

"나랑 자리 바꿀래? 너 앤디 언니 껌딱지잖아. 언니 옆에 앉을래?"

이번에는 관쥐얼이 취샤오샤오에게 물었다.

"가만히 있으려니까 온몸에 쥐가 나서 죽겠어? 잉잉, 네가 샤오샤오 좀 꽉 끌어안아야겠다."

앤디가 말했다.

"아까 오자마자 한바탕 난리 났었어. 안 그러면 저렇게 얌전히 있을 리가 없지."

추잉잉도 한마디 거들었다.

"맞아. 22층의 사고뭉치 요괴야."

취샤오샤오는 눈동자를 굴리며 빙긋이 웃는 얼굴로 성토를 들었다. 그 모습이 마치 비난을 즐기는 듯이 보였다. 그러나 한참이 지나도록 판성메이는 취샤오샤오에게 아무 말도 하지 않았다. 취샤오샤오가 입을 열었다.

"사고뭉치 요괴는 어떻게 다루는지 알아? 내 생각엔 말이지, 너희들이 이 요괴한테 숫총각과 숫처녀를 바치면 내가 그것들을 잡아먹고 한 1년은 얌전히 지낼 수 있을 거 같아."

취샤오샤오는 말한 뒤에 열 손가락을 들고 이를 드러내면서 관쥐얼을 잡아먹을 것처럼 달려들었다. 관쥐얼은 비명을 지르며 판성메이와 왕바이촨의 뒤로 도망가 숨으며 말했다.

"오늘은 내 차례야? 너 때문에 못 살겠어."

취샤오샤오는 포기하지 않고 시시덕거리며 관쥐얼을 쫓아갔다.

"22층에서 숫처녀는 너 하나니까 널 잡아먹겠어. 그럼 반년은 조용할 거야. 네가 희생해. 넌 착한 숫처녀니까…."

"절대 안 잡힐 거야."

관쥐얼은 장난을 치면서도 발을 바쁘게 움직여서 이번에는 앤디의 뒤에 숨었다. 앤디는 젓가락을 내밀어서 취샤오샤오를 방어했다.

그러던 중 갑자기 어색한 분위기가 감지되었다. 영문을 몰라 두리번거리던 그들은 이내 잉친의 표정을 읽고 문제가 생겼음을 눈치챘다. 잉친은 놀라고 당황한 표정으로 추잉잉을 쳐다봤다. 하지만 그게 무슨 의미인지는 아무도 알아차리지 못했다. 취샤오샤오도 이상한 낌새를 차리고 자기 자리로 돌아가 앉았다.

"쥐얼, 어서 앉아. 잉친 씨, 왜 그래요? 우리 원래 이렇게 야단스러우니까 불편해하지 말아요."

잉친은 갑자기 벌떡 일어서더니 추잉잉을 재촉하며 말했다.

"밖에 나가서 얘기 좀 하자. 일어나."

모두가 밖으로 나가는 추잉잉과 잉친을 의아하게 바라보다가 갑자기 짜 맞춘 듯이 시선을 취샤오샤오에게 집중했다. 취샤오샤오가 놀라며 말했다.

"나? 나랑 상관없어."

"아무래도 요괴가 어쩌고 한 게 잉친한테 불편했나 봐."

앤디가 해명했다. 취샤오샤오는 눈을 굴리며 생각하더니 고개를 흔들었다.

이런저런 추측을 시작한 지 얼마 지나지 않아서 금방 추잉잉이 돌아왔다. 그녀는 시뻘겋게 달아오른 얼굴로 눈물을 펑펑 쏟으며 들어왔다. 그러나 잉친은 다시 나타나지 않았다.

"잉잉, 왜 그래? 언니한테 말해 봐."

판성메이가 달려가서 추잉잉을 꼭 끌어안으며 부드럽게 달랬다.

"잉친이… 잉친이 나더러 처녀냐고 물어서…."

"맙소사! 정말 나 때문이네."

추잉잉의 말이 채 끝나기도 전에 취샤오샤오는 테이블을 탁 치며 일어나더니 쏜살같이 밖으로 달려 나갔다. 앤디는 불안해서 서둘러 그녀의 뒤를 따라갔다. 아무래도 취샤오샤오가 사고를 크게 칠 것 같았다.

두 사람은 재빨리 밖으로 나가서 식당 입구에서 잉친을 따라잡았다. 취샤오샤오가 달려들며 고함을 질렀다.

"이 머저리 같은 개자식아, 너 죽여 버릴 거야."

취샤오샤오는 손톱을 날카롭게 세워서 잉친의 얼굴이며 목이며 손등까지 살이 드러난 곳은 모조리 피가 나도록 긁어서 엉망으로 만들었다.

앤디는 어릴 때는 자주 싸우곤 했어도 커서는 싸운 적이 없어서 어색했지만 싸움을 말리는 척하면서 거드는 요령은 부릴 줄 알았다. 그래서 중립적인 입장에서 중재시키는 한편, 반격하는 잉친을 저지했다. 잉친도 따지자면 모범생과여서 공격에 당황하고 우왕좌왕 대응했다. 오가는 사람들은 남녀가, 그것도 화려하게 빼입은 두 미녀가 남자와 치고받고 싸우자 자연스레 두 미녀를 응원했다. 보안 요원도 달려와서 몇 초간 옥신각신하다가 급기야 싸움질하던 두 사람을 떼어놓았다. 그러나 분이 덜 풀린 취샤오샤오는 앵클부츠를 벗어서 신발 바닥에 가래침을 뱉고 그대로 잉친에게 던졌다. 그런 뒤에 다시 잉친을 향해 침을 뱉고서야 싸움을 끝냈다.

"개자식, 촌놈, 찌질이…."

취샤오샤오는 허리에 손을 얹고 화난 닭처럼 식당 한가운데에 서서 밖으로 나가는 잉친을 향해 욕을 퍼부었다. 그런 뒤에 앤디가 주워 온 앵클부츠를 다시 신었다.

한쪽에서는 보안 요원과 같이 달려와서 싸움을 말린 왕바이촨이 잉친의 뒷모습을 뚫어져라 쳐다보고 있었다. 그는 잉친이 차를 타고 떠나는 모습을 본 뒤에야 비로소 마음을 놓았다. 고개를 돌리니 취샤오샤오가 앤디에게 기대서 힘들게 앵클부츠를 신고 있었다. 왕바이촨은 취샤오샤오를 보며 껄껄 웃었다.

환락송 아파트 22층은 참 다양한 인물이 사는 재미있는 곳이었다.

한바탕 전투를 치른 사람들이 자리로 돌아왔다. 통곡하는 추잉잉을 안아서 달래던 판성메이와 관쥐얼은 헝클어진 머리에 흐트러진 옷차림을 하고 다가오는 앤디와 취샤오샤오를 보고는 놀라서 입이 떡 벌어졌다. 판성메이가 왕바이촨에게 물었다.

"어떻게 된 일이야? 비열한 놈이네. 여자를 때려?"

"샤오샤오 씨랑 앤디 씨가 손 좀 봐줬어. 샤오샤오 씨가 거의 다

했어."

"잉친을 왜 때려!"

추잉잉은 판성메이의 품에서 몸을 벌떡 일으키며 불쑥 화를 냈다. 그 바람에 추잉잉의 머리가 판성메이의 턱에 부딪쳤다. 판성메이는 아파서 눈물이 찔끔 났다. 추잉잉도 뒤늦게 머리가 아픈지 정수리를 쓱쓱 문지르며 흐느껴 울었다.

"내 탓이야. 잉친은 잘못 없어."

핸드백에서 화장 거울을 꺼내서 헝클어진 머리를 매만지던 취샤오샤오는 추잉잉의 말을 듣고 목을 쭉 빼며 말했다.

"네가 뭘 잘못했는데? 처녀가 아니면 어때서?"

"어쨌든 너랑은 말하기 싫어. 잉친도 때리지 마. 때리면 가만 안 둬."

"너 때문에 싸운 거 아니거든? 네가 언제 날 고용했니? 웬 상관이야!"

"샤오샤오, 너 자꾸 내 성질 돋우지 마. 알겠어? 이럴까 봐 애초에 안 부른 건데 기어코 와서 사고 치잖아. 왜 왔냐고!"

추잉잉은 고래고래 고함을 질렀다.

취샤오샤오는 또 테이블을 치며 일어섰다. 앤디가 다급히 취샤오샤오를 안으며 눌러 앉혔다. 그러나 취샤오샤오는 참지 못하고 또 테이블을 내려치며 뒤집어 엎을 기세로 잉친을 때린 이유를 설명했다.

"잘 들어. 내가 아는 어떤 남자는 결혼한 지 1년 만에 이혼했어. 이유가 뭔지 알아? 아내가 불임이라서. 아내는 그 일로 상처받고 출국했는데 남자는 바로 새 여자를 만났어. 그 남자는 처녀를 찾았다고 생각하고 그 여자한테 반해서 제정신이 아니었어. 그런데 그 여자를 또 버렸어. 잠자리를 하고 보니 처녀가 아니었던 거야. 여자는 충격을 받아서 그 길로 뛰어 나가다가 교통사고를 당했어. 그런 뒤에 남자는 또 몇 명의 여자를 더 만났는데 매번 잠자리만 하고 나면 전부

처녀가 아니라는 이유로 여자들을 차 버렸어. 결국 마지막에 처녀를 만나긴 만났는데 애가 덜컥 생기는 바람에 배가 한참 부른 뒤에야 겨우 결혼했어. 자, 이런 남자가 인간이니? 그 남자가 사랑하는 게 과연 사람일까 처녀막일까? 그런 남자는 여자를 아주 우습게 안다고. 그래서 내가 일찍이 맹세했지. 병원비를 물어주는 한이 있어도 그런 놈을 만나면 무조건 죽자고 패주겠다고. 더구나 잉친 그 자식은 양심도 없는 놈이야. 너한테 인사도 안 하고 우리한테 설명도 안 하고 이렇게 매정하게 가 버렸어. 그래서 때렸다 왜? 나쁜 새끼 같으니라고."

흥분한 취샤오샤오는 또 벌떡 일어났다. 앤디는 이번에도 그녀를 눌러 앉혔다. 취샤오샤오는 할 말이 끝났는지 앤디를 돌아봤다.

"먼저 갈게. 더 욕먹기 전에."

앤디는 취샤오샤오를 놓아주었다. 취샤오샤오는 쌩하니 돌아서 나가다가 때마침 요리를 들고 들어오던 종업원과 부딪쳤다. 취샤오샤오는 100위안을 꺼내서 종업원의 쟁반에 탁 놓고는 뒤도 돌아보지 않고 나가 버렸다. 모두 벙어리가 된 것처럼 조용히 지켜보다가 한참 뒤에 판성메이가 왕바이촨에게 말했다.

"혼자 아무데나 가서 대충 끼니 때워. 여기 있으면 네가 불편할 거야."

"알았어. 그런데 할 말이 있어. 2분이면 충분해."

왕바이촨이 자리에서 일어나자 판성메이도 따라서 일어났다. 왕바이촨은 마음이 놓였다. 두 사람은 복도로 나왔다. 왕바이촨이 먼저 말했다.

"잉친 씨의 태도를 이해 못하겠어."

"나도. 요즘 세상에 누가 그래. 게다가 잉잉은 문란한 애도 아니야. 어쩜 애를 이렇게 짓밟을 수가 있냐고. 양심도 없어."

"그러게. 성메이, 지난 이틀 동안은 말도 못하게 바빠서 널 못 만났어. 마침 잉잉이 이틀 전에 오늘 계획을 귀띔해줘서 때를 기다렸던 거야. 하지만 잠시도 널 잊진 않았어. 잉잉한테 대신 고맙다고 전해 줘. 마음 써줘서 정말 고맙다고. 오늘 식사는 잉잉이 우릴 위해서 마련한 자리니까 내가 계산하고 갈게. 잉잉한테 더 피해를 주면 안 되잖아."

"넌 늘 세심하고 자상해. 알았어."

"이제 나한테 화 풀어. 하늘에 맹세코 널 기쁘게 하려고 그랬던 거지 다른 뜻은 없었어. 네가 웃을 수만 있다면 난 광대 짓도 할 수 있어."

판성메이는 고개만 끄덕일 뿐 "알았어."라고 말하진 않았다. 그 대신 한참이나 고개를 숙이고 있다가 붉어진 눈을 들어 말했다.

"내가 좀 심했어. 그렇지만 난 너밖에 없어."

왕바이촨은 가슴이 뜨거워지고 사랑이 더욱 솟구쳤다. 하지만 딱 한마디로만 대답했다.

"알아."

판성메이는 왕바이촨과 아쉬운 이별을 나누고 다시 식사 자리로 돌아왔다. 앤디는 혼자서 태연하게 밥을 먹고 있었고 관쥐얼은 훌쩍이는 추잉잉을 안아서 토닥이고 있었다. 판성메이는 앤디에게 말을 건네지 않고 곧바로 추잉잉의 옆으로 가서 앉았다.

"잉잉, 바이촨이 너한테 고맙다고 전해달래."

"아니야, 괜찮아. 언니, 오빠한테 잉친은 어떤지 물어봐 줘. 얻어맞았다며."

앤디가 끼어들었다.

"취샤오샤오의 손톱이 고양이 발톱이었다면 아마 파상풍 주사를 맞아야 했을 거야."

"뭐라고?"

다들 놀라서 눈을 동그랗게 떴다. 추잉잉도 얼굴이 하얗게 질릴 정도로 놀라서 울음을 뚝 그치며 말했다.

"망했어. 날 용서하지 않을 거야."

앤디는 말을 하려다가 꾹 참고 입을 다물었다. 관쥐얼이 말했다.

"처녀든 아니든 넌 잘못한 게 없어. 용서받아야 할 일이 아니야."

관쥐얼은 왕바이촨이 나간 뒤에야 민감한 얘기를 강단 있게 꺼냈지만 취샤오샤오만큼 드세지는 않았다.

추잉잉도 왕바이촨과 취샤오샤오가 모두 자리를 뜨고 나서 겨우 솔직한 심정을 얘기했다.

"난 잉친이 정말 좋아. 고지식하지만 진실해. 무엇보다 나한테 정말 잘 해줘. 아쉽게도 내게 흠은 있지만 오래오래 사이좋게 지내면서 감정이 깊어지면 잉친한테 과거를 고백하려고 했어. 그때쯤이면 잉친도 날 이해할 거라고 믿었거든. 그런데… 샤오샤오가 다 망쳐 놨어. 이제 사과할 기회조차 없다고. 잉친은 내가 얼마나 미울까."

판성메이가 부드럽게 말했다.

"잉잉, 내가 이 말은 꼭 해야겠다. 네 자신을 너무 비하하지 마. 넌 좋은 사람이고 그런 일은 흠도 아니야. 잉친이 이런 사소한 일로 너와 헤어지겠다고 하면 우리도 잉친을 상대하지 않을 거야. 오늘은 이 정도만 하고 나중에 내가 잉친을 만나서 얘기해 볼게. 잉친은 단순한 사람이라 갑작스러운 상황에 충격을 받고 당황한 거 같아. 이런 상황을 어떻게 받아들여야 하는지 몰라서 그냥 도망쳤을 뿐이야. 너무 걱정하지 마."

"정말 그럴까? 그런데 잉친은 남자잖아. 남자가 여자한테 맞았는데, 아마 안 참겠지."

"네가 때린 게 아니잖아. 때리라고 시키지도 않았고. 제발 당당해져."

"알았어, 언니. 언니만 믿을게. 잉친은 나한테 최고의 남자야. 난 잉친이 좋아. 정말 좋다고."

"나도 알아. 오늘 일은 잉친이 잘못 했고 지나친 면이 있지만 평소에는 좋은 남자잖아. 잉친의 단면만 보고 나쁘게 생각하지 않을 테니까 너도 이번 일로 자학하지 마. 넌 충분히 괜찮은 여자야. 연애는 당사자인 두 사람만의 문제니까 남의 훈수는 신경 쓸 필요 없어. 나도 왕바이촨과 싸웠다가 금방 또 화해했잖아. 가끔씩 싸우면 오히려 정이 더 깊어져. 싸우면서 속에 있는 말을 하다 보면 서로의 마음을 더 잘 알 수 있거든. 언니 말 이해했어?"

앤디도 속으로 판성메이의 말에 동의했다. 처음에는 잉친을 철저히 무시하려고 했는데 판성메이의 성숙한 태도를 접하고 나니 저절로 바오이판과의 관계에 대해 여러 생각이 떠올랐다.

추잉잉은 판성메이를 꼭 끌어안으며 말했다.

"언니, 언니는 정말 좋은 사람이야."

"세상에 우리 사이만큼 좋은 관계는 없어. 그치? 자, 어서 먹자. 식겠다. 바이촨이 이미 계산했으니까 돈 걱정 말고 먹어."

앤디 외에 다른 사람은 입맛이 없어서 음식을 거의 다 남겼다. 결국 남은 음식은 바리바리 포장해서 집으로 가져왔다.

다음 날, 판성메이는 퇴근길에 택시를 타고 일부러 잉친의 회사로 가서 그가 나올 때까지 엘리베이터 앞에서 기다렸다. 잉친이 나타나자 판성메이가 다가갔다. 잉친의 얼굴에는 마구잡이로 긁힌 상처가 또렷이 나 있었다. 취샤오샤오가 인정사정없이 덤빈 흔적이 역력한 것을 보고 나니 불길한 느낌이 들었다. 판성메이는 추잉잉을 위해서 염치불구하고 용기를 내어 그에게 인사했다.

"잉친 씨, 정시에 퇴근하네요. 오늘은 야근 안 해요?"

잉친은 매우 어색한 포즈로 걸어오면서 두 손을 어찌 할 줄 몰라서 쩔쩔매다가 주머니 속으로 쑥 찔러 넣었다.

"누님, 오셨어요? 잉잉 때문인가요?"

"맞아요, 사과하러 왔어요. 어제 밤에는… 아이 참, 잉잉이 어떤 애인지 알잖아요. 계속 샤오샤오를 꺼려했어요. 어제도 초대할 생각이 아니었거든요. 그렇게 소란을 피울까 봐…."

"샤오샤오 씨와는 상관없어요. 저한테도 어려울 때 대신 나서는 친구가 있으면 의형제 맺고 싶을 만큼 고마울 거예요. 누님이 잉잉한테 가서 말 좀 전해주세요. 양심을 속이지 말라고요."

판성메이는 잉친이 말하면서 자리를 뜨려는 몸짓을 보이자 적극적으로 다가가서 긴장한 손짓으로 잉친을 잡으며 공터로 이끌었다.

"잉잉 일은 내가 설명 좀 할게요. 잉잉한테 아주 비참한 일이 있었어요. 원래 참 성실한 아이지만 단순하기도 해서 전에 사귀던 남자와 결혼할 줄 알았어요. 그래서 동거했는데 결국 버림받았어요. 그 남자가 예쁘고 돈도 많은 샤오샤오의 유혹에 넘어갔거든요. 그 일 때문에 잉잉은 직장도 잃고 꽤 오랫동안 우울하게 지냈어요. 활발하던 애가 그 일로 갑자기 말을 잃고 한동안 멍하니 허송세월만 보냈죠. 그런데 잉친 씨랑 만나면서부터 밝고 명랑한 잉잉의 본모습을 되찾았어요. 내가 얼마나 기뻤는지 몰라요. 잉친과 잉잉은 순수한 사람들이라서 둘이 같이 있으면 무척 잘 어울려요. 정말로요."

잉친은 얘기를 들으면서 고개를 푹 숙였다. 판성메이는 잉친을 설득했다고 여겼다. 그러나 잉친은 고개를 숙인채로 한참을 생각하더니 다시 고개를 들고 말했다.

"생각해 보니 잉잉은 순진하지는 않은 거 같아요. 말끝마다 자기는 보수적이라고 했었거든요. 제가 워낙 진지한 사람이라서 결혼 전까지는 함부로 행동하지 않는다는 것도 알고 있었고요. 그런데 이제 보니 결혼하기 전까지 절 속이려고 했나 봐요. 결혼하고 나서 말하려고 했던 거죠."

"그렇지 않아요. 잉잉은 보수적인 사람이 맞아요. 그러니까 지금껏 그 과거를 자기 흠이라고 여기고…."

"흠은 흠이죠. 순결을 지키지 못했으니까요. 해서는 안 될 일이었죠. 평소에는 뭐든 솔직하게 말하면서 왜 그렇게 중요한 일은 꽁꽁 숨겼을까요? 다 계산된 일이었다고 봐요."

"잉친 씨, 싫은 소리 한마디만 할게요. 잉잉더러 계산적으로 행동했다고 하면 지금 잉친 씨도 주판알 튕기고 있는 거예요. 잉잉은 절대 그런 사람이 아니에요."

"아닙니다."

잉친은 딱 한마디만 하고 더 이상 반박하지 않았다. 판성메이가 어떤 해명을 해도 그는 입을 꾹 다문 채로 고개를 숙이고 자기 발 밑만 쳐다보고 있었다. 판성메이는 하는 수 없어서 승부수를 던지는 셈 치고 긍정의 대답이 쉽게 나올 만한 질문을 고민해서 물었다.

"잉친 씨, 잉친을 사랑하고 잉친이 사랑하는 사람을 위해서 너그럽게 용서하면 안 될까요?"

"자기 몸을 아끼지 않는 사람이 어떻게 다른 사람을 사랑하고 다른 사람의 사랑받을 수 있죠?"

"저기, 미안하지만 나도 물어볼게요. 혼전 성관계가 자신을 아끼지 않는 행동인가요?"

"누님, 아무 관계도 아닌 저하고 이런 얘기하는 거 부끄럽지 않으세요?"

판성메이의 완패였다. 판성메이와 사고방식이 정반대여서 말이 통하지 않았다. 그녀는 기분이 언짢은 채로 잉친과 인사하고 헤어졌다. 집으로 가는 길에 추잉잉에게 뭐라고 말해야 할지 고민했다. 어떻게 말해야 추잉잉이 충격을 덜 받을지 말을 고르고 골랐다. 하지만 아무리 완곡하게 말해도 사실을 덮어 감출 방법은 없었다. 추잉잉과 잉친의 관계는 여기서 끝인 듯했다.

설날이 점점 다가오고 있었다. 추잉잉은 잉친의 차를 같이 타고 갈 수 없게 되어 하는 수 없이 기차표를 사러 갔다. 기차역에 들어서서 매표소로 가니 길게 줄지어 선 인파는 보이지 않고 상황판에 기차표 매진 상황만 꾸준히 업데이트되고 있었다. 설날 기차표를 구하기에는 이미 너무 늦은 시기였다. 의기소침해진 추잉잉은 기차역을 나와서 발길 닿는 대로 걷다 보니 뜻밖에도 자오치핑이 일하는 병원 앞에 다다랐다. 추잉잉은 취샤오샤오의 남자 친구가 이 병원에서 일한다는 사실은 알았지만 그가 어느 과에서 근무하고 이름에 어떤 한자를 쓰는지는 전혀 몰랐다. 그러나 병원 내 전문의 소개 게시판에서 단번에 그의 사진을 찾아냈다. 추잉잉은 고개를 쳐들고 입술을 깨물며 그의 사진을 주시했다. 그리고 그의 이력을 하나도 빠짐없이 휴대폰에 입력해서 곧장 취샤오샤오에게 메시지로 보냈다. 잇달아 추가 메시지를 1통 더 보냈다.

'두고 봐. 네가 저지른 일, 절대 잊지 않겠어.'

마침 자오치핑과 같이 밥을 먹던 취샤오샤오는 메시지를 보자마자 웃으며 자오치핑에게 보여주었다.

"바보 같은 계집애. 내 말 맞지? 또 내 탓이라고 한다니까. 자기도 지켜봐. 감춰 뒀던 내 아홉 개의 여우 꼬리를 곧 보게 될 거야."

"하하, 미리 알려줘."

"내 입으로 말하면 재미없지. 일단 저 계집애가 자기한테 하는 거 보고 나서. 내가 그렇게 교양 있는 여자는 아니거든."

"얼마나 놀래게 하려고? 나 만날 때 숨겨 둔 썸남이라도 데리고 나오게?"

"자기 만날 때 다른 남자 쳐다 볼 정신이 어디 있어? 자기가 남자 불여우인데. 빤히 알면서 고약하게 묻네. 내가 달달한 말로 자기를 살살 녹여 주기라도 바라는 거야? 어림없어."

"그게 아니면 뭐야?"

"놀래게 할 일은 얼마든지 있어. 기대해. 내가 뭘하던지 자기는 무조건 놀라게 돼 있어. 그나저나 잉잉 계집애가 자기한테 뭘 어떻게 하려나?"

"넌 참 흥미로운 갈대야."

"어느 책에 나오는 말이야?"

자오치핑은 귀를 유혹하는 매력적인 목소리로 흥미진진하게 설명하기 시작했다. 취샤오샤오는 존경의 눈빛으로 귀 기울여 들었다. 취샤오샤오는 자오치핑의 입에서 어려운 말만 나오면 어김없이 고전 얘기도 함께 들어야 했다. 그러나 다행히도 지금은 계몽에 관한 이야기여서 알아듣기도 쉽고 나중에 활용하기도 좋을 듯했다. 그녀는 어느덧 생각하는 갈대가 되어가고 있었다.

추잉잉은 취샤오샤오에게 예민하게 신경을 곤두세우고 있었지만 취샤오샤오는 전혀 아랑곳하지 않았다.

40

가족이 모두 모이는 주말이 다가오자 바오이판은 가방을 꾸리고 각종 선물도 준비했다. 바오 부인은 요 며칠, 아들 일로 상심이 커서 밤잠을 이루지 못했다. 예순이 가까운 나이에는 하룻밤이라도 숙면하지 못하면 몸이 견디기 힘든데 내리 2~3일을 누워서 뒤척이기만 한 탓에 맥이 빠져서 일어나지도 못하고 고통스러워했다. 바오이판은 이런 어머니의 소식을 이미 전해 들어 잘 알고 있었다. 자신 때문에 애태우는 어머니 생각에 가슴이 저린 그는 서둘러 어머니를 문안하러 갔다.

바오 부인은 아들의 목소리가 들리자 아들을 보지 않으려고 고개를 돌렸다. 바오이판은 방으로 들어가 어머니를 보았다. 평소 팽팽하고 윤기 있던 어머니의 얼굴에는 주름이 가득 잡혀 있었다. 그는 침대 가장자리에 앉아서 다정하게 어머니를 위로했다.

"어머니, 저더러 사람 보는 눈이 있다고 늘 말씀하셨잖아요. 이번에도 절 믿어 보세요. 저도 생각이 있으니까 마음 놓으시고요. 제가 알아서 할게요."

"알아서 하긴 뭘 알아서 해. 앤디는 네가 안중에 없으니까 날 그리 대하는 거 아니겠냐. 나한테 분명히 말했어. 너하고 결혼할 생각 없다고. 너하고는 연애만 한단다. 어미 말 알아듣겠니?"

"세대 차이일 뿐이에요. 어머니가 저더러 결혼도 안 하고 까불고 다닌다며 야단치셨죠. 앤디도 어머니가 계셨으면 저 같은 남자 친구가 탐탁지 않았을걸요. 일단 연애부터 하면서 즐기다가 나중에 때가 되면 결혼도 고려해볼 거예요."

바오 부인의 안색은 더욱 어두워졌다. 그녀는 기력이 없는데도 억지로 손을 뻗어 남은 힘으로 아들의 멱살을 잡았다.

"너! 그래서 결혼을 안 한단 말이냐? 내가 너 때문에 죽겠다. 효도하는 척만 하지 말고 이 어미가 걱정하는 게 뭔지를 좀 생각해 봐. 내 병은 네 손에 달렸어."

"앤디랑 결혼하면 어머니 병이 나아요?"

"앤디는 절대 안 돼. 겉으로만 순수한 척 하는 여자는 속셈이 뻔해. 까딱하면 나중에 이혼할 수도 있어."

"앤디는 진짜로 순수해요. 여러 번 얘기했잖아요. 저도 생각이 있다고요. 어머니만큼 저도 사람 볼 줄 알아요."

"네가 만난 여자들이라고 해봐야 전부 널 구워삶아서 애 낳고 우리 집에 시집오려는 것들뿐이잖아. 이번에는 거꾸로 네가 꼬임에 홀랑 넘어가서 안달이 났으니 어쩌면 좋으냐. 집안 좋고 능력 있는 웨이 부인이 오죽하면 나한테 와서 네가 걔한테 놀아나고 있다고 일러바쳤겠어. 너 때문에 속이 아주 문드러진다. 내가 언제 남의 일에 참견하는 거 봤니? 아들 일이니까 애간장이 녹는 거야. 그 여자랑 같이 있는 상상만 해도 가슴이 쥐어뜯기는 거 같아. 이 어미 마음을 넌 평생 모를 거다. 열 달을 배 아파서 낳고 이만큼 키운 내 보물이 그런 여자한테 홀렸는데 어떻게 마음이 편하겠니."

모자의 대화는 다시 원점으로 돌아왔다. 바오이판은 기가 다 빠졌는데도 흥분해서 눈을 반짝이는 어머니를 바라봤다. 잿빛 얼굴의 양쪽 뺨에는 병색 짙은 홍조가 떠올랐고 말을 많이 해서 가쁜 숨을 몰아쉬면서도 멈추지 않고 계속 말했다. 하고 싶은 말을 다 쏟아 낸 뒤에는 눈물을 뚝뚝 흘렸다. 바오이판은 어머니에게 티슈를 건네며 끝내 사실을 털어놓았다.

"앤디는 웨이 선생의 딸이에요. 밝혀지면 안 되는 일이라서 웨이 부인이 오해한 거예요."

바오 부인은 잠시 넋이 나간 듯했다. 하지만 이내 어디서 활력이 생겼는지 기운을 차리고 벌떡 일어나 앉더니 맑은 정신으로 찬찬히 상황을 유추하기 시작했다.

"아, 앤디 또래라면 충분히 있을 수 있는 일이야. 드라마에서 여러 번 봤어. 옛날에 지식청년들이 농촌으로 유배되었을 때 말이다, 관리하는 사람도 없었으니 젊은 혈기에 무슨 일이든 못 했겠니. 여자도 만나고 애도 낳았겠지. 그렇게 살다가 도시의 대학으로 돌아가게 되면서 애는 버리고 갔을 거야. 세월이 흘러 나이를 먹고 나니 딸을 찾아서 유산도 물려주고 그간 고생한 딸에게 보상하고 싶었겠지. 죄를 지은 셈이니까. 앤디가 어쩌면 엄마도 찾을 수 있겠는데…."

"무슨 생각하시는 거예요?"

바오이판은 자신이 판도라의 상자를 열었다고 생각했다.

"얘, 잘 들어. 빈대도 낯짝이 있다는데 지위가 높을수록 체면이 중요하지 않겠니. 그러니까 너는 앤디하고 가까운 사이라고 해서 쓸데없이 참견하지 마. 앤디한테야 사정을 물어볼 수 있다고 쳐도 웨이 선생의 신상에 관해서는 말도 꺼내지 마. 행여나 웨이 선생이 알게 되면 우리 집안의 입장이 곤란해져. 남의 허물은 절대로 들추면 안 된다. 명심해."

"그 말은 너무 속물 같아요. 저 지금 하이시에 가요. 앤디한테 또 전화해서 다정한 척하며 딴 사람처럼 굴지 마세요. 제발 아들 체면도 좀 생각해요. 빈대도 낯짝이 있다면서요. 앤디가 저 우습게보지 않게 해달라고요."

"알았다. 어서 가 봐. 이제 너희 일에 간섭 안 하마. 연애를 즐기니 어쩌니 하지 말고 앤디를 설득해서 일찍 결혼해. 그게 효도하는 길이야."

"이제 안 아파요?"

"괜찮아졌어. 이따가 죽 좀 먹고 자면 돼. 어서 가. 비행기 놓칠라."

바오이판은 자리에서 일어나 어머니를 잠시 바라봤다. 어머니는 정말로 기운을 차렸는지 도우미 아주머니에게 식사를 준비하라고 큰 소리로 외쳤다. 바오이판은 그제야 안심하고 어머니에게 앤디의 비밀을 지켜달라고 부탁했다. 만약 비밀이 새어 나가면 앤디와의 관계는 끝이라며 엄포를 놓고 어머니의 다짐을 받은 뒤에야 서둘러 집을 나섰다.

바오이판은 어머니와의 약속을 믿었다. 과거에 바오 부부의 이혼 문제로 집안이 발칵 뒤집어졌을 때 바오 부인은 살인 충동마저 느꼈음에도 남편을 공격할 빌미로 회사의 세금포탈 비리를 폭로하지는 않았다. 심지어 그 비리를 무기 삼아 남편을 위협하지도 않았다. 그녀는 이익 앞에서는 계산이 빠른 사람이므로 지킬 건 지켰다.

그런가 하면 몹시 흥분한 바오 부인은 몸이 가뿐해졌다고 느꼈는지 다짜고짜 침대에서 풀쩍 내려와 신발을 신으려다가 갑자기 현기증이 나서 바닥에 털썩 쓰러졌다. 그렇게 한참이나 일어나지도 못하고 소리도 내지 못하고 있는데 도우미 아주머니가 그 광경을 목격하고는 바오 부인을 부축해서 일으켰다. 바오 부인은 도우미 아주머니한테 아들에게는 절대 알리지 말고 남편에게 연락해 달라고 했다. 전화를 받은 바오이판의 아버지가 황급히 귀가했다. 바오 부인은 남편이 오자마자 앤디를 어떻게 며느리로 들여앉힐지 의논했다. 하지만 바오이판의 아버지는 내키지 않아서 집안을 한 바퀴 휘 돌고는 평상복으로 갈아입었다. 바오 부인은 좀 전에 자신이 넘어졌던 이야기를 꺼냈다. 남편은 이야기를 들으며 아내를 유심히 살피더니 뇌졸중은 아닌 것 같다며 도우미 아주머니에게 아내를 부탁하고 접대하러 다시 나갔다. 바오 부인은 서운한 나머지 하이시로 가는 중인 아들에게 전화를 걸었다. 부자가 어쩌면 똑같이 자신을 무시하고 외롭게 만드느냐며 푸념했다.

바오이판이 말했다.

"새삼스럽게 왜 이러세요. 고정하세요."

"난 우리 가족을 위해서, 모두를 위해서 이러는 거야. 너나 네 아버지는 사람을 너무 쉽게 믿으니까 내가 나서는 수 말고 더 있어? 내가 안 챙기면 누가 챙기느냐고."

"아버지랑 저, 바보 아니에요. 어머니는 자신만 잘 챙기세요. 주말인데 집에만 계시지 말고 나가서 볼일도 보세요."

바오 부인은 자신이 넘어졌던 일을 아들에게 몇 번이나 말하려다가 아들이 비행기를 타지 않고 되돌아올까 봐 끝내 꾹 참았다.

추잉잉은 2202호로 돌아왔다. 집안에는 그녀 혼자였다. 출장 중인 취얼은 주말에도 근무했고 다른 사람들은 하나같이 약속이 있어서 나갔다. 발로 힘껏 바닥을 내리치니 쿵하는 소리만 빈집에 울려 퍼졌다. 그와 동시에 슬프고 처참하고 두려운 기분이 들었다. 그녀는 울고 싶었지만 잉친에게 메시지를 보내 안부를 묻고 싶은 마음이 더 컸다. 하지만 단단히 토라진 사람한테 무리하게 다가가다가는 오히려 역효과가 난다고 했던 판성메이의 말을 떠올렸다. 추잉잉은 휴대폰이 뜨끈뜨끈해지도록 손에 꽉 쥐고서 잉친에게 전화를 걸지 말지 고민했다.

때마침 앤디가 공항에서 바오이판을 픽업해서 집으로 돌아왔다. 두 사람은 엘리베이터에서 내리다가 휴대폰을 양손으로 감싸 쥐고 고개를 숙인 채로 서 있던 추잉잉과 마주쳤다. 앤디는 추잉잉을 피하고 싶었지만 추잉잉이 분명 자신을 봤을 것 같아서 어쩔 수 없이 인사를 건넸다.

"잉잉, 좋은 주말이야."

"전혀. 좋을 수가 없어. 아무도 나한테 관심이 없거든. 다들 날 싫어해. 나만 미워한다고."

외로운 그녀 앞에 앤디가 나타나 다정하게 안부를 묻자 추잉잉은 갑자기 콧등이 찡하더니 이내 눈물을 흘렸다. 고개를 숙이고 울던 추잉잉은 앤디의 허리를 단단히 감은 바오이판의 손을 보고 눈꼴이 시었다.

"잉친 말은 마음에 두지 마. 그런 멍청이 같은 놈한테는 차이는 게 오히려 가문의 영광이라더라."

"잉친은 멍청이가 아니야!"

추잉잉은 불같이 화를 내며 정색했다.

"멍청이는 아니라고. 하지만 언니는 나처럼 되면 안 돼. 날 거울삼아서 무조건 첫 남자랑 결혼해. 이건 내가 뼈저리게 경험한 피 같은 교훈이야."

바오이판은 추잉잉의 말에 어리둥절해서 눈썹을 찌푸리며 추잉잉을 쳐다봤다. 그러고는 앤디를 팔로 힘껏 끌어당겨서 집 쪽으로 방향을 틀었다.

"배고파요. 치킨수프 끓여 준다면서요. 빨리."

앤디는 추잉잉에게 손을 흔들며 인사하고 자연스럽게 바오이판을 따라서 집으로 들어갔다. 현관문을 닫으며 앤디가 물었다.

"치킨수프 끓인다고 한 적 없는데, 내가 그랬어요?"

"나 감기 걸렸잖아요. 당신이 어제 토종닭 3마리를 누가 보내 줬다면서 그걸로 감기에 좋은 치킨수프를 끓여 주겠다고 했어요."

"치킨수프가 감기에 좋다는 건 과학적으로 근거가 없다는 글을 봤는데…."

바오이판은 웃으며 앤디에게 진한 키스를 했다. 그가 장난으로 한 말을 앤디는 진짜로 믿었다.

"밖에 저 아가씨가 며칠 전에 실연당했다는 그 친구? 저게 무슨 말이죠? 당신이 나랑 결혼하겠다면 나야 좋아서 팔짝 뛸 일이지만 이유가 맘에 안 들어요. 요즘 시대에 그건 아니지. 봉건 시대도 훌쩍 뛰어 넘어서 모계 씨족 사회에서나 있을 법한 일이잖아요."

"날 생각해서 하는 말인데 너무 성가셔요. 잉잉은 실연할 때마다 극단적으로 변해서 아예 모른 척하고 싶어요. 베란다로 와서 내가 키우는 채소 좀 봐요."

"채소를 키워요? 아, 꽃가루 알레르기가 있다고 했었지. 따뜻한 집에서 여열로 채소를 키우는 건 좋은 아이디어네요. 하하."

"저번에 당신이 집안 분위기가 너무 단조롭고 생기가 없다고 하길래 채소 좀 키워 봤어요. 잎이 풍성한 채소가 곳곳에 있으니까 보기 좋죠?"

"그래도 나쁘진 않았어요. 당신이 하는 일은 무조건 옳으니까요. 다만, 당신이 청교도처럼 재미없게 사는 건 좀 안타까웠죠. 12가지네? 흙은 직접 가져왔어요?"

"저녁 내내 책에서 본 대로 배합토를 만들었어요. 심는 시간보다 뒷정리하는 시간이 더 걸렸지만 성취감이 꽤 크더라고요. 이제 싹이 틀 때까지 기다리기만 하면 돼요. 청경채, 상추, 시금치를 심었는데 처음 해보는 거라서 잘 자랄지 모르겠어요. 이렇게 하면 되겠죠?"

"글쎄요, 나도 키워 본 적이 없어서. 집에 정원이 있어도 전혀 관심을 안 뒀으니까. 내일 흙을 좀 가져다줄까요? 베란다에도 가득 심고 당신 방의 동쪽 창가도 채소로 꽉 채우게. 따뜻한 햇살을 충분히 활용해 봅시다. 이제 올 때마다 당신이 만든 치킨수프랑 당신이 키운 시금치를 먹을 수 있겠네요."

"자꾸 일을 만드네. 알았어요. 치킨수프 레시피는 지금 검색해 볼게요. 아무튼 일 벌이는 건 샤오샤오 못지않다니까."

바오이판은 앤디를 품에 안고 곧장 침실로 달려가려고 하는데 앤디가 불쑥 물었다. 어머니가 대체 무슨 이유로 간섭하지 않기로 마음을 바꿨는지 궁금하다고 했다. 바오이판은 한숨을 길게 쉬며 탄식했다. 대쪽 같은 두 여자 때문에 시름이 깊었던 것이다.

"어머니가 우리 때문에 며칠 째 잠을 못 주무셨어요. 어머니 고집은 일단 시작되면 아무도 못 말리거든요."

바오이판은 대화를 순조롭게 이끌어 가기 위해 앤디를 끌어당겨 꽉 안으며 몸을 밀착했다.

"안색도 어둡고 계속 누워만 계세요. 아버지는… 어머니한테 무심한 편이라서 내가 어머니를 많이 챙겨요. 마음이 아프죠."

"아버지한테 사랑받지 못해서 당신한테 집착하는 건가요?"

"바로 그거예요. 더 길게 설명하진 않을게요. 여기 오기 전에 어머니 뵈러 갔었는데 곧 숨이 넘어갈 사람처럼 누워 계시더군요. 병원에도 안 가려고 하시고. 하긴 병원에 다녀와도 잠은 여전히 못 주무실 테니까 병원에 가든 안 가든 별반 차이는 없을 거예요. 그래서 어쩔 수 없이 사실대로 말했어요."

바오이판은 앤디가 자기 품에서 벗어나려고 버둥거리자 더욱 세게 끌어안았다. 이런 순간에는 남자의 힘으로 제압하는 방법밖에는 없었다.

"털어놓지 않았으면 당신 못 볼 뻔했어요. 앞으로 우리 일에 참견하지 않겠다고 약속했어요."

"어머니가 아마 지금쯤이면 웨이궈창의 연락처를 알아내기 시작했을 거예요. 내일이나 모레쯤엔 웨이궈창과 연락이 닿을 테고요. 그 다음엔 두 사람이 힘을 합쳐서 날 간섭하겠죠. 물론 단순히 내 짐작일 뿐이고 실제로 이런 일이 일어나지 않는다면 나도 할 말은 없어요. 하지만 지금은 너무 화가 나요. 왜 다들 내 사생활에 주제넘게 참견하려고 하죠? 이건 날 존중하는 태도가 아니에요. 더구나 어머니가 자꾸 내 일에 끼어들려고 갖은 수작을 부리는 건 정말 사람을 질리게 해요."

"그래서 내가 왔잖아요. 전에도 말했지만 우리 두 사람 일에 다른 사람이 끼어드는 건 나도 싫어요. 하지만 상대는 내 어머니예요. 열 달 동안 고생해서 나를 낳으신 어머니요…."

"코끼리는 임신 기간이 20개월이래요. 그건 나를 설득할 이유가 안 돼요."

"어려서부터 아버지는 사업 때문에 집안일에 소홀해서 어머니 혼자서 날 키우느라 굉장히 힘드셨어요. 그때는 도우미 아주머니도 없었으니까 혼자 힘으로 살림을 도맡아서 고생이 심했죠. 내가 초등학교 다닐 때는 어느 날 밤에 열이 펄펄 끓어서 어머니가 덩치 큰 나를 업고 병원까지 뛰었어요. 그리고 어머니는 병원에 도착하자마자 지쳐서 쓰러졌고 피까지 토했어요. 그런 모습 하나하나가 내 기억 속에 아직 남아 있어요. 어머니가 잠을 못 주무시는 건 아마 절반은 일부러 그러는 걸 수도 있다고 짐작은 돼요. 하지만 맥이 빠져서 누워 계신 모습은 안쓰러워서 못 보겠어요. 내 어머니니까요. 내가 어머니한테 충분히 경고했고 어머니도 웨이 선생을 상대하면 안 된다고 알고 계세요. 그러니까 당신이 걱정하는 일은 일어나지 않을 거예요."

"이제 어머니 안 믿어요. 장담하는데, 내가 당신이랑 헤어지지 않는 이상 어머니는 계속 당신하고 나 사이를 가로막고 서 있을 거예요. 난 아무도 날 간섭하지 못하게 철저하게 막을 거예요. 절대로 용납하지 않는다고요."

"허니, 날 위해서 어머니를 이해해 줄 순 없어요? 어머니가 당신한테 접근하지 못하게 내가 알아서 차단할게요. 이미 우리 일에 신경 끄겠다고 약속했어요."

"어머니 마음에 옳고 그름은 없어요. 계산만 있을 뿐이죠. 만약 내가 어머니를 이해하고 받아들이면 어머니는 아마 저한테 더 큰 욕심을 부릴 거예요. 그럼 당신하고 한 약속은 소용없어져요."

"앤디, 내 어머니를 그렇게 말하지 말아요."

"난 어머니한테 할 만큼 했어요. 사실만 말했고 못된 말도 하지 않았어요. 나에 대해 많이 알수록 간섭은 더 심해질 거예요. 이 상황을 해결할 방법은 두 가지뿐이에요. 내가 선을 긋거나 당신이 선을 긋는 거."

바오이판은 앤디의 말이 믿기지 않는 표정으로 그녀의 눈을 뚫어지게 바라봤다. 두 손은 여전히 그녀를 꼭 안고 있었다.

"당신이 선을 긋는 건, 나랑 헤어진다는 말이에요?"

"당신이 선을 긋지 않는 이상 어머니 간섭에서 벗어날 방법은 그것밖에 없어요. 흥분하지 말아요. 당신 어머니랑 모자 인연을 끊으라는 뜻은 아니니까. 어머니하고 당신 사이에 벽을 더 높게 쳐요. 어머니가 넘어오지 못하게."

"아는지 모르겠지만 나도 이미 굉장히 많이 노력하고 있어요. 최대한 원만하게 해결하고 두 사람의 관계도 회복시키려고요. 나도 어머니가 참견하는 게 싫어서 미치겠어요. 하지만 우리가 헤어질 수 있다는 가정으로 날 몰아세우면 마음이 너무 아파요. 내가 당신을 얼마나 사랑하는지 알잖아요. 선을 긋겠다고 말하면서 내가 상처받을 거란 생각은 못했어요?"

"당신이 나더러 어머니를 이해해달라고 하는 건 결국 어머니가 나한테 상처를 준다는 사실을 당신도 인정한다는 뜻이에요. 날 사랑한다면 이렇게 해서는 안 돼요. 불행을 자초할 순 없어요."

"그렇게 극단적으로 말하지 말아요. 사람 사이의 일은 타협도 하고 견제도 하면서…."

"난 어린애가 아니에요. 그리고 당신 어머니는 이웃집 잉잉처럼 말만 앞서고 행동하지 않는 그런 사람도 아니고요. 이렇게 서로 말이 안 통하는데 억지로 맞추려고 하면 얼마 못가서 다시 틀어져요. 당신 어머니는 한다면 하는 사람이니까 절대로 포기하지 않을 거예요."

"복잡할 거 없어요. 어머니가 만나자고 하면 만나지도 말고 전화도 받지 말아요. 그러면 간단하잖아요."

"그건 잉잉처럼 단순하고 악의가 없는 사람한테나 통하는 수법이죠. 어머니가 지금은 얌전히 계실지 몰라도 언제 또 우릴 힘들게 할지 몰라요. 비집고 들어올 틈만 노리고 계시니까."

"그래도 당신이 어머니를 조금만 너그럽게 봐준다면 어머니한테 서운하게 해도 눈감아 줄게요."

"내가 왜 그래야 하죠? 나한테 악의가 있는 사람한테?"

"말했잖아요. 내 어머니니까 날 봐서 관용을 베풀어 달라고요. 당신은 워낙 대단한 사람이니까 지금까지 남들이 당신 입장을 헤아려 줬겠지만 이번에는 당신이 좀 봐줘요. 내 앞에서만은 그렇게 해줄 수 없어요?"

앤디는 눈을 감고 바오이판의 말 한마디 한마디를 곱씹으며 생각했다. 바오이판 앞에서는 그가 원하는 대로 어머니한테 날을 세우지 않을 수 있다. 그러나 이미 상처투성이인 자신의 인생에 그의 어머니까지 받아들일 수 있을지는 의문이었다. 하물며 바오 부인은 웨이궈창의 존재도 알고 있는데 말이다.

"내가 대단한 사람이라서 어머니한테 팍팍하게 구는 건 아니에요. 이 점은 분명히 해야겠어요. 그리고 어머니가 나한테 악의를 품고 있는 한 언젠가는 내가 크게 상처받을 거예요. 이건 합리적인 추측에 의한 판단이에요. 나는 나를 지켜야 해요. 그만 가요."

"방금 뭐라고 했어요? 다시 얘기해봐요."

"가라고요."

앤디는 바오이판의 품에서 벗어나려고 했지만 실패했다. 바오이판의 팔이 철근으로 동여맨 것처럼 그녀를 꽉 잡고 놓지 않았다.

바오이판은 앤디가 자기한테 가라는 말까지 할 줄은 생각지도 못했다. 이 말이 여자 친구의 응석이 아니라 진심임을 그도 분명히 알고 있었다.

"이런 사소한 일로 헤어지자는 거예요?"

"나한테 사소한 일은 차고 넘치지만 이 일만은 결코 사소하지 않아요. 당신을 포기할 수 있을 만큼 내겐 대단히 심각한 일이에요. 진심이니까 믿어 줘요."

바오이판은 아무리 생각해도 도무지 이해되지 않았다. 얼마나 심각한 일이기에 그를 포기한다는 말을 그렇게 쉽게 하는지 당황스러웠다. 그의 존재를 하찮게 생각했거나 그의 사랑을 가볍게 여긴 말처럼 들렸다. 그는 할 말을 잃고 멍하니 한참을 그대로 있다가 앤디를 두고 혼자 침실로 들어갔다. 옷을 모두 벗어 바닥에 휙 던져버리고는 말없이 그대로 잠자리에 들었다.

앤디는 침실로 들어가는 바오이판을 복잡한 심경으로 바라보기만 할 뿐 한마디도 하지 않았다. 그녀는 자기 생각을 굽힐 수 없었다. 이번 일만은 어떤 타협도 불가능했다. 그녀에게는 바오 부인과 타협할 어떤 이유도 존재하지 않았다.

추잉잉은 쓸쓸해서 벽만 긁고 있다가 간신히 22층에서 사람의 그림자를 만났다. 그러나 앤디는 쌀쌀맞았고 바오이판은 한술 더 떠서 추잉잉이 말을 붙일 틈도 주지 않고 앤디를 데리고 가 버렸다. 추잉잉은 앤디를 귀찮게 할 마음도 없었고 앤디를 붙잡고 길게 얘기할 생각도 없었는데 앤디는 냉정하기만 했다. 추잉잉은 집에 있기도 답답하고 딱히 갈 곳도 없었다. 퉁퉁 붓고 벌건 눈으로 커피 영업을 나갈 수도 없었다. 그녀는 이런저런 생각 끝에 가장 두꺼운 스웨터를 꺼내 입고 다운재킷을 걸쳤다. 주말 동안 밤새도록 기차역에서 줄을 서서라도 고향에 가는 기차표를 어떻게든 꼭 구하겠다는 마음을 먹고 집을 나섰다.

날은 어둡고 공기는 차가웠다. 추잉잉은 하이시의 겨울이 이렇게 스산한지 처음 알았다. 그녀는 막연히 지하철을 타고 미궁 같은 땅밑을 돌고 돌아 마침내 수많은 인파가 몰려 있는 기차역 예매 창구 앞에 도착했다. 길게 늘어선 사람들 뒤에 줄을 서고 보니 중요한 일 한 가지를 빠트린 게 생각났다. 간이 의자를 깜빡 잊고 안 가져온 것이다. 밤을 새는 동안 먹을 간식과 물도 빼먹었다. 그녀는 차가운 겨울 밤공기 속에서 긴긴 시간을 어떻게 서서 버틸지 막막했다.

그녀 뒤로 이미 2명이 더 와서 줄을 섰지만 어쩔 수 없이 줄을 빠져 나와서 근처 편의점으로 향했다. 추잉잉은 전에도 한밤중에 기차역에 와 본 적이 있었다. 그때는 22층 이웃들과 함께 판성메이의 부모를 찾으러 왔던 터라 외롭지도 않고 무섭지도 않았다. 그런데 혼자 기차역을 헤치고 지나가려니 불현듯 도처에 있는 사람들이 무섭게만 느껴졌다. 그녀는 백팩을 꽉 움켜쥐고 마구 달려서 편의점으로 들어갔다. 편의점은 가격이 비싸서 간식거리를 사고 나니 간의 의자를 살 돈이 모자랐다. 하는 수 없이 남은 돈만큼 신문을 샀다.

잉잉에게 그날 밤은 유난히 추웠다.

취샤오샤오는 자오치핑을 만났다. 설날이 가까워 왔는데도 레스토랑은 손님들로 꽉 차 있어서 자리가 쉽사리 나지 않았다. 가까스로 자리를 차지했지만 별실이 아니어서 테이블 옆으로 사람들이 계속 오고갔다. 심지어 음식이 담긴 쟁반이 머리 위를 아슬아슬하게 비행하기도 했다. 하지만 취샤오샤오는 자오치핑만 옆에 있다면 다른 건 아무래도 상관없었다. 보다 못한 자오치핑이 취샤오샤오에게 자리를 바꿔 주겠다고 했지만 그녀는 조신하고 교양 있게 거절했다. 그녀는 자리가 불편하지 않았다. 오히려 음식 쟁반이 자오치핑의 정수리 위로 지나가는 걸 보고 있기가 더 괴로웠다. 그렇게 행복한 저녁을 보내고 있는 취샤오샤오에게 친구가 눈치 없이 전화를 걸었다. 친구는 취샤오샤오에게 충격적인 스캔들을 전하러 연락한 것이었다. 취샤오샤오의 이복 오빠 중 첫째가 가라오케 여직원과 따로 살림을 차렸다는 소식이었다. 유부남인 큰 오빠는 방 2개짜리 호텔식 아파트를 빌려서 아지트로 삼고 그곳에서 내연녀와 함께 지내는 모양이었다. 지금도 내연녀와 술을 마시고 그 아지트로 가서 머무르고 있다고 친구가 귀띔하고는 취샤오샤오에게 물었다.

"간통 현장을 잡을까?"

"당연하지!"

취샤오샤오는 분노를 참으며 옆에 있는 핸섬한 자오치펑에게 어쩔 수 없이 거짓말을 했다.

"고객 전화인데 당장 견적서를 보내 달라고 해서 회사에 들어가야 해. 어떡하지? 그쪽은 오늘이 무슨 날인지도 모르나 봐. 곧 설이고 오늘은 주말인데 이게 뭐야. 다들 고향에 가고 일할 사람이 나밖에 없잖아. 자기 먼저 집에 가."

"가 봐. 그동안 늘 내가 병원 호출을 받았었는데 오늘은 네 차례인가 보네. 혼자 들어갈게."

"우리 집에 가 있을래? 금방 끝내고 갈게."

자오치펑은 취샤오샤오의 뺨에 가볍게 키스를 했다.

"집에 가서 책보고 있을게. 끝나면 바로 와."

취샤오샤오는 발길이 떨어지지 않았지만 더 중요한 일을 하러 가야 했다.

그녀는 호텔식 아파트 앞에 차를 세웠다. 그녀는 목소리를 바꿔서 아빠에게 전화를 걸었다. 숨이 가빠서 식식거리는 목소리로 혀를 꼬고 말끝을 길게 빼며 더듬더듬 얘기했다.

"아빠, 술을 많이 마셨는데 누가 술에 뭘 탄 거 같아. 몸을 가눌 수가 없어. 메시지로 주소 보낼 테니까 빨리 데리러 와. 엄마한테는 비밀이야."

고객을 접대 중이던 취샤오샤오의 아빠는 딸의 목소리에 놀라서 두말 않고 곧장 자리를 파하고 밖으로 나왔다. 그는 택시를 타고 딸이 알려준 호텔식 아파트로 내달렸다. 취샤오샤오는 다급한 상황에서도 여유를 잃지 않고 유유히 위층으로 올라가서 망보기에 적합한 위치를 찾아 자리를 잡았다. 그녀는 시시덕거리며 그곳에 숨어서 아빠가 올라오기만을 기다렸다.

예상대로 취샤오샤오의 아빠는 숨을 헐떡이며 순식간에 달려왔다. 그는 아파트 입구를 지키던 보안 요원과 함께 방 앞에 와서 섰다. 딸을 구하려는 절박한 심정으로 문을 3번 두드렸지만 안에서는 반응이 없었다. 결국 기다리지 못하고 문을 마구잡이로 찼다. 취샤오샤오는 있는 힘껏 문을 부수려고 달려드는 아빠를 보며 감동했다.

'그래 저 사람이 내 아빠였어. 날 가장 사랑하는 아빠.'

취샤오샤오는 그동안 아빠한테 서운했던 마음이 아빠의 발차기 덕분에 약간 풀어졌다. 그녀는 때가 되었다 싶어서 달려 나가 아빠를 부르려는데 아빠가 고래고래 고함을 치는 소리가 들렸다.

"샤오샤오, 괜찮니?"

취샤오샤오는 아빠의 듬직한 등 뒤에 서서 머리를 빼꼼히 내밀었다. 잠옷을 입은 큰 오빠가 한 눈에 들어왔다. 보아하니 아래는 아무것도 안 입은 것 같았다. 취샤오샤오의 아빠는 뒤에 누가 있는지도 모른 채 실내로 들어갔는데 난데없이 아들이 나타나자 근친상간을 범하는 줄 알고 혼비백산해서 침실로 돌진했다. 취샤오샤오는 아빠의 뒤에 바짝 붙어서 안으로 따라 들어갔다. 아니나 다를까 침대 위에는 누군가 얼굴이 노출될까 봐 이불을 폭 뒤집어쓰고 숨어 있었다. 아빠는 더 들어가지도 못하고 나오지도 못하고 갈팡질팡했다. 도저히 침대로 가서 이불을 들춰 현장을 확인할 엄두가 나지 않았다. 보나마나 이불 속에는 약을 탄 술을 마신 딸이 있을 게 분명했기 때문이다. 화가 치밀어 오른 아빠는 아들에게 영문을 물으려고 몸을 돌렸다. 그런데 뜻밖에도 등 뒤에는 자신을 부른 딸이 불안한 눈동자를 반짝이며 불구경을 하듯이 보고 있었다.

"어떻게 된 일이냐?"

취샤오샤오는 손가락으로 오빠를 가리켰다.

"상간남!"

이번에는 침대를 가리켰다.

"상간녀!"

아빠는 놀라서 하마터면 침에 사레가 들려 숨이 넘어갈 뻔하고는 그제야 딸한테 또 속았음을 깨달았다. 다행스럽게도 그는 평생 딸에게 셀 수도 없이 많이 속아서 이제 웬만한 꾀에는 끄떡도 없었다. 그럼에도 잠시 놀라서 휘둥그레졌다가 이내 정신을 차렸다.

"넌 집에 가. 아빠가 처리하마."

"아빠 혼자서는 안 돼. 다른 사람 눈에는 부당해 보일 수도 있어. 아니면 엄마한테 전화해서 오라고 하든가."

취샤오샤오는 얘기하면서 오빠를 힐끗 봤다. 오빠는 온몸에 힘을 준 채 바짝 긴장하고 있었고 얼굴은 죽상이었다. 반면에 그녀는 오빠의 추잡한 실상이 까발려지니 말로 표현할 수 없는 쾌감이 들었다. 취샤오샤오는 먼저 가라는 아빠의 말을 듣지 않고 버텼다. 아빠도 엄마가 오는 걸 원치 않는다는 사실을 그녀가 알고 있었기 때문이다. 엄마가 오면 이번 기회에 오빠의 앞길을 아예 막아버리려고 기를 쓸 것이 분명했다.

아빠는 아들을 향해 벼락같이 소리쳤다.

"얼른 옷 입고 나와. 둘 다."

아빠는 아들한테 옷 입으러 들어가라고 호통을 치고는 아들이 침실 문을 닫고 들어가자 화난 목소리로 나지막이 물었다.

"네가 꾸민 짓이냐?"

"간통을 내가 무슨 재주로 꾸며. 나도 아까 어디서 전해 듣고 당장 아빠한테 보고한 거야. 나쁜 길로 빠지는 걸 보고만 있을 수는 없잖아."

"선의는 아니었겠지."

"그건 맞아. 이런 일에 안 나서면 내가 적극적으로 나설 일이 있어야 말이지. 안에 있는 사람, 가라오케에서 노래하는 여자래."

"넌 오늘 뭐 했어?"

"자오치핑이랑 같이 있었어. 떳떳한 데이트야. 아주 바른 사람이거든. 내가 아빠 도와주러 여기 오는 동안 자기는 집에서 책을 읽겠대. 아빠, 나도 요즘 자오치핑 따라서 책 읽고 있어. 고전 위주로 말이야."

"날 돕는다고? 꿈보다 해몽이 좋구나."

아빠가 흥 하며 콧방귀를 끼자 취샤오샤오는 개구쟁이처럼 웃었다. 아빠는 도무지 딸을 당해낼 수가 없었다. 그는 결혼한 아들놈이 겁 없이 내연녀랑 딴살림을 차린 꼴을 보고 나니 화가 부글부글 끓었다. 올해 아들에게 맡긴 일에서 성과가 나오지 않는다 했더니 그동안 여자 치마폭에서 놀아나느라 정신을 딴 데 팔고 있었던 것이다. 반면에 딸은 귀국한 지 몇 달 지나지도 않았는데 이윤을 조금씩 내고 있었다. 딸이 이 정도로 해 낼 줄은 꿈에도 생각지 못했는데 말이다. 상황이 이러하니 아빠는 고생스럽게 키운 아들이 무척 실망스럽기만 했다.

"무슨 책을 읽었는데?"

"대만 사람이 쓴 《쥐류허(巨流河)》라는 책인데 엄청 두꺼워. 연애소설은 아니고 역사 이야기야. 읽으면서 막 울었다니까. 이해가 안 되는 부분은 자오치핑한테 물어보고. 그 사람은 모르는 게 없어."

아빠는 들어본 적이 없는 책이어서 눈만 깜빡거렸다. 그에게 독서는 남의 일이나 마찬가지였다. 심지어 독서가 매우 숭고한 일이라고 여길 정도로 독서와는 담을 쌓고 살아서 딸의 얘기에 깊이 호응하지는 못했다.

"독서는 좋은 거지. 넌 점점 바른길로 가고 있구나."

"바른길이라니. 전에는 못된 짓만 했다는 거야? 내가 옥살이를 했어, 아빠 체면을 깎았어? 그런 적 없잖아. 나 요즘 MBA 준비하고 있어. 옆집 관쥐얼이 출장에서 돌아오면 같이 신청하러 갈 거야. 영어 실력도 좋아야 한대. 그런데 오빠는 왜 아직도 안 나와? 꽃단장이라도 하는 거야?"

아빠는 아들이 왜 늦게 나오는지 당연히 알았지만 딸을 붙잡아 놓고 끈기 있게 기다렸다. 취샤오샤오는 기다리다 못해서 컵을 집어 들고 침실 문을 향해 던졌다. 컵은 쨍그랑 소리를 내며 깨졌다. 잠시 뒤에 남녀가 울상을 지으며 밖으로 나왔다. 취샤오샤오는 여자를 보자마자 어쩐지 불쌍한 마음이 들었다. 여자는 대단한 미인도 아니고 눈도 작았지만 몸매가 좋았다. 동그란 입술은 앵두 같고 얼굴에는 젖살이 통통했으며 전형적인 불여우상은 아니었다. 치맛자락을 쥐며 자리에 앉는 모습이 어찌나 여성스러운지 누가 봐도 보호본능이 절로 일어나는 여자였다. 아빠도 취샤오샤오도 그녀를 본 뒤로는 적당한 말을 찾지 못했다. 취샤오샤오는 자기가 남자였다면 애인으로 삼고 싶을 만큼 그 여자가 매력적으로 보였다.

아빠는 상황을 재빨리 판단하고 아들에게 왜 이런 관계를 맺었으며 무엇 때문에 아내를 배신했는지 묻지 않았다. 그 대신 대화를 다른 주제로 돌렸다.

"집은 무슨 돈으로 구했냐? 생활비는 어디서 났고? 네 수입은 전부 엄마가 파악하고 있는데 지금까지 사업 수익이 하나도 없다더라. 대체 돈이 어디서 나서 이렇게 쓰고 다니는 거야?"

취샤오샤오는 얼른 아빠 귓가로 다가가서 추켜세웠다.

"아빠 짱!"

아빠는 눈썹을 찌푸리며 불난 집에 부채질하는 딸을 제지했다.

오빠는 당연히 금방 대답하지 못했다. 돈 나올 구멍이라고는 회사 돈밖에 없어서 그동안 공금을 유용했기 때문이다. 아빠는 하나하나 따져 물었다. 고객에게 돌려줄 수수료를 횡령했는지, 했다면 얼마나 손을 댔는지 말하라고 다그쳤다. 또 회사의 결산 보고서를 실비로 정확하게 정산했는지, 회사의 예비비는 얼마나 횡령했는지, 인수업자와의 수수료 협상에서 부정을 개입하지는 않았는지 등 모두 솔직하게 털어놓으라고 했다. 아빠는 사업을 오로지 혼자 힘으로 손발이 닳도록 일해서 일구었기 때문에 그 과정에서 어떤 부정부패가 발생하는지 훤히 꿰뚫고 있었다. 오빠는 아빠의 추궁에 하나하나 성실히 대답했다. 아빠는 아들의 대답을 들으며 진상을 파악하고 비리를 찾아냈다. 취샤오샤오는 오빠의 이마에서 콩알만 한 땀방울이 흘러 내려 카펫에 떨어지는 광경을 포착했다. 그녀에게는 땀방울이 떨어지는 소리가 마치 세상에서 가장 영롱한 물방울 소리처럼 들렸다.

아빠는 오빠의 직책을 모두 박탈하고 대기 발령을 명령했다. 게다가 돈 근처에는 얼씬도 하지 못하게 조치했다. 오늘부터 모든 업무에서 손을 떼고 설 이후에 다시 얘기하자고 했다. 취샤오샤오는 다른 밥벌이를 찾아야 하는 오빠 옆의 미녀가 가엽게 느껴졌다.

아빠는 문제를 깔끔히 처리한 뒤에 분을 삭이지 못한 채로 나갔다. 취샤오샤오는 가벼운 발걸음으로 재빨리 뛰어서 아빠의 뒤를 따랐다. 그녀는 밖으로 나가면서 바람 빠진 공처럼 축 처져 있는 오빠

대신 아빠의 발차기에 너덜너덜해진 문을 꾹 닫았다. 그러고는 텅 빈 엘리베이터에 올라타서 비명을 꽥 질렀다.

"억울해. 억울하단 말이야."

아빠는 가라앉은 목소리로 말했다.

"비겁한 장난은 하지 마. 너 지금 고소해 죽겠잖아."

"아빠 나한테 화났지? 오빠들이랑 사이도 안 좋고 오빠들 흠만 캐내서 고자질한다고 화났잖아. 그치? 아빠, 생각해 봐. 만약에 오늘 아빠 말고 엄마한테 연락했으면 어떻게 됐을 거 같아? 계속 화내면 지금이라도 엄마한테 전화할 거야. 고맙다고는 못할망정 화를 내네. 흥."

아빠는 딸의 속셈을 알고 있었다. 그래서 엄마한테 알리지 않고 의리를 지켜줘서 고맙다고 인사하며 즉각 딸에게 혜택을 주기로 약속하고 딸의 입을 막았다. 입막음의 대가는 자본금을 2배로 늘려서 지원하는 것이었다.

취샤오샤오는 신이 나서, 노래하고 춤이라도 추고 싶었다. 아빠는 딸의 차를 얻어 타고 가려고 했지만 딸은 아파트 입구까지만 데려다주었다. 그녀는 아빠를 단호하게 택시에 태워 보내고 곧장 사랑하는 짝꿍을 만나러 자오치핑의 집으로 내달렸다. 가는 도중에 정지 신호등에 걸렸다. 그때 문득 오빠의 스캔들로 얻은 혜택에 가장 감사해야 할 사람은 특급 정보를 제공한 친구라는 생각이 들었다. 그래서 곧장 차를 돌려 클럽에서 한창 밤을 즐기고 있을 친구들에게 보답하러 갔다. 사람은 연인도 중요하지만 친구를 소홀히 하면 안 된다. 취샤오샤오는 친구들에게 큰 도움을 받았으니 친구들의 술값은 눈치껏 자기가 계산했다. 자오치핑은 풍류를 즐기는 취향이 아니어서 취샤오샤오에게 거리낄 일도 하지 않으므로 그녀는 빈집에 혼자 덩그러니 있는 자오치핑이 염려되지 않았다.

침실에 누운 바오이판은 아무 소리도 내지 않았다. 앤디는 심란하고 답답해서 일이 손에 잡히지 않았다. 그녀는 감정을 평온히 자제하려고 애썼지만 화난 얼굴로 끙끙 앓고 있는 바오이판을 보기가 여간 괴롭지 않았다.

앤디는 어수선한 마음을 붙잡고 간신히 보고서 몇 편을 검토했다. 시간을 보니 바오이판도 이때쯤이면 잠이 들었을 듯해서 침실을 살피러 들어갔다. 바닥에 널브러진 크고 작은 그의 옷가지를 보니 왠지 웃음이 났다. 부잣집 도련님이 정말로 화가 많이 났구나 싶었다. 앤디는 바닥에 흐트러진 옷을 하나하나 주워 정리하고 막 침실을 나오려는데 바오이판이 시무룩한 목소리로 불쑥 한마디 던졌다.

"당신을 억지로 내 옆에 묶어 두긴 싫어요."

앤디는 어리둥절해서 뒤를 돌아보았다. 바오이판은 양손을 내밀고 눈을 반짝이며 그녀를 보고 있었다. 앤디는 홀린 듯이 그에게로 다가가서 곁에 앉고 그의 손을 잡았다. 두 사람은 어두컴컴한 불빛 아래에서 말없이 서로를 응시했다.

한참 뒤에 바오이판이 입을 열었다.

"집에 가서 해결할게요. 충분히 생각하고 돌아올게요. 한 달만 기다려 줘요."

앤디는 동의의 뜻으로 힘 있게 고개를 끄덕였다. 그녀도 진심으로 바오이판을 놓치고 싶지 않았기에 그에게 생각할 시간을 주고 그가 마음을 정하고 돌아오기를 기다리기로 했다.

추잉잉은 추위 속에서 꿋꿋이 줄을 서서 기다렸다. 시간이 갈수록 춥고 배가 고팠지만 대책은 있었다. 그녀는 곧장 가방에서 쌀과자를 꺼내 한 입 베어 물었다. 쌀과자는 바삭바삭했다. 추잉잉이 과자를 한 입씩 입에 넣을 때마다 한 사람이 졸린 눈을 크게 뜨고 짜증스럽게 쳐다봤다. 아무래도 과자를 씹는 소리가 그 사람의 잠을 방해한 듯했다. 추잉잉은 어차피 같은 신세인데 너무한다 싶었지만 어쩔 수 없어서 생수병을 꺼내 물과 같이 먹으니 씹는 소리가 좀 작아졌다. 하지만 엄동설한에 냉수를 마신 탓인지 몇 모금 마시지도 않았는데 갑자기 아랫배가 살살 아파 와서 허리가 펴지지 않았다. 아랫배는 송곳으로 찌르는 듯이 아팠다. 마치 뱃속에서 누가 내장을 잡아당기는 것처럼 고통스러웠다.

추잉잉은 웬만하면 견디려고 했다. 평소에 스스로 건강하다고 여겼기에 제자리걸음으로 몸을 따뜻하게 하면 혈액 순환에 도움이 되어 통증이 가라앉을 것 같았기 때문이다. 그런데 뜻밖에도 통증은 걸음을 옮길 수 없을 정도로 심해졌다. 게다가 식은땀이 등줄기를 타고 차갑게 흘러내리기 시작했고 현기증도 났다. 추잉잉은 당황했다. 주변에 아는 사람도 없는데 행여 쓰러지기라도 하면 어떡할지 불안했다. 그녀는 더듬더듬 휴대폰을 꺼내 가장 먼저 판성메이에게 전화를 걸었다. 그런데 하필이면 오늘 판성메이는 왕바이촨과 화해 기념으로 다른 도시로 주말을 보내러 떠나 달콤한 밤을 즐기고 있었다. 도와주고 싶어도 멀리 있어서 달리 방법이 없었다.

판성메이도 추잉잉의 전화를 받고 허둥지둥했다. 추잉잉 때문에 단잠을 깨긴 했지만 이내 정신을 차리고 황급히 잉친에게 전화를 걸었다. 천만다행으로 잉친은 휴대폰을 켜놓고 자다가 전화 벨소리에 잠을 깼다.

"잉친 씨, 잉잉이 혼자 기차역에 표를 사러 갔는데 갑자기 몸이 많이 아픈가 봐요. 저는 지금 다른 지방에 있어서 가볼 수도 없고 한밤중에 연락할 사람도 마땅치 않아서 부득이하게 잉친 씨한테 전화했어요. 가서 잉잉을 좀 도와줘요, 부탁이에요. 두 사람 사이가 어찌됐든 잉친 씨는 남자 중의 남자니까 아무리 잉잉이 미워도 저대로 방치하지 않을 거라고 믿어요."

"누님, 그런 말씀은 안 하셔도 돼요. 저 그렇게 매정한 사람은 아닙니다."

판성메이는 한시름을 놓으며 작은 희망을 기대했다. 옆에 있던 왕바이촨도 잉친이 의외로 흔쾌히 판성메이의 부탁을 들어주겠다고 해서 약간 놀란 눈치였다.

하지만 판성메이는 여전히 불안했다. 큰소리만 떵떵 치고 행동하지 않는 남자를 이미 숱하게 많이 봐왔기 때문이었다. 그녀는 초조해서 잠이 오지 않았다. 10분쯤 지났을 때 도저히 참을 수 없어서 잉친에게 다시 전화를 걸었다.

"잉친 씨, 아까 잠 깨워서 미안해요. 피곤할 텐데 운전 조심해요. 정신 차리게 내가 이런저런 얘기라도 좀 해줄까요?"

"괜찮습니다. 운전 실력은 별로지만 운전할 정신은 있어요."

판성메이는 잉친이 이미 출발한 것 같아서 그제야 다시 한숨을 돌렸다. 잉잉을 만나면 다시 연락 달라고 부탁하고 전화를 끊었다.

잉친은 처음에 판성메이의 전화를 받고 어딘가 이상한 느낌이 들었다. 어쩌면 잉잉을 위한 고육책이 아닌지 의심스러웠는데 판성메이가 재차 연락해서 부탁하자 의심이 말끔히 사라졌다.

추잉잉은 앤디에게도 전화를 걸었지만 휴대폰은 꺼져 있었다. 취샤오샤오에게도 연락했지만 전화를 받지 않았다. 취샤오샤오는 친구들과 화끈하고 요란한 밤을 보내느라 휴대폰 벨소리를 듣지 못했다. 그렇게 절망하고 있는 사이에 멀리서 그녀의 이름을 부르는 낯익은 목소리가 들렸다. 마치 잉친의 목소리 같았다. 하지만 추잉잉은 환청일 거라고 생각했다. 사실은 환청인지 아닌지 고개를 들어서 확인할 힘도 없었다. 그녀는 낯익은 목소리가 들리는데도 오히려 정신은 더 아득해졌다. 결국 더 이상 버티지 못하고 바닥에 털썩 주저앉고 말았다. 잉친은 추잉잉의 이름을 몇 번이나 외쳐도 대답 소리가 들리지 않아 주변 사람들에게 아파서 쓰러진 여자를 봤느냐고 물으며 다녔다. 그런 와중에 어떤 사람이 추잉잉의 옆에서 잉친을 큰소리로 부르며 와 보라고 했다.

잉친은 마침내 추잉잉을 발견했다. 추잉잉은 아파서 식은땀을 뻘뻘 흘렸고 얼굴은 이미 땀으로 범벅이 되어 있었다. 그녀는 흐리멍덩한 눈으로 말없이 잉친을 보다가 터진 둑처럼 눈물을 펑펑 쏟았다. 잉친은 체력이 약해서 혼자 힘으로는 그녀를 업을 수 없었다. 다급히 돈을 주고 사람을 써서 차가 있는 곳까지 같이 추잉잉을 데려가서 태웠다. 잉친의 차 안은 무척 따뜻했지만 그는 히터를 더 세게 틀어서 공기를 충분히 데웠다. 다만 뒷자리에 앉은 추잉잉에게 어떻게 말을 건네야 할지 몰라서 입은 다물고 있었다. 그렇게 한참을 생각하다가 겨우 한마디 꺼냈다.

"병원에 가자."

추잉잉은 따뜻한 곳에 있으니 통증이 다소 완화되고 정신도 드는 것 같았다. 그녀는 거친 숨을 쉬면서 힘겹게 입을 열어 천천히 말했다.

"옆에… 식당에서…, 죽 이나… 생강차… 다 괜찮아."

잉친은 추잉잉의 말대로 곧장 근처에 있는 식당으로 달려갔다. 죽과 생강차은 구하지 못하고 대신 뜨거운 쇠고기면을 두 손으로 받쳐 들고 왔다. 추잉잉에게 빨리 먹이려고 부리나케 달려오다가 뜨거운 국물이 쏟아졌다. 그는 국물이 손에 닿자 뜨거워서 팔짝팔짝 뛰었다. 우여곡절 끝에 가까스로 차에 도착했는데 문제가 또 생겼다. 추잉잉이 두 손으로 배를 움켜쥐고 있어서 그가 직접 먹여 줘야 하는 상황이었다. 그는 이번에도 사람을 살리는 심정으로 힘껏 추잉잉을 일으켜 앉히고 그릇을 그녀의 입가에 갖다 댔다.

추잉잉은 더없이 따뜻함을 느꼈다. 맵고 뜨거운 쇠고기 면을 먹는 동안 주체할 수 없는 눈물이 흘러 그릇 속으로 떨어졌다. 잉친은 추잉잉의 눈물을 닦아주며 애써 보지 않으려고 몸을 틀었지만 면을 먹이느라 그릇을 들고 있어서 움직이기가 불편했다. 하는 수없이 추잉잉의 시선을 계속 피하며 가능한 한 눈을 마주치지 않으려고 애썼다. 그는 추잉잉에게 면을 다 먹인 뒤에야 운전석으로 가서 앉았다. 짙은 그림자가 내린 뒷좌석에 누운 추잉잉을 짐짓 못 본 척하고 뻣뻣하게 굳었던 어깨를 으쓱하며 정신을 다시 가다듬었다.

추잉잉은 여전히 식은땀이 났지만 뜨거운 국물을 마신 덕에 배의 통증은 서서히 가라앉아서 불편함이 사라졌다. 뒷좌석에 누운 그녀는 애써 정신을 차리고 힘을 끌어 모아 입을 열었다.

"잉친, 와 줘서 고마워."

그녀의 목소리는 나지막했다. 잉친은 한참이나 대답이 없었다. 추잉잉은 잉친이 못 들은 줄 알고 다시 말하려는 찰나에 잉친이 대답했다.

"뭘."

추잉잉은 또 무슨 말을 해야 할지 몰랐다. 그렇게 두 사람은 집까지 가는 내내 침묵했다.

환락송 아파트에 도착했다. 잉친이 입구에 차를 대고 뒤를 돌아보니 추잉잉이 몸을 웅크리고 있었다.

"도착했어. 못 일어나겠으면 병원에 가자."

추잉잉은 병원에 가자는 말을 듣자 바로 비싼 진료비와 약값이 연상되었다. 큰돈을 지출할 수 없는 형편인 그녀는 억지로 버티며 정신을 가다듬고 말했다.

"다 왔어? 고마워. 많이 좋아져서 이제 괜찮아. 정말 괜찮아."

잉친은 그녀가 괜찮다고 하면 정말 괜찮은 것이라고 생각해 차에서 내려 뒷좌석의 문을 열어 주었다. 추잉잉은 두 발을 땅에 대고 몸을 일으키다가 양쪽 팔이 문에 걸려서 곧 쓰러질 뻔했지만 금방 몸을 추스르며 말했다.

"진짜 괜찮아. 이제 배도 안 아파. 기운은 없지만 자고 나면 괜찮을 거야."

"내가… 부축할게. 다른 뜻은 없으니까 안심해."

잉친은 조심스럽게 잉잉을 부축했다. 그의 몸짓은 뻣뻣했지만 추잉잉은 그에게서 따뜻함을 느꼈다. 그녀는 머리를 자연스럽게 잉친의 어깨에 기댔다가 자기도 모르게 고개를 묻고 눈물을 흘렸다. 잉친은 꿈쩍하지 않고 애써 담담한 척했다. 위층으로 올라가는 엘리베이터 안에는 추잉잉 혼자 흐느끼는 소리만 가볍게 울렸다.

2202호의 문을 열고 들어가니 역시나 집은 텅 비어 있었다. 잉친은 침착하게 그녀를 부축해서 침대에 뉘이고 냉큼 뒤로 물러나서 침대에서 가장 먼 대각선 방향으로 가서 뒷짐을 지고 섰다.

"필요한 거 있어?"

"물 한 잔 주고 생강차 좀 만들어 줘. 냉장고에 있는 생강을 잘게 잘라서 뜨거운 물에 넣고 설탕 한 국자를 추가해서 끓이면 돼."

"알았어. 한번 해 볼게. 기다려 봐."

추잉잉은 눈물이 고인 눈으로 분주하게 움직이는 잉친을 보면서 문득 막연한 희망을 가졌다. 그녀는 손을 뻗어 침대 머리맡의 종이박스 위에 있는 손거울을 집어 들고 머리와 얼굴을 정돈했다. 안타깝게도 지금 그녀의 모습은 자기가 봐도 추하기 이를 데 없었다. 눈물은 닦아냈지만 거울 속에 비친 창백한 얼굴은 도저히 손 쓸 방법이 없었다. 그때 문밖에서 익숙한 비명 소리가 들려왔다. 취샤오샤오가 흥에 취해 집으로 돌아온 것이다. 그녀는 활짝 열린 2202호의 문을 통해 생강차를 끓이느라 바쁜 잉친의 뒷모습을 보고는 귀신인 줄 알고 놀라서 얼이 빠졌다. 잉친은 취샤오샤오와 눈이 마주치자 싱글 남녀가 깊은 밤에 한집에 있으면 오해받을 수 있겠다는 생각이 반사적으로 들었다. 그는 당황한 나머지 손에서 칼을 놓쳤고 칼은 바닥으로 떨어지며 뎅그렁 소리를 냈다.

취샤오샤오는 용감하게 문 앞으로 다가와, 한 손을 가방에 넣고 호신용 스프레이를 꽉 움켜쥐었다.

"왜 여기 있어요? 관쥐얼은 출장가고 성메이 언니는 여행 갔으니까 지금 단 둘이네? 맙소사. 엉큼한 놈이잖아. 빈집에서 잉잉을 어떻게 해 보시겠다? 쳇, 언제는 처녀가 아니라서 싫다더니 속마음은 그게 아니었나 봐. 위선자였어."

잉친은 마음이 급해졌다. 취샤오샤오가 상황을 설명할 틈을 주지 않고 먼저 넘겨짚는 바람에 최대한 상세하게 해명했다.

"잉잉이 기차역에 있다가 갑자기 아파서 집으로 데리고 왔어요. 지금은 생강차를 끓이고 있고요. 미심쩍으면 성메이 누님한테 물어봐요. 누님 전화 받고 여기까지 왔으니까요."

"아픈 게 아니라 그쪽이 잉잉한테 몹쓸 짓한 거 아니에요?"

"아니에요. 사람 모독하지 마세요."

화가 난 잉친은 칼을 주워 들면서 무심결에 휘두르며 말했다. 잉친의 칼놀림에 취샤오샤오는 놀라서 기겁했다. 사실 잉친이 그런 짓을 할 사람은 아니기에 그녀의 말은 분명 모욕적인 언사였다. 취샤오샤오는 잉친이 불같이 화를 내자 슬그머니 도망치면서 마지막으로 한마디 했다.

"한밤중에 외로운 젊은 남녀가 무슨 짓을 할진 모르겠지만 잉잉의 자존심은 지켜 줘야 해요. 젠장, 오늘은 어째 못 볼꼴만 봐서 눈에 다래끼 나겠네."

취샤오샤오는 2203호로 들어온 뒤에야 안도했다. 잠시 뒤에 다시 문을 열고 얼굴을 반쯤 내밀어 큰소리로 외쳤다.

"사진 찍어 뒀으니까 나중에 발뺌해도 소용없어요."

잉친은 취샤오샤오의 적수가 되지 못 했다. 그가 할 말을 생각하는 사이에 취샤오샤오는 이미 도망가고 그림자도 없었다. 잉친은 화가 나서 속이 터질 것 같았다. 당장이라도 집에 가고 싶었지만 다 죽어 가는 추잉잉을 두고 무책임하게 떠날 수는 없었다. 하는 수 없이 화를 삼키며 생강을 계속 썰었다.

취샤오샤오는 추잉잉에게 전화를 걸었다.

"너 제법이다. 어떻게 불러들였어? 아무튼 축하해. 이번엔 날 원망하지 마라."

추잉잉은 방금 전에 잉친의 편을 들어 말할 기운은 없었지만 두 사람의 대화를 똑똑히 듣고 있었기에 통화한 김에 해명했다.

"나 진짜 아파. 기차역에서 표를 사려고 줄 섰다가 찬물을 많이 마시는 바람에 배가 아프고 뒤틀려서 쓰러지기 직전이었어. 다행히 잉친이 기차역으로 와서 날 살려줬지. 지금은 내가 부탁한 생강차 끓이는 중이야. 잉친한테 사과해."

"뭐? 진짜 아파? 그 샌님이 병원에도 안 데리고 갔어?"

"병원비가 비싸잖아. 돈 없어. 빨리 잉친한테 사과해. 부탁이야."

취샤오샤오는 추잉잉의 대답을 듣고 멍해졌다. 추잉잉이 비싼 병원비 때문에 아픈데도 병원에 가지 않고 참고 있다는 말이 마음에 걸렸다. 취샤오샤오는 잠시 멍하니 있다가 아이스크림을 먹고 배탈이 났을 때 처방받은 약과 초콜릿 한 박스를 챙겨서 추잉잉에게 가지고 갔다. 2202호의 문은 여전히 열려 있었다. 그녀는 문 앞에 서서 잉친을 보며 사과했다.

"미안해요. 아까는 내가 오해했어요. 잉잉한테 약 주러 왔으니까 칼은 내려놔요."

잉친은 얼른 칼을 놓고 머리를 숙이며 공손하게 섰다. 취샤오샤오를 자극하지 않는 게 좋을 듯했다. 취샤오샤오는 집안으로 들어가다가 도마 위에 쌓인 누르스름한 물건을 보았다.

"생강차 끓인다면서요. 이건 뭐예요?"

"생강이요. 잘 우러나라고 다졌어요."

"이상하네. 내가 먹은 생강차에는 전부 편을 낸 생강이 들어 있었는데."

취샤오샤오의 눈에는 다진 고기처럼 보였다. 그녀는 약을 들고 물을 한 잔 따라서 추잉잉에게 다가갔다.

"종일 이런 꼴로 있었던 거야? 귀신인 줄 알겠네. 생강차는 어떻게 끓여? 다진 생강을 넣어? 아니면 편을 넣어?"

"편으로 썰어 넣어야지. 맙소사. 그럼 끓일 필요 없어. 뜨거운 물 붓고 설탕 첨가해서 먹으면 돼."

취샤오샤오는 얼른 추잉잉의 말을 전하러 주방으로 갔다. 잉친은 시키는 대로 만들었다. 추잉잉은 마침내 완성된 생강물을 죽 들이켰다. 취샤오샤오는 추잉잉의 병세가 심각하지 않음을 확인하고는 기지개를 켜며 무심하게 한 마디 했다.

"피곤해 죽겠다. 잉친 씨가 잉잉 잘 돌봐줘요. 무슨 일이 생기면 전화하고요, 같이 병원 데리고 가게. 난 그만 자러 갈게. 죽을 거 같아서 더는 못 버티겠어."

취샤오샤오 간 뒤에 잉친은 그녀의 부탁 때문에 난처해졌다. 추잉잉은 마음이 약해져서 말했다.

"오늘 고마웠어. 그만 가봐. 그럭저럭 괜찮아졌어."

추잉잉이 이렇게 말하는데도 잉친은 자리를 뜨지 않았다.

"밤새는 게 습관이 돼서 괜찮아. 어서 자. 내가 지키고 있을게. 주방에서 책 읽다가 30분마다 한 번씩 들어와서 볼게. 얌전히 있을 테니까 안심해."

잉친은 눈물이 그렁그렁 맺힌 추잉잉의 눈을 외면하고 방을 나갔다. 추잉잉은 할 말이 생각나지 않았다. 잉친이 이렇게 가까이 있는데도 쓸쓸하기만 했다. 그녀는 잉친이 나간 방문 밖만 멍하니 쳐다봤다. 추잉잉은 염치없지만 잉친한테 고백하고 싶었다. 자신은 지금 생강차보다 잉친의 포옹이 더 필요하다고. 하지만 그랬다가 잉친에게 더 무시당할까 봐 묵묵히 다운재킷을 벗고 잠을 청했다.

앤디는 아침 운동을 나가지 않고 바오이판을 위해 토종닭 국물에 소면을 말아 국수를 만들었다. 바오이판도 늦잠을 자는 편이 아니어서 일찍 일어났다. 그는 베란다로 가서 채소 화분들을 살피더니 실망한 듯이 말했다.

"싹이 아직 안 텄어요. 밤새 기대했는데."

앤디가 푸 하고 웃으며 원래 천천히 자란다고 알려주었다. 그녀는 잠시 틈이 난 사이에 취샤오샤오에게 SOS 메시지를 보냈다.

"일어나면 전화 줘. 누가 네 도움이 필요하대. 너만의 기발한 아이디어가."

앤디는 메시지를 바오이판에게 보여준 뒤에 전송했다.

"나도 당신이랑 헤어지기 싫어요. 샤오샤오는 워낙 통통 튀는 친구라서 분명 도움이 될 거예요."

"그 말썽꾸러기가 낸 아이디어를 우리가 실행에 옮길 수 있을까요? 이런 일은 기혼자한테 물어보는 게 나을 텐데. 특히 까탈스러운 시어머니를 모시는 사람한테."

"나처럼 전통하고 거리가 먼 사람은 당신 어머니 적수가 안돼요. 샤오샤오라면 아마 상상도 못할 아이디어를 낼 거예요. 이성적으로 말해서 한 달 안에 어머니를 설득하기는 쉽지 않을걸요."

두 사람이 한창 대화하는 중에 탕탕 하고 문을 두드리는 소리가 들렸다. 양손으로 있는 힘껏 두들기는 소리 같았다.

"벌써 왔나?"

앤디는 놀라며 나가서 문을 열었다. 취샤오샤오는 잠옷 위에 외투를 걸치고 자다가 일어나 헝클어진 머리 그대로 달려왔다. 표정에는 흥분한 기색이 역력했다.

"와, 꼭두새벽에 단잠을 깨운 사람이 누구인가 했더니 언니였어. 내 도움이 필요하다고? 세상에, 살다 보니 이런 날이 다 있네. 언니가 내게 도와 달라니. 메시지 확인하고 나 완전 흥분했잖아, 졸도할 뻔했어. 무슨 일인데? 아, 바오 사장님… 저 보지 말고 뒤돌아서세요."

취샤오샤오는 비명을 지르고 발을 동동 구르며 고개를 숙여 차림새를 살폈다. 자세히 보니 가릴 곳은 다 가린 것 같아서 다시 말을 바꿨다.

"괜찮아요. 봐도 돼요. 내외할 것도 없어요. 언니, 말해 봐, 어서. 뭐야? 바오 사장님을 어떻게 유혹하나, 뭐 그런 거야?"

취샤오샤오는 집안으로 들어오자마자 흥분해서 다른 사람은 말할 틈도 주지 않고 혼자서 재잘재잘 시끄럽게 떠들어댔다. 한참을 호들갑스럽게 굴다가 잠시 차분해지자 바오이판이 다가가서 커피 한 잔을 건넸다. 앤디는 샤오샤오를 소파로 데리고 가서 앉혔다.

"이 사람 어머니 성격이 꽤 강성인데 우리 일에 자꾸 끼어들려고 하셔. 난 손톱만큼도 간섭받기 싫고 이 사람은 어머니를 말리지도 못하고…."

취샤오샤오는 앤디의 말을 듣고 깔깔거리며 웃기 시작했다. 잠을 포기하고 오길 잘했다 싶을 만큼 흥미로운 이야기였다. 그녀는 앤디의 말이 끝나자 여우처럼 웃으며 바오이판에게 물었다.

"왜 못 말려요? 예를 들어 봐요. 내가 증상에 맞게 처방할게요. 시어머니를 대한 경험은 없지만 부모님은 내가 잘 다뤄요. 헤헤, 족집게라니까요."

바오이판은 무척 난처해하며 앤디를 보다가 울며 겨자 먹기로 최근에 어머니가 잠을 못 이뤄서 속상하다는 얘기를 꺼냈다. 단, 구체적인 속사정은 언급하지 않았다. 앤디는 그의 이런 태도도 문제라고 생각되어 자기가 직접 나섰다. 취샤오샤오에게는 어차피 남의 일인데 당사자가 우물쭈물하면 듣기 싫어지기 때문이다. 취샤오샤오도 얘기를 듣다가 내심 바오이판의 말을 끊고 싶었다. 하지만 사업상 바오이판에게 도움을 받을 일이 아직 남아 있기 때문에 그의 면전에서 지루한 티를 낼 수는 없었다.

"무슨 말인지 알겠어요. 사장님은 부모님을 못 이기는 순한 아들이네요. 부모님은 원래 억지가 심해요. 이치를 따지기보다 자식이 무조건 복종하기를 원하죠. 아무튼 그래요. 자, 지금부터 내가 하는 말 잘 들어요. 일단 사장님이 어머니보다 더 억지를 부려야 해요. 그러면 어머니는 아마 죽네 사네 생떼를 쓰겠죠. 그다음엔 사장님이 한

술 더 떠서 목을 매겠다고 해요. 그러면 돼요. 내일이나 모레 집으로 갈 거죠? 차라리 오늘 가요. 가서 실연당해서 죽어버릴 거라고 난동을 피워요. 평범한 부모님은 그 정도면 포기하지만 사장님 어머니는 고집이 세니까 2~3번은 저질러야 겁나서 딴지를 놓지 않을 거예요. 우리 부모님도 이런 식으로 단념시켰어요."

"그건 좀… 문제를 해결하는 근본적인 방법은 아닌 거 같아. 간섭을 못하게 강하게 제재하는 방법이 필요해. 한번쯤 난동을 부려서 입막음을 한다고 쳐도 어머니는 곧 마음병이 나서 또 잠도 못 주무시고 맥 빠져서 누워 계실 거야. 그럴 때마다 이 사람이 모른 척 할 수도 없잖아."

취샤오샤오는 코웃음을 쳤다.

"부모님을 물로 봤네. 그분들이 살아온 세월이 얼마야. 산전수전 다 겪고 마음에 굳은살이 박힌 분들이야. 옛날에 사기당해서 밑천을 홀랑 다 잃고도 살아남았는데 이깟 일로 죽겠어? 부모님은 그저 자식 일에 간섭하고 싶어서 욕심 부리는 거뿐이야. 당신들이 죽을 작정하신 게 아니라면 그런 일은 일어나지 않아. 두 사람이 힘을 합쳐서 큰맘 먹고 부모님의 욕심을 단념시키면 집안이 오히려 더 편안해져. 나도 우리 부모님이랑 이미 합의 봤거든. 언니, 우리 집 알지? 문제 없잖아."

바오이판도 처음에는 취샤오샤오의 생각이 못마땅하고 앤디처럼 의문이 들었다. 부모님을 강하게 압박해야 해결되는 문제라고 생각했다. 그런데 취샤오샤오의 얘기를 끝까지 듣고 보니 맞는 말이었다. 부모님은 풍파 속에서 역경을 딛고 일어선 만큼 마음이 단단한 분들이었다. 그는 갑자기 머리가 확 트이는 것 같았다. 더구나 그의 어머니는 이혼까지 겪었던 분이니 이런 사소한 일로는 죽겠다고 할 분이 아니었다. 어머니의 마음의 병은 아들에게 고통스러운 모습을 보여 줌으로써 아들을 복종시키려는 고육책이었던 것이다.

"외나무다리에서 적을 만나면 용감한 쪽이 이긴다는 말이군요."

"한마디로 기싸움이죠. 말귀가 밝으시네. 하지만 머리로는 알아도 막상 실행하기는 쉽지 않을 거예요. 성메이 언니도 봐요, 결단을 못 내리고 계속 저러고 있잖아요. 이런 일은 독하게 마음먹지 않으면 이도 저도 아니게 질질 끌려 다닐 수밖에 없어요."

취샤오샤오는 말을 끝내면서 외투 속에 감추고 있던 맨발을 쏙 빼더니 바닥에 있는 마루코짱 슬리퍼 속으로 집어넣었다.

"언니, 내가 어젯밤에 꾀를 부려서 잉친을 밤새 2202호에 잡아 뒀거든. 과연 외로운 싱글 남녀가 뜨거운 밤을 보냈을까? 좋은 아이디어를 제공받은 보답으로 나랑 같이 2202호에 가서 현장을 잡자. 다른 대가는 안 바랄게. 잉친이 또 나한테 식칼을 휘두를까 봐 무서워서 그래. 하긴 나 혼자 가도 두 사람 때려잡는 거야 일도 아니긴 하지만. 흥."

과연 취샤오샤오는 남달랐다. 바오이판은 웃음이 터졌다. 그도 낄낄거리는 앤디를 따라서 '현장을 잡으러' 나섰다. 취샤오샤오는 불만스럽게 그를 보며 말했다.

"사장님, 앤디 언니한테 비밀 얘기하려고 나가자고 한 건데 따라오시면 어떡해요."

"보디가드가 있어야죠."

취샤오샤오는 짓궂은 표정을 지었다.

"언니, 사장님 되게 능글맞은데? 나처럼 말이야. 절대 유들유들한 저 태도에 넘어가면 안 돼."

취샤오샤오는 말하면서 2202호의 문을 두드렸다. 바오이판이 이런 말 정도는 농담으로 받아들일 거라고 믿고 서슴없이 했다.

노크 소리에 문을 열고 나온 잉친은 예상과 달리 옷을 단정하게 입고 손에 책을 들고 있었다. 취샤오샤오는 잉친을 보자 아찔해하며 말했다.

"밤새 책만 봤어요? 잉잉한테 손도 안 대고?"

잉친은 피로에 절은 눈을 깜빡였다.

"보는 눈이 없어도 양심에 거리끼는 일은 안 합니다. 새벽 3시 30분부터 안색이 돌아오기 시작했어요. 들어가 보세요. 다들 오셨으니 그럼 전 이만 가겠습니다."

잉친은 말을 끝내자마자 보던 책을 부엌 조리대에 놓고 정말로 현관문을 나갔다.

문 앞에 서 있던 사람들은 아무 말도 못하고 그저 잉친이 지나가도록 길을 비켜 주었다. 잉친이 엘리베이터 안으로 들어간 뒤에 앤디와 취샤오샤오는 놀라서 말없이 서로 얼굴만 쳐다봤다. 잉친이 이렇게 순결한 남자임을 이제 알았으니 그의 보수적인 취향을 가혹하게 비난할 수도 없게 되었다.

일이 재미없게 돌아가자 취샤오샤오는 쌩하니 자기 집으로 돌아가 버렸다. 옷을 대충 걸친 취샤오샤오에게는 한겨울 아파트의 복도가 얼어 죽을 만큼 추웠다. 추잉잉은 앤디 차지가 되었다. 앤디는 방 안으로 들어가 추잉잉을 살폈다. 드디어 안색이 정상으로 돌아온 것 같았다. 앤디는 2202호의 열쇠를 챙겨서 집으로 돌아왔다. 바오이판이 문으로 들어서며 말했다.

"내일 떠나는 비행기 알아볼게요. 오늘은 죽어도 안 가요."

"아침 먹고 가요. 공항에 데려다 줄게요. 표는 같이 알아봐요."

바오이판은 앤디의 재촉으로 어쩔 수 없이 공항으로 향했다. 앤디가 바오이판을 배웅하고 돌아오는데 취샤오샤오가 현관문 밖으로 머리를 내밀고 주위를 살피다가 앤디를 발견하고는 집안으로 따라 들어왔다.

"언니, 나 의리 있지? 아까 할 말이 있었는데 바오 사장님 앞에서 말하기가 불편해서 자오치핑도 집에 내팽개치고 왔어. 사장님이 어머니한테 죽는 시늉하면서 생떼를 쓰려면 두 가지 조건이 있어. 뭔지 알아?"

앤디가 웃으며 말했다.

"알아. 한 가지는 네가 아까 눈치 줬잖아, 그 사람이 능글맞게 굴어도 넘어가지 말라고. 절대로 타협하지 말고 강하게 밀어붙이라는 뜻이겠지. 또 한 가지는, 내가 그 사람더러 어머니한테 강경한 태도로 나가라고 요구하는 거 아닐까. 첫 번째 조건은 할 수 있는데 두 번째 조건은 자신 없어. 우리가 얼마나 끈끈한 사이인지, 과연 어머니의 사랑을 뛰어넘을 만큼 사랑이 깊은지 잘 모르겠거든."

"와우, 빙고. 난 두 번째 조건이 염려돼. 바오 사장님이 언니만큼 조건이 좋은 여자를 어디서 만나겠어? 성인이고 여자 경험도 많으니까 나름 생각이 있어서 언니를 선택했을 거야. 더구나 사장님이 속을 썩인다 한들 외아들이란 사실은 변하지 않잖아. 그러니까 사장님은 집에 가서 어떻게든 알아서 잘 할 거고. 문제는 언니야. 언니가 마음을 독하게 먹어야 사장님도 단호하게 대처할 수 있어. 절대 마음 약하게 먹지 마. 어차피 그쪽 부모님은 언니 친부모님도 아니니까 미안해할 필요도 없잖아."

앤디는 취샤오샤오의 말에 약간 놀랐다. 하지만 앤디는 매우 현실적인 사람이어서 취샤오샤오가 말한 쪽으로 생각의 방향을 바꾸니 충분히 이해가 가는 얘기였다. 모든 일은 균형이 맞아야 하는 법이다.

취샤오샤오가 돌아간 뒤에 앤디는 곧장 바오이판에게 전화를 걸었다. 앤디가 공항에서 집으로 돌아오는 사이에 그는 하이시에서 비행기를 타고 이미 집에 도착해 있었다. 얼굴을 보지 않아도 이성적인 대화는 가능했다. 앤디는 바오이판과 결혼할 의사가 전혀 없다. 출신의 비밀을 안고 바오이판과 결혼하는 건 옳지 않은 일일뿐더러 바오이판의 입장에서 불공평한 일이라고 생각하기 때문이다. 결혼할 마음도 없으면서 그에게 많은 희생을 강요하고 그가 부모님과 대립하게 하는 것 또한 바오이판에게는 불공평한 일이다. 앤디는 바오이판과 이처럼 불공평한 관계를 유지할 수는 없었다.

41

밤새워 여자 친구와 어머니의 관계를 고민하느라 잠을 충분히 자지 못한 바오이판은 비행기에서 곯아떨어졌다. 스튜어디스가 와서 깨우자 겨우 몸을 일으켜 휴대폰을 켜고 짐을 챙겼다. 아직 잠이 덜 깨 몽롱한 와중에 앤디에게서 전화가 왔다. 그는 휴대폰 액정에 뜬 앤디의 이름을 보고는 심장이 조이는 듯했다. 조건반사처럼 앤디가 부담을 가중시키려는 건 아닌지 걱정이 들었다.

양쪽에서 그를 밀고 당기는 고집쟁이 두 여자는 주관이 확고했다. 게다가 둘 다 수완도 예사롭지 않아서 머리가 어질어질했다. 하지만 그는 우물쭈물하지 않고 냉큼 전화를 받으며 그녀를 불렀다.

"허니."

앤디는 '허니'하고 부르는 그의 목소리가 귓가에 와 닿자 색다른 느낌이 들었다. 막 잠에서 깨어 잠긴 목소리로 나지막하게 부른 그의 한마디는 마치 무수한 전파송신탑을 타고 벼락같이 날아온 번개처럼 가슴을 찌릿하게 했다. 앤디는 심장이 두근거렸다.

"도착했어요? 나도 집에 왔어요."

앤디는 하고 싶은 중요한 말이 입가에 맴돌았지만 하지 않았다. 말해 봐야 재미없는 이야기였다.

바오이판은 밝게 얘기하려고 애썼다.

"도착했죠. 온몸의 근육 하나하나가 이미 전투태세에 들어갔어요. 곧 작전을 개시할 거예요."

"나는… 당신이 죽는다는 협박은 안 했으면 해요…."

앤디는 마음에도 없는 말을 해 놓고 자기가 놀랐다. 그런데 바오이판의 "음…." 하는 대답 소리를 들으니 바오이판도 놀란 듯했다. 그녀는 1초 만에 재빨리 자기 속마음을 다시 짚어 보았다. 오히려 마음이 가벼워진 것 같았다. 그래서 말을 꺼낸 김에 계속 했다.

"어머니는 눈치가 빨라요. 당신이 목숨을 끊는 척해서 어머니를 놀라게 하려면 진짜처럼 해야 하는데 난 그게 너무 걱정스러워요. 만약 그러다가 당신이 다치기라도 하면, 살갗이 조금이라도 쓸리면…. 됐어요. 이 계획은 없던 걸로 해요. 내가 다른 방법을 찾아볼게요. 내가 방법을 알아본다고요."

바오이판은 놀라서 눈이 휘둥그레졌다. 앤디가 왜 이렇게 쉽게 마음을 바꾸는지 의아했다. 살갗이 쓸릴까 봐 걱정된다는 이유로 계획을 그만두라니? 그는 평생을 살면서 당연하게 여긴 일이 무수히 많았다. 돈도 많고, 잘 생기고, 공부도 잘하고, 능력도 출중한 그는 죽을 각오로 회사에 몸을 던져서 마침내 재벌 2세의 편견을 벗고 자신과 남에게 떳떳한 사업가로 성장했다. 또 사교계에서도 줄곧 중심인물로 자리 잡았다. 이 모든 것을 당연시했던 그에게 앤디만은 예외였다. 그의 체면이나 사정을 봐주지 않은 여자는 앤디가 처음이었다. 그는 애타게 갈구하여 사랑을 얻은 뒤에도 여전히 마음이 불안했다. 앤디가 낯빛을 바꾸며 그에게 떠나라고 했을 때도 상처를 심하게 입었다. 그런데 오늘이 바야흐로 두 사람 관계의 전환점이 되는 날일까? 앤디는 그를 위해서, 강하게 주장했던 것을 스스로 포기했다.

이는 두 사람 사이의 감정이 끈끈해졌음을 의미하는 건 아닐까? 앤디의 변화를 감지한 그는 기꺼운 마음으로 대답했다.

"허니, 안심해요. 내가 알아서 할게요. 어머니는 내가 단속해요."

"자살 소동은 부리지 마요. 그건 정말 안 돼요."

앤디는 하고 싶은 말이 많았지만 건조하게 이 말밖에 나오지 않았다. 준비했던 많은 말은 꺼내보지도 못했고 공평함을 따질 상황도 아니었다.

"걱정 말아요. 설사 내가 죽겠다고 협박해도 진짜로 목숨이 끊어지지 않는 한 아무도 안 믿어요. 난 그런 성격이 아니거든요. 나도 다른 방법을 찾고 있어요. 샤오샤오 씨가 힌트를 줘서 도움이 됐어요. 이 일이 당신에게 얼마나 중요한지 한시도 잊지 않고 있으니까 내가 꼭 해낼게요. 날 믿어요."

바오이판이 이렇게 말하는 이상 할 말이 없어진 앤디는 그저 한숨만 쉬었다.

"남들은 이해 못하겠지만 감추고 싶은 비밀 뒤에는 말 못할 고통이 있어요. 남의 사생활을 들추는 건 그 사람의 상처를 헤집어서 피를 내는 일이거든요. 바오이판, 제발 도와줘요. 어머니 일만은 혼자 감당이 안 돼요. 당신한테 부탁할게요."

바오이판은 한참이나 아무 말이 없었다. 그는 앤디의 비밀 뒤에 얼마나 큰 고통이 숨어 있는지 알지 못했기에 함부로 물을 수가 없었다. 하지만 허세를 부리거나 협박할 줄 모르는 앤디가 이렇게 말할 지경이라면 이 일은 틀림없이 매우 심각한 것이다. 한 사람의 목숨이 그의 손에 달렸다고 할 만큼 중대한 일이다. 그런 일을 앤디는 바오이판의 양심을 믿고 그가 알아서 처리하게 맡겼다. 오로지 그를 잃고 싶지 않다는 이유로 말이다. 그녀는 쉬운 길을 선택하지 않았다.

바오이판과 헤어지면, 그를 싹둑 잘라내면 과거가 밝혀지고 상처를 입게 되는 시름을 덜 텐데 말이다. 앤디의 선택은 그녀가 바오이판을 사랑하고 있다는 증거였다. 바오이판은 앤디가 자신을 조금 좋아하는 게 아니라 많이 사랑하고 있음을 그 순간에 깨달았다. 그는 마음이 찢어질 듯이 아프면서도 미칠 듯이 기뻤다.

"앤디, 나만 믿어요."

앤디는 여태껏 살면서 탄쭝밍 외에 누굴 믿어 본 적이 없었다. 출신과 관련된 중대한 일에서는 더더욱 그랬다. 그런데 이제는 가볍게 어깻짓하며 입으로라도 바오이판을 믿는다고 말할 정도로 마음이 달라졌다. 통화를 마친 뒤에 그의 다음 행동을 예측해 보던 버릇도 사라졌다. 지금 그녀는 어리석게도 스스로 힘든 길을 선택한 탓에 줄곧 불안감에 시달리고 있지만 그 길을 벗어나려고 애쓰지도 않는다. 그저 그 길로 걸어가는 자신을 냉정하게 지켜보기만 할 뿐이다. 그녀는 평생 처음으로 자신을 바보라고 자학했다. 바보스럽기 짝이 없는데도 계속 바보가 되기를 고집하고 있다. 그래서 바오이판에게 다시 전화를 걸었을 때 그에게 부담이 되는 말을 하지 않았다.

앤디는 이렇게 복잡한 심경으로 계속 있다가는 돌아버릴 것 같아서 다른 할 일을 찾아 기분을 전환하기로 했다. 당장은 타조처럼 모래더미에 머리를 박고 잊어버리는 게 나을 것 같았다.

앤디는 취샤오샤오의 집으로 갔다. 함께 2202호로 가서 추잉잉이 어떤지 살펴보자고 말하려고 문을 두드렸다. 뜻밖에도 자오치핑이 문을 열고 나왔다. 그는 곧장 앤디에게 붙잡혔다. 앤디는 추잉잉이 무슨 병으로 아픈지 의사인 그에게 진찰해 달라고 부탁했다. 취샤오샤오도 자오치핑의 왕진을 흔쾌히 동의했다. 취샤오샤오는 어젯밤에 추잉잉이 돈이 없어서 병원에 못 간다고 한 말이 아직도 귓전에 맴돌아 마음이 아팠다.

취샤오샤오가 앞장을 서서 문을 열고 2202호로 들어갔다. 추잉잉의 방 가까이에 가니 안에서 추잉잉의 목소리가 희미하게 들렸다.

"잉친이야?"

"잉친은 벌써 갔어. 우리가 가는 거 봤어. 언니, 아까 몇 시쯤이었지? 내가 막 일어나서 오느라 시간을 못 봤어."

취샤오샤오는 추잉잉이 병중임을 참작해서 오늘은 놀리지 않기로 했다. 다만 거드름을 피우듯이 솔직히 말하며 방안으로 들어갔다. 그런데 추잉잉과 눈을 마주치자 심상치 않은 분위기가 감지되었다. 추잉잉은 옷을 걸치고 앉아서 분노에 찬 눈으로 취샤오샤오를 쳐다봤다.

"너 왜 그런 눈으로 봐? 잡아먹게?"

추잉잉은 말을 시작하면서 눈물을 왈칵 쏟았다.

"넌 왜 내가 잘 되는 꼴을 못 봐? 아침부터 꼭 그렇게 잉친이 화나서 가게 해야 했어? 지난번 일로는 성에 안 차? 잉친이 어려운 결심하고 날 챙겨 주러 왔다고. 그렇잖아도 위태로운 사이인데 네가 왜 참견하고 난리야?"

앤디가 바로 끼어들어 말했다.

"샤오샤오는 그러지 않았어. 내가 증인이야."

"잉친같이 바른 사람한테 나를 건드렸네 마네 했으니 잉친이 참을 수 있었겠어? 결백한 사람을 왜 내쫓아."

잉친이 갔을까 봐 2시간 동안 불안해하던 추잉잉은 그가 정말로 간 것을 알고는 화가 폭발해서 소리를 질렀다.

"잉친은 너랑 달라. 네가 뭐야? 네가 뭔데 끼어들어?"

"아, 아까 우리 얘기하는 거 다 들었나 봐?

취샤오샤오는 대수롭지 않게 여기며 변명하기도 귀찮아했다.

"내 남자 친구, 의사 선생님 데려 왔어. 자기야, 들어와."

능글능글한 취샤오샤오의 태도에 앤디는 그저 어깨를 으쓱하며 자오치핑을 향해 눈웃음을 지었다. 그녀는 자오치핑이 방으로 들어가도록 자리를 비켜주고 방 밖으로 나왔다. 추잉잉은 취샤오샤오가 계속 자신을 부정한 사람으로 취급하며 성의 없이 대하는 것 같아서 참기 힘들었다. 추잉잉의 마음병은 취샤오샤오 탓이었다. 화가 난 추잉잉은 또 소리를 질렀다.

"진찰 필요 없어. 다 나았다고."

별의 별 환자를 다 겪어 본 자오치핑은 다투고 있는 두 여자를 아랑곳하지 않고 평소와 같이 몸을 살짝 굽혀서 진찰하는 자세를 취했다.

"안색이 아직 안 좋은데요. 몸조리 더 해야겠어요. 외과 의사라도 진단할 수 있으니 어떻게 아픈지 얘기해 봐요."

추잉잉은 화가 더 끓었다. 모든 사람이 자기가 화를 내도 본체만체하고 자기 말을 대수롭지 않게 여기며 자기를 업신여겨도 되는 부정한 사람으로 보는 것 같아서 화가 났다. 자오치핑이 몸을 굽히면서 침대 가에 앉으려고 하자 추잉잉이 막았다.

"앉지 마세요. 내 침대 더러워져요."

자오치핑이 멍하니 가만히 있자 취샤오샤오가 시시덕거리며 뛰어와서 그의 어깨를 누르며 강제로 침대 가장자리에 앉혔다.

"앉아. 일어나지 마. 이 사람 내가 새로 사준 실내복으로 오늘 아침에 갈아입었어. 넌 헛소리 말고 진찰이나 받아. 아프면 진찰을 받아야 빨리 낫지. 받고 나면 내가 아침밥 가져올게."

자오치핑이 싱글침대에 앉으니 침대가 흔들렸다. 추잉잉은 침대가 흔들리자 놀라서 일어났다. 취샤오샤오가 남자를 허락도 없이 억지로 그녀의 침대에 앉힌 것 또한 그녀를 부정한 여자로 봤기 때문이라고 생각했다. 더욱이 만약에 잉친이 다시 돌아와서 이 광경을 본다면 어떻게 생각할지 상상만 해도 아찔했다. 놀란 추잉잉은 급한 나머지 아무 말이나 막 쏟아 냈다.

"네가 산 옷이면 더 더럽겠네. 넌 남자관계가 문란하니까. 누가 감히 네 물건에 손대겠어. 나한테 더러운 병 옮기지 마."

그 자리에 있던 사람들 모두가 경악했다. 자오치핑도 벌떡 일어나 침대에서 멀찍이 떨어져 서려다가 취샤오샤오와 부딪쳤다. 추잉잉도 자기가 말해 놓고 깜짝 놀라서 사과했다.

"죄송해요. 그런 뜻이 아니라, 그게…."

"젠장, 병원에 가서 뒷조사한 것도 부족해서 내 과거까지 까발리는 거야? 내가 안 따지고 넘어갔더니 아주 신이 나셨네. 흥, 내가 미쳤었지. 우린 가자."

취샤오샤오는 자오치핑을 끌고 나갔다. 자오치핑은 앤디에게 필요하면 연락하라는 말을 남기고 취샤오샤오를 따라 자리를 떴다.

앤디는 취샤오샤오와 추잉잉 사이에 자기가 모르는 많은 일이 있는 것 같아서 깜짝 놀랐다. 그녀는 취샤오샤오가 나가는 뒷모습을 가만히 보다가 마지못해 다시 추잉잉의 방으로 들어왔다.

추잉잉이 먼저 물었다.

"나 말실수했지? 너무너무 화가 나서 그만…. 그런데 정말로 화났어. 자기가 뭔데? 뭔데 나서?"

앤디는 예전부터 추잉잉의 사고 논리가 무척 독특하다고 여겼기 때문에 그녀와 소통하려는 마음을 일찌감치 접었다. 앤디는 오늘 바보 같은 자신을 질책했던 터라 추잉잉의 태도가 마뜩치 않게 보였지만 애써 감정을 자제하며 단호하게 말했다.

"난 잘 몰라. 성메이 오면 얘기해 봐. 치킨수프 끓였는데 먹을래?

국수랑 채소 넣어서? 아니면 만두나 샌드위치라도? 뭐라도 좀 먹고 힘내서 같이 병원에 가자. 병은 방치하면 안 돼. 병원에 가서 치료해야지."

추잉잉은 계속 고개만 흔들었다.

"병난 거 아니야. 사실은…."

추잉잉은 어제 밤에 기차표를 사러 갔다가 배가 아팠던 상황을 앤디에게 털어놓았다.

"설 연휴 기차표?"

"응. 원래 잉친의 차를 타고 같이 가기로 했었거든."

추잉잉은 말하면서 또 눈물을 흘렸다.

"그런데 다 망했지 뭐. 이렇게 된 마당에 뻔뻔하게 같이 가자고 할 순 없잖아. 예매하기엔 이미 늦었지만 운이 좋으면 추가 편성된 기차표라도 구할 수 있을 거 같아서 역에 갔거든. 주말 이틀 내내 밤낮으로 줄 서 있으면 희망이 있겠다 싶었지. 그런데 이것도 망해버렸네… 흑흑…."

앤디는 달걀을 한 바구니에 담으면 안 된다는 속담이 문득 떠올랐지만 추잉잉에게 조언하지 않았다. 참견쟁이 취샤오샤오도 방금 속절없이 당한 걸 보면 추잉잉은 자기 주관이 제법 뚜렷한 편이었다. 앤디는 예전에 추잉잉에게 성공학 책을 보지 말라고 처음으로 충고했다가 그녀가 도리어 화를 내는 바람에 곤욕을 치렀었다. 그 이후로 앤디는 추잉잉에게 자기 의견을 말하지 않았다.

"그래, 어쨌든 요기부터 하고 다시 생각해 보자. 어서 양치하고 씻어. 바로 국수 끓일 테니까 얼른 와서 먹어."

"내가 언니랑 사이좋은 샤오샤오한테 해코지했는데 나 원망 안 해?"

추잉잉은 움직이지 않고 주저하며 앤디를 봤다.

"그새 깜빡 잊었네. 자오치핑이랑 싸우진 않았는지 내가 한번 가 볼게. 너랑 샤오샤오랑 둘이 자꾸 부딪치는 거 같은데 난 누가 잘하고 잘못했는지도 모르고 판단할 수도 없으니까 내 태도에 신경 쓰지 마."

추잉잉은 밖으로 나가는 앤디를 홀린 듯이 바라보며 그녀의 말이 무슨 뜻인지 곰곰이 생각했다. 앤디는 경솔하게 2203호로 곧장 가서 문을 두드리지 않고 집으로 돌아와 국수를 끓이며 취샤오샤오에게 전화를 걸었다. 다행히도 취샤오샤오가 즉각 전화를 받아서 앤디는 한시름 놓았다. 적어도 두 사람이 심각하게 싸우지는 않았음을 짐작할 수 있었기 때문이다.

"치핑 씨 괜찮아? 내가 대신 변명이라도 해줄까?"

"얄미워. 진짜 얄미워 죽겠다니까. 내가 호락호락한 사람 아닌 거 알면서 지금 뻔뻔스럽게 나한테 질투하고 있어. 남자가 어쩜 이리 변덕스러워. 아휴, 지금 방 안에 질투 냄새가 진동을 해서 사람이 살 수가 없어. 의사라면 알코올로 소독해야지 왜 질투로 소독해서 냄새를 풍기냐고. 언니가 증인이 돼 줘. 날 알게 된 이후로 내가 남자를 몇 명이나 데리고 왔는지 말해 봐. 스피커폰 켰으니까 얘기해. 난 떳떳하니까."

"자오치핑, 류신화, 2명이네."

"겨우 둘이야? 또 생각해 봐. 더 없어? 그중에 하나는 여기 있는데 전적이 너무 초라하잖아. 다른 사람은 한 다스나 된다는데 난 고작 그거밖에 안 돼?"

앤디는 무슨 상황인지 몰라서 눈을 번득였다.

"너… 너희 지금 뭐하니? 아까는 잉잉이 화나서 한 말이니까 마음에 두지 마."

"마음에 두는 사람이 바보지, 저능아거나. 아님 아예 돌았거나."

취샤오샤오는 화가 많이 난 것 같았다. 평소에 시시덕거리고 눈동자를 데굴데굴 굴리며 장난치던 모습과는 전혀 다르게 느껴졌다. 자오치핑이 얼른 전화를 이어 받았다.

"샤오샤오가 찔리나 봐요. 난 단순히 몇 명이나 사귀었냐고 물어봤을 뿐인데 적반하장으로 저한테 스킨십을 한 여자가 몇 명인지 고백하라고 다그치잖아요. 이렇게 못되게 굴면서 말도 안 되는 소리로 빠져 나갈 구멍만 찾고 있으니까 걱정 안 해도 돼요."

앤디는 웃음이 터졌다. 그의 말에서 정말로 자오치핑의 온몸에서 무슨 냄새가 나는 것처럼 느껴졌다. 하지만 그건 질투 냄새가 아니라 지식인의 옹색함 같은 기운이었다. 자오치핑은 옹색하긴 해도 점잖게 굴었지만 먹물 맛을 덜 본 취샤오샤오는 발끈해서 길길이 뛰었다. 앤디는 수화기 너머에서 취샤오샤오의 악악거리는 소리가 들리자 빙긋이 웃음이 났다. 그녀는 비로소 안심하고 전화를 끊은 뒤에 국수를 삶는 데 집중했다. 앤디는 마음이 꽤 편안해졌다. 원수 사이 같던 두 사람이 커플로 맺어지고 뜨거운 사이가 된 이유를 조금은 알 것 같았다.

잠시 뒤에 추잉잉이 창백한 얼굴로 몸을 휘청거리며 들어왔다. 앤디는 때마침 완성된 국수를 대접에 담아 추잉잉 앞에 놓았다.

"걱정 마. 샤오샤오네 안 싸웠대. 방금 전화로 물어봤어. 오히려 사랑싸움하고 있어."

추잉잉은 깜짝 놀라서 눈을 번쩍 뜨며 물었다.

"왜? 자오치핑 씨가 상관 없대? 남자들은 말로는 그래도 속으로는 꽁한다던데. 앞에서는 말 안 해도 뒤돌아서 완전 불쾌해한다고 들었어."

"그러면 네가 아까 자오치핑 씨 앞에서 샤오샤오를 무안하게 만든 건 두 사람이 헤어지길 바라고 한 말이야?"

앤디가 참지 못하고 측면 공격을 시도했다. 추잉잉은 말문이 막혀서 고개를 숙였다.

"그래서 나중에 사과했잖아."

"사과하길 잘 했어. 잉친 씨 전화번호랑 메일 주소 좀 알려줘. 나도 잉친 씨한테 사과하게."

추잉잉은 얼이 빠져서 입속에 음식을 넣고 씹는 것도 잠시 잊었다.

"언니가 왜 사과를 해?"

"나도 실수했어. 실수했으니 사과도 해야지."

추잉잉은 영문을 몰라 어리둥절하면서도 펜을 쥐고 잉친의 전화번호와 메일 주소를 손등에 적어서 앤디에게 보여주었다. 앤디는 추잉잉이 국수를 먹는 동안 재빨리 메일 1통을 작성해서 잉친에게 보냈다. 추잉잉은 여전히 고개를 갸우뚱거리며 대접을 들고 메일 내용을 읽어 내려갔다. 사과를 이렇게 해야 하는 건지, 추잉잉은 메일을 읽을수록 알쏭달쏭하고 머리가 어질어질했다.

앤디의 메일 내용은 이랬다.

1. 순결을 중시하는데 남에게만 엄격하고 자신에겐 관대한 부류가 있어요. 예부터 이런 표리부동한 위선자는 많았고 비난 받아 마땅한 사람들이죠.

2. 순결을 중시하는데 자신과 타인 모두에게 엄격해서 그런 기준으로 배우자를 찾는 부류가 있어요. 생각과 행동이 일치하는 사람들이죠. 이런 사람은 순결을 신조로 여겨요. 신조는 내가 옳고 그름을 판단할 수 없는 문제니 선택을 존중해요.

3. 난 잉친 씨가 1번 부류인 줄 알았는데 오늘 아침 태도를 보니 2번 부류

더군요. 제 추측이 맞는다면 지난 번 저의 태도는 잘못됐으니 사과할게요. 합당한 배상을 요구해도 좋아요.

4. 내가 착각한 건 어쩌면 당연하다고 봐요. 요즘 세상에 1번 부류는 흔하지만 2번 부류는 거의 없다시피 하니까요. 물론 제 행동을 변명하려고 하는 말은 아니에요. 4번을 제시했다고 해서 3번을 부정하는 것도 아니고요.

5. 4번처럼 잉친 씨도 잉잉과 사귈 때 잉잉한테 당연하게 여긴 부분이 있었고 그 때문에 실수를 저질렀다고 봐요. 잉친 씨는 잉잉과 동향이라는 점과 잉잉의 평소 태도만 보고 잉잉을 당연히 2번 부류라고 판단한 거죠. 그래서 애초에 본인의 신조를 밝히지도 않았고요. 결국 잉잉만 감정을 다쳤고 상처가 깊어요. 잉친 씨의 착각으로 잉잉이 상처를 입었으니 잉잉에게 사과해야 해요.

6. 2번 부류를 만날 확률은 거의 제로에 가깝기 때문에 잉잉은 두 사람이 교제를 시작할 때 본인의 과거를 다 밝힐 필요가 없다고 생각했을 거예요. 생활 속에서 맺는 구두 계약은 법률 문서와 달리 확률이 거의 없는 문제를 세세하게 따지지 않거든요. 잉친 씨도 본인이 2번 부류임을 미리 밝히지 않았으니 잉잉도 잉친이 평균적인 남자라고 판단하고 대했을 거예요. 잉친 씨도 이 일로 상처를 받았겠지만 잉잉은 본인이 2번 부류가 아니라는 이유로 사과할 필요는 없는 것 같아요. 잉잉이 2번 부류가 아니거나 2번 부류가 아님을 숨겼다고 원망하는 건 논리적 오류예요. 이 또한 잉잉에게 사과할 일이죠.

7. 잉친 씨가 엄격한 2번 부류라면 자신에게도 타인과 똑같은 잣대를 대야 해요. 3번을 참고하고 5, 6번을 진지하게 고민해 봐요. 만약 5, 6번을 부정하면 본인이 2번 부류임을 부정하고 1번 부류임을 인정하는 거예요. 그러면 3, 4, 5, 6번은 의미 없는 얘기겠죠.

8. 3번과 관련해서는 언제든지 전화해요. 5, 6번을 어떻게 생각하는지 대

답을 요구하진 않을게요.

9. 반박이나 보충은 언제나 환영해요.

앤디는 메일을 보내고 잉친에게 메일을 확인하라는 메시지를 입력했다. 추잉잉은 그제야 정신이 돌아왔는지 잉친의 휴대폰은 메일이 도착하면 곧장 알림이 떠서 메시지를 따로 보내지 않아도 된다고 알려주었다. 앤디는 작은 휴대폰 화면에 글자를 입력하는 게 퍽 번거로워서 추잉잉의 말을 듣고 휴대폰을 내려놓았다.

추잉잉은 국물을 한 모금 마시더니 웅얼거리며 말했다.

"분명 내 잘못인데 언니가 쓴 메일을 보면 전부 잉친의 잘못 같아."

"억지소리 한번 해 보는 거야."

앤디는 설명하기 귀찮아서 대충 대답했다. 메일을 쓴 의도는 두 사람의 잘잘못을 따지려는 게 아니라 문제가 발생한 과정을 분석해서 절차상 결함이 있는지를 밝히려는 것뿐이었다. 그렇게 하면 잘못의 책임이 누구에게 있는지도 분명히 알 수 있다. 이렇게 단계적으로 분석하면 추잉잉처럼 논리정연하지 못한 사람은 이해하지 못하겠지만 프로그램을 다루는 잉친은 당연히 이해할 거라고 확신했다.

사실 앤디가 이렇게 힘들게 장문의 메일을 쓴 특별한 이유는 따로 있었다. 가뜩이나 마음이 뒤숭숭한데 괴로워하는 추잉잉을 보고 있자니 당최 눈에 거슬렸다. 추잉잉은 바람에 흔들리는 버드나무처럼 나약하게 넋만 놓고 있어서 보다 못한 앤디가 고지식한 잉친에게 화풀이라도 하려고 총대를 멘 것이다. 앤디는 지적 우월감이 있는 잉친에게 지능적인 전략으로 접근해서 그가 자신의 의도대로 반응하도록 한 것이다.

"하지만 이건 아니야. 잉친은 진지한 사람이라서 이렇게 하면 안 될 거 같아."

"너한테 반드시 사과하란 말은 안 했어. 8번에서 명시했잖아. 난 그냥 사실만 말했을 뿐이지 비난하지도 않았어. 어떻게 받아들일지는 잉친 마음이지."

앤디는 마우스로 8번 내용을 가리키며 추잉잉에게 다시 읽어 보라고 했다. 추잉잉은 5번과 6번에서 앤디가 그를 비난했는데 어째서 아니라고 하는지 속으로 의아했다. 하지만 1, 2, 3, 4번의 내용은 모두 옳았고 자신은 앤디처럼 합당한 이유로 반박할 수 없어 기운이 빠지고 주눅이 들었다. 그럼에도 앤디의 메일은 효과가 없을 것 같았다. 판성메이가 그렇게 조리 있게 설득하고도 그의 뜻을 꺾지 못했는데 앤디의 억지소리가 통할지 의문이었다.

추잉잉은 억지로 국수 한 그릇을 다 먹고 설거지를 하는데 호주머니에서 휴대폰이 울렸다. 그녀는 황급히 젖은 손을 옷에 문지르고 휴대폰을 꺼냈다. 앤디는 추잉잉을 쳐다보다가 추잉잉의 다운재킷에 묻은 또렷한 물 자국에 시선이 멈췄다. 추잉잉은 휴대폰을 확인하더니 갑자기 소리를 질렀다.

"잉친이야. 정말 사과하려는 걸까? 언니, 언니가 대신 받아. 제발 도와줘. 난 아직 못 깨어났다고 말해. 부탁이야."

앤디는 휴대폰을 건네받았다. 추잉잉이 다급하게 말했다.

"나한테 사과 할 필요 없다고 해. 잉친이 다시 돌아오기만 하면 돼."

앤디는 사과와 재결합은 별개의 일이라고 생각했다. 만약 잉친이 순결이 신조임을 인정한다면 신조를 바꾸기는 어려우므로 재결합은 물 건너가는 일이고 어쨌든 추잉잉은 사과를 받아야 한다. 앤디는 스피커폰을 켰다.

"앤디예요. 잉잉이 아직 안 깨어나서 내가 대신 받았어요. 미안해요. 이따가 다시 전화할래요?"

"아니요…. 저… 대신 잉잉에게 전해주세요. 메일 봤어요…."

잉친은 마른기침을 하더니 유난히 난처해하며 말을 잇지 못했다. 그러나 앤디는 다른 사람들처럼 잉친에게 예의상이라도 잉잉이 어떤지 먼저 물어야 하지 않느냐고 따지지 않았다. 또 조급하게 그의 말을 재촉하지도 않았다. 그저 "네." 한마디만 하고 차분히 그의 다음 말을 기다렸다.

"저… 제 대신 잉잉에게 미안하다고 전해주세요. 5번과 6번을 인정해요. 그리고 3번을 참고해서 잉잉이 배상을 청구하면 받아들일게요."

"아, 내가 사람을 제대로 봤군요. 역시 잉친 씨는 신조 있는 신사예요. 나도 사과할게요. 지난 번 식사 모임에서 오해해서 샤오샤오랑 같이 때렸던 거 정말 미안해요. 만나서 사과하고 싶은데, 작은 성의로라도 저번에 피해준 거 보상하고 싶어요."

"아니요, 됐습니다. 제가 먼저 잘못한 걸요. 다 맞는 말씀이세요. 저처럼 확고한 2번 부류는 희귀종이죠. 미리 밝히지 않은 제 잘못이니까 사과하지 않으셔도 돼요."

추잉잉은 두 눈을 동그랗게 번쩍 떴다. 뭐라고? 사과할 필요가 없다니? 어떻게 이런 일이 가능한지 추잉잉은 놀랐다. 앤디는 눈썹만 찡긋거렸다. 사실 3번은 앤디가 잉친과 밀고 당기기를 할 요량으로 던진 미끼였다. 앤디가 쳐놓은 논리 그물에 잉친이 걸려들기만 하면 앤디는 사과하지 않아도 되는 결론이 나도록 말이다. 다만 앤디는 잉친이 스스로 사과하지 않아도 된다는 말까지 하며 이렇게 신사적으로 나올 줄은 미처 예상하지 못했다. 앤디에게는 작전이 아직 더 남아 있었다. 그녀의 작전에는 사태의 책임을 잉친에게 돌리는 것 외에 다른 목표가 또 있었다. 설날 기차표를 사러 나갔다가 소득도 없이 병만 얻고 까딱하다가 목숨까지 잃을 뻔한 어리석은 이웃집 아가씨 추잉잉에게 도움의 손길을 주고 싶었다.

"정말 미안해요. 이해해줘서 고맙고요. 하지만 나도 실수한 게 있어서 사과하고 마무리하고 싶어요. 두 사람에게 5번과 6번은 중요한 부분이니까 잉잉이 일어나는 대로 즉시 사과를 전할게요. 다만 두 사람의 소통이 부족해서 일어난 일 때문에 잉잉이 설날 귀향 기차표를 못 구해서요. 혹시 구할 방법이 있으면 잉친 씨가 좀 도와줄 수 있을까요? 잉친 씨도 기차를 타고 가는 거면 잉잉 것도 1장 부탁해요. 돈은 잉잉이 내라고 할게요. 만약 직접 운전해서 간다면 잉잉을 데리고 갔으면 해요. 비용은 반반씩 부담하고요. 그리고 비행기는 비싸서 잉잉이 부담스러워 할 테니까 선물로 주지 않을 거면 아예 언급하지 않는 게 좋겠어요."

잉친은 한참이나 말이 없었다. 앤디의 요구는 모두 합당했지만 그는 받아들이기가 쉽지 않았다. 추잉잉은 잔뜩 기대하여 그의 대답을 기다렸다. 앤디는 의외로 침착했다. 잉친처럼 순수한 신사에게는 잉잉을 자기 차에 태우고 같이 가는 선택 단 한 가지뿐이라고 생각했기 때문이다. 기차표를 구하기는 현실적으로 거의 불가능했고 비행기는 안 된다고 했으니 잉친에게 다른 선택은 없을 거라고 믿었다.

앤디는 메일 내용을 복사해서 관쥐얼과 취샤오샤오에게도 보냈다. 주말 근무 중이던 관쥐얼은 메일의 1, 2, 3, 4번을 보고 웃음이 났다. 얼마 전에 취샤오샤오가 자오치핑이 뒤돌아보며 웃은 이유를 모두에게 물었을 때 지금처럼 번호를 매겨서 답안을 제시했던 일이 생각난 것이다. 관쥐얼은 웃으며 메일을 보다가 점점 머리가 어지러워졌다. 뒷내용을 읽다가 앞내용을 잊어버렸고 짧은 내용인데도 몇 번을 반복해서 읽어야 머리에 쏙 들어왔다. 가까스로 메일의 전체 내용을 완벽히 이해한 관쥐얼은 무척 뿌듯했다. 설령 메일 내용의 논리를 단박에 이해했더라도 마치 다빈치 코드를 해독한 것처럼 우쭐한 기분이 들 만큼 자신에겐 어려웠기 때문이다. 관쥐얼은 곧장 앤디에게 메시지를 보내 잉친이 사과를 했는지, 또 배상을 하겠다고 했는지 물었다. 아무것도 안 했다고 하면 그를 파렴치한 인간으로 볼 작정이었다.

앤디는 잉친과의 통화를 막 끝낸 뒤에 관쥐얼의 메시지를 보고 바로 전화를 걸었다.

"잉친이 사과했어. 자세한 건 잉잉한테 들어. 밖에 누가 왔나 봐."

추잉잉은 대화할 사람이 필요했다. 잉친에게 연락이 오면 그다음엔 어떻게 해야 좋을지 상의하고 싶었지만 앤디가 쉬고 싶어 하는 듯 보여서 감히 방해할 수 없었다. 어쩔 수 없이 하고 싶은 말을 가슴에 담아 두었는데 때마침 관쥐얼에게 전화가 와서 추잉잉은 그녀에게 이야기를 다 쏟아 냈다. 겸해서 잉친이 어떤 선택을 할지 추측해 보기도 했다. 관쥐얼은 잉친의 마음을 몰라서 함부로 추측하기가 곤란했다. 대신 추잉잉에게 거듭 당부했다.

"이번에는 절대로 네 맘대로 결정하지 마. 앤디 언니 계획을 엉망으로 만들지 말라고."

"내가 끼어들 수도 없어. 잉친이 앤디 언니한테 전화 끊고 나서 방법을 생각해보겠다고 했대. 연휴 시작하기 전에 꼭 집에 갈 수 있게 해주겠다고. 연휴까지 1주일도 안 남았는데 잉친의 차를 타고 가는 거 말고 다른 방법은 없겠지? 쥐얼, 있잖아… 가는 길에 아무래도 대화를 하게 될 텐데, 그럼 전처럼 사이가 다시 좋아질 수 있을까?"

관쥐얼은 추잉잉의 말을 듣다가 문득 확실히 깨달았다.

"이제 보니까 앤디 언니가 1, 2, 3, 4번을 거론한 목적이 너하고 잉친을 다시 엮어 주려고 한 거였네. 둘이 만날 기회를 만들어 주려고. 바로 이거였어. 앤디 언니 머리에서 나온 계획이니까 아마 분명히 성공할 거야. 그럼 성메이언니한테 물어보자. 가는 날 먹을 거나 그밖에 뭐가 필요한지 주의할 점이 있는지 미리 꼼꼼하게 준비해서, 가는 동안 분위기를 좋게 만들어야지."

추잉잉은 관쥐얼의 긍정적인 얘기를 듣고 나니 더욱 흥분되었다.

"쥐얼, 이번 기회를 잘 살려 볼게…. 꼭 다시 회복할 거야…."

앤디는 휴대폰을 추잉잉에게 넘겨주고 문을 열었더니 갑자기 빨간 입술이 달려들어서 그녀의 얼굴 이쪽저쪽에 키스마크를 남겼다. 앤디는 순간 온몸이 뻣뻣하게 굳어서 어쩔 줄 몰라 했다. 취샤오샤오는 손을 놓고 좌우를 살펴보더니 갑자기 박수를 치며 말했다.

"언니는 오늘 내가 가장 좋아하는 마루코짱 같아. 자오치핑이 당장 가서 온몸으로 언니한테 존경의 마음을 전하라고 해서 왔어. 됐다. 이제 가서 보고해야지."

앤디는 나무 인형처럼 우뚝 서 있다가 천천히 움직이며 얼굴을 훔쳤다. 손등에도 빨긴 립스틱 자국이 선명하게 남아 있었다. 그녀는 마치 수년 전의 익숙하지만 감당하기 어려운 장면을 다시 본 듯이 급작스럽게 현기증이 났다. 실성한 한 여자가 빨간 종이를 북북 찢어서 얼굴에 연지를 찍고 양쪽 뺨을 발갛게 물들이며 병적으로 즐거워하던 모습 말이다.

이런 내막을 알 리 없는 취샤오샤오는 안색이 급변한 앤디가 세수하러 게스트 욕실로 달려가는 모습을 보기만 했다. 그러다가 앤디를 당황시키는 작전에 성공해서 신이 났는지 몸을 비비 꼬며 전화를 받는 추잉잉에게 말참견하기 시작했다. 이른 새벽에 자오치핑 앞에서 공개적으로 망신당한 분노를 그대로 삼킬 수 없었던 것이다.

"흥, 잉친은 원하는 건 숫처녀인데 네가 준비하긴 뭘 준비해. 버스는 이미 떠났고 넌 숫처녀도 아니잖아. 너 같은 애가 이제 와서 잘 보이려고 애쓰는 건 길거리 여자가 지나가던 남자를 끌어안고 '나리, 날 가져요.' 하고 아양피우는 거랑 같아…."

취샤오샤오는 입으로 조잘거리면서 한 손으로 얼굴을 받치고 몸을 비틀어 '나리, 날 가져요.'를 한 번 더 간드러지게 말했다. 그러고는 추파를 던지듯이 추잉잉을 바라보며 물었다.

"누구 닮았어? 상하이 유곽에 있는 기생 같지 않아? 여자가 이 지경으로 비굴해지면 잉친은 널 더 얕잡아 볼 거야."

추잉잉은 화가 나서 행주를 집어 던졌다. 취샤오샤오는 재빠르게 피하더니 말을 시작했다.

"내 이럴 줄 알았어. 넌 은혜를 몰라. 어제 밤에 너한테 약을 준 사람이 누구더라? 잉친을 밤새 그 집에 잡아 둔 건 또 누구지? 오늘 아침에 내가 너희 집에 간 게 너한테 주는 관심인 건 아니? 밤새 몇 시간 자지도 못하고 일찍 일어나서 가보는 게 쉬운 일인 줄 알아? 혹시 계속 아프면 잉친 혼자 널 감당하기 힘드니까 내가 잉친이랑 같이 병원에 데려 가려고 꼭두새벽에 갔던 거야. 만약에 호전됐으면 잉친이랑 밤새 깨 볶았을 테니까 현장을 잡으려고 앤디 언니까지 증인으로 데려 간 거고. 잉친이 죽어도 발뺌을 못하게 말이야. 바보 같은 계집애가 증거도 안 남기면 나중에 곤란해질 수 있으니까. 이게 다 널 위해서 한 일이야. 널 위해서였다고! 알아들어? 네가 자오치핑한테 내 비밀을 폭로하겠다고 메시지로 협박했을 때도 대인배인 내가 참았어. 네가 철이 없어서 그렇다 치고 넘어갔다고. 그런데 넌 늘 내가 너한테 잘해 준 건 모른 척하고 장난으로 듣기 싫은 소리 몇 마디 한 걸 꼭 걸고넘어지더라? 친구야, 머리를 좀 쓰렴. 알겠니? 22층에서 널 해롭게 할 사람은 없어. 나도 마찬가지고. 물론 내가 착해서는 아니고 바보랑 시시콜콜 따지기 귀찮아서이지. 잉친이 널 거부하는 건 네가 숫처녀가 아니기 때문이야. 다른 사람하고는 상관없어. 전혀. 네 자신을 좀 돌아봐. 네가 원망할 상대는 바로 너 자신이야. 미워 죽겠으면 네 뺨을 때려. 애먼 사람 괴롭히지 말고. 멍청이랑 같이 사는 사람은 참 힘들겠어. 안 그래, 언니?"

취샤오샤오는 폭풍처럼 단숨에 말을 쏟아 내면서도 혹시 모를 추잉잉의 공격을 대비해서 몸을 약간씩 움직이며 도망칠 준비를 했다. 그러나 말을 한참이나 했는데도 추잉잉은 미동도 하지 않았다. 쌓인 분노를 토해내던 취샤오샤오는 갑자기 기침을 미친 듯이 하더니 추잉잉에게 봉변을 당할까 봐 열린 문을 힐끗 보고는 황급히 2203호로 도망갔다.

뺨에 묻은 립스틱 자국을 씻으러 욕실로 들어간 앤디는 가슴이 두근거리고 몸이 덜덜 떨렸다. 귓가에는 취샤오샤오의 소리가 들리는 듯해서 도무지 정신을 차릴 수 없었다. 앤디는 추잉잉을 나무라는 취샤오샤오의 끊이지 않는 잔소리가 잠잠해질 때까지 피동적으로 듣고만 있었다. 그러던 중에 취샤오샤오가 큰기침을 하는 소리가 들리자 그제야 정신이 든 앤디는 얼굴이 이미 깨끗해졌음을 확인하고 서둘러 두 사람을 중재하러 욕실을 나왔다. 집이 전장으로 변할까 봐 황급히 뛰쳐나와보니 취샤오샤오가 번개처럼 문 뒤로 도망가고 있었고 추잉잉은 두 눈을 둥그렇게 뜨고 멍하니 거실에 서 있었다. 앤디는 추잉잉에게 한마디 하려다가 논리라고는 1도 없는 그녀가 괜스레 자기에게 화풀이할까 봐 입을 꾹 다물었다. 그저 취샤오샤오가 도망간 방향을 보며 바보 같은 표정을 지었다. 처음으로 그런 표정을 지어 본 앤디는 무척 어색해했다. 현재 앤디의 머리는 외부 정보를 실시간으로 받아들이지 못할 뿐만 아니라 입수된 정보에 즉각 반응하지도 못하는 상태여서 집중력을 강하게 끌어올려야 했다.

다행스럽게도 때마침 판성메이가 추잉잉에게 전화를 걸어서 벨이 울렸다. 항상 추잉잉을 따뜻하게 대하는 판성메이의 목소리는 추잉잉의 마음을 녹여 주었다. 추잉잉은 자기도 모르게 눈물을 뚝뚝 흘렸다.

"언니, 나 이제 괜찮아. 앤디 언니가 닭고기 국물로 국수를 끓여 줘서 맛있게 먹었어. 거의 회복된 거 같아."

"방금 전화했더니 계속 통화 중이던데 이른 아침에 누구랑 그렇게 오래 통화했어? 잉친은 어때?"

추잉잉은 판성메이가 잉친의 이름을 말하자 그녀는 더 큰 소리로 엉엉 울었다.

"잉친은 앤디 언니한테 나 맡기고 아침에 그냥 가버렸어. 언니, 나 바보야? 내가 은혜도 모르는 사람이야? 왜 나는 되는 일이 하나도 없지…."

앤디는 여기까지 듣다가 살금살금 걸어서 또 게스트 욕실에 숨었다. 그녀는 세탁기 전원을 켜고 빨래를 시작했다.

22층에서 무슨 일이 있었는지 전혀 모르는 판성메이는 추잉잉이 아파서 기분이 저조하다고 여기고 차분하게 다독거렸다.

"넌 솔직하고 마음씨도 고운 친구야. 우린 다 널 사랑해. 네가 은혜를 모른다니 말도 안 돼. 넌 내가 힘들 때마다 내 뒤에서 꿋꿋하게 응원하고 도와줬잖아. 내가 너한테 얼마나 고마워하는지 넌 모르지? 잉잉, 잉친 씨가 먼저 간 건 네 잘못이 아니야. 아직 마음에 응어리가 남아서 널 웃으며 대하지 못하는 거야. 잉친 씨에게 시간을 줘. 잉친 씨가 널 이해하고 응어리가 풀리면 당연히 돌아올 거야. 아직 되는 일이 없다고 슬퍼하긴 일러. 막힘없이 술술 풀리기만 하는 연애는 없어. 언니 말 듣고 이제 웃어. 맛있는 거 많이 먹고 햇볕도 쬐고 로맨스 소설도 읽어. 쓸데없는 상상은 하지 말고."

"아니야, 그런 게 아니야. 앤디 언니가 잉친한테 메일을 보냈는데 연락이 와서 나한테 미안하다고 했어. 내가 처녀가 아니라고 무조건 탓하진 않았어. 또 설날에 고향에 갈 수 있게 해준다고 약속도 했어. 그래서 언니한테 물어보려고 기다렸어. 잉친이랑 고향에 갈 때 뭘 준비하면 좋을지 말이야. 차로 고향까지 가려면 하루나 이틀이 걸리는데 그동안 잉친과 대화를 어떻게 해야 할지 모르겠어."

앤디는 추잉잉이 또 중심을 잡지 못하고 대화의 주제가 엇나가는 걸 듣고는 욕실에서 나와 인터넷에 접속하여 일에 집중했다. 추잉잉은 자기를 칭찬하는 말도 전혀 귀담아 듣고 있지 않았다.

추잉잉은 앤디의 메일을 판성메이에게 읽어 주었다. 판성메이는 집중해서 듣다가 5번 조항에서 혼란스러워지기 시작했지만 끈기 있게 끝까지 다 들었다. 듣고 나서 조심스럽게 물었다.

"앤디는 어릴 때 프로그래밍을 배웠나 봐?"

"그러게 말이야. 잉친은 한 방에 알아들었어. 앤디 언니 말에 무조건 동의하더라니까."

판성메이는 휴 하고 한숨을 쉬었다. 자신이 부족해서 잉친을 설득하지 못했다고 생각했는데 알고 보니 자신의 설득 방식이 잉친의 성격과 맞지 않아서 반응이 시큰둥했음을 깨닫고 안도했다. 판성메이와 잉잉은 일요일인 내일 저녁에 만나서 자세히 의논하기로 하고 기분 좋게 전화를 끊었다.

2203호의 취샤오샤오도 무척 즐거운 시간을 보내고 있었다. 이른 아침에 느꼈던 울분이 빠르게 가신 덕분에 가뿐한 마음으로 자오치핑과 놀러 나가서 신나게 즐겼다. 취샤오샤오의 인생에서 화를 참는 법이란 없었다. 반면 앤디는 즐겁지 않았다. 그때 그녀의 휴대폰에서 바오 부인의 전화가 울렸다. 받을까 말까? 바오이판이 벌써 작전을 시작해서 바오 부인이 연락한 것일까? 앤디는 마지못해 전화를 받았다.

바오 부인은 오늘따라 더 다정했다.

"앤디 씨, 나 지금 하이시예요. 하하, 놀랐죠? 앤디 씨 만나러 왔어요. 온 김에 개인적인 일도 좀 보고. 11시 좀 넘었는데 같이 점심이나 할까요? 내 아들도 거기 있죠? 좀 바꿔줘요."

"바오즈 씨는 아침 일찍 갔어요. 아마 지금쯤 집에 도착했을 거예요."

"뭐라고요? 두 사람… 어떻게 된 일이에요? 혹시 이판이 속을 썩이면 나한테 얘기해요. 내가 혼내 줄 테니까. 이놈의 자식을 그냥…. 잠깐만요, 지금 택시를 잡느라…."

앤디는 그가 예정보다 일찍 돌아간 이유를 어떻게 꾸며야 할지 판단이 서지 않아서 일단 전화를 끊기로 했다.

"일 보세요. 차에 타면 다시 연락주시고요."

두 사람은 마음이 통한 것처럼 통화를 끝냈다. 바오 부인은 곧장 아들에게 전화를 걸었다. 바오 부인의 행동을 예상한 앤디는 바오이판에게 전화하지 않고 추잉잉을 돌아보며 말했다.

"잉잉, 처리할 일이 좀 있는데 그만 집에 갈래?"

"알았어. 언니, 오늘 정말로 정말로 고마웠어. 언니 도움이 가장 컸어. 나중에 잉친한테 전화 오면 언니한테 배운 방법대로 응할 거야."

앤디는 미소를 지으며 고개를 끄덕였지만 말은 하지 않았다. 자신이 잉친을 어떻게 대했는지, 추잉잉이 자신에게 무엇을 얼마나 배웠는지 물으려다가 꾹 참았다. 추잉잉이 집으로 돌아가자 앤디는 다시 초조해지기 시작했다. 방금 전까지 기분을 전환하려고 했던 모든 일들이 헛수고가 되고 말았다. 바오 부인 일만 떠올리면 도무지 냉정해지지 않았다. 바오 부인은 전화를 끊은 지 얼마 지나지 않아서 바로 다시 전화를 걸었다. 앤디의 휴대폰에는 바오이판보다 그의 어머니 전화가 먼저 왔다. 그러나 이번에는 바오 부인의 목소리가 좀 전과 달랐다.

"앤디 씨…."

뒤이어 말소리는 들리지 않고 울음을 참는 듯이 훌쩍이는 소리가 들렸다. 앤디는 깜짝 놀랐다. 머리를 짜내어 준비한 아이디어를 갑옷처럼 든든히 걸치고 바오 부인의 도전을 받아들일 준비를 마쳤는데 뜻밖에도 바오 부인은 갑옷도 투구도 버리고 패잔병처럼 나온 것이다. 앤디는 어찌할 바를 몰라서 잠시 어리둥절하다가 물었다.

"왜 그러세요?"

"앤디 씨, 우리는 둘 다 팔자가 어쩜 이리 사납죠. 내가 하이시에 왜 왔는지 알아요? 남편도 지금 하이시에 있는데 어떤 여자 집에 들어가는 걸 누가 봤대요. 그래서 내 눈으로 직접 확인하러 왔어요. 이런 일은 면목이 없어서 아들한테 말 못해요. 아들 앞에서는 남편하고 다정한 척하거든요. 아들은 감정을 중요하게 여기는 사람이라 이런 일을 알면 화가 나서 아버지랑 끝장을 보려고 할 거예요. 그나저나 앤디 씨, 정말 미안해요. 내가 아들한테 피해를 주게 될 줄은 몰랐어요. 내 새끼만 귀한 줄 알고 감싸다가 앤디 씨가 받을 상처는 미처 생각 못했어요. 너무 후회스러워요. 어떻게 사과를 해야 좋을지. 흑흑…."

앤디는 울고 있는 바오 부인을 어떻게 달래야 할지 몰라서 쩔쩔맸다. 그렇다고 해서 괜찮다고 말할 수도 없었다. 괜찮으면 바오이판을 아침 일찍 집으로 돌려보내지도 않았을 테니 말이다. 이러지도 저러지도 못하고 갈등하는데 갑자기 수화기 너머에서 깜짝 놀랄 만한 소리가 들렸다.

"무슨 일이에요?"

"사고가 났어요."

앤디는 눈을 감으며 한숨을 토해 냈다.

"심각해요?"

"누가 차를 뒤에서 박았어요. 간 떨어질 뻔했네. 아휴, 트렁크에 짐이 있는데 어쩌나."

앤디는 시선을 위로 들어 하늘을 쳐다봤다.

"어서 경찰에 신고하세요. 제가 모시러 갈게요. 주변에 눈에 띄는 건물이 있으면 알려주시고요."

바오 부인은 눈물이 그렁한 눈에 웃음을 머금고 멀쩡한 택시를 길가의 눈에 띄는 호텔 앞에 세웠다. 그녀는 택시 기사에게 요금을 2배나 주고 내린 뒤에 트렁크에서 짐을 꺼내어 길가에 섰다. 한겨울 날씨가 매서웠지만 바오 부인은 앤디가 기꺼이 그녀의 기사가 되어 줄 것이기에 두렵지 않았다.

바오 부인은 아들에게 간통 현장을 잡으러 왔다는 말을 못한다고 울며 하소연했지만 앤디는 외투를 걸치면서 바오이판에게 전화를 걸어 사실대로 알렸다. 어떻게 대처해야 할지 도움이 필요했기 때문이다. 앤디는 바오이판에게 이 일을 비밀로 할 필요가 없다고 생각했다. 바오 부인이 남이나 다름없는 자신에게 연락해서 고백할 일이라면 비밀이 아니라고 여긴 것이다.

바오이판은 앤디의 얘기를 전해 듣고 머리털이 쭈뼛 섰다. 그는 분명 어머니의 행동에 다른 꿍꿍이가 있다고 판단했다. 하지만 앤디가 어머니를 만나러 가지 못하게 막을 수도 없었다. 만약 정말로 교통

사고가 났을 수도 있기 때문이다. 그렇다면 아버지의 간통 현장을 쫓아가는 일은 어떠할까. 바오이판은 앤디 앞에서 부끄러워 쥐구멍에라도 숨고 싶었다. 그래서 앤디에게 간통 사건에 절대 개입하지 말라는 충고만 두서없이 늘어놓았다. 그는 어머니에게 전화해서 따져 물을 수도 없었다. 지금 앤디와 헤어졌다고 한창 연기하는 중이라서 들키면 모든 계획이 수포로 돌아간다. 앤디는 바오이판의 충고에 따라 어머니가 그녀의 눈빛을 보고 속마음을 읽지 못하도록 선글라스를 썼다. 또 어머니가 집안 얘기를 꺼내면 만일의 사태를 대비해서 그가 시킨 대로 "우리 헤어졌어요."라는 말만 하기로 마음먹고 나갔다.

앤디는 처음에 바오 부인이 하이시에 왔다는 소식을 접하고 골치가 아팠다. 그런데 지금은 바오이판이 그녀보다 더 골머리를 앓고 있다. 심지어 바오이판이 끝도 없이 한숨을 쉬니 앤디는 오히려 두통이 사라졌다. 바오이판은 그의 어머니가 어떤 사람인지 빠삭하게 꿰고 있어서 어머니를 어떻게 대해야 하는지도 누구보다 잘 알았다.

앤디가 출발했다고 하자 바오이판은 가마솥 안의 개미처럼 안절부절못했다. 앤디는 바오 부인이 자신의 차를 알아보지 못하는 점을 이용해서 우선 바오 부인의 주위를 한 바퀴 돌며 미리 동태를 살폈다. 그러고는 바오이판에게 전화를 걸어 어머니가 다친 데 없이 무사하다고 알렸다. 그런 뒤에 다시 한 바퀴를 돌아서 바오 부인 앞에 차를 세웠다.

한 바퀴를 도는 동안 앤디는 상황을 완벽히 파악했다. 바오 부인은 큰 여행 가방 하나를 들고 있었고 담담한 표정 속에 깊은 시름이 엿보였다. 겉보기로는 바오이판의 말처럼 다른 꿍꿍이가 있는 것 같지는 않았다. 앤디는 차에서 내리면서 곧장 여행 가방을 들어 차에 실으려고 다가갔다. 그런데 바오 부인이 먼저 한 발 앞으로 나오더니 커다란 여행 가방을 힘차게 들었다. 뜻하지 않게 두 여자가 동시에 가방에 손을 댔다. 바오 부인은 자연스럽게 웃었다.

"앤디 씨, 내가 할게요. 둘 다 마음 고생하는 처지잖아요. 물론 난 앤디 씨처럼 외국 유학하면서 가녀린 몸으로 생고생한 적은 없지만요."

앤디는 미소를 지으며 바오 부인과 함께 가방을 들어 차에 실었다. 가방은 그다지 무겁지 않았다. 앤디가 차를 돌아서 운전석에 앉자 바오 부인이 앤디에게 쪽지 1장을 건넸다. 쪽지에는 주소가 적혀 있었다.

"끼니 때가 늦었는데 우리 이 식당에 가서 밥 먹어요. 여기서 가까운 거 같더라고요."

앤디는 주소를 보니 언젠가 한 번 들린 적이 있는 식당이었다. 꽤 고급 식당이었던 걸로 기억하고 있었지만 기억력이 아무리 좋아도 길 안내는 도움이 필요했다. 그녀는 GPS로 위치를 검색해서 길을 외운 뒤에 출발했다. 막 출발했을 때 바오 부인이 기가 막히게 놀라운 사실을 고백했다.

"앤디 씨, 내 친구가 알려줬는데, 남편이 지금 스물 몇 살짜리 아가씨를 데리고 그 식당에서 식사하고 있대요. 지금 가면 그 사람들을 만날 수 있을지 모르겠네요."

앤디는 어떻게 대답할지 몰라서 아예 입을 닫았더니 바오 부인이 자상하게 말을 걸었다.

"앤디 씨가 굉장히 곤란한 입장인 거 아는데 걱정 안 해도 돼요. 나도 그 사람들 앞에 나타날 생각은 없어요. 그냥 내 눈으로 확인만 하려고요. 다른 행동은 안 해요. 이만큼 나이 먹으면 담담해지거든요."

앤디는 어깨를 으쓱하기만 할 뿐 여전히 아무 말도 하지 않았다. 다행히도 식당까지 가는 동안 바오 부인은 남편 이야기를 더 이상 꺼내지 않았다. 그 대신 앤디의 옷차림을 언급하며 너무 수수하다고 평했다. 앤디는 바오 부인이 바오이판 얘기를 꺼낼까 봐 내내 조마조마했는데 뜻밖에도 전혀 입에 올리지 않았다. 그런 덕분에 어깨를 짓누르던 묵직한 돌덩이가 어느새 사라졌고 "우리 헤어졌어요."라는 말도 할 필요가 없어졌다. 그렇게 마음이 편해지니 옆에 앉은 여성이 바오이판의 어머니가 아니라 평범한 웃어른 같은 느낌이 들었다. 이 여성은 식견이 넓고 성격이 활달하고 이해심이 깊었다. 무엇보다 길눈이 밝은 것은 큰 장점이었다.

앤디는 바오 부인의 도움으로 수월하게 식당에 도착해서 지하 주차장에 차를 댔다. 식사 시간으로는 좀 늦었지만 마침 젊은 여자와 팔짱을 끼고 엘리베이터에서 나와 차를 찾는 바오이판의 아버지를 볼 수 있었다. 좁은 차 안의 분위기는 점점 무거워졌고 앤디는 계속 입을 다물고 있었다. 그런데 어두컴컴한 불빛 사이로 보니 슬쩍 보니 바오 부인이 몰래 고개를 숙이고 눈물을 훔치고 있었다. 남편의 외도는 나이를 먹어도 담담해지기 쉽지 않은 일이었다.

바오이판의 아버지가 차를 몰고 주차장을 떠날 때까지 차 안의 분위기는 계속 가라앉아 있었다.

젊은 여자와 다정하게 애정을 표현하며 시시덕거리는 아버지의 모습은 나이에 어울리지 않게 가벼워 보였다. 그들은 그렇게 한참을 밖에서 몽그작거리다가 차에 탔다. 그 몇 분의 시간이 지켜보는 사람에게는 고통이었다. 그들이 올라탄 차는 벤츠 S500이었다. 앤디는 "아는 차예요." 라며 어색하게 말했다. 그건 바오이판이 앤디를 처음 만날 때 타고 나왔던 차였다.

"네. 하이시에 두고 이용하는 차예요. 나도 자주 이용하죠."

바오 부인은 눈물을 닦고 고개를 들며 태연한 척했다.

"우리도 올라가서 뭐 좀 먹어요. 아침부터 신경을 곤두세웠더니 배가 고프네요."

앤디는 말없이 바오 부인을 따라갔다. 바오 부인은 엘리베이터에 타고 주위에 사람이 없음을 확인하더니 감동하여 말했다.

"앤디 씨, 난 앤디 씨처럼 이렇게 교양 있는 아가씨가 정말 좋아요. 이럴 때 조용히 상대방을 배려하니 말이에요."

"무슨 말을 해야 할지 몰라서요."

바오 부인은 그윽한 눈빛으로 말없이 앤디를 바라봤다. 두 사람은 엘리베이터에서 내려 함께 식당으로 들어갔다. 앤디는 바오 부인이 왜 굳이 남편이 다른 여자와 밀회한 식당에서 밥을 먹으려는지 이해가 되지 않았다. 자신이 바오 부인 입장이었다면 그 식당에서 멀리 도망가서 두 번 다시 걸음하고 싶지 않았을 텐데 말이다. 심지어 바오 부인은 지금 두 사람이 앉은 2인용 좌석이 방금 전에 바오이판의 아버지와 내연녀가 앉았던 자리인 것 같다는 의심도 했다. 앤디는 계속 쩔쩔맸고 바오 부인은 태연하게 앉아서 손거울을 들고 화장을 고쳤다. 바오 부인은 정성껏 화장을 매만지면서 먹고 싶은 음식을 주문하느라 수시로 참견했다. 종업원이 주문을 받고 자리를 뜨자 바오 부인의 화장도 끝났다. 바오 부인은 애석해하며 말했다.

"아까는 내가 좀 우스웠죠. 늙으면 담담해진다고 하고선 금세 눈물이나 흘리고, 참 앞뒤가 안 맞네요. 우리 세대는 뭐든 쿨하기가 쉽지 않아요. 옛날에는 가난하고 돈이 없어서 아무것도 못 했는데 지금은 돈이 있어도 걱정이 많아서 뭘 못 해요. 앤디 씨처럼 요즘 젊은이들은 경제력도 있고 마음에 안 들면 솔직하게 말하잖아요. 젊은 두 사람이 부러워요."

앤디는 바오 부인의 이야기가 시대와는 상관없는 일이라고 생각했다. 왜냐하면 웨이궈창은 젊은 시절에 아내의 감정 따위는 아랑곳하지 않고 마음대로 혼자 훌쩍 떠났었기 때문이다. 바오 부인의 마지막 말은 앤디와 바오이판을 가리키는 것 같았다. 앤디는 웃기만 했다.

"전부 고기 요리로 주문했어요."

"하하, 그래요? 앤디 씨도 고기를 좋아한다니 반갑군요. 난 새 모이만큼 적게 먹고 고기 얘기에 손사래를 치는 아가씨들은 정말 꼴불견이에요. 앤디 씨, 그런데 아까 그 두 사람이 밥 먹고 나서 뭘 할지를 생각하니…."

바오 부인은 말을 하다가 말고 티슈 2장을 뽑아서 양쪽 눈에다 대고는 말이 없었다. 앤디는 영악한 바오 부인 앞에서 자신을 구해달라고 바오이판에게 간절히 부탁하고 싶었지만 경솔하게 행동하지 않고 그저 묵묵히 자리를 지켰다.

첫 요리가 나오자 바오 부인은 눈에 댔던 티슈를 치우며 붉어진 눈으로 말했다.

"영감이 전에 나한테 이혼을 요구했는데 내가 죽어도 못 해준다고 했어요. 남들은 재산 때문이라고 생각했죠. 사실 틀린 말은 아니에요. 하지만 내가 재산을 포기 못 하는 건 다 아들을 위해서예요. 만약 내가 이혼해 주면 영감이 새 마누라를 들일 텐데 그 밑에 자식이라도 낳으면 내 아들은 찬밥 신세가 될 거 아네요. 역사적으로도 적자를 버리고 후궁의 자식을 왕위에 올리는 경우가 많잖아요. 나 하나 편하자고 아들을 고생시킬 순 없었어요. 내가 내 자리에 떡하니 버티고 있어야 내 아들 인생도 편해지거든요. 사실 최근 몇 년 동안 이혼 같은 일에 무덤덤해졌다고 생각했는데 막상 직접 보고 나니 괴롭네요. 가슴이 찢어지는 것 같아요."

바오 부인은 말을 멈추고 다시 티슈를 꺼내 얼굴에 댔다.

앤디는 바오 부인이 아들 일에 그다지도 애를 태우며 죽자고 간섭하는 이유를 알 것 같았다. 남의 가정사에 왈가왈부할 수는 없었지만 가장 적절한 표현을 선별해서 바오 부인의 말을 수긍했다.

"아, 모성애군요."

"맞아요."

바오 부인은 강단 있게 티슈를 치우며 테이블을 탁 치더니 당차게 말했다.

"옛말에 벼슬살이하는 아버지보다 구걸하는 어머니가 낫다는 말이 있어요. 어머니는 구걸해서라도 아이의 배를 채우지만 아버지는 …. 흑흑. 남자는 여자 치마폭에 들어가려고 별 짓을 다해요. 아들도 눈에 뵈지 않아서 새 마누라를 얻는 데 방해가 된다 싶으면 친자식도 내쫓아요. 난 이혼이 두렵진 않아요. 내가 가장 겁나는 건 내 아들이 자기 몫을 못 챙기는 거예요. 그래서 영감이 수술했을 때도 몇 날 며칠을 잠도 안자고 성심껏 간호했죠. 내 아들을 위해서 참아야 한다고 스스로 다독이면서요. 그랬더니 영감이 감동했는지 한동안 한 눈을 팔지 않더군요. 그런데 내가 왜 굳이 비참하게 여기까지 와서 이런 꼴을 보고 있는지."

바오 부인은 또 티슈를 꺼내서 얼굴을 감쌌다. 그녀는 눈물을 하염없이 흘리면서도 하고 싶은 말을 거침없이 쏟아 냈다.

앤디의 마음 깊은 곳에 의문 한 가지가 자랐다. 그녀의 엄마는 미치광이였고 걸인이었고 딸을 3살까지 키웠다. 하지만 딸은 굶어 죽지도, 얼어 죽지도, 병이 나서 죽지도, 차에 부딪혀 죽지도 않았고 남에게 팔려 가지도 않았다. 지금에 와서 보면 그녀의 몸에는 어릴 때 생긴 상처가 하나도 없다. 앤디는 어떻게 격랑을 이기고 살아남았을까? '벼슬살이하는 아버지보다 구걸하는 어머니가 낫다.'라는 바오 부인의 말에 그 해답이 담겨 있어서 앤디는 소스라치게 놀랐다. 그녀의 기억 속에 조각난 단편들이 모두 또렷하게 뇌리를 스치고 지나갔다. 그녀는 미치광이 엄마의 단편적인 모습들이 '모성애'보다 강하게 기억 속에 남아 있었음을 뒤늦게 깨닫고 후회했다. 모성애와 관련된 희미한 기억들을 되살려 보았다. 음식을 먹여 주고 맛있는 것을 가져다주던 어머니의 모습은 지극히 평범했고 어머니의 웃는 얼굴도 보통 사람과 같았다. 어머니의 눈 속에는 딸 외에 외간 남자는 보이지도 않았다. 낡은 이불 속에서 늘 엄마와 함께 뒹굴었고 이를 잡으려고 이불을 햇볕에 말리기도 했었다. 정말로 따뜻한 기억이었다. 그렇다. 그녀도 자라면서 어머니의 사랑을 충분히 받았던 것이다. 그녀는 태어나면서부터 모성을 느꼈기에 지금까지 살아오고 버틸 수 있었던 거다. 그녀의 미치광이 엄마는 사실 좋은 엄마였다.

바오 부인은 감정을 추스르며 티슈를 치우다가 맞은편에 앉아서 넋을 놓고 자신을 바라보는 앤디에게 눈길이 갔다. 앤디의 얼굴에도 샘물 같은 눈물 두 줄기가 흘러내리고 있었다. 바오 부인은 자신을 위해 슬퍼해 주는 앤디에게 감동하여 손에 쥐었던 티슈를 앤디 앞으로 밀었다. 그러고는 그녀의 손을 가볍게 두드리며 눈물을 닦으라는 신호를 보냈다. 앤디는 바오 부인을 볼수록 고깝던 마음이 차츰 누그러졌다. 바오 부인도 앤디가 자신을 걱정하며 눈물을 흘리자 마음이 약해지고 점점 호감이 생겼다. 그렇게 두 사람은 손을 맞잡고 눈물이 그렁그렁한 눈을 서로 마주 보며 한참이나 말없이 흐느꼈다. 식사를 마치고 식당을 나서면서 두 사람은 어깨를 나란히 하고 걸었다.

바오 부인은 바오이판이 자주 묵는 호텔로 갔다. 앤디는 흔쾌히 바오 부인을 호텔로 모시고 체크인 수속까지 지켜본 뒤에 객실까지 안내했다. 마침내 헤어질 시간이 되었는데 앤디는 뜻밖에도 못내 서운한 마음이 들어 바오 부인에게 이후에 다른 일정이 있는지 서먹하게 물었다. 바오 부인이 원하면 기사 노릇을 자처할 생각이었다. 앤디의 태도에 감동한 바오 부인은 짧은 시간에 머리를 재빨리 굴렸다. 아들이 앤디와 다투고 헤어졌다는데 앤디를 보니 재결합의 희망이 남은 듯해서 이참에 아들을 위해 앤디의 마음을 돌려야겠다고 생각했다. 바오 부인은 화장실에 세수하러 간다고 거짓말하고는 얼른 아들에게 메시지를 보내 현재 상황을 알렸다. 아들에게 부탁할 일이 있으면 얘기하라고 요청도 했다. 바오이판은 믿기지 않아서 곧장 앤디에게 메시지를 보내 자초지종을 물었다. 앤디의 대답도 어머니의 말과 다르지 않자 바오이판은 얼이 빠져버렸다. 날카롭게 대립하던 기 센 두 여자가 어떻게 함께 다니고 있는지 의아했다.

바오이판이 의아해하거나 말거나 두 사람은 호텔을 나와 쇼핑하러 갔다. 바오 부인은 말로는 남편 일에 개의치 않는다고 하면서도 쇼핑하는 내내 불쑥 한 번씩 뻔뻔한 불여우라고 욕하며 치를 떨곤 했다. 바오 부인은 참견하지 않고 자신의 말을 들으며 고개를 끄덕이고 함께 눈물을 흘리는 앤디가 무척 좋았다. 이런 속내는 아무리 강한 어머니라도 아들에게는 감히 말을 못 한다. 날마다 거북이 알 만한 다이아몬드 반지를 끼고 잘난 척을 할지언정 친척이나 친구한테 낯부끄러워서 말할 수도 없다. 또 죽고 못 사는 절친한 친구 한 둘이 있어도 감정이 폭발하기 직전에야 겨우 몇 마디 꺼내게 된다. 그러면 상대방은 애처롭게 보며 한마디 하는데 바오 부인은 그런 동정이 싫었다. 기가 센 바오 부인에게는 사람들이 친근하게 다가오지 않아서 그녀는 혼자일 때가 많았다. 그래서 오늘따라 유난히 말을 많이 했다.

앤디와 바오이판은 싸우고 헤어진 것으로 서로 말을 맞춰 놓은 상태였다. 거짓말이 탄로 나지 않으려면 바오이판은 사랑하는 두 여자에게 계략을 따로따로 꾸며서 메시지를 보내야 하는데 여간 고민이 아니었다. 더구나 두 여자는 눈치 백단이라 갖은 꾀를 다 짜내어 시간차를 두고 보내야 했다. 자신의 안목이 높다고 자평하는 바오 부인은 앤디가 주로 아르마니 옷을 입는다는 정보를 접하고 필사적으로 앤디를 아르마니 매장으로 데리고 갔다. 매장으로 들어가서는 통 크게 앤디에게 옷을 선물하겠다고 했다. 앤디가 옷을 갈아입으러 탈의실에 들어가면 바오 부인은 얼른 아들에게 메시지를 보내서 따끈따끈한 소식을 전했다. 그러다가 앤디가 탈의실에서 나오면 곧장 휴대폰을 내려놓거나 다른 사람의 전화를 받는 척했다. 또 앤디가 행여 눈치를 챌까 봐 분주하게 드나들며 알지 못하게 했다. 바오 부인은 아들한테 연락하느라 바빠서 힘들고 앤디와 바오이판은 연기하느라 힘들었다.

그러나 바오 부인은 바쁜 와중에도 본연의 일을 놓지 않았다. 최고재무책임자에게 연락해서 남편이 젊은 여자를 데려다가 살림을 차린 데 쓴 비자금의 출처를 집요하게 추궁했다. 쇼핑을 마친 뒤 바오 부인은 앤디에게 또 다른 쪽지 1장을 보여주고 쪽지에 적힌 주소지로 가자고 했다. 앤디는 차를 달려 5성급 호텔에 부속된 디럭스 호텔식 아파트 앞에 도착했다. 바오 부인은 집의 규모를 보고 남편이 유용한 돈이 상당한 금액임을 짐작했다. 도대체 돈이 어디에서 새어 나갔을까? 회계 감사에서 누락된 부분이 있었던 걸까? 아니면 재무책임자와 남편이 결탁한 것일까? 모든 가능성은 열려 있고 모두 대단히 심각한 문제였다. 바오 부인은 앤디가 옆에 있어도 개의치 않았다. 회사에서 주말 근무 중인 최고재무책임자를 호되게 질책하며 의문을 제기했다. 또 바오 부인의 측근인 회계사에게 최고재무책임자와 남편이 내통하는지 현장에서 감독하라고 지시했다.

잠시 짬이 나자 바오 부인은 앤디에게 남녀 관계의 노하우 한 가지를 전수했다.

"남자는 여자가 돈줄을 쥐고 있어야 딴 짓을 안 해요. 내 피가 말라 죽느니 남자의 피를 말려 죽이겠다는 말이죠. 여자는 이런 점을 명심해야 해요."

앤디는 어머니의 운명을 생각하니 진심으로 옳은 얘기 같았다.

그들은 호텔식 아파트 지하주차장에 주차시켰다. 바오 부인이 차 안에서 진두지휘를 한 지 약 30분 만에 바오이판의 아버지가 급히 서두르며 나왔다. 여자는 보이지 않았다. 그는 차에 타더니 쏜살같이 아파트를 떠났다. 바오 부인은 차에 앉아서 냉소를 지었다.

"저 사람 지금 틀림없이 내가 묵는 호텔에 가서 방을 구할 거예요. 그런 뒤에 객실 전화로 능청스럽게 나한테 연락해서 잘 도착했다고 보고하겠죠. 앤디 씨, 오늘 하루 너무 피곤했죠? 난 택시를 타고 알아서 갈 테니까 아파트 입구까지만 데려다줘요. 자꾸 앤디 씨를 끌어들이면 안 될 거 같아요. 남편 문제는 호텔에 가서 생각해 봐야겠어요."

"호텔 맞은편까지만 모셔다 드릴게요. 택시를 타기엔 날씨가 너무 추워요."

"참 마음씨도 곱군요. 사실 내 아들이 날 닮아서 대인 관계는 좋은데 좀 고지식해요. 앤디 씨가 언젠가 내 며느리가 된다면 말도 못하게 기쁠 거예요. 기뻐서 자다가도 웃음이 나겠죠. 난 입구에 내려 주고 그만 가 봐요. 혹시라도 호텔 프런트에서 내가 왔다는 걸 남편한테 알리면 내 뒤를 봐주는 친구가 누구인지 훔쳐보려고 문 앞에서 지키고 있을 지도 몰라요. 그 영감도 늙은 여우거든요."

앤디는 웃음을 참았다. 바오이판에게 전 여자 친구가 수두룩했다는 사실 하나만으로도 그가 고지식한 남자가 아님은 일찍이 증명되었다. 바오 부인과 바오이판 아버지의 대결은 그야말로 빅매치다. 앤디는 두 사람이 외나무다리에서 어떻게 만나는지 투명 망토라도 입고 몰래 따라가서 보고 싶었다. 그녀는 바오 부인을 데려다 주고 오는 길에 바오이판에게 연락해서 부모님 두 분에게 문제가 생겼다고 알렸다. 바오이판은 이 날 하루 동안 하는 일마다 뜻대로 되지 않자 머리에서 쥐가 났다. 앤디가 도움이 필요하냐고 물으니 바오이판이 진지하게 대답했다.

"당신은 계속 내 전 여자 친구 역할만 충실히 해요. 절대로 나한테 미련이 남은 것처럼 보이지 말고요. 어머니는 호락호락한 사람이 아니란 걸 명심해요."

앤디는 놀라서 갑자기 식은땀이 났다. 바오이판의 말이 맞았다. 그녀는 종일 바오 부인의 기분을 맞춰주고 바오 부인이 자신을 위해 돈을 쓰지 못하게 하려고 먼저 나서서 계산하는 데 급급해서 바오 부인은 수완이 대단한 사람이라는 점을 잊고 있었다. 남편한테도 부리는 수작을 그녀에게 부리지 않을 리 없었다. 다만 내심 강경하게 밀어붙이지만 않을 뿐이었다. 바오 부인은 자신을 구걸하는 어머니에 비유했다. 앤디는 바오 부인의 한마디에 아픈 곳을 찔렸다.

42

어린 시절 취샤오샤오는 공부를 잘하지 못했다. 책상에 앉았다하면 온통 딴 생각 뿐이었다. 그래서 수학이나 물리, 화학 같은 이과 지식은 졸업할 때 고스란히 학교에 남겨두고 왔다. 지금 자오치핑과 함께 공부하는 과목은 중국어와 영어다. 자오치핑이 중국어와 영어로 된 크로스워드 퍼즐을 잔뜩 가져와서 건네자 취샤오샤오는 죽기 살기로 퍼즐을 맞추기 시작했다. 취샤오샤오에게 삶의 가장 큰 이유는 돈이요, 가장 큰 원동력은 꽃미남이었다. 그러니 돈과 꽃미남이라는 두 마리 토끼를 잡으려면 이렇게 억지로라도 단어를 외우고 독해 문제를 풀고 자오치핑과 영어로 대화해야만 했다.

이번 주말을 그야말로 착실하고 성실하게 보냈다. 물론 틈틈이 사랑을 안 한 건 아니었지만. 취샤오샤오가 이렇게 애써 노력한다 해도 물리적으로 구름이 얼마나 작용력이 있고 또 반작용력이 있는지는 금세 잊어버리고 말았다. 하지만 자기의 일을 망쳐버린 이복오빠의 일을 결코 가만둘 수 없었다. 그녀의 오빠는 하이시에서 인간관계가 그녀보다 좋은 편은 아니었지만 아무리 어리석은 새라도 멀리만 날면 어떻게든 길을 찾아내기 마련이라는 말을 증명하듯 이번 주말 내내 취샤오샤오의 뒤를 밟아 그녀가 이틀 동안 어떤 남자에게 홀딱 빠져 함께 지내고 있다는 사실을 알아냈다.

판성메이와 왕바이촨은 한참 즐거운 시간을 보내고 늦은 귀갓길에 올랐다. 왕바이촨은 헤어지기가 마냥 아쉬운지 차에서 내린 후에도 환락송 아파트 입구에서 판성메이를 놓아주지 않았다. 매서운 추위 앞에서 2~30대 커플은 추잉잉 커플처럼 아파트 공원에서 손만 잡고 있기는 불가능했다. 하지만 판성메이는 근처에서 야식이라도 먹고 들어가자는 왕바이촨의 제안에 턱을 치켜들고 단칼에 거절했다.

"원래 저녁도 잘 안 먹는데, 야식을 먹자고? 어서 집에 가, 내일 출근해서 설 연휴 전에 미리 처리할 일도 많잖아. 게다가 이번 연휴는 대표가 되서 처음 맞는 연휴인데, 처리할 수 있는 업무량이 어느 정도인지 알아야 앞으로 매년 계획을 세울 수 있을 거 아니야. 방해꾼이 되고 싶지는 않아."

"너 사장님이 된 지가 언젠데, 업무량은? 네가 정하는 거 아니었어? 일단 뭘 좀 먹자, 1시간만 얘기하고 들어가면 되잖아. 딱 1시간만!"

"1분도 안 된다니까."

판성메이는 우아한 백조처럼 그의 주변을 휙 돌더니 아파트 단지 안으로 들어갔다. 왕바이촨과 있을 때면 그녀가 하고 싶은 대로 다 할 수 있었다. 왕바이촨의 마음이 얼마나 넓은지 잘 알고 있기 때문일지도 모르겠다. 실제로 왕바이촨도 그녀 앞에서 단 한 번도 화를 내본 적이 없었다.

왕바이촨의 바람대로 되지는 않았지만 두 사람은 다정하게 웃으며 함께 걸어갔다. 그때 서늘한 기운의 남자 3명이 두 사람 옆을 지나갔다. 중년 남자 1명에 젊은 남자 2명이었는데, 그럴싸하게 빼입어 단정해 보였다. 그들도 두 사람과 가는 방향이 같았다.

엉겁결에 판성메이의 입에서 이런 소리가 불쑥 튀어나왔다.

"꼭 무슨 홍콩영화에 나오는 범죄 조직 같지 않아?"

"심부름센터 사람들인가. 내일 1층까지 내려오면서 잘 살펴 봐, 어느 집에 빨간 칠이 되어 있을지 모르잖아."

두 사람이 시시덕거리고 있을 때, 뒤에서 누군가가 또다시 황급히 지나가다 고개를 돌려 두 사람을 보고는 깜짝 놀랐다.

"성메이 언니랑 왕대표님?"

판성메이는 왕바이촨에게 기대고 있다가 황급히 몸을 바로 세웠다.

"어머, 쥐얼이구나. 이렇게 늦게 들어오는 거야? 주말 내내 출장이었었나 보지?"

"응, 비극도 이런 비극이 없어. 둘은 천천히 와. 난 먼저 가서 샤워하고 있을게."

지난번 말다툼 이후로 두 사람 사이에는 약간의 어색함이 흐르고 있었다. 사람을 대하는데 베테랑인 판성메이는 그런대로 괜찮았지만, 관쥐얼의 얼굴에는 항상 멋쩍음이 묻어났다. 그래서인지 관쥐얼은 핑계를 대고 먼저 가버렸다. 그런다고 판성메이보다 얼마나 빨리 가겠느냐마는 자칫해서 엘리베이터에 같이 타기라도 한다면 서로 멀뚱거리고만 있을게 뻔했다.

관쥐얼은 빠른 걸음으로 앞서 가던 3명의 거무칙칙한 남자들을 따라잡았다. 혼자 남자 셋을 따라가려니 조금 주춤하긴 했지만 출입카드를 떡하니 찍고 아파트 안까지 들어가 거라고는 예상도 못했다. 다행히도 3명 중 1명은 어렴풋이 알아볼 수 있었다. 취샤오샤오의 아버지였다. 아는 사람이 있으니 불안함은 이내 사라졌다. 하지만 늦은 밤 혼자서 모르는 남자 3명과 엘리베이터를 같이 타느니 차라리 다음 엘리베이터를 기다리는 게 낫지 않았을까는 라는 생각도 들긴 했다. 관쥐얼은 그 김에 취샤오샤오에게 문자를 보내 그녀의 아버지가 가고 있다는 사실을 알려주었다.

문자를 받은 취샤오샤오는 화들짝 놀랐다. 도저히 믿을 수가 없었지만 관쥐얼이 이런 장난을 칠 사람이 아니라는 것도 너무나 잘 알고 있었다.

"아빠가 갑자기 왜 오시는 거지? 엄마는 어떻게 한마디도 안 해줄 수가 있어."

바로 그때 현관문을 요란하게 두드리는 소리가 들려왔다. 자오치핑만 없었다면 소리를 빽 지르며 문밖에서 소란을 피우는 사람을 있는 힘껏 골프채로 내려쳐 쇼크사하게 만들어줬을 것이다. 취샤오샤오는 이 늦은 밤에 저렇게 큰 소리로 소란을 피우는 사람이라면 누구든 눈에는 눈, 이에는 이! 받은 그대로 갚아줘야 직성이 풀렸다. 그녀는 문밖의 사람이 아버지일 리 없다고 확신했다. 자신에게 아버지는 언제나 온유하고 상냥한 사람이었기 때문이다. 하지만 문에 난 작은 구멍으로 밖을 살펴보니, 진짜 아버지가 이복오빠를 몹시 꾸짖고 있었다.

자오치핑은 아무렇지 않은 듯 소파에 앉아 책을 읽고 있었다. 문쪽으로는 눈길만 몇 번 줄 뿐, 얼굴에는 비웃음이 가득했다.

"진짜 아버지가 오신 거야? 하긴, 딱 보니 취샤오샤오 아버지 맞네."

취샤오샤오는 자오치핑을 힐긋 흘기고는 문을 확 열었다. 그리고 두 손을 허리춤에 올리고 문 앞을 막아섰다.

"뭐하시는 거예요?"

그녀는 행여 자오치핑 앞에서 점수를 잃을까 싶어 '지금 내가 불륜이라도 저지르고 있다고 생각하는 거예요?'라는 말을 겨우 목구멍으로 삼켰다. 그녀는 골든 라이언(금모사왕, 金毛狮王)이 아니라 그야말로 불여우였다. 하지만 자오치핑은 허리 손을 하고 문을 가로막은 그녀의 위풍당당한 모습이 너무 귀여워 절로 웃음이 났다.

그녀의 아버지가 그다지 흥분하지 않고 가만히 있자 둘째 이복오빠가 소리를 질렀다.

"저 안에 있어요. 저 안에 남자가 있다니까요. 어, 저기 있네요. 아버지 좀 보세요."

그 말을 듣자마자 취샤오샤오의 얼굴이 새파랗게 질렸다.

"뭐라고? 네가 감히 여기 와서 불륜이 어쩌고 해? 요즘 할 일이 없나보지?"

취샤오샤오는 너무 화가 난 나머지 이미 이미지 관리는 안중에도 없었다. 그녀는 골프채를 꺼내들고 문을 뻥하고 걷어차고는 정면으로 돌진했다. 설사 아버지가 맞아도 상관없었다. 다행히도 조준이 살짝 비껴갔다. 그녀가 조금이라도 망설이는 스타일이었다면 아버지도 그렇게 두려워하지 않았을 것이다. 취샤오샤오는 화산을 둘로 쪼갤 만한 기세로 첫째 이복오빠의 머리를 가격했다. 그리고 뒤이어 적군을 쓸어버리듯 둘째 이복오빠의 목을 내려쳤다. 정신을 차린 오빠들이 반격하려고 하자 아버지가 둘 사이를 가로막았다. 자오치핑도 소동이 싸움으로 번지자 황급히 달려 나와 취샤오샤오를 말리며 손에 든 골프채를 빼앗았다.

"너희 지금 뭐 하는 거야, 당장 그만두지 못해! 움직이기만 해, 나한테 아주 혼쭐이 날 테니."

취샤오샤오의 아버지는 고개를 돌려 자오치핑을 유심히 살펴보았다.

"자네, 그 손에 든 몽둥이, 내게 주게나."

자오치핑은 손에 들고 있던 골프채를 취샤오샤오의 아버지께 건네주었다. 그 순간 취샤오샤오가 잽싸게 손을 뻗어 골프채를 가로챘다.

아버지가 두 눈을 부릅뜨고 그녀를 쳐다보자 취샤오샤오는 말도 안 되는 말로 억지를 부렸다.

"여기에는 내 남자 친구 1명밖에 없는데, 문 밖에 깡패를 2명이나 데려와서는 나한테 이것도 뺏어 갔는데, 어떻게 내가 아빠를 믿을 것 같아요? 깡패 2명을 데리고 쳐들어오다니, 내가 어떻게 아빠를 믿어요?"

그 말을 듣고 있던 자오치핑은 머리가 복잡했다. 그의 머리로는 취샤오샤오의 말도 안 되는 억지를 도저히 이해할 수 없었다. 여기서 아빠는 뭐고, 깡패는 또 뭔지. 대체 저 아저씨가 인생을 어떻게 살았기에 이런 일이 일어난 걸까. 그때 아버지가 취샤오샤오에게 말했다.

"저리 비켜라, 다 저기 소파에 가서 앉아."

아버지의 눈빛은 정말 매서웠다. 취샤오샤오도 지금 아버지를 건드려봤자 좋을 게 하나 없는 것쯤은 알고 있었다. 그녀는 자오치핑을 잡아당겨 아버지가 말한 소파에 가서 얌전히 앉았다. 그리고 자오치핑이 누구이며 무슨 일을 하는지 차근차근 설명했다. 자오치핑은 이러지도 저러지도 못하고 가만히 있었다. 이런 상황에서 그녀의 아버지를 만날지 그 누가 생각이나 해봤을까.

아버지는 능숙한 조련사처럼 두 아들을 조금 떨어진 소파에 앉혔다. 그리고 천천히 자신의 분노를 다스리며 최대한 상냥한 말투로 물었다.

"자네가 우리 딸이 말한 그 의사 선생님인가?"

자오치핑은 자리에서 벌떡 일어났다.

"네, 제가 자오치핑이라고 합니다. 안녕하세요."

이 순간 가장 분명한 사실은 자오피칭이 그동안 아버지가 봐왔던 딸의 남자 친구 중에 가장 사람다운 사람이라는 점이다. 그는 몹시 만족스러워하며 최대한 상냥하게 물었다.

"이렇게 늦은 시간에 쉬지 않고 뭐하는 중이었나?"

"저는 전공서적을 읽고 있었고 샤오샤오는 영어 독해문제를 풀고 있었습니다."

자오치핑이 대답 하자마자 둘째 이복오빠가 소리를 질렀다.

"잠옷차림으로 퍽이나 공부했겠다."

아버지는 골프채를 휘두르며 바로 둘째오빠의 말을 막았다.

자오치핑이 말을 끝내자 취샤오샤오의 아버지는 원래 그가 있었던 자리로 가서 소파에 놓인 책을 살펴보았다. 책 전부가 꼬부랑 영어와 알아볼 수 없는 그림으로 가득했다. 옆에 있는 다른 책도 원서이긴 했지만 그나마 그림 몇 개 정도는 알아볼 수 있었다. 아버지는 골프채를 팔에 낀 채 자오치핑이 보던 책을 두 아들들 앞에 던졌다.

"자, 이것 좀 봐라. 너희가 내 딸 집에 온다고 했을 때 내가 왜 기꺼이 따라왔는지 알기는 해? 여동생이 너희처럼 막 살 거라고 생각했겠지. 니들 생각에 내가 너희처럼 어이없는 일을 할 것 같았나보구나. 자, 봐라. 지금 두 사람이 무슨 책을 보고 있었는지. 어디 알아나 볼 수 있으면 다행이지. 샤오샤오 좀 보고 배우라고 하면 삐죽거리기나 하고…. 오늘 너희도 분명히 알았겠지, 불식간에 찾아왔는데도 네 동생이 뭘 하고 있는지 봐라, 너희는 평소에 뭘 하고 사는지. 샤오샤오는 이미 회사를 차려서 이윤도 내고 있는데 너희는 아직도 날 찾아와서 돈타령만 하니. 그래놓고 샤오샤오만 편애한다고 불평이나 하고, 이 책들을 봐라! 사업은 아무나 하는지 아니? 샤오샤오는 외국기업과 협상해서 GI 프로젝트도 따왔는데. 너희는 이미 많은 기회가 있었는데도 다 날려 먹고 배우려고 하지도 않았잖니. 너희는 다시 태어나도 언감생심이야. 이런 한심한 놈들."

취샤오샤오는 아버지의 말을 듣는 내내 눈을 깜박거렸다.

'뭐야? 지금 이게 무슨 뜻이지, 게다가 아빠는 내가 정말 이 사람이랑 책을 보고 있었다고 생각하고 계신건가?'

분명히 아니었다. 지금까지 그녀의 행동을 봐도 아무리 머리를 쥐어짜도 자기 딸이 이 좋은 주말 밤에 순순히 책을 보고 있었을 리 만무했다. 이 사태를 십분 활용하여 못난 두 아들을 훈육하다니, 역시 그녀의 아버지도 그리 호락호락한 사람은 아니었다. 게다가 다 큰 딸 집에 말도 없이 쳐들어온 동기도 딱히 좋은 의도가 아니었음은 분명하지 않은가. 하지만 샤오샤오는 아버지의 비위를 맞추기 위해 노래 가사에 '아빠'를 넣어 애교 섞인 목소리로 노래를 불렀다.

자오치핑은 웃음을 참느라 표정관리가 안 될 지경이었다. 아버지의 얼굴도 썩 만족스러워 보이진 않았다. 진심으로 딸을 말리고 싶었지만 적당한 이유가 떠오르지 않았기에 그냥 참고 듣는 수밖에 없었다. 누가 뭐래도 오늘 제일 혼나야 하는 사람은 다름 아닌 샤오샤오의 두 오빠였다. 아버지에게 혼난 것도 모자라서 샤오샤오 앞에서 망신까지 당하고 나니, 억울하고 분해서 온 몸에 피가 거꾸로 솟는 것 같았다. 아버지의 호통을 계속 되었다.

"이런, 쓸모없는 놈들 같으니라고!"

취샤오샤오는 오빠들이 집을 나서자 아버지에게 손을 내밀었다.

"아빠, 출입카드 반납하세요. 아빠를 믿어서 드린 거지 제 뒤통수나 치라고 드린 게 아니라고요. 어서 주세요. 출입카드는 압수예요!"

아버지는 한숨을 내쉬었다.

"방금 전 아빠가 말하지 않았니…."

취샤오샤오는 갑자기 반박할 말이 떠오르지 않았다. 자오치핑이 그 자리에 있어서였는지 집안에서 자신이 그런 저런 딸로 비춰지는 것은 원하지 않았다.

“그래, 네 말이 맞다. 여기 있다. 앞으론 엄마한테 가보라고 하마.”

아버지는 딸이 자오치핑은 신경 쓰고 있는 것을 눈치 채고 흡족해했다. 그리고 물에 빠진 사람이 지푸라기를 잡는 심정으로 그를 꼭 붙잡았다.

“내가 취샤오샤오의 아빠라네, 조금 전 일은 정말 부끄럽게 됐네.”

그러면서 아버지는 자오치핑이 입고 있는 잠옷에서 눈을 떼지 못했다. 마음이 복잡하긴 했지만 오늘 같은 상황에서는 어떤 말도 할 수 없었다.

취샤오샤오는 아버지와 치핑 사이에 흐르는 어색함을 감지하고 곧바로 겉옷을 걸쳐 입었다.

“됐어요. 출입카드 안주셔도 돼요. 배웅해드릴게요.”

자오치핑도 샤오샤오가 곤란해 하는 것을 느꼈다.

“늦었으니까, 나도 그만 가볼게. 아버님 제가 모셔다 드릴까요?”

아버지가 흔쾌히 응하자 취샤오샤오가 소리를 질렀다.

“무슨 소리야! 둘 중에 1명만 갈 수 있어!”

하지만 자오치핑은 이미 옷을 갈아입으러 들어간 후였다. 취샤오샤오는 눈을 부릅뜨고 아버지를 쏘아봤다.

“이제 만족해요? 딸한테 정말 이래도 되는 거예요? 저 사람이 아빠를 어떻게 생각하겠어요?”

“그런데 말이다, 샤오샤오. 정말 일요일 저녁에 책을 보고 있었던 거냐?”

아버지도 질세라 재빨리 치고 들어갔다.

취샤오샤오는 순간 당황하긴 했지만 무슨 말을 하더라도 결코 인정할 수 없었다.

"정말이죠, 그럼. 엄마한테 정말 이를 거예요. 오늘 밤 아빠가 일부러, 작정하고 우리 집에 쳐들어 왔다고요!"

"내가 저 사람이랑 같이 있는 걸 알아도… 그래도 의사인데 나쁜 짓을 해봤자 아니겠니, 어쨌든 모든 자식들을 공평하게 대해야 하니까. 역시 내 딸이다! 내 기대를 결코 저버리지 않아. 덕분에 이렇게라도 내일 저 두 놈을 혼낼 수 있는 명분이 생겼구나. 고생 좀 해봐야 정신을 차리지."

"흥, 내일 어떻게 하시는지 두고 볼 거예요. 생각보다 만족스럽지 않으면 바로 엄마한테 달려가서 이를 거니까, 그런 줄 아세요."

"샤오샤오, 넌 조금 너그러워질 필요가 있단다. 이 아빠가 너를 얼마나 예뻐하는데. 네가 너그러운 모습을 보일 줄 알아야 아빠가 걔네들한테도 위신이 서지 않겠니. 내일 차 다 압수하고 월급도 딱 기본급만큼만 줄 생각이다. 자, 그러면 되겠지?"

"언제까지요?"

취샤오샤오는 더 말하고 싶었지만 자오치핑이 나오는 것을 보고 입을 꾹 다물었다. 하지만 눈치 빠른 아버지가 샤오샤오에게 속삭이듯 한마디 던졌다.

"1년"

취샤오샤오는 아쉽지만 자오치핑이 가는 길을 눈빛으로만 배웅할 수밖에 없었다.

아버지는 깔끔하게 차려입은 자오치핑을 보니 매우 흡족했다. 심지어 조금 전 자신이 한 일이 후회스럽기까지 했다. 엘리베이터에 타면 샤오샤오의 감시를 벗어날 수 있었다. 아버지는 자오치핑에게 야식을 먹으러 가자고했다. 그에 대해 조금 더 자세히 알고 싶은 눈치였다. 하지만 바보가 아닌 자오치핑은 깜짝 놀라는 척하며 대답했다.

"감사합니다. 하지만 샤오샤오에게 먼저 허락을 받지 않으면 나중에 엄청 괴롭힘을 당할 거예요."

아버지는 깔끔하게 포기했다. 그보다 납득이 가는 이유가 또 어디 있겠는가. 아버지는 상대가 섬뜩함을 느낄 정도로 사랑이 가득한 눈빛으로 자오치핑을 바라봤다. 아버지는 돌아가는 길 내내 자오치핑이 엄마 뱃속에 있을 때부터 최근까지의 일 등 수많은 질문들을 쏟아냈다. 다행히도 깨끗한 그의 과거에 아버지는 더할 나위 없이 만족감을 느꼈다. 당장 그날 밤이라도 자기 딸과 혼인서약이라도 맺게 하고 싶었다. 이렇게 잘난 남자를 또 어디서 구할 수 있을까.

취샤오샤오는 아빠와 자오치핑을 배웅하고 들어가는 길에 2202호를 살짝 들여다보니 마침 샤워 준비 중인 관쥐얼을 발견하고는 힘껏 껴안았다.

"역시, 너 밖에 없어."

"또 무슨 사고라도 친 거야?"

관쥐얼과 판성메이가 올라왔을 때, 2203호 앞에서 싸우는 소리가 들렸는데 아무리 취샤오샤오라고해도 감당할 수 없을 것 같았다. 관쥐얼은 신경 쓰지 않았지만 판성메이는 놀라서 어리둥절했다. 취샤오샤오가 예전에 시비가 붙었을 때에도 표정으로 모든 걸 다 해결했었는데 오늘도 그렇게 잘 해결된 것 같았다. 하지만, 오늘 판성메이가 복도에 서서 그 싸움을 관람했다면 분명히 취샤오샤오의 미움을 샀을 게 분명했다. 급히 관쥐얼을 안으로 들여보냈다. 하지만 문이 활짝 열려 있어서 취샤오샤오가 하는 말을 다 들을 수 있었다.

"나도 언젠가는 좋은 일을 하겠지. 우리 착한 쥐얼, 내가 오늘 너한테 큰 은혜를 입었다. 언제든 말해, 내가 이 은혜는 꼭 갚을게. 꼭!"

"별 것도 아닌 일 같고 무슨 은혜까지야. 나 씻는다…."

"뭘 보는 거야. 왜 그렇게 쳐다봐?"

"너 방금 전까지 싸우고 있었던 거 아니야? 흥분한 거 아니야?"

"이런 싸움가지고 뭘, 내가 어렸을 때 했던 패싸움하는 걸 못 봐서 그래. 궁금하지? 언제 날 잡아서 맥주 한 잔 사. 내가 이야기보따리를 풀어주지."

관쥐얼은 3초 정도 멍하니 취샤오샤오를 바라보다가 갑자기 후다닥 화장실로 들어갔다. 그리고 문 뒤에 서서 큰 소리로 외쳤다.

"이런 불여우 같으니라고."

취샤오샤오는 하하하 신나게 웃더니 판성메이와 추잉잉의 침실을 슥 한번 훑어보고 아름다운 자태를 뽐내며 집으로 돌아갔다. 아무렇지 않은 척 했지만 마음속으론 자오치핑과 아빠가 무슨 얘기를 나눌지 매우 신경 쓰였다. 아직 때가 안됐는데, 아직 그와의 달콤한 시간을 충분히 보내지도 못했는데, 갑자기 아빠와 마주치게 되다니.

이게 좋은 일인지 나쁜 일인지 당최 구분이 되지 않았다. 물론 아빠의 마음은 안중에도 없었다. 단지 자오치핑이 아빠를 맘에 들어 하지 않을까 그게 걱정이었다. 특히 오늘 밤에 벌어진 드라마 같은 황당한 상황이 신경 쓰였다.

집에 돌아온 취샤오샤오는 몇 분 간격으로 자오치핑에게 전화를 걸었다. 하지만 운전 중이던 그는 아버지와 한참 얘기를 나누느라 수신자가 누구인지만 확인하고 전화를 끊어버렸다. 아버지를 모셔다 드리고 나서야 그녀의 전화를 받았다. 그는 아무런 말없이 그저 웃기만 했다. 웃다가 숨이 넘어갈 지경이었다.

그의 웃음소리를 들으니 취샤오샤오도 한결 마음이 놓였다.

"왜 웃는데? 어? 뭐가 웃긴 건데?"

"아빠, 아빠, 우리 아빠 최고, 좋은 우리 아빠…. 하하하하…. 너 정말 대단하다, 정말 못됐어."

"헤헤, 그래도 뭐 욕을 한 건 아니니까. 우리 아빠가 뭐라고 하셔?"

"아버지께서 날 아주 연구하시더라고. 하하. 지금 말하면 너무 웃겨서 위험할 것 같으니까, 지금 너희 집으로 갈게. 자지 말고 기다려."

"흥, 오빠도 능구렁이야. 방금 우리 아빠한테는 집으로 간다고 하더니, 흥."

취샤오샤오는 마음이 놓이자 이리저리 방안을 뛰어다녔다. 그녀의 사랑은 정말 진심이었다. 처음 그 사람 목소리를 들었을 때 그와 계속 함께 할 거란 건 알았지만, 정말 이렇게 현실이 되다니.

그녀는 마음에 평안이 오자 힘이 넘쳐서 뭐라도 해야 할 것 같았다. 그냥 집에서 기다리고만 있을 수는 없어서 2202호로 달려갔지만 아쉽게도 2202호 문은 닫혀 있었다. 그녀는 거기에 가봤자 자기를 무시하는 사람밖에 없는 건 알았지만 그래도 문을 두드렸다. 관쥐얼은 샤워 중이었고 판성메이는 화장을 지우고 있어서 그나마 할 일 없는 추잉잉이 문을 열어주러 갔다. 추잉잉은 취샤오샤오인 것을 알고 말했다.

"나 보러 온 거 아니니까, 나도 문 안 열어줄 거야."

추잉잉의 말에 판성메이가 피식 웃었다. 취샤오샤오도 웃음이 빵 터졌다.

"나 너 보러 온 건데, 너랑 싸우러 온 거야. 왜, 겁나냐?"

"누가 겁난대?"

추잉잉이 흥분하려고 하자 판성메이가 은근 슬쩍 말했다.

"속지마라."

추잉잉은 황급히 잡고 있던 손잡이에서 손을 뗐다.

"군자는 소인과 싸우지 않는다고 했어. 내가 어디 너한테 넘어가나 봐라."

취샤오샤오가 또 크게 웃었다.

"알겠어. 아이고, 무서워라. 네가 후이타이랑(灰太狼, 중국의 뽀로로급 캐릭터)이다. 여기 22층에서 네가 최고라고. 넌 정말 피도 눈물도 없는 막돼먹은 추잉잉이야. 이 악당 추잉잉."

"네가 더 막 돼 먹었지. 집에 남자가 수시로 드나들고, 그러니까 아빠가 쫓아와서 불륜이니 뭐니 하시지. 너야말로 인간쓰레기야."

추잉잉은 자기가 제일 못됐다고 했지만 취샤오샤오가 자기를 악당이니 뭐니 몰아세우자 화가 나서 참을 수가 없었다.

"내가 인간쓰레기라도 남자한테 이용당하고 버림받는 것보다 훨씬 낫지."

"둘 다 그만해!"

2202호에 사는 요조숙녀도 더 이상 참을 수 없었던 모양이다. 관쥐얼의 목소리가 화장실을 뚫고 날카롭게 귀에 꽂혔다. 그러자 취샤오샤오도 아랫배에 잔뜩 힘을 주고 복도에서 큰 소리를 질렀다.

"쥐얼, 우리 착한 쥐얼, 나 너 만나러 온 거야."

얼마 지나지 않아 관쥐얼이 머리가 젖은 채 달려 나왔다. 나와서는 취샤오샤오와 추잉잉을 떼어놓기 위해 일단 문을 닫았다.

"무슨 일이야, 무슨 일인데 이렇게 시끄럽게 하는 거야."

"중요한 일이지, 아주 좋은 일이기도 하고. 지난번에 물어봤던 거 있잖아. 댄스 배우는 거. 찾았어? 나도 같이 배울까 해서."

"찾았어, 요즘 일이 좀 많아서 내일 시간이 나면 한번 가보려고 했지. 체험수업도 한번 들어보고."

"그럼 나도 내일 같이 가자, 너는 수업을 맡고, 난 수강료를 맡고.

나랑 너랑 그리고 앤디까지 같이 하면 수강료는 조정해볼 수 있을 거야."

"와, 돈 많은 사람이 더 하다더니, 그 말이 맞네."

"인색해지지 않으면 부자가 될 수 없지, 그리고 돈을 좋아해야 돈복도 생기는 거야. 쥐얼, 나 좀 다시 다정하게 바라봐봐."

취샤오샤오가 그녀의 어깨를 꼭 잡고 유심히 들여다봤다. 관쥐얼은 잠시 가만히 있다가 다시 정신을 차리고 취샤오샤오의 손을 팍 쳤다. 그제야 취샤오샤오가 크게 웃으며 집으로 돌아갔다.

관쥐얼은 따라가서 욕을 한마디 하고는 주머니 속에서 열쇠를 꺼내 문을 열었다. 판성메이 방 앞에 서 있던 추잉잉은 문을 열고 들어오는 관쥐얼과 마주치자, 얼굴을 홱 돌리고는 못 본척하고 지나갔다. 추잉잉은 관쥐얼이 자신의 입장을 확실히 하지 않고 취샤오샤오와 웃고 떠드는 것이 마음에 들지 않았던 것이다. 그냥 모른 척 하고 이런 저런 얘기로 추잉잉의 화를 풀어주고 싶었지만 몇 걸음 더 가다가 다시 돌아왔다.

"잉잉, 적의 친구라고 해도 적은 아니라고 했잖아. 그리고 적의 적이라고 해도 친구는 아니지. 네가 나랑 취샤오샤오를 같은 편이라고 생각한다면, 난 오늘 밤 너무 속상해서 잠도 제대로 못 잘 거야."

"하지만 내 앞에서 취샤오샤오랑 아주 친하게 이야기를 나눴잖아. 취샤오샤오가 얼마나 득의양양하던지."

"내가 처음에 왜 이렇게 시끄럽냐고 하고, 마지막에는 욕까지 했다고! 그게 중요한 거 아니야? 평소에 내가 너한테 얼마나 잘하는지 생각도 안나는 거구나, 나 정말 억울하다."

추잉잉은 잠자코 있었다. 자기도 모르게 취샤오샤오가 어제 욕을 마구 퍼부으며 은혜를 원수로 갚은 일이 생각났다.

"나는 정말 은혜를 원수로 갚는 사람인가 봐."

"어?"

관쥐얼은 어리둥절한 표정으로 판성메이에게 도움의 눈빛을 보냈다. 판성메이가 잉잉을 달랬다.

"어제 취샤오샤오가 잉잉한테 욕을 퍼부었었거든, 모든 책임을 싹 다 떠넘기더라고. 너랑은 아무 상관없어. 이런 일이 있었는지도 몰랐잖아. 그래서 오늘 잉잉이 저렇게 화가 난 거야."

"아, 미안해. 나도 들어가서 반성할게. 모두 잘 자."

관쥐얼은 몹시 난처해하며 아무 변명도 하지 않고 사과만 하고 자리를 떠났다. 관쥐얼이 자리를 뜨자 추잉잉은 혼자서 중얼거렸다.

"나 요즘 왜 이러지…. 정상이 아닌 게 분명해. 정말 얄미운 짓만 하고 있잖아. 대체 뭐가 문제지?"

"네가 솔직하고 감정을 잘 못 숨기는 성격이라 그래. 요즘 감정적인 문제에 부딪히다 보니 마음이 좀 힘들어져서 주변 친구에게 신경질을 내는 거지. 그런데 잉잉, 친구가 화풀이 대상은 아니야. 아무리 좋은 성격이라도 계속 그러면 참기 힘들 수도 있어. 쥐얼이 얼마나 좋은 친군데. 너한테 좋은 얘기도 해주고 이런 좋은 친구가 또 어디 있어. 아무 말도 안 하고 그냥 들어주기만 하잖아. 그리고 끊임없이 도와주고 있고. 만약에 성격이 안 좋았으면 도와주면서도 뭐라고 했을 거야. 사실 따지고 보면 모두 다 널 위한 일이야. 너무 조급해 하지 말고 마음이 좀 가라앉을 때까지 기다려봐. 그러고 나서 네 자신을 돌아보는 시간을 갖는 게 좋을 것 같아. 사람이 궁지에 몰리면 누구나 극단적으로 행동할 수밖에 없어. 그래서 친구 사이에도 이해가 필요한 거고. 관계가 이미 깨져버린 상태에서 다시 고치는 건 정말 어려운 일이거든."

추잉잉만 그 말을 듣고 있었던 건 아니다. 관쥐얼도 판성메이의 말을 한 자도 놓치지 않고 가만히 듣고 있었다. 그 말을 들으면 누구라도 고개를 끄덕일 것이다. 사실 그녀 자신도 말을 마치고 나서 새어나오는 한숨을 막을 순 없었다. 무슨 말이든 하기는 쉬워도 직접 행동으로 하기는 어려운 법이니까. 사람이 어디까지 단련이 되어야 자기마음대로 감정을 컨트롤할 수 있는 걸까.

집으로 돌아온 취샤오샤오는 휴대폰을 들고 어디론가 전화를 걸었다.

"여보세요. 너 지금 만나는 사람 있어? 진짜 없어? OK. 이 누나가 너랑 어울릴만한 좋은 여자를 1명 찾았어. 조신하고 일도 잘하고 부지런하고 성격도 좋아. 아! 그리고 바이올린도 할 줄 알고 나름 자기 소신도 있어. 방금 내가 유심히 살펴봤는데, 뭐 나보다 예쁘진 않지만 싫증날 스타일은 아니야. 24~5살 정도 된 것 같은데…. 뭐라고? 말도 안 되는 소리하지 마. 너랑 나랑은 같은 부류지만, 그 애는 달라. 내 이웃이야…. 맞아, 매너 없이 굴지 말고 점잖게 굴라고. 사람이 내면을 볼 줄 알아야지, 그래도 내 친구 중에 그나마 네가 좀 내세울 만해서 그런 거니까…. 내일이나 모레 저녁쯤 시간 내봐. 주소는 그때 가서 알려줄게…. 다시 한 번 말하는데, 정말 진지하게 해, 장난치지 말고. 만약에 조금이라도 장난하는 기미가 보이면 아주 죽을 줄 알아."

2월 4일 입춘. 드디어 '봄'이란 말이 어울리는 계절이 왔다. 하지만 문을 나서자마자 느껴지는 한기 때문에 이른 아침의 운동은 큰 용기가 필요했다. 털모자와 장갑으로 무장한 앤디가 문을 나섰다. 막 밖으로 나가려는데 어떤 사람이 앤디에게 반갑게 인사를 했다.

"앤디, 생일 축하해요. 저는 바오 사장님의 기사예요."

깜짝 놀란 앤디는 오늘이 자신의 여권에 표기된 생일이라는 것이 생각났다.

"아, 고마워요. 아침 일찍부터 누구 기다리시나 봐요? 제가 올라가서 대신 찾아드릴까요?"

기사는 말없이 웃었다.

"저는 바오 사장님의 심부름으로 생일 선물을 전해드리러 온 거예요. 오래 기다리면 선물이 망가질까 봐 차에 두었습니다. 잠깐만 기다려주세요. 지금 가져오겠습니다."

"저도 같이 갈게요." 앤디는 기사를 따라나섰다.

저 앞에 벤츠 S500이 서 있는 것을 보자 웃음이 터져 나와 참을 수가 없었다. 이 차에는 참 많은 사연이 있었다. 바오 부인와 그녀의 남편이 호텔에서 만난 후 다음 날 이 차를 타고 함께 공항으로 갔었다. 기사가 차 안에서 선물을 꺼내는걸 보니 세련된 액세서리 케이스가 아니라 뜻밖에도 커다란 보온 파우치였다.

"보온 파우치 안에 하이시에 있는 같은 고향출신 셰프가 오늘 아침 만든 게살 샤오룽바오와 특별 제작한 떡이 들어 있어요. 바오 사장님께서 당신이 좋아하는 음식이라고 하셨어요."

"와!" 선물을 건네받은 앤디는 마음이 따듯해졌다.

바오이판이 자신의 생일을 기억하는 것과 마음을 다해 정성껏 생일을 챙겨준 것은 별개의 일이었다. 앤디는 웃으면서 보온 파우치를 품에 안고 집으로 향했다. 기사에게 고맙다는 인사를 전하는 것도 잊지 않았다. 팁이라도 주고 싶었지만 운동하러 나온 길이어서 손에 아무것도 들고 나오지 않았다. 언제 시간을 내서 식사초대를 하겠다는 말로 고마움을 대신했다. 앤디는 집에 들어오자마자 보온 파우치를 열어 온기가 가득한 음식을 꺼내보았다. 샤오룽바오를 하나 입에 물고 바이오판에게 전화를 걸었다. 이른 시간이었지만 그도 일어나 있었다.
바오이판은 전화를 받자마자 진심으로 앤디를 축하해줬다.
"허니. 생일 축하해요."
"정말 놀랐어요. 생각도 못했는데, 게다가 오늘은 제 진짜 생일이 아니에요. 어제 아무 말도 안 하더니. 나 지금 샤오룽바오 먹고 있는데, 정말 맛있네요."
"내가 직접 못 가서 정말 미안해요, 연휴 전이라 할 일이 너무 많네요, 연휴 때 유럽에서 마저 축하하기로 해요. 지금 일손을 구하기가 갈수록 어려워지고 경쟁사로 옮겨가는 경우도 점점 늘어나고 있어서. 연휴 전에 회사차를 배치해서 집에 다녀 올 수 있도록 도와줘야 해요. 또 크고 작은 회의도 많네요. 직원들 사기도 올려줘야 하고. 하아."
"괜찮아요, 나는…."
"하하, 지금 열심히 먹고 있군요? 당신이 좋으면 상관없어요. 그래도 먹으면서 내 얘기를 들어줘요. 어머니가 집으로 돌아가셔서는 태도를 바꾸셨어요, 다시는 우리 일에 간섭하지 않기로 약속하셨어요. 그리고 다른 사람을 통해서 당신의 개인적인 일도 조사하기 않기로 하셨고요. 또…."
앤디는 먹으면서 그가 하는 얘기를 들었다. 기쁘기도 하고 조금은 안심이 되었다. 조금은 과장된 것 같은 십여 가지의 약속을 다 들은 후에야 그녀도 용기를 내서 말했다.
"사실, 오늘은 내 생일이 아니에요. 내 생일은 6월 즈음인데, 정확하게 언제인지는 나도 잘 몰라요. 오늘은 우리 엄마 제삿날이에요. 사는 게 정말 힘드셨을 텐데, 날 포기하지 않고 혼자서 제가 3살이 될 때까지 키우셨으니. 돌아가신 그 날, 엄마는 이미 몸이 많이 야위었는데도 덮고 있던 가장 두꺼운 이불을 나한테 덮어주셨어요. 그게 아직도 어렴풋이 기억이 나요. 그날 밤이 지나고 우리는 고아원으로 가게 됐어요. 그래서 내 생일을 그 날로 기록해둔 거예요. 오늘 제일 미안해야 할 사람은 나예요. 살아오면서 처음으로 오늘 엄마가 생각났거든요. 당신에 대한 어머니의 뜨거운 사랑 덕에 뭔가 깨닫게 된 것 같아요. 고마워요, 당신에게도 당신 어머니에게도. 난 정말 많은 걸 받네요."

바오이판은 한참 동안 조용히 있다가 말문을 열었다.

"정말 생각도 못했는데, 와, 공장을 돌리는 일이 정말 쉽지 않네요. 내 마음대로 되는 것도 없고. 오늘 내가 당신 곁에 있어줄게요. 당신 기분도 그렇게 좋을 것 같지 않고…."

"난 괜찮아요. 당신이랑 이런 얘기를 하고 나니 마음이 한결 가벼워졌어요. 그리고 이렇게 맛있는 아침도 먹고 있는데요, 뭘. 오늘 엄마가 생각나는 건 당연하죠…. 그래도 좀 힘들긴 하지만…."

"돌아가신 분을 기릴 때 보통 향을 피워놓고 술이랑 음식이랑 해서 한 상 차려놓고 제사를 지내잖아요. 내가 이따가 자세히 물어볼게요."

"아니에요, 그냥 마음으로 하면 돼요. I love you."

바오이판은 놀라서 눈썹을 번쩍 치켜 올렸다.

예전에는 그렇게 애를 써도 세 글자 말하기를 어려워하더니 오늘은 어떻게 된 거지? 무슨 일인지 모르겠다. 그리고 뒤이어 앤디 목소리가 다시 들렸다.

"이 떡도 진짜 맛있네요. 식어도 잘 먹을 수 있을 것 같아요. 택배로 좀 보내줘요. 많이많이…."

바오이판은 앤디가 조금씩 따뜻한 사람으로 변해가는 것 같았다.

인사관리 전문가의 교육 효과는 실로 장난이 아니었다. 어젯밤 판성메이의 공감과 충고의 말 한마디가 추잉잉을 움직였다. 그녀는 침대에 눕긴 했지만 생각을 멈출 수 없었다. 꿈에서도 친구들에게 미안한 마음이 들었다. 하지만 그 와중에도 억울함이 복받쳐 올랐다. 아무리 생각해도 자기가 뭘 잘못한 건지 알 수 없었다. 하지만 잉잉은 판성메이를 믿어보기로 했다. 판성메이가 제3자의 입장에서 분석해준 것이니 그녀에게 안 좋은 반응은 일어나지 않을 것 같았다. 추잉잉은 차마 관쥐얼을 의심할 수 없으니 무슨 일이 생기면 취샤오샤오에게 뒤집어씌우기로 했다.

화끈한 성격의 추잉잉은 기왕 이렇게 된 거 자신의 잘못을 인정하고 사과하기로 했다. 자기가 판단을 잘못했거나 취샤오샤오가 일부러 자기를 골탕 먹이려고 했다고 하더라도, 그동안 취샤오샤오에게 도움 받은 게 많은 건 사실이니, 자기가 먼저 가서 사과하기로 했다. 판성메이의 말처럼 친구 사이에 난 상처는 그냥 두면 나중에 치료가 어려운 법이니까 말이다.

추잉잉은 아침 일찍 일어나 앤디 집 문을 두드렸다. 22층에 사는 사람 중 앤디가 가장 일찍 일어나는 것을 알고 있었다. 앤디는 떡을 입에 문 채 문을 열었다. 추잉잉은 고개를 푹 떨구고 말했다.

"앤디 언니, 어젯밤 판성메이 언니가 충고해줬어. 생각해보니 요즘 내 정신상태가 이상해서 계속 일만 벌리고 다니고 친구들한테 못할 짓을 한 것 같아. 용서해줘. 마음에 들지 않는 부분이 있다면 언제든지 말해주고…. 내가 귀담아서 잘 들을게."

깜짝 놀란 앤디는 추잉잉을 바라보았다. 입에 물고 있던 떡이 넘어가서 하마터면 목에 걸릴 뻔 했다.

"좋아, 네 뜻이 그렇다면 듣기 싫을 수도 있겠지만 딱 두 가지만 얘기해줄게. 내 말을 믿는 편이 좋을 거야. 첫째, 너랑 잉친의 사이에서 너는 아무 잘못 없어. 둘째, 잉친이 좀 보수적이야. 연휴 때 차로 같이 집에 간다고 해도, 또 네가 지금보다 더 노력한다고 해도 잉친은 너에 대한 태도를 쉽게 바꾸지 않을 가능성이 매우 커."

추잉잉은 눈을 똥그랗게 뜨고 멍하니 앤디의 말을 듣고 있었다. 한참을 멍하니 있더니 눈가에 눈물이 고이기 시작했다.

"맞아, 좋은 약이 입에 쓰다고 했으니까…."

그러더니 갑자기 닭똥 같은 눈물이 뚝뚝 떨어졌다. 추잉잉은 얼굴에 눈물범벅이 되도록 흐느껴 울었다. 이른 아침부터 사과를 하러 왔다가 오히려 멘붕이 와버린 것이다. 특히 앤디가 말한 두 번째 얘기가 가슴 아프게 파고들었다. 앤디는 그저 추잉잉의 뒷모습만 바라 볼 뿐이었다. 그것 말고는 할 수 있는 일이 없었다.

판성메이 역시 할 수 있는 일이 없었다. 그녀는 잉친과 만나 이야기를 나누고 나서 서로 다른 세계에 사는 사람들이 함께 하는 것이 얼마나 어려운 일인지 알게 되었다. 아침에 추잉잉이 무슨 일을 겪었는지 알고 있었지만 그녀 역시 "그게 사실이야?"라는 말만 되물으며 잉잉을 꼭 안아주고 그녀가 실컷 울 수 있도록 어깨를 빌려 줄 수밖에 없었다. 그러다 얼마 안 있어 시끄러운 소리에 관쥐얼도 일어났다. 세 사람은 서로 꼭 껴안았다.

잉친은 앤디에게 전화를 걸어 기차표를 주러 온다고 했다. 앤디는 한창 바쁜 시간이어서 추잉잉에게 직접 주는 게 낫겠다고 했지만 잉친은 대답이 없었다. 어쩔 수 없이 앤디는 점심에 잉친을 만나기로 약속을 잡았다.

IT업계에서 일하는 잉친은 크로스백을 메고 으리으리한 빛을 내뿜는 고층 빌딩 로비에서 앤디를 기다렸다. 잉친은 그곳과는 전혀 어울리지 않았다. 엘리베이터에서 내린 앤디는 그를 한눈에 알아보고 인사를 했지만 잉친은 앤디가 확 눈에 띄지 않았는지 그녀가 자신의 눈앞까지 와서야 그녀를 알아봤다.

"기차표? 비행기 표일리는 없겠지."

잉친은 기차표를 만지작거리다가 앤디에게 건네주었다. 앤디는 기차표가 어떻게 생겼는지 잘 몰랐지만 그가 가짜 표를 가져왔을 리 없다고 믿었다.

"같이 밥이나 먹죠? 제가 낼게요."

"아니에요. 빨리 들어가 봐야 해서요. 표를 드렸으니 됐어요."

"그러지 말고 같이 먹어요. 사과도 할 겸 해서요. 오늘이 내 생일이거든요, 못 믿겠으면 올라가서 여권을 보여줄 수도 있어요."

그의 입술이 떨려왔다. 마음속으로 갈등하는 눈치였지만 결국 함께 점심을 먹으러 갔다. 가는 길에 그녀는 지갑에서 기차표 값을 꺼내 잉친에게 내밀었다.

"기차표 사기 힘들지 않아요?"

그는 앤디가 내민 돈을 다시 거절했다. 그의 동작은 한 치의 오차도 없이 매우 정확하게 앤디의 손이 아니라 지폐에 닿았다. 앤디와 서로 손이 닿지 않기 위함이었다.

"계속 생각하면 결국에 살 방법이 생겨요. 기차표 값은 됐어요. 제가 잘못한 거니까 그냥 이건 추잉잉에게 전해주세요."

"설마 암표를 산건 아니죠? 그런 거면 비행기 표보다 훨씬 비쌌을 텐데? 그러고 보면 직접 차를 몰고 가는 게 훨씬 편하지 않아요?"

"헤어져서 마음이 아프긴 하겠지만 그래도 단호하게 관계를 정리하는 게 맞는 것 같아요. 그래야 모두에게 좋잖아요. 같이 차를 타고 갔다면 훨씬 불편했을 거예요. 가는 길에 제가 무슨 얘길 할 수 있겠어요? 말도 안 되죠. 저도 생각을 안 해본 건 아닌데, 차라리 돈을 더 많이 쓰더라도 이게 나을 것 같아요."

"안타깝네요."

그는 앤디가 무슨 말을 할까 기다렸다. 하지만 한참을 기다려도 안타깝다는 말 뒤에 아무 말도 뒤따르지 않았다. 그러자 오히려 잉친이 물었다.

"어떤 점이 안타깝다는 거죠?"

"저는 서른이 넘었어요. 한 달 전까지만 해도 이성과의 감정을 지난 30년 동안 줄곧 무시해왔어요. 다른 사람이 어떻게 하든 그건 반대하지 않았지만 저는 절대적으로 이성과의 거리를 유지해왔죠. 심지어 동성 간의 어떠한 접촉도 거부했어요. 수많은 사람들의 '날 이해할 수 없다.'는 말을 모두 반박해왔죠, 내 자신만의 이론체계가 있었으니까요. 아마 당신도 그렇지 않나 싶네요. 제가 당신을 설득할 거라고 생각했죠? 하지만 아니에요. 난 당신을 설득할 생각은 없어요."

"당신 이론체계가 얼마나 완벽할지는 안 봐도 알 것 같네요. 당신이 완벽한 이론으로 나를 설득시키면 제가 잉잉한테 돌아갈 수 있을 것 같기도 해요."

"역지사지죠. 예전에 날 설득시킨 사람은 하나도 없었어요. 그래서 오늘 나도 당신을 설득하지 않을 거예요. 나도 증명할 수 없는 일을 다른 사람에게 하라고 할 수는 없으니까요. 내가 변할 수 있었던 건 우연히 사랑하는 사람을 만나게 되면서고, 또 며칠 전 일어난 일에 많은 영향을 받았어요. 내가 3살 때부터 갖고 있던 고집이 정말 완전히 싹 바뀌어버렸죠. 그 후에 알았어요. 사람을 볼 때 가장 중요한 건 그 사람의 마음을 보는 거라는 걸. 그리고 모든 일에 너그러운 마음을 가져야 한다는 것을 말이죠. 정말 묘해요. 정리를 해보려고 해도 말로는 잘 정리가 안 되더라고요. 미안해요. 그런데 한편으로는 다행이기도 해요. 그래도 이런 고집이 없었으면 사랑하는 사람을 제대로 만나지 못했을 테니까요. 그동안 이런 저런 투정이 심해서 많은 일이 있기도 했었죠. 다행히 엄청난 용기를 발휘해주었죠. 만약 그렇지 않았다면 몇 년 후 나는 오늘의 내 모습을 보고 똑같이 말했을 거예요. 안타깝다고."

"방금 저에게 말한 '안타깝다'와 지금 '안타깝다'가 같은 의미인가요? 아니면 암시적인 무언가가 있는 건가요?"

"그게 다예요."

"그런데 저는 당신이 뭔가 돌려서 나를 설득하고 있는 것처럼 보이네요."

"지금 누군가 자기를 설득해줄 사람을 찾고 있는데, 그걸 잠재의식적으로 인정하고 싶지 않은 거겠죠. 계속 내가 왜 그랬는지를 묻고 있잖아요. 내가 당신이라면 '안타깝다'에서 바로 화제를 돌렸을 거예요."

"어, 아니에요. 절대 아니에요. 옛정 때문에 관계를 질질 끄는 건 서로에게 무책임한 행동이라고 봐요."

"나도 그건 아니라고 봐요. 지금까지는 뒷받침해줄만한 증거를 찾지 못했죠, 그저 직감에 의존해서 하는 거니까 그다지 과학적이진 않죠. 방금 한 말은 취소할게요. 미안해요."

"받아들이죠."

두 사람은 식당으로 들어간 이후로 이와 관련된 말을 일체 꺼내지 않았다. 특히 잉친은 앤디가 착각할까 봐 더 신경을 쓰는 것 같았다. 하지만 신경을 쓸수록 더욱 어떻게 해야 할지 몰랐다. 잉친은 밥이 코로 들어가는지 입으로 들어가는지 몰랐다. 하지만 앤디는 아무렇지 않았다. 그저 잉친의 입장을 헤아려보려고 했을 뿐 그를 설득할 생각은 조금도 없었기 때문이다.

취샤오샤오는 거의 퇴근할 때쯤 저녁 스케줄이 없는 것을 확인하고 관쥐얼에게 전화를 걸어 피트니스 센터 주소와 만날 장소를 확인했다. 그리고 시간과 장소를 친구에게 전송한 후 친구와 우연을 가장한 만남의 시간을 정했다. 모든 준비를 마치고나자 그녀는 몹시 만족스러웠다. 그리고 케이크를 사서 앤디의 생일을 축하해주기 위해 부리나케 달려갔다. 가는 도중에 관쥐얼에게 문자를 하나 더 보냈다.

"오늘 앤디 생일인 거 알지?"

"몰라, 아무 말도 안 하던데, 내가 남의 사생활을 일일이 물어보는 것도 아니고."

"지난 번 판성메이 아버지를 고향에 모셔다 드릴 때 내가 앤디 언니 여권을 봤거든. 케이크는 내가 샀는데, 우리 둘이 한 걸로 하자. 넌 그냥 앤디 언니 회사로 가서 기다리고 있어. 저녁이나 같이 먹게. 만약에 앤디 언니가 저녁에 약속이 있다고 하면 그냥 케이크만 주고 오면 되니까."

"그럼 잉잉이랑 성메이 언니도 같이 하는 게 어때?"

"알았어, 알았어. 네 말대로 하자."

관쥐얼은 퇴근 준비를 하면서 판성메이와 추잉잉에게 전화를 걸어 이 소식을 전했다.

기차표를 받은 앤디는 추잉잉에게 어떻게 전해주면 좋을지 고민하느라 골치가 아팠다. 분명히 추잉잉은 단순히 기차표만이 아니라 더 많은 일들을 상상하고 있을 것이 뻔했다. 오늘 아침, 추잉잉의 울먹이던 모습이 떠올라 가슴이 아팠다. 만약 기차표가 잉친의 생각을 증명하는 것이라면 그녀가 더 상처받지 않을까? 앤디는 고심 끝에

이 일을 인사관리 전문가인 판성메이에게 넘기기로 결정했다. 판성메이는 사람을 제대로 구스를 수 있는 엄청난 고수가 아닌가.

판성메이의 생일 축하 전화를 받자마자 앤디는 바로 추잉잉의 일을 상의했다.

"들어보니까 한 가닥 희망도 없네. 잉친은 이미 모든 문을 닫아버렸어. 길도 막아버렸고. 이따가 기차표 나한테 줘. 내가 잉잉이랑 천천히 얘기해볼게."

판성메이는 앤디가 이 문제를 자기와 상의해줘서 내심 기뻤다.

"OK, 이따 집에 가서 잘 얘기해줘. 오늘은 내가 쏠게! 우리 동네에서 실컷 먹어보자고! 분위기도 좀 내고."

판성메이는 관쥐얼의 전화를 받고 바로 앤디에게 전화를 걸어 생일축하 인사를 전했고, 추잉잉은 집에 가는 길에 전화를 받아서 집에 가서 직접 축하해줄 생각이었다. 그녀가 생일축하 인사를 전할 때 쯤 22층의 다섯 사람은 모두 아파트 근처 호텔 식당에 모였다. 그들은 더할 나위 없이 즐거워보였다.

식사를 마친 후, 판성메이는 관쥐얼을 따라 벨리댄스 수업에 몹시 가고 싶었다. 그녀의 오빠 일을 어느 정도 처리하고 나니 그제야 그녀에게도 조금의 여유가 생겼다. 하지만 무엇보다 중요한 임무가 있었기 때문에 그녀는 다른 사람들과 인사를 나누고 추잉잉만 데리고 집으로 향했다.

판성메이는 마치 아무 일 없는 것처럼 태연하게 인터넷에 올라온 이야기를 꺼냈다.

"어느날 아내가 프로그래머 남편에게 전화를 걸어, 퇴근하고 오는 길에 '우유 하나 사 와, 달걀 있으면 6개 사오고.' 라고 했대. 그랬더니 남편이 우유를 6개 사왔대. 그래서 아내가 '왜 우유를 6개나 사왔어!'라고 물으니 남편 왈 '달걀이 있길래 6개 사왔지.'라고 했대. 너무 웃기지 않아?" (프로그래머의 사고 방식을 기준으로 한 유머로, 달걀이 있으면을 조건(IF)으로 입력하고 달걀이 있으면 우유 6개 사오라는 것으로 답을 산출하여 결국 우유를 6개 사왔다는 공대생 유머임. -편집자 주)

추잉잉은 잠깐 웃고 말았다. 프로그래머의 뇌 구조를 이해하기 힘들었다.

"뭐, 누구나 다 똑같겠지."

"잉친은? 그 사람은 비슷하기는커녕 완전 다를 거야. 앤디가 잉친한테 너가 기차표를 미리 사야 하는데 시간 끄느라 못 샀다고 물어내라고 했대. 그랬더니 잉친이 무슨 수를 썼는지 기차표를 사왔다고 하더라고. 내 방에 뒀어. 걔 머릿속에는 처음부터 너랑 같이 차로 고향에 갈 생각이 없었던 거야. 진짜 이상해, 프로그래머라는 사람이 무슨 생각을 하는 건지…. 앤디도 나한테 기차표를 주면서 이해를 못 하는 것 같더라고. 방금 한 얘기를 해줬더니 좀 일찍 알았으면 자기가 잉친한테 그냥 차를 타고 가는 방법만 얘기했을 거라고…. 올해 기차표 사기 하늘에 별 따기인 거 알지? 그래서인지 위험해도 오토바이로 집에 돌아가는 사람도 많더라고. 기차표 살 엄두가 아예 안 나는 거지. 잉친도 엄청 손해를 봤을 거야. 기차표 사려고 몇 시간 동안 줄도 서야 했을 거고. 일등석 침대칸 구하는 게 정말 쉽지 않잖아. 그래도 자기가 말한 건 꼭 지키는 사람인 것 같긴 하다. 그리고 네 앞에서도 그렇게 위축되지도 않고."

판성메이는 이리저리 돌려서 겨우 말을 마무리 지었다. 추잉잉은 판성메이를 무척이나 믿고 따랐기 때문에 잉친이 자신을 일부러 화나게 하려고 했을 거라는 생각은 전혀 하지 않았다. 하지만 밀려오는 약간의 실망감과 서운함은 어쩔 수 없었다. 그리고 마음속에서 약간의 따스함이 느껴졌다. 그렇다. 상황은 판성메이가 예상한 대로 흘러가고 있었다.

집에 들어와 판성메이가 전해준 기차표를 보니 추잉잉은 자기도 모르게 한숨이 나왔다. 잉친과 함께 갈 수 있는 기회를 놓쳤는데 아쉽지 않을 수 있을까.

판성메이도 그 모습을 보고 그제야 한숨을 돌렸다.

뜻밖에 잡힌 저녁 모임으로 원래보다 조금 늦어진 세 사람은 바로 피트니스 센터로 향했다. 피트니스 센터에 도착하니 취샤오샤오의 친구는 이미 30분째 기다리고 있었다. 그녀는 친구를 보고 놀란 척 연기를 했다.

"어머, 하이시가 참 좁긴 한가보네, 여기서 친구를 다 만나고. 저기, 어이 훈남, 탕위윈! 잠깐만 나 인사만 하고 올게."

취샤오샤오는 깡충깡충 뛰어가더니 친구와 1미터 정도 떨어져서 소리를 질렀다.

"탕위윈, 이거 무슨 냄새야? 대체 정신이 있는 거야 없는 거야."

취샤오샤오는 이번 만남은 실패했다고 생각했다. 한쪽이 이렇게 성의 없이 나오면 안 봐도 뻔 한 일이었다.

탕위윈이 재빨리 손을 뒤로 감췄다.

"미안해, 토끼 오줌이 좀 묻었어. 수토끼 오줌. 내가 급한 일이 있어서 친구 만나러 온 건데, 미처 안에 입은 옷은 못 갈아입었어. 오늘 암토끼 한 마리가 새끼를 낳았거든. 수토끼가 우리 안을 계속 맴돌고 있더라고. 내가 쭈그리고 앉아서 암토끼가 어떤지 살펴보고 있는데, 그 사이에 언제 왔는지 엉덩이를 치켜들더니 오줌을 싸잖아. 어쩔 수 없었어. 그러고 보니까 벌써 여기저기 다 묻었더라고. 옷도 다 젖고.

하하하. 겉옷을 갈아입어도 냄새는 숨길 수 없구나. 미안해, 미안. 나한테 가까이 오지 마. 냄새가 배일 수도 있으니까."

탕위윈이 즐겁게 웃으면서 말하는 모습이 솔직담백해 보였는지 앤디와 관쥐얼도 덩달아 따라 웃었다.

"그랬으면 미리 말했어야지, 가까이 오지 말라고. 냄새가 아주 코를 찌르다 못해 비위까지 상하겠어. 책임져, 어쩔 거야."

하지만 취샤오샤오는 궁금함에 말을 이었다.

"토끼는 어떻게 새끼를 낳아? 한 번에 몇 마리나 낳아?"

"내가 영상 찍어 둔거 있어. 여기 일 마무리하고 집에 가서 옷 갈아입고 올 테니까 기다렸다가 우리 집에 가서 한번 보든지, 토끼가 얼마나 귀여운데."

"그래, 주소 줘봐. 1시간 후에 가는 걸로 할게."

그도 알았다고 했다. 그가 자리를 떠날 때 앤디와 관쥐얼을 지나갔는데 냄새가 거기까지 전해졌다. 하지만 두 사람은 취샤오샤오처럼 유난떨지 않고 최대한 그에게 예의를 갖춰 인사를 건넸다.

취샤오샤오는 코를 막고 있다가 로비를 벗어나서야 손을 뗐다.

"유기묘를 많이 돌보더니, 그러다 알게 된 수의사 친구야? 재밌는 친구네."

앤디가 물었다.

"재미있다고? 탕위윈은 어릴적 친구인데, 정말 점잖은 친구야. 수의사라니, 쟤 저래 뵈도 전기공학도야. 근데 지금 저 정도 수준이면 수의사보다 날 수도 있을걸. 쟤네 집이 옛날에 장난감 만들어서 수출하는 회사였는데, 작은 공장도 운영하고 정말 잘 살았거든. 근데 아버지가 마카오에서 도박을 하는 바람에 쟤네 엄마랑 쟤한테 빚을 잔뜩 남겨놓고 어디론가 떠나셨어. 지금까지도 행방이 묘연해. 원래는 아버지 사업을 이어받을 생각이 없었다가 어머니가 빚쟁이들한테 시달리는 걸 보고 공부를 그만두고 엄마 대신 빚을 갚기로 결심했어. 재미있는 게 아니라 정말 고단한 삶이지. 근데 걔가, 성격이 정말 좋아."

앤디와 관쥐얼은 그렇게 밝아 보이는 사람에게 이런 인생의 굴곡이 있다는 사실이 놀라웠다. 관쥐얼은 호기심에 입을 열었다.

"그럼 지금 목장 같은 걸 운영하고 있는 거야?"

취샤오샤오는 관쥐얼이 관심을 보이자 '예스! 됐다!' 하고 소리라도 지르고 싶었지만 아무렇지 않은척했다.

"너도 참, 하이시에 목장이 어디 있니? 원래 장난감 수출회사였다고 했잖아! 지금은 애완동물 장난감을 만들고 있어. 탕위윈은 한번 시작하면 끝장을 보는 스타일이거든. 햄스터를 위해서 전용 우리도 만들었잖아. 햄스터 알지? 작고, 하얀 것도 있고 무늬 있는 것도 있고. 암튼 햄스터가 어떻게 놀고 습성은 어떤지 관찰하려고 일부러 기르기도 했어. 기르면서 관찰일지를 엄청나게 쓰더니 2층, 3층으로 된 디즈니랜드처럼 생긴 우리를 만들더라고. 암튼 걔는 이것저것 해서 집안이 아주 정신없어. 작년에 아버지 빚을 다 갚았다고 하더라. 진짜 대단해. 걔네 집에 놀러 안 간 지 2년이나 돼서 지금은 어떤지 모르겠다. 한번 가보고 싶긴 하네."

"그럼 기다렸다가 같이 가볼래?"

앤디는 거절했다.

"난 집에 가서 할 일이 있어. 보고서 볼게 있거든."

취샤오샤오는 마음이 급해졌다. 앤디 아바타라고도 할 수 있는 관쥐얼이 앤디가 없으면 여기까지 와서 태도를 바꿀 수도 있었기 때문이다.

"그럼 먼저 가. 정말 분위기 깬다니까. 쥐얼, 나랑 같이 가자. 밤에

나 혼자 남자 집에 가면 좀 그렇잖아. 그리고 우리 의사 선생님이 알면 질투할 거야. 네가 가야 증인이 생기지."

취샤오샤오는 관쥐얼에게 딱 달라붙어 졸라대기 시작했다. 관쥐얼은 어쩔 수 없이 같이 가기로 했다. 그제야 취샤오샤오가 관쥐얼에게서 떨어졌다.

"내 친구가 왜 처음에 햄스터 장난감을 만들었는지 모르지? 예전에 나한테 한번 당했거든. 햄스터는 번식력이 뛰어나서 눈 깜작할 사이에 새끼를 낳아. 고등학교 때 옆집 친구가 호주로 이민을 가면서 기르던 햄스터를 어떠할까 고민하다가 탕위윈이라면 안심하고 맡길 수 있겠다 싶어서 나한테 전해달라고 부탁했었거든. 원래 두 마리 모두 암컷이었는데, 내가 한 마리를 몰래 수컷으로 바꿔치기를 했지. 그리고 탕위윈에게 암컷 한 마리, 수컷 한 마리를 준거지. 얼마 안 있다가 걔네집이 햄스터 천국이 돼 버렸어. 그 덕에 지금은 완전 햄스터 박사가 된 거지. 하하하하."

앤디와 관쥐얼은 서로 마주 보며 웃었다. 역시 취샤오샤오다웠다.

벨리댄스 선생님을 만나서 수업 방식에 대해 이야기를 나누던 중 취샤오샤오의 전화벨이 울렸다. 탕위윈의 전화였다. 그녀는 전화 받기 편한 곳으로 가서 전화를 받았다.

"어때? 어때?"

"괜찮아, 역시 네가 말한 대로 교양 있어 보이고. 내가 냄새를 풀풀 풍기는데도 내내 코를 막고 있던 너랑 달리 코도 막지 않더라. 그리고 내가 좀 가다가 돌아봤는데, 역시나 가식적인 액션은 하지 않더라고."

취샤오샤오는 내심 뿌듯했다.

"내가 언제 사람 보는 눈 틀린 적이 있었어? 아까 그렇게 냄새 풍기면서 소개팅 자리에 나온 거 이제 후회하지? 그래도 내가 센스를 발휘해서 좋은 이야기 좀 해뒀어. 내가 엄청 포장해서 얘기했더니 그녀도 너한테 관심을 보이는 눈치였어. 기다려봐, 여기 일 끝나면 너희 집에 동물 보러 갈게. 집 청소 깨끗이 해둬. 들어갔는데 홀아비 냄새 나게 하지 말고."

"내가 일부러 그런 건 아니잖아. 시간을 보니까 급해서 어쩔 수 없었어. 나 지각하는 거 싫어하잖아. 그러니까 네 말은 그녀도 나한테 관심이 있다는 거지? 어떻대? 내가 보기에 눈이 높아 보이던데, 왠지 한번 슥 훑어보기만 해도 뭔가를 알아낼 것 같아. 그럼 나랑 비슷한 또래가?"

취샤오샤오는 갑자기 멍해졌다.

"뭐라고? 너 누구 말하는 거야? 키 큰 사람 아니면 나랑 비슷한 사람?"

"키 큰 사람 아니야?"

"아이고, 그 사람은 너보다 5살이나 많아. 제정신이야? 그 사람은 네가 감히 넘볼 수 있는 사람이 아니란다. 내가 말한 사람은 다른 사람이야. 어때?"

"음…. 글쎄. 생각이 잘 안 나는데."

"조금도 안 나? 잘 생각해 봐."

"조금도 생각이 안 나. 미안. 이따가 자세히 볼게."

취샤오샤오는 한참동안 아무 말이 없었다.

"그냥 씻고 자, 오늘 안 갈래."

그녀는 이번 소개팅을 과감하게 접었다. 서로 얼굴도 보고 서로 소개도 하면서 몇 마디 주고받기까지 했는데도 아무런 인상도 남지 않았다면 계속 진행할 이유가 없었다. 다른 건 걱정되지 않았지만 정작 탕위인이 낚이지 않고 관쥐얼만 낚이는 꼴이 돼 버리면 혹시라도 좋은 일을 하려다가 도리어 상처만 주는 게 아닐지 걱정이 될 뿐이었다. 그녀는 앤디와 관쥐얼에게 돌아갔다.

"오늘 탕위윈네 집에 가지 말자. 그 자식이 자기한테 오줌을 싼 토끼를 잡아서 토끼 볶음탕을 만들어준다고 와서 먹으라잖아. 정말 피도 눈물도 없는 인간 같으니라고, 그래서 3년 동안 아는 척도 하지 말라고 했어."

관쥐얼은 어안이 벙벙했다.

"어떻게 그럴 수가 있어. 그럼 아까 말했던 햄스터는 어떻게 됐어?"

단순히 관쥐얼을 그의 집에 데려가지 않으려고 작은 거짓말을 한 것뿐인데 하나를 들으면 열을 궁금해하는 관쥐얼의 물음에 취샤오샤오는 잠깐 동안 아무런 대답도 못 하고 눈만 깜박거리고 있었다.

"나도 몰라, 안 물어봤어. 그 후에 나도 출국했거든."

관쥐얼도 다시 묻지 않았다. 그녀는 이 모든 상황이 취샤오샤오의 계획이었다는 것을 전혀 눈치 채지 못하고 역시 취샤오샤오의 친구답다는 생각만 했다. 금방 재미있어 하다가 금방 또 시들해지는, 역시 유유상종이란 말이 딱 맞았다.

22층으로 돌아오자마자, 모두가 추잉잉의 기분에 관심을 집중했다. 관쥐얼이 문을 열고 들어가니 추잉잉은 내일 먹을 도시락을 싸고 있었다. 그리 즐거워 보이진 않았지만 운 것 같지도 않았다. 굳이 말하지 않아도 모두가 그녀의 마음은 충분히 느낄 수 있었다. 앤디는 판성메이의 설득력에 놀라움을 금치 못했다.

설 연휴가 시작된 날, 22층의 모든 사람들은 모두 아쉬운 이별을 해야 했다. 앤디는 한밤중에 추잉잉을 기차역까지 데려다 주었다. 추잉잉은 타오바오에서 주문한 물건들을 백팩 2개에 가득히 나눠 담고 기차 탈 때 편하도록 하나는 앞으로 메고 하나는 뒤로 멨다. 또 그것만으로는 부족했는지 그녀의 손에는 쇼핑백까지 들려 있었다. 앤디가 아니었다면 연휴기간에 이런 비싼 일등석은 고사하고 입장권도 사지 못했을 것이다. 기차에 타려니 백팩에 눌려 선뜻 올라타기가 쉽지 않았다. 앤디는 창문 사이로 그녀가 기차에 올라타서 긴 통로를 걸어 일등석으로 들어가는 모습을 지켜보았다. 신기한지 사방을 이리저리 두리번거렸다. 기차역은 앤디가 생각했던 것과 크게 다르지 않았다. 기차만 신식으로 바뀌었을 뿐, 역시나 일반 칸은 사람들이 여기저기 서로 밀고 당기며 앞다투어 기차에 오르느라 북새통을 이루었다. 정말 복잡하고 시끄러웠다. 반대로 일등석은 그야말로 고요하고 평화로워보였다. 다른 세계처럼 보이기까지 했다.

앤디는 그날 잉친이 무엇이 안타까운지 계속 추궁하던 것이 문득 떠올랐다.

앤디가 고개를 돌리니 짐 정리를 마친 추잉잉이 자신을 향해 열심히 손을 저으며 이제 그만 돌아가라고 손짓했다. 그리고 손등을 눈가로 가져갔다. 앤디는 순간 당황했다. 연휴에 집으로 돌아가는 게 무슨 큰일이라고 눈물까지 흘리는 건지, 어차피 다시 돌아와서 만날 사람들인데 말이다. 그렇게 생각하면서도 자기도 모르게 눈가가 시려왔다. 그녀는 휴대폰은 꺼내 추잉잉에게 문자를 보냈다.

"잉친은 어쩌면 네가 연휴 끝나고 돌아오길 기대하고 있을지도 몰라."

"진짜? 진짜야?"

문자를 확인한 추잉잉은 입이 귀에 걸려서 계속해서 물었다. 추잉잉은 정말 기뻤다. 판성메이도 그렇고 앤디까지, 원래 잉친을 반대하던 사람들이 이렇게 말해주니 정말 희망이 있어 보였다. 추잉잉은 홍에 겨워 눈에서는 눈물이 계속 흘러나오는데도 이리저리 정신없이 손을 흔들었다.

그 시간 판성메이는 당연히 왕바이촨과 함께였다. 차 밀릴 걱정도 역에서 기다릴 필요도 없었기에 그녀는 화장을 곱게 마치고 마지막으로 향수까지 뿌리고 나왔다. 아무리 봐도 교외로 나들이 가는 사람이지 장거리 여행을 떠나는 사람처럼 보이진 않았다. 왕바이촨은 오늘도 어김없이 22층에서 그녀를 기다리고 있었다. 한 손에는 그녀의 옷이 가득 든 캐리어를 들고 다른 한손에는 가는 길에 필요한 요깃거리가 가득한 비닐 백을 들고 있었다.

바로 그때, 관쥐얼의 엄마가 딸의 집을 찾았다. 아래층에서 엄마를 마중하여 올라온 관쥐얼과 판성메이는 서로 꼭 끌어안으며 헤어짐의 인사를 나눴다. 그 모습을 지켜본 관쥐얼의 엄마는 웃으면서 판성메이에게 인사를 전했다.

그녀가 여유롭게 말했다.

"어머니, 저녁에 올라오신 거예요? 관쥐얼을 데리러 오신 거예요? 이렇게 자상한 엄마가 어디 있어요."

"어제 퇴근하고 왔으면 늦었지, 연말에 은행들이 바쁘잖아. 오늘 아침 날 밝기 전에 출발했지. 혼자 이렇게 멀리까지 운전하고 온 건 처음이네. 잠을 제대로 못 자서 그런지 무섭더라고. 그래도 일찍 와야 청소도 하고 출발해야 늦지 않게 도착하지. 집에서 하루 더 쉬면 돼."

"고생이 많으시네요. 좀 쉬세요. 관쥐얼은 방을 깨끗이 써서 그런 걱정 안 하셔도 돼요."

"아, 그래도 엄마 눈에는 마음이 놓이지 않아서 말이야. 어서 출발해, 날이 짧아서 어두워지면 운전하기 힘들잖아."

판성메이는 관쥐얼과 또 다시 포옹을 하고는 가방을 하나 들고 양손 가득 가방을 든 왕바이촨과 길을 나섰다. 판성메이가 떠나자마자 관쥐얼의 어머니가 말했다.

"화장을 너무 진하게 했다. 시댁에서 좋다고 하겠니? 저 남자는 멀쩡하고 능력도 있어 보이는데, 왜 판성메이 같은 애랑 만나는 거니!"

"두 사람 고등학교 동창이야. 엄마, 안에 들어가서 말해. 응?"

관쥐얼이 문을 닫고 들어갔다. 어머니는 아무 말도 없이 그녀의 방으로 곧장 들어갔다.

"아이고, 방에서 냄새나는 것 좀 봐라. 통풍이 안 되나 보다. 저번에 왔을 때는 날이 더워서 그런 줄 알았더니 평소에도 통풍을 안 시키는구나. 이건 정말 아닌 것 같다. 다음에 올 때 공기청정기 하나 가져와야겠어."

"엄마, 짐은 내가 다 쌌어. 잠깐 눈 좀 붙여. 점심 먹고 출발해도 괜찮으니까."

"안 자도 돼, 네 이불 좀 봐라…."

"안 더러워, 자주 빨아서 쓰고 있다고."

"방도 답답하고, 지금 다들 없으니까 한 번 벗겨서 빨아버리자. 집에 갔다 오면 깨끗한 걸로 쓸 수 있잖아. 그럼 기분도 상쾌하고 좋지. 행운도 절로 들어올걸. 옷 몇 개는 내가 빨아 줄 테니 내놔 봐. 보니까 소매랑 목깃 있는 데가 깨끗하지 않더라. 어디가 볕이 제일 잘 드니. 며칠 창가에 널어놓고 햇빛에 말리면 소독이 좀 되니까 그렇게 하자. 네가 가서 좀 찾아봐, 여기서 귀찮게 있지 말고, 내가 하는 게 빨라."

얼마 안 있어 문 두드리는 소리가 들려서 관쥐얼이 문을 열었다. 어머니도 잠시 하던 일은 멈추고 세탁실에서 나와 고개를 빠금 내밀었다.

취샤오샤오와 앤디였다. 취샤오샤오가 관쥐얼을 덥석 안았다. 그리고 손을 내밀어 어머니와 악수를 나눴다.

"어머니, 새해 복 많이 받으세요. 새해 인사드립니다."

취샤오샤오의 소음에 제법 익숙해진 관쥐얼이 앤디에게 물었다.

"둘이 같이 공항 가는 거야? 비행기 시간이 비슷한가보지?"

앤디의 얼굴이 찌푸려졌다.

"글쎄, 너무 태연하게 같은 방향 비행기 표를 산 거 있지. 어머니, 안녕하세요."

"딱 걸렸군! 둘 사이에 끼어들고 싶어서 그러는 거네."

"사랑해서 그런 거야. 앤디 언니가 답답할까 봐. 바오 사장님 일정에 회사 참관하는 스케줄이 몇 개 있더라고. 언니 혼자 있기 재미없잖아."

하지만 앤디는 계속해서 취샤오샤오를 흘겨봤다.

"그럼 자오치핑 씨랑 같이 당직이라도 서지 그래."

취샤오샤오는 그제야 안고 있던 관쥐얼을 놓아주었다.

"사실 자오지핑의 부모님이 오셨는데, 날 보고 싶어 하신대. 짜증나 죽겠어. 어디 도망갈 구실도 없는데 어떡해. 아직 다소곳하게 걷는 것도 못 배웠는데. 연휴 끝나고 나서 관쥐얼한테 한 달 정도 배우고 나서 다시 얘기해 보려고. 내가 지금 앤디 언니 말고 의지할 데가 어디 있어? 앤디 언니랑 바오 사장님이랑 같이 있으면 4개 국어나 하니까, 졸졸 따라다니기만 하면 넋 놓고 다녀도 바보가 되지는 않을 거야."

관쥐얼 어머니도 웃음을 터트렸다. 앤디만 여전히 인상을 찡그리고 있었다. 바오이판과 둘만 떠나려던 자유여행에 취샤오샤오가 같이 가다니!

취샤오샤오는 자발적으로 앤디의 가방을 가져다 멨다.

"대신 내가 가방 들어줄게, 됐지?"

취샤오샤오는 힘이 없어서 앤디의 캐리어까지는 들어줄 수 없었다.

관쥐얼의 어머니가 물었다.

"장거리 비행인데 필요한 건 다 챙긴 거야?"

"어머니, 걱정 마세요. 컬러 렌즈도 안 끼고 속눈썹도 안 붙였고, 하이힐도 안 신었고 화장도 하나도 안 했잖아요. 그냥 비행기에 타서 자고 일어나면 끝! 그럼 도착이죠! 저희 이만 가 볼게요."

취샤오샤오는 흐느적거리면서 관쥐얼을 지나 관쥐얼의 엄마를 껴안고는 정신없이 손을 흔들며 엘리베이터를 탔다.

하지만 관쥐얼의 엄마는 열심히 앤디에게 인사를 건넸다. 아마도 관쥐얼 입에서 하도 많이 들어서인지 자기 딸이 앤디처럼 됐으면 하는 마음뿐이었다.

취샤오샤오가 속삭이듯 말했다.

"실은 나 뽕도 안 넣었지롱. 미인한테는 선글라스만 있으면 되거든. 하하하. 아까 어머니 앞에서 이렇게 말했으면 오늘 걔네 엄마가 이사시켰을 수도 있어."

앤디는 고개를 푹 숙이고 어찌할 방법이 없어 취샤오샤오를 한번 노려보았다. 어젯밤 그녀가 앤디가 취잉잉을 데려다주고 돌아올 때를 기다렸다가 비행기 표를 보여주었을 때, 이번 연휴는 끝났다고 생각했다.

떠난 지 얼마 지나지 않아 판성메이는 할 일 없이 쉬고 있는 관쥐얼의 문자를 받았다. 결국 취샤오샤오가 앤디와 바오이판의 유럽여행에 끼어들었고 앤디는 전혀 기뻐하지 않는다는 내용이었다. 판성메이는 심히 걱정이 되었다. 하지만 왕바이촨은 전혀 아무렇지 않은 것 같았다.

"네가 왜 앤디 대신 걱정하고 그래, 그러지 마. 샤오샤오가 좀 제멋대로이긴 하지만 눈치가 빨라서 앤디를 화나게 하진 않을 거야."

"취샤오샤오가 앤디 앞에서 얌전한 고양이인 건 알지만 아놀드 슈왈제네거도 자기 집 가정부랑 바람이 났는데, 남자들의 자제력을 어떻게 믿을 수 있냐고! 말해 봐"

"그건 너무 편하했다. 너무 일반화 시키지 말아줘. 나는 좋은 남자잖아."

"너한테 갖다 대지 말고, 너는 바오이판 씨가 아니잖아."

"바오이판 씨는 줏대가 있는 사람이잖아, 걱정하지 마. 마음대로 생각하지 말고."

"그럼 누구는 뭐 줏대가 없나? 상대가 취샤오샤오잖아, 얼마나 불여우라고."

왕바이촨은 바로 백기를 들었다. 판성메이의 화를 돋우고 싶지 않았다. 그녀와 논쟁을 할 때면 그 만의 원칙이 있다. '무슨 일이든 판성메이가 무조건 옳다!'는 것.

벌써 22층에서만 취샤오샤오 때문에 두 커플이 깨진 적이 있기 때문에 그녀는 앤디에게 조심하라는 문자를 보내고 싶었지만 앤디는 추잉잉이 아니니까 조금은 안심이 되었다. 사실 추잉잉은 밑그림도 필요 없이 옆에서 코치하면 하는 대로 고분고분 따라왔다. 하지만 앤디는 달랐다. 그녀는 혹여나 말실수를 할까 봐 걱정이 되었다. 게다가 지금 두 사람이 같이 있을 텐데 취샤오샤오가 보기라도 하면 마음속으로 원한을 품을게 불 보듯 뻔했다. 도둑이 들까 무서운 게 아니라 도둑이 원한을 품을까 봐 무서운 것이다. 그녀는 취샤오샤오라면 원한을 품고도 남을 거라고 생각했다.

왕바이촨이 한참을 망설이다 말을 꺼냈다.

"걱정 말라니까. 세 사람 모두 똑똑한 사람들이잖아. 정, 앤디에게 말해주고 싶으면 취샤오샤오 모르게 해. 쓸데없는 말은 하지 말고."

그녀가 고개를 끄덕였다. 그리고 얼마간 생각에 잠긴 후 앤디에게 짧은 메시지를 보냈다.

"취샤오샤오는 우리의 남자 친구들과 놀기 좋아하는 거 알지? 꼭 명심해. 새해 복 많이 받아."

앤디는 빨간 불에 멈춰서고 나서야 문자를 확인했다. 화면에 판성메이의 이름이 뜬 걸 보고 취샤오샤오 모르게 문자를 확인했다. 역시나 민감한 판성메이라고 생각했다. 하지만 앤디는 눈살만 찌푸릴 뿐 아무것도 할 수 없었다. 취샤오샤오가 대놓고 비행기 표를 예약했는데, 이런 상황에서 대체 뭘 할 수 있을까. 게다가 국외로 나가면 취샤오샤오 혼자 떼어놓기에는 너무 냉정해 보일 수도 있고 말이다.

공항에 도착해서 고향에서 막 돌아온 바오이판을 만났다. 바오이판은 앤디가 장난하는 줄 알았다가 앤디 옆에서 해맑게 웃고 있는 취샤오샤오를 보고 얼굴이 새파랗게 질렸다.

"샤오샤오, 도착한 다음에 일정이 어떻게 돼요?"

"전 두 사람이랑 같이 갈 건데요. 두 사람이 일을 하면 난 자고, 두 사람이 연애를 하면 난 눈을 감고 있을게요. 신경 쓰지 말아요. 그냥 밥이나 같이 먹어주면 돼요."

하지만 바오이판은 앤디와 달리 정색하면서 말했다.

"안 돼요. 혼자서 개별적으로 움직여야 할 거예요. 우리랑 같이 다니는 건 허락할 수 없어요. 같이 밥을 안 먹겠다는 건 아네요. 숙녀분에게 무례를 범할 순 없죠."

"저는 괜찮아요. 상관없는데, 바오이판 씨 말대로 할게요."

"지금 와서 어떻게 일정을 짜라는 거예요. 바오 사장님, 이렇게 잔인하게 이국땅에 날 버리기라도 할 거예요?"

취샤오샤오는 정말 문자 그대로 가슴을 두드리며 발을 동동 굴렀다. 하지만 몇 초 지나지 않아 갑자기 웃기 시작했다.

"정말 너무들 하네! 좀 놀려볼까 했더니 머가 이렇게 진지해. 자, 그럼 난 나대로 다니기로 하죠 뭐. 나도 GI 공급업체도 가봐야 하고 간 김에 예전에 거래했던 회사도 몇 군데 가서 거래할 생각이 있는지 알아보러 갈 거예요. 이제 됐죠?"

앤디는 살짝 걱정이 되었다.

"정말 괜찮겠어? 너 영어 못하잖아?"

"뭐 어때, 이래봬도 유학파라고. 그리고 미인은 미소 하나면 어딜 가도 문제없지! 첫! 정말로 나를 안 데려 갈 모양이군!"

앤디는 반신반의했지만 취샤오샤오는 조금도 두렵지 않았다. 물론 그녀와 비슷한 수준의 친구들과 함께였지만 나름 미국에서 유학도 하고 왔고, 여름 방학 때 세계 여기저기 여행도 다녀왔다. 게다가 요즘은 휴대폰으로 얼마든지 지도도 볼 수 있고 현재 위치도 수시로 알려주기 때문에 두렵지 않았다.

앤디는 취샤오샤오가 잘난 체하는 모습을 보니 내심 화가 났다. 화장실에 다녀와서 말했다.

"자오치핑한테 문자 보내야겠다, 너 도망친 거라고!"

취샤오샤오는 깜짝 놀라는 것 같다가 바로 웃으면서 말했다.

"그 사람도 당연히 알고 있지. 젊은 솔로들은 명절에 다 당직을 서야 한대. 가정이 있는 사람들이 먼저 쉬는 거지, 아주 피를 토하면서 얘기하더라고. 자오치핑한테 연락하면 염장 지르는 거 밖에 더 되겠어."

"어? 이미 알고 있다고? 그럼 다행이다. 방금 놀려주려고 문자 보냈거든. 근데 보내고 나니까 조금 후회가 되더라고. 혹시라도 둘 사이에 오해라도 생길까 봐 걱정했는데 다행이네, 둘이 서로 얘기했다니까."

앤디는 양심의 가책이 느껴졌다.

"보냈다는 거야 안 보냈다는 거야?"

"보냈어, 원래 그냥 장난치려고 한 건데, 결과까진 생각 못 했네. 우리가 공항에 가는 동안 이 사람한테는 전화가 몇 통 왔었는데, 네 전화기는 한 번도 울리지 않길래 내심 이상하다 생각했거든. 그래서 몰래 도망친 거라고 생각했지. 근데 네가 미리 얘기했다고 하니 됐네."

"이런, 망했다."

취샤오샤오는 펄쩍 뛰더니 후다닥 휴대폰을 꺼내 전원을 껐다. 그리고 잠시 생각하다가 다시 휴대폰을 꺼내 전원을 켰다.

"솔직하게 말하면 용서해주지."

취샤오샤오는 앤디 옆을 지나 전화하기 편한 곳을 찾았다. 몇 걸음 가서 앤디를 흘끔 돌아봤다.

"뭐가 웃겨?"

"성공했잖아!"

"너무하네. 정말. 이러지 마, 피 마르잖아. 문자 안 보냈지? 안 보냈으면 됐어."

하지만 취샤오샤오는 앤디가 방금 전 자기가 속인 것에 대한 복수라는 것을 알았다. 하지만 너무나 태연해서 눈치 채지 못했다. 앤디는 자기가 당한 대로 돌려 준 것뿐이다. 취샤오샤오는 황당해서 어찌할 바를 몰랐다.

"나 비행기 타기 전까지는 제발 그 사람한테 말하지 말아줘. 자기가 못 오니까 아마 환자들을 다 뒤져서라도 비행기를 잡고 말 테니까. 그 잘난척쟁이는 이미 연휴 계획을 다 세워놨더라고. 거의 매일 자기 부모님이랑 밥을 먹는 계획으로…. 근데, 알잖아. 난 그렇게 삼종지도(三从四德)를 아는 여자가 아니라고."

두 여인의 음모와 복수에 끼어들 수 없어서 지켜보고만 있던 바오이판이 참지 못하고 물었다.

"부모님을 만나는 게 그렇게 두려워?"

취샤오샤오는 고개를 푹 떨궜다.

"내가 1년 정도 뭐라도 좀 배우고 나서 만나면 돼. 두 분 모두 고위 지식층이잖아. 솔직히 너무 무서워."

자오치핑의 부모님은 모두 선임 엔지니어로, 취샤오샤오는 그들이 하이시에 왔다는 소식을 듣고 얼마 전 여자 수석 엔지니어에게 퇴통 당했던 기억이 떠올랐다. 솔직히 그 엔지니어의 이름이 무엇인지도 기억나지 않았지만 여자 엔지니어라고 하니까 자신을 깔봤던 그 광경이 다시금 선명하게 떠올랐다. 정말 잊고 싶은 기억이었다. 고위 지식층들은 고객에게 까다롭게 구는 것보다 훨씬 더 며느리들을 못살게 굴 것이라는 그녀만의 확신이 있었다. 그런 생각까지 하고 나니 정말 자신과 자오치핑의 관계를 두고 모험 같은 건 감히 엄두도 낼 수 없는 노릇이었다.

앤디는 몇 마디 해주고 싶었다. 취샤오샤오가 많이 배우진 않았지만 나름 지혜도 있고 결코 바보는 아니라고 말이다. 또 다른 한편으로 생각해보면 우수한 아들을 둔 자오치핑 부모님이 그렇게 행동할 리는 없었다. 예를 들어 바오이판의 어머니가 앤디의 트집을 잡으려고 할 때 온갖 방법으로 방어하고 싶었지만 바오이판의 체면을 봐서라도 절대 그럴 수 없었다. 입장을 바꿔서 생각해보던 앤디가 결론을 하나 얻었다.

"너 진짜 그 사람 사랑하는구나."

"사실 말이야, 내가 그 사람을 막 좇아 다녀서 오늘까지 온 거야. 아무튼 난 비행기에서 내린 다음 전화할래. 무슨 이유든지 찾아서 대충 얼버무려야지."

"사실대로 말하면 안 돼?"

"사실대로? 난 한 번도 그래본 적이 없는데."

취샤오샤오는 눈을 흘기더니 머리를 움켜쥐었다.

"바오이판 오빠, 그래도 내 이미지라는 게 있잖아요. 뭐 많지는 않지만 그렇다고 망치고 싶지는 않아."

바오이판은 어쩔 도리가 없었다. 앤디도 조금 감동받은 것 같아 보였다.

"뭐 잘하면 되지. 응원할게!"

취샤오샤오가 추잉잉처럼 앤디를 꼭 안아주려고 하자 그녀는 얼른 바오이판 뒤로 숨어버렸다.

43

취샤오샤오가 어떻게 해서든 하이시를 벗어나려고 한 것은 자오치핑의 부모님으로부터 벗어나기 위해서였다. 판성메이 역시 비슷한 문제에 직면하고 있었다. 왕바이촨과 함께 집으로 가던 중, 그가 조심스레 이번 연휴에 자신의 부모님을 만나보자는 제안을 했다. 22층에 사는 사람들이 어느새 동화되었는지 그녀도 단칼에 거절했다.

그녀는 다른 사람들 눈에 두 사람의 집안이 차이가 나 보인다는 말은 차마 할 수 없었다. 그녀에게는 오랫동안 병상에 누워 있는 의식 없는 아버지와 퇴직 연금 한 푼 없는 어머니, 그리고 이리 저리 사고만 칠 줄 알았지 배운 것도 할 줄 아는 것도 하나 없는 오빠와 훗날 자기가 책임져야 할지도 모르는 조카까지 줄줄이 딸려 있었다. 그녀는 돈 많은 여자도 아니고 여느 평범한 도시의 월급쟁이에 불과했다. 여럿을 부양하기에는 지금 받는 기본급으로는 엄두도 낼 수 없었다. 그녀의 외모는 왕바이촨에게는 장점으로 보이겠지만 다른 사람들이 봤을 때는 아무것도 아니다. 자칫하면 불여우 같은 느낌을 풍길 수도 있어서 오히려 마이너스가 될 수도 있었다. 왕바이촨 가족들을 만나면 그녀의 아름다움은 물거품처럼 아무 의미 없이 사라지고 말 텐데, 그럼 그녀는 어떤 얼굴을 하고 있어야 할까. 그녀는 그의 가족을 만날 엄두가 나지 않았다.

왕바이촨은 판성메이가 고개를 절레절레 흔드는 걸 보고 말했다.

"아직 때가 아닌 건가."

그리고 재빨리 그녀에게 설명을 늘어놓았다.

"내가 지금 당장 결혼하자는 것도 아니잖아. 내가 성과를 내면 그 성과를 보고 청혼하라고 한 말 마음속에 항상 기억하고 있어. 내 말은 지금 집에 내려가면 부모님이 분명히 선을 보라고 하실 거란 말이야. 그냥 얼굴만 한 번 비춰놓으면 부모님도 내가 널 얼마나 사랑하는지 아실 거고, 네가 얼마나 예쁜지도 아실 거야. 그러면 나한테 다시는 선보라는 말도 안 하시겠지."

판성메이는 여전히 고개를 저었다.

"때가 아니야. 나 모르게 선보면 되잖아."

그녀는 그렇게 어리석은 사람이 아니었다. 그의 부모님을 만나는 일은 단순히 식사 한 끼 하는 정도가 아니라 공개적으로 자신을 관찰하도록 기회를 주는 것과 같았다.

"내가 어떻게 널 두고 선을 보겠어. 아무리 뭐라고 해도 너를 속이고 선 같은 건 절대 안 봐. 성메이, 딱 한 번만, 한 번만! 응? 그냥 차 한 잔 정도면 돼, 한 시간도 채 걸리지 않을 거야. 응? 난 정말 우리 부모님에게 널 소개해주고 싶단 말이야. 제발 부탁이야, 제발."

판성메이에게 타협이란 없었다. 하지만 얼굴에 미소는 잃지 않았다.

"무서워서 그래. 너한테 무시무시하게 화난 모습을 보이고 싶지 않아. 그리고 네 부모님 앞에 있으면 내가 마치 종이호랑이처럼 되고 말 거야. 말도 제대로 못하고, 걸음이라도 제대로 걸을 수 있을지 모르겠다. 나에게 몇 달만 시간을 줘, 그럼 생각해볼게. 다른 사람도 아니고 너의 부모님 뵙는 일이잖아. 이게 얼마나 중요한 일인지 모르겠어?"

왕바이촨은 거절을 당했지만 마음은 편안했다. 그는 다시는 이 얘기를 꺼내지 않았고 판성메이도 그제야 한숨을 돌렸다.

취샤오샤오는 비행기에서 내리자마자 하루 종일 연락을 기다리고 있을 자오치핑에게 전화를 걸었다. 그녀가 생각해 낸 변명은 GI 회사의 긴급호출이었다. 떠벌리기 좋아하는 그녀가 떠난 진짜 이유가 뭔가 수상쩍어서 자오치핑은 반신반의했다. 공항을 빠져나온 그녀는 정말 앤디와 갈라졌다. 앤디는 조금 불안하긴 했지만 암탉이 병아리를 보살피듯 그녀가 비행기 표 사는 걸 지켜보고난 후에야 안심하고 택시에 올랐다.

"취샤오샤오 영어도 못하는데, 아까 비행기 표 살 때도 번역기를 돌리더라고요. 어찌나 불안하던지. 그래도 샤오샤오가 손짓 발짓으로 해내는 걸 보니까 마음은 좀 놓였어요. 한숨 돌릴 겸 한마디 해주려고 했는데, 알잖아요, 고개만 돌리면 신기하게 아주 밉상이 돼 버리는 거. 멀리 외국까지 왔으니 한 번 더 참아줬죠."

바오이판이 웃으면서 말했다.

"여기서 걱정해봐야 뭐해요. 아마 이미 면세점에 들어가서 싹쓸이하고 있을 거예요. 나름 지혜로우니까. 너무 걱정하지 말아요."

"맞아요. 나랑 아무 상관없는데 걱정해서 뭐하겠어요. 중간에 또 나 같은 사람 하나 만나겠죠."

앤디 앞에서 뭐든지 다 할 수 있는 척 했던 취샤오샤오는 앤디가 떠나고 나서 잠깐 동안 외로움을 느꼈다. 비영어권 국가에 혼자 와 있는 건 태어나서 처음이었다. 다음 목적지도 역시 영어권 국가는 아니었다. 하지만 그녀는 취샤오샤오다. 보란 듯이 다시 활기를 되찾았다. 면세점은 들르지도 않고 캐리어를 질질 끌고는 신기한 게 없을까 여기저기 두리번거리며 돌아다녔다. 명색에 유학생 출신 아니겠는가. 이미 인터넷에서 다음 목적지에 관한 정보를 다 찾아 번역까지 해뒀기 때문에 그녀는 아무것도 두렵지 않았다.

외국 바이어와의 협상을 위해서는 국내 동종 업계의 인맥이 반드시 필요하다. 이 점이 초보 사장인 취샤오샤오에게는 큰 골칫거리였다. 그녀 주변에는 명절 연휴기간 동안 휴대폰을 꺼두거나 전화를 받지 않거나, 전화는 받아도 쓸 만한 정보가 별로 없어서 제대로 된 설명을 하지 못하는 사람들뿐이었다. 심지어 개인 사업가인 왕바이촨도 전화는 받았지만 여러 이유를 대며 그녀의 요구를 거절했다.

취샤오샤오는 어떤 바이어가 왕바이촨 회사의 상품을 수입해서 사용하는 것을 보고 반가운 나머지 그에게 전화를 걸어 견적서를 요청했지만 그날이 명절 바로 전날 저녁이었기 때문에 삼대가 모여 함께 식사를 하고 있었다. 그는 취샤오샤오에게 웃으면서 대답했다.

"내가 지금 당장 견적서를 보내 줄 방법이 없어요. 게다가 무역일은 해본 적도 없고요. 무역 업무를 하는 회사를 찾아서 물어보는 게 좋을 것 같은데, 세금환급 문제도 자세히 따져봐야 최종 가격을 알 수 있거든요. 그러려면 한 3일 정도는 걸릴 것 같은데, 연휴 지나고 다시 얘기하는 걸로 하면 어떨까요."

"안 돼요. 3일 후에는 내가 여기 없단 말이에요. 오늘, 꼭 오늘 견적서를 받아야 한다고요. 지금 외국 바이어랑 협상중이에요. 이전에 하던 대로 중개 수수료도 줄게요. 당신 몫도 준다고요."

"샤오샤오, 정말 지금은 안 된다니까요. 국내 모든 회사들은 지금 다 연휴라고요. 시간을 한번 봐요. 나도 정말 어쩔 수가 없어요. 내 고객들이라고해도 지금 당장은 견적서를 보내줄 수가 없어요."

"OK"

취샤오샤오는 쿨하게 대답하고 나서 그와 전화를 끊고 바로 판성메이에게 전화를 걸었다.

"판성메이, 언니한테 할 얘기가 있어."

그녀는 전화로 현재 자초지종을 말해주었다.

"언니, 이번 건은 완전 보험 같은 거야. 우리 단골 업체이기도 하고. 근데 왕바이촨 오빠는 명절 연휴가 어쩌고 하면서 거절해 버리는 거 있지. 그게 뭐 그리 대단한 일이라고. 돈 많은 집 딸인 나도 이렇게 다니면서 사업 아이템을 찾아다니고 있는데 말이야. 앤디는 어떻고, 지금 앤디도 바오이판 씨랑 같이 해외까지 가서 어떤 회사랑 비즈니스 협상중이란 말이야. 명절이 뭐 대수라고 이렇게 돈 벌 수 있는 기회를 날려버려. 너무 여유로운거 아니야? 내가 마지막으로 기회를 주는 거니까, 어떻게 하는 게 좋을지 잘 생각해 봐. 언니도 왕바이촨 오빠랑 같은 생각이라면 이번 건은 물 건너가는 거야. 그리고 앞으로는 제안도 안 해줄 거야."

판성메이가 눈에 불을 켜고 말했다.

"뭐라고? 너랑 앤디랑 이 연휴에 일을 하고 있다고?"

"그렇다니까. 여태 국내 무역 때문에 너무 바빠서 짬이 없었는데, 이런 연휴 아니면 언제 외국에 나와서 바이어를 만나겠어. 기왕 온 거 바이어들이 뭘 원하는지 알아내야지, 안 그러면 헛수고잖아. 그래서 가는 곳 마다 물어봐, 내가 지금 이런저런 일을 하고 있다. 관심 있으면 한번 검토해 봐라, 이런 식으로. 그리고 하는 김에 왕바이촨 오빠네 회사 얘기도 꺼내 본 거야. 앤디도 방금 전화 와서 이것저것 물어보더라고. 다들 친한 사람들이라 얘기가 잘 되고 있나 봐. 언니는 말귀를 잘 알아들으니까 무슨 뜻인지 알지? 비즈니스를 할 때는 다른 사람보다 더 많이 움직이고 더 많이 머리를 써야 해. 아무튼 언니가 결정해서 알려줘. 나는 딱 북경 시간으로 새벽 2시까지만 기다릴 거니까. 3일 후 따위는 없어. 알겠지?"

판성메이는 취샤오샤오를 완벽히 신뢰할 수 없었기 때문에 앤디에게 문자를 보내 사실 확인을 했다. 취샤오샤오가 정말 이 긴 연휴에 일을 하고 있는 게 사실인지, 또 못된 장난을 하는 건 아닌지 확인해볼 필요는 있었다.

앤디는 문자를 보고 피식 웃었다. 취샤오샤오는 이미 22층에서 신임을 잃은 지 오래였다. 그녀도 취샤오샤오가 한 말이 사실인지 의심스러웠지만 판성메이도 믿지 못하는 눈치였다. 앤디는 판성메이에게 메시지를 보냈다. 앤디가 판성메이에게 메시지를 보내고 있을 때, 바오이판은 푹신한 커피숍 소파에 앉아 부모님에게 전화를 걸었다. 저녁 만찬을 이번 여행으로 대신한다고 전했다. 앤디가 메시지를 다 보내자 휴대폰을 앤디에게 내밀어 그의 부모님과 잠깐 통화하게 했다.

바오이판은 앤디의 얼굴만 봐도 자기 어머니가 또 한껏 가식적으로 말하고 있는 것 정도는 알 수 있었다. 통화를 마치고 그는 앤디의 안색이 좋지 않자 그녀에게 다가와 말을 건넸다.

"두 분이 금슬이 너무 좋으셔서 깜짝 놀랐죠?"

앤디는 바오이판 부모님의 지나친 다정함에서 빠져나오지 못했다. 며칠 전 한바탕 수사극을 벌이지 않았던가.

"나도 모르겠어요."

"내일 정월 초하룻날이라 가족들이 많이 올 거예요. 남자는 바깥일을 하고 여자는 집안일을 하죠. 축제나 마찬가지예요. 매년 이렇게 모두 모여서 지내요."

앤디는 의심스러운 듯 그를 바라봤다. '저 사람은 대체 무슨 생각으로 이런 말을 하는 걸까.' 그녀의 생각을 눈치 챈 바오이판이 바로 화제를 돌렸다.

"또 새해인사 할 사람 없어요?"

"웨이궈창? 싫어요. 며칠째 자꾸 찾아와서 얘기 좀 하자고 하더니. 그저께 메시지가 왔는데 나한테 무슨 일이 있든 없든 3개월 동안은 아무 연락도 하지 말라고 하더라고요. 무슨 말인지 모르겠어요."

"당신이 연루되지 않았으면 하시는 거겠죠. 사람은 참 모순덩어리죠. 자식을 향한 부모님의 사랑은 항상 일방적이라는 걸 너무 잘 알고 있는데, 그게 때로는 밀어내는 느낌을 받기도 하잖아요. 좀 양심 없어 보이지만 말이예요. 나도 항상 양심의 가책을 느끼고 있긴 하지만 눈에서 멀어지면 마음도 멀어지니까. 취샤오샤오처럼 도망쳐 버리는 거죠."

"당신 말은 웨이궈창이 나를…."

바오이판이 고개를 끄덕였다.

"그럼 난 계속 밀어낼 거예요. 좋아요. 그럼 당신이 어머니를 대하는 태도를 인정해주죠."

"하하, 내가 당신한테 지지해달라고 말한 건 아니에요. 난 그저 느낀 대로 말한 것뿐이에요. 말 못하고 참고만 있으면 즐겁지 않잖아요. 난 당신 앞에서 마냥 단순하고만 싶다고요."

"당신이 단순한건 아주 잘 알죠. 저기, 두 번째 줄 다섯 번째 케이크는 무슨 맛일 것 같아요?"

"치즈 아몬드? 저 종업원은 내가 이렇게 눈빛을 날리는데도 못 보는 걸까요?"

"당신이 다녀와요."

"아, 못 일어나겠어요. 소파가 너무 편해서 계속 앉아 있으니까 허리가 너무 아프네요. 힘이 쫙 풀어졌어요."

결국 두 사람은 손을 내밀어 테이블 아래로 몰래 가위바위보를 하여 진 사람이 주문을 하러 가기로 했다. 바오이판의 일정이 그리 빡빡하지 않았기에 두 사람은 여유로운 시간을 보낼 수 있었다. 앤디에게는 이런 상황이 낯설긴 했지만 바오이판은 억지를 잘 부리는 능청스러운 남자였기에 가능한 일이었다.

앤디의 메시지를 받은 판성메이는 그제야 취샤오샤오를 믿기로 했다. 왕바이촨에게 전화를 걸려는 순간 문 밖에서 '똑똑' 하고 문 두드리는 소리가 들렸다. 느낌이 쌔한게 순간 소름이 돋았다. 엄마에게 밖에 누가 온 건지 눈짓을 했지만 엄마도 고개를 갸우뚱했다. 그녀는 현관으로 나가서 문에서 일정 거리를 유지한 채 물었다.

"누구세요?"

"나다."

판성메이는 누구인지 전혀 감이 오지 않았다. 그녀의 엄마도 마찬가지였다.

"누구신데요? 말 안 하면 신고 할 거예요."

"우리다, 네 새언니네 부모라고."

"지금 식구들 다 잠들었어요. 돌아가세요."

"요즘 누가 이렇게 빨리 자니? 어서 문 열어라. 상의할 일이 있어서 온 거야. 너희 오빠랑 새언니는 어떻게 할 거니?"

그녀는 마음 같아서 욕을 퍼붓고 돌려보내고 싶었다.

'뭘 어쩌라는 거야. 그래도 싸지, 싸. 교도소에 보냈어야 했는데.'

그래도 명절이니까 참기로 했다. 그녀는 엄마와 레이레이를 방안으로 들여보내고 방문을 잠갔다. 밖에서 무슨 얘기를 하던 신경 쓰지 않았다. 그녀는 얼른 왕바이촨에게 전화를 걸어야 했다.

왕바이촨도 취샤오샤오가 장난으로 하는 말은 아닌 것쯤은 알고 있었다. 판성메이는 진지하게 설득했다.

"좋은 기회가 왔는데, 안 잡을 이유가 없잖아? 거래처 몇 군데 전화하는 게 힘든 일도 아니고."

"딱히 그런 건 아니지. 사업이 잘 되면 잘 될수록 휴일 같은 개념도 사라지게 되."

"샤오샤오도 그렇잖아. 그런 금수저도 연휴도 없이 이렇게 열심히 일하는데 방금 막 사업을 시작한 네가 얼마나 잘났다고 문 앞까지 찾아온 기회를 날려버려?"

"내가 잘났다는 게 아니야. 취샤오샤오가 춘절을 안 지내는 외국에 있으니까 그렇지. 여기 상황이랑은 다르다고. 전통적인 사고방식을 고수하는 몇몇 대표들은 지금 전화하면 욕이라도 안 먹는 게 다행일 정도야. 그리고 지금 여기에 할아버지랑 할머니도 다 계신데, 내가 어떻게 신경을 안 쓸 수가 있겠어. 1년에 딱 한 번 모이는 날이잖아. 다른 회사 대표들도 나랑 상황은 비슷할 거야."

밖에 있던 새언니의 부모님은 안에서 아무런 반응이 없자 아예 안면몰수하고 방범문을 발로 차며 난리 법석을 피웠다. 판성메이는 머리끝까지 화가 났지만 꾹 참으며 왕바이촨에게 차분한 말투로 말했다.

"음, 몇몇 대표들은 보수적일 수 있지만 다 그런 건 아니잖아. 어서 전화해 봐. 전화 기다릴게. 오늘은 꼭 너랑 통화하고 잘 거야. 그래야 같이 새해를 맞이하지."

"성메이, 너도 알잖아, 그 사람들은 미신을 믿는 거. 저녁 식사를 마치고 한밤중에 사원에 가서 향을 피우고 제사를 지낼 거야. 누가 나를 상대해 주겠어."

"상대를 해주든 안 해주든, 아무튼 전화해 봐. 해보지 않고 어떻게 알아. 이 기회는 네 것이기도 하지만 내 것이기도 해. 전화 기다릴게. 지금부터 15분마다 너한테 전화했는데 통화중이 아니면 그건 네가 먹고 노는 것에만 관심이 있고 우리 미래에는 관심조차 없는 것으로 알 거야. 그럼 나도 앞으로 우리 미래 같은 건 생각하지 않을 거고."

판성메이는 말을 마치자마자 전화를 끊었다. 물론 엄마에게 이렇게 전화를 끊은 사람이 누구인지는 설명해주지 않았다. 판성메이는 방문을 열고 귀를 기울여 바깥의 동정을 살폈다. 문 두드리는 소리와 욕설이 여전히 난무했다. 그녀는 차갑게 엄마를 바라봤다.

"저 사람들 왜 저러는 거야?"

"며칠 전에 와서는 돈을 달라고 하더구나. 교도소에 있는 너희 오빠랑 새언니한테 보낸다고. 근데 내가 돈이 어디 있니. 그래서 내가 며칠 있다가 네가 내려올 거라고 말했더니…."

"참나, 그럼 처음부터 서로 짠 거였어? 나한테 돈 달라고? 저 사람들이 뭔데, 나랑 무슨 상관이야. 엄마가 어떻게 나한테 이럴 수 있어?"

"다른 사람도 아니고, 너희 오빠한테 준다잖니."

"내버려둬. 저 사람들한테 준다고 해도 이미 늦었어. 새언니도 될까 말깐데 무슨 오빠까지나? 꿈 깨라고 해. 그렇게 경우를 아는 사람들 같지도 않아 보이는데."

판성메이는 몹시 화가 나서 방을 나서며 철로 된 방범문을 쳐다봤다. 차라리 전기라도 통하게 해서 밖에 있는 사람이 감전되면 좋겠다는 생각까지 들었다. 하지만 전기 전문가가 아니었기 때문에 혹시라도 잘못돼서 감전사라도 될까 싶어 엄두도 내지 못했다.

그때 불현듯 며칠 전 취샤오샤오가 문 앞에서 아버지와 오빠들을 처참하게 때려눕힌 광경이 떠올랐다. 취샤오샤오도 했는데, 그녀라고 못할까. 그녀는 거친 숨을 몰아쉬며 방안을 두리번거리면서 무기가 될 만한 것이 있는지 살펴보았다. 부엌으로 들어가 부엌칼을 들고 이리저리 휘두르는 생각만으로도 몸이 바르르 떨렸다. 그녀는 다시 빗자루를 집어 들었다. 문밖에 있는 2명중 1명은 체력이 좋아 보이던데 그녀 혼자서 그것도 빗자루로 상대할 수 있는 상대는 아닌 것 같았다. 특히 상황이 격해져서 상대가 다치기라도 한다면 배상할 능력도, 그렇다고 교도소에 갈 수도 없는 노릇이었다.

판성메이는 맥이 탁 풀려서 빗자루를 내려놓았다. 밖에 있는 두 사람이 이렇게 막무가내로 나오면 결국 괴롭힘을 당하는 건 닭 한 마리 잡을 힘도 없는 그녀뿐이었다. 거기다 왕바이촨도 좋은 기회가 코앞까지 왔는데도 귀한 줄 모르고 이렇게 맥 빠지게 그녀가 재촉해야 하다니…. 그는 그녀가 매일 이렇게 막돼먹은 사람들을 상대해야 하는지 모르는 걸까? 그는 하루라도 빨리 그녀를 이런 상황에서 빼내기 위해 심각하게 생각해본 적이 없을 것이다. 그녀는 모든 상황에 대한 원망이 마음속 깊은 곳에서부터 올라와 방범문을 한껏 걷어찼다. 몇 분간 적막이 흘렀지만 역시나 곧 온갖 욕설과 발길질이 되돌아 왔다.

판성메이는 다시 주방으로 들어가 무기를 찾다가 대야에 차가운 물을 받아서 그들에게 뿌리려고 했다. 그러자 엄마가 황급히 그녀를 말렸다.

"어리석은 짓 하지 마. 네가 물을 부으면 내일 더한 것을 갖다가 뿌릴 사람들이야. 괜히 화 돋우지 말자. 네 아빠가 누구 땜에 저러고 누워 있는데. 그냥 오늘 이겼다고 생각하고 말자. 네가 다시 돌아가고 나면 나랑 레이레이가 힘들긴 하겠지만 우리한테 별일이야 있겠니. 그냥 두드리게 내버려둬. 참자, 참아. 어차피 오늘 밤 내내 저러진 못할 거야."

판성메이는 엄마 말을 듣고 나니 선뜻 어떻게 하지도 못하고 식식거리고만 있었다. 그러다 갑자기 왕바이촨에게 거래처와 통화를 했는지 안 했는지 확인 전화를 해야겠다는 생각이 들었다. 화가 잔뜩 난 그녀는 자기 안에 쌓인 분노와 답답함을 휴대폰에 모두 쏟아 부을 작정으로 그에게 전화를 걸었다. 다행인지 안내멘트가 흘러나왔다. 그녀는 그가 정말로 거래처와 통화를 하는지, 아니면 자기 전화를 수신 거부를 한 건지 제대로 확인하기 위해 짜증을 내며 메시지를 보냈다.

'15분 경과, 통화중이네. 잘하고 있어. 두 번째, 세 번째도 계속 확인 메시지 부탁해.'

왕바이촨은 어쩔 수 없이 거래처에 전화를 하고 있었다. 역시나 그에게 돌아오는 건 그들의 원망뿐이었다. 그래도 선뜻 협력의 의사를 밝힌 거래처도 한 군데 있었다. 왕바이촨의 어머니는 아들 옆에 앉아서 통화 내용을 다 듣고 있었다. 아들에게 잠깐의 틈이 생기자 어머니가 물었다.

"성메이가 누구니?"

"고등학교 동창이에요."

왕바이촨은 그녀와의 약속을 지키기 위해 지금은 최대한 말을 아꼈다.

그의 어머니는 고개를 끄덕이기만 하고 아무것도 묻지 않았다. 바쁜 아들을 방해하고 싶지 않았다. 같은 아파트에 사는 이웃집 아들도 그와 같은 학교 출신이어서 조금만 알아봐도 다 알 수 있는 일이었다. 집안 식사가 끝나가는 분위기였지만 그는 여전히 여기저기 견적요청을 하느라 거래처의 원성을 사고 있었다. 어떻게 알았는지 그가 전화기만 내려놓으면 바로 판성메이에게 독촉 전화가 왔다. 그래서 어쩔 수 없이 연로하신 할아버지와 할머니를 댁에 모셔다 드리는 일도 잠시 미뤄둬야 했다. 운전을 하면서 거래처에 전화를 돌릴 수는 없었기 때문에 할아버지, 할머니를 부모님과 함께 호텔 로비에서 기다리게 할 수 밖에 없었다.

드디어 취샤오샤오에게 견적서를 어렵사리 보내주고 판성메이에게 보고도 마쳤다. 내려가 보니 할아버지와 할머니는 이미 호텔 로비에 앉아서 졸고 계셨고 부모님은 앉을 자리가 마땅치 않아서 그냥 선 채로 기다리고 있었다. 그들 모두 몸을 제대로 가누지 못할 만큼 피곤해 보였다. 왕바이촨이 부모님을 차로 모셔갈 때 판성메이에게 메시지가 왔다. 취샤오샤오의 회신을 받기 전까지는 잠들지 말라는 내용이었다. 왕바이촨은 상냥함이라곤 전혀 없는 메시지를 보고 입을 삐죽거렸다.

견적서를 받은 취샤오샤오가 큰소리로 웃었다. 역시 왕바이촨을 움직이려면 판성메이를 통하는 것이 가장 이상적이었다. 사실 이런 대명절은 비즈니스를 하기에 좋은 시간을 아니었다. 그녀가 거래처에 견적서를 내밀자 관계자가 적잖은 관심을 보이더니 순식간에 최종 가격을 확정하고 수표 1장을 써줬다. 그리고 기한 내에 샘플을 보내달라고 했다. 취샤오샤오는 여러 도시로 이리저리 옮겨 다니며 사업을 성사시켰다. 피곤함도 느낄 새도 없이 일이 척척 진행되자 어디선지 모를 힘이 솟아났다. 시차와 수면 부족쯤은 얼마든지 이겨낼 수 있었다. 반 년 전만 해도 3일 밤을 새면서 놀았던 취샤오샤오가 아닌가. 기차에서 그녀는 부모님께 메시지를 보냈다. 여기서 이룬 자신의 성과를 새해선물로 대신하라며 잔뜩 생색을 냈다. 그 순간 어떤 멋진 남자가 그녀에게 윙크를 하고 있었다. 오는 남자를 막지 않는다는 좌우명의 그녀에게 훈남은 더할 나위 없이 좋은 선물이었다. 그녀에게는 세상에서 제일 사랑하는 자오치핑이 있었지만 금발의 파란 눈을 가진 잘생긴 남자가 접근하는 걸 막을 이유는 전혀 없었다.

취샤오샤오의 마지막 진행 결과가 왕바이촨의 휴대폰에 도착한 순간 그는 바로 판성메이에게 전화를 걸어 보고를 마쳤다. 그는 이미 집에 도착한 뒤였지만 그녀 집 밖에서 벌어진 소란은 끝날 줄을 몰랐다. 그녀는 그가 듣기라도 할까 봐 몹시 불안했다.

"알겠어. 한 이틀정도 푹 쉬고 샘플 나오는 공장이 있는지 잘 알아봐. 새해에 문 연 곳이 있으면 행운이지. 다음부터는 스스로 해, 내가 재촉하게 하지 말고."

왕바이촨이 가만히 있었다. 휴대폰 안에서 꽤 큰 소음이 들려왔다.

"거기 무슨 일 있어? 왜 이렇게 시끄러워?"

"오빠네 장모가 와서 돈을 달래잖아. 신경 안 쓰려고. 싸울 수도 없고 뭘 어쩌겠어."

"내가 가서 해결해줄게."

"아니야, 그러다 새해 운이 다 날아가면 어떻게. 넌 네 할 일만 잘해줘, 내가 신경 쓰지 않게. 여기는 내가 알아서 할게. 오지 마, 정말. 내년 운세 사나워져. 저 사람들 이미 지쳐서 오래 못 있을 거야. 괜히 와서 일 크게 만들지 말고."

감히 거역할 수 없는 판성메이의 명령 아닌 부탁에 왕바이촨은 감히 올 엄두를 내지 못했다. 잠시 후 그녀에게 그들이 돌아갔다는 전화를 받았다.

그녀는 정말 울고 싶었지만 애써 괜찮은 척 억지로 웃으면서 그와 이야기를 나눴다. 두 사람이 통화를 하는 사이 어느덧 새해가 밝았다. 밤 12시가 되자 콩 볶는 것 같은 폭죽 소리가 30분 넘게 계속되더니 조금씩 사그라지기 시작했다. 하지만 왕바이촨과 통화를 마친 판성메이는 쉽게 잠을 들 수 없었다. 그녀는 마음이 가라앉으면 억울함이 밀려와 눈물을 참을 수 없을 것 같았기 때문에 텔레비전을 켜서 여기저기 채널을 돌려보았다. 이런저런 방법을 다 해봐도 텔레비전에 집중할 수가 없었다. 그녀는 고개를 이리저리 돌리다가 부모님 방에 시선이 멈추자 그녀 스스로에게 묻지 않을 수 없었다. 평소 아버지를 돌보던 친척분도 연휴에는 쉬셔야 했고 레이레이도 겨울방학이라 학교에 가지 않았기 때문에 누군가 집에서 돌볼 사람이 필요했다. 그래서 그녀가 어쩔 수 없이 휴가를 내고 조금 일찍 내려와 엄마를 도왔다. 그게 아니었다면 춘절이라고 해서 굳이 집에 올 이유는 없었다. 집안이, 가족들이 그녀에게 해준 게 뭐가 있다고…. 그녀도 앤디나 취샤오샤오처럼 연휴에 일을 했다면 상사의 눈에도 들고 수당도 2배나 더 많이 받을 수 있었을 텐데 말이다. 그녀 어깨에 놓인 부담감은 너무 버거웠다. 그녀의 인생에 선택이란 사치일 뿐이었다.

지칠 대로 지친 판성메이는 새벽녘에 겨우 잠이 들었다. 작고 차가운 레이레이의 손이 그녀의 목에 쑥 들어오기 전까지 그런대로 잘 자고 있었다. 얼마 안잔 거 같았는데 시간을 확인하니 이미 10시가 넘어 있었다. 침대에서 몸을 일으켰다. 그녀의 엄마는 아빠와 레이레이를 모두 깨끗이 씻기고 식탁에 그녀가 먹을 음식도 차려두었다. 그리 비싸 보이지 않은 아침상이었지만 다양한 음식 덕분에 명절 분위기를 느끼기에는 충분했다. 그녀는 어느덧 나이가 들어버린 엄마의 얼굴을 바라보았다. 그리고 다시 레이레이를 바라보니 둘 다 제법 수척해진 것 같았다. 그 모습에 깊은 한숨이 터져 나왔다. 이런데 어떻게 그녀가 집안을 돌보지 않을 수 있을까.

새해 인사를 전하는 수많은 메시지가 쌓여 있었다. 22층에 사는 그녀들에게서 온 메시지도 있었다. 취샤오샤오에게서 온 메시지도 있었다. 판성메이는 메시지를 반찬삼아 밥을 먹었다. 한 통, 한 통, 읽어 내려가자 마음이 훈훈해졌다.

혹여나 이 집 사람들이 돈이라도 달라고 구걸할까 봐 걱정 돼서인지 새해 인사를 하러 오는 사람이 아무도 없었다. 그녀 역시, 혹시나 엄마가 다른 사람들에게 무시를 당할지 않을까 하는 생각에 새해 인사가는 것을 말렸다. 아침 식사를 마치자마자 점심 식사 준비를 시작하려고 냉장고 문을 열자마자 말문이 턱 막혔다. 곧바로 판성메이는 레이레이를 자전거에 태우고 근처 시장으로 장을 보러 갔다. 그녀도 여윳돈이 많지 않아 가족이 필요한 것을 모두 채워주기엔 역부족이었지만 그래도 고기 몇 근, 생선 몇 마리 정도는 살 수 있었다. 그렇게라도 가족들의 영양보충을 해주고 싶었다. 판성메이가 카트에 물건을 집어넣을 때마다 레이레이가 환호성을 질렀다. 판성메이는 이런 삶이 너무 가엽고 애처로웠다. 이게 무슨 삶이란 말인가.

정월 사흗날 아침, 판성메이는 이불 속에서 왕바이촨에게 메시지를 보내 공장에 가서 샘플을 알아보라고 했다. 그녀는 왕바이촨이 며칠 쉬느라 늦잠을 자서 회신이 늦게 올 줄 알았는데 예상외로 바로 회신이 왔다. 그는 그녀가 너무 보고 싶다며 같이 다녔던 중학교 입구에서 만나자고 했다. 그녀 역시 그가 보고 싶었기 때문에 흔쾌히 약속을 정해 10시쯤 만나기로 했다. 엄마를 도와 집안일은 이미 마무리 했고 점심 준비를 하기에는 아직 이른 시간이었다.

판성메이가 중학교 입구에 도착했을 때 생각지도 못한 일이 벌어졌다. 그녀를 기다리고 있던 사람은 왕바이촨이 아니라 어느 중년 부인이었다. 성메이를 알아본 중년 부인이 먼저 인사를 건넸다.

"아가씨가 왕바이촨의 고등학교 동창 판성메이 씨인가요? 저는 왕바이촨 엄마예요. 메시지는 내가 보낸 거예요. 아가씨를 한번 보고 싶었거든요."

판성메이는 너무 놀라긴 했지만 앞으로 무슨 일이 일어날지 정도는 충분히 짐작할 수 있었다. 그녀는 프로다운 면모를 뽐내며 웃어보였다.

"안녕하세요. 어머니."

왕바이촨의 어머니는 판성메이를 자세히 살펴보더니 별로 탐탁치 않은 눈치였다.

"아가씨, 난 아들이 바이촨 하나에요. 그렇다고 엄마로서 아들에 대한 기대가 그렇게 높진 않아요. 남보다 출세하는 것도 바라지 않고요. 그저 아들이 편안하게 살았으면 좋겠어요. 내가 아가씨 집안에 대해 좀 알아봤는데 아가씨는 충분히 예쁘니까 돈 많은 사람 만나서 가족을 보살피는 게 더 좋을 것 같아요. 우리 아들은 이제 막 사업을 시작해서 아가씨 가족까지 돌볼 여유가 없을 거예요. 우리 아들이랑 있으면 아가씨가 힘들어질 수도 있어요. 걔가 고생을 해본 적이 없어서 두 사람 모두 힘들어 질지도 몰라요. 그러니까 아가씨가 내 아들을 포기해줘요. 원하는 게 있으면 나한테 말해요. 내가 원하는 대로 다해줄 테니."

판성메이는 할 말이 없었다. 그녀가 예상했던 것보다 이 순간이 빨리 찾아왔다. 그래서인지 그렇게 마음이 아프지도 않았다. 이게 바로 현실인 것이다. 예전에 그녀가 꽁꽁 감춰두고 있던 것이 지금 그의 어머니로 인해 벗겨진 것뿐이다. 기껏해야 조금 어색하고 조금 부끄럽고 화가 나는 것 말고는 오히려 무덤덤했다. 그녀는 잠시 생각하다가 대답했다.

"네. 알겠어요. 그런데 한 가지 부탁이 있어요. 집에 돌아가셔서 아드님께 한마디만 해주세요. 그럼 다시는 아드님께 폐를 끼치지 않을게요. 저도 그 사람을 힘들게 하고 싶지 않아요. 잘 지냈으면 좋겠어요. 안녕히 가세요."

판성메이는 돌아섰다. 왕바이촨의 어머니가 무슨 얘기를 하고 있었지만 그녀에게 제대로 들릴 리 없었다. 갑자기 듣기 능력이 형편없어져 버렸다. 집으로 돌아가는 길에 판성메이는 갑자기 정신 나간 사람처럼 히죽거리며 웃었다. 그리고는 길가에 떨어진 폭죽을 힘껏 발로 차면서 시원하게 욕을 한마디 내뱉었다.

"젠장!"

그리고는 다시 아무 말도 하지 않았다. 그저 실성한 사람처럼 실실 웃으면서 뚜벅뚜벅 걸어갔다.

관쥐얼은 새해 첫날부터 3일 내내 부모님을 따라 새해 인사를 하러 여기저기 다녔다. 모두 관쥐얼이 무슨 일을 하는지 궁금했는지 그녀가 자리에 앉자마자 각자 한마디씩 물어보느라 정신이 없었다. 하지만 관쥐얼이 굳이 말하지 않아도 엄마와 아빠가 그녀의 대변인처럼 모든 질문에 알아서 대답을 해주셨다. 평소 이틀에 한 번씩은 부모님과 통화를 했기 때문에 그녀의 일거수일투족을 속속들이 기억하고 있었기 때문이다. 그녀의 임무는 엄마와 함께 앉아 있다가 엄마 뒤에서 살짝 미소만 지어주기만하면 됐다.

친척집에 점심을 먹으러 가기 전까지 관쥐얼에게 자유시간이 주어졌다. 그녀는 인터넷을 하면서 습관적으로 추잉잉에게 메시지를 보냈다. 추잉잉은 전화를 걸어 지금 한 상 차려서 먹느라 정신이 없고 다 먹고 나서 노래방 기계를 꺼내 가족들과 한바탕 놀 생각이라며 큰 소리로 떠들어댔다. 관쥐얼은 한동안 추잉잉이 죽도록 영업을 다니며 돈을 모아 온 걸 잘 알고 있었다. 그런데 지금, 술에 취해서 이 전화가 장거리 전화인지 알지 못하는 것 같았다. 나중에 술이 깨고 나서야 전화비로 나간 지출 규모가 크다는 사실을 알고 가슴 아파할 것이라는 것도 알고 있었다. 관쥐얼이 먼저 쉴 새 없이 떠드는 추잉잉의 말을 자르고 통화를 끝냈다. 추잉잉은 춘절 연휴를 누구보다 즐겁게 보내고 있었다.

관쥐얼은 판성메이에게 보낸 메시지의 답장이 오지 않았지만 크게 신경 쓰지 않았다. 한창 보고 있던 웨이보로 눈길을 돌렸다. 샤오샤오의 웨이보에는 볼거리가 많았다. 그녀가 다녀간 기차역과 수많은 훈남들, 그리고 그녀의 셀카가 게시물의 대부분이었는데 거의 정장차림을 하고 있었다. 전혀 취샤오샤오답지 않아보였지만 그녀가 엄청 심술꾼이라는 사실은 여전했다. 앤디도 요 며칠 부지런히 웨이보를 업데이트했다. 다른 사람들과 달리 그녀의 웨이보에는 그녀가 누구인지 어떤 배경을 가졌는지는 알기 힘들었다. 앤디 웨이보의 게시물은 모두 단순하고 실용적인 스웨덴 디자인 작품들뿐이었기에 그녀를 잘 아는 사람만이 이런 작품들이 그녀의 취향이라는 사실을 알 수 있는 정도였다. 관쥐얼도 나가서 놀고 싶었지만 오늘 밤에도 부모님과 함께 저녁 모임에 나가야 했다. 그녀는 너무 먹어서 턱이 아플 지경이었다. 날이 어두워지자 그녀의 어머니가 관쥐얼에게 옷을 갈아입으라고 재촉했다. 그렇게 출발 준비를 마친 관쥐얼은 자신의 웨이보에 "잔인하군." 이라고 게시물을 올렸다.

"귀찮아 죽겠다. 매일 매일 먹기만 하고, 웃긴 이야기도 한 두 번이지, 벌써 세 번째다. 지금도 또 먹고 말하러 가는 중."

그렇다고 관쥐얼은 부모님께 반항할 수도 없었다. 이런 재미없는 일들이 없으면 어떻게 명절이라고 할 수 있겠는가.

아빠 차에 올라탔을 때 판성메이에게서 답장이 왔다.

"매일 집안일 하느라 바빴어, 친척이라곤 하나 없어서 조용해. 책도 보고 텔레비전도 보고 있어. 근데 텔레비전에 나오는 연예인 이름을 하나도 모르겠네, 나 너무 뒤처졌나 봐."

이번에는 관쥐얼이 전화를 걸었다.

"언니, 이제 저녁 먹을 때 됐지? 뭐 먹을 거야?"

"시장에 사람이 이렇게 많을지 몰랐어. 예전에는 명절 연휴에는 슈퍼마켓만 문을 여는 줄 알았는데, 오후에 레이레이를 데리고 나가보니 문 연 곳이 많더라고 그래서 이것저것 사왔다니까. 저녁에 메추리알 돼지고기 볶음 해먹으려고. 기왕 기름 끓인 거 가지튀김도 하고."

"대단하다. 나도 요리 배우고 싶은데, 엄마가 못하게 해. 게다가 우리 집은 주방도 작아서 2명 들어가면 비좁아. 내가 공간을 많이 차지하지는 않으니까 그냥 도와주고만 있어. 그리고 내일도 손님이 오시는데 내가 할 일은 없을 것 같아. 손님 오시기 전에 꽃을 사다가 꽃꽂이만 해둬야지."

관쥐얼의 엄마가 그 말을 듣고는 불만을 토로했다.

"그렇게 요리가 하고 싶으면 내일 네가 상을 다 차리지 그러니. 그렇게만 해주면 나야 너무 좋지. 이집 부녀는 빈말은 아주 잘하지, 누구 하나 집안일 도와주는 사람도 없으면서."

관쥐얼은 입만 삐죽거리고 말대꾸는 하지 않았다. 혹시라도 엄마 목소리가 들릴까 봐 휴대폰을 얼굴로 막았다.

"내가 하는 건 아니야. 너 꽃꽂이도 할 줄 알아? 나도 배운 적 있는데, 셋집 사는 사람들이 돈을 함부로 쓸 수 없으니, 배운 걸 써먹을 일이 없네. 옛날 사람들이 말하는 도룡지기(屠龙之技: 재주는 뛰어나지만 실제로 써먹을 수 없어 아무런 가치도 없음을 이르는 말)같지 않아? 오르지 못할 나무는 쳐다보지도 말아야지."

관쥐얼이 웃었다.

"도룡지기가 뭐야, 배워두면 나중에 써먹을 때가 있을 거야. 그런 날이 금방 올 거야."

왕바이촨이 올해 중순쯤 집을 살 거라고 들었다. 이것은 판성메이와 함께할 미래를 위한 준비 말고는 다른 이유가 없지 않은가. 하지만 관쥐얼은 아는 척 하지 않았다.

"다들 보고 싶다. 아까 낮에 보니까 잉잉은 취해서 말투가 아주 거칠어 졌고, 샤오샤오는 아침에 일어나자마자 웨이보에 전날 밤에 만난 훈남들 사진을 올려놨더라고. 남자 친구가 질투하는 건 신경도 안 쓰나 봐. 앤디도 갖가지 조개 요리로 아침 식사를 하고. 지금은 언니 목소리를 듣고 있네. 오늘은 완벽한 날인걸! 언니 저녁에…. 언니 왜 그래?"

휴대폰으로 판성메이의 흐느끼는 소리가 어렴풋하게 전해졌다. 판성메이는 지금까지 겨우 버티고 있었는데 22층의 익숙한 따뜻함에 감동을 받아서 그런지 더 이상 참기 힘들었던 모양이다. 잡고 있던 감정이 댐 무너지듯 와르르 무너지면서 눈물이 멈추지 않았다. 관쥐얼은 판성메이의 이름만 부르고 있었다. 판성메이는 울기만 하고 무슨 일이 있었는지 아무 말도 하지 않았다. 관쥐얼은 무슨 말을 해줘야 할지 전혀 갈피를 잡지 못했다.

관쥐얼이 약속 장소에 도착할 때까지도 판성메이는 울음을 그치지 않았다. 그녀는 부모님을 먼저 올려 보내고 길가에 서서 판성메이가 울음을 멈출 때까지 함께 있어주기로 했다.

마침내 판성메이가 울음을 그쳤다. 그녀는 추잉잉과 달리 바로 침착함을 되찾고 스스로 마음을 달랠 줄 알았다. 그녀는 울음을 멈추고 흐느끼며 말했다.

"관쥐얼, 미안한데 방금 일은 다른 사람한테 말하지 말아줘. 특히 잉잉한테는 말이야. 잉잉은 입이 가벼워서 22층 밖으로 말이 새나갈지도 몰라."

"알겠어. 아무한테도 말 안 할게."

관쥐얼은 판성메이가 이 일을 왕바이촨에게 알리고 싶어 하지 않는 것도 알아챘다.

"좋게 생각해, 넘지 못할 어려움은 없어. 시간이 모든 걸 다 해결해 줄 거야."

"응, 살아온 시간이 길어질수록 운명을 더 믿게 되는 거 같아. 쥐얼, 어서 가봐. 나 때문에 괜히 마음 쓰지 말고."

"알았어. 언니. 꼭 좋게 생각해. 나 휴대폰 계속 켜놓을 거니까 언제든지 문자 보내고 전화해도 돼. 알겠지?"

통화를 마친 후 관쥐얼은 어딘가 불안했다. 대체 판성메이에게 무슨 일이 생겼기에 저렇게 펑펑 우는 걸까. 평소 느낌과는 사뭇 달랐다. 단순한 집안일 때문은 아닌 것 같았지만 왕바이촨에게 전화를 할 수도 없었다. 혹시라도 이 일이 왕바이촨과 관계된 거면 어떡하지? 관쥐얼은 판성메이의 태도가 몹시 마음에 걸렸다.

울음을 그친 판성메이는 눈물을 닦아냈다. 저녁도 먹지 않은 채 아버지를 돌봐주던 친척을 찾아가 내일 와줄 수 있는지 상의를 했다. 연휴엔 일당이 2배여서인지 친척이 와주기로 했다. 돈이 있어야 이 세상 대부분의 문제들을 해결할 수 있다는 것도 깨달았다.

그때 왕바이촨의 메시지가 도착했다. 몇몇 비즈니스 파트너들과 식사를 하고 있는데, 오늘 밤 취할 수도 있다는 내용이었다. 그의 메시지를 보니 그의 어머니가 아직 아들에게 아무 얘기도 하지 않은 게 분명했다. 왕바이촨은 술에 잔뜩 취한 채로 전화를 하면 판성메이에게 혼이 날까 봐 전화는 하지 못하고 끊임없이 메시지를 보냈다. 그녀에 대한 그리움과 사랑의 표시였다. 그녀는 보기만 하고 답장은 하지 않다가 나중에는 메시지도 확인하지 않았다. 오로지 짐 정리에 여념이 없었다.

그녀는 다음 날, 아침 일찍 하이시로 가기로 마음먹었다. 출근을 하는 게 차라리 나을 것 같았다. 같은 팀의 팀원이 연휴 기간에 당직이 걸렸는데, 너무 괴로워해서 그녀가 대신 근무를 하기로 했다.

짐 정리를 마치고 나서야 판성메이는 휴대폰을 들여다봤다. 왕바이촨에게서 온 메시지를 하나하나 지워 내려갔다. 그러다 관쥐얼이 10시쯤 보낸 메시지를 발견했다. 메시지에는 오늘 밤 먹은 특별 요리들을 쭉 나열하고 나서, 마지막에 판성메이의 안부를 물었다.

"언니 괜찮아?"

판성메이의 눈가가 다시 촉촉해졌다. 평소에는 적당한 거리를 유지하던 관쥐얼이 마음 씀씀이가 곱고 따뜻한 사람이었다는 걸 알게 되었다. 판성메이가 답장을 보냈다.

"마음이 좀 불편해서 내일 하이시로 돌아가려고. 우리 집 일은 안 보는 게 마음이 편한 것 같아. 내 걱정은 하지 마. 나도 생각을 안 하려고 하는데 그게 잘 안되네. 어서 자. 나도 내일 서둘러 가려면 일찍 자야겠어."

관쥐얼은 이미 침대에 누워 있어 몽롱한 상태였는데 메시지 알람 소리에 깼다. 휴대폰을 열어보니 짧은 몇 마디 마지막에 애절함이 담겨 있었다. 내일 밤 판성메이가 텅 빈 22층에 쓸쓸한 발자국 소리와 함께 문을 열고 들어가면 어두움과 침울함만이 그녀를 기다리고 있을 것이 분명했다. 하지만 그것이 가슴에 사무치는 서늘함은 아니기를…. 그녀는 내일 시간마다 판성메이에게 전화를 하고 메시지를 보내야겠다고 생각했다.

다음날, 판성메이는 날이 밝기도 전에 집에서 나왔다. 그녀의 엄마는 아무런 말도 하지 못하고 레이레이는 하늘이 무너지는 것처럼 울었다. 며칠 집에 있으면서 이것저것 사면서 돈을 써서 그런지 레이레이가 너무 빨리 길들여진 것 같았다.

구석구석 쌓인 아직 녹지 않은 눈은 대낮에 보면 까맣고 지저분해 보일 텐데, 이른 아침 비추는 햇살 덕에 오히려 아름다워 보였다. 레이레이의 울음소리를 뒤로하고 판성메이는 뽀드득뽀드득 얼음 조각들을 밟으며 길을 떠났다. 마중 나온 사람도 배웅하는 사람도 없이 혼자서 끙끙거리며 짐을 들고 버스정류장에 도착했다. 텅 빈 버스가 시내로 들어섰다. 버스 안이 추웠는지 판성메이는 목도리로 단단히 싸매고 창밖을 멍하니 바라보았다. 날이 조금씩 밝아오자 차창 밖의 풍경도 선명해졌다. 버스에 오르는 승객들도 조금씩 많아졌지만 판성메이와는 아무 상관없었다. 그녀는 지금 달아나고 있었다.

연휴 넷째 날이라 그런지 운 좋게 하이시행 기차표를 살 수 있었다. 게다가 좌석이 있었다. 그때 왕바이촨에게 전화가 왔다.

"여보세요, 성메이. 나 방금 일어났어, 햇빛이 머리맡까지 들어와서 안 일어날 수가 없더라고. 어젯밤에 커튼 치는 걸 깜박했더니 햇빛 때문에 눈이 부셔서 말이야. 내가 또 어젯밤에 계속 메시지 보냈었지? 술을 좀 많이 마셨더니…. 미안, 미안. 이상한 소리 하진 않았지? 내가 술만 먹으면 온통 네 생각만 나서 큰일이야. 안되겠다. 오늘 우리 만나자! 언제가 편해? 시내 가서 같이 점심 먹자. 너무너무 보고 싶단 말이야."

판성메이가 한숨을 내쉬었다.

"나 지금 기차 타, 집에 돌아가려고."

"무슨 일이야? 내가 어제 술 먹고 무슨 잘못이라도 한 거야? 판성메이, 나한테 말할 기회를 줘. 일단 기차에 타지 말고 기다려. 안 그러면 내가 다음 역으로 가서 기다린다!"

"일단 진정해, 아마 너희 어머니가 너한테 무슨 말을 해주실 거야. 나 끊는다. 어쨌든 너한테 인사는 한 거니까."

"여보세요! 성메이, 성메이. 끊지 마. 대체 무슨 일이야? 우리 엄마가 널 어떻게 찾아간 거야? 난 너에 대해서 아무 말도 하지 않았다고. 정말이야. 비밀로 하고 있었다고."

"난 창피해서 말 못하겠어. 원망을 사고 싶지도 않고. 안녕."

판성메이는 휴대폰 전원을 껐다. 조금의 망설임도 없었다.

이게 현실이다. 그녀가 할 수 있는 건 아무것도 없다. 그녀가 할 수 있는 건 왕바이촨 앞에서 사라져 주는 것 말고는 아무것도 없다. 구차해지지 않으려면 할 수 있는 걸 하는 수밖에 없다. 해내고 말 것이다.

연휴 넷째 날이 돼서야 추잉잉에게 여유 시간이 생겼다. 그녀는 시내로 나가 자신이 운영하는 커피 인터넷 쇼핑몰을 홍보하려고 했는데 아버지가 막아섰다. 추잉잉의 아버지는 자신이 딸이 하이시라는 대도시에서 직장을 다니는 귀하디귀한 화이트칼라라고 말하고 다녔는데, 그런 딸이 길에서 커피를 판다고 하다니 말도 안 되는 소리였다. 추잉잉의 현재 수입이 예전보다 훨씬 많아져서 부모님이 보내주는 용돈이 더 이상 필요 없어졌는데도 아버지 입장에서는 판매

원처럼 보이는 지금의 일보다 회사에 다니던 예전이 훨씬 그럴듯해 보였던 것이다. 결국 아버지의 뜻에 따르기로 한 추잉잉은 매우 따분한 여가시간을 보내야 했다.

달도 차면 기운다고 잉친에 대한 생각을 하자 기대감이 다시 마음속에서 꿈틀거렸다. 헤어져도 친구로 남을 수 있다, 두 사람이 헤어지더라도 서로 예의를 갖춰야 한다는 것 들을 이유로 새해 인사도 할 겸 잉친에게 메시지를 보냈다. 따지고 보면 말이 되긴 한다. 어차피 자신을 위해 이유를 찾기로 했으니 아무런 망설임 없이 휴대폰은 꺼내 잉친에서 새해 인사를 한 것이다.

하지만 5분이 흐르고, 15분, 그리고 30분, 1시간이 지나고 오후가 될 때까지 잉친에게는 아무런 연락이 없었다. 그녀는 문득 어쩌면 잉친이 소개팅을 하느라 바쁠 수도 있다는 생각이 들었다. 집에 들어가자 그녀의 어머니가 한숨을 내쉬며 말했다. 주변에서 추잉잉에게 소개할 만한 비슷한 또래의 남자가 없다는 것에서 시작하여 여기서 추잉잉 나이면 벌써 가정을 이룰 나이고, 고향에서 남은 친구들은 이미 아이 엄마가 되었다는 신세 한탄이었다. 아마 잉친은 다를 것이다, 남자고 나이가 조금 많더라도 크게 상관없을 것이다. 게다가 잉친은 앞날이 창창하기 때문에 결혼정보업체에서 어리고 예쁜 아가씨들을 얼마나 많이 소개해주겠는가.

잉잉은 확신했다. 잉친에게서 아직 답장이 오지 않는 걸 보면 지금 소개팅을 하느라 정신이 없는 것이 틀림없다. 아니 어쩌면 첫 만남이 성공적으로 성사되어 어리고 예쁜 아가씨와 데이트를 하고 있을지도 모르겠다. 추잉잉은 조바심이 나서 집에서도 안절부절하지 못했다. 돌아가는 기차표를 이틀 뒤로 사두었기 때문에 앞으로 이틀은 더 엄마 아빠의 감시아래에 있어야 했다. 게다가 잉친의 정확한 집 주소도 모르기 때문에 무슨 일이 어떻게 되가는지 확인할 방법도 없었다.

판성메이는 두툼한 신문 2부를 사서 기차에 올랐다. 누구와도 말하고 싶지 않아서 한참 동안 입을 꾹 다문 채 신문만 봤다. 작은 광고까지도 읽다 보니 금세 오후를 훌쩍 넘기는 시간이었다. 차창 밖으로 어느덧 해가 지평선으로 저물어갔다. 판성메이는 아침 일찍 나와서 지금까지 아무것도 먹지 않았는데도 배고픔이 전혀 느껴지지 않았다. 그녀는 어느 것에도 흥미를 느끼지 못하고 맥없이 있었다.

왕바이촨이 그녀와의 통화 후 분명히 어머니와 얘기를 나눴을 거고, 그러고 나면 자신에게 분명히 무슨 할 말이 있을 것이다. 그리고 전화 연결이 안 되니 메시지라도 보냈을 거라는 걸 너무나 잘 알고 있었지만, 판성메이는 휴대폰을 가방 안에 넣어놓고 꺼내볼 생각도 하지 않았다.

연휴가 끝나면 그녀도 이제 서른하나가 된다. 여태껏 좋은 남자를 찾지 못한 건 아니었다. 그때는 너무 어려서 그랬는지 인사를 하러 가면 이리저리 비교 당하다가 결국 상대방이 그녀를 포기해버렸다. 젊었을 때였다면 어떻게든 다양한 가능성을 잡았을 텐데. 지금은 둘 다 모두 성인이고 마음도 몸도 성숙한 사람들이라 서로 말하지 않아도 충분히 이해할 수 있을 것이다. 그녀는 휴대폰을 켜는 것도 이해를 위한 노력도 이제 지긋지긋했다. 감당하기 너무 힘들었다. 무엇보다 누군가를 사랑하든 다시 아프고 싶지 않았다. 마음이 있으면 움직이기 마련인데, 그녀에게 더 이상 아무 말도 필요 없었다.

판성메이는 추잉잉의 메시지도 확인하지 못했다. 저녁이 다 돼서야 피곤함에 눌려 하이시에 도착한 그녀는 택시를 타고 집으로 향했다. 22층, 2202호의 어두컴컴한 작은 방이었지만 그녀는 집에 온 편안함을 느낄 수 있었다. 가장 평화롭고, 가장 익숙하고 가장 따뜻한 곳에 도착했다.

판성메이는 짐 정리를 마치고 드디어 제일 편한 화장대 앞에 앉아서 꼼꼼히 화장을 지웠다. 분주한 하루였다. 거울 속 그녀의 얼굴은 여전히 아름다웠지만 오늘에서야 판성메이는 그녀의 눈이 22층의 다른 사람들과 다르다는 사실을 결코 부인할 수 없음을 알았다. 그녀의 눈에는 많은 사연이 담겨 있었다. 누가 이렇게 많은 사연을 가진 여자와 가까워지려고 하겠는가. 잉친만해도 그렇게 단순한 추잉잉을 경험이 있다는 이유로 싫다고 하지 않았는가.

잠자리에 들어서야 휴대폰 전원을 켰다. 역시 왕바이촨에게 메시지가 와 있었다. 그녀는 내색하지 않았다. 왕바이촨이 그의 어머니가 자신에 대해 쓸데없는 소리를 한 거라는 메시지를 봐도 얼굴색 하나 변하지 않았다. 화도 나지 않았다. 입장을 바꿔서 생각해보면 그녀라도 아마 똑같이 했을 것이다. 마지막 메시지를 열었다.

"지금 당장 너를 만나러 하이시로 돌아가지 않기로 결정했어. 먼저 견적을 요청한 거래처로 샘플을 받으러 갈 거야. 미안해. 내가 돈을 많이 벌어야 우리 엄마도 그런 쓸데없는 걱정 안 하실 거고 그래야 네가 그거 때문에 마음 상하는 일이 없을 것 같아. 내가 올해에 정말 열심히 일할 테니까 내 옆에서 계속 지켜봐줘. 나 이제 출발할게."

판성메이는 입술을 깨문 채 울기도 하다가 웃기도 했다. 그녀는 진심을 담아 왕바이촨에게 답장을 보냈다.

"이런 스트레스를 받지 않아도 되는 사람인데, 내가 너까지 힘들게 할 거라는 너의 어머니 말이 맞아. 고마워. 정말 고마워 날 이해해줘서. 그리고, 날 구해줘서."

왕바이촨도 바로 답장을 보냈다.

“사랑해. 난 이미 내 반평생 동안 너만 사랑했어.”

하지만 왕바이촨은 문자를 보내고 나서 자신이 어리석은 행동을 했음을 깨달았다. 그녀의 휴대폰이 켜 있으면 문자를 보낼 게 아니라 전화를 했었어야 했는데 말이다. 그는 바로 판성메이에게 전화를 걸었다.

춘절 연휴가 지나고 22층 여인들이 하나 둘씩 집으로 돌아왔다. 지난 이틀 동안 대체 근무를 한 판성메이만 빼고 가장 빨리 돌아온 사람은 추잉잉이었다. 그녀는 밤기차를 타고 아침에 도착했는데 집에 아무도 없었다. 하지만 상관없었다. 짐을 던져둔 채 가장 먼저 컴퓨터를 켜고 마음껏 인터넷을 즐겼다. 부모님 집에는 컴퓨터가 없고 근처 PC방은 담배연기로 자욱해서 가까이 가기도 힘들었기에 며칠 동안 인터넷에 굶주려 있는 상태였다. 추잉잉은 인터넷에 접속하자마자 바로 잉친의 웨이보와 블로그에 들어가서 그의 새로운 근황을 확인했다. 소식이 감감했던 잉친의 웨이보에는 긴 연휴의 끝인 어젯밤에 새로운 소식이 하나 올라와 있었다.

“예쁘고 순수한 Q를 만났다. 하이시에서 만나기 힘든 청순한 사람이다. 두꺼운 다운 패딩을 입고 있었지만 그녀가 나에게 남긴 인상은 순백의 치마를 입고 머리에 화관을 쓴 선녀 같았다.”

추잉잉이 바보였다.

관쥐얼은 부모님에게 데려다 달라고 할 생각은 없었다. 집에서 하이시가 그리 먼 거리도 아니었고 장거리 버스를 타면 고속도로로 달려 금방 도착하기 때문이다. 그리고 출구가 바로 전철역 입구라 한 정거장만 가면 집에 가기도 편했기 때문에 괜히 부모님을 귀찮게 할 필요가 없었다.

연휴 마지막 날, 린 선배가 전화로 차로 같이 돌아가면 어떻겠냐고 물었다. 연휴 전에도 린 선배에게 전화가 왔었지만 그때는 마침 엄마가 하이시로 출장을 와서 그 편에 같이 돌아가기로 했기 때문에 거절할 수밖에 없었다. 그런데 막상 연이어 거절하려니 미안한 마음이 들었다. 부모님께 이 얘기를 드렸더니 엄마의 반응은 별로였다. 지난 국경절 연휴에 만났을 때도 엄마는 마음에 들어 하지 않았다. 자기 집안에 공무원 사위를 들일 생각도 없었고 그가 너무 평범한 집안 출신이라는 것도 썩 마음에 들지 않았다. 린 선배의 문제에 그녀의 부모님이 이렇게 한마음 한뜻이 될 줄 생각도 못 했다. 아빠는 공직에 몸은 담고 있어서 매일 비슷한 사람들과 만나다 보니, 린 선배를 만나자마자 린 선배의 됨됨이가 어떤지 금방 파악하고는 자신의 딸이 그와 만나는 걸 반대했다.

관쥐얼이 떠나는 날이 되자, 아버지는 딸을 붙잡고 정신교육을 시키기 시작했다. 요즘 젊은 공무원들의 문제점을 낱낱이 폭로하며 주의를 주었다. 하지만 이런 정신교육은 말처럼 쉽지 않았다. 관쥐얼의 아빠는 약간 보수적인 편이라 말을 직접적으로 하기보다는 살짝 돌려서 하는 스타일이라 주제를 벗어나 계속 겉돌기만 했다. 관쥐얼은 똑같은 말만 되풀이 하고 있는 아빠를 보니 이 모든 게 린 선배와 관련이 있다는 것을 깨달았다.

"나랑 린 선배랑은 아니야. 권력을 휘두르는 사람 같은 느낌이 많이 들고 또 그 권력을 이용해서 자신이 원하는 것을 얻을 수 있는 사람이라는 생각이 들어서 난 그 사람이 좀 무섭더라고. 선배한테 부탁하러 온 친구들이랑 하는 얘기 들어보면 딱 그런 스타일이야. 아빠랑은 좀 다른 것 같아."

아빠는 그제야 좀 안심이 되었다.

"네가 제대로 본 거야. 그 사람은 저번에 아빠랑 같이 만났던 아빠 친구들이랑 비슷한 부류야. 예전에 그 사람들 얘기 했었지. 남자 친구는 일단 성품이 좋아야 해, 성품이 좋아야…."

관쥐얼에게 말을 하면서 아빠는 주방에 있는 아내를 조심스럽게 쳐다보고는 목소리를 낮추고 말했다.

"일단 두 집안의 수준이 비슷해야 좋은 거야. 우리 집은 그런 것들을 신경 쓰지 않으니까 지금 살 만한 거야."

관쥐얼은 듣고 있으려니 민망해서 얼른 대답해버렸다. 어차피 아빠와 같은 생각이었다. 부녀간의 비밀 대화를 마친 후 아빠는 주방으로 들어가 아내에게 눈짓으로 자신의 얘기가 관쥐얼이 린 선배와 가까이 지내지 않도록 말했다는 신호를 보냈다. 그렇게 그들 가족은 다시 평화를 찾았다. 물론 관쥐얼의 엄마는 부녀 둘이서 모르는 사이에 자기만 빼고 비밀협정을 맺었다는 사실은 까맣게 몰랐다.

아빠의 허락을 받은 관쥐얼은 린 선배의 차에 올라타더니 그와 가깝지 않다는 것을 증명해 보였다. 하이시에 도착하자 린 선배는 관쥐얼을 환락송 입구까지 데려다 주었다. 더 이상의 데이트 신청은 없었다. 관쥐얼은 마음을 놓았다. 린 선배의 차가 떠나자 집까지 오는 길이 꽤나 힘든 여정이었다는 것을 알았다. 관쥐얼의 목도 뻣뻣한 게 죽다 살아난 것 같았다.

2202호로 들어서자 식사 준비를 하고 있는 추잉잉이 관쥐얼을 보고 몹시 반가워했다. 가스레인지를 끄고는 단숨에 달려들었다. 추잉잉은 기다렸다는 듯이 잉친이 새 여자친구를 사귄 것 같다고 말했다. 때마침 판성메이가 퇴근을 하고 들어오는 길이었다.

"잉잉, 새해에는 새롭게 시작하는 게 어때."

문밖에서 취샤오샤오의 목소리가 들려왔다.

"뭘 다시 시작한다는 거야. 판성메이, 왕바이촨 지금 샘플 만들고 있는 거지? 나대신 잘 체크해줘. 약속한 기한보다 미리 하는 건 괜찮지만 연기되는 건 절대 안 돼."

"벌써 공장으로 출발했어. 걱정 하지 마. 이건 왕바이촨이 잘 하는 거니까."

"아, 왕바이촨 어머니는 잘 계시지? 그럼 판성메이만 믿을게. 여러분, 내가 선물을 좀 가져왔어. 그런데 지금 너무 피곤하기도 하고 배도 고파서 빨리 병원에 가서 수술 중인 남자 친구부터 데리고 올게. 집에서 맛있는 거 가지고 온 사람 없어? 있으면 문 앞에 놔주라, 이따가 가는 길에 먹을게. 아, 그리고 새해 복 많이 받아!"

"앤디랑 같이 온 거 아니야?

그들이 같이 간 사실을 알고 있던 관쥐얼이 물었다.

"아마 아직도 공항에서 바오즈 씨랑 헤어지기 아쉬워서 울고 있을 걸. 난 그냥 모르는 척 하고 왔어. 창피해서 같이 있을 수가 있어야지."

"앞에 한 말만 들은 걸로 할게. 빨리 들어가."

"믿거나 말거나,"

취샤오샤오는 캐리어를 끌고 들어갔다.

추잉잉는 고개를 저었다.

"난 안 믿어, 앤디가 많이 울어도 눈물 3방울일걸. 오른쪽, 왼쪽 해서 딱 각각 3방울씩만 흘릴 거야."

심지어 판성메이는 앤디라면 절대 눈물을 흘리지 않을 거라고 생각했다. 분명히 무덤덤하게 웃으면서 바오즈씨를 배웅했을 것이 분명했다. 하지만 이번에는 약간의 과장은 있었지만 취샤오샤오의 말이 진짜 사실이었다.

취샤오샤오는 샤워를 마치고 집을 나섰다. 2202호 문 앞의 작은 의자위에 갖가지 먹을 것이 쌓여 있는 것을 보고 소리를 질렀다.

"판성메이, 관쥐얼, 추잉잉, 정말 많이 사랑해! 사랑한다고!"

그녀는 조금도 사양하지 않고 다 챙겨서 2203호 자기 집으로 가지고 들어갔다. 그리고 다시 나와 엘리베이터를 타고 기쁨의 환호성을 질렀다. 집에서 가져온 음식을 내놓지 않은 건 판성메이 뿐이었다. 그녀는 웃으면서 옆에서 지켜보고 있었다. 만약 자기가 취샤오샤오라면 어땠을지 생각해보았다. 10시간이 넘게 비행기를 타고 와서 직접 운전을 하던 택시를 타든 아직도 수술이 한창인 남자 친구를 데리러 가거나, 아니면 잠깐 쉬는 남자 친구가 직접 운전을 하고 오라고 하든지 두 가지 방법이 있다. 판성메이라면 아마도 후자를 선택했을 것이다. 취샤오샤오가 자오치핑을 대하는 태도를 보면 정말 놀라울 뿐이다. 매사에 제멋대로 구는 취샤오샤오에게 이런 모습이 있다니? 아니면 취샤오샤오가 말만 그렇게 하고 다른 데를 갈 수 도 있겠다는 생각이 들었다. 판성메이는 차라리 후자를 믿고 싶었다.

취샤오샤오가 한바탕 몰아치고 난 후 추잉잉이 참지 못하고 소리를 질렀다.

"이것 좀 봐봐, 어서. 새해는 무슨, 얼어 죽을. 나한테 정확하게 말해줄 사람!"

판성메이도 잉친의 웨이보를 보았다.

"잉친도 알아? 네가 잉친의 웨이보 보는 거?"

"알 거야. 잉친은 이미 나에 대한 관심은 껐으니까. 근데 난 아직도 지켜보고 있거든. 아직 나를 수신차단 안 했어."

판성메이는 골치가 아팠다. 잉친의 웨이보에는 추잉잉의 이런 행동에 싫증난 잉친의 모습이 여실히 보였기 때문이다. 그는 '이미 임자 있는 몸'이라는 사인을 내걸어 추잉잉을 단념시키려는 것 같았다. 하지만 설 연휴 전 잉친이 힘들게 구해온 기차표 1장으로 추잉잉은 그가 아직도 마음이 있다고 생각하며 즐겁게 설을 보내고 왔는데, 오늘에서야 어떻게 사실을 말할 수 있겠는가. 판성메이는 차라리 크게 아프고 짧게 끝내는 게 낫다고 생각했다. 하지만 막상 추잉잉의 절박한 눈빛과 마주하자 판성메이는 또 다시 걱정됐다. 어떻게 하면 추잉잉의 일방적인 마음을 끊어낼 수 있을까.

"잉잉, 이런 밑도 끝도 없는 말이 뭘 의미하는 줄 알아? 잉친이 뭔가를 말하고 싶었더라도 네가 목숨 걸고 찾아낼 필요는 없어. 나중에 만나서 물어보면 다 해결될 일이야. 영화나 드라마에서 나오는 수많은 오해들이 다 어떻게 생긴 건지 알아? 다 짐작하고 상상해서 그래. 더 이상 생각하지 마. 빨리 밥이나 해줘, 내일 출근할 때 도시락 싸야 되잖아."

추잉잉이 생각해 봐도 판성메이의 말이 맞았다. 하지만 여전히 불안한 마음은 어쩔 수 없었다.

"잉잉, 내 생각에는 말이야. 내가 너라면 그냥 잉친을 포기하겠어. 누군가가 나와 오랫동안 같이 지냈는데, 그 사람이 여전히 내 마음이 어떤지 관심도 없고 외적인 면만 생각한다면 나는 그런 사람이랑 평생을 함께할 수 없을 것 같아. 스스로 고통스러워질 필요는 없잖아. 어디까지나 내 생각이니까 그냥 참고만 해, 스스로 심사숙고해서 결정하도록 해."

관쥐얼의 말을 듣고 판성메이가 속으로 웃었다. 관쥐얼은 대화의 기술을 책으로 배워서 그런지 매끄럽게 구사하지는 못했지만 매우 논리적으로 말할 줄 알았다.

"잉친은 나쁜 사람은 아니야, 나를 힘들게 하지도 않았고…."

"미안, 내가 표현을 제대로 못해서 그래, 나도 잉친이 나쁜 사람이라고는 생각하지 않아. 내 말은 두 사람이 잘 안 맞을 수도 있다는 거야. 성격이 완전히 반대니까. 그리고 이건 어디까지나 내 생각이니까. 난 아픔을 잘 못 견디는 성격이잖아, 유별나기도 하고. 미안해."

"자자, 그만. 또 내가 실수했나보다. 쥐얼, 너 정도 성격이면 훌륭해. 네가 어디가 유별나."

"원하고 바라면 결국 기적은 일어날 거야. 파이팅."

판성메이도 얼른 한마디 거들었다.

"그 노래 있잖아, '베이징 완잉니(북경 올림픽 주제곡)'. 꿈을 가진 사람은 모두 대단하다고. 용기만 있으면 기적이 일어날 거야. 쥐얼이 한 말이 들어맞네. 추잉잉, 내가 제대로 기억하고 있는 게 맞나? 한번 찾아봐."

판성메이는 추잉잉에게 노래 가사를 찾아보라고 하면서 관쥐얼에게 눈짓으로 신호를 보냈다. 관쥐얼은 바로 알아듣고 슬그머니 자리를 피했다. 추잉잉은 연애 문제만 나오면 지나치게 편파적으로 생각하는 경향이 있기 때문에 아무리 주변에서 말을 해도 결코 변하지 않는다.

판성메이는 추잉잉이 걱정되기 시작했다. 어떻게 하면 추잉잉에게 희망이라곤 찾아볼 수 없는 연애에서 빠져나오게 할 수 있을까.

44

길고 긴 춘절 연휴도 끝났고 22층도 원래의 모습을 찾았다. 해가 뜨면 일하러 나갔다가 해가 지면 집으로 돌아왔다. 한 가지 변한 게 있다면 취샤오샤오와 판성메이가 더 이상 적대적인 관계가 아니라는 사실이었다.

연휴 내내 쉼 없이 달렸던 취샤오샤오는 아직은 한낱 풋내기에 불과했지만 그녀만의 장점을 갖게 되었다. 그녀는 상대로부터의 거절감과 체면 따위는 접어둘 줄 알았고 어느 정도도 손해도 감수할 줄 아는, 어리숙해 보이지만 대담함을 갖게 된 것이다. 또한 자기에게 불리하다고 생각되는 말은 언어 장애가 있는 것처럼 못 알아듣는 척하고 다른 사람의 입장에서 고민하려 노력해 보았다. 이번 연휴에서 그녀의 주된 목적은 순전히 자오치핑의 부모님으로부터 벗어나는데 있었다. 이 때문에 연휴 기간에도 아버지 대신 거래처를 방문한다는 명목을 내세울 수밖에 없었다. 하지만 그런 과정에서 새로운 거래처를 뚫게 될 거라곤 정말이지 상상도 하지 못했던 일이다.

하지만, 처음 나서본 일이라 수확이 많지 않아서인지 그녀는 여전히 뭔가 성에 차지 않았다. 그녀는 이번에 성사시킨 사업을 아버지에게 넘겨주고 수출 관련 업무에 참여하겠다는 요구사항을 제시할 생각이었다. 앞으로 어떻게 할지 아버지와 얘기를 나눠 봐야 했다. 그녀는 평생 자신의 작은 회사만으로 만족해야 하는 현실이 마음에 들지 않았다. 반드시 아버지가 운영하는 회사에까지 자신의 영향력을 뻗치고 싶었던 것이다. 그리고 최종적으로 두 오빠를 부모님의 그늘 아래에서 영원히 없애버리고 싶었다. 이것이 바로 그녀가 학업을 포기하고 돌아온 이유이자 목표였다. 물론 그녀에게 학업이 그리 중요하진 않았지만 지금까지 한 번도 포기란 걸 해본 적이 없었던 그녀였기에 자신이 이룬 이번 사업의 성과를 아버지에게 넘겨주겠다는 것은 큰 결심이 아닐 수 없었다. 그녀는 아버지 책상 맞은편에 앉았다.

"아빠, 해외 무역이 생각보다 어렵진 않은 것 같아."

"몇 년 전 해외무역이 쉬웠을 때는 국내 무역을 그만 할까도 생각했었지. 네가 따온 이 작은 사업들을 어떻게 처리할 생각이니?"

"작은 사업이라니? 돈을 버는데 작은 사업, 큰 사업이 어디 있어. 일단은 지금 우리 회사에서 하고 있는 국내무역이 좀 바빠서 마무리 먼저 제대로 해야 할 것 같아. 그래서 이건 아빠한테 넘길까 하는데. 아빠, 전문가 몇 명만 보내서 나 좀 가르쳐 주면 안 될까? 이 사업들을 처음부터 끝까지 내가 직접 해보면 좋을 것 같아서. 데뷔 무대라고 생각하면 되겠다. 보니까 해외무역이랑 국내무역이랑 상충보완하면 좀 나을 것 같던데…. 아빠, 아빠도 이 이유로 국내무역을 완전히 포기하지 않은 거잖아."

취샤오샤오 아버지의 두 눈이 반짝였다.

"샤오샤오, 역시 내 딸이야. 어쩌면 그렇게 내 마음을 꿰뚫어보니. 그때 네 엄마라는 사람도 이해를 못하더구나. 국내무역은 하지 말고 해외무역이나 하라니까 뭐하고 있냐고…. 내가 국내무역을 하면서 매일 이어지는 접대 때문에 얼마나 힘들었는지. 그때 너의 엄마한테도 똑같이 말했었다. 비즈니스는 힘든 걸 두려워하면 안 돼. 거래처와의 일방적인 관계를 두려워해야지. 생각지도 않은 일 때문에 관계가 완전히 사라질 수도 있거든. 그래서 거래처가 어떤 태도로 나와도 받아들일 수 있는 마음가짐이 필요해. 항상 오는 게 있으면 가는 게 있어야 하고. 서로에게 없어서는 안 될 존재가 되어 가다 보면 그 사람 일이 내 일이 되고 내 일이 그 사람 일이 되는 거야. 내가 그 사람에게 일을 맡기면 난 그만큼 더 많은 일을 할 수 있잖아. 그렇게 되면 사업도 점점 확장할 수 있게 되고, 안 그러니? 아빠는 네 결정에 따르마. 필요하면 내가 직접 도와주마."

"아빠가 직접 해준다고? 그럴 시간이 있어? 그냥 전문가 1명 소개해줘도 되는데."

"전문가라고 해도 아빠만큼 하겠니. 나중에 네가 아빠 뒤를 이어야 할 텐데. 내가 가르쳐주마. 오늘부터 시작해야겠다!"

취샤오샤오 아빠가 앉아 있던 의자를 툭툭 쳤다.

"자, 이 자리에서 한번 비즈니스를 어떻게 진행할 건지 생각해 보거라. 거래처들끼리 어떻게 연결해줄 수 있는지, 해외무역과 국내무역을 어떻게 결합시킬 수 있는지. 우리가 직접 결합할 수 없으면 주변 누군가를 이용해서 연결고리를 만들면 된단다. 아빠 말이 무슨 말인지 이해하니?"

"당연하지."

취샤오샤오의 눈도 반짝였다. 아버지가 그녀를 이 자리의 주인으로 인정한 거나 다름없지 않은가! 오예! 취샤오샤오의 간드러진 아부가 시작되었다.

"나한테 어떻게 이런 피가 흐르나 했더니, 역시 아빠 딸이어서 그런가 봐요. 좋아요! 시작해요. 하나하나 차근차근 가르쳐주세요."

창밖으로 해가 조금씩 저물고 있었다. 취샤오샤오는 자오치핑에게 아직 일이 남아서 2시간 후에나 볼 수 있다는 문자를 보낼 생각이었는데, 마침 마음이 통했는지 그에게 전화가 왔다.

"샤오샤오, 문안 인사드립니다. 헤헤. 안 그래도 지금 연락하려고 했는데. 나 2시간은 더 있어야 퇴근할 것 같아. 저녁은 먼저 먹는 게 좋겠어."

"오냐. 나도 오늘 퇴근 못 할 것 같아서 연락한 거야. 환자 하나가 있는데, 오늘 밤에 좀 지켜봐야 할 것 같아서. 오늘 밤이 고비거든. 너도 일이 있다니까 나도 마취과 선생님 좀 만나러 가야겠다."

"하하. 나는 괜찮아. 이따가 데리러 갈게. 초콜릿이나 과자라도 챙겨먹어. 알았지?"

그녀의 아버지는 내심 부럽기도 하고 질투가 나지도 했지만 딸이 통화를 마치자 어르듯 말했다.

"좋은 차로 바꿔주랴? 의사한테 시집가려는 그 병원 간호사들 기를 눌러놔야지."

"필요 없어. 나는 오히려 그 사람이 돈 많은 여자한테 팔려갔다는 소리 들을까 걱정인데. 그 사람이 체면을 좀 따지거든."

"알았다, 알았어. 이것도 장기 프로젝트인거냐. 오늘 밤에 나도 같이 가면 어떠냐. 엄마도 부르고, 같이 저녁이나 먹게."

"아직 때가 아니야. 아빠 지난번 이미지가 너무 안 좋았잖아. 그런 일은 몰상식한 여자들이나 하는 거라고요. 아빠는 어떻게 생각 없는 오빠들의 충동질에 넘어갈 수가 있어. 그 사람한테 아빠를 뭐라고 소개해야 될지 정말 모르겠다고. 지난번 일이 잊힐 때까지 좀 기다렸다가 다시 얘기하는 걸로 해."

"어휴, 그날은 정말 네 오빠가 할머니에게 이야기하는 바람에, 네 할머니가 좀 보수적이지 않니. 우리처럼 그렇게 생각이 열려 있지가 않으셔. 네가 만나는 사람이 의사고 부모님도 교양 있는 분들이라고 하면 할머니도 맘에 들어 하실 거다. 앞으로 다시는 이런 일 없을 거야. 네가 그 사람한테 잘 얘기해줘. 아빠 이상한 사람 아니라고."

"오빠들이 계속 이런 식으로 나오면 할머니가 또 안 그러실 거라는 법은 없지. 흥, 아빠도 오빠가 그렇게 끔찍한 일을 꾸미는 걸 봐놓고, 나는 여기서 아빠를 도와 죽도록 일하고 있는데, 오빠라는 사람들이 말도 안 되는 일만 꾸미면서 여동생 뒤통수 칠 일만 생각하고 있으니…. 아빠, 그러니까 내가 진작 혼쭐을 내줘야 된다고 했잖아. 나중에 할머니에게 무슨 일이 있으면 할머니더러 직접 나한테 말하라고 해. 맨날 아빠 앞에서만 죽는다 어쩐다 하시는데, 다음에는 내 눈으로 직접 봐야겠어. 안 그래도 어려서부터 아들만 예뻐해서 나 혼자 외할머니 손에서 자랐는데, 만약에 할머니 집에서 컸으면 피 말라 죽었을지도 모른다고. 지금까지도 사람대접 제대로 못 받고 있긴 하지만."

"너한테는 이 아빠가 있잖니. 아빠가 이렇게 널 아끼는데, 뭐가 더 필요해. 할머니는 어차피 멀리 떨어져 있잖아. 됐어, 됐어. 자, 다음으로 넘어가자."

"못난이 손자들 얘기는 그만해. 나 잠깐 관쥐얼한테 전화 좀 하고. 오늘 같이 운동하러 가기로 했는데 못 간다고 말해야 할 것 같아."

취샤오샤오 엄마는 두 사람이 퇴근하기만을 기다리다가 두 부녀가 같이 있는 게 왠지 마음이 놓이지 않았다. 퇴근하는 직원들이 부녀의 이야기를 속닥거렸는데, '손자'니, '아들'이니 그런 말들이 살짝 들린 것 같았다. 그 말을 듣고 그녀의 엄마는 웃음이 멈추지 않았다.

앤디는 퇴근 후 관쥐얼을 만나서 함께 피트니스 센터로 향했다. 가는 길에 갑자기 바오이판의 아버지에게 전화가 왔다. 앤디는 살짝 망설이다가 전화를 받았다.

"네, 회장님."

옆에 있던 관쥐얼이 깜짝 놀랐다. 그녀와 바오이판 사이에 무슨 일이 생겼나 했다.

바오이판의 아버지는 그의 어머니처럼 그리 격식을 차리진 않았다.

"아직도 나한테 회장님이라고 부르는구나. 요 며칠 네 자금에 두 가지 큰 움직임이 보이는데 무슨 일인지 알 수 있을까 해서 말이다."

"당연하죠."

앤디는 며칠간 있었던 일들을 그에게 설명해주었다.

그는 짧게 대꾸만 하면서 듣고 있었다. 앤디가 설명을 마치자 그제야 그가 입을 열었다.

"그렇게 된 거군. 그리고 그 일 있잖니, 네 아버지와 관련된 일 말이다. 너무 어색해 할 필요 없다. 어려움이 생기면 얼마든지 나와 상의해 주렴. 관직에서 일어나는 일이라고 해서 반드시 법으로 설명할 수 있는 건 아니거든. 너는 외국에서 와서 잘 모를 거야. 바오이판도 제대로 몰라서 내가 가르쳐 주고 있거든.

"감사합니다. 그런데 저는… 그, 그쪽이랑은 아무 상관없어요. 그 분 마음대로 하는 거예요."

"그럼 혹시, 그가 구속 수사 중이라는 소식도 못 들었니?"

"네? 못 들었어요. 그분이 뭘 하든 엮이고 싶지 않아요."

"그래, 이 일은 아내가 계속 주시하고 있었더구나. 나도 방금 전에 들었고. 나도 반신반의하긴 했지만 너한테 알려주는 게 나을 것 같아서. 도와줄 사람이 필요하면 무작정 혼자 해결하려고 하지 말고 믿을 만한 사람에게 물어보는 게 좋단다. 제대로 된 사람을 못 찾고 도리어 사기꾼을 만날 수도 있거든. 그러니 어려워말고 얘기하렴. 아버지 일에 신경 쓸 시간이 없다고 해도 일이 어떻게 돌아가는지 정도는 알 수 있으니까 말이다."

"감사해요. 외람되지만 바오 부인에게 그 일에 신경 쓰지 말라고 해주실 수 있을까요? 어머니께서 이 일에 대해 저랑 약속하신 게 있거든요."

"그래? 네가 허락한 게 아니었구나."

앤디는 답답해서 미친 듯이 소리치고 싶었지만 꾹 참기로 했다.

"제가 정말 간곡하게 부탁드렸었어요."

"아, 그랬구나. 이 사람 참…. 내가 얘기해보마."

앤디는 화가 난 채로 통화를 마쳤다. 아마 옆에 관쥐얼이 없었다면 이미 주먹으로 핸들을 내리치고도 남았을 것이다. 서로 믿기로 해놓고 결국 어머니는 또 그녀의 뒤통수를 친 것이다.

관쥐얼은 통화 내용을 모두 듣긴 했지만 무슨 얘기가 오가는지 전혀 알아들을 수가 없었다. 하지만 앤디가 무척이나 화가 난 것쯤은 알 수 있었다. 피트니스 센터에 도착하자 그녀는 관쥐얼을 먼저 올려보내고 바오이판에게 전화를 걸었다. 관쥐얼은 바로 센터 안으로 들어갔다. 누구에게나 비밀은 있는 법이니까.

그녀는 먼저 화를 억눌렀다. 바오이판과 통화를 하면서도 분노에서 벗어나기 쉽지 않았다. 그의 어머니는 말끝마다 알았다고 대답해놓고 이렇게 몰래서 뒷조사를 하고 있다니, 정말 상상도 못했다. 오늘 바오이판의 아버지가 앤디에게 전화해서 호의적 제안을 하지 않았다면 그도 아무것도 모른 채 있었을 게 뻔했다. 하지만 이번에는 바오이판도 뭔가 달랐다.

"내가 먼저 아버지랑 얘기해볼게요. 오늘 밤은 얘기가 길어질 것 같으니까 내 전화 기다리지 말고 먼저 자요, 날 믿고요."

"근데 대체 어머니는 왜 그러시는 거죠?"

바오이판이 한숨을 내셨다. 그는 어머니가 이러는 이유를 잘 알고 있었기 때문에 더욱 면목이 없었다.

"정말 부끄러워서 쥐구멍이라도 있으면 숨고 싶은 심정이네요. 이번일은 꼭 제대로 해결하도록 할게요. 이미 우리 감정에도 영향을 미치고 있는 것 같네요. 우선 화 좀 풀어요. 오늘 밤에 관쥐얼이랑 벨리댄스 배우러 간다고 하지 않았어요? 이 일은 나한테 맡기고 우선 기분전환 해요. 다 끝나고 나서는 야식도 먹고요. 제가 내는 걸로 할 테니 비싼 걸로 먹어요."

그는 어머니가 처음부터 앤디를 통하지 않고 웨이궈창에게 직접 연락을 해서 안면을 텄다는 것쯤은 굳이 물어보지 않아도 알 수 있었다. 그의 어머니는 앤디가 웨이궈창을 신경 쓰지 않을 수 없도록 뭔가 공식적인 관계를 마련해 놓은 것이다. 하지만 모든 일에는 예상치 못한 변수가 일어나기 마련이다. 그의 어머니와 웨이궈창이 가까워졌을 때쯤 며칠째 소식이 들리지 않았고, 알고 보니 웨이궈창이 구속 조사를 받고 있었다. 어쩌면 어머니도 크게 놀라서 아버지를 찾아 상의를 했을 것이다. 하지만 그는 지금 어머니가 뭘 생각하고 있는지 너무나 잘 알고 있었던 것이다. 문제가 있는 부친을 둔 앤디를 평범한 신분으로 떨어트려 자기 집안의 며느리로 맞이하지 않으려고 하는 수작 아닌 수작이었다. 이런 사실을 당사자인 앤디에게 말한다면 그녀가 무슨 반응을 보일지 불 보듯 뻔했다. 그냥 자신 혼자서 부딪치고 상처받는 게 훨씬 나을 것 같았다. 그의 어머니는 아버지와의 이혼 소동이 있은 후부터 점점 더 제멋대로 행동하고 무엇이든지 자기 손 안에 넣으려고 했다. 그는 이번 일로 어머니에게 큰 실망감을 느꼈고 정상적인 방법으로는 도저히 어머니를 막을 수 없다는 사실도 알게 되었다. 결국 그는 아버지를 찾아가 상의를 해보기로 했다.

관쥐얼은 먼저 로비로 올라가서 앤디를 기다리고 있다가 우연히 백팩을 메고 들어오는 탕위원과 마주쳤다. 그녀는 그를 보자마자 집에 돌아가서 자기에게 오줌을 싼 토끼를 죽이겠다고 한 말이 떠올라 자기도 모르게 형식인 웃음을 지을 것 같았다. 하지만 그녀는 누군가에게 먼저 인사를 건네는 것을 어려워했기에 그냥 휴게실 소파에 앉아 있다가 어쩔 수 없이 그와 눈이 마주치면 그때나 미소나 한번 지어줄 생각이었다. 하지만 불행히도 그녀에 대한 아무런 인상이 없었던 탕위원은 그녀를 슥 지나치고 안내데스크로 향했다. 그녀는 탕위원이 자기를 보지 못했다고 생각했다.

아직도 화가 가시지 않은 앤디가 전화를 끊은 뒤 관쥐얼에게 하소연했다.

"바오이판 어머니가 자기 멋대로 내가 싫어하는 짓을 해버렸어. 뻔히 알면서도 고의로 말이야. 그래서 너무 화가 나."

"우리 엄마도 그래. 맨날 내가 싫은 행동만 한다니까. 그래도 다 나한테 좋은 일이긴 했어. 난 이미 습관이 됐어. 판성메이 부모님이 하는 행동을 보면, 난 우리 엄마가 하는 일은 뭐든 용서할 수 있을 것 같아. 적어도 우리 엄마는 나를 제일 먼저 생각해서 그러는 거니까."

앤디는 목이 메었다.

"엄마들은 다 그래?"

"정도의 차이가 있을 뿐이지 다 똑같아. 언니도 적응해야 할 거야. 우리 집에서는 엄마가 모든 일을 다 간섭하려고 해서 나랑 아빠랑 둘이서 편을 먹었다니까. 우리가 이길 때도 있고 엄마가 이길 때도 있지만 그래도 가족이니까."

앤디는 갑자기 눈이 휘둥그레졌다. '뭐라고? 그래도 이건 명백한 그녀의 잘못이겠지?'

탕위원은 단번에 앤디를 알아보고 다가와서 인사를 건넸다. 그제야 옆에 있던 존재감이라곤 1도 없던 여자가 지난번 취샤오샤오가 소개해주려고 했던 관쥐얼이라는 것을 알아차렸다. 지금 누가 봐도 앤디의 기분이 좋지 않다는 것 정도는 알 수 있는 분위기라 그는 조심스럽게 인사했다. 앤디는 영혼 없이 탕위원과 인사를 나누고 곧장 안내데스크로 향했다. 남아 있던 관쥐얼이 웃으면서 물었다.

"탕위원 씨도 여기 다니세요?"

"지난번에 친구 만나러 왔다가 둘러보니 시설이 괜찮더라고요. 집과도 가깝고요. 샤오샤오는 안 왔어요?"

"오늘 야근 한대요. 다음번에 보강해야 할 것 같아요. 부끄럽지만 저희가 개인레슨을 받거든요…."

"샤오샤오가 야근을 한다고요? 그럼 취샤오샤오에게 지난 번 저한테 실례를 한 토끼를 칭찬해줘야겠다고 말 좀 전해주시겠어요? 늦겠네요. 어서 가보세요."

"지난번 그 토끼는 잡아먹은 거 아니었어요?"

앤디가 어리둥절해했다.

"아무래도 뭔가 오해가 있는 것 같네요."

다들 취샤오샤오가 분명히 또 말장난을 했을 것이라 확신했다.

"오해인 것 같네요. 제가 취샤오샤오에게 전해주도록 할게요. 그만 가볼게요."

취샤오샤오는 아버지와의 비즈니스 수업을 마친 후 곧바로 병원으로 달려가 자오치핑을 기다렸다. 이런 실전 비즈니스 수업과 학교에서의 수업은 체감이 전혀 달랐다. 비즈니스는 아버지가 이렇게 해야 하고, 왜 그렇게 했는지 그리고 그 결과는 무엇인지 가르쳐 주었지만 경제 상황의 변동에 따라 새로운 사고방식이 반드시 필요했다. 취샤오샤오는 이제 더 이상 국내 물정에 어두운, 지식은 없고 꾀만 있는 초보 사장이 아니었다. 그녀는 원리를 이해하고 질문까지 할 수 있는 수준에 이르렀고 심지어 아버지의 생각을 꿰뚫을 수 있는 정도까지 되었다. 이 모든 것은 순전히 그녀의 노력으로 얻어진 것이다. 그녀는 동료들의 말을 알아듣지 못하는 허수아비 사장이 되고 싶지 않았다. 그리고 남을 속이는 걸 제일 좋아하는 그녀였기에 직원들도 얼마든지 그녀를 속일 수 있는 것쯤은 예상할 수 있다. 업무의 모든 과정은 같이 해봐야 방법을 명확히 알 수 있고 좀 더 익숙해지면 요령이 생겨 전세를 역전시킬 수 있었다. 그래야 다른 사람은 속이되 남의 꾀에 속지 않을 수 있는 것이다. 물론, 하나를 가르쳐주면 열을 아는 그녀이기에 아버지의 풍성하고 생생한 경험담을 새겨들었다.

병원에 막 도착했을 때, 탕위원에게 전화가 왔다. 그가 토끼요리 얘기를 꺼내자 취샤오샤오가 한바탕 깔깔대고 웃었다. 결국 거짓말한 게 들통이 나긴 했지만 그녀는 바로 경고하는 걸 잊지 않았다.

"이도저도 아니면서 괜히 관쥐얼 건드리면 알아서 해라. 그 앤 굉장히 바른 아이야. 함부로 건드리지 말라고."

"방금 그녀랑 몇 마디 나눠봤는데 역시나 좋은 사람인 것 같더라. 그 사람이랑 같이 있던 키 큰 여자는 화가 엄청 많이 나 있어 보이더라고. 아무튼, 두 분 수업 마치고 나서 같이 커피라도 한 잔할 수 있을까 모르겠네."

취샤오샤오가 예리하게 질문을 던졌다.

"대체 누굴 만나고 싶은 건데?"

"관쥐얼, 그 사람을 보니까 겨울날 따뜻한 햇살 같은 느낌이 들더라고. 한번 잘해보고 싶은데."

취샤오샤오는 눈동자를 이리저리 굴리더니 잠깐 생각에 잠겼다.

"나도 같이 있어야겠다. 일단 남자 친구 만나고 연락 할 테니까 기다려, 혼자서 멋대로 움직이지 말고. 널 믿을 수가 있어야 말이지."

탕위인은 웃음을 참을 수 없었다. 첫째, 취샤오샤오가 개과천선해서 야근을 한다는 사실이 놀라웠고, 둘째, 다 큰 성인인 관쥐얼을 보살피는 그녀의 모습에 또 한 번 놀랐다. 그리고 마지막으로 남자 친구와 상의를 하고 자신에게 전화를 주겠다는 모습이 정말 충격적이지 않을 수 없었다. 취샤오샤오가 어떻게 된 걸까.

"알았어, 알았다고. 그럼 빨리 연락해 줘."

취샤오샤오가 돌아서자 자오치핑이 이미 걸어오고 있었다. 그녀는 얼른 미끄러지듯 차 안으로 들어가 먼저 조수석을 차지했다. 자오치핑도 조수석 문을 열더니 기어코 취샤오샤오 옆에 끼어 앉았다.

"나 너무 피곤해, 샤오샤오. 네가 운전해 줘. 내 손 좀 봐봐."

그의 손을 보니 양 손에 경련이 일고 있었다. 꼼짝도 못할 것 같아 보이는 모습에 그녀는 얌전히 조수석을 내주고 운전자석에 앉았다. 그리고 탕위윈에게 전화를 걸어 약속을 미뤘다.

"탕위윈, 오늘은 아무래도 안 될 것 같아. 원래 관쥐얼도 운동을 잘 안 하는 편이라 오늘 1:1 수업을 받고나면 피곤해 할 수도 있어, 내 얼굴을 봐서 차 한 잔 하는 건 좋겠지만 피곤해 죽겠는데 누가 즐겁게 차를 마실 수 있을지는 모르겠다. 나도 피곤할 때는 누굴 만나도 귀찮더라고. 다음에 시간을 잡아보도록 합시다."

탕위원도 그녀의 의견에 동의하고 다음번을 기약했다.

가만히 듣고 있던 자오치핑이 얼굴을 푹 숙이고 낄낄거리며 웃고 있었다. 취샤오샤오가 자기를 위해 친구와의 약속을 취소한 걸 알고 내심 만족스러웠다.

"잘됐다. 배고프지? 난 뱃가죽이 등에 달라붙은 것 같아. 우리 거기 가자, 거기 충…."

"회충면? 하하, 내가 너 그럴 줄 알았다니까. 먹자, 먹어. 누가 무서울 줄 알고."

그 국수집은 취샤오샤오가 찾아낸 맛집인데 정말 좋은 재료를 사용한다. 가격은 비싸지만 정말 맛있다. 굵고 둥근 면발이 우동면 같은데 처음 자오치핑을 데리고 갔을 때 양쪽이 뾰족한 면을 집어 취샤오샤오 앞에 놓고 이리저리 흔들어댔다. 취샤오샤오가 무슨 모양인지 알아채고는 하마터면 입안에 있던 음식을 모두 뿜을 뻔 했다. 하지만 취샤오샤오는 이런 성향의 개그를 좋아했기에 그 후에도 친구와 밥 먹을 일이 생기면 종종 이곳을 찾곤 했다. 그리고는 심술궂게 자오치핑이 했던 행동을 고대로 따라하며 친구를 골탕 먹었다. 친구들은 소스라치게 놀랐지만 그녀는 이미 자오치핑에게 습관이 된지 오래라 아무렇지도 않았다.

하지만 취샤오샤오가 잘못 생각했다. 뛰는 놈 위에 나는 놈이 있다고, 심술궂은 샤오샤오 위에 진지한 자오지핑이 있었다. 그녀는 면발을 이러 저리 흔들고 득의양양해하며 입안으로 넣었다. 그는 아무런 기색도 하지 않고 바라보았다. 그가 먹기만을 기다리던 그녀는 이미 반이나 넘게 먹어버렸다. 그제야 그가 건들거리며 말했다.

"보아하니 반죽하는 사람이 없나보다. 우리가 먹은 면발 안에 그 사람 손에서 떨어진 각질층 세포가 들어 있을 거야. 왜 반죽하는 사람들마다 뽑은 면발의 맛이 다른 줄 알아? 왜냐하면 사람마다 각질층 세포의 DNA가 다 다르기 때문이야."

그녀는 화들짝 놀라서 젓가락질을 멈췄다.

"각질이라고?"

그가 싱긋 웃어보이자 그녀는 위가 점점 더부룩해 지는 것 같고 손에 쥔 젓가락도 천근만근처럼 느껴졌다. 구역질이라도 하고 싶었지만 뜻대로 쉽게 되지 않았다. 입맛도 뚝 떨어졌다. 그녀는 울상을 짓고 테이블 아래로 그의 다리를 있는 힘껏 세게 밟았다.

활짝 열려 있는 2202호 안으로 판성메이가 보였다. 취샤오샤오가 입구에서 그녀를 불렀다.

"성메이, 왕바이촨한테 내일 아침 9시에 시간이 괜찮은지 물어봐 줄 수 있어? 계약서 쓰려고 하는데. 그리고 앞으로의 협력 의사도 좀 얘기해보고 싶고. 괜찮을까? 내가 내일 모레 또 출장을 가야 하는데, 계약서 얘기를 안 하고 가면 좀 그럴 것 같아서 말이지."

판성메이가 얼굴을 쏙 내밀었다.

"알았어, 왕바이촨도 내일 하이시에 있을 거야."

"그럼, 부탁해. 역시 언니한테 말하는 게 제일 쉬울 것 같더라니."

취샤오샤오는 복도에 서 있던 자오치핑에게 달려가 입을 헤벌리며 익살스러운 표정을 지어보였다. 하지만 그는 아직도 이해가 가지 않는 얼굴이었다. 두 사람이 2203호로 들어가고 난 후 취샤오샤오가 설명을 해줬다.

"내가 왕바이촨이랑 직접 시간 약속을 잡으려고 했으면 아마 내일까지도 못 잡았을 거야. 그런데 판성메이한테 말하면 1분도 안 틀리고 정확히 그 시간에 약속을 잡을 수 있거든. 그렇게 안 하면 자신이 남자 친구 하나 움직이지 못하는 사람이라고 남들이 생각하는 게 싫을 거야. 센 척하는 걸 좋아하기도 하고 무엇보다 체면을 굉장히 중요하게 생각하거든."

이 말을 들으니 자오치핑은 웃음이 났다.

"너는 평생 뒤에서 누군가를 조종하고도 남을 거야. 지금까지 한 번도 널 이겨본 사람이 없겠어. 내가 아무리 각질 세포 어쩌고 한다고 해도 어떻게 널 이길 수 있겠니. 이런, 깍쟁이."

"오빠도 깍쟁이야. 나한테 충고도 대충하고 은근히 좋아했잖아. 오빠랑 나는 정말…."

자오치핑은 하품을 하면서 '나쁜 사람과 어울려 함께 못된 짓을 하다.'라는 뜻을 가진 사자성어 몇 개를 종이에 적어 취샤오샤오에게 가르쳐 주었다. 그리고 자기는 이리저리 산만하게 굴다가 씻으러 들어갔다. 하지만 취샤오샤오와 함께 있으면 마치 다른 세상에 있는 것 같다. 일은 저기에, 생활은 여기에, 신중함은 저기에 제멋대로는 여기에. 하지만 샤오샤오는 이런 삶이 마음에 들었다.

앤디와 관쥐얼은 벨리댄스 강사에게 가장 골치 아픈 수강생의 조합이었다. 앤디는 아주 정확해서 선생님이 하는 말 한 마디, 한 마디를 모두 기억했고 평소 운동을 해 왔기 때문에 여유롭고 정확하게 선생님이 시키는 대로 척척 해냈다. 하지만 차마 벨리댄스라고는 말하기 애매했다. 그녀가 하는 건 말 잘 듣는 초등학생이 하는 진지하고 기계적인 국민 체조 같았다. 그녀는 배운 대로 해내는 자신이 매우 만족스러웠다. 앤디의 빠른 습득력은 관쥐얼에게 막대한 영향을 미쳤다. 시험을 볼 때 성적이 그저 그런 학생이 불행하게도 성적이 좋은 학생 뒤에 앉은 것 같은 느낌이라고 할까, 앞에 앉은 학생은 펜이 날아다니는 것처럼 척척 써내려가느라 눈 깜짝할 사이에 페이지를 넘기는데, 뒤에 앉은 학생은 어려운 문제에 부딪혀 속도도 안 나고 오히려 앞 친구의 거침없음에 스트레스만 잔뜩 느끼고 있는 것과 마찬가지 상황이었다. 관쥐얼은 긴장하여 원래 실력에도 미치지 못했다. 배울수록 계속 틀리자 머릿속이 이미 난장판이 돼 버렸다. 처음에는 얼굴에만 새빨갛게 홍조가 올라온 것 같더니 갈수록 온 몸으로 퍼져갔다.

두 사람이 완전히 다른 리듬을 타다 보니 선생님은 둘을 한꺼번에 가르치기 곤란했다. 첫 번째 수업이 끝나고 선생님은 절망적인 표정으로 다음번에는 따로따로 수업을 하는 게 좋겠다고 제안했다. 앤디는 그런대로 괜찮았지만 관쥐얼은 몹시 절망적이었다. 마치 선생님이 암묵적으로 그녀를 콕 집어서 하는 말처럼 들렸다. 평범한 대학 출신인 관쥐얼은 뛰어난 인재들로 가득한 회사에 비집고 들어가 죽도록 노력해서 힘들게 정규직 시험에 합격해 그나마 겨우 자신감을 얻었는데. 벨리댄스 수업이 뭐라고 그녀에게 다시금 자괴감을 맛보게 하고 말았다. 그녀의 자신감은 또 다시 바닥을 찍었다.

앤디는 관쥐얼이 당황하는 모습이 너무 익숙해서 아무렇지 않았다. 자신과 같이 수업을 듣는 사람들은 항상 그녀의 의욕과 학습력에 늘 멘붕이 되곤 했다. 선생님이 나간 후 앤디가 말했다.

"이러면 어떨까? 돌아가서 다른 선생님을 한번 찾아보자. 수업을 하나 더 들으면 되잖아. 나는 그 시간에 근처 카페에서 차 마시거나 일 하면서 기다리고 있을게."

"이걸 보고 어리석은 새가 멀리 난다는 거지?"

"잘못을 찾은 다음에 거기부터 배우라는 거지."

"그렇지. 언니가 너무 빨리 배워서 그래. 다시 배워야지. 언니 먼저 가도 돼. 난 맨날 야근하느라 집에 늦게 들어가니까 택시 타고 들어가면 돼."

앤디가 손을 흔들어 인사를 하고 샤워를 마친 후 문을 나섰다. 그래도 즐겁게 춤을 추고 나니 기분이 한결 좋아진 것 같았다. 로비에 앉아 있던 탕위윈이 앤디를 보고 나와 인사를 했다.

"지금 끝났어요? 방금 가려다가 갑자기 취샤오샤오의 친구 분들이 생각나서 말이죠. 집에 모셔다 드리면 좋을 것 같은데, 다른 한 분은 어디계세요?"

"아, 취얼은 체력이 좋아서 수업을 한 번 더 듣겠대요. 저는 근처 카페에서 기다렸다가 갈 거고요. 고마워요, 신경써줘서. 근데 저도 차 가져왔어요."

탕위윈은 뻘쭘해서 아무 말도 하지 못하고 앤디에게 인사를 했다.

관취얼은 다음 수업까지 마치고 나오자 순간 피곤함이 몰려왔다. 하지만 몸은 가뿐하고 좋았다. 드디어 오늘 배운 수업의 핵심을 마스터할 수 있었고 선생님도 꽤나 만족스러워했다.

앤디도 자신의 모습이 만족스러워 집에 돌아가 연습복장으로 갈아입고 음악에 맞춰 연습하는 걸 찍어서 바오이판에게 보냈다. 사실 바오이판은 앤디가 설 연휴 전부터 벨리댄스를 배우겠다고 했을 때부터 몹시 궁금하긴 했었다. 메시지가 오기 전까지 아버지와 어머니의 무례한 행동에 대해 심각하게 얘기를 나누고 있었다. 메시지 알림 소리에 휴대폰을 열어 동영상을 다운로드했다. 다운로드가 완료되자 그가 말했다.

"아버지, 밖에서 담배 한 대 피고 오시죠?"

"무슨 일인데 그러니?"

바오이판은 낄낄거리며 웃었다. 하지만 무슨 일인지 솔직하게 말할 수는 없었다. 게다가 아버지가 조금 어려운 상대였기에 더욱 그랬다. 바오이판의 아버지가 담배를 피우러 밖으로 나가자 그는 마음 편히 영상을 틀었다. 곧이어 그 영상을 보는 순간 너무 웃겨서 땅바닥에 쓰러질 뻔 했다. 이런 진지한, 기계적인 손동작도 벨리댄스라고 할 수 있는 건가? 엉덩이를 비트는 동작 같은 건 나름 딱 들어맞는데 몸을 흔드는 것은 정말이지 이루 말 할 수 없이… 빈틈이라고는 찾아볼 수 없었다. 얼굴은 건방짐으로 치장하고 있는 모습이 그녀 스스로는 무척이나 만족스러웠나보다. 역시 예상한 대로다. 처음 벨리댄스라는 말을 들었을 때부터 뭔가 의심스럽긴 했었다.

"어디가 이상해요? 그럴 리가, 동작은 다 맞지 않아요? 유연성이 좀 떨어져서 그렇지. 옛날에 발레 배울 때 무용 동작은 다 익혔었단 말이에요."

"동작은 무지 적극적인데, 뭔가 느긋함이 부족한 것 같아요. 눈빛도 부족하고요. 아니다, 얼굴 표정이 제일 아쉬운걸요. 못 믿겠으면 거울 보면서 영상이랑 지금 얼굴이랑 비교해봐요."

"그럼 내가 윙크라도 해야 되나요?"

"당신 앞에 나만 있다고 상상해봐요, 당신을 쳐다보는 사람은 하나도 없고. 그럼 어떻게 춤으로 날 유혹할 거…."

"어렵네요."

앤디는 히죽거리며 바오이판의 말을 끊었다. 하지만 처음 벨리댄스를 배우려던 이유가 갑자기 생각났다. 그건 이 분야의 뛰어난 사람이 되기 위해서가 아니라 로맨틱이라곤 1도 찾아볼 수 없는 자신을 변화시키기 위해서였다.

"아, 알겠어요. 그런 얘기는 이제 안 할게요. 난 일하러 가봐야 해요. 봐야 할 보고서가 있어서."

바오이판은 계속해서 가식적인 웃음을 지었다. 얼마나 어색할지 충분히 상상이 갔다. 그는 아버지가 계신 곳으로 몸을 옮겼다. 하지만 딱히 할 말이 없었다. 베란다 문을 사이에 두고 아버지가 담배를 다 태우시길 기다렸다. 앤디가 단순한 사람인 건 맞지만, 어머니가 그녀를 무시하고 또 다시 뭔가를 찾아내려고 한다면 그때는 정말이지 그녀도 가만 있지는 않을 것 같았다. 옆에서 지켜보는 사람도 견디기 힘들 정도인데, 누가 몇 번이고 수치감을 느끼길 원하겠는가. 어머니는 항상 그가 지키고 싶어하는 여자에게 모욕감을 줬다. 그래서인지 바오이판은 아버지가 과거에 했던 행동들이 이해가 가기 시작했다. 그리고 어머니를 막을 수 있는 방법이 없을지 아버지와 함께 상의해보기로 했다.

이 모든 상황을 앤디는 알지 못했다. 그녀는 거울 앞에서 영상 속 자신이 어떻게 추는지 심각하게 살피는 그저 순진무구한 사람이었다. 그녀는 모든 동작을 아주 세밀하게 나누는 능력을 갖고 있긴 했지만 가장 결정적인 부분에서는 약간의 심리장애를 보이기도 했다.

취샤오샤오는 자오치핑을 너무 아낀 나머지, 피곤에 절어 있는 사람을 구박할 수 없었기에 몸 안에 넘치는 에너지를 분출하기 위해 다른 사람을 괴롭히러 갔다. 그녀는 2202호 문을 두드렸다. 그러자 추잉잉이 달려와 문을 열었다. 그녀는 이제 소인의 잘못을 따지지 않기로 맹세했기 때문에 넓은 아량으로 취샤오샤오에게 문을 열어주긴 했지만 결국 참지 못하고 콧방귀를 꼈다.

"흥."

그러자 취샤오샤오도 두 팔을 허리에 얹고 똑같이 따라했다.

"흥."

그러자 추잉잉이 소리를 질렀다.

"관쥐얼, 우리 착한 관쥐얼… 우리…."

추잉잉은 딱 붙는 스웨터 아래로 완벽하게 드러난 취샤오샤오의 몸매를 힐끗 쳐다보고 예전에 판성메이가 비꼬면서 하던 말이 생각났다.

"칫, 뽕을 몇 개나 넣은 건지 모르겠네."

취샤오샤오는 허리에 손을 올리고 턱을 치켜들었다.

"이거 진짜거든. 우리 집에 돈이 많아서 내가 어려서부터 좀 잘 먹었거든. 흥!"

안에 있던 판성메이는 이 말을 듣고 터져 나오는 웃음을 참지 못했다. 추잉잉이 말을 하려는데 관쥐얼이 파김치가 돼서 들어오고 있었다.

"취샤오샤오, 오늘은 널 가르쳐 줄 힘이 없어. 앤디 언니가 훨씬 잘하니까 언니한테 가서 배워."

"다른 사람이면 몰라도 앤디한테 배우는 건 안 돼. 딱 보면 모르겠어? 내가 제대로 못하면 속으로 얼마나 멍청하다고 흉을 보겠어. 네 방은 좁으니까, 우리 집으로… 아, 안 되겠다. 자오치핑이 와 있어. 할 수 없네, 앤디 집으로 가자. 앤디한테 보지도 말고 참견도 하지 말라고 해야겠어."

관쥐얼은 처음으로 그녀에게 강력한 동질감을 느꼈기에 보충수업에 기꺼이 함께 하기로 했다. 관쥐얼은 방에서 DVD를 가지고나와 그녀와 함께 2201호 문을 두드렸다.

사실 취샤오샤오도 평소 먹고 마시고 노는 것 외에는 따로 운동을 하지 않아서 조금 더디게 배우는 스타일이었기 때문에 다리를 높이 드는 동작조차도 그녀에겐 꽤나 난이도가 있는 동작이었다. 그럼에도 그녀는 가녀린 허리를 굽혔다 일으켰다 하며 열심히 따라했다. 학습력이 빠르고 정확한 동작을 구사하는 앤디와 느리지만 열심히 노력하고 있는 관쥐얼은 자괴감에 입만 벌리고 있었다. 역시… 끼는 타고나나 보다. 벨리댄스도 어쩌면 취샤오샤오 같은 사람들을 위해 만든 것일지도 모르겠다. 늦게 시작한 취샤오샤오는 빠른 속도로 두 사람을 따라잡았다. 물론 동작이 모두 정확하지는 않았지만 앤디와 관쥐얼에게 코치를 해주기까지 했다.

관쥐얼이 취샤오샤오와 나가자 판성메이가 추잉잉에게 물었다.

"추잉잉, 인터넷으로 벨리댄스 교재가 있는지 찾아볼래?"

"알았어, 대체 무슨 춤을 배우는 거야."

추잉잉이 재빨리 검색해서 벨리댄스 교재를 찾았다.

"에이, 생각보다 간단하네. 나도 할 수 있겠다."

판성메이는 스크린에 나오는 동작을 보고 몇 가지 따라 해보고 나니 교재에 나와 있는 동작이 그리 어렵게 느껴지지 않았다. 물론 예쁘게 제대로 하려면 좀 어렵겠지만.

"아, 이렇게 하는 거구나. 재밌네."

영상에 나오는 대로 열심히 따라했다. 관쥐얼도 몇 가지 따라 해보더니 말했다.

"언니, 우리도 2201호에 가서 좀 배울까? 저들도 처음부터 시작하는 거잖아."

판성메이는 고개를 저었다. 다들 돈 내고 배우는 건데 어떻게 염치없이 숟가락을 얹는 것은 날로 먹겠다는 속셈이 훤히 들여다보이는 행동이지 않은가. 하지만 추잉잉은 몇 번 해보더니 재미 있었는지 판성메이 의견과는 상관없이 환호성을 질렀다.

"난 가서 배울래. 맨날 나한테 여자 같지 않다고 하는데, 잘 배워서 이거라도 할 줄 알면 여자 같겠지. 배워야겠어! 언니, 같이 가자."

판성메이는 여전히 고개를 저었다.

"안 갈래. 나중에 시간이 있을지 없을지도 모르는데, 시작은 해놓고 반도 못 배우면 소용없는 거잖아. 오히려 나쁠 수도 있어. 너만 다녀와."

추잉잉은 기다리기 힘들었는지 판성메이의 말이 끝나기도 전에 한 걸음에 앤디 집으로 갔다. 판성메이는 혼자서 컴퓨터에 나오는 영상을 보고 열심히 따라했다.

2201호 안에서는 춤판이 벌어졌다. 하지만 취샤오샤오가 너무 잘해서 다른 사람들은 모두 의욕을 상실했다. 취샤오샤오는 홀로 외로운 사투를 벌이며 한 방에서 영혼 없는 이웃들을 마주하고 있었다. 그리고 자신과 필적할 수 있는 상대가 하나 떠올랐다. 바로 판성메이다. 안 그래도 추잉잉이 판성메이에게 같이 가서 배우자고 해봤지만 그녀가 거절했다고 들었다. 취샤오샤오는 어쩔 수 없이 찡그리며 가장 진지한 관쥐얼과 두 번째로 진지한 앤디에게 눈길을 돌렸다. 하지만 그 두 사람을 보고 있자니 한숨이 절로 나왔다.

왕바이촨은 취샤오샤오를 보자마자 화를 냈다.

"취샤오샤오, 다음부터는 판성메이를 통하지 말고 나한테 직접 말해주면 안 될까요? 오늘 아침, 5시도 안 됐는데 날 깨우기 시작해서 4시간 만에 날아왔다고요. 부탁인데 다음부터는 나한테 직접 말해줘요."

취샤오샤오는 아무것도 모르는 척 했다.

"에이, 어젯밤 2202호에서 판성메이를 본 김에 그냥 말한 거예요. 두 사람 매일 밤 자기 전에 알콩달콩 통화할 거 아니에요. 그 때 얘기하면 되지 뭐하러 따로 해요. 그리고 제 시간에 왔으면 됐지, 별일도 아닌 것 가지고."

왕바이촨은 얼버무리다 한마디 내뱉었다.

"하…. 판성메이는 내 스케줄을 다 가지고 있어서 그녀가 손만 댔다하면 내 스케줄표가 꽉꽉 찬단 말이에요. 거래처랑 발 씻을 시간조차 없다고요. 그것도 다 비즈니스긴 하지만."

"하하, 판성메이가 당신 발을 어린 아가씨가 만지는 게 싫었나보네요. 질투까지 하게 해주는데 고마운 줄 알아야지, 어디서 불평을 해요?"

왕바이촨은 나름 하고 싶은 말이 있었지만 말할 수 없었다. 판성메이가 질투뿐이겠는가. 눈을 부릅뜨고 '나가서 열심히 일해서 빨리 성공하라.'며 다그치고 있는데.

물론, 그녀의 마음도 이해한다. 하지만 조금의 휴식도 허락하지 않아서 그녀와 키스할 시간조차 없다. 가끔은 그런 그녀가 야속할 때도 있다. 그의 스케줄은 이미 판성메이의 감독 하에 꽉꽉 차 있었고 그나마 가끔씩 가짜로 일정을 만들어 스스로 자유 시간으로 쓰곤 했었다. 하지만 취샤오샤오와 일을 하게 되면서 상황이 완전히 달라졌다. 그녀와 판성메이는 거의 매일 만나기 때문에 그녀와 관련된 일로는 땡땡이를 치기가 어려워져서 어쩔 수 없이 열심히 일할 수밖에 없었다.

다행히 취샤오샤오가 흥미로운 소식을 가지고 왔다. 그녀가 새로운 비즈니스를 왕바이촨에게 맡겨서 가공업체를 찾도록 했다. 두 회사의 업무가 어느 정도 비슷했기 때문에 그는 이것이 얼마나 좋은 기회인지 잘 알고 흔쾌히 받아들였다. 두 사람은 사업 확장을 위한 회의를 1시간이나 넘게 진행하면서 업무와 관련된 구체적인 사항도 하나하나 상의해 나갔다. 둘 사이의 첫 번째 합작이었기 때문에 쉽게 긴장을 늦출 수 없었다. 향후 예상 밖의 문제들이 발생하지 않도록 서로 말하기 어려운 부분이 있어도 툭 터놓고 얘기하기로 했다.

사업상 칼자루를 쥐고 있는 건 그녀였지만 그렇다고 오랫동안 사업을 해온 왕바이촨에게 꼴사나운 행동을 하진 않았다. 그가 하는 말이 납득이 가면 그대로 따랐다. 듣기 싫은 소리를 하긴 해도 서로를 속이는 것은 용납하지 않기로 했다. 그러면 다음 합작은 결코 없을 것이다. 이번 건은 그녀에게 연습 같은 것이긴 하지만 그녀가 손해를 본다 할지라도 누구도 봐줄 생각은 없었다. 왕바이촨도 취샤오샤오의 절대 굽히지 않는 성격을 잘 알고 있었기 때문에 그녀의 말이 거슬려도 좋은 말이든 나쁜 말이든 솔직하게 이야기할 작정이었다.

두 사람은 그렇게 협력을 시작했다. 회의를 마친 후 취샤오샤오는 왕바이촨을 엘리베이터까지 배웅했다. 그리고는 심술궂게 물었다.

"어때요? 판성메이한테 거짓말한 거 아니죠? 언니는 다 당신을 위해서 그러는 거예요."

왕바이촨은 사실을 인정할 수밖에 없었다. 이후에 취샤오샤오와 업무적으로 연락할 일이 점점 많아질 텐데 그렇게 되면 자연스럽게 판성메이의 간섭도 심해질 게 뻔했다. 달콤한 구속이라도 때로는 견디기 힘들 때도 있기 마련이니까.

22층 사람들이 취샤오샤오와 왕바이촨의 합작 소식을 전해 들었다. 얼마 전까지만 해도 판성메이와 취샤오샤오 두 사람은 철천지 원수 사이였기 때문에 다들 놀라는 눈치였다. 또 한편으로는 왕바이촨의 어디가 마음에 들어서 합작 상대로 삼은 건지 궁금하기도 했다. 앤디는 취샤오샤오에게 왕바이촨을 선택한 이유를 살짝 물어봤다.

"우리가 판성메이 아버지를 모셔다 드렸던 날 기억 나? 그날 술에 잔뜩 취해서 마구 토하고 다시 들어가서 술을 마시고 그랬었잖아. 지금 외아들, 외동딸들은 왕바이촨처럼 저렇게 죽기 살기로 일하지 않

아. 아마 나름대로 스트레스가 많을 거야. 왕바이촨이랑 판성메이 둘 다 나이도 많고 게다가 집이랑 결혼자금까지 혼자서 마련해야 하잖아. 나야 이런 일은 아빠 회사에 넘겨서 수출 담당하는 사람이 처리하게 해도 되지만 그게 우리 아빠한테 얼마나 도움이 되겠어. 차라리 왕바이촨 같은 개인 사업자한테 주는 게 낫지. 그리고 수시로 내가 보고 있어야 사고도 안 나기도 하고. 왕바이촨을 도와주기 보다는 서로 돕는 거지 뭐."

앤디도 맞는 말이라고 생각했다. 이론적으로 봐도 외주의 장점이 바로 책임을 나누고 그 책임에 따라 이익을 분배하는 것에 있기 때문이다. 하지만 바오이판에게 이런 얘기를 했더니 그는 다른 생각을 가지고 있었다.

"어려서부터 집안에서 보고 자라서 그런지 얼마 안 되는 이익 정도는 포기할 줄 아는 것 같네요. 다른 사람을 앞세워 고생은 고생대로 하게 하고 정말 말도 안 되는 적은 이윤을 챙기게 해주는 거죠. 공장이랑 연락하는 일이 제일 번거롭고 힘 빠지는 일이거든요."

앤디는 놀라서 눈이 휘둥그레졌다.

"역시 난 사람보다 숫자랑 친한 게 훨씬 나은 것 같아요. 당신들 다 집안의 피를 물려받은 완전 깍쟁이들이네요."

바오이판이 웃으면서 말했다.

"나는 그렇게 똑똑한 사람은 아닌 것 같아요. 공장을 운영하면서 고생은 고생대로 하고 그렇다고 돈을 제대로 버는 것도 아니고, 완전 헛똑똑이였어요. 하지만 이게 다 경험이 되겠죠. 그래도 나는 성품이 너그럽잖아요. 이런 논리를 다 알면서도 안 하잖아요."

"하하, 너그럽다고요?"

운전 중이던 바이오판의 휴대폰이 울렸다.

"어머니시네요. 아무튼 난 어머니와 같이 식사는 안 할 거예요."

바오이판이 전화를 받았다.

"네. 알았어요. 저랑 앤디는 국회에서 회의가 있어서요. 회의 마치고 집에 가서 먹을게요."

앤디는 놀란 눈으로 그가 전화를 끊을 때까지 기다렸다.

"나는 안 간다고 했잖아요."

"안 그래도 당신한테 얘기하려고 했어요. 아직 어머니한테 웨이 선생님 뒷조사 한 걸로 당신이 화가 나 있다는 얘기는 아직 못 했어요. 오늘도 말 안할 생각이고요. 오늘 서프라이즈를 할 생각인데. 제가 어머니 생신 선물로 초호화 크루즈 여행을 준비했거든요. 어머니가 떠나 계신 한 달 동안 그룹 내 어머니가 가진 힘을 모두 없애 버릴 생각이에요. 그렇게 해야 회사가 발전할 수 있다는 게 나와 아버지의 생각이고요. 이미 어머니가 재무 부분에 대해서 재단의 관리 하에 있기 때문에 통계적 예측에 있어서는 따라오기 힘들 거예요. 또 한편으로는 내 생각이긴 하지만 어머니한테는 그렇게 큰 권한도 운용할 수 있는 자금도 없기 때문에 자기 사람을 1명이라도 만들기 쉽지 않을 거예요. 여행 선물은 아버지가 주는 거라면 의심하겠지만 내가 드리는 거라 의심 없이 받으실 거예요. 어머니의 권리를 박탈한다고 해서 제 어머니가 아닌 건 아니니까요. 앞으로 더 효도하면 되죠. 오늘 나랑 같이 가서 아무 일 없는 것처럼 밥만 같이 먹어주면 안될까요."

"가족이니까 잘 얘기해 볼 수 있지 않을까요?"

앤디도 그 말을 하자마자 스스로 부정했다.

"흠, 얘기하기 힘들어요."

바오이판의 어머니가 남편의 목적을 막기 위해 자금을 컨트롤하고 앤디의 뒷조사도 빈틈없이 한 걸 생각해보면 어머니와 얘기가 잘 되길 바라는 것은 어쩌면 터무니없는 소리일수도 있었다.

"아버지와 얘기한 후 1주일 내내 심각하게 고민한 거예요. 내 얼굴 좀 봐요, 신경 써서 그런지 얼굴에 여드름까지 올라왔어요. 불효가 아닌지 계속 고민했어요. 그리고 당신이 말한 방법도 생각해봤어요. 난 우리 아버지를 정말 존경해요. 그래서 아버지를 막을 수 있으면 좋겠어요."

바오이판이 말하기를 주저하자 앤디도 끼어들 수 없었다. 두 사람이 잠시 침묵한 사이 회의가 진행될 호텔 입구에 도착했다. 주말 아침이라 그런지 주차장은 매우 한산했다. 바이오판이 앤디의 손을 꼭 잡았다.

"내가 당신이랑 순수한 연애를 한다고 부러워하는 친구들도 있더라고요. 제가 무척이나 우리 사랑을 소중하게 생각하고 있는 거 알죠?"

앤디의 마음에 적지 않은 부담감이 더해졌다. 바오이판이 아버지와 함께 어머니의 실권을 빼앗아버리려는 이유 중 하나가 바로 앤디의 사생활을 간섭하는 걸 막기 위해서였기 때문이다. 하지만 관쥐얼이 말한대로 모든 어머니들이 다 그런 거라면 혹시 자신이 어머니의 관심을 받아보지 못해서 부모님들에 대한 관대함이 없는 건 아닐까 하는 생각이 들었다. 하지만 주저하지 않고 바오이판의 결정을 지지해주기로 했다.

"점심 먹을 때는 감정을 눌러보도록 할게요. 같이 가요."

바오이판은 어느새 손을 꼭 쥐고 고개를 끄덕였지만 긴 한숨은 숨길 수 없었다. 그는 아버지에게 전화를 걸었다.

"아버지, 오늘이네요."

회의에 집중할 수 없을 거라는 건 알고 있었지만 회의 내용이 이렇게 별로일 줄은 몰랐다. 몇몇 돈 많은 기업들에게 공문을 보내 외국계 은행의 재무팀을 어떻게 매수했는지 묻는 자리였는데 왜 재무 토론회까지 하라고 한 건지 모르겠지만 정말 가관이었다. 바오이판도 짜증이 나서 자리를 박차고 일어났다. 회의실에 남은 사람들이 어딘지 모르게 곤란해 보였다. 앤디는 그가 평소보다 더 손을 꽉 쥐고 있음이 느껴졌다.

바오이판의 집안은 부동산 사업도 함께 하고 있어, 소유하고 있는 지역에 별장을 지었다. 앤디는 처음 방문하는 곳이다. 별장은 사람 키보다 높고 두께는 50센티미터나 되는 촘촘한 울타리로 둘러싸인 정원이 있었다. 바오이판이 정원 밖 주차장에 차를 댔다. 차에서 내린 앤디는 이리저리 둘러보니 별장 밖은 높은 산속에 둘러싸여 있었다. 흔히 말하는 '별장의 은밀한 사생활'이 이런 것이구나라는 생각이 들었다.

바오이판이 차에서 내리지 않아 앤디가 들여다보니 차안에서 멍하니 앉아 있는 모습이 보였다. 그녀가 차 문을 열고 그에게 말을 걸려는 순간 대문이 철컥 열렸다. 그 뒤로 그의 어머니가 활짝 웃으면서 두 사람을 맞이하러 나왔다. 그녀가 차 문을 툭 치자 그제야 바오이판이 정신을 차렸다. 그녀도 마지못해 미소를 지어보였다.

어머니는 미소 가득한 얼굴로 두 손을 뻗으며 다정하게 앤디를 불렀다. "우리 아가." 예전보다 더 친밀하고 다정한 목소리였다. 어쩌면 두 사람이 지난번에 하이시에서 함께 여행을 해서였는지도 모르겠다. 앤디는 가족보다 더 다정한 척하는 어머니가 자기 뒤에서는 얼굴을 싹 바꾸고 뒷조사를 하고 다녔다는 생각에 마치 파리를 씹은 기분이었다. 하지만 그의 어머니는 거칠 것이 없었다. 앤디의 손을 잡으며 아주 다정하게 말했다.

"드디어 왔구나, 이 날을 얼마나 기다렸다고. 어서 들어오너라. 밖이 아주 춥구나. 감기 걸릴라. 안 그래도 차 소리를 듣긴 했는데, 차가 오래돼서 그런지 닭 잡는 소리가 나더구나. 안에서 기다리고만 있으려고 하니 너무 시끄러워서…. 왜 이렇게 안 들어오나 해서 나와봤다. 그 차 맞지?"

앤디는 감정을 꾹 누르며 억지웃음을 지어보였다. 바오이판만이 앤디가 가식적인 웃음을 보이는 것을 알아차렸다.

"누가 차 안에서 꾸물거려서요."

"아아, 그게 누구니. 그 사람이 너를 그렇게 안 보여주더구나. 우리가 너를 만나면 못살게 굴 거라고 생각했나 봐. 어찌나 싸고돌던지."

"안에 들어가서 말씀하시죠."

그는 앤디를 어머니 손에서 구해냈다. 하지만 앤디가 보니 그의 행동도 그리 자연스러워 보이지 않았다.

정원에 들어서자 그가 웃었다.

"이상하네, 앤디가 테스트 받는 날인데, 내가 왜 긴장이 되죠?"

"내가 무슨 테스트를 받아요?"

바오이판의 어머니도 같이 웃었다.

"우리 새아가가 이렇게 똑똑한데 뭐가 걱정이야. 시험만 봤다하면 최고로 실력 발휘를 할 텐데."

바오이판은 그제야 웃으면서 말했다.

"처음으로 인사를 온 거니까 큰 시험이나 마찬가지로 중요하죠. 하지만 우리는 서로 안지도 오래됐으니 그런 것들은 생략하기로 해요."

"뭔가 신경이 쓰이는데요."

앤디가 속닥거리면서 집안으로 들어가다가 바오이판의 아버지를 보고 입을 다물었다. 세 식구만 봐서는 그 뒤에 수많은 음모와 계략이 숨어 있다는 걸 전혀 알 수가 없는 보기 좋은 가족이었다.

“이번에 특별히 부탁할게 있는데, 앤디야, 호칭을 바꿔야 하지 않겠니?”

앤디는 고개를 돌려서 바오이판에게 웨이궈창이 풀려났는지 물어보고 싶었다. 하지만 그녀는 아무것도 모르는 척 했다.

“내가 뭐라고 불러야 하는 거죠?”

“엄마, 귀찮은 건 생략하자고요. 앤디, 여기가 화장실이에요. 이 집이 크기만 하고 영 쓸모가 없어서 처음 온 사람들은 화장실을 못 찾더라고요.”

앤디는 두 사람만 있는 틈을 타서 조용히 물었다.

“웨이궈창은 풀려난 거예요?”

“못 들었어요. 구속수사가 이렇게 빨리 나올 수 있나요?”

바오이판도 어머니를 믿을 수 없었다. 이런 다정함 뒤에는 분명히 이유가 있을 거라는 생각에는 앤디와 같았다. 웨이궈창이 방금 나왔다는 소식이 그를 더 곤란하게 했다. 바오이판은 앤디에게 말하는데 눈을 어디다 둬야 될지 몰랐다. 하지만 앤디는 여전히 웃는 얼굴로 식사를 했다. 바오이판은 어머니에게 크루즈 여행 얘기는 꺼내지 않았다. 앤디는 제 정신이 아니었던 그녀의 어머니가 자신을 매우 사랑했다는 사실을 안 뒤 그런 엄마의 모습을 의식적으로 기억하지 않으려고 했다. 바오이판의 아버지가 그에게 사인을 보내고 있는 건 알았지만 망설이지 않을 수 없었다.

앤디는 젓가락질을 제대로 할 줄 몰랐다. 지금까지 한 번도 젓가락질을 배울 생각도 하지 않았기 때문에 바오이판의 집에 와서도 하던 대로 포크를 달라고 했다. 이 집에서 식사를 편하게 하려면 부자의 계획을 모르는 척하는 게 나았다. 하지만 문제는 바오 부인이 앤디의 맞은편에 앉아서 식사를 하고 있다는 사실이다. 바오 부인의 지나친 다정함에 그녀는 짜증이 밀려왔고 위산이 역류하는 것 같았다. 식탁에 올라온 생선찜은 바오 부인이 직접 만든 건지 모르겠지만 너무 맛이 없고 생선 비린내가 코를 찔렀다. 바오 부인은 굳이 앤디의 손등을 툭 치며 생선요리 맛이 좋다고 직접 권하기까지 했다. 앤디는 결국 구역질을 참지 못하고 미안하다고 말할 시간적 여유도 없이, 입을 틀어막고 화장실로 달려갔다.

식탁에 남아 있는 식구들은 서로 얼굴만 빤히 쳐다봤다. 바오이판은 어머니를 한번 쳐다보고 곧바로 앤디를 따라갔다. 화장실 안에서 심한 구역질 소리가 들렸다. 바오이판은 갑자기 뭔가가 떠올랐다. 잠시 후 구역질 소리가 멈추더니 그의 휴대폰이 울렸다.

"…임신한 것 같아요. 모든 증상이 딱 들어맞아요. 긴장하지는 말고요."

바오이판은 "긴장은 하지 말고요"라는 말에 웃음이 터졌다. 그녀가 나오길 기다려 그는 있는 힘껏 그녀를 안아줬다. 그러다 갑자기 너무 꽉 안으면 안 될 것 같아서 살짝 힘을 풀어서 안았다. 두 사람은 서로 마주보고 웃었다.

"진짜야?"

"그런 것 같아요!"

"아가라고요?"

두 사람은 무슨 말을 해야 좋을지 몰라서 바보처럼 계속 웃기만 하다가 가볍게 키스를 했다. 두 사람 사이에 새로운 연결 고리가 하나 더 생긴 것 같은 느낌은 마치 관계가 질적으로 변화가 생긴 것 같았다.

바오 부인은 두 사람이 오랫동안 돌아오지 않자, 방금 전 앤디의 행동이 수상해서 살그머니 화장실 쪽으로 따라갔다. 두 사람이 싱글벙글 웃으면서 좋아하는 모습을 보자 그제야 마음이 놓였다. '임신이 맞나보구나! 그렇다면 이 며느리는 절대 도망갈 수 없겠구나.' 생각했다.

그녀는 헛기침으로 자신의 존재를 알렸다. 하지만 바오이판은 그와 앤디만의 행복한 순간을 방해하지 못하게 어머니의 접근을 막았다. 이제 그는 굳게 마음을 먹었다. 지금 이 순간부터 무슨 일이 있어도 어머니를 막고 말겠다고 굳게 마음을 먹었다. 그는 기필코 앤디와 자신의 아이를 보호해야 했다.

바오이판이 어머니의 생일선물로 럭셔리 크루즈 여행을 준비했다는 얘기를 하는데 앤디와 그의 아버지는 놀라지 않았다. 어머니는 아들의 선물을 무척이나 기뻐했다. 바오이판의 아버지가 한 달 동안 바오 부인의 동생과 함께 있어야 한다는 것이 문제였지만 바오 부인은 크게 따지고 들지 않았다. 모든 계획이 아주 매끄럽게 진행되었고 모두 걱정했던 것과 달리 기쁘게 마무리되었다. 모두가 각자의 행동을 위해 나름의 적합한 이유를 찾아냈다.

추잉잉은 토요일 이른 아침, 아직 날이 밝지도 않았는데 완전 무장을 하고 기차역으로 향했다. 너무 이른 시간이라 전철도 운행하지 않았지만 운 좋게 야간 버스를 탈 수 있었다. 거리에 행인은 물론이거니와 환경미화원들도 아직 나오지 않은 상태였다. 지난 밤 길을 지키던 가로등만이 바삭하게 마른 낙엽을 비추고 있었다. 여기저기 흩어져 있는 낙엽들은 추잉잉을 더욱 혼란스럽게 했다. 하지만 그녀는 내심 두려웠지만 뒤로 물러설 마음은 없었다. 그녀에게는 강력한 목표가 있었다. 어젯밤 본 잉친의 웨이보에서 그가 말한 선녀가 야간열

차를 타고 나타날 것이다. 바로 토요일. 기차시간표를 살펴보니 얼추 시간대가 맞는 기차가 2대 있어서 조금의 망설임도 없이 무조건 기차역에 가서 확인을 해봐야겠다고 생각했다.

추잉잉은 알람을 맞춰놓긴 했지만 한숨도 못 잤다. 알람이 울리기도 전에 이미 깨서 살며시 나갈 준비를 마치고 나왔다. 옷을 두껍게 껴입고 나왔지만 액세서리는 신경 써서 하고 나왔다. 어젯밤 관쥐얼의 도움 덕분이다. 몰론 이 분야에 타고난 판성메이가 도와줬으면 더할 나위 없이 좋았겠지만 어젯밤 판성메이가 집에 들어오지 않았다.

차 안의 따뜻한 기운에 추잉잉은 졸음이 몰려오자 셔츠 옷깃을 풀어 잠을 쫓으려 애썼다. 차가운 차창에 기대어 정신을 다잡았다. 여전히 날은 어두웠지만 버스가 기차역에 가까워질수록 길가에 운동을 나온 사람들이 조금씩 보이기 시작했다.

추잉잉은 졸음과 사투를 벌이는 중에도 여전히 어젯밤 생각해둔 계획을 다시 한 번 떠올려보았다. 그녀의 계획은 기차역 출구에서 건들거리며 잉친을 기다렸다가 훽 하고 잡는 게 아니라, 먼저 잉친의 위치를 살핀 후 먼발치 떨어져서 다른 사람들 틈에 끼어 몰래 잉친의 모든 행동을 지켜보는 것이었다.

그래서 추잉잉은 버스에서 내리자마자 여기저기 숨기 쉬운 곳을 옮겨 다니며 기차역 출구로 향했다. 하지만 그녀가 잊은 것이 있다. 인파가 많은 기차역 같은 복잡한 곳에서 젊은 여자는 밝은 곳을 찾아 다녀야 위험을 피할 수 있다는 것을 말이다. 운이 나쁘게도 순찰을 돌던 경찰이 누가 봐도 이상해 보이는 추잉잉을 주시하고 있었지만 잉친 찾기에 너무 집중한 추잉잉은 누가 자신을 지켜보고 있다는 생각을 전혀 하지 못했다. 그녀는 출구 근처 광장에 있는 아직 문을 열지 않은 신문 가판대 같은 곳을 발견하고는 영화에서 본듯한 자세로 스파이처럼 후다닥 달려가서 어두운 곳에 몸을 숨겼다. 출구에서 나오는 사람들이 다 시야에 들어오는 기가 막힌 자리였다. 추잉잉은 거기서 잉친이 나오기만을 기다렸다. 그녀는 잉친이 반드시 그의 새로운 여자 친구를 데리러 나올 것이라고 굳게 믿었다.

그때 경찰들이 그녀를 향해 다가왔다.

"여기서 뭐하십니까?"

추잉잉은 누군가가 자기를 지켜보고 있을 줄은 꿈에도 몰랐기 때문에 깜짝 놀랐다. 하지만 그녀의 시선은 여전히 출구를 향해 있었다. 그녀는 몸을 구부려 뒤에 있는 위풍당당한 경찰을 보았다. 그녀는 놀라서 두 손을 활짝 펴 보여줬다.

"저 나쁜 사람 아니에요. 물론 아무 짓도 안 했어요. 찾을 사람이 있어서 온 거예요."

"사람 찾으러 왔다는 사람이 누가 이렇게 숨어서 다닙니까? 얼른 신분증 보여주세요."

"제가 급하게 나오느라 신분증을 안 가지고 나왔어요. 보세요. 저 가방도 안 메고 나왔잖아요. 아이고!"

추잉잉은 순간 묘안이 떠올라 경찰에게 이유를 설명했다.

"제가 간통범을 잡으러 왔어요. 제 남자 친구가 다른 여자를 만나러 온다는 정보를 입수했거든요. 반드시 현장을 잡아야 한단 말이에요."

오늘의 미션에 너무 집중한 나머지 경찰들이 순찰을 돌고 있을 거란 생각은 하지 못한 것이다. 추잉잉은 다시 시선을 기차역 출구에 고정시키고 출구 쪽으로 들어가는 남자를 하나하나 살펴봤다. 마치 불빛을 비춰 사악한 귀신들을 잡아내는 것처럼 추잉잉은 여러 각도에서 부지런히 사람들을 살펴봤다.

경찰들은 추잉잉의 말에 썩 믿음이 가진 않았지만 자신들을 전혀 신경 쓰지 않자 멍해졌다.

"외출할 때 반드시 신분증을 가지고 다니는 게 상식 아닌가요? 신분증이 없으시니 잠시 저희와 같이 파출소로 가시죠."

"아, 잠깐만요. 제발요. 이 기차가 들어오고 다음 기차가 오려면 아직 30분이나 남았단 말이에요. 그 여자가 몇 시 기차를 타고 올지도 모르고요. 그럼 30분만 있다가 따라갈게요. 지금은 정말 안돼요. 이렇게 부탁드릴게요. 이거 제 휴대폰인데요, 못 믿으시면 이거 먼저 가져가세요. 제가 조금만 있다가 갈게요."

경찰들은 이러지도 저러지도 못하고 있는데, 추잉잉은 어두운 곳으로 들어가 몸을 숨겼다.

"왔어요. 역시 생각한 대로네. 참나, 역시 왔네, 왔어. 제발 이 휴대폰 가져가시라니까요. 저 발각되면 안 된다고요."

경찰은 서로 쳐다보며 웃었다. 자신들을 보고도 이렇게 '집중'한 사람은 처음이었다. 한 경찰이 추잉잉에게 당부했다.

"여자 혼자서 이런데 있으면 위험합니다. 누군가에게 납치를 당할 수도 있고요. 아시겠어요? 저기 전봇대 뒤로 가세요. 거긴 어두워서 쉽게 눈에 띄지 않아요. 저희도 소매치기를 잡을 때 거기에 잠복해 있거든요."

"아, 좋은 생각이네요."

너무 집중한 나머지 경찰의 협박에도 안 넘어간 추잉잉은 발을 옮기려다 갑자기 물었다.

"근데, 저 안 잡아가요?"

"가세요, 가요."

추잉잉은 신나게 가면서도 시종일관 그녀의 시선은 잉친에게서 떠나지 않았다. 역시나 경찰들은 거들떠보지도 않았다. 어쩌면 두 사람이 경찰이 되고 나서 처음으로 받아본 푸대접이 아니었을까, 그들은 오늘 꽤 큰 충격을 받았을지도 모르겠다.

하지만 추잉잉은 순식간에 공격을 당했다. 전봇대 뒤에 숨어 있은 지 얼마 되지 않았을 때 출구가 열리고 잉친이 한 여자를 데리고 나왔다. 그녀는 다운재킷을 입고 있었고 외모는… 순진해 보인다기보다는 약간의 백치미가 엿보였다. 추잉잉은 고함을 치고 싶었지만 눈을 부릅뜨고 잉친이 그녀의 가방을 건네받는 걸 보고 있었다. 두 사람은 서로 손을 잡고 있진 않았지만 이야기를 나누는 모습이 매우 즐거워 보였다. 추잉잉은 가슴이 찢어지게 아팠지만 뒤에서 멍하니 바라보고만 있었다. 그러다 갑자기 곧장 두 사람을 앞질러갔다. 더 이상 두려울 게 없었다. 추잉잉을 발견한 잉친이 재빨리 그녀의 앞을 가로막았다. 마음이 잔뜩 상한 추잉잉은 멍하니 그 자리에 서서 하염없이 눈물만 흘렸다.

판성메이가 한참 달콤한 잠을 자고 있을 때, 휴대폰 벨소리가 단잠을 깨웠다. 옆에 있던 왕바이촨도 잠을 깼다.

"누구야? 주말 아침에 이렇게 일찍…."

"어? 잉친이네, 말도 안 돼. 전화 잘못 건거 같은데."

"제 정신이 아니네, 시간도 안 보나 봐."

왕바이촨은 몸을 돌려 누운 후 눈을 감고 계속 잠을 청했다.

판성메이도 잉친에게 짜증은 낼 수 없었기에 답답했다. 그런데 듣고 보니 잉친이 전화를 잘 못 걸지는 않았을 것 같아서 퉁명스러운 목소리로 물었다.

"잉친, 이렇게 일찍 무슨 일이야?"

"미안해요, 성메이 누나. 추잉잉이 아침부터 절 미행했어요. 누나가 얘기 좀 해주세요. 우리는… 그러니까 저랑 추잉잉은 이미 끝난 사이라고요."

잉친도 무척이나 화가 나 보였다.

"아, 알았어. 추잉잉이 그렇게까지 할 줄 몰랐네. 내가 한번 말해볼게. 또 다른 일은 없는 거지?"

"없어요. 아침부터 정말 미안해요."

잉친은 살며시 전화를 끊었다. 판성메이는 정신이 번쩍 들었다. 미행?

"추잉잉이 새벽부터 미행을 했다고? 아니, 아직도 잉친을 정리 못 한 거야?"

판성메이는 조금씩 정신을 차리고 보니 뭔가 잘못된 것을 느꼈다. 애초에 추잉잉에게 일말의 희망이라도 주는 말을 해선 안됐었는데, 어떻게 보면 잘된 일일 수도 있다. 희망이 사라진 지금 이제 추잉잉에게 남은 일은 헤어짐을 정리하는 것뿐이니 말이다.

옆에 듣고 있던 왕바이촨도 깜짝 놀랐다.

"추잉잉이 미행을? 미쳤군."

판성메이가 왕바이촨을 빤히 쳐다봤다.

"어쩌겠어? 푹 빠져서 아무것도 안 보이는데, 얼마 전에도 내가 한 번 얘기했었는데…."

"어서 추잉잉한테 연락해 봐. 아침부터 어리석은 짓이라니. 이런 사고뭉치. 어딘지 물어봐. 데리러 간다고."

판성메이는 인상을 잔뜩 찌푸리고 추잉잉에게 전화를 걸었지만 추잉잉은 미행하기 전에 혹시라도 휴대폰이 울릴까 봐 꺼두었었다. 추잉잉과 연결이 되지 않자 어쩔 수 없이 잉친에게 전화를 걸었다. 하지만 잉친도 추잉잉이 이성을 잃고 전화를 할까 두려웠는지 전화기를 꺼놓았다. 판성메이는 어찌 할 도리가 없었다. 그냥 다시 자는 수밖에, 그런데 잠이 와야 잠을 자지 않겠는가.

"우리 좀 큰 집을 구해서 같이 사는 게 낫겠어. 지금 사는 데는 사람도 많고 복잡한 일도 많이 생기잖아."

판성메이는 고개를 저었다. 동거가 결혼보다 힘들다는 것은 현대 여성이라면 이미 누구나 깨닫고 있는 공식 같은 것이다. 판성메이는 돌려서 대답했다.

"이사하기 귀찮아. 기다렸다 한 번에 옮기는 게 편하지."

왕바이촨은 판성메이가 집이 있어야 결혼을 하고 결혼을 하고나서야 집을 옮기겠다는 의지의 표현임을 누구보다 잘 알아들었다.

"내가 더 열심히 할게."

왕바이촨이 매일 하루도 빠짐없이 판성메이에게 하는 말이었다.

판성메이는 도저히 불안해서 가만히 있을 수 없었다. 여러 번 망설이다 결국 아직 한창 자고 있을 관쥐얼을 깨우기로 했다. 역시나 휴대폰 너머로 들려오는 관쥐얼의 목소리도 잠결인지 힘이 하나도 없어 보였다.

"쥐얼, 미안, 미안. 정말 중요한 일이 있어서 전화했어. 추잉잉, 집에 있어? 지금 어디 있는지 알아?"

"추잉잉? 지금 자고 있는 거 아니야?"

"이런, 방금 잉친한테 전화가 왔는데, 추잉잉이 자기를 미행했다는 거야. 내가 잠결에 받아서 자세한 건 못 물어봐서. 그리고 둘 다 휴대폰을 꺼놔서 대체 무슨 일인지 모르겠어. 추잉잉이 어디로 갔을지 생각 좀 해봐. 너한테 슬쩍 흘린 정보도 없고? 잉잉한테 연락 오면 나한테 바로 알려줘."

관쥐얼도 억지로 정신을 차려보았지만 생계를 위해 일에 절어 있는 자신을 아무리 꼬집어봐도 쉽게 잠이 깨지 않았다.

"언니, 내가 지금 뭘 해야 하는지 말해줘. 정신을 못 차리겠어."

판성메이는 웃음을 참지 못하고 정확하게 임무를 내렸다.

"일단, 뭐라도 두꺼운 옷을 걸치고 잉잉이 집에 있는지 없는지 방마다 돌아다니면서 확인해 봐. 혹시 모르니까 이불 속도 확인해 보고."

관쥐얼은 침대에서 내려와 바들바들 떨면서 집 안을 살피며 같은 말만 되풀이했다.

"없어, 이불 속도 차갑고."

"잉잉 방에서 뭐라도 찾아봐, 어디 갔는지 알 수 있을 만한 게 없나."

관쥐얼은 감기는 눈꺼풀을 애써 치켜뜨며 둘러보았지만 아무것도 없었다. 그녀의 하품하는 소리가 판성메이에게까지 전해졌다.

"아무것도 없어. 새로운 것도 없고. 아, 컴퓨터 앞에 낙서가 몇 개 있었어. '심야버스 5번. 200번 버스. 징화빌딩에서 탑승.' 이게 무슨 뜻이지?"

"음, 쥐얼, 일단 방에 가서 좀 더 자. 내가 이 버스 노선을 좀 살펴볼게. 그러면 어딜 갔는지 알 수 있을 것 같아."

판성메이는 자리에서 일어나 왕바이촨의 노트북을 켜서 버스 노선을 검색하기 시작했다. 왕바이촨도 그녀가 끝나길 기다렸다가 어머니에게 한 달 생활비를 송금해드렸다.

"너희 집 컴퓨터 고장 났어?"

왕바이촨이 물었다.

"예전에 쓰던 건 퇴사하고 회사에 놓고 왔지. 아직 못 샀어."

"아, 그럼 오늘 일찍 일어난 김에 같이 아침 먹고 나서 노트북이나 사러 갈까?"

판성메이는 긍정도 부정도 하지 않았다. 왕바이촨 옆에서 자기 이

익이나 챙기는 그런 사람으로는 보이고 싶지 않았다.

"아침 먹을 시간이 없을 것 같은데, 노선을 보니 잉잉이 기차역으로 간 것 같아. 그런데 어떻게 찾는담…."

잠깐 생각을 하는 듯하더니 관쥐얼에게 메시지를 보내서 추잉잉에게 즉시 2202호로 돌아오라는 메시지를 보내라고 했다. 그녀는 왕바이촨과 함께 기차역으로 가서 추잉잉을 찾아보기로 했다.

관쥐얼은 판성메이의 지시에 따라 다시 이불속으로 들어가서 잠이 들었다. 얼마나 흘렀을까 갑자기 잠에서 깬 관쥐얼은 황급히 자리를 털고 일어났다. 맞다. 추잉잉이 사고를 쳤지. 그녀는 온 집안을 샅샅이 뒤졌다. 이미 날이 밝았다. 환하게 빛이 들어온 2202호에는 관쥐얼 혼자뿐이었다. 관쥐얼은 잠시 망설이다 추잉잉의 컴퓨터를 켜서 단서를 찾기 시작했다. 두 사람의 휴대폰이 모두 연락이 안 되니 연락을 할 수 있는 방법은 오직 하나, 잉친의 웨이보 뿐이었다. 추잉잉의 문서함이 모든 것을 확신하게 해주었다. 관쥐얼은 인터넷에 접속해서 잉친의 웨이보에 메시지를 남겼다. 추잉잉을 찾을 수 있도록 도와달라고 말이다.

IT업계에 종사하는 잉친 같은 사람들은 인터넷에서 한시도 떨어져 있지 않는다. 관쥐얼이 세수를 하고 나오자 이미 잉친의 메시지가 도착해 있었다. 추잉잉이 자신을 미행한 곳은 기차역이고 이미 자기는 기차역에서 돌아온 지 오래고 지금 추잉잉의 행방은 모른다는 내용이었다. 이쯤 되니 관쥐얼은 일이 대충 어떻게 돌아가는지 알 수 있었다. 컴퓨터 앞에서 잠시 생각을 하다가 더 이상 추잉잉을 찾으려 하지 않겠다고 결심했다. 큰 일이 일어날 것 같지는 않았다. 추잉잉이 더 큰 일을 벌이지 않게 하려면 아프지만 경험을 통해 정신을 차리는 게 낫다고 생각했다. 지난 번 바이 팀장과 있었던 일처럼 말이다.

왕바이촨의 차에 올라탄 판성메이는 어쩔 수 없이 그의 뜻대로 최근 핫한 광동식 식당에 가서 아침을 먹었다.

추잉잉을 제외한 22층의 다른 사람들은 모두 저마다의 주말을 보내고 있었다. 취샤오샤오는 출장으로 피곤에 지쳐 있었지만 아파트 앞 공원을 가득 채운 길고양이들이 봄이 가까워지면서 마구 새끼를 낳을 것 같아서 관계자와 논의 하에 오늘 모든 수컷 고양이들에게 중성화 수술을 하기로 했다. 이를 위해 그녀의 집을 수술실로 제공할 뿐 아니라 수술을 집도하는 자신의 남자 친구를 위해 자진하여 간호사가 되어 고양이들의 소독을 담당하기로 했다.

밖에서 아침을 먹고 들어온 관쥐얼은 2203호에 여러 사람들과 고양이들이 왔다 갔다 하며 떠들썩한 광경에 어리둥절했지만 기웃거리지 않고 바로 2202호로 들어왔다. 하지만 잠시 후 탕위윈도 동참하기 위해 찾아오자 취샤오샤오는 관쥐얼에게 도움을 요청했다. 책을 보고 있던 집순이 관쥐얼을 데려다가 고양이를 소독하는 일을 맡겼다.

수컷 고양이가 10마리 넘게 있었지만 베테랑 수의사에게는 1마리를 수술하는데 3분이면 충분했다. 그나마 조금 귀찮은 일이 수술 전과 후의 처치였다. 관쥐얼은 우리 안에 있는 이미 수술을 마친 후 마취상태인 넥카라를 하고 있는 고양이를 보았다. 취샤오샤오는 관쥐얼에게 드라이기를 넘겨주었다. 모든 고양이들이 수술을 하기 전에 몸에 있는 벌레를 죽이기 위해 깨끗이 목욕을 마친 상태였기 때문에 물에 젖어 있었다. 관쥐얼은 고양이들의 털을 헤치며 벼룩 같은 것들이 사라졌는지 확인하며 몸을 말려주었다. 2203호에 벼룩이 득실거리지 않기 위해서 열심히 최선을 다했다.

관쥐얼은 취샤오샤오가 출장을 갈 때 항상 고양이 밥을 대신 챙겨

주곤 했지만 고양이에게 드라이 바람을 쏘며 벌레를 잡는 경험은 처음이었다. 그녀는 조심히 우리 안에서 가장 깊은 마취에 빠진 고양이를 안아 조심스럽게 햇볕이 잘 드는 창가로 데려와 무릎에 신문을 깔고 고양이를 그 위에 눕혀놓았다. 그리고는 또 열심히 도와주고 있는 탕위원을 보고 한 번 웃더니, 또 다시 조심스럽게 고양이들을 돌보고 있는 자오치핑의 눈길은 의식적으로 피했다.

관쥐얼의 자세가 어색해보이자 탕위원은 그녀가 반려 동물을 길러본 적이 없다는 것을 눈치챘다. 그래서 어떻게 하면 고양이들이 좋아하는지 천천히 가르쳐주었다. 바람을 쐬어주면서 쓰다듬어 주면 고양이들은 이리저리 도망가지 않고 얌전히 앉아 있을 거라고 알려주었다. 두 사람을 예의 주시하고 있던 취샤오샤오는 그 광경을 보고 싱글벙글 웃으며 방해하고 싶지 않았지만 겁먹은 듯한 관쥐얼을 보고 무릎 위의 고양이를 핑계 삼아 다가갔다.

"쥐얼, 왜 그래?"

"새까만 벼룩들이 아직도 살아…."

그곳에 있는 사람들이 웃는 걸 보자, 관쥐얼은 "너무 무서워."란 말은 속으로 삼켰다. 관쥐얼의 얼굴이 순식간에 새빨개졌다.

탕위원이 바로 말을 이었다.

"이 조그만 걸 처음 보면 징그럽긴 하지. 내가 할 테니, 넌 옆에서 도와줘. 분담을 하자고. 벼룩 잡는 건 내가 할게."

취샤오샤오가 트집을 잡았다.

"관쥐얼, 너 모기 무서워해, 안 무서워해? 모기보다 벼룩이 훨씬 크잖아. 똑같이 피도 빨아먹고."

"작을수록 더 무서워. 예를 들면 취샤오샤오가 우리보다 훨씬 위험할 거야."

방 안에 있던 사람들 모두가 취샤오샤오가 아주 이름 난 악동이라는 사실을 인정하는지 모두 취샤오샤오를 쳐다봤다. 취샤오샤오는 웃음을 참지 못했다.

"관쥐얼, 너 진짜 못됐다. 창피를 주면 줬지, 다 같이 날 놀리다니."

두 사람이 투닥거리는 사이, 추잉잉이 정신이 나간 사람처럼 비틀거리며 걸어와 관쥐얼을 찾았다.

"관쥐얼, 나 좀 도와줘!"

관쥐얼은 그녀를 말리기에 이미 늦었다는 생각이 들어서 휴대폰을 꺼내 판성메이에게 메시지를 보내 추잉잉이 돌아온 사실을 알렸다. 자오치핑은 득의양양하게 봉합을 마치고 스스로를 뿌듯해하고 있었다. 추잉잉은 2203호까지 걸어와서 잠시 멍하니 있다가 다시 2202호로 돌아갔다. 그녀는 아무 말도 하지 않았다.

"쥐얼, 잉잉 왜 저래?"

"잉친이 아직 정리가 안 된 것 같아. 오늘 잉친이 새로운 여자 친구를 데리러 간다는 소식을 듣고 기차역에 가서 미행한 것 같아."

관쥐얼은 최대한 조용하게 말하였지만 그녀 가까이 있던 탕위윈에게까지 들렸던 모양이다. 말이 끝났는데도 아무런 대꾸가 없어서 관쥐얼이 고개를 들어보니 취샤오샤오가 감정을 억지로 참고 있는 것 같았다.

"넌 또 왜그래?"

취샤오샤오는 가까이 있던 자오치핑을 바라보았다.

"내가 그랬다면…. 으…, 난 참을 수가 없을 것 같아!"

그녀는 끝내 소리를 질렀다.

"이러니까 쉬워 보이는 거야. 난 지금부터 불쌍한 잉친이야. 나에게 따지지 마. 옳고 그름은 없어 선과 악만 있을 뿐이지."

유일하게 자오치핑만 당황하지 않았다.

"미행이 뭐 어때서, 너도 매일 내 휴대폰 열어보잖아. 미행은 원시적인 방법일 뿐이라고. 여자들은 뭘 해도 다 그럴만한 이유가 있는 거잖아."

관쥐얼은 고개를 숙인 채 웃었다. 생각하면 할수록 웃겼다. 자기가 생각해도 잘못된 일이었다. 안고 있던 고양이를 취샤오샤오에게 건네주었다.

"아무래도 잉잉한테 가보는 게 좋겠어. 미안해."

관쥐얼이 자리를 떠나고 취샤오샤오는 탕위윈에게 물었다.

"보아하니 관쥐얼은 너한테 관심은 없어 보이던데."

"천천히 하면 되지, 급하지 않아."

"급하지 않은 것도 관심이 없는 거란다. 난 이제 신경 안 쓸래. 너가 알아서 해."

취샤오샤오는 손을 뿌리치고 친구를 배웅했다. 탕위윈은 지푸라기 잡는 심정으로 자오치핑에게 도움을 구했다.

"형님, 형님은 고수잖아. 무슨 좋은 방법이 없을까?"

"그 사람은 고수가 아니야, 고수를 따라하는 거지. 사람 잘못 봤다."

취샤오샤오는 탕위윈이 놓고 간 물건을 가져다주고는 얼른 자오치핑 대신 말도 안 되는 부탁을 거절하는 것도 잊지 않았다. 자오치핑은 팔짱을 낀 채 웃고만 있었다. 탕위윈은 답답했지만 자오치핑을 따라 벼룩을 잡았다. 자오치핑은 수술을 하는 손이다 보니 나름 정교하고 민첩했지만 탕위윈에게는 보통 힘든 일이 아니었다.

45

관쥐얼이 2202호로 들어서자, 추잉잉은 잔뜩 굳은 얼굴로 방을 나왔다.

"어? 너 어디 가? 같이 가자."

추잉잉은 손에 든 신분증을 내밀며 퉁명스럽게 말했다.

"경찰이 내 신분증 확인한다고 따라와서, 지금 밑에서 기다리고 있어. 짜증 나 정말. 내가 무슨 범죄자도 아니고."

관쥐얼이 신분증을 받아 들었다.

"일단 세수부터 좀 해. 머리는 산발을 해서 어딜 가겠다는 거야. 내가 대신 내려갔다 올게. 경찰이 어떻게 생겼어?"

"이렇게 추운데 옷은 엄청 얇게 입고 까만 선글라스를 꼈어. 그리고…. 까먹었다. 아마 가서 보면 알 거야."

관쥐얼은 추잉잉을 화장실로 들여보내고 신분증을 가지고 로비로 내려갔다. 엘리베이터에서 내리니 로비 중앙에 훤칠한 젊은 남자가 1명 서 있었다. 까만 선글라스를 끼고 백팩을 멘 모습이 훈남같지 결코 경찰처럼 보이지는 않았다. 하지만 그 남자가 추잉잉이 말한 경찰이라고 확신한 관쥐얼은 조심스럽게 다가가 말을 걸었다.

"죄송한데요, 혹시… 경찰이신가요?"

그 남자가 고개를 돌려 선글라스를 벗으며 대답했다.

"네, 제가 경찰입니다."

"저는 추잉잉과 같은 아파트 사는 관쥐얼이라고 하는데요. 제가 신분증을 가지고 왔어요. 잉잉이 지금 마음 상한 일이 있어서 마음을 좀 추스르라고 했거든요."

경찰은 신분증을 확인한 후 관쥐얼에게 돌려주었다.

"그분의 진술과 일치하군요. 큰일은 아닌데, 그 분이 기차역 광장에서 막 울면서 걸어가는 걸 봤는데 좀 위험해 보여서요. 마침 야간 근무가 끝나는 시간이어서 신분증 검사를 핑계로 집으로 모시고 왔어요. 제가 봐도 상태가 좋지 않아 보이더라고요. 생각을 좀 분산시키면 헤어진 남자친구도 잊고 불상사가 일어나는 것도 미리 막을 수 있으니까요. 친구 분이 계시니까 저는 이만 가 봐도 되겠네요. 오늘은 옆에서 잘 지켜보셔야 해요."

"어, 잉잉은 정말 운이 좋네요. 감사합니다. 고생 많으셨어요. 죄송합니다."

"아, 죄송해하지 않으셔도 됩니다. 나중에는 꼭 조심하라고 전해주세요. 그리고 혹시라도 여의치 않으면 전화주세요. 제가 번호 남기고 갈게요. 제가 웬만한 건 거의 다 해결할 수 있어요. 하하, 친구분 번호도 하나 주세요. 그래도 덕분에 한시름 덜었네요."

듣자하니 그 사람 말이 일리가 있었다. 휴대폰을 꺼내 전화번호를 교환하고 문까지 배웅을 해줬다. 경찰은 외지 번호판이 달린 작은 낡은 차에 올라타고는 관쥐얼을 향해 손을 흔들었다. 그때 탕위원을 배웅하고 돌아오던 취샤오샤오와 마주쳤다.

"훈남인데? 어떻게 아는 사이야?"

"추잉잉 뒷수습 하느라고."

"뭐? 지나가는 개가 웃겠다. 아, 쥐얼, 네가 보기에 탕위원 어때?"

취샤오샤오는 결국 참지 못하고 단도직입적으로 물었다.

"어떠냐고? 뭐가?"

취샤오샤오가 눈을 흘겼다.

"도와 줄 수가 없네, 없어. 관쥐얼, 너 대체 어떤 스타일의 남자를 좋아하는 거야? 내가 너를 볼 때마다 수녀가 떠오른다고! 남자한테 관심이 있긴 한 거야? 너 좋다고 따라다니는 사람들은 다 맘에 안 들어?"

"너… 너 그 사람, 탕…."

"그래, 내가 그 사람이랑 소개팅 시켜주려고 했다!"

관쥐얼은 황급히 대답했다.

"No! 싫어! 관심 없어."

그러자 취샤오샤오가 소리를 질렀다.

"그럼 어떤 스타일을 원하는 거냐고?!"

"모르겠어, 아직은 때가 아닌 것 같아."

취샤오샤오는 관쥐얼을 흘겨보고는 발을 쿵쿵 거리며 엘리베이터 앞으로 갔다. 그녀를 따라 엘리베이터에 탄 관쥐얼은 오늘 아침 고양이 수술에 자기를 부른 이유를 알고 나니 2203호로 다시 가고 싶지 않았다. 대신 집으로 돌아가 추잉잉이 허튼짓을 하지 않는지 살펴보기로 했다.

얼마 지나지 않아 아까 그 경찰에게서 전화가 왔다.

"별 일 없죠?"

"네, 아무 일 없어요. 추잉잉한테 한숨 자라고 했어요. 감사합니다."

"아, 그럼 다행이네요. 저도 이제 자야겠네요. 무슨 음악소리 들리지 않아요?"

"헤비 메탈이네요."

"우와, 이 음악 알아요? 헤비 메탈. 정말 사람을 깜짝 놀라게 하는 기타소리죠. 이 음악을 들으면서 양치를 하면 어떤 효과가 있는지 아세요? 하하하"

관쥐얼도 웃음을 참지 못했다.

"이에 좋겠죠. 식욕도 좋아지고요. 그럼 건강해지겠네요."

경찰이 큰 소리로 웃었다.

"맞아요. 저는 씨에 라고 해요. 풋내기 경찰관이죠. 필요하면 언제든지 전화주세요."

관쥐얼은 잠시 망설이다 입을 열었다.

"저는 관쥐얼이에요. 풋내기 회계사죠."

"관쥐얼씨, 오늘 밤에 제가 좋아하는 펑키 밴드 IDH의 라이브 공연이 있어요. 관심 있어요? 쉽게 오는 기회가 아니라고요. 5시에 제가 데리러 갈게요. 저녁은 간단히 먹고 밤에 맥주와 음악을 즐기는 건 어때요?"

관쥐얼은 깜작 놀라긴 했지만 자기도 모르게 "예스"를 했다. 통화를 마치자마자 추잉잉의 방으로 뛰어 들어가 웅크린 채 자고 있는 추잉잉을 멍하니 바라보았다. 정신을 차리고 방으로 돌아와 IDH가 누구인지 검색을 시작했다.

바오이판은 점심 식사를 마치고 처리할 일이 있어 시내로 나왔다. 바오 부인이 앤디를 돌봐주겠다고 하는 말을 들은 앤디는 몰래 바오이판의 차에 올라탔다. 그가 트랙터를 몰듯 천천히 안정되게 운전을 했다. 두 사람은 시내로 들어와서 앤디는 근처 상점에서 쇼핑을 하러 갔다. 몇 걸음 떼기도 전에 바오이판이 그녀를 쫓아와서 현금을 쥐어

주었다.

"어젯밤에 당신 지갑 보니까 카드만 있고 현금이 없더라고요. 이거 가져가서 물이라도 사먹어요, 잔돈이 필요할 거예요. 목마른데 참지 말고."

"사방에 ATM이 있는걸요."

바오이판도 멋쩍은 듯 웃었다.

"어서 들어가요. 추운데 밖에서 떨지 말고, 힘들면 앉아서 좀 쉬기도 하고요."

앤디는 아무 말 없이 바오이판을 쳐다보며 웃었다. 웃음이 무척이나 의미심장했다. 바오이판이 가자 앤디는 택시를 타고 병원으로 향했다. 정말 임신인지, 얼마나 되었는지 확인하고 싶었다. 앤디는 바오이판의 생각처럼 그렇게 호락호락한 사람이 아니었다. 하지만 결과는 예상을 빗나가지 않았다. 앤디는 다시 택시를 타고 바오이판의 집으로 향했다. 그리고 바로 탄쫑밍에게 전화를 걸었다. 탄쫑밍은 앤디의 임신 소식에 훨씬 놀라는 눈치였다. 그는 과학적이고 유전적인 질환을 가진 앤디가 아이를 원할 거라곤 생각도 하지 못했다. 그처럼 말 잘 하는 사람이 오랫동안 말이 없었다.

"어… 축하해, 정말 축하해! 지금 어디야? 같이 축하 파티라도 해야지."

"나 지금 바오이판 집에 있어. 탄쫑밍, 나 심사숙고한 거야."

"아이까지 생겼는데, 바오이판이랑 두 사람, 앞으로 어쩔 셈이야? 계속 이런 식으로 갈 거야? 아니면 바오이판이 결혼하자고 하려나? 결혼하려면 네 속에 있는 것들을 털어놓아야 할 텐데."

"그게 좀 어려운 문제야. 게다가 임신이라니, 지금까지의 현실도 제대로 바라보지 못하겠는데."

"어떻게 하려고? 내 마음은 잘 알고 있을 테니, 네가 무슨 결정을 해도 난 네 편이야."

"모르겠어, 근데 그 사람을 떠나긴 싫어."

앤디는 갑자기 조금 전 현금을 챙겨주던 바오이판이 생각나서 깊은 한숨을 내쉬었다.

"그 사람이랑 하루하루 행복하게 지내고 싶을 뿐이야. 나중 일은 생각하고 싶지 않아. 물론 잘 알고 있어, 이런 말, 무책임한 거."

"하지만 네가 지금 하는 모든 결정이 나중에 아이한테 영향을 미칠 거라고. 어른이라면 감당할 수 있겠지만 아이는 그렇게 못할 거야. 나라도 이런 얘기를 해줘야겠어."

"탄쭝밍, 나 그냥 며칠만 아무 생각 없이 즐거우면 안 될까?"

"잘 생각해 봐. 바오이판은 하루가 멀다 하고 너와 결혼하자고 할 거야. 솔직히 지금 네가 거절할 이유도 없는 상황이고."

"나중에 다시 얘기하자. 뭐든 해결할 방법이 있겠지."

탄종밍은 놀라서 아무 말도 할 수 없었다.

'지금까지 내가 알던 앤디는 이런 무책임한 말을 할 사람이 아닌데. 어쩌려는 것일까? 이기심과 자학 중 하나를 선택하겠지. 세 번째 선택 따위는 없는 거구나.'

탄쭝밍과 통화를 마치자마자 웨이궈창에게 전화가 왔다. 앤디는 미간을 잔뜩 찌푸리고 휴대폰을 바라봤다. 한참을 보면서 시간을 끌다가 휴대폰을 귓가로 가져갔다.

"방금 네 친구 어머니한테 연락받았다. 무척이나 기뻐하시더구나. 축하한다."

앤디는 하고 싶은 말이 매우 많았지만 못마땅한 투로 말했다.

"저도 막 기쁘지 않은데, 뭐가 그리 기쁘다는 건지 모르겠네요."

"네가 이렇게 첫 발을 내딛으니, 기쁘지. 이제 단단히 준비하거라, 그렇게 쉽지만은 않겠지만 말이다. 책임이라는 게 나도 지금까지 살면서 말만 할 줄 알았지 행동으로 보여주진 못했잖니. 지금은 함부로 말할 수 없지만 위험을 예측하고 나면 확신할 수 있지. 내가 도와주마. 이유를 막론하고 앞으로 무슨 일이 생기면 너와 아이는 내가 책임지도록 하마."

앤디가 임신한 사실을 안 뒤 가장 듣고 싶었던 말이었다. 하지만 이 말을 웨이궈창의 입에서 들으니 왠지 모르게 물에 빠진 듯한 느낌이 들었다.

"그 부분에 있어서는 전 절대로 속죄할 기회를 주진 않을 거예요. 제가 오늘 전화를 받은 이유는 방금 남자 친구 엄마 되는 사람이 갖은 방법을 동원해서 어떻게든 당신한테 접근하려고 한 걸 알았거든요. 뭐 이미 서로 아는 사이가 된 것 같긴 하지만. 만약 당신이 그 분을 상대하지 않고 그 분에게 사고 칠 만한 기회를 주지 않았으면 좋겠어요."

"음…. 최근, 자리에서 물러나서 그냥 책이나 보면서 지낼까했다. 괜찮은 그림 있으면 너한테도 좀 갖다 주고 말이다. 그런 장사꾼 여자 때문에 화낼 필요 없다. 넌 그냥 책이나 보고 네 일만 하면서 네 의견대로 하다가 가끔 한 번씩 사탕이나 입에 물려주면 돼. 그럼 별일 없을 거다. 그 사람이 선을 넘으려고 하면 나에게 전화 하렴. 아무튼 네 생각대로 하렴. 손발이 맞아야 가족이지, 손발도 안 맞으면 그게 무슨 가족이겠니."

앤디는 말문이 막혔다. 앤디는 잘난 척이나 해보려고 꺼낸 얘기였는데 웨이궈창의 말 한마디에 말싸움도 한낱 농담이 되어버리고 말았다.

웨이궈창과 대화를 마치고 문이 닫혀 있는 서재에 앉아 있었지만, 입구에서 가정부와 바오 부인이 나누는 대화 소리가 다 들려왔다. 앤디의 미간이 어느새 찌푸려졌다. 이것이 바로 어쩔 수 없이 맞닥뜨려야 하는 현실이라는 건가보다.

바오이판과 함께 있으려면, 특히나 아이가 생기고 나면 바오이판과 연관된 모든 사람들을 받아들여야 했다. 하나를 사면 하나를 더 주는 것처럼, 하나를 사면 두 개가 생기고, 또 나중에는 얼마나 생기게 될지 알 수 없는 이치였다. 웨이궈창도 그 틈을 노려 들어오려고 하는 것 아닌가. 정말 귀찮게 돼 버렸다. 하지만 오히려 거실에서 가정부에게 이걸 끓여라, 저걸 삶아라 하는 바오 부인을 상대하기 위해서는 방금 웨이궈창이 알려준 방법이 제일 잘 먹힐 것 같았다. 책을 보거나 할 일을 하면서 바오 부인의 말을 흘려듣는 것이야말로 모든 변화에 대응하는 가장 쉬운 방법이었다. 바오 부인의 발소리가 서재와 점점 가까워졌다. 이유는 모르겠지만 잠시 멈칫하다가 문 두드리는 소리가 났다. 하지만 앤디가 대답하기도 전에 문을 열고 들어왔다. 앤디는 억지로 일어났다.

"새아가야, 앉아라, 앉아 있어. 좀 괜찮니? 쇼핑에서 아직 안 돌아온 줄 알고 한번 들여다본 거야. 아줌마한테 담백하게 탕을 끓여달라고 했다. 병원에 가서 검사를 받아봐야 하는 거 아니니? 내가 시내에서 제일 유명한 의사한테 연락해두마. 앞으로 거기 가서 산부인과 진료를 받으면 될 거다."

"아니에요. 이미 병원에 다녀왔어요. 예상한 대로 임신이래요. 조금 더 자라면 미국으로 가서 검사를 한번 받아보려고요."

바오 부인은 앤디가 자기가 권한 병원을 무시하는 것 같아 당황스러웠지만 그녀도 앤디가 그런 의도를 가지고 말한 것이 아니라는 것을 누구보다 잘 알고 있었다. 앤디는 그저 아직 태어나지 않은 아이에게 현대 과학의 혜택을 완벽하게 누리게 하고 싶었던 것뿐이다. 바오 부인이 추천한 병원을 무시할 생각은 정말 아니었다. 하지만 바오 부인은 살짝 빈정이 상했다.

"아, 내가 네가 미국사람이라는 걸 깜박했구나. 뭐 먹고 싶은 거라도 있니? 있으면 뭐든 말만 해."

"네, 챙겨주셔서 감사합니다."

바오 부인은 멋쩍은지 계속 말을 이어갔다. 그녀에게 자격이 없어 보였다. 하지만 여기는 아들 집이기 때문에 앤디에게는 아무런 권한이 없었다.

"너희 말이다. 언제쯤 결혼할 생각이니? 아이도 생겼으니…."

"이 일은 저희가 알아서 할게요. 제가 중국의 전통에 대해서는 제대로 배운 적은 없지만 제가 보기에 결혼은 그저 신성한 계약 같아요. 결혼을 하지 않는다면 아이가 생겨도 서로가 자유롭고 좋은데, 결혼을 하게 되면 이 점은 명확하게 짚고 넘어가야 할 것 같아요. 그 사람이 계약을 어기면 정확히 추궁해서 두 사람이 모두 피해를 보더라도 그렇게 하겠어요. 그래서 지금은 드릴 말씀이 없어요. 바오이판에게 달려 있지요."

바오 부인은 아무 말도 하지 못했다. 두 사람 모두가 상처 받는 것을 감수하겠다는 사람을 상대하는데 어떤 남자가 결혼 전에 심사숙고하지 않겠는가. 특히 바오 부인이 직접 경험한 것처럼 돈 많은 남자가 한평생 살면서 바람을 피우지 않는 경우는 정말 아주 드물지 않은가.

때마침 그때 바오 부인의 휴대전화가 울리자 그 핑계로 얼른 자리를 떠났다. 아무리 생각해도 맘에 들지 않았다. 이러다가 앤디가 바오 집안 식구들 머리 꼭대기 위에 앉겠다는 생각에 그녀는 아들에게 전화를 걸어 앤디와 나눈 얘기를 모두 전해주었다.

앤디는 바오 부인에게 인사를 하고 돌아와 22층 여인들에게 메시지를 보냈다.

"나 임신했어. 축하해 줘."

각종 축하 메시지와 안부 메시지가 빛의 속도로 쏟아졌다.

바오이판이 돌아왔을 때, 축하 메시지에 답장을 하느라 앤디의 손가락에 경련이 올 지경이었다.

"나 산모야, 과도한 휴대폰 사용은 태아 건강에 좋지 않잖아. 나대신 메시지 좀 보내줘. 내가 불러줄게."

휴대폰을 받아 든 바오이판이 일일이 답장을 보냈다.

"바오즈 왔어요. 이제 남자 친구도 좀 챙겨줘야죠."

앤디는 웃지도 울지도 못하고 애교를 부리는 그의 모습을 바라보았다. 효과적인 방법이었는지, 일단 메시지 회신하기는 일단락되었다.

"어머니가 오셨었어요."

"어머니가 나한테 말씀해주셨어요. 뭐라고 한 거예요?"

"서재에서 화학분석표 갖다가 보여줄게요. 나한테 화가 나신 것 같던데. 그분도 진심이 아니시고 나도 거짓말은 못해서 만날 때마다 부딪치게 되는 것 같아요."

"미국 가서 검사 받는다고 했다면서요?"

"네, 벌써 그것도 말씀하셨어요? 태아가 좀 크면 염색체 검사를 해보려고요. 가장 큰 가능성을 없애야 안심할 수 있을 것 같아서요. 거기 전문 병원이 있었던 것 같아요. 국내에서 종합적인 검사를 받기는 아직 어려운 것 같아서요. 그게 뭐 잘못 됐어요?"

"허허, 엄마가 이해를 잘 못하셨네요. 나는 어머니 말 듣고, 당신이 미국 가서 검사받고 아이까지 낳는다고 생각했어요. 나중에 아이가 미국 대통령을 뽑을 때 출생지와 관련해서 문제가 생길까 봐요. 오바마가 그랬잖아요. 내 생각에는 당신이 좀 멀리 간 것 같다는 생각이 들었어요."

"어머니가 그건 얘기 안 하셨나보네요, 임신 사실을 알자마자 웨이궈창한테 가서 보고했다고, 웨이궈창이 아주 득의양양하더라고요."

바오이판은 표정 관리가 안 되자 옷을 갈아입으며 난감함을 없앴다. 옷을 다 입고 난 후 화학분석표를 살펴봤다.

"우리 엄마는 말이에요. 말했다시피 진실을 마주할 줄 몰라요, 허세를 부리며 큰 소리만 칠 줄 알죠. 나한테 뭔가를 말할 때 눈치 챘어요. '아, 엄마가 당신한테 당했구나.'라는 걸요 당신도 그럴 의도는 없었겠지만 결혼에 대한 당신의 태도에 엄청 놀라셨나 봐요."

"그런 눈으로 보지 말아요. 이미 다 들어서 알고 있으니까 두 번 얘기는 안 할게요. 내가 일관된 사람이라는 걸 당신도 잘 알잖아요. 세부적인 것들을 앞으로 얘기하겠지만 그건 우리 둘 중 한 명이 청혼을 하고 나서나 가능한 일이죠."

"아이와 어머니, 우리 둘 다 결혼 전과 후의 재산에 관한 문제가 있잖아요. 나는 아버지와 의논을 한 후에 결정을 해야 하기도 하고요. 뭐, 사실상… 어머니가 여행 가시고 나면 아버지와 재산 분할에 대해서 얘기할 생각이었어요. 이제는 우물쭈물하지 않을 거예요. 그래도 청혼하기 전에 내가 하고 있는 일을 잘 마무리하고 싶어요. 그래야 당신이랑 진지하게 다음 스텝에 대해서도 얘기할 수 있죠. 결코 당신을 힘들게 하고 싶지 않아요. 내가 하는 일도 제대로 못하면서 멍청하게 무릎 꿇고 반지를 내민다면 당신도 뭐 이런 놈이 다 있나 라고 생각할 거잖아요. 그리고 그런 건 우리 스타일도 아니고 나중에 후회하게 될지도 모르고요. 당신이 날 이해해줄 거라고 믿어요."

"예전에 당신 어머니가 우리 둘이 만나는 걸 반대하셔서 날 찾아오신 적이 있었잖아요. 나는 그때 이미 말씀드렸었어요. 나는 항상 진심을 말하는데 어머니는 화만 내고 믿지 않으시더라고요. 그리고 당신 집안의 재산 분할이 어렵더라도 결혼 전에 재산 공증을 했으면 좋겠다고 했어요. 결혼 후에 재산 공유를 위해서 말이죠. 내가 부당하게 이익을 보겠다는 게 아니라, 권익은 포기하지 않겠다는 거였어요. 당신 집안 상황에 공유는 말도 안 되겠지만요. 그래서 아마 우리가 결혼할 거라는 걱정은 안 하신 것 같아요. 당신도 걱정하지 마요. 그 점에 대해선 나도 확실히 알고 있으니까."

"그럼 처음부터 나랑 결혼할 생각이 없었던 거예요?"

"말도 안 되잖아요. 내가 할 수 있는 건 내가 하는데, 당신이 할 수 있는 건 당신이 해줬으면 좋겠어요. 하지만 당신 부모님 일을 해달라고 할 순 없잖아요. 곤란한 일을 떠밀면 안 되는 거니까. 당신 어머니도 뭔가 불만이 있으신 것 같고, 내 말이 틀리진 않죠? 결혼 때문에 서로가 즐겁지 않은데 굳이 왜 하겠어요? 그리고 결혼도 이렇게 힘든데, 결혼 하고 나서 과연 행복할 수 있을까요? 차라리 지금 행복한 게 좋잖아요. 난 괜찮아요. 아이가 생겼다고 변하는 건 아무것도 없어요."

"결혼을 무엇을 위해서 한다고 생각해요?"

"응, 결혼이 뭐 있나요, 그냥 서약서 1장이잖아요."

"아니, 내 말은 결혼은 사랑의 귀결점이예요. 우리는 결혼에서 한 걸음 내딛는…."

"사랑을 증명하기 위해서? 법적인 약속은 필요 없어요. 두 사람이 평생 사랑하려면 사랑의 순도를 증명해야 하는 게 맞지 않아요?"

"증명하기 위해서가 아니라. 사랑은 그 사람을 독점하는 걸 의미하기도 하잖아요. 우리는 결혼을 통해 서로에 대한 권리를 공식적으로 선포하는 거죠, 당신은 나에게, 나는 당신에게. 서로를 향해 선포하고 세상에 선포하는 거예요. 사회와 사람들 앞에서 하는 사회적인 약속이라고요."

바오이판은 여기까지 말하고 잠시 말을 멈췄다.

"10분만 기다려줘요."

앤디는 웃었다.

"내 말에 반박할 게 있나 찾아보러 가는 거죠?"

바오이판은 크게 웃으며 침실로 들어갔다.

"뭐가 더 필요한가요?"

앤디는 임산부에게 휴대폰 전자파가 해롭다는 신조를 잠시 버려두고 휴대폰 타이머를 켜고 침실로 들어간 바오이판을 위해 카운트다운을 시작했다. 정확하게 10분이 지나자 그녀는 무척이나 즐거워하며 침실 문 앞으로 뛰어갔다. 그리고 마음을 가라앉히고 문을 3번 두드렸다.

"인터넷 속도가 안 나오나 봐? 하하하."

"딱 5분만 더 줘요."

앤디는 자리로 돌아가서 바오이판이 나오기를 기다렸다. 5분이 채 안되어 침실 문이 열리더니 말끔하게 차려입은 바오이판이 나왔다. 까만 양복에 하얀 셔츠를 입고 나비넥타이까지 완벽했다. 머리도 손질 한 것 같았다. 앤디는 이해가 되지 않았다. 점잖게 차려입고 청혼이라도 하려는 건가? 그녀는 잠깐이지만 긴장이 돼서 자리에서 일어나지 못했다. 그녀도 준비가 되어 있지 않았다.

바오이판은 갑자기 선글라스를 쓰고 앤디 앞으로 가서 흘러나오는 음악에 맞춰 아주 쿨하게 포즈를 취하기 시작했다. 섰다가 걷다가, 누웠다가 앉았다가 하면서 머리를 쓸어 넘기는 그의 모습에 앤디는 말문이 막혔다.

"뭐 하는 거예요? 무슨 모델이라도 된 거예요?"

방금 전까지만 해도 결혼에 대해서 심각하게 이야기를 나누던 다큐멘터리에서 갑자기 예능으로 바뀌다니, 가도 너무 멀리 간 거 아닌가 싶었다.

바오이판은 신나게 포즈를 취했다. 앤디가 보고는 박장대소를 했다.

"당신… 당신 지금 나더러 벨리댄스 파트너 해달라고 하는 거예요?"

"에이, 내가 어떻게 감히 당신한테 춤을 추라고 하겠어요."

바오이판은 문워크를 뽐내며 미끄러지듯 앤디 곁에 다가가 앉았다.

"방금 내가 한 말에 감동 받았어요. 결혼은 서로에 대한 권리, 나는 당신에게, 당신은 나에게 권리가 있다는 말. 너무 벅차서 당신에게 정식으로 청혼하고 싶었어요. 하지만 거울을 보고 '지금부터 내 전부는 너야'라는 말을 연습하는데 순간 뭔가 잘못 되었다는 걸 알았어요. '내꺼'라는 범위가 어디까지일까? 정확하게 말할 수 없겠더라고요. 달콤한 말로 당신을 속일 순 있지만 그만두기로 했어요. 하지만 확실한 건, 내가 여전히 잘 생겼단 거죠. 차려입으면 더 멋있고. 그렇죠?"

"하하, 이제는 인물 다큐멘터리가 시작되는 건가요. 내 머릿속에 로맨틱이라곤 없어 보이는구나. 내가 단순히 서약서에 사인하는 것처럼 결혼을 생각한다고 믿어요?"

"나도 내 자신에게 물어보고 싶어요. 10년만 젊었으면 당신을 만난 그날 결혼하자고 했을 거예요. 청혼이라는 말이 '오늘부터 내 전부는 너야.'라는 말이잖아요. 젊은 시절 나는 그게 거짓말이라고 생각하지 않았거든요. 당신도 그때는 젊었으니까, 어쩌면 감정이 벅차서 오케이 했을지도 몰라요. 그랬으면 우리는 결혼할 나이가 됐을 때 결혼을 했겠죠. 오히려 그때가 뭔가 하기 쉬웠어요. 마음이 시키는 대로 하면 되는 거니까."

"당신 어머니는 내가 가족이 없는 걸 못마땅해 하시잖아요. 마치 도둑을 못 들어오게 하는 것처럼 내가 당신 집안 돈을 가져다가 쓸까 봐 걱정이신 거죠. 당신 집안에서 나랑 제일 잘 어울리는 자리는 재무팀인데 당신 어머니가 아예 상관없는 마케팅 부서로 보내버렸죠. 매일 집에 와서 당신이랑 싸울지도 몰라요."

앤디는 말하는 도중에 어렴풋이 뭔가가 떠올랐다.

"옛날에는 책임이라는 걸 잘 몰라서 함부로 약속을 했는데. 지금은 조금 알 것 같아요. 그래서 함부로 약속 하지 않는 거일 수도 있어요. 생각하면 불안하지만 그래도 뭐, 앞으로 10년 후에는 어떻게 될지 모르니까, 그렇죠?"

"아! 생각났어요. 웨이궈창이 예전에 나한테 비슷한 말을 했었어요."

앤디는 물끄러미 바오이판을 바라봤다.

"그런데 난 그 사람을 이해하지도 용서하지도 않을 거예요."

"몇 년간 자기가 미워하는 상대를 찾는 건 쉽지 않아요. 대부분 사람을 무시하거나 짜증나게 하는 사람이죠. 그냥 내버려두지 뭐 하러 용서를 해주겠어요."

바오이판은 천천히 일어나 양복을 벗어던지고 편하게 드러누워 소매 단추를 풀었다.

"근데 생각해보면, 우리 너무 도리에 어긋나는 거 아닌가요? 특히 우리 엄마한테 말이에요."

앤디는 바오이판이 소매 단추 푸는 걸 도와주는 김에 넥타이도 풀어주고 싶었지만 방법을 몰라서 바오이판의 목을 확 잡아당겨 이리저리 연구해봤다.

"예전에는 기분이 나빠지면 두 가지 방법으로 화를 해결하곤 했어요. 한마디도 안 하고 그냥 나가버리거나 화가 풀릴 때까지 주먹질을 하거나. 지금 생각해 보면 그건 좋은 방법은 아니었던 것 같아요. 참고 기다려주는 것 이야말로 진정한 대인배의 모습인데 말이죠. 하지만 그게 마음처럼 쉽게 안 되더라고요. 미안해요. 나 때문에 힘들게 해서."

"마누라…."

"또 호칭이 바뀌었네요?"

"마누라가 더 입에 착착 달라붙네요. 난 지금 역할에 적응하는 중이잖아요. 사실 방 안에서 미안하다는 말을 정말 많이 준비했는데, 갑자기 당신한테 청혼을 하다니, 정말 쥐구멍에라도 들어가고 싶은 심정이에요. 근데 당신이 나한테 미안하다니요?"

결국 주제가 다시 결혼으로 돌아오자 앤디는 또 다시 불안해졌다. 그녀는 결혼을 말할 자격이 없다고 생각했기 때문에 그가 청혼을 하지 않기를 간절히 바랐다. 그녀 자신의 양심을 대면하고 싶지 않았다.

"난 아직 준비가 되지 않았어요. 아이도 갑자기 생기고, 거기다 청혼까지…. 아직 생각해본 적도 없는데. 우리 서로 안지 이제 겨우 3개월밖에 안됐잖아요. 진지하게 만난 건 며칠 정도고요. 당신이 나에게 청혼하지 않았으면 해요. 난 대답할 수가 없단 말이에요. 그렇다고 날 너무 냉정한 여자라고 생각하진 말고요. 난 그저 조금 당황스러울 뿐이에요. 아이가 생겨서 정말 기쁘긴 한데 한꺼번에 너무 많은 일이 일어나버렸네요. 웨이궈창에 당신 어머니까지…, 이러다가 정말 지쳐버릴지도 몰라요. 당신이 나에게 청혼하지 않아서 한편으로 정말 기뻐요. 한숨 돌려요 우리. 그렇게 해주세요. 내가 빙빙 돌려서 말 못하는 거 알죠? 나는 지금 임산부라고요. 임산부. 나한테 정색하지도 말고요."

바오이판은 잠시 침묵했다. 웃음을 참지 못하는 것 같더니 결국 웃음이 터져 나왔다.

"엄청 긴장했네요, 휴, 순간 정말 애아빠가 됐네요, 어찌됐든 당신한테 제대로 된 모습을 보여줬어야 했는데, 나도 준비된 게 없어서 정말 어떻게 해야 좋을지 모르겠어요. 당신이 날 원망하지 않아서 다행이에요. 앤디, 사랑해. 정말 많이 사랑하고 있어요. 날 믿어줘요, 앞으로 남은 인생도 나에게 맡겨줘요. 당신 후회할 일 만들지 않도록 약속할게요."

하지만 앤디는 처음부터 미래에 대한 생각을 해보지 않았었다. 특히 아이가 태어난 후의 미래 말이다. 그녀 마음속에 다른 꿍꿍이가 있는지 억지로 찡긋하며 웃어보였다.

추잉잉은 관쥐얼의 성화에 잠을 청해보긴 했지만 머릿속에서 기차역 장면이 계속 떠올라 도저히 잠을 잘 수 없었다. 그래도 쏟아지는 졸음에 이불 속 고양이처럼 일어나고 싶지는 않았다. 점심때가 되어 관쥐얼이 조심스레 깨워보려 했으나 추잉잉은 소리도 내지 않고 자는척했다. 움직이고 싶지 않았다. 모든 의욕도 희망도 사라져버렸다.

판성메이와 왕바이촨은 천천히 아침을 먹으며 상점이 문을 여는 시간까지 기다렸다. 두 사람은 상점으로 들어가 노트북을 샀다. 유명 브랜드를 좋아하는 왕바이촨은 재정이 허락되는 범위 내에서 항상 가장 좋고 유명한 브랜드 상품을 사곤 했다. 그래서 상점에 들어가자마자 조금의 망설임도 없이 레노버(ThinkPad) 전시장으로 곧장 달려갔다. 진열된 노트북을 보며 왕바촨은 판성메이에게 마음에 드는 것을 골라보라고 했다. 판성메이가 살펴보니 나름대로의 스타일이 다양해 보였다. 하지만 결국 그녀의 마음을 움직이는 것은 가격이었다. 왕바이촨이 돈을 낼 마음이 있는지 확인하기 위해 그녀는 고르지 않기로 했다. 그리고는 고개를 저으며 말했다.

"네가 대신 골라줘. 난 노트북에 대해서 잘 모르잖아. 인터넷만 잘 되고 기본적인 것만 잘 되면 돼."

왕바이촨도 컴퓨터에 대해 잘 모르고 인터넷만 잘 되면 상관없었다. 하지만 그도 요즘 어떤 모델이 유행인지 찾아보지 않아서 점원의 적극적인 추천으로 판성메이가 쓰기 편하게 가볍고 정교한 모델로 골랐다. 그리고는 재빨리 계산을 마치고 판성메이의 손에 노트북을 안겨주었다. 판성메이는 정말 기뻤다. 관쥐얼도 회사에서 나온 기능이 엄청 많은 컴퓨터가 있었고, 추잉잉도 구닥다리 중고 컴퓨터가 하나 있긴 했는데 인터넷을 한번 하려면 소가 수레를 끄는 것 같이 느렸다. 메모리 용량이 부족한 것 같았다. 이에 비해 판성메이는 매주 집에 돈을 보내야 했기 때문에 마음이 편하지 않았지만 관쥐얼의 컴퓨터를 빌려서 사용하곤 했다. 하지만 그래도 자주 사용하게 되는 건 추잉잉의 노트북이었다. 추잉잉은 양해를 구할 필요도 없이 방에 들어가서 노트북을 켜고 일을 처리한 다음에 그냥 끄면 됐었다. 혹시라도 일을 다 마친 후 추잉잉에게 말하는 것을 까먹었다 하더라도 상관없었다. 추잉잉은 그 정도로 정이 많고 착했다.

판성메이는 내심 기분이 좋았지만 결코 티는 내지 않았다. 비록 가난한 그녀였지만 궁색한 모습은 보이고 싶지 않았기 때문이다. 그녀는 아주 예의바르게 왕바이촨의 얼굴에 살며시 뽀뽀를 해주며 속삭였다.

"고마워, 정말 기뻐."

그게 다였다.

왕바이촨은 쉬는 날이 없었다. 거래처의 요구에 따라 일을 해야 했다. 거래처에서 한참 연락이 오고 있어서 얼른 사무실로 들어가 자료를 챙기고 견적을 낸 후 다음 거래처를 알아봐야 했다. 오늘은 판성메이도 함께 가기로 했다. 그녀도 딱히 할 일이 없었고 사무실에 다른 직원이 없기 때문에 가는 김에 왕바이촨 대신 사무실 정리도 마쳤다. 이전 회사에서도 그녀의 업무 중 하나가 동료들 책상의 정리정돈 상태를 감독하는 일이었기에 이 일은 그녀의 전문분야였다. 그녀는 청소를 하면서 종이를 1장 꺼내 추가로 필요한 사무용품과 개선할 부분들을 적어 내려갔다. 나중에 왕바이촨에게 고려해 보라고 할 생각이었다. 왕바이촨의 사무실 인테리어와 물품을 처음부터 그녀가 하나하나 배치하고 마련했기 때문에 작은 사무실에서도 마치 물 만난 고기처럼 능숙하게 일을 처리해 갔다.

왕바이촨이 하던 일이 어느 정도 일단락되자, 그녀는 종이를 꺼내와 왕바이촨과 함께 상의를 했다. 그녀는 이 순간 자신이 날로 먹고 마시는 된장녀가 아니라 진심으로 그에게 도움이 되고 있는 것 같다는 느낌에 큰 성취감을 느꼈다. 두 사람은 점심을 대충 때우고 판성메이의 제안대로 사무용품점으로 갔다. 사무실에 필요한 용품을 사와서 배치해 놓으니 사무실이 몰라보게 달라졌다. 그제야 판성메이는 만족스러웠다. 왕바이촨은 작은 회사에 이런 것들이 필요할까 싶었지만 판성메이가 기뻐하니 자기도 덩달아 기뻐했다. 바쁜 오후를 보내고 왕바이촨은 아쉽지만 판성메이를 환락송까지 데려다 주었다. 하루 종일 조신하게 있던 판성메이는 차에서 내려 새로 산 노트북을 들고 구석으로 갔다. 왕바이촨에게 안 보일 거라는 확신으로 그녀는 좋아서 어쩔 줄을 몰라 팔짝팔짝 뛰었다. 그리고 품에 노트북을 꼭 안고는 집으로 향했다. 엘리베이터에서 내려 22층에 발을 내딛고 나서 감정을 누그러트렸다. 조신하게 보이기 위해서가 아니라 상처받은 추잉잉을 위해서였다. 상심한 사람 앞에서 유난을 떨고 싶지 않았다.

판성메이가 문을 열자 관쥐얼이 살며시 다가오며 눈치를 줬다. 판성메이는 관쥐얼을 방으로 데리고 가서 방문을 닫았다.

"잉잉은 좀 어때?"

"마음씨 좋은 경찰이 데려다 줬어. 완전히 넋 놓고 계속 침대에 누워만 있어. 얘기라도 할까 싶어서 말을 걸어도 아무 대답을 안 하네. 자는지 안 자는지 모르겠고. 원래는 취샤오샤오한테 얘기할까 했는데 지금 방 한가득 고양이들을 데려다가 좋은 일을 하고 있거든. 바빠 보이더라고. 그런데 다행히 언니가 왔네!"

"취샤오샤오가 고양이를 정말 많이 좋아하는구나. 그래서 잉잉은 돌아와서 별 말은 없었어?"

관쥐얼이 고개를 가로 저었다.

"몹시 낙담한 상태야, 그나마 내가 좀 자라고 해서 세수만 하고 자는 거야. 하루 종일 잉잉만 지키고 있었어. 이어폰도 안 끼고 지켜보고 있는데 잉잉 방에서 아무 소리도 안 들리네. 너무 일찍 일어났으니까 좀 쉬는 것도 좋긴 하지만."

"쥐얼, 넌 정말 좋은 친구야. 내가 가서 볼게."

관쥐얼은 판성메이가 노트북을 내려놓는 것을 보긴 했지만 다른 사람 일에 참견하는 것도 좋아하지 않고 함부로 물어보는 성격도 아니었기에 그냥 지나갔다. 판성메이가 먼저 말하지 않으면 굳이 물어보지 않았다. 판성메이는 추잉잉의 방문을 살짝 열고 들어갔다.

"잉잉, 깼어? 나랑 얘기 좀 할까?"

추잉잉은 지금까지 판성메이가 돌아오길 기다리고 있었던 것을 깨달았다. 판성메이의 한마디가 가뭄에 내린 단비처럼 정신이 돌아오는 것 같았다. 그녀는 재빨리 몸을 돌려 쉰 목소리로 말했다.

"언니, 나 너무 힘들어. 어떻게 이렇게 빨리 소개팅을 하고 게다가 얼마 되지도 않아 여기로 데려올 수 있지? 잉친은 날 사랑하지 않았던 거야. 조금도, 조금도 사랑하지 않았어. 아주 날 공기 취급하더라고, 귀신 보는 것처럼 보고. 언니가 잉친 좋은 사람이라고 했잖아. 좋은 사람이 어떻게 이렇게 매정할 수가 있어?"

하루 종일 참고 있던 관쥐얼은 추잉잉의 말을 듣자마자 바로 추잉잉 앞에 섰다.

"잉친은 결혼 상대자를 찾고 있었을 때 때마침 네가 나타난 거야. 그리고 너를 만나다가 네 하드웨어가 맞지 않는다고 생각이 드니까 널 버리고 다른 사람을 찾기로 한 거야. 사랑은 아무 상관없어. 네가 이 부분을 깨달아야 모든 상황이 딱딱 맞아 떨어질 거야. 결코 우리는 이해할 수 없겠지만 말이야."

하지만 추잉잉은 판성메이만 바라보며 그녀의 반응을 살폈다. 판성메이가 고개를 끄덕였다.

"쥐얼 말이 맞아. 잉친을 나쁜 놈이라고 할 수 없지만 사랑이 뭔지 아는 사람도 아니야. 너희 두 사람, 안타깝지만, 그냥 잊는 게 최선이야."

"정말 아무런 희망도 없는 거야? 그런데 난 이미 그에게 푹 빠졌는걸. 잉친을 정말 좋아해. 다 내가 잘못해서 그런 거야. 내가 만약에…."

"잉잉, 그렇게 말하지 마. 네가 착한 건 우리가 다 안다고. 누구에게는 좋지만 누구에게는 좋지 않을 수도 있어. 너랑 잉친은 그냥 서로 맞지 않는 것뿐이야. 너처럼 이렇게 밝고 착한 사람은 분명히 더 좋은 사람 만날 거야. 난 믿어 의심치 않아."

"하지만, 확실한 건 내가 자격이 부족한 거잖아. 앞으로도 이럴 텐데 누가 날 좋다고 하겠어."

"말도 안 되는 소리! 난 너보다 나이도 많고 남자도 더 많이 만났는데, 결국 왕바이촨을 만났잖아. 그래도 여전히 항상 티격태격해. 어서 일어나서 앞날을 생각해야지. 내가 장담하는데 분명히 왕바이촨보다 훨씬 좋은 남자를 만날 거야."

"그래, 맞아. 생각해 봐. 그래도 너는 만나보기라도 했잖아. 나는 1명도 없었다고. 내가 겨우 1살 많은데 난 한 번도 누굴 만나 사귄 적이 없어. 네가 부족해서 아무도 안 좋아할 거라고 생각하면 난 어떻게? 접시 물에 코 박고 죽어야 되게? 성메이 언니 말 들어, 언니가 언제 우리 속인 적 있어? 없잖아. 지금 털고 일어나야 누구를 만나든가 하지, 안 그러면 정말 아무도 못 만날 수도 있어."

관쥐얼은 판성메이의 뒤에 서서 추잉잉을 격려했다.

"잉잉, 하루 종일 잤잖아. 일어나, 나랑 같이 나가서 달리기 좀 하면서 눈물대신 땀을 내자. 그리고 저녁에 같이 음악회도 가고."

"그래, 잉잉. 어서 일어나. 누워 있는다고 문제가 해결되지 않아."

판성메이는 이불을 젖히고 추잉잉을 이불 밖으로 끌어냈다. 추잉잉에게 옷을 입히려고 하자, 추잉잉이 자기 스스로 옷을 입었다.

그때 앤디의 임신 소식이 단체 채팅방에 올라왔지만 모두들 각자 할 일을 하느라 아무도 눈치 채지 못했다.

"난 아직도 여전히 잉친이 이렇게 보고 싶은데, 어떡하지? 잉친네 집에 가봐야겠어."

"극복해야 해, 네 자신에게 말해. 너희는 끝났어. 잉친을 찾아가면 그땐 정말 스토커라고 할 거야."

"잉친이 오라면 오고, 가라면 가겠어. 나는 왜 주도권이 하나도 없지?"

"사랑에는 이유가 없는 거야."

"그건 다른 사람 얘기지. 잉친과 내가 말한 건 사랑이 아니야. 그래서 나는 이유를 알아야겠어. 어떻게 그렇게 아무런 설명 없이 갔는지, 내 감정까지 가지고 말이야."

"어쩔 셈인데? 잉친을 계속 따라다니면 널 더 우습게 볼 거야."

"따라다니는 게 아니라 정확하게 하고 싶을 뿐이야. 나를 어떻게 생각했는지 알고 싶어. 그렇게 독한 놈은 내가 어떤지 절대 모를 거라고."

"네가 처녀가 아니라서 잉친의 기준에 안 맞는다잖아."

"아마 걔네 엄마 기준일 거야."

하지만 추잉잉은 말문이 막혔다. 그 기준이 얼마나 중요한지 잘 알고 있었기 때문이다.

"아무튼 포기는 안 할 거야. 쥐얼, 너는 집에 있어. 나 혼자 달려갔다 올게. 털고 일어날 거야. 하지만 포기는 못해. 샤오샤오한테 가서 조언 좀 구해야겠어."

판성메이와 관쥐얼은 집을 나서는 추잉잉을 보고 너무 놀라서 서로 눈만 멀뚱멀뚱 바라보고 있었다. 대체 어쩌려고 저러는 걸까?

사람들이 떠난 후 2203호에 남아 있는 생물은 취샤오샤오와 자오치핑, 그리고 방 한가득 채우고 있는 마취에서 깨어나 여기저기서 울어대는 고양이 십여 마리였다. 완전히 녹초가 된 취샤오샤오에 비해 항상 수술대 옆에서 몇 시간씩 서 있는 게 일상인 자오치핑은 아직 괜찮은 듯 보였다. 고양이들이 울부짖는 소리에 취샤오샤오의 가슴이 내려앉는 것 같았다. 하지만 우리 안을 이리저리 돌아다니는 고양이들을 어떻게 위로해 주어야 할지 몰랐다. 또 계속해서 고양이들의 대소변도 일일이 닦아줘야 했다. 생사의 기로에 놓인 사람을 자주 목격해서인지 심리적으로 강한 자오치핑은 오히려 침착하게 수의학 문헌에서 고양이 울음을 멈추게 하는 방법을 찾아보고 있었다. 그가 방법을 빨리 찾아내지 못하자 취샤오샤오는 기다리다 못해 친구들에게 전화를 걸어 조언을 구했다. 그리고 도우미 아주머니에게도 전화를 걸어 이틀 정도 추가 근무가 가능한지 물었다. 일당을 넉넉히 쳐주겠다고 했지만 도우미 아주머니는 고양이 십여 마리가 있다는 말에 단호히 거절했다.

자오치핑이 능숙하게 인터넷 검색을 통해 관련 지식을 찾아내는 데 비해 취샤오샤오는 역시나 신상 털기의 고수답게 일일이 전화를 걸어 사실을 확인해갔다. 하지만 그녀가 어렵사리 얻은 정보를 가지고 자오치핑과 얘기를 나누면 그는 항상 모니터를 주시한 채 두 가지로 대답했다.

"증거는?"

"이론상으로 불가능해."

취샤오샤오를 믿지 못하는 눈치였다.

"수의사들이 말해준건데 왜 못 믿는 거야. 내가 해보지 뭐."

자오치핑이 침착하게 대답했다.

"당신의 모든 결정이 고양이들에게 영향을 미친다는 것만 알아둬."

취샤오샤오는 자신이 알아본 방법을 시도하지 않기로 하고 현모양처처럼 계속해서 고양이들을 살폈다. 정신력이 둘째라면 서러운 취샤오샤오가 고양이 울음소리를 견디지 못하겠다는 생각이 들자,

여전히 컴퓨터 모니터에서 시선을 떼지 못하는 자오치핑에게 낙담하여 말했다.

"나가서 바람 좀 쐬고 올게. 못 참겠어. 나간 김에 근처 부동산도 갔다 올게."

"에이, 이 일을 벌인 사람이 누군데. 처음에 내가 그랬잖아, 보통일이 아닐 거라고. 당신은 사람이 가진 배짱만큼 얻는다고 믿는다며. 그럼 끝까지 책임을 져야지. 이제 좀 책임감 있는 태도를 보여줄 수 없어?"

"당신이 있잖아. 큰 결정은 당신이 결정하고 나는 그냥 억지 부리는 것만 하면 되잖아. 당신이 그랬잖아."

취샤오샤오는 자오치핑에게 억지를 부렸다. 그녀는 좋아서 이리저리 날뛰며 나갈 준비를 마쳤지만 결국 자오치핑이 무력으로 그녀를 다시 집으로 데리고 들어왔다. 그때, 앤디의 임신 소식을 확인했다. 취샤오샤오는 만우절 예행연습이라고 생각했다.

"어, 앤디가 혼전임신이라고? 22층에 사는 우리 중에 누가 혼전임신을 했다고 해도 앤디는 절대 아니야. 기계라고 해도 믿을 정도로 이성적인 앤디가?"

"진짜 이성적인 기계는 결혼을 임신의 전제로 삼지는 않을 거야. 답장 보낼 때 내 말도 전해줘. 내가 나중에 전문서적 리스트를 보내줄 테니, 아무 책이나 보지 말라고 해. 산부인과 의사들을 배출해 낼 정도로 좋은 책이라고."

취샤오샤오 마음에 경종이 울렸다.

"앤디를 아주 잘 아시나 봐요?"

"응, 질투하려면 해. 앤디처럼 이성적인 사람은 전문서적을 추천해 주지 않으면 무시해버리고 만다고. 찾았다! 영어로 된 거네. 이 고양이들을 어떻게 해야 하는지 한번 볼까?"

"당신이 전문서적을 추천해 준다고? 앤디를 도와주겠다는 거야 방해하겠다는 거야?"

말을 그렇게 했지만 취샤오샤오는 자오치핑의 마음과 축하를 함께 담아 메시지를 보냈다.

자오치핑은 대답은 하지 않고 고양이 관련 자료를 보는데 열중하는 사이 앤디에게 새로운 메시지가 왔다.

"추천해주려면 자오치핑에게 영어로 된 서적을 추천해달라고 해줘. 유료로 다운받을 수 있는 것도 좋아."

"정말이지, 내가 졌다."

"앤디 같은 환자는 나도 가끔씩 만나긴 하지만 병원에서는 아직 본 적이 없어. 자기가 먼저 인터넷으로 이것저것 찾아보고 와서 진찰을 할 때 나보다 말이 많다니까. 얼마나 지겨운지 몰라. 근데 또 기초 지식은 없어서 제대로 아는 것도 없는 그냥 돌팔이라고 할까. 그냥 앤디한테 시스템을 배우라고 해. 그럼 매일 조마조마해 할 필요가 없으니까. 자, 우리 손님 화장실을 비워서 고양이들을 거기다 풀어놓자. 자유롭게 움직이게 하면 안정감을 되찾을 수 있대. 여기 수치로 증명을 다 해놨으니 믿을 만하겠지. 손님 화장실을 잠가 놓은 건 거기가 사용하기 편해서 그런 거잖아. 가서 정리를 좀 하자. 옮길 필요 없는 건 그냥 두고."

취샤오샤오는 그제야 마음이 놓였다. 자오치핑이 말하는 것은 뭐든지 할 수 있었다. 손님 화장실에 들어가자 이것도 옮겨 달라 저것도 옮겨야 한다며 마구 정신없이 쏟아내고는 정작 취샤오샤오는 마치 경극 배우처럼 새끼손가락을 치켜들고는 달랑 손 세정제 하나만 들고 나왔다. 자오치핑은 취샤오샤오가 손 세정제를 들고 나가는 모습을 보고 아예 그녀를 쫓아내버렸다. 혼자서 박스를 하나 가져다가 손님 화장실 정리를 말끔하게 마쳤다. 그리고는 고양이를 한 마리씩 데려다가 넣어주고 손님 화장실을 나왔다.

"됐다. 이따가 먹이주고 돌보는 건 내가 할 테니까, 도와주지 않아도 돼. 아마 1시간도 안 돼서 고약한 냄새가 진동할 거야, 아마 안에 들어가면 바로 질식해서 죽을지도 몰라. 아직 날이 밝네. 나가서 장화랑 고무장갑이랑 마스크 좀 사오자."

"내가 고양이한테 질식사하면 당신이 인공호흡해주면 되잖아. 아니면 우리 먼저 연습 해볼까?"

취샤오샤오는 눈이 반짝반짝 빛났다.

"좋아, 그럼 한번 재현이라도 해볼까? 네가 질식하면 앞으로 고꾸라지겠지. 그럼 나는 먼저 오물을 닦고 더럽고 냄새나긴 하겠지만 인공호흡을 할 거야. 주변에는 고양이들이 몰래 엿볼 거고."

물론 속아 넘어갈 취샤오샤오가 아니었다.

"알았어, 알았어. 그건 나도 어렸을 때 다 해봤다고. 땅콩 아이스크림에 초콜릿 시럽을 얹으면…. 자기야, 그럼 혼합 아이스크림을 어디에 떨어트리면 좋을까?"

자오치핑은 눈에서 레이저를 쏘고 있는 취샤오샤오를 잡아 당겼다. 차라리 물건을 사러 나가는 게 나을 것 같았다.

집에 돌아오니, 얼마나 기다렸는지 모르겠지만 온 얼굴에 수심이 가득한 추잉잉과 마주쳤다. 추잉잉은 취샤오샤오 집 앞에 의자를 갖다 놓고 그녀가 오기만을 기다리고 있었다. 취샤오샤오가 방금 전 전화로 1시간 후에나 집에 들어간다고 했는데도 추잉잉은 안절부절못하고 밖에 나왔다. 엘리베이터 문을 바라보고 앉아 있으니 그나마 조금 안심이 되는 것 같았다. 취샤오샤오가 슬쩍 눈치를 보니 추잉잉 눈에서 광기가 뿜어내고 있었다. 그녀는 모처럼 사냥감을 만나서 기분이 좋았다. 하하, 드디어 22층에 재밌는 일이 생기겠군. 하지만 그녀는 결코 준비 없이 싸움터에 나갈리 없었다. 그녀는 자오치핑에게 문을 열게 한 뒤 2시간 동안 외로움에 떨고 있었을 고양이들을 보살피기 위해 추잉잉 몰래 2203호로 얼른 몸을 숨겼다. 그리고 먼저 관쥐얼에게 전화를 걸어 현재 상황을 살폈다.

"쥐얼, 대체 무슨 일이야? 웬일로 추잉잉이 나한테 인생 문제를 해결해달라고 하는데, 왠지 모르게 무섭잖아."

"지금 심경이 말이 아닐 거야. 이해해줘. 잉잉 말을 들어보면 잉친이 춘절 연휴에 소개팅을 해서 마음에 드는 여자를 만났나봐. 그리고 오늘 아침 기차로 하이시로 돌아오는 걸 잉잉이 기차역까지 미행해서 봤대. 아마 너한테 잉친을 되찾으려면 어떻게 해야 하는지 조언을 구하려고 하는 것 같아."

취샤오샤오는 몰래 자오치핑을 한 번 보고는 목소리를 낮췄다.

"에이, 나는 이런 일에 전문가가 아니라고, 내 주변에는 항상 남자들이 우글거려서 내 마음대로 고를 수 있었어. 그리고 내 주변에 있지 않았더라도 내가 낚싯줄만 던지면 다 걸려 들어왔지. 작년에 남자들이 문 밖으로 줄 선거 못 봤어? 나는 낚는 것만 신경 쓰지 쫓아 다니고 그런 건 안 해."

관쥐얼은 갑자기 취샤오샤오가 너무 쉽게 백 팀장을 꼬여냈던 일이 생각났다.

"너한테 매력이 있다는 말이잖아, 잘됐다. 추잉잉한테 조금만 가르쳐 줘. 지금은 누구라도 찾아가서 말하고 싶을 거야. 부탁해. 제발 나와서 추잉잉 얘기 좀 들어줘. 너만 믿고 있다고."

취샤오샤오는 어느 정도 감은 잡고 있었다.

"자기야, 나 추잉잉의 지독한 상사병을 치료해주고 와야 할 것 같아. 고양이들 좀 잘 돌봐줘. 여기는 자기한테 맡기고 갈게."

"안녕, 바이."

취샤오샤오는 하하하 웃으며 무대 워킹으로 걸어 나갔다. 그리고 추잉잉을 보고 크게 외쳤다.

"세상에 사랑할 남자가 넘쳐나는데 왜 한 남자만 바라보고 있느냐!"

자오치핑이 안에서 듣고는 빙그레 웃음이 났지만 취샤오샤오처럼 걱정하진 않았다. 컴퓨터 앞에 앉아서 앤디에게 줄 서적 목록을 만들고 있었다.

하지만 추잉잉이 눈에 광기를 품은 채 격렬하게 반응하지 않자 의욕이 넘치는 취샤오샤오는 오히려 목화솜으로 주먹을 맞은 것 같은 허무함이 느껴졌다. 추잉잉이 힘없이 말했다.

"짝사랑이었어. 짝사랑. 샤오샤오 너한테는 방법이 있을 거야, 말해줘."

"알았어, 알았다고. 제대로 찾아왔어. 여기 22층을 통틀어서 누가 연애를 제일 많이 해봤겠어, 내가 1등이라곤 못 하겠지만 성공적인 연애나 남자를 차 본 경험은 내가 제일 많을 거야. 나는 나름 22층의 큰 언니라고."

취샤오샤오는 자신만만하게 추잉잉 곁으로 다가왔다. 추잉잉 어깨에 따뜻한 손을 걸치더니 득의양양하게 2202호 문을 노려보았다.

추잉잉은 취샤오샤오가 판성메이를 겨냥해서 한 말인지 알 턱이 없었고 이 말을 들은 판성메이가 불쾌해 할지도 모르는 일이었다. 추잉잉은 취샤오샤오의 손을 꼭 쥐고 간절하게 말했다.

"어떻게 하면 잉친을 돌아오게 할 수 있을까? 제발 가르쳐줘. 어떤 방법이든 다 괜찮아."

"네 성격에, 네 외모에… 잉친한테 억지로 술을 먹여서 방으로 유인한 다음에 밖에서 문을 잠그고 그다음 날 알몸으로 울고불고 하면서 책임지라고 하는 수밖에 없어. 책임지지 않으면 경찰에 신고한다고 하면서. 이 방법 말고는 없어."

자오치펑은 그 말을 듣고 여자 친구를 구하러 갈 준비를 했다. 이런 모욕적인 말을 하다니. 2202호 안에서 관쥐얼이 급히 뛰쳐나왔다.

"샤오샤오, 그렇게 함부로 말하지 마. 분위기 파악도 못하는 거야?"

추잉잉이 잠깐의 침묵을 깨고 물었다.

"어떻게 잉친한테 술을 먹자고 하지? 방을 미리 잡아 놓아야 하나? 싫다고 하면 어떻게?"

"그거야 간단하지. 중요한 구실을 찾은 다음 잉친한테 전화를 걸어서 나오라고 해. 그리고 그가 몸을 잠깐 돌린 사이에 술잔에 수면제를 살짝 타. 그러면 반응이 올 거야."

"날 보더니 귀신을 본 것처럼 놀라더라고. 내가 만나자고 하면 해코지 당할까 봐 안 나올 수도 있어."

"그건 네 잘못이지. 가장 조심해야 하는 게 뭔지 알아? 그런 IQ로 지금까지 살아 있는 것도 용하다. 이제 너한테 물어보지 않고 네가 뭘 해야 하는지만 말할게. 인내심! 이런 참을성 없는 바보 같으니라고. 동물세계에서도 사자가 영양을 주시하고 있다가 어떻게 하든? 인내심을 가지고 기다리면서 일부터 하품을 하고 조는 척을 하지, 근데 사실을 사자는 계속 영양을 주시하고 있어. 너는? 절대로 잉친 가까이 가서는 안 돼. 거리를 유지해야 한다고. 잉친한테는 안보이고 너만 잉친을 볼 수 있을 정도로. 예를 들면 웨이보 팔로우를 끊어버려. 그럼 잉친이 어느 정도 안심을 할 거야. 하지만 수시로 들어가서 그의 동태를 살펴야 돼. 잉친네 집에 찾아가더라도 문은 두드리지 말고 골목에 숨어서 들어가고 나가는 것만 살펴, 얼굴을 보여서도 안 되고 소리를 질러서도 안 돼. 알아들었어?"

추잉잉은 취샤오샤오가 무슨 생각을 하고 있는지 알 수 없었지만 동물의 세계에서 사자가 어떻게 영양을 사냥하는지는 확실히 알았다. 취샤오샤오가 적절한 사례를 보여준 것이다. 시작하자마자 실행에 옮길 수 있을 정도로 아주 쉬었다. 그리고 무엇보다 추잉잉이 하고 싶었기에 고개를 끄덕였다.

"지금부터 잘 들어, 필요하면 적어두고. 앞으로 반 개월 지나고 나서 잉친 웨이보에 메시지를 남겨. 예를 들어 세계 여성의 날에는 잘 지냈냐고 하고 또 어버이날에는 어머니 잘 계시냐, 만우절도 그런 식을 메시지를 남기는 거지. 아무튼 반 개월 안에는 절대로 연락해선 안 되고 시간은 최대한 오래 끌수록 좋아. 잉친이 이제 괜찮구나 라는 생각이 들어야 너에게 돌아오고 친구라도 될 수 있을 거야. 그때 우리가 공격을 시작하는 거야. 다시 말하자면, 메시지 한 통을 보내더라도 꼭 나한테 미리 검사를 받고 보내야 해. 혹시라도 경솔하게 행동하면 그때는 나도 다른 도리가 없어. 공든 탑이 무너진다! 이말 알지? 꼭 기억해."

추잉잉은 멍하니 고개를 끄덕였다.

"왜 그렇게 해야 하는 거야?"

"내 말대로 할 거 아니면 아예 듣지 마. 의심할 거면 그냥 지금이라도 가라고. 나도 날 의심하는 사람을 도와주고 싶지 않으니까. 아무것도 묻지 말고 내가 하라는 대로만 하는 거야. 첫 번째 메시지는 세계 여성의 날에 보내는 거야. '좋은 하루 보내.' 이렇게 딱 여섯 글자만, 뭐, 웃음 표시 정도는 봐줄게. 하지만 앞에다가 이전 일은 미안했어 라든지, 뒤에 왜 그날 메시지를 보냈는지에 대해서는 말하지 않는 거야. 알아들었지?"

추잉잉은 또 고개를 끄덕였다.

"하지만…."

"하지만은 뭐가 하지만이야!"

"널 의심하는 건 아닌데, 그러니까 내 말은 춘절에 소개팅에 성공하고 나서 오늘까지 한 달도 안 됐는데 여자 친구를 이리 데려온 거잖아. 만약에 또 한 달이 안 된 시점에서 내가 메시지를 보냈다고 쳐, 근데 그때 잉친이 결혼한다고 하면 어쩌지?"

"그렇다고 다른 방법이 있어? 없으면 내 말대로 해. 있으면 나보다 잘난 사람을 찾든지. 마음대로 해, 난 고양이들이나 보러 갈게."

취샤오샤오는 아무 미련 없이 2203호로 돌아왔다. 문을 닫고 들어와 자오치핑에게 물었다.

"여자끼리 하는 얘기를 몰래 엿들은 건 아니지?"

"난 이제야 알았어. 당신이 날 만날 때 왜 그렇게 시간을 끌었던 건지."

"하하, 의심이 많군. 그때는 정말 출장이었어. 못 믿겠으면 지금 회사에 가서 비행기표 찾아서 보여줄게. 추잉잉한테 그렇게 말한 건 추잉잉이 완전 어리바리해서야. 나는 누가 누르면 누를수록 더 높이 뛰어오르려고 하는데, 잉잉은 스스로를 억누르고 있어. 계속해서 그러고 있으면 일이 해결되는 것도 아니잖아."

"처음에 생각했던 건 어떻게 트집을 잡아서 일을 만드냐는 거지?"

"응, 근데 잉잉은 때려도 되받아치지 않고 욕을 해도 대꾸를 하지 않아. 정말 재미없어 죽겠어. 모처럼 좋은 사람이 되려고 했는데 말이야. 이상해. 하나도 재미없어. 두 사람은 어떻게 만나서 아무 말도 안

할 수가 있지? 헤어져서 다행이야. 서로에게 기회를 한 번 준거잖아."

"다정한 커플은 같이 있어야 할 말이 끝이 없는 게 아니라, 하루에 한마디 안 해도 지루하거나 어색하지 않아."

취샤오샤오는 살짝 뜨끔했다.

"그럼 우리도 등을 맞대고 앉아서 하루 종일 책만 본다는 말이야? 말은 안 해도 되지만 손은 움직이지 않으면 안 돼."

그러면서 그녀는 자오치핑의 얼굴을 만지며 살며시 그의 입술에 키스를 했다.

"아니, 우리는 저속한 취미를 가진 커플이야. 우리가 신경 써야 하는 건 딱 세 가지, 고양이들의 대소변과 방귀뿐이야."

"뭔가 이상한 냄새가 나는데, 나한테 말해 봐, 어서. 내가 뭐?"

"뭐가 뭐야. 왜 그래? 어디 가는 거야?"

취샤오샤오는 눈만 깜박거리고 말로 표현할 수 없었다. 뭔가 마음에 일렁이는 것이 느껴졌다.

(4권에 계속)

환락송 3. 선라이즈, 블루 하와이

2020년 10월 10일 초판 1쇄 발행

지은이 · 아나이 | 옮긴이 · 주은주, 박영란
펴낸이 · 김상현, 최세현 | 경영고문 · 박시형

책임편집 · 김명래 | 디자인 · 윤민지 | 교정 · 한진석
마케팅 · 양근모, 권금숙, 양봉호, 임지윤, 조히라, 유미정 | 디지털콘텐츠 · 김명래
경영지원 · 김현우, 문경국 | 해외기획 · 우정민, 배혜림 | 국내기획 · 박현조
펴낸곳 · 팩토리나인 | 출판신고 · 2006년 9월 25일 제406-2006-000210호
주소 · 서울시 마포구 월드컵북로 396 누리꿈스퀘어 비즈니스타워 18층
전화 · 02-6712-9800 | 팩스 · 02-6712-9810 | 이메일 · info@smpk.kr

ⓒ 아나이 (저작권자와 맺은 특약에 따라 검인을 생략합니다)
ISBN 979-11-6534-245-6 (03820)

• 이 책은 저작권법에 따라 보호받는 저작물이므로 무단전재와 무단복제를 금지하며, 이 책 내용의 전부 또는 일부를 이용하려면 반드시 저작권자와 ㈜쌤앤파커스의 서면동의를 받아야 합니다.
• 이 책의 국립중앙도서관 출판시도서목록은 서지정보유통지원시스템 홈페이지(http://seoji.nl.go.kr)와 국가자료공동목록시스템(http://www.nl.go.kr/kolisnet)에서 이용하실 수 있습니다.
(CIP제어번호: CIP2020041087)
• 잘못된 책은 구입하신 서점에서 바꿔드립니다. • 책값은 뒤표지에 있습니다.
• 팩토리나인은 ㈜쌤앤파커스의 브랜드입니다.

쌤앤파커스(Sam&Parkers)는 독자 여러분의 책에 관한 아이디어와 원고 투고를 설레는 마음으로 기다리고 있습니다. 책으로 엮기를 원하는 아이디어가 있으신 분은 이메일 book@smpk.kr로 간단한 개요와 취지, 연락처 등을 보내주세요. 머뭇거리지 말고 문을 두드리세요. 길이 열립니다.